唐浩明全集

唐　浩　明　全　集

张之洞

下

精装典藏版

唐浩明 著

SPM 南方传媒 | 广东人民出版社
·广州·

目 录

第三章　血溅变法

第四章　互保东南

第五章　爆炸惨案

第六章　后院起火

第七章　翊赞中枢

第一章 / 与时维新

一　桑治平寄重望于张家二公子

奕䜣的复出，没有给大清帝国的政局以丝毫扭转。百年腐败已经将国势置于危险的巅峰，它以人力不可阻挡的趋势急速滚向灾难的深谷。躲在威海卫海港的北洋舰队剩余的二十多艘战舰，几乎在一夜之间被日本的联合舰队全部摧毁。北洋舰队翼长刘步蟾自杀。北洋水师衙门所在地刘公岛被日军团团围住。提督丁汝昌万般无奈，只得以自杀谢天下，剩下的军舰、炮台及一切军事器械全部落入敌手。以北洋水师衙门的被占、提督殉国为标志，李鸿章苦心经营二十多年、耗资千万两银子的北洋海军，已向国人宣告彻底覆亡。作为海军的核心和灵魂，北洋水师的这个下场，也向世人表明，大清国海军已接近全线崩溃。湘军宿将刘坤一和他所节制的关外六万湘军，也抖不起半点往日的威风，不仅关外军事毫无起色，而且仅仅只六天之内便连失中庄、营口、田庄台等战略要地。在日本陆军强大的炮火和锋利的武士刀面前，当年耀武扬威的湖湘子弟犹如雪人儿见了太阳似的，立即消融化解，溃不成军。湘军的神话从此扫地以尽。

海陆两军全面失败的残酷事实，击破青年光绪、帝师翁同龢以及朝中那些强烈主战者的幻想及其虚骄侥幸等种种心态，也坚定了慈禧、奕䜣等人的求和选择。奕䜣请求美国公使田贝出面调停。在日本天皇颁发进犯中国的敕书中，本就明确地标明了战争的前后两期。前期的目的是摧毁中国的海军，震动渤海湾，至于打下北京，占领全中国，那是后期的目标。日本鉴于前期目标已达到，遂卖了个人情给美国，接受求和的调停。于是，就有了李鸿章代表朝廷所签订的《马关条约》。这个条约不仅令中国蒙受极大耻辱和损失，也让李鸿章背上了万世不能卸掉的黑锅。中国被迫赔偿军费银二亿两，相当于全国全年财政总收入的两倍多。承认日本对朝鲜的控制，割让辽东半岛、澎湖列岛和台湾岛。辽东半岛的割让引起俄、德、法三国的不满，在三国的干涉下，中国又以三千万两银子的代价赎回，作为回报，又违心地同意俄、德、法三国在此半岛上享有租借军港，修筑铁路，开采矿山的特权。

犹如天崩地震，日亡月殁，又好比昆仑倾圮，黄河倒流，《马关条约》的签订，对大清王国、对中华民族的打击和震动是史无前例、惨痛无比的。

它让大部分中国人深感愤恨，既愤恨这个东洋鬼子的凶残贪婪，又愤恨朝廷的无能软弱，最后又把这种愤恨几乎全集中在李鸿章一个人的身上，众口一词骂他汉奸。昔日红得发紫的一代雄杰，如今落到通国不容的地步。他被革去一切实职，只留下一个文华殿大学士的虚衔，龟缩在贤良寺里，忧郁孤独，门可罗雀。《马关条约》也让不少中国人深感失望，隔海相望的蕞尔小国，历史上从来都是在堂堂大中国的面前低一截矮一头，现在居然可以称王称霸，欲将中国并入它的版图，可见中国如今腐朽到何等地步！人口虽多，却一盘散沙；军队虽多，却形同乌合。许多人在摇头叹息，在自哀自怜：中国的命运不知将伊于胡底！也有少数强悍者，他们将失望化为怨恨，怨恨慈禧、光绪为首的整个满洲政权。他们认为都是这些关外来的满洲人将中国弄得如此一塌糊涂，使本来辉煌的中华文明蒙羞含垢，所有罪责应由满洲人来承担。自从明崇祯甲申年北京沦落之后，中国实际上已经亡国，中国人至今已做了二百多年的亡国奴，只有驱逐胡虏，才有中国的复兴。他们在暗中结社立会，集聚力量，寻找机会，以四十年前的洪秀全、杨秀清为榜样，揭竿起事，光复汉室。《马关条约》也让不少中国人开始对国家的现状和未来作深入的思索。思索给他们最大的启发是：国家之所以如此受辱，其原盖出于弱，要使由弱到强，除加速发展以军事为主要内容的自强事业外，还要对有碍于自强的各种陈规陋习，乃至律令法则做相应的改变。这一批人多为士林中的热血青年和官场中颇思作为的开明派。张之洞属于这一种人，并因他的地位和办洋务的业绩，成了他们中众望所归的首领。

中国和日本发生冲突以后，张之洞一秉当年清流本性，态度强硬，力主以牙还牙，并主动为朝廷出谋划策，运筹帷幄。高升号运兵船被日军击沉后，其中有五个英国人为此丧生。张之洞向朝廷建议，联合英国一起来谴责日军的暴行。在战争进行过程中，他多次致电李鸿章，向他提出自己的军事建议。威海失手后，他甚至电商自己的老部下现已升为台湾巡抚的唐景崧，请他趁眼下日本国内空虚，派一支舰队奇袭日本本土。可惜，张之洞的这些努力均未奏效，事态的恶化，令他忧虑万分。

在李鸿章赴马关与日本商谈条约时，张之洞多次电奏朝廷，认为日本的条件太苛刻，对此万不可答应，否则中国将从此不能自立。不如拿这些银子购兵舰、募洋将，与倭寇决一死战。条约签订后，他又致电唐景崧和不久前奉命赴台筹办台湾防务的南澳镇总兵刘永福，要他们利用台湾绅民反对割台的民气，拖延交割，以便尽最后的努力，争取国际干涉，不让台湾从祖国的领土中分割出去。然而，张之洞的这一切努力也都白费了。尤其令他痛心的是，在此生死存亡之际，他曾寄予重望的唐景崧与过去的战友反目，为着个人的权力名位而明争暗斗，不能合作对敌。经过一番反抗、抵御后，唐、刘二人先后渡海回归大陆，台湾被日本强行占领了。谁也没有想到，这一占领便是整整的五十年。

痛定思痛，张之洞认定自强种种，首在强军。受命署理两江后所办的第一件大事，便是组建一支军队，他亲自将这支军队命名自强军。自强军共有前队八营，炮队二营，马队二营，工程队一营，共计近三千人。自强军聘请德国军官为教练，依照德国陆军的操典予以训练。它的区分兵种及各营统一于总指挥的特点，迥异于过去的湘淮军，使之成为一支朝野瞩目的新型军队。建军的同时，他又在江宁创建一所陆军学堂，以便为自强军培养既懂军事又懂外语的新式军官。

看着自强军在一天天长进，张之洞心里高兴。他设想今后还可以在湖北也筹建一支类似的军队。这天晚饭后，随他前来江宁的老友兼亲家桑治平，约他到自己的房里说话。

桑治平寓居督署的房间，在衙门西北角上。三十多年前的两江总督衙门，正是与京师紫禁城拥有同等政治地位的天王府。天王洪秀全请干王洪仁玕依照在香港所见的洋人教堂的样式，为他修造一座小型拜上帝会教堂。这座洋式教堂在王府西北角，全用花岗岩砌就，窗棂上装的是当时最为时髦的彩色玻璃。房顶做成尖尖的塔状，上面有一个铁制的大十字架。上下两层，除开一楼大厅外，楼上楼下共有六个大小单间。这里人迹少，极为安静，洪秀全常在这里做礼拜，读《圣经》。住在这里，他有一种与天父天兄直接对话的感觉。他说的话，天父天兄都能听到。恍恍惚惚中，他也常见天父天兄在向他指示方略，赐予智慧。天王还常常在这里写诗作文，修改增补他的《御制诗文集》。有时，他看中哪个漂亮的女官，也会带到这里来幽会，为的是回避他众多的王娘和进府来请示机宜的列王天将们。

同治三年六月，湘军吉字营的一把大火，将天王府几乎焚烧殆尽，这座小教堂因为地处偏僻又是岩石建成而幸存。曾国藩将江督衙门从安庆迁回此地后，有人曾建议将这座建筑拆毁，曾国藩制止了。他说一座好好的房子，拆了可惜，留下还可以住人。他只叫人将尖塔和十字架拆掉，因为那是邪教的象征，代之以中国传统的人字形屋顶。也叫人将彩色玻璃取下，那是迷人心性的艳色，代之以中国传统的灰白皮纸。经过改造后的这所房屋，既舒适好用，又平实素朴，曾国藩便将之作为高等驿馆看待，专门接待来两江的朝中贵客。平时无人来则锁起。他自己仍守着湘乡农人似的简朴生活，这座驿馆他一夜也没住过。曾国藩的这个传统一直沿袭下来。数十年来，历任江督都没改变它。桑治平随着张之洞来到江宁后，为着对老友的礼遇，张之洞将他安置在这座署中驿馆里。柴氏夫人半年前过世了，他一人独居。来到江宁后，张之洞给他派了两个仆役，与他同住驿馆，以便随时照顾。

平时，桑治平都过来，与张之洞和大家一起在署中会议厅或书房里议事，这次为何将他请到自己的寓所来呢？在二楼的一间小房子里，落座后，张之洞笑着问："仲子兄，你叫我到这里来做什么？莫非你在这里发现了当年洪秀全的遗物，叫我来悄悄欣赏？"

桑治平也笑了，说："要有长毛遗物，也早叫人搜走了，还轮得到我？"

仆役献上茶后，桑治平叫他们不要再上楼了，他要和总督商谈要事。

"有一桩事，我事前没有和你商量，自作主张地办了，现在来向你请罪。"

"什么事？"张之洞一时摸不着头脑。

"两个月前，我私自要江宁陆军学堂派两个机敏的学生到天津出了一趟差，前几天回来了。"

"到天津去做什么？"

"到天津小站去实地考察一下定武军的训练情况。"

“我以为什么大事！”张之洞莞尔一笑。“这算什么，你不要神神秘秘的，事先告诉我也无妨。”

“我如先告诉你，你一定会说，那有什么可考察的，袁世凯那小子乳臭未干，他能有什么好招。”

“你料定我一定会这样说？”

“你一定会这样说！”

“真的是深知我心！”

二人相视大笑起来。

“你为什么对袁世凯和他的定武军这样感兴趣？”笑完之后，张之洞郑重其事地问。

“香涛兄，这个袁世凯，我已注意多时了。听许多人讲，袁世凯有过人的胆识、气魄和才干，他把定武军训练得有声有色，本想亲自去看看，但我去反而不如陆军学堂的年轻人方便，于是让他们去先瞧瞧。听了他们回来的禀报后，我有些想法，所以请你来这个偏地方好好谈谈。”

看窗外，已正夜色四合了。桑治平起身，将窗帘拉上，室内的西洋玻璃罩大煤油灯光，显得更加明亮而柔和。

去年海战爆发前夕，袁世凯一连二十余通电报请求朝廷增兵朝鲜，但未得一字回音。袁世凯于失望愤慨中私自离开朝鲜回国，向李鸿章哭诉朝鲜局势危在旦夕的实情。李鸿章无力挽救朝鲜的政局，却赏识这位昔日战友的后代的清醒头脑。他为袁世凯担当“私自回国”的责任，向朝廷举荐这个青年才俊。朝廷没有指责袁世凯的擅离职守，比照商务代办的品级，给了他一个浙江温处道道员的官职。但袁世凯不想去浙江，在京城里磨蹭着，等待别的机会。袁世凯的运气好，一个绝好机遇果真让他等到了。一年前属于洋务派系的广西按察使胡燏芬被委以重任，来到天津小站，招募训练新式陆军——定武军，这时他又奉命调任津芦铁路的督办，于是定武军军务处督办一职空缺。袁世凯看中了这个缺。定武军属洋务范畴，李鸿章是全国洋务的总头领，定武军训练场地在天津小站，属于直隶地面，李鸿章是直隶总督。毫无疑义，对于这支军队，李鸿章异常重视，并握有很大的发言权。于是，袁世凯便向李鸿章请求不去浙江而补这个缺。

李鸿章仔细听取了袁世凯的陈述，面容凝重目光深邃地盯着即将束装就道的温处道员。此人在朝鲜十年，几次平定危局，训练士卒，吃苦耐劳，尤其是极有政治头脑，有预见，判事明晰。十年来，他实际上充当了中国在朝鲜的发言人。此人今年尚只三十五六岁，宽肩厚胸，两腿粗短，正是所谓主富贵的五短身材。特别是那两只眼睛，圆大乌亮，精气四溢，显示出远过常人的机灵和精神。袁家上两代与淮系渊源甚深，可以将他当作淮系后起之秀来培植。李鸿章拍了拍袁世凯肩膀，微笑着说："慰廷，你就准备去补胡燏芬的缺吧。只是到了小站要好好地去干，把定武军训练好，莫给父祖辈丢脸，老夫将寄厚望于你！"

一个月后，袁世凯果然奉旨改派小站定武军军务处督办。出身兵家有过十年行伍经历的袁世凯，深知乱世军队的重要。他一到小站，便把定武军视作自己的性命之所在，以百倍于大清寻常带兵将领的激情，投入到军务之中。

袁世凯到小站不久，定武军的面貌便大有起色。军营号角嘹亮，甲胄鲜明，纪律严格，令行禁止。从将官到士兵，训练时吃苦耐劳，认真负责，直把操场当沙场；不训练时，识字读书，听报告，开演讲会，军营如同学堂。尤其一事他做得最为大胆：原先一千五百人的定武军，半年之后扩大为七千五百人。先前最不起眼的小站，因定武军而弄得名声大噪，引起朝野内外、四面八方的注意，也因此引起了桑治平的注意。

"香涛兄，陆军学堂两个学生在小站住了半个月，受到他们很热情的接待，听了他们回来后讲的所见所闻，我有一些想法。我隐隐约约觉得，这个从朝鲜回来的年轻人，不可小觑，他和他的定武军或许有可能成事。"

“是吗？”张之洞的嘴角边微露冷笑。“我听说袁世凯这家伙是个惹是生非的人。他在朝鲜仗势坐大，不把朝鲜君臣看在眼里，也不把日本看在眼里，这次战争的爆发，有人讲袁世凯负有重大责任，是他激怒了日本人，也得罪朝鲜君臣，把他们推到了日本人那边。”

“这些人说的也可能不无道理，袁世凯或许应该负有某些责任。我们今天不谈这些，我只是觉得袁世凯不是平庸之辈。实在地说，大清官场惹是生非的人并不多，今天官场太多的是平平淡淡、庸碌无为的官吏。它窒息了生机，加重了衰落，这其实更为可怕，更值得忧虑。”

张之洞当然不是一个喜欢平庸的人，他也多次听人夸奖过袁世凯。只是袁世凯没有两榜功名，走的这条发迹之路又不是他心目中的成功大道，说到底，只是不喜欢袁这个人而已。

张之洞说：“当今官场多平庸，你这话说到点子上了。只是袁世凯这个人并没有什么特别过人之处，你为什么对他期许这样高？定武军将有可能成事，我们自强军今后就不能成事吗？”

桑治平笑了笑说：“我今夜特为和你谈谈定武军，正是为了让我们的自强军今后能成大事。”

他收起笑容，面容肃穆地说：“我在隐居古北口的时候，曾花气力研究过历史上的军队。从历朝历代的常规兵制到战争爆发时的临时调遣，从史书上的重大战役到著名的军事将领，尤其是近期的八旗、绿营、湘军、淮军，我都曾对他们倾注过很大的兴趣。这样地研究过后，我有一个认识：凡是能成大事能建奇功的军队，都是统帅个人的私家部队，而不是朝廷的官军。从古时的杨家将、岳家军到现在的湘军、淮军，都可证实我的这个看法。香涛兄，你想过没有，三十年前，建立功勋时的湘淮军，实际上就是曾家军、李家军。”

初听起来这是十足的离经叛道，细想起来却又不无道理。张之洞不露声色地盯着这位一直在辅佐自己却不愿接受任何官职的老友兼亲家，全神贯注地听他说下去。

“我隐隐地感觉到，袁世凯走的是这条路子，也就是说，朝廷的定武军正在被他利用，将慢慢变成袁家军。”

张之洞心里微微怔了一下，问：“你有证据吗？凭什么说定武军将会变成袁家军呢？”

“眼下证据还不够，凭那两个学生半个月的观察，不足以构成凭据。不过，这个是次要的。他袁世凯今后能不能达到这一点，且摆在一边，我以为，他若是有心人，应该这样做，要利用这个大好的机会，来做这件事。”

张之洞似乎听出点名堂来了，他沉住气，再听下去。

“当年我在古北口的时候，村子里的农夫平素务农，冬日里则赶山追兽做猎人。我有一个猎人朋友，他跟我说过这样的话。他说猎人靠的是猎犬。猎犬的作用，平时追赶野兽，危急时则能救援主人，通常的猎人都买未成年的良犬来训育。但他家里却是从自家众多母狗所生的狗崽中，挑选好的来培育，故他家的猎犬比别人家的猎犬更忠心，更护主。这个猎人朋友说的其实是一个很简单的道理：自家的亲，别人的疏。”

桑治平喝了一口茶后，继续说：“这个道理也适用于带兵上。带现有的兵，如同养半大的狗，带自己从无到有组建的军队，好比养自家生的狗，其间是大不相同的。但带兵与养狗又有大不相同之处。家生狗谁家都可以养，但自己组建军队，朝廷决不会允许。非常时期虽可例外，但粮饷的筹集却又大不容易。现在打着朝廷的名义招兵买马，户部解饷，各省供粮，岂不是天赐良机？袁世凯的聪明就在这里，利用这个机会，扩大定武军，同时也就彻底改组了定武军，这支军队实际上是他的家养犬了。他之所以把全副心思投进去，不是他特别地忠诚、特别地要报效朝廷，他是为他自己在做事。你还记得那年广武军二百名军官随船到武昌的事吗？”

“怎么不记得！”张之洞说，“为此还招来一道指摘的上谕。只是后来全力办铁政去了，顾不上办湖北新军，这批人也没好好用。”

“不瞒你说，我当时就藏有远图，只是未向你挑明罢了。六年过去了，那批军官已满身暮气，不能有所指望了。”

桑治平在心里叹了一口气，颇为当年的“远图”未酬而遗憾。张之洞瞪大眼睛看着，等待他的下文。

桑治平压低嗓音：“我们大清国，其实从嘉庆年间开始，就进入了乱世。乱世中靠的什么，就是靠军队，有军队就有名位事业，无军队，则头上的乌纱帽总提在别人的手里。曾国藩当年在江西处于进退维谷的场面，借奔父丧来摆脱困境，但朝廷为什么在守丧仅一年便又叫他复出呢？不是因为他会打仗，而是因为湘军是他的。朝廷起复他，不是看重他曾某一个人，而是看重他手下的十几万湘军。李鸿章为什么能长保富贵尊荣，普天下的清流都骂不倒他，就是因为他手里有一支从淮军转化过来的北洋水陆两支军队。同时代对付长毛的，如袁世凯的叔祖袁甲三为什么四处流动，一事无成，就是因为他手下的军队，不是家生而是抱来的犬。袁世凯正是吸取了他袁家的祖训，改弦易辙，走曾、李的成功之路。”

张之洞听了这一番话后，终于忍不住了：“仲子兄，我明白了你的意思，你是不是要我借着这个好机会，把自强军办成张某人家养的猎犬——张家军？”

“香涛兄，”桑治平面色庄重地说，“我知道，以我们之间十多年的相知和今日的关系，我说的话即便你不赞同甚或反对，都不会怀疑我的用心。”

“这是自然的。”张之洞平静地点了点头。

“那我跟你说几句或许你听了不大顺耳的话。”桑治平有意停了一下，望了一眼坐在对面的儿女亲家，见他在凝神听着，便认真说下去，“自从甲申年来，你致力于洋务事业，将中国徐图自强的希望寄托在你所办的那些洋务局厂上。你的用心很好，为此花费的精力也很令人钦佩，并且已见成效。但说句实在话，里面的问题很多，有人甚至悲观地认为，不要说难以让中国自强，就连这批局厂本身能办得多久都还成问题。”

张之洞不以为然地说：“这些个话，我也风闻过。但既想要办大事，又想不要听到反对的话，那几乎是不可能的，何况洋务这种自古以来所没办的大事。总不能因有人怀疑，我们就不办了。”

“不是这个意思，我一向都全力支持你办洋务局厂。问题不少也是事实，这桩事今后可以请蔡锡勇、念礽等人来细细商讨，我今夜也不跟你谈这码事。我是说你办局厂是对的，但局势有可能不会让你顺利办下去。”

张之洞盯着桑治平问：

“你这话是什么意思？”

“干脆说白吧！”桑治平略作停顿后蹦出一句硬邦邦的话来。“依我看，局势极不安宁，说不定更大的混乱就要出现。今年春天京师的公车上书，在全国官场士林引起了很大的震撼，朝廷失去威信，民心浮动，这是大乱将至的征兆啊！”

桑治平所说的公车上书，是指的今年春闱前夕，在京应会试的各省举子，听说李鸿章在马关与日本人签订了割地赔款的条约后，群情激愤，在广东举子康有为、梁启超的带领下，一千多名举人集会抗议，又一起来到都察院请代为递交上奏朝廷的万言书，请求朝廷拒绝承认这个卖国的条约。千余公车联名上书，是史无记载的大事。这一事件很快便由京师传遍全国各地，激荡了一股从上到下、从官场到市井的久违的爱国正气，身处江宁的两江总督张之洞怎能不知？当年的清流砥柱是从心底里同情这批公车的热血之举的。不过，他并没有将此与大乱将至联系起来。

张之洞皱着眉头问了一句：“有这么严重吗？”

“我看差不多。”桑治平肯定地说，“大乱来到的时候，局厂还能办下去吗？你再想办也没法办啊，到那时真正管用的是军队。有兵，才可以平乱；带兵的人，才是国家的主心骨。但愿不再有长毛、捻子的事出现，如果万一出现这种不幸的局面，我不希望看到袁世凯和他的定武军独占风光，我盼望你能做当年的曾国藩、李鸿章，自强军就是昔日的湘军、淮军。”

“你是叫我不要做别的事情了，就像过去的曾国藩，现在的袁世凯一样，全副心思来办自强军？”

桑治平慢慢地说：“我想，你也可以这样去做，把洋务交给别人，而自己一心一意办军队，把自强军牢牢地握在您的手里。”

“我今年五十八岁了，曾国藩办湘军时才刚过四十，袁世凯只有三十五六岁，我这把年纪了，能和他们比吗？能天天跟那些小伙子们一道去操练演习吗？”

“你可以不和他们一道上操场，但你可以和他们一起住营房，如果你去的话，我陪你去住。”

张之洞笑了，说：“那也不行。曾国藩那时只有办湘军一件事，袁世凯也只有一个督办军务的专职，我身为湖督又身兼江督，我怎么可以甩得开！”

“其实呀，只要你有心，这些事都有办法可想。你可以在自强军营里住上半年，这半年里湖督江督的一般事务都委托给别人，特别重要的事才亲自办，不会误事的。”

“难道说离开督署住军营，就可以将自强军掌握在自己的手里吗？”

“当然不是这么简单。”桑治平摸了摸下巴说，“掌握一支军队，关键在于控制这支军队的高级军官。你在军营住上一段时期，与军营建立一种水乳交融的关系，然后在这中间去物色去培养自己的人。若督办处的各位督办、协办，各营的管带都是你一手选拔提升的人，而不是现在的状况：督办由江苏提督兼任，协办是他的多年袍泽，各营管带及哨官都由协办任命。彻底改变这个状况之后，才可以说自强军是你的了。”

张之洞陷入了思索。桑治平这个设想是很对的：现在的自强军虽是经自己的手募集的，但名义上是朝廷的军队，实质上也还是在江苏提督的手中，自己不过是公事公办；倘若不再呆在江宁，这支新式军队，也跟现行的绿营一样，与自己就无半点联系。世道乱时，不要说听你的号令去冲锋陷阵，即便让它为你办一丁点小事，也不可能做到。但是，让自己放下这大帅的地位，去做一个只有三千人的自强军的将领，张之洞却不屑于这样做。再说，这种越俎代庖的事，明显地违背了朝廷的制度。世道尚未乱，一道道大清律令摆在那里，倘若有人告你一个私营军队的罪名，也是一桩难以纠缠的官司案。想到这里，张之洞说：

“仲子兄，我已经老了，没有亲自指挥一支军队的魄力了。我只是想为朝廷做一点强国强兵的实事，也不想把这支自强军当作个人的军事力量。这或许会令你失望，但这也是无可奈何的事。”说完，长长地吁了一口气。

这的确令桑治平大为失望，端茶杯的右手在半途中停住了。他凝眸望着眼前的署理两江总督，似乎第一次有了这样的印象：他的确是老了！差不多白完了的发辫、胡须，就像制麻局里堆放的那些苎麻，零乱而没有光泽；瘦长多皱的脸庞，好比从热炕灰里扒出的一只煨白薯，惨惨的而没有血色；矮小单薄的身体靠在藤椅上，如同一个十五六岁的小孩，因没有发育成熟而显得很不起眼。平时似乎不是这样的呀！须发虽白而面皮红润，身材虽小却虎虎有威。今夜怎么这等委琐而庸常！

桑治平在心里叹了一口气后说：“香涛兄，这些年的操劳的确耗费了你不少心血，以望六之年来亲领虎符，是有不少难处。我今夜向你提出一个要求，请你万不要瞻前顾后而不接受。”

要求？这么多年来，桑治平可从来没有提什么要求呀！“什么要求，你只管说，我们之间是什么关系呀，你所想要的，我还不尽力而为吗？”

桑治平浅浅一笑，说：“再过三个月，仁梃就要从武昌自强学堂毕业。我请你派他到自强军去，先做个队官，一年半载后升个营官，日后让他代替你来掌管自强军。”

婚后，仁梃进了武昌自强学堂，系统地学习英文、测算、机器制造等西洋实学。张之洞和桑治平都深感自己不懂西学，有意让儿辈弥补这一绝大遗憾。原本让仁梃毕业后进铁政局，跟着蔡锡勇、陈念礽他们学洋务实业，这是张之洞和桑治平的共同愿望。在张之洞断然拒绝自领自强军的这一刻，桑治平突然冒出一个想法来：让仁梃来做这桩事，比起父亲来，仁梃自有许多不及之处，但同样也有许多超过之处。仁梃身材虽不高大，但他自小跟着桑治平学过不少拳脚功夫，身子矫健、灵活，宜于武事。虽没系统学过军事，但他懂洋文洋学，德国的操典，英国的武器，他只要去学，就会比别人快十倍百倍。更重要的是，他只有二十五岁，如一轮初出地平线的朝阳，霞光万道，前途无限，已到望六之年的父亲和岳父哪里可望其项背！

“让仁梃到自强军去，这事我倒没想过，如果他愿意，也是可以的。”张之洞捋了捋长须。“不过，他在武昌学的不是军事，一到军营便做队官，也不合适，人家会说他仗老子的势力。”

桑治平说：“不说别的，就凭仁梃一口流利的英语和他的测算学问，在五六十个自强军营、队官中就无人可比。仁梃缺的是军事方面的常识，可以先让他做个见习队官，过几个月再补实缺。若让他从士兵做起，何时才能走到掌管自强军这一步？”

“你不要因为仁梃是你的女婿，你就偏爱他，袒护他，我倒是并没有看出他有哪些过人的地方。你对他的期望是不是太高了？”

“仁梃是不是有过人之处，暂且不说，首要的是培养他，这是至关重大的事。这一点，近世唯曾国藩看得最透，做得最好。他说过，只要有中等之资质，若加以良好的培植，让他有充分施展才能的机会，就可望做出大事业来。反之，一个有上等资质的人，若不幸而沉沦淹没的话，他也会一事无成。对曾国藩的这番话，我是深为赞同的。世间聪明人很多，能干出事业来的，不过千分之一、万分之一罢了，绝大多数的人都沉没了，真令人痛惜。你的部属学生，你都着意培植，为他们创造一个好的环境，难道对自己的儿子就如此苛求薄待吗？”

张之洞哈哈大笑：“仁梃有你这样偏袒他的岳翁，真是他的福气。好吧，就按你的办，让他到自强军。但有一个条件，先得在江宁陆军学堂读半年书，然后按别人一样的待遇，先做见习队官。他若真有才干，再循级提拔，千万不要揠苗助长，爱之反而害之。”

桑治平寄厚望于女婿，殷切期盼他尽快长成一株能挡风雨的大树。不料，风云难测，祸福相倚，因仁梃的来到江宁，反而铸成桑治平一生痛悔不已的大错！

二　桑治平决定跳出名利场，与初恋情人一道融入天地造化之中

仁梃在江宁陆军学堂仅仅学了三个月的军事学，江苏提督自强军督办程世寿为讨好制台大人，便将仁梃安置在最时髦的炮兵营中做一名见习队官。炮兵营共有二百五十余人，分为四个队：两个炮兵队，一个运输队，一个工兵队。炮兵营的管带林志宏原本就是江苏绿营的一个都司，曾由刘坤一派往德国学过半年的炮兵，会讲一点德国话，是个心高气傲的年轻军官。他任自强军的炮兵营管带，是程世寿的提拔。在林志宏的心目中，于他有恩的只有两个人，一个是原江督刘坤一，另一个就是程世寿，对于张之洞，他并无私人感情。张仁梃在江宁陆校只呆了三个月，便到炮兵营任见习队官，他对此颇有看法。看在程世寿的面子上，他没有拒绝；但对仁梃，他却以通常的仗父势的衙内视之，心里有着很深的偏见。炮兵营四个队，实际上是三个等级。两个炮兵队是第一等级。炮兵技术性强，招募时较严，待遇也较好。其次为运输队。最差的是工兵队，说起来也是当兵吃粮，其实干的全是挖土垒石头等粗活重活。故而工兵队招募条件宽松，只要是年

轻有力气就行了。这里的四十几号人，多来自山野鄙夫市井游民和别的绿营中开缺的兵油子，最是散漫混乱难得管理。刚好原队官丧母请了几个月假回籍去了，于是林志宏便把仁梃派到工兵队，有意将这个癞痢头交给他剃。

仁梃少不更事，不知工兵队里如此复杂。他一到队便立即对相沿成习的懒散漫漶的风气予以坚决整顿，严厉声称：自强军乃新式军队，为国家强大的希望之所在，决不允许八旗绿营中的那种军营暮气在工兵队中出现。仁梃以年轻人的热血之气对待自己的职守，也决心把工兵队改造好，以此打下在自强军的基础。他规定了严明的纪律。自己住在营房里，与工兵队的士兵们一起操练、演习、出勤、办差，毫不含糊。仁梃的小家虽然就安置在督署衙门内，从雨花台驻地回家也不过两个小时，他也只是半月才回家一次。仁梃在工兵队的表现，父亲、岳父甚是赞赏，工兵队里那些散漫惯了的兵痞子们，却极不满意。

工兵队里有三个最烦人的癞痢头。一个是四川人，姓魏，排行老幺，人称魏幺爹。一个是安徽人，姓罗，排行老二，人称罗二。一个姓于，江宁本地人，一脸麻子，人称于麻子。

魏幺爹四十多岁的年纪，十五六岁时由一个做袍哥小头目的远房亲戚带到湘军鲍超的部下，过了近三十年的军营生活，是个十足的兵油子。魏幺爹也没有娶妻小，时常找一些易到手的寡妇混混，几十年的饷银结余便都流入到那些寡妇手里，自己也并没有什么积蓄。罗二家住皖北，八九岁就跟着做私盐贩子的父亲走南闯北，现虽只有二十八岁，却也是一个天不怕地不怕的无赖。于麻子才二十岁出头，是个好吃懒做的混虫。魏幺爹把袍哥的那一套带进工兵队，对罗二、于麻子说，人的力量在于结团伙，当年湘军里袍哥会里的爷们，在军营称王称霸，连曾国藩都拿他们头痛。我们三个若结成团伙，就力量大了，谁都不能欺侮我们，工兵队里明里听队官的，暗里掌舵的就是我们。罗二、于麻子都拥护，于是三人结了拜把兄弟，魏做老大，罗做老二，于麻子做老三。

这三人连成一气后，果然力大气粗，工兵队里那些散兵游勇都怕了他们。队官真的拿他们没办法。张仁梃整顿工兵队，最先得罪的便是这三个袍哥兄弟。

这一天，张仁梃将工兵队带出营房十里外的一个荒山坡上，作一次筑炮台的实战训练。将四十五个士兵分成三组，每组筑一座炮台，三天内筑成。夜晚就住在临时支的帐篷里，不得回营房。

这是一桩苦差事，士兵们心里都不情愿，但又不能反对，只得硬着头皮去干。第一天下来，三个炮台都只挖了几尺深的脚基，炮台连个影子都没有。如果按这样的速度下去，五六天都不一定筑得起。张仁梃心里焦急，训骂督促都不顶事。第二天一整天，才勉强砌上三尺高的墙脚基石。三个炮台上的人像商量好了似的，一样的懒懒洋洋、拖拖拉拉。张仁梃气极了，寻思着如何来扭转这个局面。

魏幺爹新近在营房边又勾搭上一个三十来岁的小寡妇，两人正在热火的时候。魏幺爹每天晚上都要去那小寡妇家里歇上大半宿，天快亮时才回营房。众人都怕他，明知他这档子事也不敢举报。魏幺爹在帐篷里接连独睡了两个夜晚，心火烧得燎燎的，实在忍受不住了。这天刚吃完晚饭，他跟罗二、于麻子打了声招呼，便急急忙忙地赶回雨花台，一头钻进小寡妇的家。

第二天早上，三个炮台上的人已上个把小时的工了，还不见魏幺爹来，罗二、于麻子也替他着急。这时，张仁梃来到炮台监工，见缺了魏幺爹，便问他的棚长，棚长答不知，又问他昨夜在帐篷里睡没有，棚长答不在。张仁梃立时恼怒起来，心里想，正要找只鸡来杀给猴子们看看，不料恰好出了一只，非得好好惩罚不可。正在这时，他远远地看见魏幺爹向工地这边奔了过来。张仁梃迎了过去，喝道：“姓魏的，你给我站住！”

魏幺爹一怔，身不由己地停了下来。

“你昨夜到哪里去了？”

魏幺爹在路上已想好一个对策，答道："报告张队官，我昨天拉肚子，回营房拿止泻药去了。"

"止泻药呢？"张仁梃沉下脸来。

魏幺爹没有想到刚到炮台边便被截住，更没有想到这个张队官如此认真，两只手在身上胡乱摸了几下后说："报告队官，我是一路跑来的，药包在路上给跑丢了。"

"这是什么？"

魏幺爹在上衣口袋里东摸西摸的时候，不小心带出了一角彩色丝绢。张仁梃走上前，一把将丝绢从口袋里扯了出来，却原来是一方粉红色的手帕；顺手抖了抖，那手帕上绣了些荷花莲叶游鱼等图案。

旁边围观的工兵队一阵狂笑起来。这都是些想女人想得发疯的兵痞子们，见了这种女人的东西，无异于猫闻到了鱼腥，一个个大受刺激，探头探脑的，龇牙咧嘴的，口角流涎的，搔头抓腿的，真个是丑态百出，妒意横生。有两个平时对魏大恨得要死，但又畏惮不敢公开发作的兵丁，此时仿佛找到了报复机会，又觉得有靠山在后，平添了几分胆气，在人堆里小声骂道："这个狗娘养的，老子们在流黑汗，他倒去嫖婊子去了。割了他的鸡巴，看他还有这份骚劲没有！"

张仁梃听到了骂声，知有人在支持他，劲头更足了。他对着身边的棚长下令："把他给捆起来！"

棚长拿了根绳子，走到魏幺爹身边，见魏幺爹鼓着眼睛望着他，赔着笑低声说："上司差遣，身不由己，你老委屈下。"

魏幺爹发作不得，只得服服帖帖地给捆了。

张仁梃指了指前面一棵歪干松树说："把他捆在那里，晒一天太阳，谁也不能给他一口饭一口水，让他结结实实地吃点苦头。"又指着棚长说，"你给我守着，若有人敢违背我的命令，军法处置，决不讲情面。"

张仁梃听到人群中有人在说"办得好"，"还是张队官厉害"，心里颇为自得。

正是五月末的时候，天气已经很热了，捆绑在松树干上的魏幺爹，被太阳晒得汗如雨淋，身上脸上蚊虫叮咬，两只手被牢牢捆住，动弹不得，又无饭吃，又无水喝，到了下午便头发昏，眼发黑，整个人都蔫搭了。幸而他的两位把兄弟趁着棚长撒尿离开的空隙，送几次水给他喝，不然，这个年过四十的老兵油子真挺不过来。直到天黑，才解除处罚，喝水吃了点饭，魏幺爹仿佛有种从鬼门关里打了个转身的感觉。张仁梃如此狠狠地治了下魏幺爹后，果然让那些士兵亲眼看到这个公子哥儿出身的见习队官不好惹，施工时再也不敢偷懒，都拼命干活，前两天的误工被夺回来，三个炮台只延误半天时间，终于修筑成功了。张仁梃初战告捷，却不料因此埋下祸根。

回到雨花台驻地后，魏幺爹做东，请两个把兄弟喝酒，表示谢意。酒席间，魏幺爹谈起那天的受苦受辱，对张仁梃恨得咬牙切齿，要两个把兄弟帮忙出个主意，报这一箭之仇。三颗脑袋凑在一起嘀咕了好长一会，终于设下一条毒计来。

过了几天，便是五月份的休沐之日。当时一般衙门是每旬一个休沐日，军营严些，半月一个休沐日，通常安排在十五和三十两天。休沐日军营放假，士兵们也可进城去买点东西或下馆子。

仁梃平时住军营，一个月内也只有这两天才回到督署去看望父亲和妻儿。这次仁梃特别想快点回去，因为上次休沐日刚好有急务，他没有回家，有一个月未见妻子和刚生下两个月的儿子了。儿子白白胖胖的，特别逗他喜爱。想起美丽的妻子和憨稚的儿子，仁梃的心里就布满了温馨。下午，他匆匆和士兵们一道吃完晚饭后，便急忙离开军营，进城回家。

来到朱雀巷附近，被两个从后面追来的人赶上。

“张队官，远远地看着像你，原来果然是你，回家去呀！”

张仁梃一看说话的是于麻子，遂点点头打招呼：“进城来啦！”

“张队官，今天是我的生日，特为邀小于子来喝杯酒，没想到在这里碰到您，真是万幸。”

张仁梃转眼看时，说话的是罗二，笑笑地说：“喔，今天是你的生日，祝贺你呀，二十几啦？”

“二十八岁啦！”罗二咧开嘴笑了笑说，“张队官，您一定要赏我一个脸，答应和我们喝两杯。”

张仁梃为难了。他巴不得下一步脚迈过的就是自家的门槛，哪有心思在这里和这两个他实在看不上眼的小兵一起喝酒。“过两天吧，过两天我们再喝！”

“你规定的，军营不能喝酒，过两天怎么能喝？”

“张队官，你是看不起我们这些丘八吧，不肯赏脸！”

“张队官，要是平时呀，我们也不敢斗胆请您喝酒。今天是生日，又恰巧在这里碰上了，您不喝，也太看不起我们了。”

于麻子、罗二一人一句，说得张仁梃犹豫了。带兵还得要爱兵呀，这是岳父大人一再叮嘱的。爱兵如子，这是历代名将的共同特点。有儿子过生日，做父亲的不庆贺吗？何况在城里这样巧遇，不和他们喝两杯，也是说不过去的。

张仁梃答应了。二人兴高采烈，拥着队官走进旁边的一家小酒店。罗二、于麻子一边说着奉承话，一边劝酒。仁梃毕竟只有二十五六岁，经不起如此劝，几杯酒下肚便失了分寸。三人你一杯我一杯，直喝了个把小时，都有七八分醉了。仁梃也不想喝了，迈出酒店门槛时，脚步有点趔趔趄趄的，于是，罗、于二人一人一边搀扶着仁梃往督署走去。快到督署大门时，罗、于二人说：“衙门我们进不去，张队官您自己走吧，我们就此告辞回营房了。”

这一路被风吹着，仁梃觉得酒醒了许多，便说：“不要你们送了，你们赶紧回去吧！”

仁梃走进督署时，守门的卫兵见二公子走路有点歪斜，忙过去扶他，闻着满嘴酒气，知他喝了不少酒，关心地问：“醉没醉，要不要扶？”

仁梃不想让督署卫兵知道他喝醉了酒，便挥手说：“我没醉，不要你们扶。”

说罢，径直向里面走去。卫兵见状，也没有再去搀扶他。两江总督衙门的西面，三十年前是天王洪秀全的西花园。西花园里有一个人工挖掘出的池塘。这口池塘又大又深，里面种着荷花，养着各种名贵的观赏鱼，池塘里还有一艘硕大的石舫，通过一座九曲回栏与岸边联系着。池塘与石舫给西花园增添了许多美色。因此，尽管是长毛头子留下的东西，大清的历届总督都笑纳不废。仁梃的家便在这池塘的北边。

当下，仁梃沿着这熟悉的池边小路向家里走去，冷不防，从花草丛中钻出一个身着夜行服的蒙面人来。

那人从背后没发出一点声音地来到仁梃的身边，待到仁梃发现有人时，他早已被那人举了起来，没来得及叫喊，便被投入池塘深处。仁梃本不会游水，又加之喝醉了酒，浑身无力。他在池塘上上下下地窜了几下后便沉了下去。可怜一个前途似锦的制台公子，一个闺中娇妻稚子盼归的年轻男人，便这样在自家门前的池塘里活活地被淹死了。

第二天中午，当仁梃的尸体浮出水面时，整个总督衙门立刻像满锅沸水似的闹腾起来。张之洞闻讯赶到池塘边时，桑燕早已哭倒在丈夫的身边，晕死过去。桑治平也是老泪纵横，紧紧地握住女婿那早已僵冷的双手。看着一个月前尚神采飞扬地对他讲述自强军内的种种状况，对自己的见习队官业绩充满信心的儿子，如今却这样全身浮肿，脸色铁青地凶死在衙门里，张之洞只叫了声“梃儿，你怎么会这样”，便立时觉得天旋地转，眼前一阵发黑，颓然倒地。

醒过来的时候，张之洞已躺在自家的床上，旁边围满了人。他的情绪已安定许多。

他望着佩玉问：“虎子妈怎样？”

虎子是仁梃出生才两个月的儿子的乳名。

佩玉道：“她昏睡在床上，还没醒过来。”

张之洞又转眼对女儿说："我这里没事，你和你姨这几天都到你二哥屋里去，照顾你嫂子和侄儿。"

准儿含着眼泪点了点头。

看到大根在旁边。他对大根说："仁梃怎么会死在池塘里，你代我去请江宁县令一定要查清楚。"

"四叔，"大根走前一步说，"昨天下午，江宁藩台、江宁县令都来了，还带了一批仵作，将二少爷全身细细地看了。二少爷身上有很重的酒气，头部、喉部、胸腰部这些要害的地方，也没发现被击打的痕迹。仵作们说，初步估计，二少爷可能是喝多了酒，失足摔到池塘里去了。又据门卫说，他们是昨夜十一点多钟看到二少爷回来的，满嘴酒气，走路也走不太稳，要扶他不让扶。"

张之洞闭着眼睛，一滴滴浑浊的泪水从眼眶里不停地流出。好长一会儿，他才将督署总巡捕叫到跟前说："你去对江宁藩司和江宁县令说，此事不要闹得满城风雨了，有人问起来就说是失足落水的。只是仁梃死得很蹊跷，他一向不多喝酒，怎么会醉到这种地步？他说工兵队复杂，要下死力整顿，是不是得罪了人，别人有意害了他？这事没有根据不能乱说，还请江宁县和自强军督办处一道去细细查访。"

总巡捕安慰道："大人好好将息，要为国家保重。二公子的事，我一定会叫江宁县和自强军严密查访，弄个水落石出。"

仁梃的葬礼完后，大根带着一班子人将他的灵柩运回南皮原籍落葬。

那夜将仁梃丢下池塘的蒙面人正是魏幺爹。这个老兵油子犯下这桩伤天害理的事竟然如同无事一般，依然和他的两个把兄弟在工兵队里吃喝混日子。江宁县和自强军督办处密查暗访了好一阵子，也没有查出什么线索来，遂一致认为张仁梃是酒醉落水，与旁人无干。这桩督署衙门的大奇事，风风雨雨半个月后，也便渐渐平息了。

除老父、娇妻外，仁梃的死还给另一个人的心灵以沉重的打击，此人便是他的师傅、岳翁桑治平。十年师生，本已情同父子，这三年来又做了女儿的丈夫、外孙的父亲，情谊加上血脉之间的联系，使得桑治平悲痛不已。桑治平在仁梃的身上，寄托了重大的期许。

刚离开古北口，跟随张之洞来到山西的那几年，桑治平对自己仍抱着很大的信心；相信可以借助张之洞的权位来施展自己钻研多年的管桑之学，趁着眼下年岁尚不大精力尚充沛的有利时机，再拼搏一次，以期不负平生。

来到两广后，张之洞力倡洋务，在念礽等一批从欧美回国的留学生面前，尤其在后来办铁厂、枪炮厂，办布纱丝麻四局等洋务局厂的过程中，桑治平强烈地感到了自己与念礽等人之间的距离。这距离不仅是两辈人之间的代沟，更是中国传统治术与西方科技之间的巨大差异。桑治平常常想：导中国于富强的，看来应是来自西方的那一套学问，不可能再是中国的传统治术；包括自己多年来所潜心探索的管桑之学在内，或许都要向西学洋技让步了。

每当这种时候，桑治平心中常会涌出一股浓重迷茫感和失落感，也因此而萌生过再度归隐的念头。然而桑治平毕竟没有归去，一个重要的原因便是为着仁梃。

桑治平想：自己是年岁偏大，不可能再攻西学洋技了，但仁梃还不到二十岁呀，他还可以学洋文读西书，以后中西会通、华洋兼资是能做出一番大事业来的。为国家造就一个人才，为自己赢得良师的称赞，这不也是中国士人的美好抱负吗？为此，他把尚在度蜜月的女婿亲手送到了武昌自强学堂，让他拜红毛蓝眼睛的洋人为师，读英文，学测算制造。女婿在洋学上的长进，使桑治平看到了未来的希望。但是也就在这几年里，念礽对湖北洋务局厂的批评，又常令他忧虑。

念礽多次在他面前讲铁厂枪炮厂的弊病：贪污、浪费、懒散、无序、人浮于事、裙带风气重，这些弊病正在吞食局厂的躯体，污染局厂的光彩。员工大部分不懂技术，扼控局厂大权的又都是些不知管理只想做官的候补道府，再加之湖北官场，从巡抚到州县，真正支持办洋务的人寥寥无几，不敢公开反对，只是碍着一个张大人而已。念礽常常感叹：中国的洋务事业，好比一只黑夜航行在大海中的木板船，没有光明，没有导航灯，风浪大，自身能力小又孤单无援，走一步算一步，随时都有被风浪打翻的可能，前景实在渺茫得很。

桑治平听到这些话后，对眼下红红火火的湖北洋务，常会无端冒出火灭政息的预感来。

去年秋冬的战事和今春京师的公车上书，更给桑治平敲起了警钟。一次割地三大岛，一次赔款相当于全国两年的收入，京师辇毂之地，千余名应试举子集体抗议朝廷。这三件事，都是史无先例的。而就在举国悲愤的时候，颐和园的太后六十大寿庆典，依旧靡费奢豪地如期举行。日本的太后是卖掉首饰买军舰，中国的太后是用买军舰的银子来修园子，而且一天四万两银子的花费。这个老太婆，半月就要花费掉一艘吉野号，两个月就要花费掉一艘超级主力舰，一年就要花费掉一支全国性的海军。

有如此太后在朝，绝不可能建成同仇敌忾、共赴国难的气氛，只能促成亡国败家、改朝换代！大清国或许不久就会有大乱，乱世中谁还来办洋务局厂？那时要的是军队。当张之洞署理两江、办起江苏自强军时，桑治平就想过，应该劝张之洞效法当年的曾国藩，将自强军牢牢控制在自己的手里，若大帅本人不愿意，则由少帅去代行其职！

仁梃当自强军队官的那几个月，是桑治平近年来最为欣慰的日子，谁知飞来横祸，夺走了未来自强军统帅的年轻生命！

桑治平终于病倒了。病榻上的桑治平思前想后，心中满是怆伤。他不止一次地扪心自问：这该不是上天在警示我，济世之梦不要再做了？

一生以功名事业为追求目标的桑治平，在大梦初觉的日子里，一面与宏抱伟图渐离渐远，一面却对情感世界的向往与日俱增。

柴氏去世又将近一年了。回忆与柴氏结缡的二十五年岁月，他发现，于柴氏，居家过日子的成分多，爱恋的成分少。

他一生真正眷恋的历时愈久思念愈深，常常是无须想起便悄然袭人心头的，却是在他情窦初开时，那个肃府小丫鬟送给他的含情脉脉的目光和纯情少女的温馨。在刀光剑影的热河行宫，在漂泊寻觅的孤旅村舍，这目光和温馨，常常会不期而然地浮出，成为前行的动力，中宵的慰藉，有时，甚至会是他生命的全部。就在与柴氏做夫妻的年代里，它有时也会像遥远天际边的一点星光，向他闪烁着神秘的魅力，令他生发出一股急欲奔去的冲动。

真是皇天不负有心人，终于有了香山城的巧遇。当看到秋菱为他做的二十四双鞋的时候，尤其是当他得知念礽是自己的儿子和为了这个儿子，秋菱屈身做妾和年轻守寡的坎坷经历时，桑治平的心被重重地震撼了。

他全身充满着被爱的幸福，感受到两情相爱的真挚与久长；然而，他为此也增添了深重的不安：今生今世，对秋菱的亏欠太多太多了！

他恨不得立即就与秋菱破镜重圆，再谱一段有情人终成眷属的佳话。但他不能这样做，因为他有柴氏在室，他不能因一个女人而去伤害另一个女人。就这样伸手便可得到的熟果，又眼睁睁地看着它悬挂在枝头，一拖就是七八年了。如今柴氏已谢世，障碍已消除，若依旧让两颗火热的心各自凉着，这一辈子还圆不圆梦，“弥补亏欠”云云，岂不成了空话？

桑治平借江督提塘处向香山县发了一封急函，仍与小儿子一道住在香山县城的秋菱很快便收到了这封信。

秋菱早已从念礽的来信中知道仁梃淹死的事，但她不知道桑治平为此已在病榻上躺了三个月。此刻的他需要自己到江宁去陪陪，秋菱还有什么犹豫顾忌的？她让小儿子送到广州，然后自个儿在广州搭乘一艘直接驶达江宁的海轮。经过半个月的海浪颠簸，终于抵达江宁，在苍茫夜色中来到桑治平的身边。

与上次相比，病中的桑治平明显地消瘦了，唯独两只眼睛依旧明亮清澈，与三十多年前的肃府西席没有多大区别。秋菱急切地问：

“哥，你害的是什么病？”

“哥”，这一声当年在肃府中背着人被秋菱叫了千百遍的称呼，今天再次响在桑治平的耳畔，令他激动难抑，三十多年前的岁月，仿佛被这一声轻轻的呼唤给唤回来了：他们携手回到了肃府的初恋时代，回到了那个奔腾着热血与情爱的秋夜……

五十出头的秋菱虽身板依然硬朗，但面容到底没有过去的细嫩、鲜亮了。岁月就像无形的霜风，吹干了人身的精血，凋零着人生的青春。一股更强烈的珍惜生命、把握幸福的意念在桑治平的心中油然而生。害的什么病？这病可多啦，有对仁梃的痛惜，有对事业的迷惘，有对来日苦短的忧虑，更有对多舛命运的哀伤。总之，害的不是身病而是心病。他希望在今后，再慢慢地与她诉说衷肠，而眼下，他更希望秋菱能和他一道去选择一种全新的人生暮年。

“我害的病，连医生也说不清楚。这些天已好多了，此刻见到你，差不多就全好了。”桑治平望着秋菱，两眼流露出喜悦和兴奋：“秋菱，你一路上受了许多辛苦，你不会怨我千里迢迢叫你来，太过分了吧！”

“看你说的！”秋菱轻声地说，“嫂子不在了，你在病中能想起我，这是你心里有我，我哪能不来？莫说江宁还不太远，即便是关外、西北，我也会恨不得插上翅膀，马上就飞到你的身边。”

“谢谢你。”或许心中太激动，也或许是大病初愈，腿脚乏力，桑治平两腿微微发抖，半天挪不开步伐。秋菱忙跨过一步扶着他。

“秋菱！”桑治平伸过手去，将秋菱的双手紧紧地握住。这双手，曾经是那样的丰润柔软，那样的温馨可人，而今尽管已没有过去的光泽和细腻，但它温情依然，馨香犹存！摸着它，桑治平的心中充满暖意，全身的活力在瞬间已被激发。

秋菱没有将手从桑治平的手中抽出。在桑治平的抚摸中，秋菱感受到爱意的绵远，青春的复苏。在大变突来后的惊恐日子里，在三十多年空落苦寂的岁月里，秋菱曾无数次地渴望得到桑治平有力的支撑、爱的滋润，也曾千百次地梦见两个有情人紧紧地依偎着、幻想着，但今天，当这一切都真实地出现在眼前的时候，却又因过分的激动而心绪慌乱，不知所措。

二人相向而坐，思绪万千，却一时无言。

“秋菱，”沉默好一阵后，桑治平先开了口，“那年念礽结婚时，我特为换上在香山拿的那双鞋，你注意过没有？”

秋菱点了一下头，心中蜜蜜融融的。

“你为我去热河做的那双鞋，我一直舍不得穿。我现在穿给你看。”

桑治平说着，从身后柜子里取出一个布包来。秋菱眼睛一亮，这块蓝底白花家织布，正是当年她亲手从箱子里挑出用来包鞋的，想不到，三十多年后再次见到它，依然光鲜如新！

打开蓝布包，里面露出一双男式布鞋来。这双她一针一线饱含着情与爱所纳出的鞋子，鞋底仍然白净无染，显然还从没有穿过。鞋子依旧，纳鞋的人却再也不是当年的妙龄少女了。重睹旧物的一刹那间，秋菱有一股悲凉的沧桑感。

桑治平慢慢地换上新鞋，然后离开椅子站起来。在秋菱的搀扶下，来回踱了几步。

“秋菱，这鞋子穿在我的脚上好看吗？”

一股从心灵深处涌出来的笑意，布在秋菱那被岁月剥蚀被海风吹皱的脸上。她轻轻地点了点头，却没有说一个字。

蓝花布包的这双布鞋，其实包的是秋菱的一颗心，是秋菱当年的青春憧憬。她想象着：等他一回来，便和他商量婚嫁的事情，由他向肃相去请求。若肃相宽宏大量的话，是可以放她出相府的。若肃相不同意的话，她就向肃相请求，以公子考取秀才作为交换条件：明年公子考取秀才了，不要任何酬劳，只要放她出去就行了。她相信对他来说，这不是难事。从小失去家庭欢乐的穷苦丫头，是多么渴望得到爱情，盼望有一个属于自己的小家啊！谁知世事竟如此不可预料，人生的遭遇竟是如此坎坷。热河行宫的那场政变，不仅摧毁了煊赫一时的肃府，也打碎了她的美好追求。她突然觉得自己好比一个遇到灾难的船客。大船沉没了，她成了一个无辜的受难者，是死是活，漂向何方，归于何处，都只能闭着眼睛听天由命。虽说后来没有死，也有了丈夫和家，但这一切都不是当初的设想。就像鱼翅和粉条一样，看起来相差无几，亲口品尝者则知道滋味是根本不同的。

就在彻底绝望的时候，香山巧遇，带给她无比的惊喜。她也曾因此燃起过一星圆梦的火苗，但无情的现实很快便将这火苗给浇灭了。“能够有这样的结局，也算苍天没有亏待自己了。”这些年来，秋菱在每一次的思念之后，便都这样自我安慰着。

“歇一会儿吧！”秋菱将桑治平扶到椅子边。“你病还未全好呢！”

“秋菱，”桑治平望着坐在对面的梦中情人，深情地说，“你这次就别回香山去了，我们结合吧！让我伴着你，也让你伴着我，共同酿造一段美好的晚年吧！”

秋菱先是一愣，随即便是酸甜苦辣种种况味一齐涌上心头。盼了多少年，终于盼到了这一天。这句本是三十多年前就应说出的话，却因别人的争权夺利而推迟到今日，本应是“美好人生”，却变成了“美好晚年”！

这是甜，还是苦？这是幸福，还是不幸？望着窗外的那轮明月，它依然如当年一样的皎洁明亮。月亮呀月亮，三十多年，在你不过一眨眼工夫，但对一个人来说，它却是半辈子！

秋菱的眼眶里泪水涟涟，好半天，她才说了一句：“都已经是五六十岁的人了，还要结合吗？”

“要，要！”桑治平连连说，“就算活到八十岁吧，也还有二十多年的日子哩。陈酒要比新酒香，夕阳更比朝阳美，我们好好合计下，把这二十多年的日子安排得快快乐乐的。”

秋菱抹掉眼角边的泪水，说：“怎么安排法，你说给我听听。”

“首先，我要辞掉这份幕友差使。”

“辞职？”秋菱有点惊讶。“张大人会同意吗？”

“我要说服他同意。”桑治平郑重地说，“我在名利圈子里兜了大半辈子，越到后来越觉得这个圈子其实很窄，人只有跳出名利场，才会领略到天地的宽阔。离开肃府后我在大江南北漫游了好几年，看到了宇宙的壮美、山川的雄奇，只是因为心里总在想着找你，没有很好去感受；后来在古北口隐居好些年，因为心里老想着建功立业这档子事，也没有仔细地去品尝生活。这一两年来，我开始悟出了一个道理：名利不必去追求，事业也不是你想做就能做得成的，人的生命只有一次，好好地享受人生才是正事，而人的生命也只有融于天地造化之中，才能得到大美；必须跳出名利场这个小圈子，才能进入大境界。有你在一旁，我的心灵算是有了真正的依托。我要和你携手融于大美，就像当年范蠡携西施泛舟太湖一样。我想张大人会理解的。”

秋菱一时还不能琢磨透桑治平心情变化的大道理，作为一个普通的女人，她本能地认可桑治平的这种选择。

“离开总督衙门，我们将到什么地方去住？”

“在张大人幕府里做了十三四年的幕友，我已积蓄了四千两银子，粗茶淡饭，够我们用了。我们可以回我的洛阳老家去住，也可以四海为家，随处租房子住。”

“好！四海为家更好！”秋菱的脸色开始明朗起来，稍停一会，她又担心地说：“我还没有跟儿子们说哩，奶奶都做了八九年，五十出头的人了，还要出嫁，儿孙们会看笑话的。”

桑治平笑道：“耀韩怎么看，我还不大知道。但我们的念礽，我想他一定会赞同的。他在美国近十年，受的是西方教育，西方女人改嫁再婚，是很普通的事，念礽对这事一定会是开明的。哥哥都同意了，弟弟还有什么话说？万一他们兄弟还有点迟疑的话，就干脆把事情的原委都给他们挑明了！”

“别，那些事千万别告诉他们。”秋菱的脸红了起来，急忙止住桑治平的话。

桑治平开怀大笑起来，快乐给他带来了力量。他发现自己的病顿时好了七八分，趁势把羞涩而喜悦的秋菱搂入怀中。

三 “旧学商量加邃密，新知培养转深沉”。朱熹的这两句诗给张之洞以启示

果如桑治平所料，念礽很快便从武昌给两位老人发来了贺信，祝贺他们这段美好的黄昏恋，到时他要代表弟弟和陈氏家族出席婚礼，致辞祝贺。儿子的这种态度，令秋菱极为欣慰。一切都就绪后，桑治平向张之洞正式辞行了。

“仲子兄，这太让我意外了。”张之洞压根儿也没想到跟着他十几年相处极为融洽的好朋友，会突然向他辞别。“若是对我对总督衙门，或是对别的人有什么不满意之处，你尽管提出来，一切都可商量，只是请你务必不要离开这里。”

张之洞的这番真情实意，倒使得桑治平为自己的这个决定有一丝不安了。他沉吟片刻，只得以实相告：“这些日子里，我时常想起贾太傅。贾太傅责备自己未尽到师傅之职乃至于忧伤而死。仁梃死于非命，我这个为师的有不可推卸的责任。我内心忧伤，方寸已乱，每一见到西花园那口池塘便悲从中来，我理应长归田庐，息影山林了。”

作为仁梃的父亲，张之洞这段时期的心情岂能好过？但他生性坚强，深知身上所负担子的沉重，不得已而强打起精神处理日常事务。得知桑治平的辞职乃是出于仁梃的缘故，张之洞是又感激又惭愧。他沉痛地说：“仲子兄的这番心情，让我愧谢交集。我是仁梃的父亲，仁梃二十五岁便走了，我心里能不难受吗？他死于非命，我能不自责吗？眼看你的女儿年纪轻轻便已守寡，小孙子不满周岁便成了孤儿，我的心里痛苦万分。”

张之洞不觉语声哽咽起来，他停了停，喝了口茶，把涌挤到眼眶边的泪给强压了回去。

“但我痛极之时也能自解，一来死生有命此乃天意，而非人力所能勉强。我一生经历这种打击太多了。四岁丧母，二十岁丧父，二十余年间连丧三妻又痛失娇女，我恨天公对待我太残忍，恨极之时，也只有以此自解。二来仁梃已长大成人，娶妻生子了，死于非命，做父亲的自然有责任，但已不是重要的了，这责任首在他自己。我今天也以这二则反思来规劝你。你一不必太悲伤，二更不必自责失职。仁梃早已独立办事了，并非在你跟前读书的学童，他与坠马而死的汉梁王还是有别的。你千万不要因此而离开这里。”

桑治平本来还想对张之洞说，他对眼下他们共同从事的这个事业也已失去了信心，洋务局厂也罢，自强新军也罢，大概都不可能导中国于富强。话已到嘴边，他还是咽了下去，他实在不忍心挫伤了张之洞的心。他知道，局厂、江苏新军，费尽了张之洞的心血，已是其生命的一部分。此时说这种话，无异于在他心头上插上一把刀。他又想干脆把与秋菱这段情感故事说出来，取得张之洞的谅解。念头刚起，他便觉不可。说出那段往事，无疑就会露出自己“肃党余孽”的身份。对于大受慈禧宠信官运红极的总督来说，张之洞如何接受得了？但什么理由都不说，此举岂非突兀得不可思议？想来想去，他决定有所保留地托出与秋菱之间的关系。

“香涛兄，我告诉你一件事吧！念礽的母亲是我的表妹，我与她从小订的娃娃亲，后来不幸分散了，直到那一年我去念礽的老家香山县，才奇迹般的重逢。现在我也是一个人了，我准备与她完婚。一场三十多年前就该完的婚，不料竟推迟到晚年。”桑治平无可奈何地凄然一笑。

张之洞只从念礽口里知道桑治平是他母亲的远房表兄，却没有想到还有“娃娃亲”一层在内，张之洞高兴地说：“这样说来，我与你是亲上加亲了。你和念礽的妈完婚是桩大好事，但这与你离开这里没有任何联系呀！”

桑治平说：“念礽妈离开老家四十多年了，很想回家去看看，我也是离家三十多年了，也想念家乡的亲人，我们准备结伴回河南。杜甫说青春作伴好还乡，我和她这是老来结伴好还乡了。”

说罢，苦笑几声。

张之洞说：“回乡探亲，这是应该的，我不拦你，放你半年假如何？”

桑治平停了片刻说：“念礽妈想在家乡多住几年。”

张之洞沉默了，心里想：他是要陪念礽妈在老家住，怪不得要辞职。失散好几十年的娃娃亲，是应该加倍珍惜。尽管老大舍不得，张之洞也只得同意：“我实在不忍心打扰你们的这番情感，只能遵命。只是十多年来你不图名利，不图地位，一心一意辅助我为国家做事，我对你有说不尽的感激。”

听了这话，桑治平的心中涌出一股浓重的伤感来。他咽着嗓子说：“香涛兄，不说这些了，人生聚散，乃是缘分。我才具有限，不能为你做更多的事，此生能参与你的一系列大事业，尤其是镇南关大捷，为疲惫多少年的大清国赢得一场大胜利，虽然后世说起这场战争来不会想到还有一个桑某人曾经为此潜赴越南会见刘永福，但我私心还是欣慰无比的。要说感激，倒是我要感激你，是你的经纬大才，让我多多少少品尝了抱负施展的那种愉快感觉。”

张之洞听出了话中那些时隐时现的幕友情绪。幕府中的人员，有的确实为主人出过很好的主意，有的还亲身参与事情的成功，但无论如何，他们都不会在事情的结束获得属于第一位的荣耀。他们总是辅助者，有的甚至提都没被人提起。压抑委屈之感，为人作嫁之叹，是幕府独具的气氛。这就是幕友情绪。宽厚的主子，幕友的情绪会平和些；与主子有不一般关系的幕友，此种情绪更会平和些。张之洞待幕友算是宽厚，桑治平与他的关系又非比一般，故佐幕十四年来，张之洞才初次感觉到桑治平其实也有通常的幕友情绪。他暗自责备平日自己粗心了忽略了。张之洞想起二百年前的一个故事来，带着情感说：“康熙年间，河道总督靳辅与他的幕友陈潢之间的友谊，为后世留下了一段主宾之间的佳话。康熙十年，礼部侍郎靳辅外放安徽巡抚。离京南下经过邯郸吕洞宾祠，见祠内墙壁上有一首题诗：四十年中公与侯，虽然是梦也风流。我今落魄邯郸道，要向先生借枕头。靳辅正欲觅一个好幕友，他从诗中看出这正是一个有才学而不遇时运的落魄者。见题诗墨迹未干，知其人尚未走远，便派人四处寻觅，果然找到了。题诗的人名叫陈潢，乃浙江钱塘一个落第秀才。靳辅与陈潢谈了一天一夜，二人深相契合，互为知己。靳辅请陈潢佐幕，陈欣然答应。靳任皖抚六年，陈亦随之六年，二人亦主亦宾，亦师亦友，几无尊卑上下之别。后来靳迁升河道总督，陈又随之赴任。辅佐靳治理黄河，成效巨大。靳不没陈之功，当康熙南巡至河工上时，靳当着康熙面奏陈之功，康熙授陈佥事道。后来，靳遭小人之陷被革职，陈也受到牵连，冤死狱中。四年之后，靳复职。复职后的第一件事，就是为已死的陈潢伸冤彰绩，又将陈之遗作编为《历代河防统筹》一书刊印，亲自为之作序，将陈潢的治河业绩传播于世。我读前代史乘至此，总免不了为之感慨再三。”

桑治平插话：“靳辅、陈潢之间的友谊，我也曾听人说起过，的确令人感动。”

“这些年，我每每将你视为陈潢一类的人物，也愿意做一个惜才爱才真诚待友的靳辅。只是你一再拒绝举荐，所以至今仍是一个布衣，这是我于你有亏之处。”

桑治平笑道：“这的确是我一再拒绝的。你不要有亏欠之感。”

“宦海多风波。即便像靳辅那样一心为国的人，也遭人之害，连累了陈潢。我其实也时常有辞家归里的念头，只是身为疆吏不能自由而已。只好硬着头皮做下去，也不知哪天又会遇到一个徐致祥式的人出来跟我作对。你可以随时退身，这就是你胜过我的地方。我同意你的选择，只是，我有两个要求，你务必要接受。”

见张之洞已经允诺，桑治平有一种轻松感。他说：“你有什么要求，只管说，只要我能做到，我会不遗余力的。”

“第一，十多年来，你披肝沥胆为我做了很多事，帮了很多忙，远比别的幕友作的贡献为大，但你一直并没有比他们多拿银子。前些年拿的是西席薪水，后些年也拿的一般幕友的薪水。为你请衔你不答应，为你加薪你不肯。你现在要回籍休养了，我送你五千两银子，请你一定要收下。”

“香涛兄，你的盛情我领了，但这五千两银子我不能收。”桑治平诚恳地说，“十多年来，我的薪水已不低了，除日常开支外，尚有些结余，以后的日子完全可以过得下去。再说，君子相交，以道义为重，我做你的幕友，原本是想借你的名位为国家和百姓做点事，并不在谋利。你也千万莫以薪水少为歉。”

荐举不受，似可理解，这白花花的银子居然也不受，就未免有点太迂执了。这样不要名利的迂执人，茫茫人世能有几个？身为执掌名利的朝廷命官，对于伸手索求，甚至不择手段索求名利的人，不能让他得逞。而对于那些真为国家做事却淡泊名利的人，也不能让他受委屈。这才是头脑明白的官员之所为。想到这里，张之洞正容道：“仲子兄，你不忮不求，真令我钦服，但这五千两银子各有依据，你且听我说清楚。首先，这其中两千两，不是送给你的，而是送给秋菱的。秋菱是你的娃娃亲，也是我的儿女亲家。她遇到这等喜事，我这个做亲家的不能不有所表示。这两千两银子是我的贺礼，给她置办衣物的费用。你无权推辞。”

桑治平知道这是张之洞的随机应变，但也确实不好拒绝，遂笑了笑，点了点头。

“在你光绪十一年主掌幕府日常事务时，我要给你每月加二十两银子的薪水，你没有同意，但我已命账房，每月支出，给你存在南洋钱庄，此笔银子连息钱在内共二千五百八十两。第三，我兼署江督，朝廷给了我兼薪，你当然也应兼薪，这一年来的兼薪共计三百六十两，这几笔银子加起总共四千九百四十两，另外六十两是我送你的路费。所有幕友回籍都有路费，你自然也不能例外。仲子兄，你说这五千两银子你是该收还是不该收？”

桑治平笑了笑说：“难为你一片好心。这样吧，你把存钱庄的二千五百八十两银子依旧存着，算是我捐给幕府的银子。今后若遇到哪位幕友有困难之事，需要银子的话，你代我做主，或二百，或三百地送给他们，其余的那二千四百二十两银子我收下。”

“好，好，就依着你吧！”张之洞苦笑着说。“第二，我想请你离开督署之后也不要息居林泉之间不问国事。你以旁观者的身份冷眼观看天下局势，如有大事，请你随时给我以指点。我给你十个有湖广总督关防的火漆信函，这是我平时巡视各处随身所带的密函，你可以交给所在地的县州以上的衙门，他们会连夜加快递给我，不会误事。这件事，请你务必不要推辞。”

桑治平凝神答道：“好，我接受了。只要我认为应尽快告诉你什么，我会动用这些宝贝的。”

“好！”张之洞说，“那我就先谢谢你了。你今后务必多多保重。”

“香涛兄，请你也务必要为国珍重。”桑治平深情地注视着这位因丧子而显得更加憔悴苍老的总督说，“你这几个月来也明显地老多了，你一身当五省重任，可谓朝廷的江南柱石，你千万不能病倒。近来吃饭睡眠都还好吗？”

“吃饭尚可，睡觉比以前差多了。这个把月来连午睡也不敢睡了。”

“为什么？”

“中午一睡，夜里就更难入眠。但中午若不睡，这一个时辰也不知怎么打发，心里总是郁郁闷闷的。”

桑治平突然间有了个主意：“假若有一个极博学又善言辞的人，每天中午到府里来陪你说说话，帮你打发这一个时辰如何？”

张之洞说："到哪里去寻这样的人！不瞒你说，我自离开京师外放这些年来，像潘祖荫张佩纶那样既博学又会说话的人还真没遇到几个。江宁附近有这样的人吗？"

"有。"桑治平想起一个人来。"钟山书院有个教习，诗做得好，品诗更精当。有次我去书院看主讲蒯光典，恰遇他也在。听他与蒯光典谈前贤今人的诗，颇有点咳唾成珠的味道。"

张之洞说："钟山书院还有这等人才，他叫什么名字？"

桑治平答："他叫陈衍，学子们都称他石遗先生，福建侯官人。"

张之洞喜道："原来陈衍在钟山书院，近在咫尺却不知！"

桑治平说："你认识他？"

"我没有见过他的面。三年前，林赞虞御史外放昭通知府路过武昌时来看我，我见他的纸扇上题了三首绝句，便借过来看。诗写得很不错，下面落款为'陈衍'二字，便问陈衍是什么人。他告诉我是他的同乡，有闽中第一诗人之称，我那时就想见见此人，想不到他也在江宁。就烦你带个口信，请他明天中午到督署来，我听他谈谈诗。"

桑治平起身告辞，张之洞久久地握着他的手，说："什么时候离开江宁，早两天通知我，我要和全体幕友为你饯行。"

桑治平感激地点了点头。

第二天中午，陈衍来到督署，巡捕将他带到正在湖边观鱼的张之洞身边。张之洞见陈衍四十左右年纪，一身旧布长袍，脸上架了一副黑框大眼镜，浑身上下，十足的学究模样。

待陈衍坐下后，张之洞随口问道："你来钟山书院多久了？"

陈衍答："快三年了。"

"什么出身？"

"光绪壬午科举人出身。"

"喔。"张之洞点点头。"先前做过些什么事？"

"一直在福州闽江书院任教，因蒯山长相邀，大前年来的江宁。”

张之洞眯着两只显得昏花的眼睛，将陈衍仔细看了一眼，说：“知道我召你来督署做什么吗？”

“听蒯礼卿说，大人想听我谈谈诗。”

张之洞点点头。

“但不知大人想听卑职谈诗的哪些方面？”

张之洞懒散地松了松袍带，说：“中午这一个半小时，老夫想轻松轻松，听说你博学善言，于品诗极有见地。你就在老夫面前品品诗吧！拣你最拿手的说说，就像那些唱曲子的人一样，先唱精彩的。”

张之洞的这个比喻令陈衍颇为不快：怎么能将我这个“八闽第一诗人”与唱曲子的人相提并论？本想拂袖而去，但又不敢得罪这位总督大人。倘若他怪罪下来，撤去书院教习一职，那一家老小如何度日？陈衍决定干脆在这位目中无人的总督面前放声高论一番，让他看看我石遗先生的学问，下次还敢如此轻薄否？

“那卑职就随随便便说了。”

“你说吧！”张之洞从袖口里取出一个鼻烟壶，在鼻子底下来回嗅着。

“自古以来，学士才子都想作好诗，但很难，也都想品诗鉴诗，但更难。比如孔门弟子三千，贤人七十，夫子能与之说诗者，也不过子贡、子夏二人而已，就连长于文学的子游都进不了这个门槛。如何品诗呢？孟夫子有句话说得好，说诗者不以文害辞，不以辞害志。以意逆志，是为得之。然则知人论世谈何容易！故古今诗话汗牛充栋，能有传世价值者，不过百中之一罢了。卑职有意为《石遗诗话》已在十年之前，拟以四十年成此巨著，若天假我以七十中寿，则此书可成。”

张之洞笑了笑，说：“你打算用四十年时间来写你的诗话，其志可谓远大。你已有十年的准备了，想必心得不少，能向老夫透露一星半点吗？”

陈衍想了想，说："说诗标举名句，其来已久；诗话之起，实由此。当年谢安与子侄辈闲时论诗，谢安说，你们各举《诗三百》中两句自认为最好的诗来。侄谢玄说，我最喜欢的两句为'昔我往矣，杨柳依依'。侄女谢道蕴说，最好的应属'吉甫作诵，穆如清风'。谢安说，你们说的都不错，但依我看，最好还是'讦谟定命，远猷辰告'二句。后人说，从这个故事可以看出，品诗其实是在品自己。谢玄是大将军，常年外出征战，故对羁旅物候感触深。谢道蕴是女人，性情温和，故喜欢清风明月一类。至于谢安，肩负宰相重任，宏谟远猷，自是他的向往。"

张之洞点点头说："你刚才这个故事，用来说明你的品诗实为品自己，很是妥帖。你说诗话原于标举名句，看来你对名句颇有研究，说说你的体会吧！"

陈衍说："依我看，诗中名句，以状景为多。这多半受钟嵘《诗品》的影响。他举了四句诗：'清晨登陇首'，'明月照积雪'，'高台多悲风'，'思君若流水'，说这些诗句都是即目所见，并非出自经典。在他的倡导下，诗人多在状景上下功夫。唐人善此道，故诗中名句多，宋人偏重情理，相对来说便少些。"

张之洞说："你这说法偏颇了，宋人诗中也有很多写景的名句，如林和靖'疏影横斜水清浅，暗香浮动月黄昏'，东坡的'竹外桃花三两枝，春江水暖鸭先知'，陆游的'山重水复疑无路，柳暗花明又一村'，陈简斋的'客中光阴诗卷里，杏花消息雨声中'，难道不都是状景的名句吗？"

陈衍想，世人都说张之洞偏爱苏东坡，因苏东坡而偏爱宋诗，看来此说不假。于是笑了笑说："大人所举，的确为宋诗中状景的名句，两宋诗才辈出，像苏黄辛陆等人，皆诗界巨擘，岂能说宋诗中无写景名句，只是相对于唐诗来说略逊一筹罢了。至于宋诗中的情理之佳句，又远过唐诗，不说别的，仅朱熹的两句'旧学商量加邃密，新知培养转深沉'，便有多少可细味之处！"

张之洞在办洋务的这些年里，时常想，洋人的学问与中国的学问，不应该对立，两者可互补短长。如果能融合起来，那就最好。陈衍吟诵的朱夫子的这两句诗，突然间给了张之洞以启示：若将洋人的学问看做新知，中国的学问看做旧学，那么早在朱熹那里就已经融合了：切磋旧学能使学问精邃，培植新知，则学问便更加深湛。

他不再与陈衍辩难了，转而以平等之态问道："曾听人说诗贵风骨，也重色泽，足下专于品鉴，于此可否有说？"

陈衍说："大人此说极有意思，诗人不但可以风骨别之，亦可以色泽别之。"

"试为老夫一别？"

陈衍沉吟片刻说："此种色泽，非寻常脂粉之色，乃天然之色，为花卉、山水、彝鼎图书种种之色泽。王右丞如金碧楼台，陈后山如淡淡靛青，黄山谷则赭石加朱砂，陈简斋好比山茶腊梅。至于吴波不动，楚山丛碧，李太白足以当之；木叶微脱，石气白青，孟浩然足以当之；空山无人，水流花放，韦苏州足以当之……"

陈衍兴致大发，越说越得意，不料张之洞插了进来："粉红骇绿，韩退之足以当之；萦青缭白，柳子厚足以当之。"

陈衍先是一愣，随后快乐地大笑起来，连连说："大人真捷才。大江白浪，山高月小，苏东坡足以当之……"

"算了吧，我看你一口气可以把唐宋各大名家尽涂上花花绿绿的色彩，也不知他们认可不认可。"张之洞快活地笑了起来，话中虽有讥嘲之意，眼里却是赞赏之光。他边说边起身道："我要去办公了，今天谈得很愉快。你今后常来我这里做做客，我乐意与你谈诗。"

陈衍忙说："谢大人的厚爱。"

"据说你博学多识，佛学禅义你懂吗？"

陈衍突然想起昨天答应一个人的事来，机会这不就来了吗？他忙说："卑职对释家向无兴趣。大人要听释氏之学，近日钟山书院来了一位大名人，他对此亦有研究，不妨叫他来陪大人说说。"

“这个大名人是谁？”

“他就是今春在京师闹公车上书的首领工部主事康有为。”

“噢，康有为到江宁来了！”

张之洞对康有为并不陌生。早在粤督任上，他就收到由翰苑朋友张鼎华转来的康有为的一封信，康建议在广州开办一个译书局。张认为这个建议不错，便叫梁鼎芬去见康。梁带回康开列的一大堆西洋书目，认为都在翻译之列。张有意让康来主持这个译书局，但不久，他就奉调湖广，此事也就作罢了。

“你明天陪他来见我吧！”

四　若康有为能为我张之洞所用，岂不更妙

江宁城水西门外，有一个占地约七百亩的大池塘，名叫莫愁湖。相传东汉洛阳城里有个女子名叫莫愁，远嫁江宁卢家。卢家为迎娶她，筑别院于此池塘边。莫愁一生平顺。她虽是一个极普通的女子，却在中国文学史上很有点名气。梁武帝有一首流传很广的乐府歌辞，就是专门咏的莫愁。开头两句“河中之水向东流，洛阳女儿名莫愁”，江宁城中三尺小儿都能背诵。晚唐大诗人李商隐为唐明皇与杨贵妃的爱情悲剧作了一首七律，结尾两句说：“如何四纪为天子，不及卢家有莫愁。”竟然说开创大唐最为辉煌时代的玄宗皇帝还不如莫愁的丈夫。这样一来，莫愁便成为一个享有很高知名度的中国古代民妇，莫愁湖也便跟着出了大名。

莫愁湖四周树木葱茏、风景清幽，阳光照射在平静如镜的湖面上，水光潋滟，清亮可人，是一个极好的休闲游览之处。风和日丽的时候，江宁城里的名利之徒，会常常借此暂且摆脱一下世俗的名缰利锁，获得片刻的心境安宁。至于文人墨客们，无论是春夏秋冬，还是风霜雨露，都有撩起他们游莫愁湖的雅兴。他们会在这里领略历史的沧桑，获取诗文的灵感。历代江宁城主便因此而在莫愁湖畔建起了不

少楼台亭阁，以便更多地吸引游人。围绕着莫愁湖的著名建筑有郁金堂、湖心亭、赏花亭、光华亭、长廊、曲榭，把莫愁湖装点得更加多姿多彩，遂有金陵第一名湖之称。

这是一个初冬的晴朗日子，阳光温和，小草虽大半枯萎，而树叶却多数还留在枝丫上，只是颜色变得暗黑，犹如翠衣上加了一件深色外套，准备迎接即将到来的九九严寒。几株高大的枫树上挂满了红红黄黄的五角叶片，给略带几分肃杀的冬景增添不少亮丽的色彩。

在三三两两的游客中，有一位三十七八岁的男子。他中等身材，略微有点胖，白白净净的脸皮，嘴唇上留一口乌黑的八字短须。头戴一顶茶色小圆帽，身穿一件黄褐色的布长衫，夹杂在游人中，没有丝毫的特别之处。然而此人却非同一般，他就是名动海内的康有为。

康有为乃广东南海县人，出生在一个官宦书香的大家族中。他从小聪颖过人，且抱负宏大。十岁丧父后，便跟着做学官的祖父读书做文章。他博览群书，记性悟性都特别出色，本是一个通过科举考试而走上仕途的好料子。无奈他厌恶八股文，又极爱读那些与应试无关的杂书，故功名场中极不顺利，直到三十六岁时还只是秀才。

广东乃近代中国风云际会的重要省份，康有为受家族和环境的影响，从小便仰慕曾国藩、左宗棠和骆秉章等人的事业，志在用世。目睹国家的外患内忧，百姓的贫穷困苦，康有为忧心忡忡，竭力寻求救世的学问。他从程朱转阳明，又从阳明入佛学，均未找到药方。后在忘年交翰林张鼎华的影响下，开始注重时务和西书。二十二岁时，康有为来到香港考察，见原来的一个渔村荒岛，在英国人的治理下，不过短短四十多年的时间，便成了一个繁荣的都市。这里货物山积，生活富裕，管理有序，文明礼貌，远非内地所可比拟。香港的现实，使他确认中国的出路在于向西方学习。

光绪十四年，康有为再次北上参加直隶乡试。在京期间，他广为结交开明学生和士绅，深入了解朝廷的政治动向。他希望通过向朝中权要上书的途径，来阐明自己的救国主张，以期引起最高层对自己的重视。他先是向军机大臣潘祖荫致书求见。不料他初见潘时，便大谈改革变法，把潘吓了一跳，便以长辈的身份教训他应熟读大清律例，不可想入非非，轻言变法。潘祖荫到底是个清流领袖，惜才爱才，是他的本色。他虽不喜欢康有为的轻率造次，却也没有给他太难堪，勉励他好好读通圣贤之书，又送他二十两银子作盘缠，要他尽快离京回粤，以免生事惹祸。

康有为回到寓所，越想越不是味道。他怕自己方言很重的叙说，没有表达清楚自己的思想，于是又提起笔给这位在士大夫中素负重名的老才子写了一封长信，指出“大厦将倾而酣卧安处，若罔闻知，真所谓安其危而利其灾”的国势现状，希望能借潘之言“感悟圣意，使翻然有欲治之心”。但这封信如泥牛入海，再无回音。康有为失望之余，又向学界领袖、同治帝师大学士徐桐上书，谁知不懂世故的康有为看错了人。徐桐乃彻底守旧派，凡听新、高、洋之类的话便厌恶，且架子极大。在徐桐的眼里，康有为简直是一个狂妄的无稽之徒，他拒绝接受康有为的信。徐桐的傲慢，使康有为极为不快，但他仍不灰心。他听说从西洋回国不久的曾纪泽是个通达明白、礼贤下士的君子，便又投书曾纪泽。曾纪泽对康有为颇为欣赏，他亲到南海会馆看望康，与他商讨澳门及变法等问题。但终因地位的悬殊与相知的不深，曾康之间这次见面，没有对康有为产生实质性的效果。康有为仍不罢休，又写信求见翁同龢，但翁同龢因对康有为了解不够，拒绝了康的求见。康又写信给都察院都御史祁世长，这封信也无回音。一连串的挫折，不仅对康有为心灵打击甚大，还影响了他的功名。这次乡试，他的文章已被列为第三名，但徐桐视他为狂生，强行命令主考官将他的名字刷下，中举之望再次破灭。

但这一系列的打击，反而刺激了康有为，使生性倔犟的他更加执着了。他借当时皇陵附近山崩的机会，越过阻挡他的王公大臣们，直接向慈禧、光绪上书，并标了一个极为刺眼的题目：为国势危蹙祖陵奇变请下诏罪己及时图变折。在这份折子中，康有为将中国喻为一个身患重病的人，卧不能起，手足麻木，百窍迷塞，内溃外侵，百脉溃败，病入骨髓，而这还不是最大的忧虑，最大的忧虑是皇太后、皇上无欲治之心，赫然提出变成法、通下情、慎左右的三项建议。

康有为乃一介布衣，根本无权向皇帝上折，于是他只能请大臣代递。他找到国子监祭酒，即甲申年弹劾掉恭亲王及全班军机的盛昱。盛昱为康有为的爱国激情所感，将其折交给翁同龢。但翁读了这份折子后，觉得语气太亢直，不合宜，予以谢绝。盛昱又去找祁世长。祁当面盛赞康有为的忠义，答应为其代奏，但临时又变卦失约。于是这封饱含康有为心血的折子终于未能到达光绪的手中，康有为在京师的活动，没有取得成效，只得怏怏离京回家。

回到广州后，他结识了从四川来到广州的经学大师廖平。廖平接续龚自珍、魏源的学业，治的是今文经学。康有为为廖平的学说所折服，转而潜心于今文经学的研究，他终于从冷落千余年的今文经学中找到改革变法的理论根据。从此，他以今文经学中的通三统、张三世为基础，演绎出自己的一套维新理论。在他所亲手创办的万木草堂中，他一边教学传道，一边发愤著作，将他的研究和思考写进《新学伪经考》和《孔子改制考》两本书中。前书将祖祖辈辈士人尊奉的古文经学，宣布为刘歆所伪造的学说，后书把夏商周三代历史称之为孔子为改制所拟托的理想，其实是根本不存在的，是孔子的托古改制。这种惊世骇俗的说法，无异于给死水一潭的中国学界和政界投入一颗惊天动地的炸弹，引来无数士绅官员们的愤恨抗议，直欲把康有为食肉寝皮而后快。《新学伪经考》一书因此而不得不毁版停印。《孔子改制考》也因此而未能付梓，只是以手抄本在民间流传。但康有为的学说，却赢得了他的万木草堂的学生梁启超、陈千秋、徐勤等人的五体投地的崇拜，也获得了海内无以计数的有志之士的敬重。

前年，他终于中了举。中国军队彻底败于日本的惨痛事实，使得全国上下稍有头脑的人都意识到非变革不可，不变革真有亡国灭种之祸，从而对具有先知先觉的康有为更表尊敬。今年春上，当康有为振臂一呼，几乎所有应试的举子全都予以热情响应，“公车上书”便以亘古未有之先例载入史册。同时，也使得康有为成为变法维新的当然精神领袖。会试发榜，康有为中了进士，分发工部任主事。

康有为借这股士气，在京师创办《万国公报》。这是中国有史以来在京师出现的第一张报纸，以介绍世界各国情况作为其主要内容，间或也发表一些康有为及其弟子梁启超等人所写的政论文章。《万国公报》的发行，在北京引起的反响是巨大而深远的。

接着，康有为又创办强学会，以强大中国作为该会的宗旨，借此以团结同志壮大力量。强学会得到了北京不少开明中下级官员的支持，纷纷入会，连在天津小站训练新建陆军的袁世凯也积极入会，并捐银五千两。翁同龢、李鸿藻、孙家鼐等京中大佬都对强学会予以支持。李鸿章也表示愿意入会。但强学会将李鸿章视为汉奸祸国殃民者之流，拒绝他入会的申请，甚至连他捐的两千两银子也不收。

但朝廷中也有不少王公大臣对这些事大为不满。他们认为在京师结会办报，其居心难以测度，宜严加监视防范。一批庸员俗吏也对此看不顺眼，攻击指责声时时不断。有人担心节外生枝，劝康有为离开京师，暂避风头。康有为也意识到京师阻力太大，又一时难以成事，而中外交通的重要码头上海，其环境相对来说较宽松些。于是康有为以创办强学会上海分会为由，离开北京南下。

上海是两江所辖之地，署理江督张之洞，正以兴办洋务实业的巨大成就，隐然取代李鸿章成为天下督抚的首领，深受慈禧、光绪赏识。康有为也看中了张之洞。他想：若是取得张之洞的支持，不仅对在上海办强学会有好处，而且对今后的维新事业也都大有好处。不过，康有为听不少人说张之洞不好打交道，架子大脾气乖张，又自视甚高瞧不起人。说不定他根本就拒绝接见，即便是勉强接见了，也可能以一种居高临下盛气凌人的态度，或是斥责，或是奚落，就像他对待许多有所干求的谒见者那样。同样心高气傲的康有为，最为忍受不了别人的轻蔑。犹豫了好几天，康有为以大丈夫能屈能伸为勉励，丢开一切顾虑，毅然又从上海北上来到江宁。

到了江宁城后，他没有向总督衙门投书求见，而是先去拜访官场士林中的朋友，从那里得知仁梃落水身亡及张之洞近来心情郁闷的信息。他暗思这次来得真不是时候，打算再住两三天便回上海去，过了冬天后再说。前天下午，他去拜访名翰林钟山书院主讲蒯光典，恰逢陈衍也在座，三人洽谈甚欢。蒯光典和陈衍赏识康有为的才华，同情他的维新变法主张，表示遇有机会，一定将他引见给张之洞。康有为于山穷水尽中看到了柳暗花明，颇为欣慰。

今天一早起来，康有为觉得心情顿时轻松起来，便对随侍来江宁的学生徐勤说："我去莫愁湖逛逛，你今天不要出去，就等在客栈，若书院方面有消息，你到莫愁湖找我。"

这时康有为正信步向湖畔的一座古建筑走去。这是一座二层五间的楼房，来到近处，院墙正门顶额上的三个大字迎面扑来：胜棋楼。在正门与楼房之间的庭院里，有一张方形石桌，桌面镌刻着一副棋盘，方桌四周有四个石凳。康有为走进楼房的一楼正厅，对面的墙上高悬着一幅人物画像。此人面容威严，身躯壮伟，身穿团花金粉王袍，头上戴一顶黑色乌纱帽，帽子左右有两个向外延伸的附加物，酷似蜻蜓的翅膀。画像右上角有一行字：大明中山王徐达。这里有着一个广为人知的著名故事。

徐达与朱元璋本是从小要好的穷苦放牛娃，后来一同投军。徐达英勇善战，又对朱元璋忠心耿耿，终于辅佐朱元璋做了大明王朝的天子，他自己也成了开国元勋，拜丞相封魏国公。有一次，朱元璋和徐达一道来到莫愁湖游玩。游览途中，在湖畔一座宋代传下来的楼房边稍事休息。朱、徐都酷爱下棋。小时作牧童时，便常在山坡田头下着玩，以一捆柴或一个雀蛋做赌注。朱元璋一时兴起，邀徐达下棋，徐达问以何物作赌注。朱元璋说，以这座楼房，谁赢归谁。徐达笑道，到底是做了皇帝，口气大了，这座楼房不知可以换多少个雀蛋。朱元璋不以为忤，哈哈大笑。

一局下来，朱元璋输了，这座楼房便归徐达所有。徐达死后追封为中山王，徐氏后人便以此地为中山王的祭祀之地，将此楼改名为胜棋楼，以纪念当初君臣相得的这段佳话。

康有为久久地凝视着徐达的画像，想象着五百年前那场莫愁湖畔的君臣博弈的欢乐情景。志在天下的维新派领袖完全陶醉于其间了。他多么希望今上就是明太祖，而自己就是那辅佐帝业的中山王啊！到大功告成的时候，君臣之间也来个围棋赌墅，留一段美谈长留后世子孙！

正在凝神遐想之际，徐勤气喘吁吁地跑了过来：“老师，钟山书院的陈先生打发人来说，下午一点去督署见张制台，十二点整，他派轿子来客栈接你。现在已十点半了，赶快回去吧。”

马上就可以见到赫赫有名的张大帅了，康有为欢喜之中不免夹杂着一丝儿紧张：这场“游说”二人戏该如何上演呢？“说大人则藐之”，康有为想起亚圣孟轲的名言，顿时增添了勇气。他拉着徐勤的手，兴奋地说：“我们赶快回客栈吃午饭！”

刚吃完饭，钟山书院的轿子便来了。因为是进的制台衙门，康有为不便带徐勤同去，便一人登上轿子，来到衙门口，陈衍的青布小轿早已停在那里了。二人在门房的导引下，来到两江总督西花园附近的花厅。花厅周围植有花木，筑有太湖石假山。厅堂只有檐顶，没有门窗，正因为没有隔离，它于是与花木山石相倚相偎，融为一体。在这座花厅里，天王洪秀全曾经会见过他的战友袍泽，毅勇侯曾国藩也曾与他的幕僚们高谈阔论过。这段时间，则成了张之洞午饭后稍事休憩的场所。陈衍和康有为落座不久，便见从对面鹅卵石铺就的小径转弯处，迤逦走来一队人。陈衍指着走在前面的第一人说，那就是张大帅。康有为瞪大着眼睛看去：那人矮矮小小的，脸瘦长，满嘴大胡子，身上穿的是一件旧灰布薄棉长袍，显得随意草率。走路的步伐似乎有点不太平稳，一脚高一脚低的。康有为没有想到，威名赫赫的张大帅，竟是这样一个不起眼的小老头！他有点不明白，为什么要那么多的人跟着，一次随随便便的消闲式的聊天，也要摆如此大的排场么？

张之洞一行将进花厅时，陈衍扯了扯康有为的衣角。他自己先站起，随即也便把康有为带了起来。待张之洞在早已摆好的太师椅上坐定后，陈衍走前一步，深深地作了一揖说：“卑职陈衍带工部主事康有为前来参见大帅！”

说罢拿眼睛瞟了瞟康有为，只见康有为缓缓地抬起手，向张之洞拱了拱，腰杆也只微微地向前弯了弯。

张之洞没有理睬陈衍，将康有为仔细地盯了一眼。就在这个时候，康有为发现张之洞的所有随从都用一种异样的眼光在过细地打量他。他见惯了这种场面，神态自若地接受各色眼光的审查。

“啊，你就是康有为，大名鼎鼎啦！坐下吧！”

张之洞指了指康有为身边的空凳子，又指了指周围的人说：“他们都是衙门里的官员和幕友们，听说你这个大名人来了，大家都想见见，便一起来了。梁鼎芬说那年在广州接待过你，那你们是熟人了。”

“康先生，还记得那年我们在粤海茶楼上喝茶吗？”张之洞的话音刚落，梁鼎芬便笑着向康有为打招呼。这位两湖书院山长兼督署总文案，对官场的兴致更浓厚些。他已将书院的事全部委托给主讲，自己跟着总督来到江宁，做起专职总文案来。

“记得，记得。”康有为也笑着接应。趁这个机会，他将四散在张之洞身边的人扫了一眼，这批人中除梁鼎芬外，还有梁敦彦、辜鸿铭及专程从武进县老家来看望老上司的革员赵茂昌等，当然这些人康有为一个也不认识。他的眼光在辜鸿铭的身上多停了一下，心里想：听说张之洞身边有一个精通十国语言的奇人，是个中西混血儿，看这个人一副怪模怪样的，多半就是他！

张之洞斜躺在棉垫靠椅上，一副憔悴无力的疲惫之态，望着康有为说：“听说你对释氏很有研究，说点禅家的事给我听听。”

为着要见张之洞，康有为将他的维新变法的主张和理论，最近这几天又作了一番清理，以便清晰地向这位封疆大员表述，其他方面的相关材料，他也做了充分的准备，但没有料到正在全副心思做着入世事业的张之洞，却对出世的佛家有如此兴趣。而这方面，他恰恰没有准备，只是在听到徐勤转达陈衍的话后，才匆匆想了想。

“回大帅，”康有为合着两手在胸前拱了拱说，“有为年轻时隐居家乡西樵山，曾对佛学有过接触，实在地说，算不了研究。佛学博大精深，我仅略知皮毛而已。”

康有为生性好说大话，古往今来的学问在他的心目中占有大分量的也不多，但在佛学面前，他的确有一种面临大海的感觉：无边无涯，深不可测。

“不要你长篇大论地说内典学理，局外人说禅，或许正中肯綮。”张之洞并未接受他的谦虚。

康有为弄不清张之洞的用意，思忖着，一个当年给他以较深印象的故事浮了出来。

“回大帅，”康有为的两只手又合起来在胸前拱了拱，“我原来并不知佛学，也不喜欢释氏，当年在西樵山时苦闷已极，闲着无事，常去山中的一个小佛寺走走瞧瞧，看那些和尚们是如何生活的。看了几天，也觉失望。他们其实是些浑浑噩噩的无知无识之辈，除开秃头袈裟外，与常人一个样，他们也偷偷地喝酒吃肉，偷偷地嫖娼会女人。”

辜鸿铭先忍不住笑了起来，其他人跟着笑，张之洞的脸上也泛起了微笑。康有为心里想，这张之洞及其身边人与市井小民也并无什么区别，一样地对酒肉女人感兴趣，脑子深处残存的一丝怯意随着这笑声而化去。

“有一天，我在他们的佛堂偶见一部小册子，随手翻阅着，不料一则小小的故事把我吸引了。故事说，有三个得道的高僧在一起聊天，三人都有这样的体会，即苦读经书多年，修行多年，最后的悟道，则只在一瞬间。由一件小事引起，突然间便像屋顶上的天窗被捅开了，整个儿都亮堂，一下子便什么都明白了。”

这几句引子立时把全花厅的人都吸引了。这些饱学之士，个个都是读了许多年经典的，只不过不是佛典而是儒典罢了。常常有读书多卷而仍淤塞不通的时候，为求得心中的畅通去苦苦地寻求天窗。释家是如何解决这个大难题的，倒真可作一个好借鉴。

“一个高僧说，我苦读苦修不能悟道。有一天到河里去挑水，看见一个女人在河边洗衣服。那女人两只手上各戴一只镯子。她不停地用手搓洗衣服，两个镯子不停地互相撞击，发出好听的声音。我突然想：这两个镯子若不是戴在人的手上，怎么可以撞击成声呢？世上的镯子千千万万，为什么这两个镯子能戴在同一个女人的手上呢？这没有任何道理可以解答，只有两个字：缘分。另外两个高僧说你这是因缘悟道。”

众人都点点头，张之洞也微微点点头。

康有为继续说：“另一个高僧说，我苦读苦修也不得悟道。有一年春天，我一早醒来，见满院子地上都是桃花花瓣，我扫了一个多时辰才扫干净。我边扫边想，这桃花昨天还在树上好好的，怎么今天早上都落到地上来了呢？昨天我还在想，今年可以好好地吃几天饱桃子了，谁知还没过一天，希望就全落空了，都怪昨夜的一场暴雨。这风雨无端而来，造成这场浩劫，改变了一切。我于此而悟道。另外两个高僧总结说，你这是因无端而悟道。”

众人都望着康有为，听他继续说下去。

“另一个说，我苦读苦修多年也不能悟道。有一天夜里，我回房间里睡觉。进门时，脚踩着一只软绵绵的东西，低头一看，那东西裂开了，流出浓糊糊的一摊汁来。我想，这一定踩死了一只小老鼠，那浓糊糊的浆汁一定是小老鼠的内脏血肉。心里很不安，睡在床上，嘴里喃喃念：阿弥陀佛，我一世不杀生，这次是误踩，小老鼠，我明天为你超度亡灵吧！不料刚合眼，便见千万只老鼠龇牙咧嘴吱吱地叫着向我奔来，好像要撕裂我，为它死去的同类报仇。我吓得醒了过来，决定立即掩埋死鼠，为它念超度经。我点起灯走到门边，低头一看，原来不是死老鼠，而是一只烂茄子，流出来的是茄子汁而不是老鼠血。心里念道：阿弥陀佛，我这下无罪无过了。躺下睡觉，风平浪静，什么梦也没有，一觉睡到大天亮，醒来后干脆把那只烂茄子扔到墙外去了。从此我悟了道。两位高僧说：你这是因心而悟道！”

众人皆大笑起来。

辜鸿铭忍不住嚷起来：“康先生，你这禅家故事说得好听极了，《圣经》、《古兰经》里都没有这么有味的故事。”

张之洞笑着问：“他们都因此而悟道，你也悟了禅道吗？”

康有为答：“我或许缺了慧根，虽读了这则故事，却没有悟出禅道来，但后来却对我悟世道很有启发。”

“悟世道？”张之洞顺手捋了捋胡须，“说说你是怎么悟世道的。”

好了，终于摆脱佛家禅机，回到正题上了。

“回禀大帅，”康有为正襟危坐，将两只手交叉插进宽大的袖子里，高高地对着张之洞拱了两拱说，“我由高僧的得道过程中领悟到，我康某人因父精母血而成形，因母亲顺娩而临世，不生欧美，不生汉唐，而生在由太后皇上执政的大清国，与父老乡亲、友僚门生共处于世，今日又与大帅及大帅府里的各位先生相聚，这一切无从解释，只有缘分二字可以说得。我要珍惜这个缘分，不虚度此生，不负我大清国地载天覆之恩，报效斯世。这可谓我因缘而悟世道。”

张之洞敛容颔首，心里想，这康有为，许多人都说是狂人，从他这段话听来，也通情达理，并不狂妄。

“桃花被风雨打落，僧人感到世事无端。其实，这个世界无端太多。我们好好的大清国，从来没有碍别人的事，可是英国却要强行将鸦片运进来，俄国要霸占伊犁，法国则到处建教堂，传教布道。日本更加可恶至极，不仅炸毁我军舰，逼我赔银子，还要掠夺我们的台湾、澎湖和辽东。他们好比狂风恶雨欺侮桃花一样地欺负我们大清，不让我们好好活下去。其实，桃花也是可以抵御风雨的，围墙筑高一点就行了。这就是桃花的自强。我们大清也可以自强，自强就能免受洋人的欺负；自强，就能让大家都好好过日子。”

赵茂昌忙讨好地说：“我们香帅现在做的就是自强的事业。香帅的事业成功了，我们大清就立马富强起来了。”

“这位老爷说得好。”康有为明知赵茂昌是在谄媚张之洞，但他此时要附和。“香帅的铁厂、枪炮厂和自强军就是保卫我大清国的围墙。”

张之洞很喜欢听这种话。他突然想到，这康有为可不是一般的新科进士、小京官，他眼下名满天下，四海瞩目。前京师清流派柱石，像冯桂芬、李鸿藻、潘祖荫等人，虽也曾号称士人的领袖，但他们的号召力以及在士人中的威望，都不能跟康有为相比。倘若借此人之口，替我张之洞在四处腾播腾播，岂不胜过赵茂昌这类当面的好话千倍万倍！再进一步，若康有为和他手下的那批人能为我张之洞所用，岂不更妙！

想到这里，他脸上露出会心的笑容来，说：“你这个世道悟得不错。”

“谢大帅！”康有为又拱起手来，说：“要说悟道，我真正佩服佛家的是因心悟道这句话。世间万事万物，对人来说，实只一念之间而已：存之于心则有事有物，不存于心则无事无物。就拿今日我们大清国来说，真正是百病丛生，百脉不畅，危险大极了。忧国忧民之士五内煎沸，如煮如焚，眼见国家多难，求救亡图存之策，日思夜想，寝食不安。但同是大清子民，许许多多人则熟视无睹，浑然不觉，当官的则依旧养尊处优，贪污受贿，为民的则依旧钻营谋利，苟且偷生。这些人犹如梦游者似的，看起来也在行走做事，实则不明不白，无知无识。两者之差，唯在有心无心而已！”

这段话说到了张之洞的心坎上。为办洋务实业，他是殚精竭思，心血费尽。不说朝廷和别的地方，就拿湖广和两江来说，官场中大多数人或对此麻木漠然，事不关己，或泼冷水，找碴子，暗地刁难，或借机捞油水，发“洋”财。心与心不同，乃有人与人不同。

禅家故事正是将人世间的隐秘给挑穿了。

张之洞正要跟康有为再聊下去，督署凌吏目走进花厅，附在张之洞的身边悄悄说：“徐海道员谢文田今夜里想来看望大人，不知大人有空否？”

张之洞警觉地问：“夜里来！他要谈什么事？”

“谈海州煤矿的事。”

“他在哪里？”

“就在门房里。”

“他不是我的朋友，谈的又是公事，夜里来做什么！就叫他进来好了。我在签押房里接见他。”

说罢，站起身来对康有为说：“明天中午你再来，我们接着聊，陈石遗忙，就不要陪同了。你明天可以带一个学生陪你来！”

康有为和陈衍二人刚走出西花厅不远，便听见从一个房间里传出张之洞的大声吼叫：“这是什么？想贿赂我吗？混账东西！本督非严肃查办革去你这个道员不可！”

康、陈知道这是张之洞在训斥那个徐海道员，不敢多听，急急忙忙地离开总督衙门。

五　张之洞资助的《强学报》，竟然以“孔子卒后”纪年

第二天中午依旧在西花厅里，张之洞和康有为继续着昨天的聊天，只是双方的旁听者都有变化。在张之洞这边，只剩下梁鼎芬和辜鸿铭。在康有为这边，陪同前来的不再是陈衍，而是他的弟子徐勤。

徐勤是万木草堂开办之初的第一批学生，他与陈千秋、梁启超三人最受康有为的赏识，有康门三大弟子之称。陈千秋德才俱佳，可惜二十六岁时便英年早逝，康有为私称之为颜回。

梁启超天才卓荦，常被康有为委以重任。徐勤出身富家，却品性笃实。康有为定万木草堂的学费是每年十两银子，有家境贫寒的可少交甚至不交，家境富裕的希望多交点。徐勤于是每年交银四十两。康知徐忠诚可靠，常将他带到身边，让他一身兼学生与仆役二任。

张之洞要康有为谈谈自己的经历。康有为便将他的身世、求学过程及对国事的思考，特别将自己创办万木草堂及在京师拜谒各位大臣请代递奏折的事详细地叙说了一遍。张之洞很少插话，梁鼎芬一直没有做声，连一向喜插科打诨好表现的辜鸿铭也几乎没有讲话，大家都被康有为二十多年来为寻找中国的富强之路，所作出的辛苦探索和艰苦力行深深吸住。

张之洞一边细听康有为的浓厚粤音的京腔，一边端视着康有为的面庞五官、神态表情，心里在慢慢琢磨着，眼前这个暴得大名的广东佬，究竟是个什么样的人物？

很快，一个半小时的午休时刻就要过去了，凌吏目又走进花厅，对张之洞小声说：“谢道又来了，他要跟大人讲清楚，还说昨天大人冤枉了他。”

张之洞勃然变色道：“怎么冤枉了他，他的禀帖里夹了一张二十万银票，这不是存心要贿赂我吗？他把我张某人看成什么人了，真是岂有此理！”

凌吏目说：“谢道讲，海州商人们开矿心切，出此下策是不对，但他们除按规交税外，每年报效官府二十万。大人自己不收，可以用来为百姓办事。”

张之洞气犹未消：“海州煤矿我早就盘算好了，由海州衙门来办，先由江宁藩库拨三十万作开办费，今后所有收入都归官府，难道不强过他的每年二十万？”

凌吏目不开口了。

张之洞的脸色开始和缓下来，对康有为说："你明天再来，将你的呈皇上的几份奏折和你的两部书《新学伪经考》《孔子改制考》都带来，给我看看。"

"晚生遵命。"康有为知道两次的谈话已引起了张之洞的重视，颇为高兴，稍停片刻他又说，"刚才听了大帅几句话，对大帅清廉高洁的品质，钦佩不已。今天的世道，像大帅这样高风亮节的官员可谓凤毛麟角。不过，有大帅一人即可知我大清国官场正气尚存，操守尚存，大清富强仍有希望。大帅方才办的是公务，晚生本无置喙之地，但晚生生性迂直，心里有话便要说出才安，诚所谓骨鲠在喉，不吐不快，不知大帅可否容晚生说几句话？"

在通常的情况下，像康有为这种官阶很低的客人，张之洞当然不会容许他过问公务，但一来康有为在张之洞心中的地位不一般，二来刚才这几句恭维话也让他高兴，遂道："你要说什么话，说吧！"

康有为又拱了拱手才开口："刚才听大帅说，拟由海州官府出面开采煤矿，晚生以为官办不如商办。晚生研究比较中西国情多年，发现两者之间有一个最大的差别，那就是中国办事只用官方的力量，而西方办事善用民间的，也就是商家的力量。有些事，如纳粮、征税、审案、练兵等，非官方不可，但许多事，尤其是洋务实业，还是以商家办为好。这可以克服官府办事常见的贪污推诿等毛病，因为它的一丝一毫都与办事人的利益密切联系。晚生以为海州的矿务，交给商家办，官府可课以重税，或在常税外再额外交一笔钱给官府办其他公益事业。若纯由官府办，则会像许多官办的局所一样，亏损大而收效少。晚生实在是冒昧陈言，请大帅宽恕。"

张之洞听了康有为这番话后沉默着。他想起了汉阳铁厂和枪炮厂，还有马鞍山煤矿、大冶铁矿，的确是投资巨大而收效甚小。他三令五申严加监督，也不见好转，据说里面弊病甚多，也有好几个人提出招商家来办，他都加以拒绝，他不大相信唯利是图的商人能办好这样的大厂矿。康有为说中西最大的差别，便是官办与商办的差别，这是他第一次听到这样简明扼要、一针见血道破中西国情的不同，这话给了他一个震动。但他不愿意就这样轻易接受康有为的看法，免得被这个地位比他差得太远的年轻人所轻视。他拍了拍衣袍起身，慢慢地说：“你刚才说的这番话，也算是一家之言吧！你得为我找一些实例来，让我看看。老夫一向信服河间献王的做法：实事求是。”

张之洞离开花厅回到签押房，再次召见徐海道谢文田。昨天声色俱厉地表示要对谢文田立案究办的话不再说了，耐心听完他的陈述，只说了句“此事再议”，便将谢文田打发走了。这位五十多岁的徐海道台，昨天离开督署后，便像冬天从池塘里捞出的落水者一样，躺在床上，盖三床棉被，仍全身冰冷、战抖不已。他私下接受了海州商人送的三十万两银子的贿金，为了办好这事，他忍痛拿出二十万送给张之洞。不料引起张之洞的雷霆大怒，声言要将他查办革职。真是偷鸡不着蚀把米。事情办不好，熬了几十年才熬出的四品顶戴都要立即被拔掉了，这不倒了八辈子的大霉！昨夜一夜未睡，今日再来督署告罪求饶，请求总督大人手下留情。不料今天张之洞竟然脸色温和，革职一事不提了，还可以再议。谢道喜从天降，心里不停地念着：“祖宗保佑，神灵保佑。”早就听人说过张之洞性格乖张，喜怒无常，这次可算是真正领教了。

翌日午后，张之洞和康有为在西花厅第三次会面。康有为将所有奏折及部分诗文和两部书都带了来，当面呈给张之洞。张之洞问了问康有为这次到江南来的目的。康有为将准备在上海创办强学分会和办报的事说了一遍。张之洞说：“我今天下午有几件急务要办，不能跟你多谈了。你给我的这些文章和书，我也得好好看看。明天、后天你都不要来了，大后天再来，我和你再好好聊聊。”

“晚生遵命。”康有为照例拱了拱手说，“有一件事，前两次晚生都忘记了。我离京前，内阁侍读杨叔峤先生要我带一封信给大帅。我说我还不知什么时候去江宁，也不知大帅能不能接见我。我怕误事，请他还是交提塘官去办好了。”

张之洞说：“你认识叔峤？”

康有为说：“叔峤是个忠义热血之士，我与他见过多次面，对国事的看法几乎完全一致。京师强学会开会，他也去听过，对我们组会办报，他都极为赞同。”

这些年来，杨锐在京师一直与张之洞的长子仁权有密切的联系，也常常会有信件给张之洞。他在内阁任中书期间，因修《会典》有功，已晋升为正六品的侍读。朝廷上的一些事情，京师里的传闻，他常会在信中向张之洞作些汇报。

张之洞“哦”了一声，又说：“叔峤身体还好吗？”

康有为笑了笑说：“身体好，气色也好，看起来是个正在走运的官。”

说罢起身告辞。

接连两个晚上，张之洞都在阅读康有为的四份奏折和部分诗文，翻看他的那两部引起轩然大波的著作。张之洞在心里反复掂量着康有为。这无疑是一个奇才，无论是为学还是做事，都有大过人之处。若生在太平盛世，一心一意治学，或许能达到郑玄、孔颖达那样的成就；一心一意做事，也或许可能获得王安石、张居正那样的功业。他现在既要为学又要做事，既想做圣贤又想做英雄，这颗心真是大得很哩！

在三次与康有为的面谈和翻阅这些文字之后，张之洞对大清立国以来所仅见的这位公车首领有了较为清醒的看法。

康有为虽有南海圣人之称，但张之洞从他年轻时离家出走，类似癫迷的独居经历，和四处趋拜京师权贵乞求奥援的行为来看，特别是从他不惜歪曲孔子编造历史来为自己的学说寻求根据，又肆意诋毁古文经学，粗暴武断地对待前人来看，这个人的品性大有可质疑之处。

此人行常人之所不能行，言常人之所不能言，忍常人之所不能忍，其必抱有常人所不曾抱之功利，求常人所不曾求之目标。他敢做出头鸟，敢为天下先，其胆气魄力也必在常人之上。显然，他不是在做修诚格致的圣贤功夫，而是在做出人头地的豪强勾当。

以此看来，他所致力的一切，维新变法也罢，强国图治也罢，都不过是一个手段、一苇舟楫、一座浮梁而已，其最终的目的乃在于个人抱负的实现。如此，康有为则很可能是古往今来常见的野心家，并非国士！

且慢，张之洞的思路刚一到达这里，便立时有一股强大的力量在挡住，这力量来自于康有为那四份上光绪皇帝书。这可是一个烈焰腾腾的熔炉，它燃烧的是滚烫的心，奔溢的是激烈的血。

四道上书中的一些话，不断地浮现在张之洞的脑海里：

“窃观内外人情，皆酣嬉偷惰，苟安旦夕，上下拱手，游宴从容，事无大小，无一能举……大厦将倾，而处堂为安，积火将燃，而寝薪为乐，所谓安其危而利其灾者……今兵水陆不利，财公私匮竭；官不择财而上下鬻官，学不教士而不患无学。”

“今日中国好比重病之人，卧不能起，手足麻木，举动不属，非徒痿也。又感风疾，百窍迷塞，内溃外侵，朝不保夕。所谓百脉溃败，病入骨髓，扁鹊、秦缓所望而大忧者。”

“决不能割地赔款。弃台民之事小，散天下民之事大，割地之事小，亡国之事大……天下以为吾戴朝廷，朝廷可弃台民，则可弃我，一旦有事，则次第割弃，终难保为大清之国民矣。民心先离，将有见土崩瓦解之患，自弃其民，国于亡也……不如以所赔之两亿巨款改充军费，强兵复仇。”

“设银行，筑铁路，造机器，开矿藏，设铸造局铸造银元。”

“顺天下之人心，发天下之民气，合天下之知以为知，取天下之才以为才。”

这些话对张之洞来说，都有于心戚戚然之感，尤其谈割地赔款那一段，更是深得张之洞的心。“以赔款改充军费”简直与自己不谋而合，所见略同。至于“割地之事小，亡国之事大”、“可弃台民，则可弃我”、“自弃其民，国于亡也”这些话，更令张之洞拍案叫绝。他虽然反对割地赔款，却没有用这样的语言予以表达，不是因为身为国家大员，不可以说这样尖刻的话，而是没有认识得这样的深刻透彻，这样的人木三分！自诩天下奏疏第一的前清流名士，在这样的折子面前，也有点自愧不如、后生可畏之感。

此人的诗也好。慷慨沉雄，气势闳阔。“《治安》一策知难上，只是江湖心未灰”，“陆沉预为中原叹，他日应思鲁二生”。张之洞反复吟诵康有为的这些诗句后，常常忍不住感叹：是个有大志的人呀！

从德才学识四方面来鉴衡，此人才与识都属海内罕见，学也不乏，只是它的路子有些偏，不能总是正学，至于德嘛，张之洞下意识地摇了摇头。

昨天下午蒯光典到督署来说，康有为此次到江宁，是前来寻求资助的，希望能对他在上海筹建强学分会予以支援。

天性爱才惜才的张之洞，从心里深处来说，是非常赏识康有为的。他两充主考，再任学政，门弟子中无能写出如这等诗文的人。他开府太原，总督三地，其幕府中也无能写出这等深刻奏章的人。何况，此人的治国方略大多与自己相同。此人若不办学堂自任宗师，若不广结权要自上奏章，若不结会办报自封领袖，而是直接就来投靠他张之洞，愿意在他麾下效力做事，他张之洞必定会予以重用，待遇优厚，对其礼仪程度当不会下于桑治平。可是，康有为不是也不属于桑治平式的人物，那么，又将如何对待呢？

最让张之洞拿不定主意的是，结会办报，此乃犯大忌的举动。历朝历代，哪个君王不严禁结社集会组团纠伙？如今西方传过来的报刊，其煽动力、影响力大得不得了，倘若他办的强学会的背后有什么不轨的意图，倘若他办的报刊上今后刊载了与朝廷决策相左的文章，惹的乱子可就大了。自己身为总督，岂脱得了干系？即便不对抗朝廷，而是惹出别的是非，比如他们在报上骂地方官员，干预官府，这些事也够麻烦的了。要是你支持他们，今后出了事便会找到你的头上来，到时如何说话？

张之洞陷于深沉的考虑中。正在这时，有一个人轻轻推开签押房的门，蹑手蹑脚地走了进来，将一封信函放在书案上，转身走出房间。张之洞从沉思中回过神来，看了看桌上摆的信函：原来这正是康有为讲的杨锐托他带的信。张之洞急忙拆开封函，取出信来。

杨锐首先问候老师近日的生活起居，健康状况，然后告诉老师，大公子仁权最近几个月来在四书文、试帖诗上狠下功夫，进步很快，下科会试高中是唾手可得。这话很让张之洞欣慰。仁权三十三岁了，尚未中进士。他盼望儿子能早日报捷。

接下来是这封信的主旨。杨锐告诉老师，前来上海办强学分会的公车上书领袖康有为是个非常难得的奇才，他在京师甚得人心，年轻的士子们，包括国子监的学生及各省住京应试的举子，十之八九尊敬康有为。官场上尤其是翰苑、詹事府里的官员们也大多对康有为的爱国热情表示敬意。最为难得的是德高望重的元老，如李鸿藻、翁同龢、孙家鼐等都对康有为表示赏识，尤其重要的是皇上注意到了康有为。皇上读到了他所写的奏折，并且将他的奏折摆在龙案上整整一个月，时常拿起来读，还不断称赞他忠心可嘉。据内廷传出的消息说，皇上早晚要大用康有为。杨锐还表示他想加入京师强学会，并请老师能对康有为在上海的活动给予支持。

放下这封信，张之洞的心情有点激动起来。杨锐的信，似乎专为释疑而作。撇掉翁同龢不论，李鸿藻、孙家鼐都是正派而富有阅历的人，他们都赏识康有为，看来此人确非一般。更为重要的是，皇上看重康有为！尽管有不少传闻，说皇上柔弱无实权，权力都握在太后的手里。但不管怎样，皇上终归是皇上，太后已过了花甲，皇上才二十五岁，大清的权柄最终握在谁的手里，这不是再简单明白不过的事吗？如此说来，康有为的大用，只是时间的早晚而已！想到这里，张之洞不再犹豫，决定明确表示自己的态度：支持康有为，支持康有为在上海所办的事业。

但是，康有为的锋芒太露了，而且此人既然连“托古改制”的事都可以强加在孔子的头上，他什么话不敢说，什么事不敢做？得有一个人常年在他的身边盯着，以免出大的漏子。倘若能通过此人，将以后康有为所办的事纳入自己的轨道，那就更好。这得有一个既能干又忠诚的人去为好。派谁去呢？张之洞猛然想起刚才送信的人，好像是和梁鼎芬一起从武昌来江宁的汪康年。那时因为在思考康有为的事没有在意，这时张之洞心里想，从门房将信函等物送到签押房是大根的事，大根半个钟头前还来过这里，怎么这封信会由汪康年送进来的，莫非他是借送信为由，要跟我说话？

张之洞突然兴奋起来，就派他跟康有为到上海去，岂不挺合适的吗？

原来，表字穰卿的汪康年也是张之洞所欣赏的一个人才。那年汪康年中了进士后，正候在京里等待分发，偶遇在京师办事的梁鼎芬，两人很谈得来。梁对汪说，你的志向不在百里侯而在名山事业，不如跟我到武昌去。张香帅坐镇江夏，广招天下贤士，共襄盛举，你到武昌去必可得香帅重用。汪康年答应了，跟着梁来到武昌。张之洞与汪康年见面说了话，又读了他的诗文，果然对他大加赞赏，将他留下，让他到两湖书院任史学教习。汪和梁都有同样的爱好：喜欢作诗论诗，张之洞也甚好此道。于是，张之洞与梁鼎芬、汪康年之间除上下级之外，更兼一层诗友关系。

张之洞把大根叫进来问：“早一会，有封信，为什么你没送而叫别人送进来？”

“四叔，是这么回事。”大根答，“我从门房里拿了信出来，正要给您送来，刚好碰到汪教习。他说，这封信交给我吧，我给香帅送去，顺便好跟他说件事。”

果然是汪康年！张之洞说：“你去把汪教习叫来。”

一会儿，三十五六岁、戴着一副西洋近视眼镜的汪康年走进签押房。

“穰卿，你有事跟我说，为何不说又走了？”

“我见香帅正在想事，怕打扰了您，也不是什么大事，便先走了。”

“坐吧，你有什么事？”张之洞指了指墙壁边的高背椅。

汪康年坐下后说：“前几天我到镇江去了。回江宁后，梁鼎芬对我说，康有为到江宁来了，与香帅见了几次面。总听人说起康有为，我也没见过。我想请香帅下次接见康有为时带我在身边，让我看看这位上万言书的公车领袖究竟是个什么模样。”

张之洞笑了笑：“模样也很一般，年纪比你大不了两三岁，与你的区别是你有四只眼，他只有两只眼。”

汪康年被逗乐了，说：“我还想听听他的说话，看看他的举止表情，我是读过他的《新学伪经考》的。读其书，想见其为人，古今一理呀！”

“好，满足你的要求，明天中午他会再到督署来，你和我一道去见他吧！”

“多谢香帅了！”汪康年起身告辞。“香帅忙，我就不打扰了，明天我准时来。”

“慢点走，我还有话跟你说。”张之洞用手向下压了压，示意他重新坐下。“康有为这次是到上海来办强学分会的，还想在上海办一张报纸，希望我支持他。我想听听你的意思。”

汪康年说：“我听说康有为在北京办强学会，办《万国公报》，京师很多人都赞赏。还听说李中堂、翁中堂、孙中堂都派人参加了强学会，不少人还捐了银子。”

“你都听说有哪些人捐了银子？”

“听说直隶总督王文韶、在小站练兵的袁世凯都捐了五千两，还有两位领兵的将领聂士成和宋庆也各捐了两千两，李鸿章也准备捐两千两，他们还不要哩！”

“想不到李少荃晚年落到这个地步，既受日本人的欺侮，还要受国内无名小辈的奚落。”张之洞说话间还冷笑了两声，那神态，颇有点幸灾乐祸的味道。

汪康年明确地说：“我个人是很赞赏钦佩康有为的。香帅是总督，不比我们，行事宜慎重，但既然京师几位老中堂都支持，香帅支持他，朝廷也没得话说。”

“你看怎么支持？”张之洞斜过脸来问。

汪康年想了一下说：“第一是道义上的支持。就是承认康有为他们在上海办强学分会、办报纸是合法的。上海官府不能随便干涉他们的行为。第二个是资金上的支持，办会办报都要钱。康有为是个书生，家中也不富有，银子对他们来说很重要。”

张之洞点点头说：“你说的这两点我都接受。我还想给他一个支持，派一个人去，和他们一同办事。”

“那当然更好了。”汪康年立即说，稍停一下，他又说，“叫谁去，这个人不大好派。这不是两江的公务，由衙门说了算啊。若康有为以为是去监督他，会碍他的手脚，不同意不接受呢？或是他接受了，这人今后不能与他们很好共事，起不到香帅所要起的作用，也是白派了。”

张之洞盯着汪康年：“你知道我派的人要起什么作用？”

“我当然知道！”汪康年一副自得的模样：“香帅怕他们出乱子，派个自己的人去好随时掌握他们的行径，免得出事，日后朝廷说起来，也好交代：我安排了一个人在管他们呢！”

“你这个脑子倒是鬼精灵的。”张之洞笑了起来。“那就派你去如何？”

“派我去！”汪康年愣了一下。他也是一位热血热肠的士人，想轰轰烈烈地干一番大事业，对康有为及其同仁们所做的事业早已心仪。他怕是张之洞在逗他，便又问了一句：“真的派我去上海，和康有为他们一道办会办报？”

“真的。”张之洞一本正经地说。

“我去！”汪康年坚定地表态。

“好，明天你和我一道见康有为时，我就把你给推荐出来。”

次日，又是一个和暖的初冬午后，康有为应邀准时来到督署西花厅，不料张之洞已先坐在那里闭目晒太阳了。康有为想起“与长者会，不能晚到”的古训，正要表示歉意，张之洞却不以为然，指了指侍立在身后的人说：“他是武昌来的两湖书院的史学教习汪康年，字穰卿，仰慕你的大名，特来与你见面。”

汪康年随即走前一步，向康有为抱拳：“我对康先生仰慕已久，你的大著和几道上皇上书我都拜读过，早想结识，只是无缘。昨天我听说康先生还会来督署，便请香帅带我一起来见面，今日如愿得见，快慰平生。”

康有为来督署已经三次，还没听见过哪位衙门里人说过这样诚恳的话，知道汪康年是个真心仰慕他的人，心中甚是高兴，也忙拱手：“穰卿先生过奖了。张大帅创办的两湖书院在海内士子们心目中有着崇高地位，穰卿先生身居书院史学教习，定然学富五车，钦佩钦佩。”

张之洞正要使汪康年在康有为眼中有个好印象，便接了他的话题说：“穰卿是甲午科的进士，他的志向高洁，不愿做俗吏，却要跑到武昌来跟老夫做点事。他的学问诗文，老夫都不及。”

汪康年忙说：“香帅这话，令我无地自容。”

康有为见汪康年身为进士，不去做官，却来书院做一个无权无势的清闲教师，心知此人确不是俗气的读书人，不觉生出几分敬意来：“穰卿先生志向可嘉。”

“都坐下吧！”张之洞待康、汪二人坐定后，开门见山地说，“康先生，你的两部大著和奏章、诗文，老夫都已读过。你这忧时忧国之心，老夫也甚是体谅。你准备在上海办强学分会，创办报纸，老夫都予以支持。”

康有为今天是准备了一肚子话，来向张之洞游说，希望能支持他的事，不料尚未开口，张之洞便这样直截明白地表示支持的态度，令他颇为意外：这的确是一个做事的人，怪不得在湖广办了那么多的洋务局厂。康有为心里想，嘴上忙说："谢大帅的大力支持。"

"我还要拿出点实际东西来。"张之洞接着说，"我比不得王文韶和袁世凯，他们有钱。我虽然做了一世的官，却没有学到积攒私房的本事，我只能捐给你们五百两银子。银子虽少，却是清清白白的俸金。另外，江宁藩库再拨一千两银子，作为你们的开办费。"

康有为不名一文，眼下最缺的便是银子，有这一千五百两银子，在上海租房聘人张罗会务就有了切实的保证。他满心欢喜，起身向张之洞作了一揖："大帅的慷慨解囊，江宁藩府的大力资助，康某代表京师强学会和即将开办的上海强学分会表示由衷的感谢。"

"感谢不必。"对于康有为的这个举动，张之洞面无表情。"只是你们要把事情办好，千万不要在上海给老夫添乱子惹麻烦。"

康有为从张之洞的神情和说话的语气中，感觉到与刚才的热乎不大相协调的冷意，遂答："大帅放心，强学会是为了我大清的富强而建立，决不会给大帅添乱子惹麻烦。"

"那就好。"张之洞指了指汪康年说，"我还要给你安排一个助手，就是这位汪康年汪穰卿。他能支持你们的事业，相信你们会合作得好的。"

张之洞的这一招，康有为倒没有想到。张之洞派人来，毫无疑问，是代表官府来监督的。京师的强学会，就因为部院官员的干扰太多而不顺利，康有为本意是想在上海另辟一方天地，名曰强学分会，实际上就是强学会总会，要彻底摆脱北京城里的沉闷而又浓厚的官场暮气，借助上海的海港优势来放开手脚做事。他私下将这个决定，比之为俄皇彼得大帝当年将首都从莫斯科迁往圣彼得堡。他为自己的英明决策而自得，却不料刚离京师的官场，又落到张之洞的控制之中。想到这里，康有为有点沮丧，瞬时间他有种被罩在网中的鸟儿似的感觉。这张网又大又宽，将全中国都统罩住了，无论在他的家乡广东，还是在京师，抑或是在西方气氛较浓的上海，他都无法挣脱这张网，而赢得属于自己的那个自由空间，真是无可奈何！

但康有为自然不能拒绝张之洞的这个安排，何况汪康年给他的印象也颇好，心里想：你张之洞可以利用他来监督我，我也可以改造他来为我所用；他若为我所用了，你张之洞也便间接为我所用了。

康有为做出一副极恳挚的神态说："大帅给了我们这么多银两，又虑及我们人手不够，将穰卿先生这样的大才派出支援，晚生真正感激不尽。只是上海强学分会一切都还在计议之中，要付诸实现，会有许多筚路蓝缕的事要做，到时恐怕要委屈穰卿了。"

汪康年说："我不怕吃苦，只要能对康先生的事业有所帮助，再苦再累我也心甘情愿。"

"好，就这样说定了。"张之洞起身道，"我还有许多事要做，今天就谈到这里。康先生，穰卿从此刻起，就归于你的麾下了。你日后需要找我，找江宁督署的事就可以通过他。什么时候去上海呀？"

康有为和汪康年都站起来。康有为说："过两天，我就带着穰卿坐海船去上海。"

一个月后，张之洞收到汪康年寄自上海张园的信。

汪康年在信上报告上海强学会的筹备业已就绪，即将开成立大会。信上特别提到由康有为起草的《强学会章程》中所说的"分门别类，皆以孔子经术为本"。汪康年说，康有为的"孔子经术"其实是他篡改的所谓孔子改制的那一套，希望去掉这一条，但康坚持。

康还将张之洞作为发起人的第一名列入，也不事先请示。信函里还夹了一份《强学会章程》的抄件。

张之洞将《强学会章程》看了一遍。章程规定强学会的任务是译印图书，刊印报纸，成立图书馆，创办博物馆，传播西学新学，研究如何维新变法以使国家自强，这些都没错。既以西学新学为业，似可不提“孔子经术”。康有为要格外标出这点，显然是想打着孔子的旗号来推行他的那一套学说，这是不可以的。

身为两江之主，列名为康有为所办的强学分会的第一号发起人，更是大为不妥。张之洞忙亲笔写了一封短函，申明两点：一从章程中删去“以孔子经术为本”数字，二是将他的名字从发起人中划去。为着郑重，派梁鼎芬坐小火轮专程去上海张园。

康有为见到张之洞的信后，对梁鼎芬说：“章程都已发出去，无法改了，至于张大帅不愿列名发起人，那就划去好了。”

梁鼎芬正色道：“长素兄，你这样做不妥。既然张香帅拨款捐银给你办强学分会，那强学分会就应该在大事上对香帅先禀告而后行。像章程和列名这类事都是大事，你如此我行我素，香帅如何放得下心？”

康有为却不以为然：“张大帅虽然拨了银子，但强学分会到底不是两江治下的衙门，用不着事事都要向他禀报。何况‘以孔子经术为本’这七个字本没有什么差错，张大帅既然很支持，将他列名为发起人也不是不可以的。”

梁鼎芬没有想到康有为居然是个如此自以为是的人，暗想此人今后怕是极不好打交道。他叮嘱康有为：“今后要多向张香帅请示。”

康有为漫然应了一声。

梁鼎芬觉得事情有点不妙，把汪康年叫来，要他今后多多注意强学分会，千万莫给香帅招惹是非。然后，急急忙忙赶回江宁，向张之洞禀报了一切。

张之洞紧锁双眉不做声，心里想：这康有为看来是个桀骜不驯的狂人，拨款资助他一事或许草率了点。但事已至此不便改变，遂关照梁鼎芬：“你到钟山书院去一趟，告诉蒯光典，以后注意一下书院学子们对上海那边的反应，有什么事随时告诉我。”

张之洞万没料到，二十多天后，一桩更大的乱子骇得他目瞪口呆。

这天上午，大根照例将一大堆包封信函送到张之洞的签押房，并在一旁当着张之洞的面将它们一一拆开。

“四叔，您看看这个。”大根将一本石印的薄册子交给张之洞。

张之洞接过一看，见上面赫然印着三个大字：强学报。

下面有一行小一点的字：上海中国强学总会。

他心里一动：康有为的报纸印出来了！但随即而来的便是心中不快：为什么没有事先通个声息，比如说报纸的名字啦，一个月出几期啦，创刊号的主要文章啦，什么消息都没有，一张报纸就印出来了。堂堂署理两江总督，上海强学会的强有力支持者，竟然和别人一样，只是在报纸印好后才看到，这康有为的眼里可真没有我呀！

他扫了一眼第一页上的文章，用大字登在首要位置上的是康有为自己撰的文章：《孔子纪年辨》。张之洞觉得奇怪，为什么要写这样的文章？四海之内，从京师到十八行省都一律用的是光绪年号，谁也没有用孔子纪年呀！他读了几句，才明白《强学报》用的是孔子纪年，而康有为辨的就是他自己的做法。张之洞一惊，目光急速地在报上寻找，很快，他便看到刊头上还有一行小小的字：孔子卒后二千三百七十三年大清光绪二十一年十二月初五日。

“岂有此理！”张之洞一掌拍到案桌上，把一旁专心拆信函的大根吓了一大跳。

“四叔，怎么啦？”

“康有为真是胆大包天！”张之洞气呼呼地将手中的《强学报》重重地朝地上一扔。“你赶快出去给我把凌吏目叫来。”

一会儿，凌吏目气喘吁吁地走进来，垂手侍立。

“你把那张报纸拾起来！”

凌吏目一边弯腰拾报一边想：叫我来就是为你拾这张报纸吗，为什么不叫大根拾呢？见张之洞满脸怒容，他也不敢问，只在心里嘀咕着。

“你看看这个！”张之洞指着“孔子卒后”那一行字对凌吏目

说。

凌吏目边看边轻轻地读了出来："孔子卒后二千三百七十三年大清光绪二十一年十二月初五日。"他有点奇怪：怎么要写得这样啰唆，不就光绪二十一年十二月初五日好多了，还加什么"孔子卒后"？

"看出问题了吗？"张之洞绷紧着脸问。

凌吏目仔细地想了想：除开啰唆外，也不见有什么大问题，张大人为何这样凶巴巴的？

"有点啰里啰唆的，有个光绪二十一年就可以了，不要再加什么孔子卒后。"

"岂止是啰唆？"张之洞冷笑道，"你的脑子不开窍，这是自改正朔！"

"自改正朔！"这话让凌吏目睁大了眼睛。凌吏目也是读书人出身，知道这"自改正朔"就是"谋反篡位"的同义词。他浑身打了一个战。稍停一下他又想：说自改正朔是不是有点过分了，后面不还明明写着光绪二十一年吗？历史上谋反者决没有自改正朔后又加上朝廷正朔的，但在张之洞的凶光之下，他哪有为《强学报》辩解的勇气？

"你给我立即出发，乘坐小火轮到上海张园，先找到汪康年，问他知不知道这事。然后再和他一起去向康有为传达我的指令，火速将这一期创刊号封存销毁，下一期不能再有'孔子卒后'这一行字，若坚持不改变，我将查封该报！"

凌吏目来到上海张园，找到了汪康年。汪康年听了凌吏目的传达后，十分委屈地说："康有为这个人极不好相处，专横霸道，根本听不进我的意见。他坚持要在光绪年号之前冠以孔子纪年，说这是对孔子的尊崇。我几次说过，这太骇人听闻，恐授人以柄。他就是不听。"

凌吏目说："康有为一意孤行，怕是要给香帅添大乱子。"

汪康年说："我和你一起去见他，郑重其事地把香帅的意见转告他。若他依然坚持的话，那我只得离开上海回两湖书院去。”

凌吏目是个吃了二十多年衙门饭的人，他没有汪康年的文人气度，有的是衙门带给他的仗势凌人的习惯。“到时就不是你离开上海而是要请他走路了，哪有拿了两江藩库的银子而不听两江总督话的道理！”

汪康年陪着凌吏目上楼来到康有为的办公室，推开房门，见康有为正撩开袍子，站在桌子边在奋笔疾书，见汪康年进来，只随便点点头，手中的笔并没有停下来。

汪康年指着凌吏目介绍道：“这是香帅派来的凌吏目。”

康有为头也没抬，边写边说：“我们在督署里见过面，请坐。稍等会儿，我还有两句话就写完了。”

凌吏目心中不悦地在一旁坐了下来。过一会儿，康有为放下笔，得意地对汪康年说：“我刚才是在给一位读者回信。穰卿，你还不知道吧，我们的《强学报》创刊号出来后，引起的反响有多大，这两三天我已收到十多位读者来信了，全是拥护，一片叫好。刚才我回信的是谁，你是绝对想不到的，他是容闳容纯甫老先生。他都看到了我们的《强学报》，就写信鼓励我们。容老先生的信，我非亲自回不可。”

最先带领留美幼童出国，后来又做过驻美副公使的容闳都称赞《强学报》，这事也的确令汪康年兴奋。他正要问问容闳现在是不是住在上海，凌吏目冷冰冰的话抢在他之前抛出来了：“康先生，我奉张制台的命令特来上海告诉你，《强学报》上写的‘孔子卒后’那一句话大为不妥。张制台说了，只能用皇上的年号，不能用孔子纪年。”

凌吏目根本不知道容闳是个什么人，容闳来信称赞一事，在他的心目中并无意义，他只为康有为对他的冷漠而生气：我受命前来传达张制台的口谕，就好比传旨的钦差，你一个小小的工部主事竟然如此坐大，真是一点官场规矩都不懂的妄人！

康有为不以为然，说："这些读者的叫好，大多是冲着孔子纪年，和我那篇《孔子纪年辨》而来的。有孔子才有我中国，无孔子则无我中国，我用孔子纪年正是标明我中国在世界各国面前的崇高地位。我知道，张大帅是怕由此而引起改正朔的嫌疑，这点我早就考虑到了。我康有为赤心拥戴皇上，拥戴朝廷，决没有二心，历史上所有谋反篡位的人，用的都是他自定的年号，决不会用孔子卒后纪年，更何况下面紧书光绪年号。哪有这样的改正朔者？请凌吏目告诉张大帅，千万放心，不要听信旁人的无稽之谈。再说，我康某人一人做事一人当。这事我早申明过，与穰卿无关。今后朝廷怪罪下来，我一个顶罪，不干穰卿之事，更与张大帅无关。"

这几句话顶得凌吏目无言以对。他在官场里混了半辈子，从不见哪一个官员敢顶抗上司。不管此人的官衔有多高，比他官大的人说的话他就得听。官大一级压死人，这就是官场的规矩。一个工部主事，充其量不过六品，张大帅乃正二品的总督大人，这中间不知隔了几重天！凌吏目还是头次遇到这样的角色，他为官场规矩遭此破坏而愤愤不平。"康先生，我也不同你辩什么有孔子无孔子的理论，我只是奉张制台的命令来通知你，你不要再说什么空话，下期的《强学报》必须去掉'孔子卒后'那一行字。否则，张制台将断绝对你们的资助！"

说完也不招呼汪康年一声，气呼呼地走下楼去。康有为看着凌吏目的背影，对汪康年哈哈笑道："想不到清流出身的张大帅的衙门里，竟有这等俗不可耐的庸吏！"

汪康年说："长素兄，虽有不少读者称赞《强学报》，但'孔子纪年'事关大局，还是谨慎为好。香帅这人很强硬，他是说得出做得出的，一旦断了对《强学报》的资助，那报纸也便办不下去了。"

康有为心里冷笑道：孔子改制，乃天地之大道，岂能为一两江总督的供养而做交易？你张之洞未免也太小看我了。说出的话却温和得多："穰卿，此事与你无关，你不要担心，张大人实在不容我，我离开上海就是了。”

凌吏目坐着小火轮一路气呼呼地从上海回到江宁，添油加醋地向张之洞禀报：“康有为那小子无法无天，根本不把香帅您放在眼里。卑职看这人迟早要出大事，香帅您得把他早点赶出上海。”

张之洞铁青着脸听着，不做声。凌吏目走后，赵茂昌进来了，他向张之洞献策：“香帅，对《强学报》的事也不要操之过急，古话说多行不义必自毙。康有为这样做，必定会有人起来指责。那时，您再借助外力予以整治，效果会更好些。”

张之洞默然不语，心里接受了这个建议。几天后《强学报》的第二期出来了，纪年形式和创刊号一个样。再过几天第三期也出来了，同样未改。正在张之洞忍无可忍的时候，一个急转的变化证实了赵茂昌的远见。

六　焦山定慧寺留下张之洞“与时维新”的楹联

原来，就在上海出版《强学报》的同时，北京城里都察院御史杨崇伊突然上奏弹劾京师强学总会，说该会包藏祸心，干了不少非法活动，专门贩卖西洋书籍，抄录各驻京使馆的新闻报，刊印《中外纪闻》，并借该刊之毁誉来要挟外省大员，乘机勒索，请予严惩以肃风纪。

杨崇伊为何上这等严奏，原因在于强学会中的激进人士排斥李鸿章。李鸿章因羞而怒，由怒而恨，授意他的儿女亲家出面来纠弹。

京师中本有不少人早就对强学会的举动不满，便借杨崇伊的折子，对强学会大肆发难。慈禧虽然退政颐养，实际上仍在控制朝政。她一向讨厌低级官员议论国家大计，对庶民议政更是仇恨，遂在一批王公亲贵的要求下，指示光绪皇帝下令查封。当天下午消息传出，未等步军衙门的人查抄，分住在炸子桥嵩云草堂和琉璃厂图书室的强学会工作人员，便早已逃得干干净净。梁启超等人四处联络，希望能联名上奏，居然一时连找个联名的人都没有。无奈之时，他只得来找翁同龢，想请他出面说服皇上收回成命。翁同龢愁眉不展地告诉他，这是太后的旨意，他也因支持强学会的缘故得罪了太后，免去了毓庆宫差使。现在已不是帝师了，也不好随便去找皇上说情。

梁启超大为失望，转而再找李鸿藻。倒是李鸿藻有主见，他知道，强学会遭弹劾的关键是一“会”字。这“会”与“朋”“党”“团”“帮”一样，都是当政者所忌惧的，凡事一扯上“会”“党”一类的字眼，就容易使人联想到“居心叵测”、图谋不轨之类。他和同是强学会的支持者孙家鼐商量，决定改个名字。强学会的主要目的在于藏书译书印书，不如干脆叫个书局，为表示对朝廷的崇奉，再加一个“官”字，全称官书局，这样就再不会授人以口实了。李、孙合奏此意，终于得到慈禧的恩准。于是兵部衙门的官兵们将强学会的烫金匾牌砸烂，在琉璃厂小小图书室的门上挂了块官书局的白木板。

这事通过京报的刊载，没有几天便让张之洞知道了。他于是借这股风命令上海道解散强学分会，停办《强学报》，又命汪康年接管强学会的全部余款及各项不动产财物。康有为只得悲恨交加地离开上海，带着学生徐勤等人乘海轮回原籍广东。

转眼就到了年关。这一天，汉阳铁厂督办蔡锡勇遣人来江宁，报告铁厂的经营遇到很大的困难，炼成的钢铁被外国客商认为不合格，堆积在厂里卖不出去，银子周转不过来，连薪水都开不出了。眼看要过年了，大家都很着急，盼望张之洞能早日结束两江的署理，回到武昌去。

张之洞何尝不想早回湖广原任？两江虽然富庶，但不是自己的家，家是耽误不得的。辽东的战事早已结束，刘坤一应该过不久就得回江宁了吧！正在他盼望回湖广的时候，天遂人愿，朝廷下达明谕：着刘坤一回两江原任，张之洞回湖广本任。

得知张之洞即将离宁回鄂，赵茂昌急忙赶到江宁城。他要借送别老上司的机会，来办成一件他谋划已久的大事。这些年里，赵茂昌以乡亲身份巴结上盛宣怀的侄子盛春颐，又通过盛春颐的关系与中国电报总局上海分局总办经元善交上了朋友。赵茂昌知道盛氏发家的两大基石之一便是电报业，又亲见经元善也因电报分局而成为上海滩上有钱有势的大人物。他看准电报业确是一个可以成大气候的洋务，决定挤进来。

盛春颐给他出一个点子：由电报总局在武昌设立一个分局，总局出面提议赵茂昌做武昌分局总办。此事他去跟叔父盛宣怀说。赵茂昌对此感激不尽，许诺若武昌分局办起来，将送一千干股给盛春颐。

经元善也很赞同这个想法。湖北正在大办洋务，武汉三镇的电报业必定会越来越兴旺。武昌设立分局，自然对上海分局的业务大有好处。他支持赵茂昌去做这事，并答应负责为武昌分局培训电报生。

有这样两个得力人物的帮助，赵茂昌的兴头大增。但此事成与不成，关键在于一个人，那就是即将回任的湖广总督张之洞。若张之洞同意，此事就成了；若张之洞不同意，什么盛宣怀的推荐、经元善的支持都是一句空话。

前一向尚不急，现在张之洞就要回任，再不能拖了。这天下午，赵茂昌瞅着一个空隙，对张之洞说了这个想法，不料遭到张之洞的一口拒绝。张之洞说，武昌办电报局一事，还得过两年再说，现在要集中精力解决汉阳铁厂面临的大问题。

赵茂昌失望地离开张之洞，但他并不死心，来到后院找环儿求助。

“环儿，你说大哥帮你办的这桩大事，对你是好还是不好？”

听着赵茂昌突然说出这样一句没头没脑的话，环儿一时愣住了。自从进了张府后，吃的鸡鸭鱼肉，穿的绫罗绸缎，还常常可以托人带点银钱给娘家，比起过去挨冻受饿的日子，当然不知好到哪里去了。过门三年来，丈夫也还疼爱，佩玉也好相处，而且还生了个儿子。作为一个贫贱人家的女儿，应该感恩知足了。但环儿心里深处有很大的阙失：他毕竟太老了，又太忙太无情趣了，许多时候他不像个男人，更像个不中用的老太监。富裕了的环儿常常想，做一个老年高官的小妾，其实有太多的苦楚，还不如嫁一个年轻强壮的穷汉为好。但那些苦楚，她永远说不出口。只得略带几分苦笑地回答：“我一直记着您的大恩大德哩。”

“那就好，大哥这次有点事求你，你得帮我这个忙。”

“什么事？”

赵茂昌将办电报分局的事，细细地对环儿说了一遍。

“好，今夜里我替您求制台答应。”

“那我先谢谢你了，大妹子！”

三年前下的钓饵眼看就可钓上大鱼了，赵茂昌为自己的运筹功夫而高兴。

夜晚，环儿服侍着张之洞洗脸洗脚，又帮他脱下衣裤鞋袜，让他舒舒服服地躺在床上。环儿坐在床沿上，一面给他盖上被子，一面柔声柔气地说：“赵茂昌要在武昌办电报分局，你为何不同意，让他办好了。”

“他这人在银钱上过不了关，要办也得叫别人去办。”张之洞微闭着眼睛，心里想：赵茂昌这小子居然走起“枕头风”的路子来了。

“哎呀，四爷，你这人真不识好歹！”环儿不像佩玉，扬州瘦马馆既教了她“媚”的一面，也传授给她“驭”的一面。不要说“恩威兼施”是男人世界里上钤制下的一个有效手段，女人中用此法来对付男人的更多更有效果。环儿粉嫩的脸上明显地流露出几分嗔怒。“你不想想看，你的僚属朋友包括你的儿女在内，有哪一个像赵茂昌这样真心真意体贴你？没有他的张罗，你能有我这样年轻貌美的姨太太？没有他源源不断的特制人参，你六十岁的老头子还能生儿子？随便落到哪个老百姓的头上，人家感恩戴德都来不及，不像你们这种做大官的，人家求你还摆架子不答应。你还有点良心没有？再说，赵茂昌的武昌电报局，说好了是像上海那样，集股商办，又不是用的官府银子。你管他在银钱上过不过得关？赚了是他的，亏了也是他的，说句不好听的话，贪污中饱也是他的，管你制台大人什么事？你不如落得做个顺水人情！”

环儿说到这里，真的来了气，丢开张之洞不管，自个儿坐到梳妆台边怄气去了。

人间百个老头子，至少有九十九个服年轻漂亮女人“媚驭兼施”这一套。张之洞不是百个中的那一个，他也是九十九个中的一员。白日里在两司道府面前威严不可侵犯、说一不二的张制台，半夜里常常被这个千娇百媚的小妾弄得服服帖帖。今夜这一番毫不客气的话不但没让他恼火，反而觉得句句在理，字字中听。只是，将一个因贪污而革职的人重新起用，并委派这等重要的差使，这中间的障碍，总得清除才行呀！认真思索一番后，他有了个主意。

第二天一早，他把赵茂昌召进签押房。

“开办武昌电报局的事，我同意你去做。”

“大人同意了？”赵茂昌又惊又喜，暗自佩服环儿“驯夫”本事的高强。

“不过，得有一个条件。”张之洞习惯性地捋着花白长须，目光尖利地盯着面前这位前督署总文案。

“什么条件？卑职一定照办。”革员赵茂昌在制台的目光威慑下，有几分怯意。

“你得给我写一篇文章，不要长，两三百字就行了。说说你改过自新、与过去的贪劣一刀两断、重新做个廉洁自守的清官这些方面的想法。如何？”

“行，行，卑职今天就写，明天一早交给您。”赵茂昌想，这算什么条件，这不就是将那年痛哭流涕说的话再说一遍吗？

“我要叫人将你这篇文章抄出来，张贴在衙门外的辕门上，派两个兵守着，十天后再揭下。”

赵茂昌刚刚放松的心，被这两句补充的话又给揪得紧紧的。这哪里是给总督写文章，这不是在给江宁城百万小民写认罪书吗？这不是要将我赵某人过去的贪污情事公之于世吗？这不是让市井舆论来公审我吗？常州、上海都离江宁不远，这不很快就会传过去，让家乡父老笑话，让十里洋场的朋友们瞧不起吗？心里打鼓似的考虑好久，赵茂昌以哀求的口气说："张大人，按理说您这样做是应该的，谁叫卑职当年不自爱呢？但武昌电报局是个大洋务，今后要与各方打交道，恳求大人给卑职留个脸面。卑职日后也好将电报局办好，为大人效力。"

"那你说怎么办呢？不向大家作个交代，老夫岂不有徇私之嫌？"

乖巧的赵茂昌立时从张之洞的话中听出了弦外之音：原来并非存心丢我的丑，而只是为了堵人之口。很快，他有了一个两全之法。

"大人，您的苦心，卑职感激不已。卑职求大人一发成全，就让卑职这篇文章只在衙门内张贴算了。大人也好有一个交代，卑职也借此改过自新了。"

张之洞的手停止在胡须上，久久不做声。赵茂昌一颗心几乎要从喉管里蹦出来，焦灼难受极了。

"好吧，成全你，你可再不能让老夫失望了。"

终于答应了！赵茂昌的心重新回到胸腔。"卑职一定把武昌电报局办好，卑职一定为湖广的洋务大业增光。"

翌日，一份赵茂昌的悔过书在衙门里贴了出来。纸不大，贴的地方又偏僻，当天傍晚，赵茂昌便将它揭了下来。偌大的两江总督衙门，几乎没有几个人看到。赵茂昌心满意足地离开江宁前赴上海，与盛春颐、经元善紧锣密鼓地筹办起中国电报总局武昌分局来。

从此，赵茂昌便因武昌电报局大发横财，又凭借着雄厚的经济实力在官场上飞黄腾达，成为晚清社会中"官而劣则商，商而劣则官"的一个典型例子。当然，这些都是后话。这时督署后院也开始收拾行李，准备离开江宁买舟西归。一天下午，蒯光典在前来送行时偶尔说到，陈宝琛已从福建闽县来到江宁，他是专程来看望卜居江宁城的张佩纶的，现住在白下客栈，问张之洞愿不愿意见见面。

这消息来得太突然，张之洞一时不好回答。

因海战的失败，张佩纶再次遭到弹劾，他被迫离开直隶幕府，悄悄来到江宁，在紫金山脚下筑了几间茅舍。此事，在张佩纶来宁不久便有人报告了张之洞。张之洞以为张佩纶会先来拜访，一直等着。一个月过去了，两个月过去了，未见人来。他也曾想过去紫金山下寻找，但终不果行，不是因为忙得挤不出时间，而是心里不大情愿：马尾之战临阵弃逃，已属不可谅解，获赦后入赘李府，更不可思议。当年的清流操守到哪里去了！主动登门，固然不会摒弃，若要自己去寻找，张之洞心里着实不愿意。现在是陈宝琛也来了江宁，怎么处理呢？不见，必遭朋友讥责；若是相见，又如何见面法？思来想去，张之洞有了个主意。他写了个便笺，托蒯光典送给陈宝琛。

陈宝琛接到张之洞的便笺时，恰巧张佩纶正在回访他。二人展开便笺，上面只有几句平平淡淡的话，大意是离宁在即，无法抽身，已约好初六日至采石矶与门人袁昶见面，可否于初四日在下关码头会面，先去焦山看看宝竹坡留在定慧寺的玉带，然后再回头同赴袁昶的采石矶之宴？

焦山定慧寺里怎么会有宝廷的玉带呢？原来这里有段故事。

还是在京师的时候，有一天，张之洞和张佩纶、陈宝琛、宝廷四人在一起聊天。张之洞说，当年苏东坡游镇江金山寺，寺僧向他索取玉带以作纪念。苏东坡本是个平易的人，并不以为忤，遂解下身上所佩的那条宋神宗赐的碧玉带，慷慨赠予金山寺。寺僧感激苏学士的厚爱，将这条玉带供奉起来。从此，一代代传下去，将它作为镇寺之宝。同治六年，张之洞典试浙江，还专门去金山寺看了这条玉带。宝廷听后大笑道，哪年我若路过一名寺的话，也学苏东坡的样留一根做它的镇寺之宝。大家听后并不把此话当真。谁知第二年宝廷告诉大家，他专门去了一趟长江焦山，将一条墨玉带留在定慧寺中，寺僧也供奉起来了。欢迎诸位下次路过镇江时去看看。宝廷居然是个这样的性情中人！大家都笑起来，满口答应。

“你接受他的邀请吗？”张佩纶问陈宝琛。

“不去！”陈宝琛口气坚定地表示，“没想到张香涛是个这样不念旧情的人。你在江宁住了三个多月，他不来看你。我来江宁，也不来看我。他想在我们面前摆他制台大人的架子，要我们主动去看他。他不认老朋友，我们凭什么要应他的约，我又求他什么！”

“弢庵兄，你还不知道张香涛的用意吧！”张佩纶还不到五十岁，已经憔悴得像个花甲老人了，当年儒雅倜傥的风度，已被这些年的坎坷挫折销蚀得找不到痕迹了。“他是想通过焦山之游，用宝竹坡和你我的落魄来衬托他的得志呀！”

哦，经张佩纶这一指点，陈宝琛仿佛明白过来似的，气道：“哼，张香涛竟俗到这般地步了。他走他的阳关道，我们不巴结他，也不陪衬他！”

张佩纶说：“要去看宝竹坡的玉带，过几天咱们俩自个儿去。”

初四日一大早，张之洞便来到下关码头。他想以先在这里迎接的姿态，来表示未亲上门去拜访的歉意，但一个小时过去了，仍不见张、陈的影子。辜鸿铭在张之洞身边十多年了，只知道向来都是别人等他，从不见他等别人，偶尔因事等别人，只要过一台烟的工夫，他便烦躁不安，一边埋怨，一边抬脚走路。对这两个革职朋友的这等耐心，真令辜鸿铭十分惊讶。他劝道：“不必等了，到镇江去要坐两个多小时的火轮，今晚还要赶回江宁哩。”

张之洞心里虽然焦急，嘴里却说：“还等一刻钟吧，再不来就开船。”

辜鸿铭掏出怀表来，盯着表面看。又过了十分钟，还是不见一丝动静，便吩咐驾驶员准备开船。张之洞在心里怨道：不来应早告诉我，也免得我等这么久。正准备进船舱，却突然看到从上游急速驶来一艘小火轮，直向他这边冲来。“是不是武昌那边出了急事？”正在猜测之间，只见小火轮里一个人从舱里走出，立在船头，向着码头眺望。

这不是杨叔峤吗？他怎么到江宁来了！张之洞一阵惊喜，忙止住脚步，朝着江面上的小火轮细看。果然是杨锐！张之洞顾不得制台之尊，伸出一只手，对着小火轮船头上的杨锐挥舞着。

船上站立的正是杨锐。他已注意到码头上有人在向他挥手示意了，忙吩咐机手加快速度，火轮飞快地向码头靠近。杨锐万万没想到，挥手的竟然就是老师。老师不是后天一早才启程吗，怎么今天就来到了码头？就这样心里一闪念的工夫，小火轮已靠岸了。

“香师，您怎么今天就离开江宁了？”杨锐一边高声打着招呼，一边急速地跑过跳板来到张之洞的身边。

“叔峤，你怎么突然来到江宁？也不写封信来告诉我。”张之洞没有回答杨锐的问题，反而问起他来。

“还是因为《会典》中的事。当年捻子和苗练作乱时还有许多疑问未弄清。孙中堂说，你干脆到我的老家安徽去走一趟，把这些积案都弄清楚。于是十天前我来到安庆。前天特为到芜湖去看望皖南道袁昶。他说你来得正好，香帅马上就要回湖广原任，初六日我在采石矶设宴迎接。我听后说，那我干脆去江宁迎接，今天一清早便坐小火轮来了。今天还是初四，你怎么就上船了？”

“哦，原来是这样！”张之洞对杨锐的突然到来甚为高兴，方才因久等张、陈不至的恼火早已随风飘去。“我今天约两位老友去焦山，一直等到现在还没来。如果不是等他们，我们师生今天就见不到面了。”

两个什么身份的老友，居然约而不赴？好大的架子！杨锐心里想，又不便问，便说：“我今天原本见一见您后就去看看鸡鸣山，凭吊一番台城、鸡鸣寺和胭脂井，后天一早陪您上船一直送到安庆。现在我改变计划，陪您去焦山，过些天再专程到江宁来多游几天。”

“江宁岂是一两天可以游览完的，你应当改变计划，下次专程来，今天就陪我去焦山吧。”张之洞将杨锐上下打量了一番后笑着说，“几年不见了，变化还不大。喂，叔峤，你为什么对台城这样有兴趣，一天的江宁游，不去别处，先去台城？”

“我近来正在读南朝史，对韦庄那句‘无情最是台城柳’有更深的理解。游台城是想去感受一下台城所承载的那种历史风云。有许多事，我还想好好地跟香师说说。”

“好吧，上船吧，在船上我听你慢慢说。”

这时，梁鼎芬、辜鸿铭、大根等人也围了过来，故人他乡相见，分外欣喜，彼此问候着，一起走入停泊在码头边的一条从英国进口的游轮。

在船上，张之洞将为什么前去焦山的事告诉了学生。杨锐这才知道，老师所约的两个老友原来就是名满天下的清流前辈张佩纶和陈宝琛。

杨锐感叹地说：“京师年纪稍长的人都说，光绪七年香帅外放山西之前的那几年，是京师清流最兴盛的时代。那时清流诸名士以笔作刀，以口代伐，扶正压邪，为民申冤，赢得了官场士林的赞扬仰慕。自从香帅外放后，京师清流的力量开始削弱。到了甲申年后，因张佩纶、陈宝琛、邓承修等人相继革职，后来宝廷又因纳妾事遭劾，清流派便风流云散，自行瓦解了。这些年，宝廷、潘尚书去世，李中堂老迈，京师再也听不到有人说起清流了，好像清流议政已是历史陈迹，于是贪污受贿可以公行，渎职荒政视同无事，官场失去监督，权力便成了私器。”

杨锐的这番话，勾起了张之洞一腔怅惘之情。他默默地看着舱外急速后退的清澈江水，满腔思绪不知从何理起。“人世几回伤往事，山形依旧枕寒流”，仿佛只有千年前诞生此地的这两句诗，才最能概括他此时的心境似的。

“是呀，清流议政已成历史啰！”过了好长一会儿，张之洞才缓缓地叹道。

“叔峤，说点京师的时事吧！康有为他们办的强学会改为官书局后，朝廷的态度如何？”

“自改为官书局以后，就再也没有人说闲话了。强学会散了，集会也没有了，官书局里就是摆着几百册洋文书。那些洋文书，满京城里没有几个人认得，就是有人要找岔子，也找不出什么呀。”

梁鼎芬插话：“那些洋文书摆在官书局是白摆了，不如运到武昌来，让汤生来读。”

辜鸿铭插话说：“节庵这个意见很好，叔峤你就去跟他们说说，叫官书局干脆搬到武昌来算了。”

“叔峤又不是康有为的人，他怎么可以跟官书局里的人说这样的话。”张之洞笑笑说，“官书局设在哪里，你去过吗？”

“官书局在琉璃厂，只有两间小房子，一间房子装书，一间房子里还住了管书的人。”杨锐说到这里，突然眼睛一亮：“香师，有一次我在那里遇到了一个人，您想得到他是谁吗？”

“谁？”张之洞看着杨锐扑闪扑闪的双眼，二十年前成都尊经书院里，那个纯朴好学的美少年形象又出现在眼前，心里想：二十年的人世染缸，居然没有在他身上留下印痕，还是那样的纯真热情，真正难得。

“您决然想不到的。李提摩太！”

李提摩太！那个穿长袍马褂，戴假辫子，操一口流利中国话的英国人！那个在太原巡抚衙门里做蒸汽机、摩擦生电试验的牧师！在广州时，还能经常见面，到了武昌，可是再没见过了。

“他还是老样子吗？”张之洞显然被这个消息弄得兴奋起来，对着身边的辜鸿铭说：“汤生，你还记得那个李提摩太吗？看起来跟你一个样，又土又洋，中西结合。”

“李提摩太，我怎么会不记得！”辜鸿铭说，“但我不同意你的说法，他怎么跟我一样？他是英国牧师，我是中国儒生。我的祖籍是福建同安，正宗中国人。我信奉周公孔孟，是地道的儒家信徒。”

辜鸿铭这几句充满异国情调的中国话，引起满船人的哈哈大笑。但辜鸿铭的表情是认真的，他的话一点也没说错。中国人一向以父系为宗，他的父亲是正宗的中国人，他当然是正宗的中国人。他回国十年来，系统攻读、无限崇拜儒家典籍，说是儒家信徒也恰如其分。听了辜鸿铭这个反驳后，张之洞不但不气恼，反而快活地说："汤生说得对，是老夫糊涂了，李提摩太怎么能和我们的辜汤生相比！"

转过脸问杨锐："李提摩太这些年都在哪些地方，做些什么事？"

杨锐答："他说这些年把中国的城市都走遍了，住得较久的地方是上海，近两年则住在北京。他说他是个牧师，以传教作为主要工作，目的是想让中国人都蒙受上帝的福惠，富裕强盛，过快乐的日子。"

张之洞又问："他为什么去官书局，他跟康有为、强学会有联系吗？"

杨锐说："他常去那里看看书，也和强学会的人聊天，他跟康有为很熟。据说，康有为写的上皇上书，无人敢递，就去求李提摩太。李提摩太看后极为称赞，答应帮他找找朝中大老帮忙。"

大根猛地插了一句："中国人在京师办事，还要找外国人帮忙，这真是怪事。"

"李提摩太比许多中国大官要能干得多，他认识不少王公大员。据说还多亏他找了翁中堂，康有为的上书才到达皇上的几案上。"杨锐回答了大根的疑问后，又望着张之洞说："香师，李提摩太还惦记着您呢！"

"哦，他还记得我？"张之洞高兴地说。

"记得，记得，"杨锐笑着说，"他说您这些年办了许多大事好事。他还说，今天中国，真正为国家富强办实事的大员只有您一人，是他劝康有为离开北京去上海，并建议康有为来找您，说只有您才是康的真正赏识者。"

原来康有为来江宁还有这样的背景。一瞬间，他对取缔上海强学会、查封《强学报》一事冒出几分歉意来：当初不查封，而是用李鸿藻的办法，将上海强学会改为上海官书局，将《强学报》改为官书局的报纸，可能会更好些！

一直未开口的梁鼎芬似乎隐然察到张之洞的内心活动，便说："香帅本是很器重康有为的，跟他谈了好几次话，又是捐银，又是拨款，希望他好好地为国家做事。但这人太狂妄刚愎，不听招呼，尤其是他的《强学报》一再坚持要冠以孔子卒后多少年，这可是有改正朔之嫌疑的大事。香帅治理下的上海，怎能有这样的报纸？"

杨锐说："康有为的确是个刚愎自用、目空一切的人，不好共事。《强学报》我在官书局里看过，除开'孔子卒后'这一条有些新奇外，其他都尚无可指责之处。不过，'孔子卒后'这一说法，在中国人看来是犯大忌，其实，这根本不是康有为的创举，他是学西洋人的做法，很平常的一桩事。"

康有为的这种冒天下之大不韪之举，居然被杨锐看得如此平淡，张之洞、梁鼎芬等人都专注地听他说下去。

"西洋人纪年就是用的这个办法。西洋人眼中的圣人不是我们的孔子，而是他们的耶稣。他们将耶稣诞生的那一年定为元年，从那以后数下去。比如现在，我们中国是光绪二十一年十二月二十日，西洋就是公元一八九六年二月三日。康有为将这个办法学过来，只是将圣人的生年改为圣人的卒年而已，不必太看重。据说京师里也有人因此说康有为有谋逆之心，是恭王驳了回去。恭王对西洋的纪年很清楚，他说这点不能成立。"

恭王都知道的事，他这个号称很懂洋务的总督都不懂，张之洞很有点惭愧：如此说来，对待康有为和上海强学会的事有点武断了。

正在这时，游轮已到焦山。张之洞加披一件狐皮大氅，在众人的簇拥下登上了这座著名的江中岛屿。焦山山不高，最高处不过二十余丈，绕山走一圈，也不过四里路。原本一座荒凉的无名岛，东汉名士焦光隐居于此，故得名焦山。焦山因地形绝佳，又位于镇江城郊，故从那以后，历代都有人在此起楼筑室，修亭建寺，一千多年下来，将焦山建成一座人文景观甚多的名胜，与不远处的金山、北固山齐名，成为镇江城的三大游览胜地。

小小的焦山上汇集着吸江楼、华严阁、壮观亭、观澜阁、别峰庵、定慧寺、宝墨轩等建筑，又有保存完好的六朝古柏、宋代槐树和明代的银杏树，的确是一座钟灵毓秀的宝岛。

今天是个冬日晴朗的日子，在阳光的照耀下，焦山上那些叶片尚未落尽的树木仍充满着生机，一座座亭台楼阁散落在山石草木之中，江浪水波拍打小岛四周的坚固岩石，溅出串串水花，天气虽然寒冷，但焦山风光依然可观。

张之洞这次到焦山是来看宝廷留下的玉带的，并非观赏景致。对于望六之人来说，这毕竟不是游山玩水的季节，何况他还要避开众人，与杨锐说点机密事。于是对梁鼎芬、辜鸿铭等人说："天气冷，我和叔峤直接到定慧寺去，你们自个儿去逛吧。我建议你们先到宝墨轩去，那里有二三百方碑刻，够你们赏玩的，大字之祖的《瘗鹤铭》便在那里。"

听说《瘗鹤铭》碑就在这里藏着，辜鸿铭高兴得手舞足蹈起来，便拉着梁鼎芬等人向宝墨轩奔去。大根站着不动，他一向是紧跟着四叔的。张之洞说："你也随处走走，不要跟我啦！"

大根其实对这些不感兴趣，便说："我陪您去定慧寺吧！"

张之洞想了想说："那你先去寺里告诉他们，我和叔峤过会儿就来。"

大根迈开大步先走了。

张之洞对杨锐说："我们找个背风向阳的地方坐坐，我要跟你说几句重要的话。"

杨锐明白，遂陪着张之洞找了一个温暖的山坳处，二人席地坐在一个枯草坪上。张之洞轻声说："叔峤，听说皇上体格不强壮，是真的吗？”

杨锐敛容答：“皇上是不够强壮，但也没有大病，只是弱点罢了。”

张之洞又问：“太后身体还好吗？”

“太后倒是硬硬朗朗的。”

张之洞沉思片刻又问：“依你看，太后对朝廷的事还管得多不多？”

杨锐想了下说：“朝廷上的事，大部分还是皇上在管着，太后一般不管。”

张之洞点点头说：“你上次信上说，皇上看了康有为的折子，赏识他，又说翁、李、孙几位中堂都支持康有为。那为何要解散强学会，查封他们办的报纸呢？”

杨锐说：“据说这是太后的旨意，皇上其实是不同意的，强学会变为官书局，就是皇上和太后之间的妥协。”

稍停一会，张之洞又问：“依你看，京师对维新变法这些事到底是怎样的态度？”

“香师，我可以肯定地告诉您，”杨锐不假思考地说，“对维新变法，除开极个别的满蒙亲贵外，绝大部分官员都是支持的。听说太后也不是完全反对变革，只是厌恶结会集议这类举动，怕有不测事发生。”

“太后顾虑的有道理。”张之洞点点头问：“叔峤，你跟康有为接触得较多，你认为康有为这个人有没异心？”

“绝对没有。”杨锐坚定地说，“康有为的性格虽有点狂傲，但人是绝对忠诚的，对国家对朝廷是真心爱护的。我曾仔细观察过他，此人是个古今少有的血性汉子。”

“叔峤，你认为在康有为身边有没有真正的国士？”

“有！”杨锐肯定地说，“至少他的门生梁启超就是一个。此人卓荦英迈，学问文章不在乃师之下。其心地之光明、性情之率直，又要胜过乃师。”

梁启超的名字，张之洞是听过的，又知道他也是广东人，十五岁中举，是个神童，后被贵州籍的主考李端棻所看中，招为妹婿。张之洞生长于贵州，对贵州特别有感情，他心里无端对这个从未谋面的贵州女婿生发出好感来。

“你下次见到梁启超，告诉他，若他路过武昌，可以投刺求见我。”

“好。”杨锐高兴地说，“他对您也是很敬重仰慕的。”

张之洞抬起头来，见太阳已挂在头顶了，便起身说：“我们到定慧寺去吧，刚才我们之间的谈话，你不要对任何人说起。”

杨锐重重地点点头。

说话间，二人来到了定慧寺。定慧寺建于东汉兴平年间，初名普济寺，后又改为焦山寺，乾隆皇帝下江南时，赐名定慧寺。传说著《文心雕龙》的刘勰晚年出家于此寺。定慧寺与杭州的云林禅寺、天台的国清寺号为江南三大名寺。山门外，住持苦丁法师已率领十余名执事人员恭候多时，见到张之洞、杨锐后忙合十行礼，自报家门，然后像迎接佛祖临世一样地将他们二人迎进云水堂贵宾室。略坐片刻，苦丁法师亲自陪着张之洞、杨锐观看寺内建筑。

定慧寺果然不愧千年名刹，殿阁众多，规模壮阔，供奉的菩萨塑像金光灿烂，往来的众僧也衣着鲜亮。张之洞无心在此，便对苦丁说：“十多年前，朝廷有位礼部侍郎路过宝刹，曾应方丈之求，将身上所系的一根玉带留下，此事法师知道吗？”

“知道，知道。”苦丁忙答，“那时寒寺方丈是传篆法师，小僧为监院，当时小僧也在场。侍郎说要学苏学士，留下一根玉带，问我们愿不愿意珍藏。我们答应了。”

“侍郎的名字你还记得吗？”

“记得，记得。”苦丁不用思索就答，“侍郎大人的名字叫宝廷，号竹坡。后来还听说宝大人是皇亲，寺僧把这根带子就看得更重了。”

“宝大人的带子还在吗？”

“在，在，小寺一直珍藏着。”

“领我们去看看吧！”

“大人请！”

苦丁陪着张之洞和杨锐登上了位于定慧寺后院的藏经楼。走进藏经楼二楼东边的一间房子，苦丁介绍：“这间房子收藏着海内外施主赠送给寒寺的珍贵物品，有天竺国赠的贝叶经，西藏高僧所赠的念珠，还有不少玉佛、金佛、如意、血经等，宝大人的带子就存在这里。”

说罢，苦丁亲手从木架上取下一个尺余长四寸余宽二寸余厚的黑木匣子来。打开匣子，里面果然折叠着一根黑色玉带。

张之洞和杨锐凝眸谛视良久。苦丁取出玉带，露出一张稍为泛黄的白宣纸条。苦丁说：“这是当年宝大人捐带时写下的条子。”

杨锐将纸条取出展开，张之洞看那上面写着：

> 北宋神宗年间，苏学士赠玉带于镇江金山寺。大清光绪六年吉日，宝学士留玉带于镇江焦山寺。两学士、两玉带、两名寺，谁曰文坛如今无趣事，有宝学士之举，足见今世有雅人。宝竹坡亲书。

看着这熟悉的笔迹，读着这熟悉的语句，宝廷那张熟悉的面孔又浮现在张之洞的眼中。指点江山、粪土公侯的昔日情景已成历史，如今是死的死、贬的贬、老的老了。书生意气、清流议政，转眼之间便人去楼空，再也不复返了！

见老师面有伤感之色，杨锐忙叫苦丁将玉带和纸条重新折好收藏。苦丁把匣子放回木架后说：“大人日后见到宝大人，请代寒寺僧众问候他老人家，就说他留下的带子，寒寺一直好好收藏着哩！”

“宝大人已故去了！”张之洞缓缓地说。

“喔——”苦丁瞪大着眼睛，发出长长的惊叹声。

突然间，一股浓烈的怀旧感堵塞张之洞的胸腔，憋得他似乎有点透不过气来，他觉得应该借诗句来发抒发抒。是的，应该留两首诗在这里，不仅为发抒胸中的郁积，也以此凭吊老友的亡灵，而且，还要借此告诉过去的朋友，尤其是今天拒绝前来的张佩纶、陈宝琛：身居高位的张之洞并没有忘记他们！

“法师，你给我取纸和笔来，我要送两首诗给宝刹！”

“大人留墨宝给寒寺，寒寺将蓬荜生辉。”苦丁兴奋不已，忙叫小和尚拿来纸笔。

张之洞略一思索，挥笔写下两首绝句：

同姓怀忠楚屈原，湘潭摇落冷兰荪。
诗魂长忆江南路，老卧修门是主恩。

故人宿草春复秋，江汉孤臣亦白头。
我有顷河注海泪，顽山无语送寒流。

写完后又在下面补一句：南皮张之洞光绪二十一年暮冬于焦山定慧寺观宝竹坡留带时作。

老师的诗作，杨锐都读过。在他的眼中，老师的诗以学问功夫深厚见长，像这样情感浓郁的诗不多见，而他自己则更喜欢缘情之诗。杨锐对苦丁说：“这两首诗你们可得好好保存，说不定过几年我还会再到焦山来，我会来看的。”

苦丁连连说：“张大人的墨宝，小僧怎能怠慢，一定会把它和贝叶经一样地珍视。”

正说着，梁鼎芬、辜鸿铭等一群人都来了，原来是大根将他们招呼来的。定慧寺已安排好了午餐，大家热热闹闹地吃完饭后，辜鸿铭兴致勃勃地对张之洞说："这寺院后有一座亭子，建在一块天然的大石上，那石头的一半悬空着，使得亭子也像悬空似的。"

张之洞喜道："那气势一定很好，会给人以腾空欲飞的感觉。"

梁鼎芬道："正是。香帅去看看吧！"

苦丁说："这是寒寺新近建的一座亭子，就在这里不远，小僧陪大人去。"

"好，去看看！"

张之洞来了兴致，众人便一齐响应。

不到半里路程，就来到亭子边。

果然如辜鸿铭所说的，这亭子虽不高大，却因地形独特而极具魅力。张之洞来到亭子间，俯首一望，脚底下，江水滚滚，波浪滔滔，自己如同踩着一朵云头来到长江的半空中，有一种羽化而登仙的感觉。向西边望去，繁华的镇江城若隐若现，如海市蜃楼。向东边望去，宽阔苍茫的江面上，水天一色，如烟笼雾罩。张之洞的心情已从悼亡中走出，被奔流不息的扬子江水激荡起来，不免对身边形容枯槁、举止呆板的焦山寺的住持刮目相看起来："你这个亭址真选得好。眼力不俗呀，法师！"

"大人夸奖了！"苦丁显然很高兴。

"亭子叫什么名字呀！"张之洞一边兴致勃勃地眺望江面，一边随口问。

"还没有取名字哩！"苦丁说到这里灵机一动，"大人，您给它赐个名字吧！"

辜鸿铭立即赞同："香帅，由你来命名最好了！"

张之洞转脸对梁鼎芬说："节庵，你的学问好，你给它取个名吧！"

梁鼎芬忙推辞："香帅在此，哪有我辈弄斧的分！"

"让我想想看，"张之洞喜欢听这样的话。他手扶栏杆，低头凝思，过了一会儿说："焦山东端上有一个吸江楼，人在楼上，用一竹管，便可把江水吸上来，名字取得好，显然是从郑板桥的‘吸取江水煮新茗，买尽青山作画屏’而来。老夫今天辞去江督回原任，来此一看友人遗物，二看焦山风光，诸位既从老夫游，亦是送别。我想起当年苏东坡有首《渔家傲》，正是送他的友人离江宁回东京而作，道是：千古龙蟠并虎踞，从公一吊兴亡处。渺渺斜风晚细雨，芳草渡，江南父老留公住。公驾飞车凌彩雾，红鸾骖乘青鸾驭，却讶此洲名白鹭。非吾侣，翻然欲下还飞去。老夫此时站在此处，也有双鸾护车、凌江飞渡的感觉。依老夫看来，此亭可名飞江亭。”

“飞江亭。”梁鼎芬忙恭维道，“亭悬空而筑，确有飞江之势，这名字真正取得恰如其分，又与东端的吸江楼遥相呼应，合为双璧！”

梁鼎芬说完，众人皆鼓掌叫好。

苦丁一不做二不休，又央求：“大人所赐亭名，真传神至极，小僧代焦山寺全体僧众深为感谢。小僧有点贪心，亭名是有了，但楹柱上还缺乏一联，若大人肯赐联一副，则是好事做全，焦山寺将永铭大人的恩德。”

张之洞本是一个喜游览好题赠的名士，况且定慧寺乃千年名刹，在此处留下笔墨，定然会传播开来，流传下去，是一桩大好之事，遂笑着说：“法师，你也是索求无厌，老夫今日兴致好，就一发成全了你吧！”

“阿弥陀佛，善哉善哉！”苦丁自知今日所得过多，无所酬报，便使出佛门的惯用伎俩，念几句“阿弥陀佛”来，它既可以理解为佛门子弟的最高最厚的谢意，其实又什么都没有损失。千余年来，这套伎俩成为佛门的万应灵药，保佑僧尼坐收源源不绝的财富，又博得善男信女们的虔诚礼拜。

望着滔滔东去的大江，看着身边杨锐、辜鸿铭等年轻一辈的勃勃生气，想起前些日子与康有为、强学会所打的交道以及刚才与门生的密谈，张之洞忽然间似有所悟，遂脱口念道：

眼底江流，尽皆后浪赶前浪，争相推移奔大海；
世间人事，总是少年代老年，与时维新为正途。

张之洞念完后，大家都愣了一下。“与时维新”，杨锐听到这四个字，心中一阵惊喜：老师确乎是识时务明大势的英雄豪杰。梁鼎芬也在心里忖度：看来香帅虽然不满意康有为这个人，但对他维新变革的主张还是赞同的。辜鸿铭想：香帅是个维新派，今后多给他译一点日本明治维新的资料。

苦丁则不甚懂这四个字的深远含义，但他知道后浪赶前浪、少年代老年，这是天地造化的常规，用它作楹联十分合适，便说：“大人所作的好极了，请大人回到云水堂后把它写下来，明天小僧就叫工匠将这亭名和楹联刻上。亭名用朱红，楹联用石绿，这样一来，这座亭子就又成了焦山一景。”

“好，你去办吧！”张之洞笑着说，又吩咐大根，“时候不早了，你去船上作准备，等我写完匾联后立时就开船回江宁。”

七　采石矶上，师生宾主射覆续联打诗钟

翌日，在梁鼎芬等人陪同下，杨锐在台城、鸡鸣寺一带盘桓了一整天，其他名胜古迹，则留待下次专程再来。

第三天，在江苏巡抚、江宁藩司、江苏提督等一班文武大员的一片送别声中，张之洞登上小火轮，离开江宁城回武昌。

冬日的长江水，是一年中最少的时候，也是最澄清的时候。船行走在浅水段时，江水几如溪水般清亮，水中卵石晶莹发光，石间游鱼历历可数。自江宁至采石矶这一段，自古土地肥沃，物产丰富，民舍众多，阡陌相接，甚至连岸上的鸡犬之声也可隐约传进船舱来。

张之洞望着眼中长江两岸的这一片安居乐业的土地，心中甚是宽慰。临近中午时分，小火轮来到了位于安徽省太平府当涂县境内的采

石矶。

万里长江的两岸上有着数以百计的胜迹，采石矶则是其中颇负盛名的一处地方。它与江宁的燕子矶、岳阳的城陵矶并称为长江三大矶，然其地势之险要、人文之丰富又在其他二矶之上。

采石矶位于南岸的翠螺山麓。相传此地古时有金牛出渚，于是山叫牛渚山，矶叫牛渚矶。又因山形像一只大田螺，当地人便叫它翠螺山。矶上盛产五色彩石，又得名采石矶。日久年深，“牛渚”二字则不再被人们提起了。

采石矶一带悬崖峭壁，兀立长江岸边。对岸也是一座石头坚硬的大山，江面陡窄，江水也便陡急。此处最易扼控长江，于是战乱时代又成了兵家必争之地。据说南宋时，虞允文便在这里大败南下的金兵。采石矶上有不少楼台建筑，出名的有赏咏亭、谈笑亭、江山好处亭、燃犀亭、清风亭、观澜亭、三台阁、虞公祠、谢公祠、广济寺、观音阁等。相传梅尧臣、沈括、陆游、文天祥等历史名人都曾来此处憩足游览，留下大量诗赋题咏。

最让采石矶充满传奇色彩的是诗仙李白在此地的行踪。李白晚年贫困不能自持，便来投奔做当涂县令的族叔李阳冰。

李白喜爱采石矶一带的江山形胜，常在此赏景吟诗。那年秋夜，李白站在采石矶舍身崖上，一边喝酒，一边高吟。月色溶溶，江流奔涌，巨石壁立，四野广阔，佳境与美酒一起，酿造了一个美轮美奂的气氛。诗仙乐陶陶醉醺醺地，完全沉浸于他的艺术世界中，已不知人间烟火身为凡人了。忽然间，他见江面上浮出一轮明月来，在粼粼波光中时上时下，时摇时定，如玉盘在起伏，如明镜在闪烁，比起悬挂在夜空时的模样要好看百倍。正在凝神赏玩时，那轮明月不见了。李白心中一急：它一定是从天上掉到水里，被江浪吞噬了。

多美的玉盘，多亮的明镜，怎么能让江浪吞掉！我要把它捉出，让它重新飞回九天苍穹，让普天下的人都能永远沐浴它的清辉。想到这里，诗仙毅然从舍身崖上，纵身一跳，将月亮紧紧捉住，捧在怀里……

这是一个多么美妙的传说。它当然不可能是真的。但人们又希望它是真的，在人们的心目中，谪仙李太白是应该以如此方式来结束他的人世之旅的。这才与他那些超凡的诗作浑然一体，相得益彰。

于是，采石矶上建起了问月亭、捉月亭、太白楼，翠螺山上修造了李白的衣冠冢。人们将李白永久地留在这里，世世代代的文人词客也喜在此伫留游览，凭吊先贤，捕捉灵感。

当年的门生要在这里设宴款待过路的老师，怎不令张之洞和他的一行欢喜叫绝。

矮矮胖胖的袁昶一路扶着老师，缓慢登上江岸，来到采石矶上。他陪着张之洞四处走走。采石矶虽不大，却亭楼众多，树木繁茂，再加之绝无仅有的山川之美，使大家都有一种气清神爽、心胸开阔之感。

午宴就设在太白楼。坐定后，张之洞望着袁昶说："没有想到，我们师生今天在这里聚会。十多年了，当年的小青年如今成了皖南之主，我们都来拜你的码头啦！"满桌人听了这话，都笑了起来。

袁昶忙说："香帅客气了，学生才是你的治下。"

张之洞笑着说："从光绪二十年十月到昨天为止，你是我的治下不错，但从今天起就不是了。我是过路的客人，你是这里的山大王。"

大家又都笑了起来。

"香帅取笑了！"袁昶不好意思地笑了笑。

梁鼎芬说："有一点那是永远不会变的，无论什么时候，袁观察都是香帅的门生。"

"正是，正是。"袁昶忙点头。

"节庵说的也不错。"张之洞捋了捋胸前的长须，摆出一副座师的架子来。"上下级之间的关系可以改变，师生之间的关系是永远不会改变的。所以古人说天地君亲师，这五者必须终生敬奉，是因为这五者是终生不会改变的。”

辜鸿铭心里想：天地亲师这四者不可改变，是自然的，“君”却不一定不变。大行皇帝归天，嗣君继位，这“君”就变了；改朝换代，另一姓坐了江山，这“君”更大大地变了。但这些话他不便说。当大家都异口同声恭维总督说得有理的时候，他闭口不做声。

张之洞继续说：“同治六年，主考浙江是我入翰苑后的第一次放差，大家羡慕我放了一个好差使。浙江人文荟萃，英才辈出，这次下去一定会收一批好门生。我也庆幸自己运气好，头次出差就去的人间天堂。”

袁昶的一生发迹就始于同治六年的乡试，自然对此感情浓郁记忆犹新，插话道：“当时我们听说朝廷典的星使是神童出身的年轻探花，都欢喜雀跃。到了主考坐亮轿巡视贡院的时候，大家早早地等着，引领企盼，都想一睹风采。见香帅坐在亮轿里，年轻英俊，一表非俗，都惊叹不已。”

“年轻是实话，英俊就高攀不上了。我只希望别人不要骂我马脸猴腮、面目可憎就行了。”

说罢抚须大笑，众人也都乐得哈哈笑起来。在座的诸位，其实都听到别人背地里这样描绘过张之洞的。

张之洞以长者的姿态慈祥地望着袁昶说：“你也有四十好几了吧，有点发福了。”

“明年整五十，快要向老境迈步了。”

“不要这样说，你比叔峤、节庵、汤生他们也大不了多少，正是干大事业的黄金年代。读书时的雄心壮志是真情还是空话，就在这十来年里检验了。要说当年浙省乡试的人才，你袁爽秋也算是有出息的一个了。另外还有陶模、孙贻让等人，你和他们还有联系吗？”

袁昶说：“陶模是封疆大吏，官高事忙，我们很少通信。孙贻让在刑部做主事，我们时常走动。他写了不少的书，近日还有信来，说他在做一桩大事，撰写《墨子间诂》。”

张之洞说：“孙贻让不应在刑部，他应在翰苑、詹事府或国子监合适，他是个读书做学问的人。那年你们几个为我送行，我对陶模说：你是个发达的相，官可做到一品。对孙贻让说：你是个清雅的相，著作可等身。这话你还记得吗？”

“记得，记得。”

真个是良师高足喜重逢，有多少叙不完的旧，有多少道不完的情！尽管佳肴满桌、美酒频斟，但主人和主客的心思都在说话上，列位陪客也极为乐意倾听这些发自内心的叙谈。仕途多倾轧，商海多风险，入幕多委屈，谋生多辛酸；人情薄如纸，相交互防范，祸福非所料，处世事事难。人生在世，唯有年少读书时节，才是最无忧虑、最无机心、最无功利的岁月，可以设想自己今后贵比管乐、富攀陶朱、学侪周程、文为韩欧，反正那都是遥远的将来事，用不着立时兑现。谁知一踏入江湖，便有无穷的艰难和烦恼在预先等待着，将你毫不留情地打入各色各样的漩涡中，身不由己，欲罢不能。

今日，太白楼里的客人们，谁没有过这样的经历，谁没有过这种无奈的感叹？且让这对师生的甜美回忆，带着大家一道进入那纯真快乐的学子生涯吧！长江水也似乎变得无语东流，采石矶上成群鸦雀不再聒噪，天地万物都在分享这人世间充满情谊、淡化功利的美好时刻。

袁昶笑着说：“我在京师听老一辈翰詹说，当年清流名士集会结社，不仅针砭时弊，纠劾贪墨，也时常谈诗论文，射覆打诗钟。一个个才思敏捷，妙语天成，其风雅神韵，令后辈文人心向往之而不能及。他们都说老师您是此中高手！”

袁昶这几句话，勾起张之洞心中一段美好的回忆。那是光绪二年至七年在京师做词臣言官的时候，指点江山，激扬文字，固然豪气四溢，天下瞩目，三五同好风和日丽，荷酒担食，在陶然亭、崇效寺、花之寺、龙树寺等幽静清朗之处游览闲谈，更使人心旷神怡，物我两忘，而此时射覆打诗钟，必定是最乐意为之的游戏。的确如袁昶所说，张之洞是此中高手。

张之洞正在抚须怀念之际，辜鸿铭早已忍不住了："我读李义山的诗：'隔座送钩春酒暖，分曹射覆蜡灯红。'神往古时这种有趣的游戏，可惜回国十多年了，还从来没有真的见人射覆过。香帅，你说点给我听听。"

梁鼎芬说："李义山笔下的射覆与香帅的名士射覆不同。"

"哦！"辜鸿铭兴趣大增，"节庵，你说有哪些不同，也让我长长见闻。"

梁鼎芬说："唐时贵族子弟游戏时的射覆很简单，大家背过脸去，由一人将一样东西覆盖在碗中，然后大家猜，猜中者有赏。香帅他们的射覆，非得要饱学机敏两者兼备不可，可惜我当时没参加，还是香帅自己给我们说吧！"

在那次谈诗中被张之洞看中，应聘入幕的陈衍也和杨锐等人凑兴吆喝着。

张之洞抿了一口茶，微微笑道："这都是些往事了，那时大家都有一份闲心情，有这种兴趣。虽说是雕虫小技，壮夫不为，但文人聚会，有没有这个内容，也是大为不同的。有则高雅，无则俗陋，十多年前在京师官场士林中，这可是判别一个读书人有无学问的重要标准哟！"

众皆点头。辜鸿铭说："像我这种不知射覆的人，哪怕中西书籍读得再多，也是个无学问的俗人了？"

陈衍笑道："那当然！像你这副模样，连清流边都挨不着！"

众人都笑起来。

梁鼎芬说："莫打岔，且听香帅说故事。"

"那一年暮春在崇效寺赏花喝酒，喝到兴起时，宝竹坡突然对大家说，我有一覆，诸位谁可射中。不待大家做声，他立刻就说，《左传》曰：伯姬归于宋。射唐人诗一句。大家都低头想。"

说到这里，张之洞笑着对身边的辜鸿铭说："准你也参加一个，你也想！"

辜鸿铭喜得对陈衍说："你说我挨不着边，香帅都让我参加了！"

陈衍说："你别笑早了，这是香帅客气，先邀请你。射得中，算真参加，射不中，靠边站吧！"

"一会儿，我说我射中了。众人都看着我，我不慌不忙地念着，白居易诗曰：老大嫁作商人妇。"

刚说到这里，陈衍便拍手喊道："香帅，您这一射真是绝妙至极！"

梁鼎芬、杨锐先是一愣，很快也明白过来了，都鼓起掌来笑道："再没有这么好的箭法了。"

辜鸿铭却不知妙在何处。他茫茫然摸着半边光头，问杨锐："叔峤，香帅这支箭妙在哪里，你给我指点指点。"

杨锐说："可见你的中国学问还不行。伯、仲、叔、季，这是中国兄弟姊妹的排行序列。伯姬是鲁国的长公主，排行老大。周公平定武庚叛乱后，把商旧都周围地区封给商纣王的庶子启，定国名为宋，故宋国为商人后裔聚族之地。伯姬嫁到宋国，不正是老大嫁作商人妇吗？这真是丝丝入扣，天衣无缝。香帅之学问与敏捷，真我辈百不及一。"

辜鸿铭恍然大悟，大声叫道："绝妙，绝妙！香帅，我敬你一杯！"

张之洞也很高兴，把杯子略略举了一下，算是接受敬酒。

"潘伯寅最爱此道，也最善此道，见宝竹坡抢了头筹，颇不甘心，于是说，我这里也有一覆，宋玉曰：东邻女登墙窥臣三年。也射唐人诗一句，谁射得中，我有一块北魏名碑拓片相赠。"

"这一覆出得好！"辜鸿铭又叫了起来，稍停片刻说："可惜我射不中。"

众人也都极有兴趣地猜着。陈衍心里想了一个答案，但不便说出，聆听张之洞的下文：“大家都喜形于色地想，约有半根香工夫，我问潘伯寅：是不是李白的‘总是玉关情’？伯寅拍手笑道，到底瞒不过你张香涛。”

陈衍笑道：“我也想到了这句诗，只是不好意思先说出来。”

“石遗，你是马后炮。”辜鸿铭嚷道，“我不信，除非你讲清楚为什么‘总是玉关情’。”

大家都知道，辜鸿铭用的是激将法，因为他自己并不懂得这中间的奥妙。

陈衍说：“我就对你说清楚吧！李太白的这句诗来自他有名的《子夜吴歌》：‘长安一片月，万户捣衣声。秋风吹不尽，总是玉关情。何日平胡虏，良人罢远征。’诗中‘玉关’指的玉门关。宋玉的这句话出自他的《登徒子好色赋》，说的是东邻女爱慕他的情意。东邻女为何爱他，因为宋玉是美男子，假若像你这个不中不西的样子，东邻女决不会窥你三年，只怕是窥你三眼就走了。”

大家都笑起来。辜鸿铭却不笑，认真地说：“爱我的女人不少。她们爱的就是我这个不中不西、又中又西的特殊魅力。”

陈衍也不理会他，继续说：“所以说，东邻女窥视，是因为宋玉的缘故，她关的是玉之情，懂吗？汤生！”

“哦，原来这样。”辜鸿铭拍了拍脑门，“将玉关两字拆开，玉指宋玉，关为关联，真是妙极了！香帅，我再敬你一杯。”

杨锐笑道：“你什么都不懂，没有资格敬酒了！”

大家边笑边同喝一杯。

陈衍说：“香帅，这射覆之技，怕是再也没人能超过你了。”

“也不能这样说，”张之洞正色道，“黄绍箕就比我行，我承认我的才思输他一根香！”

“输一根香”是什么意思，这话撩起了大家的好奇心。

“有一年初夏，大家游江亭，陈弢庵见风吹花落，突然来了灵感，说，我有一覆，孟浩然诗曰：花落知多少。射《易传》一句话。”

梁鼎芬有意打趣辜鸿铭：“你自号汉滨读易者，对《周易》很熟，你来射这个。”

辜鸿铭有点紧张地说：“我真的没入门。不过，我可以想想。”

说后，便一脸木然地陷入深思。

“弢庵说，我点一根香，香燃完前看有没有人能射出来。他刚刚把香点燃，黄绍箕就喊道，我射中了。我忙说，你先不要说出来，用纸写好给弢庵，到香燃完后再公布。一根香正好燃完，我也有了，也写在纸上。两纸一对，真个是英雄所见略同。”

“慢点。”梁鼎芬忙打断张之洞的话。“汤生，一根香点完了，你射中没有？”

“没有！”辜鸿铭一脸沮丧。

陈衍笑道：“好了，你被彻底赶出圈子外了。”

辜鸿铭突然醒悟过来：“节庵，你说一根香点完了，香在哪里？我差点被你蒙过去了，香帅只说了一句话，你的香就点完了？一支香至少点半个小时，我还可以想。”

大家都被辜鸿铭的天真弄得哄堂大笑。袁昶说：“你慢慢去想罢，我们可等不及了。香帅您公布答案吧！”

张之洞抚须微笑道：“两张纸上都写着：心疑者其辞枝。”

辜鸿铭嚷道：“香帅，《易·系辞》我倒背如流：‘将叛者其辞惭，中心疑者其辞枝，吉人之辞寡，躁人之辞多。’但与‘花落知多少’怎能联系得起来，分明风马牛不相及嘛！”

“你这个辜汤生，自己不懂还说人家风马牛不相及，让老夫来开导开导你。”张之洞一本正经地说，“花本是长在树枝上，现在落了，是不是与树枝告别了？辞者，除文辞一意外，是不是还有辞别一意？人家问，落下来的花究竟有多少呀，我怎么知道！便回答他，凡心存疑贰辞别树枝者便都是落花。这难道是风马牛不相及吗？”

辜鸿铭读《易・系辞》中这句话时，与千千万万读这句话的人一个样，即从此话的本义上去理解，没有从另外一个角度去想。这句话的字眼在“辞”字。经张之洞这么一说，辜鸿铭立即如梦初醒，心悦诚服地说：“香帅射得对，这是我的浅陋，我的浅陋。我们中国文字真是太有意思了，世界各国再没有这么好的文字了。”

大家又都笑起来。张之洞却不笑，带着无限遗憾的心情说：“但黄绍箕比我敏捷，他足足强过我一根香。”

面对着总督大人的这种真诚的遗憾，众人都忍俊不禁！纷纷说：“若是让我们参与，十根香点完了，都想不出来的。”

辜鸿铭喝了一大口酒，将嘴巴一抹，又来了兴致：“刚才袁观察说香帅还有一个本事：会打诗钟。射覆我从李义山的诗中已知道，打诗钟我还是头一次听到。袁观察，你给我解释解释。”

陈衍说：“不怕你辜汤生洋文懂得多，今日可是刘姥姥闯进大观园，什么都不知道了吧！袁观察，你就给他上一课，也好让他下次莫在别人面前丢了我们两湖幕府的脸！”

辜鸿铭气得白了陈衍一眼，咕噜噜地冒出几句洋话出来，大家都听不懂，一笑置之。

袁昶说：“诗钟起于道光年间。任举两字，在一个限定的短时间内做两句七言格律诗，要将这两个字分别嵌进去。通常这个时间也以燃香为计。用一根细绳子系一枚钱，钱下置一盂，绳系香上，香燃断绳，钱落盂中，发出一声响，如撞钟一般，这便叫做诗钟。”

陈衍补充说：“近十几年来，以集句为多，从唐宋人诗中取现成的诗句，更觉得学力足。”

袁昶望着张之洞说：“京师士林广传老师的一段诗钟，就是以‘射、房’二字为题，上联为‘射蛟斩虎三害除’，下联是‘房谋杜断两心同’。这射、房二字极不好连缀，老师此联令人佩服。京师有多种说法，有人说下联是张幼樵联的，也有的说是吴清卿联的。今天当面请老师说说，以澄清种种讹传。”

张之洞淡淡一笑："都说错了，两联都是我的创作。光绪六年秋天，我和竹坡、弢庵三人游西便门外天广寺，中午在一间僧房休息，见那僧房门上挂了一块匾额，曰'塔射山房'。弢庵说，这四个字有什么涵义？竹坡说，若是用'射'与'房'两字来打诗钟，可是难事。我说，天下没有哪个字不能打诗钟的。竹坡说，那就用这两个字打打看。吃完斋席后，我这联诗钟就出来了。幼樵、清卿都没参加，怎么会续下联哩！"

袁昶笑道："今日算是当面解了这个疑团，可见天下事，讹传不少。"

张之洞笑道："幸而我还健在，若死了，这又成了一桩公案。"

众人都笑了。

陈衍说："打诗钟比射覆要容易些，关键在唐宋诗背得熟。"

杨锐说："也不见得，它往往都附加限制，难就难在这里。"

辜鸿铭立时有了点子，说："石遗有诗家之称，叔峤也是装了一肚子前人的诗，袁观察进士出身，自然诗也是读得多的。香帅，你不妨举两个字来，让他们打一打诗钟，也让我开开眼界。"

张之洞笑着说："好哇，三个都是饱学之士，在汤生面前露一手，让他今后再不敢对你们装腔拿大，可惜没有香。"

"不要紧，我有怀表。"辜鸿铭说着从上衣口袋里取出一只金壳表来。"定多长时间？一刻钟，还是半小时？"

陈衍精研诗二十余年，正要向众人显示显示，便说："一刻钟足够了。"

要说背诗，杨锐也是内行，遂点头："就一刻钟吧！"

袁昶说："你们都是捷才，一刻钟内我怕想不出。"

张之洞说："从众吧，三个中有二人同意一刻钟，就一刻钟。爽秋若打不出，罚三杯酒好了。"

大家都赞同。张之洞抚须沉吟，过了一会，他说："诸位听清了，两个字：'女''花'，上联嵌女，下联嵌花，均出现在第二字上，以唐人诗句为限。汤生你看表，从现在起开始计时。”

辜鸿铭举起表对大家说：“现在是两点十二分，到两点二十七分为止。大根作证人，到时由他喊停便停！”

大根也很兴奋，忙走到辜鸿铭身边来，眼睛盯着他手中的怀表。三位宿学都在紧张地搜寻着平时记忆。采石矶上顿时一片安静，静得连怀表咔嚓咔嚓的走动声都能听得见。

大约八分钟光景，陈衍便欣喜地说：“我的诗钟已出来了。”

张之洞说：“先不要做声，到时再说出来。”

又过了两三分钟，杨锐面有得色，看来他也想好了。

众人的眼睛都移到今天宴席的主人脸上，只见袁昶双目微闭，嘴唇在不停地上下翕动，间或发出听不清楚的细声来。看来，他这个诗钟打得不容易。大家都帮他着急，猛听得大根雷鸣似的一声：“一刻钟到了。”

众人正为袁昶惋惜时，只见他轻松地笑道：“我也有了。”

张之洞微笑着说：“现在请他们各自念出来，陈石遗先念，接下来杨叔峤，照顾主人，排在最后，由辜汤生作监临，违规的由你来处罚。”

辜鸿铭欢喜地说：“这事交我最好，我执法最不讲情面。”

不待大家催，陈衍摇头摆脑地念道：“上联为李商隐《霜月》中的‘青女素娥俱耐冷’，下联是李白《清平调词》中的‘名花倾国两相欢’。汤生，你看合不合要求？”

辜鸿铭说：“上联第二字为女，下联第二字为花，都是唐人的诗，合要求，通过啦！”

众人皆鼓掌，陈衍一副得意的神态。

张之洞微笑着对杨锐说：“叔峤，该你了！”

杨锐一本正经地念着：“两句诗都出自杜牧。上联为《夜泊秦淮》的‘商女不知亡国恨’，下联为《金谷园》的‘落花犹似坠楼人’。”

同样也是在上下联的第二字上，且亦均为唐人诗句。

辜鸿铭高声喊道：“符合要求，通过！”

众人也报之以热烈鼓掌。

轮到袁昶了，他不紧不忙地念着：“上联为李商隐《无题》的‘神女生涯原为梦’，下联为杜甫《江南逢李龟年》中的‘落花时节又逢君’。汤生，怎么样，通过吗？”

辜鸿铭大叫道：“你们都了不起，我辜汤生也算得个目无余子的人，这射覆打诗钟之类的事，我真的甘拜香帅和诸位的下风。都是赢家，没有输家，我这个监临就只有自罚三杯了。”

转过脸对大根说：“兄弟，给我倒酒！”

大根有意拿过三只大碗来，满满地斟了三碗。辜鸿铭也不知大根有意捉弄他，遂痛快地将三碗酒一气喝下。采石矶上响起一片欢快的喝彩声，引来了几个僧道远远地站在一旁看热闹。

袁昶对辜鸿铭说：“喝醉了没有？”

“没有。”辜鸿铭摇摇头。

袁昶说：“没有就好，我告诉你吧，香帅不仅是射覆、打诗钟的能手，还是制联的高手。想不想跟香帅学制联？”

辜鸿铭两眼慢慢地红了，但头脑依旧清醒，立即说：“愿意，愿意。”

张之洞听了，摊开手哈哈一笑：“辜汤生要跟我学制联，你们说，就这一句话就行了吗？得向我磕头交束脩哩！”

“对，对，磕头交束脩。”大家一齐起哄。

辜鸿铭立即就要离席磕头，张之洞一把拖住他说：“这头就留着到武昌去磕吧，我今天也不打算教给你。讲课很枯燥，大家不爱听。你既然对此有兴趣，我先说两个联语趣事给你听吧！”

辜鸿铭自然高兴，大家也都高兴。袁昶吩咐仆役给每人都斟满酒。众人都饮了一口后，兴致盎然地听制台大人说趣事。

“话说康熙爷的万寿日是三月十八，乾隆爷的万寿日是八月十三，乾隆朝有个爱制联的翰林，据此制了一道上联，就是：三月十八，八月十三，圣祖祖孙齐万寿。不料，他自己对不出下联来，遍示翰苑诸公，也没人对得了。有人说，这是绝对。谁知十多年后这绝对给破了。”

众人的眼睛都一齐盯着张之洞，这样难的上联居然可以对得出下联，且看是如何破的。

“嘉庆辛未年大考，歙县洪宾华修撰考了四等第一，钱塘戚蓉台编修考了一等第四，而洪与戚又是同年。于是有人据此对出了下联：一等第四，四等第一，编修修撰两同年。”

“绝啊！”辜鸿铭第一个叫了起来。袁昶、杨锐等人也都称赞这副联语制得好，辜鸿铭由“绝对”二字忽然想起了一桩事，说：“香帅，你刚才说破绝对的事，我记得许多年前，在海外时，听人说中国有一上联，至今还未有下联的，不知道这绝对可破否？”

“上联是什么，你说说。”

“上联出的是‘烟锁池塘柳’。五个字含有金木水火土五行。”

梁鼎芬冷笑道：“汤生你真是孤陋寡闻，这联早就破了。你没有去过虎门炮台吧，虎门镇牌坊上就有这副联。”

辜鸿铭说：“我真没去过，你给我说说吧！”

梁鼎芬说：“虎门牌坊上一边写的是‘烟锁池塘柳’，另一边写的是‘炮镇海城楼’。”

“炮镇海城楼。”辜鸿铭重复了一遍，“也有金木水火土，且在虎门炮台边，真的是对得好。”

梁鼎芬说：“这是从武的角度对此上联，还可以从文的角度来对。汤生，下次请你到我的书房里去看看，我书房里挂的就是从文的角度来对的。”

辜鸿铭说：“你先念给我听听。”

梁鼎芬一本正经地说：“你仔细听着：烟锁池塘柳，秋吟涧壑松。”

“秋吟涧壑松。”辜鸿铭慢慢地复诵着，突然他发现了问题，“不对，你这‘吟’字不适合，金木水火土，其他四字都包含了，唯独‘金’没有，‘吟’与金无关。”

梁鼎芬又一声冷笑：“辜汤生，你平时目空一切，自诩对中国学问都已通了，露马脚了吧！我写的‘吟’正含有‘金’，它是口字边加一个‘金’。”

“吟字还可以这样写吗？”辜鸿铭灰蓝的眼睛里满是疑惑。

“当然可以这样写！”

看到辜鸿铭这一副傻乎乎的样子，大家都笑了起来。

“汤生呀，你的中国书是读了不少，但有一本书，你下的工夫还不够！”张之洞笑道。

“哪本书？”

“许慎著的《说文解字》。这部书要读好读透读烂，作起对联来就心里有底了。我再给你们讲个故事吧。”张之洞又来了兴趣，“那年在湖北学政期间，我与各府县教授训导们聊天，我出了一个上联请他们续下联。上联为：木未成材休纵斧。诸公说，这太容易了，于是每人都续了一个下联。我说，你们都续得好，但不是最佳的，我这里有一个最佳的下联。道是：果然一点不相干。”

袁昶、梁鼎芬等人都愣住了，这叫什么下联，毫无一点关联之处。

张之洞笑笑说道：“你们发呆了吧，他们当时也发呆了。我说这就是下联，看起来真的是一点不相干，仔细想想却是字字相扣。经老夫这一说，他们细思一下后，都明白了，大家乐得放声大笑。”

就在这个时候，袁昶、梁鼎芬等人也都明白过来，都说：“是的，是的，字字相扣，香帅这联制得再无话可说了。”

辜鸿铭琢磨半天，还是琢磨不出个名堂来，便问：“香帅，您这对联是怎么对的？”

“怎么对？”张之洞摸着胡须说，“这叫无情对！”

“无情对！”众人一时间都哄堂大笑起来，惊得太白楼上的几只麻雀都吓得飞走了。

袁昶突然想起京师有个传说，说的是张之洞曾经将自己的名字与“陶然亭”三字制成一副佳联，但他不便当着老师的面直呼其名，遂不提起这事。趁着兴头，他以主人的姿态说：“各位请吃菜喝酒，我是多年来没有过这样快乐的时候，今日与老师和各位来个一醉方休。”

梁鼎芬有意让辜鸿铭出点洋相，便说：“香帅，我们来联诗吧。联不出的，罚他三杯酒！”

袁昶立时表示赞成，杨锐也同意，辜鸿铭没有做声。

张之洞说：“我们今天谈的都是对联，干脆续联吧！”

梁鼎芬马上说：“好，就续联。”

张之洞想了想说：“有一联也号称难对，其实也不是很难，我念出来下联，各位都对出上联来。汤生可放他一马，先让他看看阵势，长长见识，以后好努力。”

袁昶摆出主人的宽容来，说：“汤生毕竟于制联是外行，这次就免了。”

辜鸿铭最是个好强的人。他是不懂制联，但又不高兴别人瞧不起他，便说：“说不定我也可以对得出哩！”

梁鼎芬说：“你对得好，我们陪你喝一杯，若对得不成个样子，还是得罚三杯！”

“罚就罚！”辜鸿铭一副倔强的神态。

“这下联是‘三光日月星’。”张之洞左右望了一眼，不见陈衍在座，便说：“石遗不知到哪里去了，你们三人，爽秋、节庵、叔峤依次来吧！”

袁昶本不是制联的能手，但他知道这联有人对过，这是凑兴饮酒，又不是自己制新联，把别人现成的偷过来应付一下是没有人指责的，便随口答道：“六脉寸关尺。”

众人都鼓掌。张之洞说："这是前人现成的。他今天请我们喝酒，看在这点上，我们就宽恕他吧。节庵，你是此中高手，不能偷窃，要自己制。"

梁鼎芬想了想说："八旗满蒙汉。"

其实，梁鼎芬的这个上联也不是自己的创造，但张之洞没有听说过，便说："节庵这上联制得好。我大清入关之前，便有满洲八旗、蒙古八旗和汉军八旗，用八旗满蒙汉来概括，又准确又新颖，通过了。叔峤，该你了。"

这一下把杨锐给难住了，再制一个新的上联，的确不是容易的事，何况在这样的场合中，越想不出心里越急，腊月天的，背上竟冒出冷汗来。

"四洲欧亚美！"

大家都在看着杨锐，等待他的创作的时候，冷不防几声响锣似的，从辜鸿铭的口里吐出这五个字来。

梁鼎芬说："想不到汤生真的对出了一联，平仄虽不完全合，大致也还说得过去。你把意思给大家解释一下。"

辜鸿铭摇头晃脑地说："欧是欧洲，亚是亚洲，美是美洲，但美洲又分北美洲、南美洲，其实是四洲，所以说四洲欧亚美。"

张之洞笑着说："汤生真是聪明！这'三星日月光'还有一个上联，叫做'四诗风雅颂'，雅有大小之分，与美洲的南北之别一个样。汤生这么快就窥到制这种联的诀窍，的确聪明过人，老夫都要佩服你。若早生二十年，说不定可入京师清流之围。"

辜鸿铭得意洋洋地对众人说："香帅批准我入清流了，你们都要敬我一杯。"

袁昶、梁鼎芬暗想自己不过是拾人牙慧，一个毫不懂联语的人却可立即自出机杼，也确实值得佩服，于是都举起酒杯来，笑着祝贺辜鸿铭。

大家都喝了一杯后，辜鸿铭还不罢休，又为难起杨锐来，说：

“有人号称博学，却又对不出来，依定的规矩该如何？”

杨锐忙站起来说：“我不能再喝了，我罚点别的吧！”

张之洞说：“叔峤不善饮，却记性过人，在成都尊经书院时，他就能一口气背完杜工部的《八哀诗》，不知现在还能背不？”

杜甫作于夔州的五言《八哀诗》，八首诗有五百多句，是杜甫诗中最长的一组。杨锐居然能背诵，的确不简单。

杨锐答：“还能背，我干脆背这组《八哀诗》来代替罚酒罢。”

张之洞说：“这组诗要背半个钟头，你愿背，我们还不愿意听哩。这样吧，背一部分。”

梁鼎芬说：“背一首算了。”

辜鸿铭说：“请节庵随意挑一首。”

梁鼎芬笑着说：“还是辜汤生这人鬼，他怕杨叔峤选他熟的背。好吧，我们现在都在江夏谋食，就背第五首《赠秘书监江夏李公邕》吧。”

“好，背就背。”杨锐屏息静气准备着。

袁昶说：“看叔峤这架势，你们是难他不倒的，常言说尝一脔而知全鼎，背一首也太久了，我看就背最后八句吧，能流利背出，也就知他能背全篇了。”

张之洞笑道：“还是爽秋宽厚，就背最后八句吧！”

大家会神听着。只见杨锐干咳了一声，便对着太白楼外的万里长江，朗声诵道：

> 哀赠竟萧条，恩波延揭厉。
> 子孙存如线，旧客舟凝滞。
> 君臣尚论兵，将帅接燕蓟。
> 朗咏六公篇，忧来豁蒙蔽。

果然很流畅，众皆喝彩。

张之洞说："苏东坡当年曾把人世间的乐事归纳为六种，道是：清溪浅水行舟，凉雨竹窗夜话，暑至临流濯足，雨后登楼看山，柳荫堤畔闲行，花坞尊前微笑。"

辜鸿铭笑道："东坡居士道得好，这都是些人间美事。"

"我今日再添一桩。"张之洞缓缓地摸着长须说，"临江好友续联。你们说对不对！"

"对！"众人都鼓掌。

张之洞起身说："感激爽秋在采石矶上为我们设此盛宴，使我们在长江名胜之地饮酒、谈话、射覆、续联、打诗钟，尽兴畅心。俗话说没有不散的筵席，我们就此散了吧。客人好赶路，主人好收场！"

于是大家都起身，纷纷向袁昶道谢，袁昶一直将大家送到江边。张之洞拉着袁昶的手走到一边，悄悄说：

"我已密荐你为江宁布政使，若无意外，不久当有圣旨下。"

袁昶大为感激地说："老师恩德，学生今生难报。"

张之洞说："你在安徽有没有听到对康有为的议论？"

袁昶说："大家都认为康有为是赤心爱国的，朝廷一定要变政变法，不然，不只是亡国的事，说不定要亡种。"

张之洞面色凝重地问："你自己怎么看的？"

袁昶说："我跟大多数人的看法一样。"

张之洞说："你在江宁任职之前，必会去京师朝觐，替我留心一下京师各方对时局的看法，包括对湖北洋务的看法，再写一封详信，派专人送给我。"

"学生记住了！"袁昶重重地点了点头。

第二章／中体西用

一　受谭继洵之托，张之洞着力开导谭嗣同，劝他以捐班入仕

还未出元宵灯节，张之洞便着手处理汉阳铁厂的事。他冒着严寒到铁厂去过多次。近一年来化铁炉每天只出少量的铁水，这只是为了不让炉子冷却，究其实，五六天开一次炉子足够了，仓库里堆着不少钢锭铁锭，有的已生了锈，一半以上的匠师和工人一天到晚无所事事，处室中那些办事人员多半是一杯清茶三五闲聊，就这样打发日子，个别人竟然在办公时间里抽起大烟来。还有的一连几天不来，人影也见不着。但每个月的薪水是一个子儿也不能少，而且薪水很高，几个职位较高的洋匠月薪一千两银子，全部三十六个洋匠月薪水高达一万余两。钢铁卖不出去，开支异常庞大，铁厂督办蔡锡勇焦急万分，早就盼望张之洞回来了。

在湖广总督衙门议事厅里，张之洞召集蔡锡勇、陈念礽、徐建寅、梁敦彦，以及洋匠总管德培等人一起会商铁厂的整顿。

蔡锡勇将铁厂的情况如实向张之洞作了报告。耗费他一生中的最大心血，寄托他徐图自强的宏伟理想，曾被洋人誉为亚洲第一大企业的汉阳铁厂，在他离开武昌仅一年零四个月的时间就落到如此地步，这个打击对他是沉重的。

“我离开武昌的时候，将铁厂之事郑重委托给谭抚台，他对铁厂关心得如何？”

张之洞在江宁这段时间里，湖广总督由湖北巡抚谭继洵署理。对于张之洞提的这个问题，大家一时都沉默着。谭继洵仍是湖北巡抚，说他的不是，得罪了他总不是好事。

在美国受过多年教育的陈念礽在这方面的顾虑少些，他见老岳父的话没人回应，遂答：“谭大人只去过铁厂一次，平时也几乎不过问铁厂的事。”

张之洞非常不悦：“其他人呢？湖北的藩、臬两司呢？”

张之洞走后不久，藩司王之春、臬司陈宝箴先后调迁外省，接任的藩司员凤林、臬司龙锡庆也都对洋务不热心。

见大家依然不做声，陈念礽又答道：“他们也不过问铁厂的事。”

“啪”的一声把大家惊吓一跳，张之洞拍打着桌面火道：“铁厂又不是我张某人的私产，我一走，湖北的人都不过问了，岂有此理！”

蔡锡勇息事宁人：“铁厂没管理好，总是卑职等人的责任。我们是要湖北腾挪银子给我们，他们拿不出银子，所以也不好意思问我们的事了。”

张之洞问：“铁厂目前缺多少银子？”

徐建寅答：“至少要一百万两才能全面转动起来。”

“向户部去要嘛！”

梁敦彦说：“户部不给，说前后拨了两百万，再也拿不出银子来了。”

张之洞问蔡锡勇：“铁厂总共花了多少银子？”

蔡锡勇答：“五百多万两。”

张之洞心里也猛地被堵了一下：花了五百多万两银子，还是这个样子，六年前筹办铁厂时，可没想到要花销这样大。

张之洞转脸问洋匠总管德培：“铁厂技术上的主要问题在哪里？”

英国人德培虽来中国多年，仍听不懂更不会说中国话。陈念礽把岳父的话译给他听，他想了一下，叽里呱啦地说起来。陈念礽翻译：“德培说，煤和铁矿的质量都有问题。煤里含硫较多，铁矿里含异质过多，可能与炼铁炉不配套，需要把铁矿送到英国去化验一下。”

张之洞不耐烦地说：“铁矿还要送到英国去化验吗？没有这个必要，先前不也炼过好铁吗？”

陈念礽见老岳父一口否决德培的意见，便没有把这个话翻译给德培听，德培也便不再说话了。

其实这位洋匠总管正是说出了铁厂技术上的症结，可惜让外行而执掌大权的张之洞给粗暴地顶了回去。真知灼见被扼杀，铁厂因此得再受若干年的惩罚。

蔡锡勇见张之洞脸色不好看，一句话几次欲出口又给压了回去。这时，他还是硬着头皮说了出来：“不少人说，不如将铁厂改为商办，银子的问题便可解决。据说，户部也有这个想法。”

“什么户部，是翁叔平他想卸这个包袱！”张之洞怒气冲冲地说，“商办，商人唯利是图，没利的事他们能干吗？他们难道比我还对国家对朝廷负责任？我明天亲自去看谭抚台，要他先拿点银子来帮铁厂过眼下的难关。”

张之洞态度如此坚决，蔡锡勇不好再说什么，大家也都不再提这事了。会议就这样无结果地散了。

第二天，张之洞放下总督的架子，亲往棋盘街巡抚衙门。六十多岁的谭继洵这一年来既当鄂抚又当湖督，事情比先前自然要多得多。他又是个拘谨的人，故更感到劳累，多年来患的哮喘病一到冬天便加重，今年冬天则更严重。入冬以来，他连前院衙门签押房都没去，就在后院卧房旁边的书房里办事接待来客。昨天接到督署巡捕的来函，说张制台今下午要来看望他。

张之洞身为总督，是决不应该在后院书房里接待的。谭抚台赶紧命令仆役将衙门中庭的会客厅打扫好，连夜生好炉子；又吩咐厨子去买点时鲜的菜蔬来，要请刚回任的总督在家吃餐饭；又在入睡前加重剂量喝了一碗鹿茸参芪汤，以便明天精神充足。他还不放心，又叫儿子谭嗣同明天决不能离开衙门。一是让他见见制台大人，和制台大人说说话，建立好关系；二来有什么事好随时呼应。老三机敏强干，谭继洵知道他不仅远胜自己，就连衙门内那些号为干员的人也不能与之相比。

午后，张之洞如期来到巡抚衙门。谭继洵带着儿子及抚署里的总文案、文武巡捕、师爷总管等早已来到辕门外，又打开中门，放炮礼迎。

张之洞笑道："敬翁身体欠佳，大冷的天气，何必亲立辕门外，督抚同城，常来常往，也不必开中门，放礼炮，行此大礼。"

口里这么说，心里倒也很高兴，满肚子对谭继洵的不满，经这番隆重的礼仪，化去了多半。

望着一旁挺立的谭嗣同，张之洞又喜道："三公子英迈俊拔，我的儿子中无一人比得上。"

"香帅夸奖了！"

到了会客厅，谭嗣同亲自侍奉茶水后，便掩门出去了。

"敬翁身体近来好些了吗？"

张之洞望着须发如枯苎麻，面皮如花生壳，行动如笨狗熊的湖北巡抚，心里想：这种衰迈的人如何有精力领牧数千万人口，数万里田园？他只宜在家卧床曝背、含饴弄孙而已。但是，上自枢府，下至州县，却有许多这样的人物在占据着要津。他们固然是贪槽恋栈，舍不得手中的权力、腰中的银子，而朝廷居然也不劝他们早日致仕腾出位子来给年轻有为者。唉，就凭这点，就非改革不可！此刻，张之洞仿佛心灵上与康有为等人又靠近了一些。

“哮喘病人，最怕的是冷天。今年已咳两三个月了。”

谭继洵说话，浏阳腔很重，张之洞须得仔细听才能听清。

“哮喘不好治，我家有个亲戚也长年患这个病。他有个方子，不妨试试。”

一听说有单方治病，谭继洵心里欢喜，忙问：“什么方子？”

“用冰糖蒸晒干的野枇杷，连枇杷和汁一道吃下去，对病症有所缓解。”

谭继洵说：“这两样东西都好找，我明天就可以试试。”

两人又闲聊了一会儿。谭继洵问：“不知香帅亲自过来，有什么重要事情要老朽效力。”

“我专为铁厂而来。厂里现在周转不过来了，想向湖北藩库借点银子，一旦铁厂的钢铁卖出去后，就连本带息还给湖北。”

谭继洵说：“铁厂的钱该户部出。您跟朝廷上个折子，让户部批银子下来。”

张之洞说：“户部那里一时要不到，只有自己先想办法了。”

谭继洵低头望着眼前的茶盅，眼光呆滞，嘴巴紧闭，像个入定的老僧一样，木头似的纹丝不动。其实，对于张之洞来访的目的，他昨天就已料到了。在张之洞回任的前半个月，蔡锡勇还专门为借钱一事跑过藩司衙门。铁厂对他的抱怨，他也是早已风闻，但他一如既往地坚持对铁厂的态度：不冷不热，不反对也不支持。谭继洵为官三十多年，做京官时，他将忠于职守、拾遗补阙作为自己的职分。做地方官时，他将勤政清廉、重农恤民作为自己的职分。谭继洵做官的原则，完全遵循的是中国传统的儒家经典，尽管这几十年来西学东渐，但他不屑于西方的那一套，更从来没有想到自己去办洋务，倡西化。他认为这些都不是一个正经官员所应做的事，也不是为官的职分所在。张之洞办铁厂、枪炮厂，建织布局、纺纱局等等，都不是一个总督应办的事。从好的方面说，张之洞是为了徐图自强；从不好的方面来看，张之洞是借此出风头图大名。张是总督，又得到朝廷支持，谭继洵当然不会也不敢反对。但他抱定一个原则：湖北不能为这些洋务局厂出银子。王之春态度积极，谭继洵很严肃地向他打招呼：湖北给局厂的银子，必须有户部的批文，不能私自给，我们要为湖北的财政着想。在这样严格的规定下，王之春也不敢更多地放银子给局厂，但还是尽力予以方便。就因为此，谭继洵看不惯，趁着张之洞不在武昌时，力荐王之春出任川藩，把他调走。

谭继洵不认为洋务能致中国于富强。中国有中国的国情，中国的富强只能按圣人所教的那一套去办，至于张之洞个人的出风头，那就更不能称赞了。

这一年来，他作为署理总督，听到的有关对铁厂和其他局厂的风言风语就更多了，诸如糜耗钱财，挥霍浪费，人浮于事，管理混乱，裙带成风，事倍功半，铁厂为贪利之徒开敛财方便，为幸进之辈谋进身阶梯等等，几乎都是指摘讥讽，少有肯定赞赏的。这一年多里，谭继洵对局厂采取不闻不问的态度。他知道他的湖督是署理，张之洞的江督也是署理，不久都会一切复原的。解铃还须系铃人。张之洞造成的烂摊子只有他张之洞自己来收场。

“香帅的事就是老朽的事，铁厂的事就是湖北的事。”谭继洵说了这句心口不一的客套话后，腔调完全变了。“湖北藩库的银钱收支，香帅您是知道的，眼下不要说一百万，就是十万都挪腾不出。”

张之洞注目看着眼前这个不知哪一天便会突然去了的老头子，吃力地听他缓慢而浑浊的浏阳腔。

“今年湖北，鄂西十多个州县遭受旱灾，普遍减产三至五成。沿长江两岸二十多个州县遭受水灾，大多数只收了三四成，有五六个县颗粒无收，全年税收只有去年的四成半。朝廷只给我减去二成的上交钱粮，这剩下的三成半，藩库还不知如何来填补。三天前员藩台对老朽说，年底藩库账簿上的现银只剩下二十五万两，受水淹严重的那些县得拨出三十万两银子给他们买种子耕牛，否则春上无法开工。流落武汉三镇难民有四五万人，每天还在增加，已开了一百多个粥厂，还远远不够。这一百多个粥厂每天耗银千余两，估计至少还得开一个半月，这笔银子就要五万来两。这些难民都无处住无衣穿，打算给他们盖四五百间芦苇棚，施发几千件寒衣，还加上每天都有饿死冻死的人，得收殓掩埋。这又要二三万两银子。昨天，又接到急报：京山一带发生地震，方圆百余里的房子都已倒塌，还不知死了多少人。我已命孔兵备道急速奔赴现场，他向我要银子，我明知藩库紧绌，这种时候也只能先顾眼前了，狠下心叫他带十万前去。孔道说十万作什么用。我只得说，先带十万去吧，实在不行以后再说。香帅，老朽所说的句句是实话，无一字是假的。您若不信，明天可问员藩台。您看看现在的情况，湖北藩库能拿得十万两银子出来吗？”

谭继洵说到这里重重地叹了一口气，颤颤抖抖地端起茶盅喝了一口茶。

张之洞则在心头叹了一口气。不能说谭继洵在完全说假话，他说的事，张之洞都已知道，只有昨天突发的京山地震，因为这纯属民政事，故最早的急报是报向抚署和藩署，督署还没有听到消息。张之洞知道，包括地震在内的所有这些，都会被不情愿拿银子的鄂抚夸大了，而藩库里的银子又会有意减少。巡抚和藩司联合起来做手脚，总督一时半刻也是查不出的。张之洞心里很生气，但又不好对谭继洵发脾气。

停了好长一段时间，张之洞才说：“敬翁刚才说的，我也知道一些，藩库的银子自然是紧绌的，也不必从藩库里拿了。我知道江汉关过几天有一笔银子要上缴，估计有五六十万，敬翁把这笔银子先挪给铁厂用用吧！”

“香帅有所不知。”谭继洵又叹了一口气。“江汉关的税收还没缴上来，这笔银子早就先用完了。”

“为何？”张之洞惊道。

“去年八月，宜昌出了个教案。德国教会的一条狗被附近百姓打死，教会拘捕了几个百姓，其中一个百姓死在教会。此事激起了众怒，结果教会被砸，两个传教士和四个教民被打伤，闹出了一个大事故。最后英国驻汉领事馆出来圆场，宜昌县被迫赔五十万两银子，以江汉关税银担保，才把这桩教案平定下去。江汉关的银子早已寅吃卯粮，没有了！”

张之洞的胸中堵了一口闷气，不是因为这笔银子，而是因为这不平等的教案处置。在四川，在山西，张之洞已亲身遭受几次教案，一概以中国人吃亏而结束。没有别的缘故，就是因为中国弱，洋人强，办铁厂本是为了中国的自强，可眼前这个抚台就是看不到这一点。他是宁愿赔银子也不想做自强事业，而像谭继洵这样的昏聩官员，又何止百个千个？

“敬翁，你有你的难处，我也就不勉强了。有一件事，还得请敬翁出面帮忙说说话。”

“老朽一开始就说了，香帅的事就是老朽的事。只是这银子，湖北藩库一时真的拿不出，不能为香帅解决这个燃眉之急，老朽心里惭愧已极。其他事，老朽一定尽心去办，您只管说。”

“大冶铁矿堆放矿石的山坡，原本就是无人管的荒坡。现在县衙门派人来告诉矿区，说矿区用了五年了，要交占地费，一年二百两，五年一千两银子。这本是无道理的事，且矿务局亏损厉害，他们哪里拿得出这笔钱！敬翁，你下个公文给大冶县衙门，免了这笔银子吧！”

说来说去，还是银子的事。不过，这笔银子和方才说的银子大不相同。明摆着这是大冶县衙门的敲诈，禁止他们这样做是名正言顺的，何况谭继洵还有求于张之洞，遂痛快答应：“香帅放心，我明天就叫文案拟公文，叫大冶免去这一千两银子。”

“那就谢谢敬翁了。”

看着张之洞有起身要走的架势，谭继洵忙说：“香帅，老朽有一件小事也要仰求香帅，请您万勿推辞。”

“什么事？”张之洞见谭继洵说这话时声音颤颤的，似乎含有一丝幽怨感，颇觉惊讶。

“哎！”尚未开口，谭继洵先叹了一口气。“说来这是老朽的家务事，老朽本不应该来麻烦香帅，但是小儿一向敬重香帅，又因香帅那年也曾勉励了他几句，故老朽只有厚着脸皮恳求香帅出面，开导开导他。”

张之洞奇怪地说：“令郎聪颖勤奋，广受称誉，还有什么需要鄙人来开导的吗？”

“香帅，您哪里知道，他是金玉其外，败絮其中啊！”

谭继洵一副恨铁不成钢的神态，同为父亲的张之洞自然深知这种望子成龙的父母之心。他满腔同情地听着。

“小儿要说资质倒也不蠢，书读得还好，诗文也做得通顺，十七岁就进了学。但这些年却不幸走了歪道，不好好读书应试倒也罢了，却又偏偏迷上邪书邪学。近半年来，他关在家里写一本叫做《仁学》的书。有一天，趁他不在家，我在书房里看了他写的稿子，真是骇人听闻。也不知他从哪里捡来两个字，叫什么‘以太’，说世界万事万物都是以太组成，这真是海外奇谈。又说节俭是不对的，连世世代代遵守的准则他都反对。

“更可怕的是，他还说‘三纲’是错的。君臣父子夫妇之间的纲常，这是圣人定下的规矩，他都敢说是错的。这几十年来的书读到哪里去了！”

谭嗣同竟然说“三纲”都是错误的，这倒也真出于张之洞的意外，这个聪明的年轻人怎会如此糊涂！是得开导开导。

“香帅，小儿的这些怪谬，老朽从未跟别人说过。不敢说，怕人以此加罪他。老朽请香帅以童言无忌来看待小儿，宽恕他的无知，指出他的荒谬，让他迷途知返。小儿心性还是善良的，可以教化。他之所以迷乱，老朽也曾思忖过，可能是从小失去生母，与庶母不和，养成了孤僻冷漠性格。又加之四次乡试不第，由怨生恨。娶亲十多年也没生过一男半女，夫妻不和谐，失去了对人世的爱心。他还好四处游荡，结交了一些不三不四的朋友。这些都使他生出一些与常人不一样的心思，老朽规劝他多次，无奈他总是听不进。老朽命苦，所生三儿，如今也只剩下这一个，孙辈也只老二留下一根独苗，这一子一孙便是维系谭氏家族的血脉。请香帅务必接受老朽这一请求。倘若小儿能有所开窍，香帅您就是老朽的大恩人了。”

说到这里，谭继洵两眼发红，似有泪水在眼角边流动。七十老翁的舐犊之情，使得张之洞不能不答应。

“好。令郎一表非俗，当是瑚琏之器，即算现在走了点弯路，也不为怪。据说胡文忠公在年轻时也曾走过一段弯路，文忠公父亲心中焦急，倒是他的岳翁陶文毅公看出他疏散行为中的鸿鹄大志，劝老太爷不要过急，到时一切都会好的。自古来英雄豪杰都有一些不循常规之举，令郎说不定也会是胡文忠公那样的英豪。我倒是很喜欢他，你叫他今晚到我家里来。我告辞了。”

张之洞居然将儿子许为胡林翼式的人物，这令谭继洵兴奋莫名。他一时间竟忘记了留张之洞吃晚饭，连连激动地说：“谢谢，谢谢香帅，犬子今夜一定会来登门求教！”

断黑的时候，谭嗣同在一个老家仆的陪同下，来到了湖广总督衙门。为了表示亲切，张之洞在二进院落东边小书房里，接待这位“海内四公子”之一的谭公子。

大冷的天气，张之洞身穿丝棉、狐皮还感抵御不住严寒，又在书房里生了一大铁盆炭火，而谭嗣同进门便脱去西式黑呢披风，露出一身紧束的短装来。他只穿着薄薄的棉袄和两层布的夹裤，脚上穿着褐色牛皮靴，长长的靴帮将及膝盖，靴帮上是一层又一层的绳箍。这一身打扮与瘦精的身材、深陷的双目相配合，显露出一股大异通常贵家公子的精悍、豪爽的英气来。

这的确是个非一般的人！

张之洞在谭嗣同进门那一刻所表现的没有任何虚套的礼节和风风火火的举止中，已经有了这个强烈的感觉。

“三公子，听说你现在又有了一个新的字号。”张之洞亲切地望着谭嗣同笑着说。

“是的，我为自己新起了字号叫壮飞。香帅，您怎么知道了？”

等闲人物，不管年龄多大、官位多高，在张之洞面前都有几分畏惧之感，谭嗣同却不这样。这并非因为他父亲是巡抚的缘故，而是他天生就是这种无所畏惧无所顾忌的性格。

“你刻了诗集四处分送而不送我，是认为我这个老头子不懂诗吗？”张之洞抚须笑着，笑容中流露的是长辈的慈祥。

谭嗣同前向将自己的诗作汇集起来，取个名字叫《莽苍苍斋诗》，印了三百本，署名壮飞。原来是从诗集上看到的！总督衙门的人都没送，他又是从哪里看到的呢？

“香帅是诗坛泰斗，没送是不敢送。我的那些涂鸦之作哪敢烦渎香帅清神。”

“但你的诗已耗了我的清神。杨叔峤带着你的诗集来江宁接我，那天夜晚我读了半夜。”

谭嗣同和杨锐很投缘。杨锐到京师后，他们之间常有书信往来，《莽苍苍斋诗》印好后，谭嗣同寄了十册给杨锐，请他代为分赠京中诸友人。

“叔峤喜欢你的《潇湘晚景图》二篇的第一篇：袅袅箫声袅袅风，潇湘水绿楚天空。向人指点山深处，家在兰烟竹雨中。说是得《楚辞》之风。我却喜欢你的第二篇：我所思兮隔野烟，画中情绪最凄然。悬知一叶扁舟上，凉月满湖秋梦圆。这篇更像《楚辞》，它得的是《楚辞》之神。”

张之洞居然可以随口吟出自己的两首诗来，而且给予很高的评价，心性高傲、身在官衙却瞧不起官宦的谭嗣同不觉对张之洞刮目相看，表现出他平生极少有的谦虚来："谢谢香帅的厚爱，香帅的高评，晚生担当不起。"

"三公子，我从这首诗中看出你心中好像有很重的隐忧。"张之洞试图用迂回的方式来开导谭嗣同。他觉得谭继洵的分析有道理，先不谈他的怪诞心思，而从开启他心灵的幽闭开始。"三公子，人生的灾难，是人人都会遇到的。你十二岁丧母，比起老夫来又强多了。老夫四岁时，母亲就去世了。虽然功名还算顺遂，但老夫中年以前连丧三妻，又痛失长女，晚年则有丧子之痛。尽管命运这样多舛，老夫依然豁达以待，坦然接受种种打击，以平和之心看待人世，不忌不刻，不怨不尤。三公子，你刚过三十，前程还大得很，听老夫的话，去掉心头的隐忧，快快乐乐地读书应试，为朝廷为国家做事。"

知子莫如父，谭继洵对儿子的分析是深中肯綮的。

母亲早逝，父亲宠爱小妾冷落儿子，长年生活在没有亲情的环境中。这是谭嗣同一生中刻骨铭心的悲伤，也是造成他孤冷性格的重要原因。四次乡试不第，琴瑟不睦中年无子，使他的悲伤和孤冷更加重几分。

但是，张之洞想错了。有不少男人，他真正的最深重的忧伤是不愿意说给别人听的，更何况谭嗣同这样一条心高如天骨硬如铁的湖湘汉子！他在嘴角边浅浅地一笑后，淡淡地说："香帅说对了，我心中是有隐忧，但这不是对身世的隐忧，而是对国家对百姓的隐忧。"

"忧国忧民，这是自古圣贤传下来的美德，当然是值得钦敬发扬的。但圣贤也为后人做出了榜样，他们并不把忧伤积压在心里，更不把忧伤转化为怨尤，而是以此激励自己，设法为国办事，为民造福。"

谭嗣同坚定地说："我正是这样想这样做的。"

张之洞愣了一下，他没有想到这位谭公子是如此听不进别人的话。想到谭继洵的恳求，也为了抢救这个不可多得的人才，张之洞压下心头的不快，继续说："谭公子，听乃翁说你有些过激的心思，他颇为你担心。"

"香帅，不是我的心思过激，而是这个世道实在是沉闷太久，弊端太多，非得大声呐喊，大声呼叫不可；非得大改大变，彻底改变不可。我有些想法，包括家父在内，很多人都不可理喻，其实我是在矫枉过正，而这种过正，也是世道逼出来的。"

张之洞目光凛然地问："难道非要彻底改变，非要矫枉过正不可吗？"

"香帅，非如此不可！"谭嗣同毫不迟疑地说，"因为积重难返，甚至可以说已腐烂败坏，非得用刀子来剜去不可。举个例子说吧。比如香帅您，目光清晰，看出了中国要自强必须引进洋人的科学技术，又魄力闳大，在湖北率先办出了一大批洋务局厂。应该说，您的举措，会得到全国的支持，您办的局厂，会取得巨大的成效。但是，据我所知，至少湖北官场，包括家父在内就不支持您。他们大多数袖手旁观，觉得这桩事与自己毫无关系，少数人还在暗中使绊子，恨不得这些局厂垮掉。而且说句不怕您怪罪的实话，您办的局厂，也没有取得多大的成效。我听说局厂里问题也很多。说句大实话，局厂里除极个别的人外，绝大多数的人也并不对它的成与败真正关心，他们只不过是为赚薪水罢了。"

这些话虽然很不中听，但的确说的是实情，正为铁厂而忧心的张之洞无力责备眼前年轻人的狂妄不敬，反而脱口说道："照你这样说，那什么事都不要办了。"

谭嗣同说："所以我以为非要大改变彻底改变不可，如果不这样，那是什么事都办不成的。"

"你看怎么改变法？"

"要冲决两千多年来所形成的各种有形无形的罗网，全盘引进西方对国家管理的制度法规，改变世代相袭的那些限制中国前进变革的学说思想。如此，方可言洋务，言富强，言中国的前途。”

谭嗣同气势磅礴地一句接一句，仿佛在向世界发布他冲决罗网的宣言，在给病疴沉重的大清王朝诊断症状，在给古老的华夏民族指明出路。

张之洞在谭嗣同咄咄逼人的气势下已觉自己无能为力，他不想使寄予重托的老鄂抚失望，更不愿在一个年轻的被开导者的面前承认失败，一个主意在他的心里已经冒出。尽管他并不认为这是个好主意，但现在只能借此为自己赢点面子，先让这个桀骜不驯的谭三公子接受再说。

“谭公子，忧国忧民也好，冲决罗网也好，大丈夫为国家百姓办事，不能只凭热血，更不能只讲空话，要的是踏踏实实地做事。办事凭的什么？凭的权和位。你既无权又无位，这些岂不都流入空话吗？”

张之洞目光炯炯地望着谭嗣同，他试图用这种威凌压住谭公子刚才的气势。

“香帅，这个我懂。我四次乡试，也是想通过科场进入仕途，以取得权位。但主考有眼无珠，不辨龙蛇，我也无可奈何了。”

本想说一句“我只好自谋出息了”的话，但想一想在制台面前说这样的话不妥，便又咽了回去。

“比起寻常百姓来说，你有一条更便捷的路可走，为什么不走呢？”

二品以上的大员子弟，在获得秀才功名后可以通过入监和捐银直接进入官场，其出身视同正途。朝廷的这个规定，谭嗣同知道，谭继洵也曾这样考虑过，但谭嗣同不同意。

“我三十二岁了，不想进国子监了，靠捐银买顶子的是些什么人？我岂可与那些人混在一起。”

“谭公子，捐班的确很杂乱，老夫一向也看不起，但事情也不可一概而论，捐班中也有极优秀卓异者。你知不知道，胡文忠公便是以捐班而成就大业的。”

“胡文忠公不是翰林出身吗？怎么又是捐班呢？”

对于胡林翼，谭嗣同自然是景仰有加的，但胡是捐班，却是第一次听到。

“胡文忠公翰林出身是不错，但在浙江主持乡试时，因主考文庆携人进闱阅卷一事被告发，他受了牵连，降一级为内阁中书。第二年又丁忧，三年后起复，按常规在内阁中书一职上候补。若从这条路走到朝廷大员，不知要到何时，也许一辈子也走不到。另有一条路，若捐银一万五千两，则可得一个候补道，遇到好机会，不久便可得实缺，过几年有望升为藩臬大宪。胡文忠公想，大丈夫做事，当以最后成败定高低，不必拘于区区小节，遂捐了一个候补道。他看准盗匪多的贵州大有英雄用武之地，便主动要求去贵州。果然，没有几年便因肃盗立功升为贵东道，由此发迹。谭公子，倘若没有捐班这个过程，会有后来的胡文忠公吗？”

谭嗣同猛地省悟过来。无权无位不能办大事，走科举正途又得不到权位，看来要想办大事，只有效法胡林翼走捐班一路了。大丈夫能伸能屈，姑且屈一屈吧！

“香帅，谢谢您的点拨，我先去捐个候补知府吧！”

“好。”张之洞十分高兴。他已看出谭嗣同是个不循常规的豪杰。没有约束的豪杰将闯大祸，有所规范的豪杰可望成大事。候补官对于谭嗣同来说正是个约束。如此看来，谭嗣同将有可能成就一番大事业，不妨预作张本，遂笑道：“到时，我将设法把你分发两江。两江我的故旧较多，有利于你的实授和迁升！”

“谢谢香帅！”

谭嗣同告辞张之洞，走出湖广总督衙门时，夜已很深了。

二　汉阳铁厂弊端重重难以为继，不得已由官办改商办

张之洞为谭继洵了却家事，谭继洵却并没有为张之洞了却公事。想起汉阳铁厂银钱困窘、生产萎缩，湖广总督心情仍是沉重。户部因翁同龢的作梗不拨银子，湖北又确实藩库无银，铁厂怎么办呢？

不料，正当经营陷于困境时，铁政局兼铁厂督办蔡锡勇又突然得急病去世。蔡锡勇不仅西学好，人品也好，是湖北洋务的一根顶梁柱，刚刚五十岁便英年早逝，令张之洞悲悼不已。蔡锡勇留下的重担，只得叫陈念礽勉为其难地挑起。铁厂的出路在何方，张之洞想起蔡锡勇多次说过的商办之事，把念礽找来商量。翁婿至亲，无须客套，谈话直接进入正题。

“岳丈，蔡督办说的商办，是可以考虑接受的。美国人办企业，全是商办，政府几乎不管。”

“商人奸诈，唯利是图，铁厂关系到国计民生，交给他们去办，能放得下心吗？”

张之洞满脸忧戚，屋子里的炭火很旺，他摘下帽子，露出大半个秃顶和稀疏灰白的发辫来，愈加显得老而丑。

“无商不奸，这是中国历史上的偏见。因为有这个偏见，才有崇本抑末的政策；长期奉行这个政策，又使得中国积贫积弱。其实，这个偏见实在要不得。商人有奸有不奸的。郑国做牛生意的玄高就是一个不奸的爱国商人。岳丈，说句实话，哪行哪业里人都是有奸有不奸的。就拿读书人来说，应该是最纯洁的，但读书人中奸的还少吗？一部《儒林外史》，写出了多少读书人中的奸诈。又说农夫该是纯洁的吧，各乡各村的盗匪还不都是农夫出身，他们不就是刁民吗？”念礽觉得以这样的口气跟岳翁说话，有点峻厉了，便嘿嘿笑了两声，缓和下气氛。换了一种语调说下去：“小婿在美国生活了八年，跟美国商界打了不少交道。依小婿看来，美国的商人中有奸商，也有类似中国的儒商，有小奸大儒的，有先奸后儒的。”

张之洞笑着说：“小奸大儒，先奸后儒，这样的话，倒是第一次从你的口中听到。这怎么解释？”

“许多商人最初都是贫寒的，靠精于盘剥发家，这发家的过程中就少不了欺蒙拐骗。后来发起来了，觉得再一味行奸使诈实无必要，同时也想用钱来洗刷往日的劣迹，便大做好事。比如捐钱办慈善、办教育、办公众福利事业，博取个好名声。这便是先奸后儒，这种人在美国的商人中不少。有的商人在与别的商人做买卖时行奸使诈，但在为国家为公众办大事时，他又光明磊落。这是因为他知道国家和民众的力量很大，行奸，一经揭发，便身败名裂，一生翻不了身；光明磊落则可得到很高的社会地位，提高他的身价，从而更有利于他的生意。这叫做小奸大儒，或叫做暗奸明儒。”

张之洞哈哈笑道：“这美国的商人，真把商字做到家了。”

“商业发达起来后，中国的商人也会这样做的。”陈念礽说，“汉阳铁厂是国家的洋务大厂，会有人来认真接办的。其实办好了，他是名利双收。”

“念礽，我倒要问问你，为什么官办不行，商办就行了呢？”

陈念礽想了一下说：“这大概是商业这桩事的性质决定的。商业是个以谋利为主要目标的行业，由商人来办，由于利益相关，他会有很强的责任心，做任何事都会精打细算，管理就会严格具体，尽可能地减少或杜绝浪费、拖沓、推诿这些现象。官办的主要弊端是利益不与个人相联系，办事者不愿倾其全力来做。另外，官场有一套相沿已久的繁琐环节和沉暮气习，与经商的灵活、快捷、简便、迅速把握时机这些因素相距太远，所以官办不如商办。”

张之洞仔细琢磨女婿的这番话，觉得也有道理，但改由商办，又交给谁呢，谁有这个财力和才能呢？

陈念礽说：“大家在一起也议论过，一致认为当今中国最适合接手办铁厂的商家便是盛宣怀。”

盛宣怀！张之洞想起七年前赴任途中，在上海与盛宣怀晤谈的情景。正是他，当年就说过湖北有丰富的煤矿铁矿，开矿炼铁，大有可获，只是此事宜商办不可官办。张之洞将此视为奇谈怪论否决了。七年后再去请他来办，不是承认自己输了，承认自己不如他吗？何况，盛宣怀还是李鸿章的人！

张之洞生气地说："可以考虑商办，但不能交给盛宣怀来办！"

陈念礽知道张之洞不喜欢盛宣怀。话还说不说下去？犹豫一会，他还是鼓起勇气把自己的看法说出来。

"岳丈，小婿想说两句逆耳的话，您同意我说吧？"

"你说吧！"张之洞从微微张开的嘴巴里吐出这三个字来。他知道陈念礽直来直去、决不说违心话的性格，这在他周围众多属下和幕僚中间是极为少见的。只有一人与之相同，那便是辜鸿铭。他有时想，这是不是受西方风气的影响，少了中国士人之间惯有的客套虚伪？但同是西方回来的梁敦彦又不这样，看来又不全然。在一片附和恭维声之中，张之洞有时倒是想听听不同的声音，他因而喜欢与辜鸿铭和陈念礽谈话。

"盛宣怀这个人的人品操守，指摘者不少，但对盛宣怀的办事魄力和才干，却少有否定的。他办的轮船招商局、电报局都是成功的。二十多年来他积累了办洋务的经验，结识了一批外国商人，在中国商人中有很高的威望，同时也积聚了巨额财富。这些条件，在今天的中国，可以说无人与之相比。铁厂要商办，非他莫属。况且他早年在湖北办矿务，那年又专门在上海与您见面谈此事，可见他对湖北洋务有很深的感情，很大的期望。这一点也不是别人可比的。小婿想，汉阳铁厂不仅是您一人的心血之所在，事业之所在，更是大清徐图自强的希望之所在，是国家洋务事业尤其是钢铁行业发轫之所在。汉阳铁厂即便受了千挫万折，也不能停办，也不能失败。它若停办了失败了，将会动摇许多人以洋务自强的信心，将会推迟中国洋务事业的进展。它造成的影响，首先不是岳丈您，而是国家，是我们的大清国。"

陈念礽的情绪不由自主地激动起来，一向把以身许国作为终生信念的张之洞也不由自主地激动起来。且不说他最后的结论是否正确，把铁厂与国家洋务大局联系，从这个角度来高瞻远瞩地看待，这便令张之洞欣慰：这个女婿是挑对了，他是我的知音！

“现在的情况是，若不改为商办，很有可能会停办；若不用盛宣怀，很有可能会失败。小婿想，在盛宣怀面前承认官办不如商办，虽有损制台大人的威信，但比起铁厂停办、失败而言，这是一件很小的事情。倘若真的停办或失败，那影响就更大。起用盛宣怀来办铁厂，仍是您的决定，这就是您的英明之处。今后铁厂办好了，壮大了，发展了，历史必会记住您筚路蓝缕、创业艰辛的功绩，记住您作为中国钢铁业开山鼻祖的功绩，记住您起用盛宣怀让他有一个施展才干的机会的功绩。而这些，说到底还不是最重要的，最重要的是用事实说明中国是可以将洋务引进来办好的，是可以通过洋务实业走上自强道路的。”

“好了，不要说了！”张之洞心头的疑虑犹豫早已被这番话一扫而光。“就派你去上海会见盛宣怀，和他商量接办汉阳铁厂的事情。”

陈念礽往来武昌与上海多次，与现居上海轮船招商局的盛宣怀洽谈关于将铁厂由官办改商办的事宜。

盛宣怀本对湖北的矿业抱着极大的希望，当年张之洞若听从他的意见，以商家来办理洋务局厂的话，他很乐意出面来做督办。可现在，相隔多年再来找他，他却犹豫了。陈念礽第一次去上海，他以养病为由，暂不谈生意场上的事。正事虽不谈，对这个能操一口流利英语的美国留学生却欣赏备至，礼遇甚隆。陈念礽不能在上海多呆，稍住几天后又赶回武昌。第二次再到上海，盛宣怀说他很乐意做此事，但目前要为李鸿章出洋做准备，待李鸿章出洋后方可正式商谈。陈念礽只得又回武昌。张之洞对盛宣怀这种有意摆谱和明显地表示对李鸿章的忠心，虽很气恼，但也只得忍着。待到陈念礽第三次去上海时，盛府门房又告诉他，老爷到常州乡下扫墓去了，请客人在上海宽住几天，他一回来便会商议这件大事。

陈念礽遂耐心住下来，等着盛宣怀回沪。

其实，张之洞和陈念礽都误会了盛宣怀。他并不是在摆谱，在念礽往返鄂沪之间三个多月的时间里，他正在办着很重要的事情：请现任招商局帮办的好友郑观应代替他去武昌私访汉阳铁厂，为他的决策提供第一手资料。

郑观应带着两个助手在武昌城里住了二十来天，又去大冶、马鞍山等地转了转，情况基本上都弄清楚了。前几天回到上海。正是清明时节，盛宣怀便借扫墓的机会邀请郑观应去他的老家小住几天。一来乡间宁静清新，春暖花开，风景绝佳，看看田园风光，放松放松，消除城市喧嚣所造成的疲惫压抑；二来好从容商谈有关汉阳铁厂接办不接办的事。

在盛宣怀依山傍水、外朴内奢的乡村别墅里，二人对坐啜茗。一个矮小单薄，尖脸小腮，一个高大宽挺，双目深陷，外表差距很大，却有相同之处：都精明干练，都长于谋划算计，都魄力闳大。

“陶斋兄，说说你的看法吧！”盛宣怀放下含在嘴里的肥大雪茄，一边弹着灰，一边笑笑地说。

“依我看，此事可为。”郑观应放下手中的银制咖啡杯。“你谈谈你有哪些顾虑，我可以就你的顾虑来谈谈。”

“我的顾虑嘛，主要有三点。”盛宣怀深深地吸了一口雪茄后说，“第一，那边现有的机器设备如何，具体情况如何，你是个见过大世面的实业家，你看看具不具备办大企业的条件？”

“依我看，汉阳铁厂的机器设备毫无疑问在国内是第一位的，在亚洲，也无可匹敌，即便在欧美，也算得上先进。这是因为他的所有设备都是从欧美各国买来的好家伙，只是钱花多了而已，被外商敲诈，自己的经办人又从中贪污，多费了许多冤枉钱。若我们去买，只有六成的银子便足够了。至于总体情况，则谈不上最好。马鞍山的煤质不好。大冶的铁是丰富的，质量也不错，但化铁炉不建在大冶却建在汉阳，真不知张香涛当年是如何规划的。这是一个最大的失误。”

盛宣怀笑道：“张之洞办事，既不讲实效，又不去考虑是赚还是亏，他图的是脸面上的风光。当初就有人劝他不要将铁厂建在汉阳。他说他在督署办公，从窗口便可看到烟囱冒烟，心里放心。其实，建在省城，只是为了方便来往人观看，以便展示他的政绩。他的这点子心思，明眼人都知道。”

郑观应说：“这种局面，带来许多麻烦，运输不便，运费大增。”

盛宣怀又问：“那里的人员如何，技术上有能人把关吗，工人的操作上行不行？”

郑观应答：“据我们了解，张之洞为铁厂网罗了不少能人，其中好些个便是从欧美留学回国的。铁厂督办蔡锡勇，是个很能干也很有责任心的人，可惜不久前去世了。接替人即那个陈念礽，也有真才实学。虽是张之洞的女婿，却不是徇私。厂里还有三十六个洋匠，洋匠总管德培，技术上也不错，还有几个人也可以；其余的洋匠大多并没有真本事，拿的银子又多，中国技师不服。工人的操作，只能说勉强应付，比起西洋来，要差得很多。人员最大的问题在管理部门上，人浮于事，争权夺利，贪污受贿，拖拉推诿，毫无一点西方企业的管理知识，完全与衙门一个样。”

盛宣怀冷笑道：“如果我们接受，第一要全部裁掉这摊子人；第二，要叫那些草包洋匠滚蛋；第三，凡无一技之长的工人，也都要换掉，人员要大量精简压缩。”

郑观应说：“这是非常对的，务必如此，才能办好。铁厂生产一吨钢，成本要十二三两，西洋一吨钢只要六两，而且质量好，人家如何会买我们的？这成本高，主要是两个方面的原因：一是运费高。马鞍山的煤，运来汉阳已经远了，还要从开平、日本去买焦炭，就更远，运费更高昂。二是人员太多，开支太大。当然，还有浪费上的原因。”

盛宣怀不停地吸着雪茄，眼睛时不时地眺望远处山坡田垄上的桃花、李花和那些叫不出名字的野花，似乎在尽情欣赏眼前的山乡野景。

见盛宣怀长时间不做声，郑观应以为他还是不想接办，便说：“杏荪兄，你不是很想做中国第一洋务家吗？如果把铁厂接过来，把它办好了，你便一定是第一洋务家了。张之洞办不成的事，你办好了，这天下还有谁来与你争高下？再说，张之洞与外国人交往颇多，倘若你不答应，他就会转而找洋人。若洋人接办，就不好了：第一，会让洋人更瞧不起我们中国；第二，这么一块肥肉让洋人得了，也真是遗憾事。”

“陶斋，铁厂的根本出路是在钢铁的销路。销路旺，铁厂就活了，没有销路，再怎么整顿改进都是白做的。”盛宣怀又点起一根雪茄，吸了一口后，慢慢地说，“这两个月来，我一直在考虑这个事。中国用钢铁最多的地方只有铁路，若铁路大兴，则钢铁销售就可以大旺。但目前津通铁路已建好，其他铁路虽计议多时，却动工无期。铁路不兴，铁厂的钢铁就只有积压起锈了。”

“敦促芦汉铁路马上动工。”郑观应也在想这个问题。“汉阳铁厂的兴建，当初便有为芦汉铁路提供钢轨的一层用意在内，只是后来芦汉铁路停下来了。现在看来只有芦汉铁路动工，才可能使铁厂的钢铁有大量销路。据说当年李中堂反对重修芦汉而主张先修津通，是怀着点私心在内的。津通在直隶地面，对他有利，芦汉是直隶和湖广两个总督联合起来一道修，他担心张之洞拥芦汉之功而坐大。”

盛宣怀笑了笑：“你这是从哪里听来的话，李中堂知道了，可不高兴啊！”

郑观应哈哈笑起来说：“李中堂想压张之洞，这是天下皆知的事，我就是当面对他说，他也不会否认。不管怎么样吧，反正李中堂的直督早已让出来，眼下的王文韶是资格老才干弱。他不会压张，反倒是想借张的力量来办成芦汉铁路，为自己脸上贴金。”

盛宣怀说："我们先跟张之洞讲好，让他和王文韶合奏芦汉铁路近期开工，这个折子批下来了，我们再谈接手的问题。"

郑观应说："芦汉动工是大有希望的，这两个月来已有人在造这方面的舆论了。据说折子也上了两三份，《字林西报》、《字林汉报》上有好几篇文章都在谈这事。"

盛宣怀笑了笑说："陶斋，你知道吗，这都是你在汉阳期间，我配合着你做的事！"

"哦！"郑观应恍然大悟，不觉伸出拇指来。"杏荪兄运筹帷幄，决胜千里，高明，高明！"

盛宣怀收起笑容，老谋深算的本色立即恢复："芦汉动工是第一步，但芦汉即便动工，也不能保证汉阳铁厂的钢铁就一定畅售，人家洋人的钢铁又好又便宜，为何不买他们的？况且还有回扣，和各种各样看不见的贿赂。要确保铁路用铁厂的钢，还得有个措施。"

郑观应说："芦汉铁路肯定在张之洞和王文韶这两个总督的手中掌握着，张肯定会要用汉阳铁厂的钢。"

盛宣怀冷笑道："办实业，要彻底打掉书生气不可。陶斋兄，你身上还有几分书生气没打掉。张之洞如果真有办实业的本事，铁厂也不会来叫我们接办。你想想看，他要做总督，还要办别的局厂，他会有多少心思来直接管铁路？到时候，他只是一个傀儡，实权都在别人的手里。"

"你的意思是……"

盛宣怀胸有成竹地说："成立一个铁路公司，我来任督办，芦汉干线就由铁路公司来管。任他湖广还是直隶都不能插手，这样方可彻底摆脱官场习气，也可确保铁路用铁厂的钢。"

"好！"郑观应不得不佩服盛宣怀比他要远胜一筹。"这个铁路公司也要由张王会衔奏请批准，借他们的手来为我们办事。"

"我也这样想！"盛宣怀毫不遮挡地说，"商人要办大事，必须要依靠官府，这是没有办法的事，因为权在他们手里。西方那些大商人，哪一个不是由走官府这条路发迹的？就是发达了，也还得依靠官府才能做更大的事。中国是个官僚国家，更非如此不可。只是中国的商人要想办大事，除依靠官府外，再得加上一条：巴结洋人。因为洋人有钱，借洋鸡来为自己下蛋！”

“依靠官府，巴结洋人！”郑观应爽朗地大笑起来。“说得好，说得好，难怪你做起事来畅通无阻，左右逢源。这可是你盛氏经商办实业的真经呀！”

盛宣怀得意地说：“我盛某人经商办实业的真经还多着哩，这两条还只是表面的，易得学。深层的，我就是明白地说出来，别人也学不好。”

郑观应笑道：“我将我的老三交给你，你带他个五六年吧！”

“那倒不必。”盛宣怀正经地说，“陶斋兄，说句实话吧，像我这样赚这么多的钱，仔细想想也没多大的味道。我这几年老是想，我死前要留下两条遗嘱：一是子孙不要经商办实业，做点小事即可；二以僧服大殓，从简薄葬，让我的灵魂归到佛祖的身边。”

郑观应吃惊地问：“既如此，你天天挖空心思苦苦算计，又为了什么？”

“为什么？”盛宣怀望着远方雾岚缭绕的峰峦，若有所思地说，“说得好听一点，是为了国家的自强；说得实在点，是为了让世人看看我盛某人到底有多大的本事。”

因为话题突然变得沉重起来，二人都暂时不再说下去，一个吸雪茄，一个喝咖啡，都默默地看眼前的田园。正是“乱花渐欲迷人眼，浅草才能没马蹄”的暮春时节，杜鹃声里杨柳依依，拂面熏风中夹杂着花草的清香，令人心脾畅通，两位为洋务劳心劳力、常年奔波于城市码头、在盘算洽谈灯红酒绿中过日子的大实业家，这眼前的恬淡、宁静、清新、平和，给他们劳瘁的心灵以舒坦的抚慰。一时间，他们竟冒出某种疑惑来：人活在世上，到底是过西洋的那种富裕忙碌生活好呢，还是过中国传统的这种清贫淡泊的田园生活为好呢？

疑惑只是一闪而过，既已投身商海，便好比是钉死在传动带上的螺丝钉，只能随着高速运转的机器而运动，不能再有别的选择了。

“杏荪，张之洞派他的女婿来上海三次了，我们这次应和他的女婿一道去武昌和张面谈一次，以表示我们的诚意。”

“这次去武昌还不是时候。”

“为什么？”

“月底李中堂取道上海放洋，要等他走后我们再去武昌。”

“我们往返一次武昌顶多半个月，赶得及月底送李中堂。”

“不是来不及送的问题。李中堂是不高兴我与张之洞合作的，倘若他知道后反对怎么办？我是听他的还是不听他的？他这次出洋要访问欧美五个国家，少则八九个月，多则一年，待他回国后，我把一切事都办得扎扎实实，他再反对也不好说什么了。”

既不得罪老主子，又不失去这个机会，盛宣怀真可谓计虑周到。郑观应不再说什么了。

从常州一回到上海，由郑观应作陪，盛宣怀以最高规格热情接待陈念礽，态度诚恳地讲明，只有在芦汉动工和成立铁路公司两件事情得到朝廷同意后才能接办的道理，并表示，一旦获准，立即和郑观应亲赴武昌拜会张制台，再一起商讨具体事宜。为郑重起见，商办的铁厂还得与制台衙门签订接办合约，双方今后都得信守诺言，这是西洋各国的通例，请张制台谅解。陈念礽从谈话中看出盛宣怀的诚意，他很赞同这种做法：双方都把丑话讲在先，一旦达成协议签字后，则务必遵守照办，不得翻悔。但中国绝大部分商人却不这样，谈判时被求的一方漫天要价，诛索无度，有求的一方则好话说尽，事事应允。会谈时，双方都各自拣好的说，把不利于对方的东西有意瞒着，结果留下许多后遗症，互相扯皮，互不认账，到头来到底谁是谁非无法追究。

陈念礽表示这两点要求是理所当然的，一定说服张制台先办，并请盛宣怀早日去武昌定下这桩大事。

盛宣怀的担心果然不是多余。四月下旬，李鸿章带着两个儿子和一大群随员从天津坐海轮来到上海。七十三岁的李鸿章遭受甲午之挫后，其声望降到他一生的最低点。《马关条约》的签订，使他被举国骂为卖国贼。二十多年的直隶总督兼北洋大臣的宝座失去了，如今只剩下一个文华殿大学士的虚衔，冷冷清清地住在贤良寺，仿佛一个暂住京师的寓公似的，无权无势，一生热衷竞进的前淮军首领心情沮丧到了极点。

正在这时，当年访问中国的俄国皇储现在的沙皇尼古拉，举行加冕仪式。因为还辽事件中，俄国起了主要作用，朝廷派员前去祝贺，派的钦差是王之春。俄国以王职位低加以拒绝，点名要李鸿章前去，朝廷只得改派李鸿章。

正处人生低谷的李鸿章得此消息，心情大为振奋。他以洋人依然看得起感到荣耀，并深知只要洋人看得起，朝廷便不会冷落他，重新执掌大权的日子为期不远。听到李鸿章即将出访俄国的消息，德国、法国、英国、美国都向他发出邀请，希望利用此次出访的机会顺便访问他们的国家。洋人的重视，立即把李鸿章的声望又抬了起来。他出国前夕，被访的各国公使在使馆为他设宴饯行，各部院也看出李鸿章余威尚存，起复在即，便一改先前的冷漠，都与他热乎起来。就这样，沮丧了一年多的文华殿大学士，如今又重新意气昂扬起来。一到上海，各国驻沪领事馆也争相邀请，弄得李鸿章应接不暇，尽管疲劳却仍很兴奋。

直到坐上法国邮轮爱纳司托西蒙号，与送行的各国公使及专程从苏州来上海的江苏抚藩臬三大宪告辞后，李鸿章才有点空暇与盛宣怀说几句话。

“杏荪，听说张香涛的铁厂办不下去了，要你接手，有这事吗？”

重领风光的李鸿章虽须发皆白，脸上布满了老人斑，精神却很好，腰不弯背不驼，两眼看人依然有威凌之色。

“张香涛派人来上海找我多次，但我没有答应。”盛宣怀一副恭敬的晚辈神情。

“不要答应他。”李鸿章的口气近于命令。“张香涛好大喜功，华而不实，汉阳铁厂被他弄得一塌糊涂，你怎么接手法？让他自生自灭，给天下后世留一个笑柄算了。”

“是的，汉阳铁厂据说管理混乱，亏空严重，是个烂摊子。”盛宣怀避开接不接的实质问题，圆滑地与李鸿章敷衍着。

“我知道，张香涛是在看老夫的笑话，他想取老夫而代之。哼，他还嫩了点。”李鸿章习惯性地掏出两只玉球，在手里滚动着。“杏荪，我给你说个故事吧！正月底，袁慰庭突然到贤良寺看我，做出一副关心我的样子，劝我辞职回籍安心养老。我一眼看出了他的阴谋。他是受翁叔平的关托，来为翁叔平说话的。翁叔平协办大学士做久了，早就想晋大学士，没有缺，要我回籍养老，叫我腾一个缺出来。我就偏不腾。我对袁慰庭说，你告诉翁叔平，叫他死了这条心，我决不会主动请求开缺的，除非朝廷罢了我。袁慰庭听了这话，灰溜溜地走了。杏荪呀，我告诉你，张香涛和翁叔平安的都是一个心思。”

李鸿章开怀大笑。自海战以来，他还没这样开心笑过。盛宣怀也陪着他大笑。

“杏荪，你千万不要答应张香涛。我回国后必定会重掌北洋，你若是对办铁厂有兴趣，我替你在天津建一个大铁厂，比汉阳的要大得多！”

盛宣怀含含糊糊地答应着。不久，由直隶总督王文韶和湖广总督张之洞会衔合奏的，关于芦汉铁路开工和成立铁路公司，并委派盛宣怀任公司督办的折子，因为没有了李鸿章的阻力，很快被朝廷批准。得讯后，盛宣怀便带着郑观应等一班随员，乘坐轮船招商局的豪华客船，溯江西上，奔赴武昌。盛宣怀与张之洞在武昌城里反反复复地商谈了个把月，才把合约签订下来。盛宣怀亲自督办铁路公司，而把铁厂交给郑观应来总办。

从此，由湖广总督张之洞出面代表政府的官办汉阳铁厂，便移交给由当时中国第一大资本家盛宣怀为头的商人经理。中国有洋务以来最大的一家工厂，经过四五年的探索后，终于与世界的企业经营之路接上了轨。

就在盛宣怀、郑观应招商引股大力整顿汉阳铁厂、芦汉铁路在铁路公司的督办下轰轰烈烈动工兴建、张之洞在湖北全力经营枪炮厂及布、麻、丝、纱各洋务局所洋务学堂的时候，一场维新改革运动，经过康有为等少数有识之士多年艰苦卓绝的努力过程，已经悄悄地却又是不可阻挡地在全国蔓延开来。很快，“维新”、“改革”，便成为响亮的字眼、时髦的举措，其中又数湖广辖境内的湖南省闹得最为激烈。

三　张之洞以钦差之礼接待梁启超

位于洞庭湖之南五岭之北的湖南省，土地贫瘠，人口众多，环境迫使湖南人吃苦耐劳、倔强好斗。北宋以来所形成并逐渐发达的湖湘学派，又向世世代代湖南读书人灌输奋发向上经世致用的学术文化。两者的结合，造成了特色鲜明的民风士尚。这种风尚终于在三四十年前，在曾国藩、左宗棠等领导的湘军身上达到了顶峰，使湖南成为全国瞩目的省份，也使湘人变得更加自信，更加强悍，也更加敢为人先。

光绪二十一年，陈宝箴由直隶布政使调赴长沙任湖南巡抚。陈宝箴是个志大气雄的政治家，只因乙榜出身又加之时运不济，一直到六十四岁才做到一方诸侯。他决心珍惜这迟到的时运，在有生之年干一番大事。

也是时势造成了英豪的际会，当时长沙城里聚集不少有识见有力量的人物。第一个便是按察使黄遵宪。这位广东嘉应州出生的富家人，从小便得风气之先，对西方并不陌生。光绪三年，不满三十岁的黄遵宪便出任驻日本使馆参赞，在日本悉心研究明治维新，并撰写《日本国志》。以后，又先后出任驻美国旧金山总领事、驻英使馆二等参赞、新加坡总领事，是一个熟稔国际局势的外交官，深知中国只有维新改革才有出路，十分赞同他的同乡康有为的主张。现在有巡抚出面在湖南先行一步，素有此志的黄遵宪岂能不全力支持？第二个便是学政江标。三十多岁的江标血气方刚，对委靡不振的朝政非常痛惜，常有刷新政局、振兴纲纪的宏愿，故很乐意在湖南做变革之事。还有一人便是谭嗣同。他接受张之洞的劝告，捐了个候补知府后，果然分发江苏。他在江苏创办了金陵测量会，并在上海结识了汪康年和由北京来沪的梁启超。汪康年奉张之洞之命接管上海强学会的钱物后，经张之洞同意办起了一个名曰《时务报》的报纸，取代康有为的《强学报》。《时务报》以汪为经理，梁为主笔。谭嗣同与梁启超一见如故，惺惺相惜，立时便成了莫逆之交。谭、梁、汪三人合作，在上海发起不缠足会。正拟创立农学会时，谭嗣同接到湖南巡抚陈宝箴的邀请。

陈宝箴在做鄂臬时，便很赏识谭嗣同的人品才干，谭嗣同也对这位父执很是钦佩。现陈宝箴主持湘政，立意维新，诚邀他回湘共襄盛举，对家乡有着深厚感情的谭嗣同何乐而不为？便告别梁、汪，立即离沪回湘。这时，还有一位杰出的人物也对陈宝箴的事业有很大的帮助。此人便是二十年后出任民国总理的熊希龄。从湘西凤凰县走出的熊希龄，此时正当二十多岁的青春年华，刚点的翰林院庶吉士。他不愿意在沉闷的翰苑做平庸词臣，得知家乡的巡抚有心办大事，便从京师回湘自愿参与。

那时湖南的藩司俞廉三，虽不积极支持，但也不反对，不设绊脚石。于是陈宝箴在黄遵宪、江标、谭嗣同、熊希龄等人的襄助下，在湖南大行维新变革来。一时间，办矿业，办航运，办新式学堂，办报纸，把三湘四水弄得沸沸腾腾的，沉默了十多年的湖南再次引起世人的瞩目。张之洞自然是支持陈宝箴的这些举措的。湖广总督在军务上节制两湖的绿营，在民政上，虽不直接掌管，但也担负着督查钱粮刑讼、举察官吏等重要责任。因为督署设在武昌，向来湖督偏重于湖北而疏于湖南，张之洞亦不例外。但现在湖南形势逼人，且陈宝箴本是由张之洞荐举起复而走上坦途的。无论公谊私情，张之洞对陈宝箴治理下的湖南新气象都大为欣喜。在诸如人才、技术及与外国联系采购机器等事上都尽力予以资助。

这时，在谭嗣同的倡议下，省垣长沙又创办了一所规模宏大的新式学堂，因受《时务报》的影响，取名时务学堂，由江标任督办，熊希龄为提调，经黄遵宪、谭嗣同建议，众人一致赞同聘请因在《时务报》上发表一系列文章而享誉海内的梁启超为中文总教习。梁启超欣然接受，与汪康年商量后暂时离开《时务报》前赴湖南履新。汪康年希望梁启超途经武昌时去拜会张之洞，梁启超也很想见见这位如今隐然执天下督抚牛耳的香帅，于是汪康年修书一封，先行投递武昌督署。

《时务报》创办一年来，已出了三十多期，采用新式的石印技术，印刷精美，每期都有二十多页，分为论说、谕折、京外近事、域外报译诸栏目，围绕着一个主题即维新变革。主笔梁启超每期至少有一篇文章，有时两到三篇，三十多期《时务报》上共发表梁的文章达四十多篇。梁启超的文章，或抨击现实中的腐败黑暗，或呼吁变法的重要可行，或介绍西方风土人情，或弘扬中国的国粹传统，篇篇文章激情澎湃，才华横溢，使人读之有滔滔江水一泻万里之感，又好比烈火在胸，满腔热血都燃得沸腾起来似的。除梁启超外，康有为的弟子和追随者如麦孟华、徐勤、欧榘甲，还有后来名满天下的章太炎等人都在上面发表文章。《时务报》集天下文章之粹，汇海内大家之英，如一颗耀眼的明星，冉冉升起在中国的文坛。热心国事、关心时务的士人，都喜欢读《时务报》，每期一出，争相阅读，发行量高达万余册，风靡全国。刊载于《时务报》上的文章，其影响力远远大过皇上谕旨、赫赫布告。

《时务报》每期赠送十册给湖督衙门。衙门里的官员尤其是那些幕友们视为珍宝，不仅仔细阅读，还要三五讨论，说长论短，他们尤其酷爱梁启超的文章。这些以文章换饭吃的师爷，个个皆文章是自己的好，互不服气，目空一切，但在梁启超的面前，他们一概服了输，公认梁是当今第一才子。有的甚至认为梁启超的文章超过韩柳、方驾孟荀，是古往今来的第一等文字。这些幕友们读后又纷纷向其亲友推荐，往往一册《时务报》一两个月后再转回衙门时，早已纸页翻破，角边卷起。

张之洞也很喜欢阅读《时务报》。他每期都读，每篇都读，读得专注认真，和众幕友一样，素以文章自负的张之洞也视梁启超为文苑奇才，年纪轻轻便有如此才华识见，犹如贾谊再世，王勃复出。《时务报》出到第五期的时候，他以个人名义捐银五百两，又以总督名义购买三百份分送两湖文武大小衙门、各局厂书院学堂，让他们以开眼界、以广见闻。此举很快便收到实效。湖北官场对他所办的洋务局厂纷纷关注起来，至于在湖南，更是为陈宝箴的新政大起宣传鼓动、推波助澜的作用。

得知梁启超要来督署拜谒张之洞，幕友们都很兴奋。梁鼎芬、辜鸿铭、陈念礽等人都来到签押房，请总督安排一个时间，让大家和梁启超见面聊聊。梁鼎芬是个最佩服梁启超的人。有人问他同为广东人，你们是不是同宗。梁鼎芬说：“番禺与新会相隔不远，同宗的可能性很大。这次我就打算以族人的身份请他吃饭，邀请诸位作陪，请香帅赏脸出席。”

张之洞高兴地说：“好哇，请梁启超这餐饭就由节庵付钱吧，为我省了几两银子。”

辜鸿铭取笑道：“据说梁启超是你的爷爷辈，你见了他要不要行孙辈大礼？”

陈念礽哈哈大笑起来。

“胡说八道！”梁鼎芬瞪了辜鸿铭一眼说，“有句俗话：五服之外，兄弟看待。我长他十多岁，他要以兄长之礼待我。”

辜鸿铭又出新论：“听说梁启超十六岁中举，主考很赏识他，将自己的堂妹许给他。这个女人比他足足大了十岁。”

梁鼎芬说：“你又弄错了，没有十岁，只大四岁！”

“大老婆，小老公，打不赢，拿头冲。”辜鸿铭念了几句不知从哪里听来的顺口溜后说，“大四岁，也是大老婆小老公。”

陈念礽说：“我听人讲，梁启超有异于常人的秉赋。他可以一边写文章，一边和人谈话，还不耽误与人对弈，而且赢多输少。”

辜鸿铭指着梁鼎芬说：“节庵，你是下棋高手。到时，香帅命他写文章，我和他谈话，你和他下棋，非把他下输不可。”

梁鼎芬冷笑道：“那样做，赢了也不光彩；若输了，毁了我一世英名。要考查他有没有这个特异秉赋，还是汤生去和他下，汤生反正下的臭棋，输了也无所谓。”

辜鸿铭并不生气，笑着说：“我下就我下，看看他究竟有多大的本事。”

“你们看，梁启超那天来的时候，要不要大开中门放炮迎接？”在众人的谈笑中，张之洞冷不防地提出这个问题。

大家都被张之洞这句话给吓住了。大开中门、放炮迎接的是什么客人，那是奉旨专来督署办公事的钦差大臣，或由京师下来的王公贵戚、大学士、军机大臣，梁启超一个二十多岁的布衣，湖广总督衙门的中门要大开来迎接他，张香帅莫不是糊涂得忘了规矩？

“香帅，这万万使不得！”梁鼎芬连忙劝止。“您这样以非常之礼对待他，不说违背礼制，招人议论，就是梁启超，他也担当不起呀！这要折他的福、损他的寿的！”

张之洞哈哈笑起来，说：“那就不开中门，开右边侧门，我带着你们到辕门外去迎接他！”

当时的规矩，以右为大，右门迎接的都是些高官要员。

梁鼎芬说：“这个礼仪也太重了。香帅亲自到辕门外迎客人，我们一年中也见不到一两次，梁启超岂能享受这高的待遇！”

陈念礽说：“您不必这样费神了，还是像平常一样，将梁启超当一个普通举人看待，这样于他更好些。”

梁鼎芬说：“念礽说得对，不必格外举行迎接礼仪，只是留他在衙门，由我做东请他吃一顿饭，香帅出席，这便是对他的最高礼遇了！”

“行！就依你们说的办！”

然而，梁启超来得真不是时候。当他在汉阳门码头踏上武昌城地面，经人指点来到湖广总督衙门的时候，正遇衙门的休沐日，总署后院的张府正趁着这个休沐日在操办结婚喜事。

结婚的人是张之洞二哥的儿子仁树。张之洞的二哥很早就去世了，留下二子一女，全靠张之洞接济。长子仁树这些年来到四叔身边。为讨好张之洞，梁鼎芬将连秀才都未中的仁树安置在两湖书院做古文教习。张之洞虽觉得不大合适，看在亡兄的分上，也没说什么。为了不使侄儿在大喜日子里有失怙之感，张之洞特意将他当儿子一样地看待：在后进院里西边厢房的一间高大房间里，为仁树布置了洞房，并同意在衙门里举行婚礼，到时为他主婚。但他也给侄儿约法三章：一不发帖子，二不接礼金，三不摆酒席。侄儿体谅叔父的苦衷，都接受了。

即便不发帖子，这大的事岂能瞒得住？这一天，从早上开始，怀抱着各种各样目的的贺喜客人便络绎不绝地涌进总督衙门，辕门外虽无张灯结彩，也无鼓乐鞭炮，但从进进出出的人们脸上所带的春色中，梁启超猜想衙门里今天正在操办喜事，暗思今天来的不是时候，正想改天再来，转念一想，既已来了，不妨去碰碰运气。

梁启超对门房刚一开口，门房便连连摆手：“你这后生子好不晓事，你没看见衙门今天办喜事吗？侄少爷大喜，咱们家老爷子亲自主婚，怎么有空来见你？今天就算不办喜事，你一个无官无职的后生，咱们家老爷子也不可能见你呀！你得按规矩，先递禀帖，回家候着。

隔三差四地再来打听下，听信儿。以后哩，或许衙门哪位老爷，或者幕府哪位师爷接待你，给你一个答复。你要直接见咱们老爷子嘛，那是戴着斗笠亲女人——还差得远哩！像你这样的人，湖北湖南两省成千上万，个个都要见老爷子，咱家老爷子还要不要为朝廷办公事？光见客还忙不赢哩！”

兴许是府里办喜事，门房高兴，也兴许是这个门房生就的爱唠叨的习惯，他操着一口南皮土音，啰啰唆唆地说了一大堆，把梁启超弄得烦躁起来，心里想，这天下门房怎么都是一个模子里铸出来的：认官不认人，不如糊弄他一下，便对着门房大声说道：“我是张大帅请来的客人。你不要看我年轻没穿官服，我的官比你们湖北的司道大得多哩！”

门房被梁启超这一叫嚷怔住了。他虽是认不得几个字的张家南皮乡下的远亲，但来到武昌守督署大门也有多年了，知道点官场的情况。官场上讲究的是资历，不熬它十多二十年，便要做比司道更大的官是不可能的，这小子在说假话！再仔细打量打量：年纪虽轻，穿的虽是布袍，却气概甚足。他突然开了窍：这后生子说不定是哪个大官家的公子哥儿，也或许是京师哪家王府里走出的黄带子，着平民打扮来到武昌。这些人虽无官无职，却的确会连司道都不放在眼里。想到这里，门房换成一副笑脸，说：“公子贵姓，我好上去禀报！”

梁启超看着好笑，便大大咧咧地说：“我姓梁，你告诉张大帅，说是从上海来的。”

门房说声“梁公子请坐，我进去禀报”，便走出门房。刚走了十几步便遇到梁鼎芬，门房说：“梁老爷，门口有个贵公子，与您同姓，是从上海来的，说是大人请来的客人。”

梁鼎芬一听，这不就是梁启超吗？便说：“你赶快进去告诉香帅，我去门口接他！”

梁鼎芬三步并作两步走到大门口，见一个年轻人在来回踱步，便上前说：“请问你就是上海梁卓如先生吗？”

“我就是！”梁启超笑道，“请问先生是……”

“我叫梁鼎芬，两湖书院山长兼湖广督署总文案。”

梁鼎芬边说边两手合拢，对着梁启超抱了一个拳。

“您就是大名鼎鼎的梁节庵先生！”梁启超一边抱拳回礼，一边笑道：“汪先生经常提到你。你的诗真正写得好，我读过不少，堪称天下独步。”

梁启超是个爽快的性情中人，说话中，常常免不了浓厚的感情色彩和明显的夸张成分。梁鼎芬的诗的确负有盛名，梁启超也很喜欢，但“天下独步”的评价显然过高。这便是梁启超说话的习惯，喜欢用些极端的词来表达他的好恶。至于梁鼎芬的诗是否“天下独步”，他并没有详加比较，或许过几天，他也可能不记得他说过这句话了。

但梁鼎芬听了很高兴。他所钦佩的人竟然这样评价他，这真是英雄所见略同，于是也客气地回赠一句：“我的诗哪比得上你的文章，你的文章才真正是天下独步、海内无双呀！”

两人都快乐地笑起来，彼此都有一种一见如故的感觉。梁鼎芬挽起梁启超的手，以示格外的亲切：“我也是广东人，番禺的。”

“那我们五百年前是一家！”梁启超又爽朗地补充一句，“说不定没有五百年，一百年前便是一家！”

这正是梁鼎芬所期待的一句话，趁此时赶紧认定这一族亲：“我今年四十，比你痴长几岁，我就斗胆叫你一声卓如弟！”

“节庵兄，小弟有礼了！”

梁启超对着梁鼎芬深深一弯腰，梁鼎芬忙扶起，说：“我们进去吧，我带你去见张香帅！”

就在梁鼎芬拉着梁启超跨进督署衙门的那一刻，一个场面让二梁都惊住了：只见从大门到头进接客厅一直到二进议事厅，长长的甬道两旁已站满全副戎装的亲兵营士兵。这些士兵手持红缨枪，精神抖擞，看见他们踏上甬道时，领头的都司高喊一声：“梁先生到！”顿时，“梁先生到”的声音便由前一个士兵传给后一个士兵，一声声递传下去，一直从接客厅传到议事厅。

农家出身的布衣梁启超，还从未见过这等威仪赫赫的官府礼仪，一时间，他有点手足失措。一旁的梁鼎芬也暗自惊诧：香帅使用的依旧是接钦差和王公大员的礼节，只是免去开中门放炮那些让过路百姓都知道的环节而已。他悄悄地对梁启超说：“香帅是用迎钦差的礼仪来破格接待你。你不必紧张，随着我迈开大步走就是了。”

梁启超毕竟不是庸常之辈，心里想：他摆出这个礼仪来，我就受了！王侯将相，宁有种乎？焉知日后我梁某人就不能名正言顺地享受这种礼仪，此时暂且把它当作一场演习吧！

想到这里，他昂起头颅，挺起胸膛，以一袭洗得发白的灰布长袍，旁若无人地大步行走在两旁士兵的睽睽目光中，开创有湖广总督衙门以来从未出现过的奇异场景！

来到接客厅，只见宽敞的厅堂中早已站满了衙门的官员和幕府的师爷们，一个个引领争睹这位以一张报一支笔而震惊华夏的广东举人：他怎么这样年轻，年轻得好比自己的儿辈、孙辈！他们在心里嘀咕着。但就是此人做出了这等大的事业，他现在正活生生地从你眼前走过。后生可畏，后生可畏呀！他们又在心里感叹着。梁启超面对着众人热切的目光，从容自若，面露微笑，他没有一丝拘谨之态，而是满脸的成功之感，心安理得地接受这批被他视为庸吏俗员的惊佩交集的眼神。

刚走出接客厅，正要向议事厅走去的时候，梁启超一眼见到一个身穿官服矮小单瘦白发白须的老头子正向他走来。他心里想，这或许是张之洞，转念又想，人人都说张之洞心气高傲，好摆架子，他怎么会走出厅堂来迎接我呢？正在迟疑时，梁鼎芬用手触了触梁启超的衣角，悄悄地说：“香帅亲自来接你了，你要快步上前去迎候。”

果然是张之洞！梁启超一阵惊喜，忙快步趋前。将要来到张之洞面前时，他深深地一弯腰，朗声唱道：“广东举人梁启超拜见张大帅。”说着就要下跪行大礼。

张之洞赶紧走上一步，双手扶住："卓老，你是我请来的客人，不要行此大礼。"

卓老？梁启超和梁鼎芬都一怔，这是在称呼梁卓如吗？二十多岁的年纪，举人的功名，无品无级的身份，年已花甲的湖广总督竟然称他为"老"！常年在张之洞身边的梁鼎芬，曾亲眼见过这位大帅的多少倨傲无礼：不少道府镇协文武官员，递上名刺，三四日等不到召见；轮到接见了，往往在客厅里一等就是一两个时辰，有的官员甚至抱怨说，谒见张大人得随身带被子，以备过夜用。张之洞经常是一脸杀气地接见官吏，几句话不投合，便拍桌发脾气，厉声训斥一番后，将名刺掷下地来，弄得被接见的抱头鼠窜，返家后两三天回不过神来。至于在接见中黑着脸训话指责，那几乎是家常便饭。所以两湖文武都怕见这位使气任性、喜怒无常的制台大人，背地里骂他恨他的人很多。可是，今天怎么啦，难道香帅换了人？难道他料定梁启超日后会做宰相？都不是，很可能是听错了！

"卓老，我早就盼望你来了。"

又是一声"卓老"，清清楚楚，分分明明，令惊异非常的二梁再不敢怀疑是听错了。

"香帅，您千万不要这样称呼我！"梁启超真有点诚惶诚恐了。"您这样称呼我，我今后要死于非命的。"

张之洞哈哈大笑起来："见到你真高兴。你虽然年纪不老，但学问老到，文章老到，叫你一声卓老，亦不为过。节庵，你说呢？"

梁鼎芬忙说："香帅爱才重才，出于衷心，溢于言表，卑职敬佩无已，也为卓如欣慰无比。举世滔滔，卓如有香帅一知己，已无愧生于斯世了。只是卓如毕竟才过弱冠，是香帅的子侄辈，这样叫他，他的确担当不起。再说，卑职还刚刚与卓如联了宗，他称我为兄，我叫他为弟，倘若香帅硬要称他为卓老，我这个族兄今后如何称呼他？"

张之洞听罢，又抚须大笑起来："从门房到接客厅才几步路，你们就联上宗了？好，好，为了不让节庵为难，不叫你'老'了。"

梁鼎芬笑着说："谢谢香帅，你给卑职大面子了！"

张之洞这时才将眼前初次见面，却闻名已久的年轻人仔细打量着。他原来是这个样子：中等身材，略显单瘦，皮肤黑黑的，脑袋的大小跟常人差不多，脑门却特别的宽广突出，两只大眼睛稍有点凹下去，精光四射，神采奕奕，鼻子有点扁平，一张嘴巴看起来比通常人要宽大。

张之洞边看边点头，说："好，好，我说你怎么这样聪明，原来你的脑门与常人不同，又突又宽，智慧无边。"

梁启超说："取笑了。启超就因这个脑门没生好，被人说为丑八怪。"

张之洞哈哈笑道："再丑还能丑得过老夫吗？你知道别人怎么骂老夫的：尖嘴猴腮，面目可憎，举止乖张，语言无味。老夫今天以王公钦差之礼接待你，今后传出去，又是举止乖张的一个新例证了。"

梁启超说："大帅如此错爱，小子担当不起。"

"担当得起，担当得起！"张之洞说，"你不要看那些蟒袍玉带的王公钦差，模样神气得很，其实没有几个有真本事的，你的本事比他们都大。"

梁启超高兴地说："大帅言重了！"

梁启超随着张之洞走进议事厅，刚刚落座，张之洞便说："在这里坐会儿，只是个仪式而已。这里不便谈话，节庵带你到会客室去，我随后就来。"

在梁鼎芬的导引下，梁启超来到东院幕友堂旁边的西式会客室，这里早已坐满了人。梁鼎芬将徐建寅、梁敦彦、辜鸿铭、陈念礽等一班头面人物向梁启超一一作了介绍。

一会儿，张之洞过来了。他已脱去官服，换上普通的宽大布袍，随意坐下后，又招呼着梁启超坐到他的身边，亲手剥开一个金黄色橘子，递给梁启超："这是湖广特产，有名的南橘，你尝尝。"

梁启超双手接过。

“我自来武昌后就喜欢吃这东西。怪不得屈原作《橘颂》，给它很高的评价。”张之洞情不自已地念道：“后皇嘉树，橘徕服兮。受命不迁，生南国兮。”

“深固难徙，更壹志兮。绿叶素荣，纷其可喜兮。”梁启超接下背道。

“曾枝剡棘，圆果抟兮。青黄杂糅，文章烂兮。”张之洞背到这里，笑着对梁启超说：“这后两句，是屈老夫子在恭维你的文章。”

梁启超不好意思地说：“香帅取笑了。”

众幕友们都笑了起来，对张之洞的机敏表示叹佩。

“听说李端棻是你的内兄？”张之洞望着梁启超问道。

“是的。内子是李大人的堂妹。”

“老夫生在贵州，长在贵州，也可算半个贵州人。因为这个原因，李端棻硬要认我做乡亲。”

梁启超面带喜色地问：“香帅和李大人熟悉？”

张之洞高兴地说：“岂止是熟，而且是很好的朋友。”

顿时，梁启超觉得与这个制台大人的关系拉近了许多：“这样说来，我与香帅之间多了一层私谊。”

“是的，是的。”张之洞点着头。

一向爱出风头的辜鸿铭早已忍不住了，这时见有了点空隙，赶紧接嘴：“梁先生，我们这里的人都喜欢读你的文章。我辜某人向来瞧不起别人的文字，对你却不敢瞧不起。我问问你，你是不是学韩文起的家？”

梁启超早就从汪康年那里知道张之洞的幕府中，有个怪人辜鸿铭，趁着这个时候，他将这个混血儿仔细看了一眼。中国话虽说得仍不很地道，但能看出自己的文章受韩文的影响颇深，表明他的中国文学还是进了门槛的，于是笑着说：“我的确是把韩文公的文章读得滚瓜烂熟，不过，不只韩文公，庄子的文章、太史公的文章乃至今日的曾文正公的文章，我都随口可以背得出。不过，当着张大帅的面，我说句或许不当说的话，我的文章主要还不是得力于韩文公、庄子或太史公，而是得力于我捉住了报文这种新文体的牛鼻子。这个牛鼻子便是我的维新主张。我凭此才能振起文章的格调，引起海内官场士林的刮目相看。诸公若也抓住这个牛鼻子，同样也可以写出横空出世的文章来的。”

梁鼎芬摆出一副两湖书院的山长神态说：“气者，文之帅。卓如老弟说的维新主张，其实就是他所仗的气。他这种气势，别人尚未得到，故他的文章能超过别人。”

“节庵说得不错。”说诗论文本是张之洞的爱好，昔日学政的派头又出来了。“做文章，遣词造句是第二位，有无气势才是第一位。若气势相当，词句佳者又得上风。卓如的文章胜过乃师康有为，不在气势而在词句上。卓如的词句设譬形象贴切，可触可感，用字讲究声调，琅琅上口，让人读来趣味盎然。还有一点，卓如的文章往往能将深刻的道理化为通俗易懂的文字，这就叫深入浅出。卓如呀，文章做到你这个分上，连我这个老学台都要服气了。”

梁启超忙说：“香帅文章，海内早有定评，小子哪里比得上。”

陈念礽说：“梁先生，你是后来居上！”

梁启超忙说：“不敢，不敢！”

“你的老师不大好！”张之洞表情严肃地说，“他太自以为是，又爱玩弄点小手腕。最不好的是，他篡改孔子，把自己的臆测强加在孔子的头上。这种做学问的态度不老实。”

张之洞这番话真使梁启超太为难了。他十分敬重自己的老师，老师的脾气虽有点犟，但这也正是老师的认真。老师的两本大著也确有臆测的成分在内，但老师不是经学家在做考据，而是借圣人的大名在行维新，其作用比死板的学究书要高百倍千倍。但面对着张之洞这副正经神情，他又不好去为老师辩说。一向能言善语的梁启超嗫嚅着，正思用一个两全其美的良法来解此困窘，突然大根走了进来，附在张之洞的身边轻轻地说：“四叔，婚礼仪式就要开始了，婶子们和仁树都急着等你去主持。”

张之洞拍了拍脑门笑道：“你看你四叔老成什么样子，连仁树的婚礼都给忘记了。”

转过脸对梁启超说：“今天老夫的侄儿结婚，我现在得过去为他主持婚礼，我过会儿再来。晚上，你的本家要设宴款待你，我们都来做陪客。”

梁启超这才想起门房早就说过此事，因为自己贸然相访，把衙门原来的安排给打乱了，还害得张大帅陪着聊了这长的天，觉得十分过意不去，忙起身说：“小子罪过，罪过。”

“侄儿结婚是喜事，你来督署也是喜事！”说着起身，招呼陈念礽：“你也和我一同去，你这个做姐夫的也不能缺席。”

待张之洞走出门外，梁鼎芬十分激动地对梁启超说：“香帅对你真可谓礼遇之至，比之于古时的陈蕃设榻待徐穉，有过之而无不及。”

梁启超也的确感觉到张之洞在以国士之礼待他，心中充满对这位实力人物的感戴。这次到湖广来是对的，维新变革没有实力人物的支持是绝对不行的，真正的实力人物并不是京师那些王公大臣，而是眼下活跃政坛的几个督抚。他为老师没有与张之洞相处好而感到惋惜，要为老师把这个过失补救过来。

没有张之洞坐在这里，仿佛脖子上的枷锁给解去了似的，那些平素畏惧总督威严的官吏和与总督关系较疏的一些幕友们，这时纷纷毫无顾忌地和梁启超聊起天来。有的问万木草堂的情况，有的问乙未年公车上书的内幕，有的问康有为的三世之说除《公羊传》外还有没有别的依据。梁启超是个没有城府的年轻人，很乐意在他们面前表现自己，遂有问必答，一点也不含糊遮掩。众人都很喜欢这个见多识广、豁达爽直的青年才俊。

大约过了个把小时，张之洞又身穿便服进了会客室，一落座便对梁启超说：“你在《时务报》上说的一句话，老夫很赞赏。”

梁启超问："不知是哪一段话？"

大家也都屏息听着。

张之洞说："我不记得哪篇文章了，话的大意是：如果舍西学而立中学，则中学必为无用；如果舍中学而立西学，则西学必为无本，皆不足以治天下。"

梁启超说："这是我在《西学书目表序例》中说的话。"

"你这话好就好在将中学、西学两者之间的关系分清楚了。中学为本，西学为用。本者，根本也，主体也。世间万事万物，什么是本？人是本，人的身心是本，纲纪伦常是本。修身振纲，还得靠我们老祖宗的名教。用者，使用也，功用也，农桑工矿练兵造器，都是用。这些方面，我们又不得不承认洋人走在我们前面，我们要学习要拿来为我所用。现在有些人糊涂了，分不清本末主次。你能分得清，这就了不起。待到空暇时，我也要专门写一篇长文章，来说这个事。这是个大事，非得要人人都清楚不可！"

梁启超说："小子人微言轻，说的话别人不听。大帅您如能亲自出来说说，那就如惊雷飓风，震动朝野，所起的作用将大过千万倍。如果您看得起《时务报》的话，您的大作就交给《时务报》吧。《时务报》能登大帅您的文章，真是荣光无限！"

"好哇！"张之洞高兴地说，"到时我要找一个冷庙去住几天，把一切事都摒除掉，目前还没有这个时间。"

辜鸿铭说："梁先生，我现在正在将《论语》译成英文，你们《时务报》可以登吗？"

梁启超想了下说："《时务报》的读者是国内人士，你的英文《论语》可能没有人看得懂。不过，我们可以专门为你印一本书，向海外去发行。"

"那很好！"辜鸿铭说，"洋人开口闭口就是耶稣呀、柏拉图呀、苏格拉底呀，他们读不懂中文，不知我们的老祖宗比他们要强得多，我先翻《论语》，接着翻《孟子》，翻《老子》、《庄子》，让他们开开眼界，长点见识，再不要夜郎自大了。”

张之洞高兴地说：“汤生，我十分赞成你的这个做法，让洋人读点圣人的书，让他们也知道仁义道德。印书的钱归衙门出，不要你自己掏荷包，译得好的话，老夫还要发你润笔费。”

辜鸿铭说：“谢谢香帅。不过你不懂英文，你怎么知道我译得好不好呢！”

辜鸿铭的话引起哄堂大笑，张之洞也捋起胡子开心地笑了，说：“这个辜汤生，欺负老夫不懂英文，我不可以去问梁崧生，去问念礽吗？”

在大家的笑声中，梁鼎芬起身说：“我在大厨房里订了两桌菜，香帅也赏脸，这就请卓如老弟和大家一道去吃饭吧！”

吃过晚饭后，梁启超想起自己已在衙门呆了大半天，张之洞家里偌大的喜事都放下来陪自己，深感张之洞的礼贤下士之诚意，于是起身告辞。张之洞忙压住梁启超的肩膀，说：“莫着急，再在这里陪老夫聊聊天。”又对着众人说，“你们都各人忙各人的去，老夫要和卓如好好谈谈。”

说罢，拉着梁启超的手又走进会客室。梁启超面对着张之洞的如此热情，真有点受宠若惊之感。夜晚的谈话中，张之洞详细询问他们在京师的情况，哪些人与他们有往来，各人态度如何。从梁启超的口中，张之洞得知皇上有效法日本明治天皇维新变法的意图，又得知康有为为了促成皇上此意，目前正在南海老家闭门谢客专心撰写两部大书：《俄彼得变政记》、《日本变政记》。翁同龢已答应待书成后，即呈递皇上。

梁启超满脸兴奋地告诉湖广总督，有皇上的支持，有成千上万有识人士的努力，中国维新变革的高潮即将到来，也一定会成功，要不了多久，一个和日本一样迅速由贫弱转为富强的中国就会屹立在世界的东方。梁启超沸腾的青春热血，对维新事业的坚定信心和对国家百姓的高度责任感，深深地激励着张之洞那颗历经沧桑却不衰老的心。

他专注地听着，这中间大根数度进来请他到西院去应付那边的婚庆场面，都给拒绝了。

已到二更天了，张之洞想到梁启超还要回客栈，便说："圣人曰'苟日新，日日新'，吐故纳新，除旧布新，这是天地之常情，古今之常理，前人说五帝不沿礼，三王不袭乐，老夫一向是个维新变革派。只要你们一不弄什么孔子卒后纪年，二不篡改圣人经典，三不废纲纪伦常，凡对国家苍生有利的维新变法，老夫一律支持。"

梁启超说："大帅乃督抚之首，负天下时望，维新事业有大帅您的支持，一定会进展得更顺利。"

张之洞诚恳地说："你年纪轻轻，便如此博学有识，我身边没有你这样的人。我想请你不要南下长沙，就留在武昌算了。我也不委屈你呆在衙门，两湖书院可以因你而增设一个时务院，你去做院长，年薪一千二百两银子。你以为如何？"

年薪高到这种地步，超过一个七品县令一年的合法收入，为海内书院的教习们所望尘莫及。这是梁启超没有想到的事。他有点动摇了，便对张之洞说："让我考虑考虑。"

回到客栈，他认真地思考着制台的建议。留在武昌虽好，但毕竟只是张之洞的随从，就如同梁鼎芬、辜鸿铭等人一样，永远只是附庸，只是工具，处处受人制约。到长沙去，和谭嗣同等人办时务学堂，那却是一个崭新的事业，一片崭新的天地，可以发舒精神，鼓动舆论，为整个维新大业培养人才，使时务学堂今后成为全国维新变法的重要策源地，如同康师当年办的万木草堂那样。想到这里，梁启超清醒地认识到，留在武昌做院长，好比钻进一只金丝织就的网笼，到长沙去办时务学堂，却如飞向高远的苍穹。这两者是绝对不能相比的。他不想当面拒绝这位热情万分的张制台，便委委婉婉地写了一封长信。他在武汉游玩三天后，把这封信送到督署门房。次日清早，他坐上前往湖南的小火轮，离开武昌码头，开创他辉煌人生的又一段精彩岁月。

四　总署衙门东花厅，康有为舌战众大臣

正当谭嗣同、梁启超等人热情似火地在长沙创办时务学堂，将维新变革之风带进三湘四水的时候，外患频仍的贫弱中国又一次遭受洋人的欺凌。

光绪二十三年秋天，德国传教士唆使教民欺压山东曹州百姓，此事激起公愤。巨野大刀会会众为伸张正义冲进教堂，混乱之际，两名德国传教士被打死。德国政府以此为借口，派兵强占胶州湾。朝廷迫于德国的压力，逮捕大刀会会众多人，又处死二人，向德国政府赔罪。山东巡抚李秉衡亦因此革职。德国政府强迫清廷签订不平等条约。条约规定，德国租借胶州湾为军港，租期九十九年。德国有权在山东修筑两条铁路，并可在铁路两旁三十里内开采矿石。

俄国见德国轻易得了这多好处，很是眼红，便以利益均等为由派军舰占领旅顺、大连湾，又迫使清廷与它签订租借旅顺、大连的条约，并在中东铁路上建支路一条，直通旅、大。很快，法国便步德、俄后尘，强租广州湾为军港，又要求修筑越南至昆明的铁路，并提出中国邮政总管由法国人充当。紧接着英国租威海卫为军港，租期二十五年；又强租九龙半岛、香港附近岛屿及大鹏湾、深圳湾，租期九十九年。

更令人气愤的是，这些国家还在中国互认势力范围：长城以北属俄，长江流域属英，山东属德，云南两广一部分属法，一部分属英，福建属日。

一个好端端的完整的神州大地，竟然东一块、西一块地被人强迫分割租借，一个享有主权的独立大国，竟任凭外人在自己的领土上划分势力范围，占山为王。五千年的中华历史，何曾有过这样的局面！数万万炎黄子孙，何曾受过这等耻辱！地被瓜分，国将不国，面对着空前的危机，康有为再也不能在家乡呆下去了，他第四次赴北京，要给光绪皇帝上第五道书。

在这道折子中，康有为先分析国家所面临的严重局面，然后提出三个具体建议：一，效法日本等国以定国是；二，大集群才以谋变政；三，听任疆臣各自变法。又明确提出国事付诸国会并请颁行宪法。折子的末尾，康有为以前所未有的语气写道：若再不变法图强，“恐自尔之后，皇上与诸臣，虽欲苟安旦夕歌舞湖山而不可保矣，且恐皇上与诸臣，求为长安布衣而不可保矣”。这道折子在呈递过程中因为辞气太亢直，被工部尚书淞溎中途拦截了。

满腔救国谠言却不能上达天听，康有为心中郁闷。时正隆冬，北京城冰天雪地，寒彻骨髓，南国长大的康有为不但身冷，更觉心冷。他不明白，这些享受朝廷高官厚禄的大臣们，为何不替朝廷着想；偌大的京师聚集了来自全国的英才，为何就没有几个知音？酷寒的气候，加上悲凉的心境，康有为决定转回广东，待初夏时分，再到京城来寻觅机会。他于是定好骡车，定下日期，尽早离京。不料，就在他离京的前一天，事情突然起了变化。

这天上午九时多，怕冷的康有为在被窝里磨蹭了好长一会，才慢慢地起身穿衣。正在叠被子的时候，南海会馆的门房老头走了进来：“康老爷，门外有位老爷要见您。”

康有为问：“是谁，你见过没有？”

“没见过，不认识。”

康有为想起过会儿还要去大栅栏买点东西带回家，此人来得不是时候，不想见，便对门房说：“你就说我已出门了，有事留话给你好了。”

“康老爷，”门房小声说，“这个人是个白头发老头子，天气这样冷还来看你，你不见他怕不大好。”

门房说得有理，康有为把被子匆匆叠好，便随着门房走出南海会馆。只见门外停着一顶二人抬的青布小轿，从轿中走出一个圆圆胖胖、白发白须衣着华贵的老人来。老人打着哈哈笑道：“你就是康祖诒吧，害得我好找啊！”

面前的这个老头子气宇轩昂，一表非俗，或许不是一般的人。想到这里，康有为谦恭地说：“天气如此寒冷，您来会馆看我，真正不敢当。”

“带我到你的房间里去看看吧。”老头子不待康有为请，便自己跨过会馆大门，向里面走去。

康有为颇觉为难。他住的房间除开一床一桌一凳外，什么都没有，不但无取暖的火炉，因为起来得晚，还没来得及去后院厨房里打水，连泡杯茶的开水都没有，但见老头子自个儿往前走，他只得硬着头皮跟着。来到房间，他不好意思地说：“这里一无所有，实在不便接待您，请坐吧！”

老头子没有坐，四面扫了一眼说：“你一个名满天下的工部主事就住在这个地方，也真是难得。”

康有为说：“我虽是工部主事，但还从未到衙门里当过差，没有薪水，便只好住会馆了。”

“听说你要离开京师回广东去？”

“是的，已定好了骡车，明天一早就走。”

“你来京师的时间还不久，为何急着回家？”

“我给皇上的折子淞湝尚书半途拦截了，我很失望。再加上天气又冷，京师呆不下去了，只得回广东去。”

老头子哈哈笑道：“一个淞湝就把你的锐气打了，北京城里除开淞湝就没有别的人了吗？你公车上书的胆魄到哪里去了！”

康有为被老头子的气概慑住了，好长一刻才嗫嚅道：“京师达官贵人虽多，却没有几个为朝廷国家着想的，我真有点沮丧了！”

“哪里的话！”老头子威严地说，“你认识几个达官贵人，就敢于这样以偏概全！听老夫的话，不要走了，在京师住下来，老夫明天叫人给你送来百两银子和两百斤木炭。至于折子嘛，你放心，老夫会来过问的。”

听这口气，是个大人物的模样。此人究竟是谁，康有为又将老头子细看了一眼后问：“请问老人家尊姓大名？”

老头子一字一顿地答：“老夫乃翁同龢。”

“噢！”

康有为惊呆了。此人便是两朝帝师状元宰相、声动九州权倾天下的翁中堂！三九严寒天里，他坐着青布小轿来南海会馆看我——一个刚刚踏上仕途的六品小主事。这是一种怎样的礼遇？这将会预示着一种怎样的前途？康有为不觉头晕了起来，下意识地跪下，连连说：“卑职有眼不识泰山，刚才多多冒犯，还请中堂大人海量包容。”

翁同龢忙双手扶起康有为，诚恳地说：“足下乃当今国士，老夫心仪已久。实话对你说吧，皇上也惦记着你，你要为国珍重，放开胸襟，不要为一时受阻而气沮。这里实在太冷，老夫不能久待。你安心住下，静候好音。”

说罢，昂首走出会馆，登上布轿回去了。康有为倚在大门边，久久地回不过神来，只觉浑身热血沸腾，四周的冰雪朔风仿佛都已不再存在了。

翁同龢自己不便出面，便叫都察院给事中高燮上疏。高燮激于义愤，抗疏推荐，并请皇上亲自会见康有为。

二十八岁的光绪皇帝，虽然体质孱弱，但毕竟有一腔青春热血，眼看着祖宗传下来的江山被外人糟踏成这个样子，心里也过意不去，总希望自己所治下的是一个强盛的国家。再加上他亲政已近十年，却仍然处处受左右的掣肘，自己没有独立处置国家大计的权力，也极想通过变法维新这条路来改变这种窝囊处境，做一个名副其实的九五之尊。光绪帝的这个愿望日益强烈，除开他本人的觉悟之外，还得力于珍妃的怂恿推动。

珍妃的娘家是一个较为开明的满洲官员家庭。她的伯父长善做过广州将军，因而全家都能得风气之先。她家里请的塾师文廷式也是一个有志变革现实的名士。因为珍妃的原因，光绪十六年便高中榜眼。文廷式感激皇家的特殊眷顾，常利用机会向珍妃并通过珍妃向皇帝转述非变法无法改变现状的道理。在珍妃的不断劝谏下，光绪维新之心更加坚定。

他早就想见见康有为了。康有为折子中那句“求为长安布衣而不可得”的话，这些天来更是强烈地震撼着他。他决不愿意也非常害怕做亡国之君，遂命令军机处尽快安排一个时间，召见康有为。

但光绪帝的这个决定，却遭到了他的伯父军机处领班大臣恭王的反对。

从甲午年复出以来，三年多的岁月里，被朝野寄予重望的恭王，其表现令天下大为失望。

他除开在军机处换了一些人员、设立了空有其名的军务督办处外，几乎什么事都没办。这其中的一个原因是他的多病。他今年六十六岁，按着中国古代的寿命说，他才过下寿，但在他的兄弟辈中，他可是硕果仅存的长寿老人了。他深深眷恋着这锦衣玉食位极人臣的皇伯地位，又深知家族享寿不长的严酷事实，保养身体，以求长命，便成了他晚年最重要的准则。刚刚复出的时候，他还有几分热情和抱负，在连连遭受挫折之后，明智的他，已看出国势难以逆转，他的有生之年已是不可能再有任何作为了。不久，他突然中风而跌倒在地，于是他便以养病为由，不再过问军机处的日常事务。军机处的常务，则由翁同龢来处置。虽然恭王依旧挂了个军机处王大臣的名义，这两年的实际领班已经是翁同龢了。遇到大事，翁同龢带着几个军机大臣上恭王府去请示。恭王一般也不干预，听任翁同龢等人去作决定。

恭王虽因老迈衰弱而对国事采取消极态度，但他几十年来所形成的治国理念却是明晰而顽固的。作为一个天潢贵胄，恭王坚持祖宗之法不能变，坚持满人自入关以来便接受的纲常名教不能变。作为一个开明的军机处领班兼总署大臣，恭王也主张学习西方的制造之术，师夷之长技以求中国的徐图自强。为此，他最早赞同曾国藩提出的向外夷学习造炮制船的想法，拉开了中国近代洋务运动的序幕，后来他也很支持左宗棠、沈葆桢、李鸿章等人办洋务局厂。恭王不欣赏康有为。他认为康有为的许多言论出格了，背离了祖宗成训，有可能把国家引入歧途。听说皇上要亲自召见康有为，恭王急了。他不顾重病在身，吩咐备轿，他要面见侄儿皇帝。

恭王已经好久没有进紫禁城了。两个月前的太后万寿之喜，恭王也因病不能前来，只由福晋代他向太后行礼祝寿。今天是件什么重要的事要亲自进宫面见呢？光绪正在这般思索时，老皇伯已经由两个太监扶着走进了仁寿殿。光绪赶紧从暖炕上起身，来到棉帘边迎接。太监掀开棉帘，恭王见侄儿已站在帘边迎候，正要行大礼，光绪上前搀扶着恭王，说："王爷免礼，请坐。"

待恭王在炕桌的另一边坐下后，望着因久病而苍白瘦削的老伯父，光绪动情地说："王爷贵体欠安，有什么事，叫人转告给侄儿就是了，何劳您亲自进宫。"

恭王喘息了好长一会，才用嘶哑的嗓音说："这件事非我当面对皇上说不可。听说皇上准备召见康有为，有这事吗？"

光绪点头说："有这事。"

恭王声音不大却语气坚定地说："皇上不宜召见康有为。"

"为什么？"光绪心里想，就为这件事，竟然带着重病进宫面见我，有必要吗？

"皇上，"恭王抬起微微发颤的右手，在炕桌上空摆动两下，"那个康有为，依老臣看来，他的言论，一半是书生空话，一半是奇谈怪论，都不可采用。"

光绪说："侄儿读过他的几道折子。他的用心是好的，忧国忧民，真心为朝廷着想。"

恭王摇了摇头说："不，康有为是个躁进之徒。他为了要改变大清的法规，竟然篡改圣人的学说，说孔夫子是个主张改制者。此人如此不老实，切不可信任。"

见伯父这样指责康有为，光绪有点不悦，说："康有为很尊崇孔夫子，至于他说孔子改制，也可看做一家之说，不能凭这点就说他不老实吧！”

“皇上，”恭王见光绪不采纳他的意见，有点急了，便摆出一副长辈的架势来说，“太祖太宗传下来的家法，皇帝不接见四品以下的官员。这个规矩，想必翁同龢应当对皇上说过。这次又是他来要皇上违背这个家法，我得去训斥训斥他！”

恭王的态度突然变得强硬起来，光绪不得不认真考虑了。祖宗传下的这个家法，光绪知道，但情况特殊，不妨权变。恭王把翁同龢拉出来教训，当然是因为不便明责皇上之故。光绪早已隐约听说，恭王对翁同龢多有不满，他不愿让师傅替他承当这个责任，加之他的性格本来脆弱，于是让步：“既然如此，侄儿就不召见他了，但康有为确有一套治国方略，侄儿很想让他对朝廷说出来。”

见侄儿接受了自己的意见，恭王心里欣慰，不便再拂他的心意，他毕竟是皇上嘛。“皇上想让康有为对朝廷说出他的想法，这个容易，可以吩咐几个大臣代表朝廷召见他就行了。这对于康有为来说，也算是旷代殊荣了。”

光绪想想这个方法也不错。康有为只是一个六品主事，我这样待他，也真是圣恩隆厚了，便主动向伯父征询：“王爷看由哪些人出面好？”

恭王想，这人选是大事，不可随便开列。他知道太后虽退养，但实际上仍在当家，这几个大臣中一定得有太后信得过的人。协办大学士、兵部尚书荣禄是太后最为亲信的人。还有人背地里说，早在二十多年前，太后便看上了他，是慈安太后怕出事，才将荣禄调到西安，一去十多年。前几年回到北京后，一路扶摇直上，全是因为太后偏爱的缘故。荣禄要参与！恭王为太后想好了代理人后，便想起了自己多年的志投意合者，刚从欧美回国，只挂了大学士空衔的李鸿章来，他可以作为自己的代表出席。遂说：“老臣只提两个人，一是李鸿章，一是荣禄，其他的人由皇上定。”

说罢，告辞出宫。

光绪二十四年正月初三日，京师上下正沉浸在过大年的热闹喜庆中，但在总理各国事务衙门东花厅里，则完全是另一种气氛。左边一排装饰华贵的太师椅上，依次坐着李鸿章、翁同龢、荣禄及刑部尚书军机大臣廖恒寿、户部侍郎军机大臣张荫桓。他们作为朝廷的代表，一个个蟒袍玉带翎顶辉煌，除张荫桓略为年轻点外，其他的都是已届花甲的老人，至于李鸿章，已高龄七十五岁了。

右边的一张普通木椅上，坐的正是康有为。身穿六品官服、略为发福的四十岁的康有为，面对着这样的大场面，心里颇有几分紧张。五个朝廷元老重臣集体召见一个小小的主事，熟知本朝掌故的他知道，这在先前是从来没有过的事，这无疑是翁同龢奏请皇上后的安排。他向对面的翁同龢投去感激的目光，但翁同龢似乎并没有特别关注他，正歪着头与一旁的荣禄在悄悄说话。康有为虽有着一丝怅意，但很快也便过去了。他知道自己与翁的地位相差太悬殊了，翁是不可能当众示他以格外热情的。能有这样出格的场面，已经是惊骇世俗了，康有为深知今日这个会见的重要性。维新变法的主张能不能被朝廷采纳，自己今后能不能得到重用，全在于今日能不能成功。二十年来的苦苦追求、劳累奔波，不就是巴望着能有今天的到来吗？“说大人则藐之”。康有为又想起亚圣的这句名言来，李鸿章也罢，翁同龢、荣禄也罢，他们的官位虽高，年齿虽长，但学问未见得比我好，至于维新变法这一套，他们肯定不如我。今天谈的正是我所长彼所短的事，有什么可以畏惧的！素来胆大自信以南海圣人自居的康有为想到这里，刚落座时的紧张心绪消除了多半。他竭力做出一副泰然自若的神态来，竭力将对面的大员当作衰朽粪土看待，而将自己视为沉舟侧畔的飞舸、病树前头的春枝。

待仆役在各位大员面前摆上香茶后，翁同龢作为召见的主持者开了口：“奉皇上圣谕，今天李中堂、荣中堂、廖部堂、张部堂和鄙人在此，代表朝廷召见工部主事康有为。鉴于国家面临的内外困难，康有为提出维新变法的主张。从乙未以来，他连续给皇上上书过五次，奏的全是维新变法的事。这是一件很大的事情，决不能轻率随意。皇上希望朝廷重视这件事，现在特意将康有为召到这里，各位大人有什么问题，尽可当面询问康有为。”

翁同龢的开场白刚说完，荣禄便抢先发难：“康有为，你知不知大清法规乃太祖太宗传下来的？祖宗之法不能变，变祖宗之法，将有损祖宗之尊，朝廷是不能接受的。”

说罢，以一种居高临下的不屑眼神将康有为狠狠地盯了一眼。康有为早就注意到，今天的五位大员，满人仅只荣禄一人。二百多年的大清天下就是满人的天下，满人享受着数不清的特权。变革，说到底便是对既得利益者的侵夺，也就是说对满人利益的侵夺，因此变革的最大障碍便是掌握各级权力的满人，反对最力者也必然会是满人。今天的这种汉四满一的安排，显然体现了皇上希望召见顺利的用心，康有为因此很是感激。至于这唯一的满人代表荣禄，康有为早知是个强硬刚愎偏见甚深的顽固者，极不易对付。他的迫不及待的责问，暴露了他明明白白的反对者立场，必须将他的气焰压下去！康有为定了定神，不慌不忙地答道：“荣中堂说得对，祖宗之法为祖宗所定，但祖宗当年制定这些法规制度，原是为了治理祖宗之地的。现在祖宗之地割的割，占的占，租的租，且这种趋势有增无减。请问荣中堂，祖宗之地都不能守了，还谈什么祖宗之法？”

见荣禄一时语塞，康有为抓住这个机会，乘胜再度出击：“自古以来，没有一成不变的常法常规。圣人说得好，穷则变，变则通，一条路已走到穷途了，还要一个劲地走下去，结果只能是头破血流，甚至是粉身碎骨，唯一可行的只能是改变方向，另寻出路，则可望畅通无阻。况且祖宗在制定法规的时候，也不可能料及身后的事情，因而也不可能面面俱到，事事周密。贤肖子孙根据新出现的情况，制定出新法新规，以确保祖宗之基业完好无损，这正好是维护祖宗之尊，而不是有损祖宗之尊。好比说我们现在所处的总理衙门，当年祖宗在日便没有料及到此，祖宗制定的法规里也没有它的条文。文宗爷英明，设置了这个衙门，使我们能更好地对付洋人。这到底是好呢，还是不好呢？是有损祖宗呢，还是维护祖宗呢？”

康有为举的这个例子真是再恰当不过了，而他所提出的这个反问也辛辣到顶了：荣禄若说否，则是反对太后的丈夫咸丰皇帝；若说是，则又打了自己的嘴巴。荣禄被逼到死胡同，无路可走，恨得牙齿格格地交错，直欲把眼前这个位卑人微的广东佬食肉寝皮，却开不得口。

翁同龢心里很赞赏康有为的机敏与辩才，但担心他这种咄咄逼人的气势和凌厉峻刻的语言，会使得荣禄恼羞成怒，那样则于事更不利，遂做出一副呵斥的神态来：“康有为不可无礼，荣中堂乃三朝老臣。当年文宗爷设置总署时，荣中堂正做着一等侍卫，极力称赞文宗爷英明远见。你怎能如此责问荣中堂？康有为听着，你只能好好回答各位大人的提问，不可放肆乱说！”

所谓荣禄称赞咸丰英明远见云云，根本没有这回事，全是翁同龢的当面恭维，免得荣禄难堪。荣禄果然接过翁同龢的话，冷笑一声说：“当年设总署时，你康有为怕还没出世。在老夫面前提这桩事，你不脸红吗？”

康有为知道翁同龢保护他的好意，见荣禄在为自己寻找下台阶，便也给他面子：“我只是就眼前所见的随口举个例子而已，不想冒犯了荣中堂，还请荣中堂多多包涵。”

荣禄余怒虽未消，但一时找不出难题来，不做声了。廖恒寿问：“康有为，你口口声声变法变法的，老夫问你，变法当从何处着手？”

在新与旧、变与守的冲撞中，廖恒寿实际上是一个折中骑墙派。他既不像荣禄那样顽固保守，也不像翁同龢那样力主变革。旧的那一套让他一辈子平平顺顺官运亨通，他对之有深厚的感情，何况他已六十好几的人，真若维新的话，他自思也不可能有什么作为，故而他趋向守旧。但廖恒寿又是一个关心国家命运的人，内忧外患，国势颓替，也的确让他心焦。他也常常想到，要走出困境，大概只能寻找新途径，洋人如此强大，是有许多可学之处，学人之长补自己之短，这也是昔贤的谆谆教导。从这个角度来看，廖恒寿也不反对变法。但他自己对此素无研究，颇想从康有为这里得点知识。

廖恒寿的话正问到康有为的心窝里了，这些年他苦心钻研于斯，几次上书也放言于斯，今天正好借此机会，给这些老朽上一堂变法的启蒙课，让他们开开心窍。康有为轻轻地干咳一声，拿出在万木草堂讲课时的架势来，不疾不缓地说："以有为之见，变法当从法律规度入手。我大清法制大致沿袭明朝，至今已实行两百余年。一样器具用久了则有损坏，一种法制实施久了则有积弊，被损坏的器具必须更新，有积弊的法制也必须更新，这本是常识所能明了的事。"

康有为说到这里，又顺便望了一下荣禄。这原是他性格的本能流露，他自己并没有觉察到，倒让翁同龢心里不太舒服：康有为如此不容物，以刺人为乐，怕难成大事。荣禄则瞪着眼回应康有为，心中又增加一分怨恨。

"大清变法的重点，当在富国、养民和教民三个方面。"康有为胸有成竹地继续说下去，"关于富国方面，有六大措施：一为设立国家银行，二为大修铁路，三为大办制造业，四为大力采矿炼矿，五为在各省设铜元局，六为在全国建立邮政系统。关于养民，重在四个方面：一为务农，二为劝工，三为重商，四为恤贫。至于教民，则需要在全国大办新式学校，教授中国历史和西方的天文、光电、数学、化学，并广设图书馆，办报馆，办出版公司。还有一个最重要的变法项目，便是仿照西方设立议院，使上下情通，民间疾苦能上闻，朝廷美意能下达，事事皆本于众议，故权奸无所容其私，中饱者无所容其弊。"

康有为正说得起劲，不料这几句话惹怒了对面坐着的一位大人物，此人便是李鸿章。

李鸿章并不是荣禄式的顽固派，实在地说，他是鸦片战争以来，最早提出变革并付诸实践的一位大员。作为一个肩负朝廷重任，并与外人打交道最多的四朝元老，李鸿章对于“变”的重要性的认识一点也不亚于康有为，甚至还有过之，但李鸿章的出身教养和经历，使他更重在变事而不在变法。这是他与康有为的最大分歧。此外，李鸿章在私人情感上与康有为也有很大的抵触。乙未年，康有为领导的公车上书，矛头就是针对他而来的，口口声声骂他是汉奸、权奸、误国罪魁，还说他在与日本谈判中接受了贿赂，后来强学会又拒绝他入会。李对康一直耿耿于怀，刚才康有为说的“权奸”“中饱”之类的话，李鸿章认为这都在暗指自己，遂再也不能忍受，打断康有为的话：“康有为，照你的说法，朝廷六部都要尽撤，规章制度都可以不要了吗？”

康有为看了看坐在首位的这个文华殿大学士，发现他硕大的伞形红缨官帽上插着一根长长的三眼花翎。这是李鸿章一生的骄傲之处，也是他与别的汉员的最大区别之处。原来，清廷的三眼花翎，只授贝子贝勒以上的满洲贵族，汉人不能享此待遇，所以哪怕就是从太平军手中为皇帝夺回江山的曾国藩，也只能授双眼花翎。有清一代，汉人授三眼花翎的只有一个李鸿章。那是在甲午年海战前，慈禧太后因着自己的六旬大寿大赏群臣，破例给了李鸿章这个殊荣。谁知，不久便海战爆发，北洋水师一败涂地，在全国一片指责声中，慈禧又摘掉了李鸿章头上的这个与众不同的标记。接下来是朝廷以战败国的身份派人去日本马关谈判，日方指定要李鸿章去。李鸿章便借此机会向朝廷索价。他说他现在身份低微，不足以代表朝廷，不能去。慈禧害怕日本，又担心谈判不成，只得迁就李鸿章，赏还他的三眼花翎。这个得而复失、失而又得的极富戏剧性的三眼花翎的故事，非常典型地凸现了晚清高层政治的滑稽可笑。

康有为自然是知道这个掌故的。他望着那根李鸿章视为身家性命的三眼花翎，嘴角边浮起一丝嘲笑：“李中堂此话说得过头了。变法改制，不是说将六部尽行撤掉，也不是要将所有规章制度都要废除，而是要细加斟酌，撤去那些虽有名目却没有实事可干的旧衙门，增添那些非设不可的新衙门，废除那些不合时宜的旧章程，设立那些顺应时宜的新法规，这才是维新变法的正途。不过，我也要提醒李中堂注意，今天是群强并列的时代，不再是过去的一统之世。现在的法律官制，都是过去的旧法，造成我大清危亡的，往往都是这些旧法，理应废除，无须过多留恋，即使一时不能尽废，也应视情形缓急加以改变，新政才能推行。”

真正是本性难改。康有为的辞气又开始锋芒毕露起来，翁同龢暗自着急。他担心激起冲突，把好事办砸，便赶紧转移话题。他做过多年的户部尚书，深知帑藏空虚，几乎不敢有所兴作。银钱短缺，是他最头痛的事，便问：“康有为，老夫问你，行新政要练军修铁路、开矿办局厂，事事都需巨款，钱从何来？”

“翁中堂，这事好办。”康有为对此早已熟思良久，故应声答道，“各国变法行新政都无一例外会面临这个问题，但他们都很好地解决了。日本的办法是设立银行，发纸币，法国是实行印花税，印度是实行征收田税，这些都是行之有效的办法，中国都可以参考实行。比如中国的田亩税，就大有文章可做。就卑职所知，乡村地主和农人逃税、隐税、瞒税、漏税的手段就多得很，若朝廷实行铁腕杜绝这项漏洞，每年可以增加十倍的田税收入。”

一直未发言的张荫桓笑了笑说：“十倍这个数目有何依据？是你想当然吧！”

户部侍郎张荫桓也是广东人。他虽然不是两榜出身，却以过人的精明和才干得以官运亨通，是一个办实事的干员。他是支持变革的，是翁同龢引为助手的同志。康有为知道这位同乡对变法的态度，明白这句话出自他的口，与出自于荣禄的口就绝对不是一回事，于是不好意思地笑了下说：“十倍这个数目，我的确没有确凿依据，但会有成倍的增加，这是可以保证的。我手里有日本的资料。日本通过丈量土地，实行严格征收制度后，田税在三年之中翻了四五倍。以中国之大及中国旧法之弊，此中问题更多，十倍之增也或许不是想当然。”

张荫桓见他绕个圈子又回到原先的说法上来了，便看出此人是个很执拗的人，遂浅浅一笑说：“我也不和你争这个数字了，你继续说下去吧！”

康有为接着说：“日本与中国同文同种，一水相隔，明治维新之前与中国相差无几，一旦实行新政之后，不过二十多年便强大到与西方列强抗衡。我以为日本强国之路最值得我们借鉴，也最容易被借鉴。为此，我用了三四年的工夫编了一本《日本变政记》的书，另有一本《俄彼得变政记》，记的是俄皇彼得大帝变旧政为新政的事。我今天带了几本来，送给各位大人参阅。并请翁中堂多带一册呈给皇上，请皇上万几之暇浏览浏览。”

说罢，便要打开随身带来的布包，翁同龢见状忙说：“书不必送了，你今天说的这些，各位大人都听到了，他们会向皇上禀奏的。”

说罢，又转脸问：“李中堂、荣中堂、廖张两位部堂，还有什么要问的吗？”

见他们都不开口，便说：“今天召见就到此为止吧！”

康有为只得重新拾起布包，颇有怅意地离开总署。刚回到南海会馆一会儿，便见翁府的仆人进来，对他说：“不要你当场赠书，是怕李、荣两中堂拒绝接受，令你难堪。”

康有为恍然大悟：是的，李、荣二人那种态度，怎么可能接受自己的赠书呢？一旦拒收，反讨没趣。自己办事，往往是一厢情愿，全不顾别人，这次又犯了这个毛病。遂对来人说：“请转告翁中堂，康某深谢他一片爱护之心。”

来人又说：“翁中堂要大著各两册，一份自己读，一份呈送皇上。”

康有为忙打开布包，取出《日本变政记》《俄彼得变政记》各两册来，恭恭敬敬地送给翁府来人。

送别来人后，心里琢磨：李、荣可能拒收，不让我送是对的，但翁同龢要书为何不当面索取，而是事后派人来拿呢？难道给皇上送书也要不让他们知道吗？是翁同龢过于胆小谨慎，还是皇上的力量薄弱，不敌荣禄及其靠山太后？

想到这里，康有为不禁为维新变法的前途深自担忧起来。

五　大变局前夕，鹿传霖传授十六字为官真诀：启沃君心，恪守臣节，力行新政，不背旧章

光绪帝一连几天废寝忘食手不释卷地阅读由翁同龢呈上的《日本变政记》和《俄彼得变政记》两部书，青年皇帝深为明治天皇和彼得大帝的励精图治所感动，恨不得一天之内就把大清治理得如同日本、俄国一样强大。近日来他的情绪一直在亢奋中。这天他午睡起来后，澎湃的心潮依然不能平静，恰好翁同龢进来。他激动地问：“翁师傅，您说国家大事，此刻当以何为先？”

翁同龢一眼看见书案上放着康有为的一大堆上书和由他带来的两本书，再看皇上的神情，便知道皇上已被康有为的文章完全打动。是时候了，翁同龢心里想着，遂以坚定的口气答道：“以变法为先。”

光绪很兴奋，又问：“翁师傅，您说咱们大清变法后会很快和日本、俄国一样强大吗？”

望着皇上一向苍白无神的脸庞上泛起了满面红光，翁同龢欣喜地笑了。

翁同龢无儿无女，大半生的心血都在光绪皇帝身上。光绪聪颖好学，是个明君的料子，但性格脆弱，且身子骨又单薄，翁同龢时常担心他能不能挑得起这副重担。偏偏太后又太强悍揽权，使得皇上事事不敢自主。翁同龢替皇上着急，也为自己叹息：倘若皇上是个强硬的人，自己身为师傅又是军机大臣协办大学士，该是多么威风凛凛、权

倾朝野，然则因为皇上的软弱，害得自己也有名无实。唯一能改变这种处境的便是维新变法。若变法成功，国家有了起色，皇上的权力加强了，他翁同龢的权势也便随之加强。想到这里，翁同龢也兴奋而激动地说：“皇上，一定会的。只要我们变法成功了，我们大清就一定会和日本、俄国一样的强盛起来。皇上也就是中国的明治天皇、彼得大帝。”

“翁师傅！”皇上被这几句话说得血脉贲张起来，他一时忘记了自己已是执政十年的帝王了，仍像童年时一样搂着翁同龢的腰说，“那咱们就立即变法吧！翁师傅你去和康有为他们商量商量，赶快拟几道折子发下去，就说咱们大清要变法了，所有臣工天下百姓都要拥护变法，大家同心合力，把咱们大清国建设得强大起来，为祖宗争气，为国家争光。”

翁同龢被光绪的这种赤诚之心和亲昵之举所感动，两眼闪动着泪花，声音颤颤地说：“老臣这就去拟旨，把皇上的圣明仁德昭告天下！”

翁同龢派仆人将皇上准备实行变法的大好消息告诉康有为，要康有为赶紧将应次第推行的新政一一草拟出来，随时送到他的府上。他本人与赞同变法的张荫桓，和通过与康谈话后改变游移态度亦主变法的廖恒寿，以及集聚在身旁的一批较为激进的官员们，积极磋商变法大计。康有为和他的一班在京弟子们更是热血沸腾，热情万丈，夜以继日地将多年来成熟于胸的治国纲领书写出来，每天都向翁府投递。又拟出一份“统筹全局”的大折子，请翁同龢呈递皇上，吁请皇上早日在天坛或太庙或乾清门召集群臣，宣布维新，诏定国是。同时在午门设立上书所，准许臣工百姓随时上书。又在内廷设立制度局，并下设法律、税计、邮政、造币等十二局。

朝廷的这个大举措很快便为京师官场士林所知晓，并随即传播到各大都市、各省省垣，一时间群情激昂，跃跃欲试，但也有不少人面对着这个局势，或彷徨迷惘，或焦虑担忧，或痛恨反对。

鉴于学会在团结同志上的重要作用及强学会早已被解散的现实，康有为与他的学生们在南海会馆成立了粤学会，借此聚会广东籍有志维新的官员和士人。在粤学会的影响下，一个个学会在京师相继成立，其中最重要的有福建青年才俊林旭为首的闽学会，还有杨深秀为首发起的关学会。杨深秀此时已官居御史，以热心国事关心民瘼而在山陕一带的官员中享有很高的声望，又因主张变法而得到翁同龢的赏识，近年来在京师官场上十分活跃。受杨深秀的影响，杨锐也比以往更积极投入维新事业。他在成都会馆里发起成立了蜀学会，把一批同具热血的川籍人士聚集起来。这批年轻的维新派官员有一个亦师亦友的长者伙伴，他就是侍读学士徐致靖。徐老先生虽年近古稀，却仍有一颗年轻人的心，深知中国非变法无出路，遂大力支持维新事业。他的两个翰林儿子仁铸、仁镜也与父亲同道。

正当翁同龢、康有为等人酝酿筹备维新大业的时候，恭王府里传出消息：王爷病危，命在旦夕之间。

在颐和园里颐养天年的慈禧得知这个消息后，心情顿时沉重起来。她与这位六叔共事已近四十年了。

当年若不是恭王坚定地站在她这边，以慈禧之力，如何能敌得过肃顺等顾命大臣？若没有热河的胜利，她一个处于西宫的女人，如何能垂帘听政号令天下数十年？当然慈禧也清楚，倘若肃顺等人掌了大权，恭王的日子也会过得不舒心畅意。热河的成功，得利者并非她一人，恭王也是获取大利者之一。所以慈禧在后来的岁月里，对待恭王是既重用又限制，既倚为心腹，又不忘戒备。

恭王于是便几起几落，一人之下万人之上的地位处得也不是平顺的。令慈禧欣慰的是，近四十年过来了，叔嫂二人虽时有芥蒂，但总的来说，小叔还是服从嫂子的。在立载湉为继，和罢军机领班大臣这两桩大事上，恭王也没有公开表示不满，这都令慈禧宽慰。在对待变法这件事上，恭王所持的态度又与慈禧十分接近。这也令慈禧感到恭王有古之贤相之风：心有定见，稳重端凝。在慈禧看来，少不更事、轻浮急躁的皇帝正需要这种股肱大臣替他把舵定向，高瞻远瞩，不料，他竟然一病而不起！王府长史禀奏：王爷有重要话要当面对太后说，希望太后能在他临终前见一面。

即便无重要遗言，念及文宗手足和四十年风雨同舟的情谊，慈禧也会亲去王府与恭王诀别，何况恭王请她前去！慈禧匆匆登车，先回到宫里，然后带上光绪，同奔位于前海西街附近的恭王府。光绪的心情也很沉重，毕竟是父亲的亲兄弟，血浓于水，到了这个分上，他能不伤心吗？

来到恭王府，只见往日车水马龙热热闹闹的王府大门口鸦雀无声，弥漫着一股浓厚的沉凝窒息的气氛。得知太后和皇上同时亲临，恭王仅存的次子过继给钟郡王的载滢率领子侄们早早在门外迎接，进了大门，恭王福晋又率领众姬妾和女眷们在中庭院子里迎接着，然后由载滢和福晋陪同来到恭王的卧室。

太后和皇上来之前，太医刚给恭王喝了一碗高丽参汤。此刻他极力挣扎着，要起身行礼，被光绪轻轻地压住了，只得说了一句：“老臣在床上恭请太后、皇上圣安！”声音凄怆而细微，说罢，眼眶里滚出几滴老泪来，顺着枯瘦无光的面颊缓缓流下。

三四个月不见，伯父便这等模样了，心地软善的光绪眼圈发热，双手握着他骨瘦如柴的手，哽咽道：“王爷好好将息疗理，病会好起来的。”

恭王脸上露出一丝苦笑。

慈禧见这情景，知道恭王已到油尽灯灭的时候了，随时都有可能过去，必须抓紧时间，请他说话，便对光绪说：“皇帝，你和福晋、载滢都到外屋稍坐一下，我要和王爷说几句话。”

载滢请皇上和母亲出去，然后轻轻带上房门，心里想：太后与父王谈国家大事，避着我们母子，或许还可说得过去，皇上乃一国之主，为什么还要避他呢？偷眼看了看光绪，见皇上脸色平静，并无不悦之色，心里更觉不解。

慈禧挨着床沿坐下，以她素日极为少见的温和神色对恭王说：“王爷，有什么话要对我说，请讲吧！”

恭王无神地望着面前的嫂子，当年京师与热河密切配合，所演出的那一幕幕惊险场面，奇异般地又在他的脑子里浮了出来，可惜，他已无气力去追索那些往事了。他要把他病重以来思之良久的几件事，趁着还能开口的时候，向太后托出来。

“太后，老臣已是将要见列祖列宗的人，为了祖宗的江山，老臣有几句话不得不说。”

恭王闭上眼睛，养了养神，睁开眼继续说：“变法是大事，宜谨慎，皇上持重不够，太后要多留神点。”

慈禧点了点头说：“王爷顾虑得极是，满蒙亲贵中好些人也都对我说过这样的话。”

“翁同龢性情轻率，难稳社稷。甲午年皇上对日本宣战，就是受他怂恿。国力不足而主动宣战，使国家蒙受更大耻辱，这责任要算到他的头上。最近，皇上大讲变法，又是受他之蛊惑。老臣死后，军机处中无人能制约他。故老臣对太后说句极机密的话：适当时可将翁开缺回籍，免得皇上被他所误。”

慈禧心里怔了一下。慈禧原本对翁同龢印象极好，故同治死后又让他教辅光绪，但近年来，因着与翁同龢关系较为密切的吏部侍郎汪鸣銮、户部侍郎长麟，及门生内阁学士文廷式遭到革职，她看出翁已与她有了疏隔，许多人都讲翁利用变法在为皇上和自己争权。现在恭王也这样说，看来确实无疑了。

慈禧问：“王爷看去掉翁同龢后谁可主持中枢？”

“张之洞。”恭王喘了口气后接着说，“主持中枢，李鸿章本来最为适宜。但甲午年对李的声望打击太大，且他年事已高，难以担此重任。这些年，老臣细心观察各省督抚将军，真正可寄大任者唯张之洞一人而已。张守正学而不迂腐，着眼大局而能办实事，是曾国藩之后又一社稷之臣。可将他从武昌调进京师，入军机处办事。”

张之洞，那个其貌不扬的湖广总督，自从光绪七年外放山西后，十七年过去了，他再也未回过京师，慈禧也再也没见过他。当年，她破格召见过此人，将他作为社稷之臣而予以越级超擢。十多年来，他也真不负朝廷重望，在山西、两广、两湖任上都做得有声有色，调他来代替翁同龢，无论从资历、地位、声望来看，都是最适宜的人选。但慈禧也听好几个人在她面前议论过张之洞，说他好大喜功，华而不实，且热衷趋时，与康有为称兄道弟，还在湖广督署内以出格之礼迎接康有为弟子梁启超，令人骇然。慈禧沉吟片刻，又问："除张之洞外，王爷看还有何人可托重任？"

停了良久，恭王低声吐出两个字来："荣禄。"说完便闭上眼睛。慈禧想听他的下文，但一直不见他再开口。恭王的这个人选正合慈禧的心意，她由此而深感恭王是个老成谋国的贤王忠臣，由此而加重他前面所说的那一番话的分量，一句尽人皆知的名言重重地烙在慈禧的心头：人之将死，其言也善。

这天半夜，恭王奕䜣终于带着无尽的遗恨离开了人世，京师为他举行了极为隆重的葬礼，慈禧多次亲临祭奠，又将"忠"字赐给这位小叔子，作为美谥来褒奖他一生对朝廷实际上是对她个人的耿耿忠诚。

恭王走了。翁同龢感到拦在他面前的一块巨石已自行消除，维新变法的大政可以提前推行了。康有为对他说，学生梁启超在湖南得到巡抚及司道大员的支持，湖南新政极有成就，朝廷可派员前往湖南考察，作全国推行新政的借鉴。翁同龢采纳了这个建议，从内阁调派两个中级官员，带上几个随从，星夜赶赴湖南。

说起湖南来，这半年间真可谓闹得人欢马叫，红红火火，又确乎与眼下的自然景观一个样：春光明媚，万象更新。

时务学堂办起后，招收了四十多名举人、秀才、廪生等出身的学员，完全实行新的教学方式，中文总教习梁启超受当年万木草堂的启发，更自创一种新的教学方式：讲课少，批语多。他每隔三五天，便要出一道题目让学生写一篇札记，然后就在每一个学生交来的札记后面写上自己长长的批语，往往批语是札记的两倍、三倍甚至更多。写好后，再将这个学生叫到他的备课处来详谈，容许学生反驳诘难。他针对学生的问题再一一讲解。梁启超不是将他的学生当一般人看待，而是记住曾国藩的话，把他们当作种子看待。他希望通过这种教学方式，为湖南也为全国培养一批维新种子来，将来通过他们的开花结果，而造成大面积的维新成果。梁启超学问好，文章好，更兼年轻，精力过人，常常一天只睡一两个时辰，从早到晚精神昂扬，诲人不倦。梁启超以他的才学和人格魅力赢得了湖南士人的尊敬，时务学堂因此有了很好的声誉。与此同时，梁启超又与谭嗣同、唐才常等人发起了南学会。这南学会实际上就是强学会的湖南分会，借此团结同好，聚集力量。在南学会的影响下，一时间湖南办起了众多学会，有不缠足会、延年会、积益学会、公法学会、法律学会、群萌学会、任学会、舆算学会、致用学会、明达学会等等，真好比雨后春笋，一个接一个地冒了出来，使三湘大地朝气勃勃，生机盎然。

巡抚陈宝箴、臬司黄遵宪更在这种氛围的激励下，力行新政。一面大力开发地方资源，鼓励创办企业。湖南矿务总局、湖南水利公司、化学制造公司、和丰火柴公司、宝善成公司也相继在省垣长沙开办起来。又有绅商与湖北同人合作，办起了有线电报站、小轮船公司。一面又设立课吏局和保卫局。课吏局以培训官员为主要内容，保卫局则以维护社会治安为职责。

在教育、社会团体、经济与政治各方面一派新气象的同时，湖南的报纸更是办得有声有色，影响巨大。

早在光绪二十三年四月，由学政江标发起，唐才常任编辑的《湘学报》便在长沙创刊。《湘学报》以《时务报》为榜样，旨在使读者周知世局，破除成见，达到开民智而育新风的目的。

《湘学报》为旬刊，每十天出一份报纸，分史学、掌故、舆地、算学、商学、交涉六大门类，较多介绍国外的情况，又常有唐才常等人的时事评论，对开启湖南的新风气起了很重要的作用。

梁启超来到长沙不久，学政江标调离湖南，接任者即徐致靖的长子徐仁铸。梁启超和徐仁铸都认为十天一报与当今世界的快速发展极不相宜。梁启超说得好：“昨日之新至今日而已旧，今日之新至明日而又已旧。”于是又在湖南创办《湘报》，每日一报，熊希龄又请陈宝箴将非机密的政府公文公牍随时在报端刊发。《湘报》团结当时三湘一批时代精英，他们在报上宣传爱国，倡导救亡，鼓吹维新，批评时弊，在社会各界的影响力上，又大为超过《湘学报》。

然而这一切却引起了湖南另外一些人的反感，这些人中的积极者大多在士绅界，他们的大本营则是岳麓书院。

位于长沙城湘江西岸岳麓山下的岳麓书院，创立于北宋开宝年间，匾额“岳麓书院”四字乃真宗亲手所书。北宋书院繁盛，当时各省都立有书院，然而在后来的岁月里，或毁于天灾，或败于管理不善，很少有存在三五百年以上的。唯独岳麓书院，九百年来一直杏坛高筑，弦歌不绝。书院不仅保持北宋开办之初的面貌，而且在元、明、清各朝都有所扩大。

这里培养了数不清的显宦名士，光是咸同时期的中兴名臣，就有曾国藩、左宗棠、胡林翼、郭嵩焘、李元度、刘蓉、刘长佑、曾国荃、刘坤一等一长串名单。在造就人才的同时，岳麓书院也以其独特的优势酿就了一种学问一种文化，即人们所熟知的湘学或称之谓湖湘文化，然后又通过这种学问文化熏陶化育成千上万的三湘士子，形成一派独具特色的湖湘风尚。岳麓书院于是便成了湖南官绅士子心目中的泰山北斗，获得“潇湘洙泗”的美誉。它以大门上的楹联“惟楚有材，于斯为盛”，向世人高标书院的自信和自傲，以“道南正脉”的讲堂横匾宣布它儒学正宗的崇高地位。

由于朱熹曾做过它的名誉山长，也由于张栻、真德秀、李东阳、王守仁做过它的教习，所以，岳麓书院对山长择人甚严，非做过大臣、或在学术界有着大影响的人不可。对教习也要求甚高，不是品性敦厚学有专长的宿学，绝难在书院谋得一个教席。

当今的山长王先谦便不是一个等闲人物。这位字益吾号葵园的长沙人，乃翰林出身，做过江苏学政、国子监祭酒，曾因指责慈禧太后而以直声享誉士林，又以著作等身号称大儒。

四年前在一片众望所归的呼声中王先谦由京师回到家乡，接掌岳麓书院。四年来，他从四面八方延聘不少名流来书院任教，又整饬教规，严督学生，把岳麓书院治理得有条不紊，名气更大。

王先谦和他掌管的岳麓书院一向执湖南学界之牛耳，现在突然来了个梁启超，冒出了个时务学堂，大受时誉赞扬，又何况梁启超不过一个二十多岁的布衣，时务学堂连师带生不足百人，这如何令王先谦和岳麓书院的师生心里服气。更有甚者，梁启超在时务学堂公然鼓吹乃师的那一套学问，说古文经书是伪学，尧舜禹汤，尽皆孔子的臆造。又宣扬什么君权轻民权重，民权更胜过君权，国家大事要付诸议院讨论，还要废八股罢科举，凭西学取士，等等。

一向视纲常名教为安身立命之所，以科举功名为进身之途的王先谦和他的同仁及学生们如何能容得下这种大逆不道、数典忘祖的邪说谬论，遂在长沙城掀起了卫道翼教的风潮。王先谦这一派有一个得力的支持人，此人名叫叶德辉。叶德辉的父亲本是江苏人，后来定居湖南湘潭，叶德辉便也以湘潭人自居。他考中进士后分发吏部任主事，但不乐于在京城做官，更喜欢做个自由自在的文士，遂回到湖南住在长沙，一边做他的校勘版本目录学问，一边印书赚钱，养家糊口。他的学问做得好，贩书业也做得好，是长沙城里一个大名流。他也很看不惯湖南的新变化，遂和王先谦沆瀣一气，组成联盟。这样，反对派的势力就更大了。

新派利用《湘学报》、《湘报》和时务学堂为阵地，旧派利用岳麓书院为堡垒，双方展开了激烈的论争。

这一天，《湘报》刊登了一篇署名为易鼐的文章。文章说，要将中国由弱变强，有四种办法可以采纳，一为改法以同法，二为通教以绵教，三为屈尊以保尊，四为合种以留种。并解释说，改法即西法与中法相参，通教即西教与中教并行，屈尊即民权与君权两重，合种即黄人与白人互婚。易鼐这篇文章如同在本已沸腾的油锅里浇上一勺冷水，顿时溅起满锅油浪，湖湘士人都被这篇文章搅得闹腾腾的。旧派则更是抓到一个大把柄，对《湘报》及其背后的支持者大加抨击，叶德辉义愤填膺，斥之为无耻之甚。

十多天后，张之洞在湖广总督衙门里也读到了这篇文章。对于湖南的新政和《湘学报》、《湘报》，张之洞从整体上是支持的，并指示湖北各级衙门、各大学堂都要订阅湖南的两报，又多次在谭继洵的面前，借称赞他的儿子来肯定湖南所发生的变化，甚至建议谭继洵回湖南去住上个把两个月，一来省亲，二来借鉴。但谭继洵并不认为湖南值得效法，每以年老体衰为辞婉谢，令张之洞拿这个老资格的官僚真正一点办法也没有。

今天突然看到这样一篇言论乖戾的文章，他心中很是愤慨。合种已是贻笑大方，屈尊、通教更是不忠不敬，倘若被人周纳罗致，扣上一顶谋逆的大帽子也并不过分。而这篇文章出自自己所管辖的湖南，又登在自己所称赞的《湘报》上，一旦追查下来，岂能脱掉干系？他提起笔来，给陈宝箴写了一封信：

> 湘中人才极盛，进学极猛，年来风气大开，实为他省所不及。惟人才好奇，似亦间有流弊，《湘学报》中可议处已时有之，至近日新出《湘报》，其偏尤甚。近见刊有易鼐议论一篇，真正十分悖谬，见者人人骇怒。此等文字远近煽播，必致匪人邪士倡为乱阶，且海内哗然，有识之士必将起而指摘弹击，亟宜谕导劝止，设法更正。

写完后，他想此事紧急而寄信慢，于是便交给电报房，作为电报发到长沙。

陈宝箴接到总督衙门发来的电报，不敢怠慢。他一面转告《湘报》的主持人熊希龄，望他以此为戒，今后再不发这等言辞激烈的文章。一面亲自给张之洞回电，承认自己职守有疏，今后要严格督促，两报少发议论，多录古今有关世道名言，效陈诗讽谏之旨。见湖广总督亲自出面严厉指摘，长沙城里的守旧派，莫不弹冠相庆，咸欣欣有喜色。

王先谦指使他的学生大量搜集梁启超等人在时务学堂的出格言论，以及《湘学报》《湘报》上所发的不轨文章，让他们以岳麓书院“学士辑录”的名义给湖广总督衙门寄去，以求得张之洞更大的支持。

张之洞收到了这份告状式的《辑录》后，发现梁启超等人原来在时务学堂发表了许多与朝廷的旨意相悖、与自己的观念相反的言论，想起他对这位后生辈的逾格接待和多次公开揄扬，背上不禁沁出冷汗，心里颇为后悔。这时京城里各种信息也从不同渠道流向督署。初夏的武昌城，如往年一样的草长莺飞，百花争放，但在张之洞的心头上，却如同暮冬般的密云笼罩，阴霾沉甸。局势的进展如何，他难以预测。

他给在户部供职的仁权发去电报，要儿子迅速找到杨锐，将京中的情况如实告诉他。儿子回电，说会见了杨锐。杨锐说他和杨深秀都认为皇上即将重用康有为，在全国实行维新变法的新政。又说两湖已引起皇上的重视，势必成为今后全国的模范。电文还转述杨的话：有迹象表明皇上将召老师晋京担当大任，望早作准备。

张之洞看到这份密电后，心里矛盾交错，难以拿定主意。若按《湘报》、《湘学报》的办报倾向和梁启超等人在时务学堂的奇谈怪论，以及岳麓书院师生所申述的道理，可以立即通知陈宝箴迅速刹车，悬崖勒马。至少，两报只能登正论，而不得乱发议论，时务学堂只能传道授业而不能再鼓吹民权。

甚至也可能按照书院派的主张，关闭两报，遣送梁启超离湘。但是，假若杨锐、杨深秀所说的是真的，皇上真要重用康有为在全国立行新政，那么梁启超也便即刻获大用。一旦实行新政，仿照西方，那么民权也好，立宪也好，合教合种也好，也都不是完全不可以谈论的话题。形势严峻，问题尖锐地摆在眼前：假若倒向旧派一边，维新派一旦上台掌权，不但不可能晋京获大用，说不定连湖广总督的位置也保不住；假若倒向维新派，若万一变法失败，守旧派得势，则自己有可能变为倡乱的头领，闯祸的魁首。熟谙历史的张之洞知道，历来革新变法都少有成功的，一旦失败，下场极为悲惨。商鞅车裂，半山放逐，江陵鞭尸，便是典型的例子。

怎么办呢？要么索性保持沉默，置身事外，远离漩涡，明哲保身吧！张之洞细细一想，即使这样，也是办不到的。多年办洋务、抬西学，最近一段时期，又与康有为、梁启超等多有交道，在一些人的眼里，自己可能早已被列为新派的人。维新不能成功，自己决然挡不住旧派的清算。那么干脆明朗地表示，站在新派一边。但是，他们的种种主张和做法又并不为自己所全部认同首肯，从岳麓书院师生激情慷慨甚至带有不共戴天之仇的情绪看来，新派要想取得大多数人的赞同，怕也困难。

怎么办呢，怎么办？张之洞反复思忖着，推敲着，一时陷入进退维谷，左右两难的境地。他想：假若子青老哥、阎丹老他们在就好了。他们都曾在最高层呆过较长的时间，对太后、皇上和满蒙亲贵大臣较为注意，这样一场关系全局的大事，他们会因了解内情而比局外人看得清楚些，高远些。可惜，他们都先后故去，不在人世了。这个时候，他又想起了桑治平。桑治平携带秋菱，离开总督衙门至今将近两年了。近两年来，他曾多次想起这位与他朝夕相处十多年的挚友兼儿女亲家，想起桑治平帮他出谋划策、排忧解难的种种往事。他相信桑治平的离去，确乎是出于情感的原因，但也有可能出于别的缘故。他很想能在哪天，突然再见到老朋友，大家放开心胸来畅谈一次就好了，但现在一去两年竟然杳无音讯！桑治平他究竟现在将家安在何处，是回故乡了，还是寄寓在另一个地方？此刻，倘若桑治平在身边的话，他一定会有一些很有价值的看法。张之洞顿时有一种怅然若失的感觉：可商大事的人太少了！

张之洞一面密切关注着京师和湖南的动态，一面在苦苦思索着：在这山雨欲来的前夕，怎样才能最好地度过即将到来的暴风骤雨？

这时，有一个人突然来到武昌，他无意间给张之洞廓清迷茫，点明津渡。此人便是他的姐夫鹿传霖。

鹿传霖本是一个官运极亨通的人。他历任河南巡抚、陕西巡抚，光绪二十一年又擢为四川总督。郎舅二人均为督抚，在中国的官场上并不多见，既被人羡慕，也易遭人嫉妒，于是郎舅相约书信往来可多些，礼物馈赠则从略，公务上的事，也尽量少往来。去年，鹿传霖却被革去了四川总督，在原本一帆风顺的仕途上跌了一个大跟斗。这并不是因为他贪污受贿，也不是因为他渎职失责，而是因为与西藏拉萨政府发生冲突的原因。

达赖对鹿传霖不满意，上书朝廷告状。清廷对西藏一向采取笼络安抚的政策，只要不牵涉到国家主权和朝廷尊严，其他事，在朝廷看来都是小事，不妨都依着他们，只求不出乱子，彼此相安无事。面对着达赖的状告，主持军机处的奕䜣只能舍弃鹿传霖而安抚达赖。就这样，鹿传霖冤里冤枉地丢掉川督纱帽，回到直隶定兴老家休养。

鹿传霖做了一世的官，骤然间去职为民，这种失落感如何平息得了？何况他一直也不认为自己有错，心里很委屈。过了几个月，待新川督上任，与西藏上层重修旧好后，鹿传霖便开始谋求开复的路子。他自然与京师大员广有交往，不少王府要宅他都去过，也暗中送了重礼，其中一条路上他下的工夫最大，也最有成效，这便是通往荣府之路。

光绪十五年至二十年间，荣禄做西安将军，这期间鹿传霖做陕西巡抚。那时，一个是西北军务的总头领，一个是陕西地方的最高官员，职位的关系，使得他们联系很多。荣禄虽出身满洲贵族之家却并不是平庸的纨绔子弟。他好读书，也颇有才情，对翰林出身的鹿传霖有几分尊敬。而鹿传霖则更是做官的好手，深知结识荣禄这种人，对自己仕途的重要性，遂倾心相交，殷勤款待，故二人交往颇深。光绪二十年，荣禄内召时，还荐举鹿传霖署理暂时空缺的西安将军。

现在荣禄正受太后的宠爱，出任协办大学士、兵部尚书，炙手可热，是一个极好的奥援，故恭王的大丧之仪结束后不久，鹿传霖便又来到京师，这一次他干脆应荣禄之邀住进了荣府。荣禄告诉他一年前革职的事是恭王办的，现在恭王去世，最大的障碍已消去，这是天赐他以起复之机，准备近日就进园子去为此事面奏太后。过几天荣禄兴冲冲地告诉他，太后已准奏，只是眼下尚无一合适职务出缺，叫他回定兴县去耐心等待，少则两三个月，多则半年，就可以走马上任了。

鹿传霖自是欣喜万分，回到定兴，老两口商量，多年来没有与弟弟见面了，不如趁着这个机会，去一趟武昌，姐弟郎舅叙一叙，过些日子起复后，就没有时间了。就这样，鹿传霖夫妇在几个男女仆人的陪伴下来到武昌城。

能在分别许多年后重见姐姐姐夫，真让张之洞和他的全家欢喜了好多天。张之洞与这个姐姐虽不是同母，但都是幼年失恃，彼此心意相通，故姐弟情分还是深的，而今都过花甲，更添一重珍惜晚年的感叹。家宴上，张氏姐弟你一句我一句地背诵着王安石的那首送给姐姐的名诗——《示长安君》：

少小离别意非轻，老去相逢亦怆情。
草草杯盘供笑语，昏昏灯火话平生。
自怜湖海三年隔，又作沙程万里行。
欲问归期何日是，寄书应见雁南征。

在闪烁的烛光下，在弟弟已成国家栋梁的今夕，老姐弟俩背诵着这首儿时喜读的七律，其乐也融融，其情也洽洽。

佩玉母子和念礽夫妇陪着老两口登黄鹤楼，游龟蛇二山，参拜归元寺，凭吊鲁肃墓。几天下来，老两口说再也走不动了，不看名胜古迹了，要坐下来和家人好好说说家常，聊聊天。老姐姐和佩玉、环儿絮絮叨叨地说些琐细事。张之洞则请姐夫在他的书房里共诉宦海况味。当鹿传霖说到他近来在荣府住了半个月，又说荣禄如今圣恩优渥时，张之洞猛然想起，何不借此机会请姐夫谈谈京师的时局！

“滋轩兄，你这次在荣府住了半个月，你看荣禄对维新一事的态度如何？”

“荣禄反对变法。”鹿传霖不假思索地回答，“正月里，在总署召见康有为时，他的态度最为明朗。我们在一起闲谈时，他不止一次地说过，皇上年轻不懂事，受翁同龢的影响，听信了康有为的煽动。康有为并不是真正为了大清的强大，他是因为仇恨咱们满人，想自己上台掌权，变法只是幌子，可惜皇上阅历浅，看不透这点。荣禄说，他很为皇上担忧。”

张之洞颇为吃惊地问：“荣禄怎么敢这样说皇上？”

鹿传霖不以为然地说：“荣禄背后有太后呀，太后支持他，他还怕什么！”

张之洞早就从来自京师方面的消息中听到一种说法，他想从这位熟知朝廷上层的至亲处得到验证。“不少人都说朝廷分后党、帝党两派，依你看，有这个事吗？”

鹿传霖思索了一下说：“后党、帝党的说法，我在陕西、四川时也听说过。依我看，无论太后和皇上，都不可能有意组一个自己的党派。皇上虽不是太后亲生，论血脉来说，是太后最亲的亲人，何况四岁即入宫教养，与亲生并无多大区别。太后既已归政，何必再事事牵制着皇上？这是从太后的一边来说。从皇上一边来说，满朝文武都是他的臣工，他有必要再树一个帮派吗？那岂不自己挖自己的墙脚？”

张之洞也觉得此话有道理，从常情来说，确应是这样，但许多人都这样说，难道都是无中生有？

“依你这样说来，朝廷文武都应该听皇上的了，但为什么又说太后支持荣禄，荣禄就有胆敢说皇上的不是了？”

鹿传霖笑了笑说：“香涛，你是个聪明人，过去在京里也住过将近二十年，你应该知道太后的性格。我们这位太后可不是一般的太后。”

张之洞点点头表示赞同。

“皇上亲政十年来，尤其是甲午年来，太后和皇上之间有了些隔阂。这隔阂本源于皇上的夫妻不和。皇上不喜欢皇后，而喜欢珍妃姊妹。皇后常向老姑母诉苦，惹起了太后对皇上的不满。再一点是二人性格的不同。太后刚强决断，敢作敢为，皇上柔弱些，遇事拿不定主意，听翁同龢的多。太后对皇上这种性格看不惯，有汉高祖‘盈儿不类我’的感叹。”

张之洞笑了：“父母太强悍了，儿女反而强不起来，自古以来，这样的情形也多。”

“太后与皇上的分歧终于在甲午那一年的战争中明朗了。皇上听了翁同龢的意见，对日宣战，结果辛苦经营十年的北洋水师毁于一旦，在外人面前暴露了我们大清国的虚弱，太后很是恼火。她是力主和谈的。一开始就和谈，日本不知底细，还不至于太猖狂，结果仗打败了，再来和谈，那就只有听凭人家漫天要价了。太后从此对皇上不太相信。太后听政三十来年，朝中文武多是她选拔的，自然对她感恩戴德，尤其是甲午战事中主和的一些大臣，更觉太后英明，于是常去园子里看望太后，向太后请安禀事，这样无形中间便形成了一个派别。十年来，皇上也选拔了一些人，其中主战的那些人自然觉得跟皇上脾性相投，奏事也多些，于是也似乎形成了一个派别。”

张之洞笑了笑说：“说了半天，你又回到我的问话来了，其实朝中确实是有后党和帝党两派的。”

鹿传霖摆了摆头说：“依我看，还是不能用后党帝党这个说法，因为他们并没真正形成一个党派：有头领，有宗旨，常在一起集会议事，就像当年你们的清流党一样。”

张之洞忙说：“我们也没有什么党，只是大家合得来，共同的话题多些，相同的看法多些罢了。”

鹿传霖大笑起来：“你看，连清流党你都不承认是一个党，现在京师两派的内部关系比起你们当年来差得远了，还能叫党吗？”

张之洞只能笑而不答了。

“除开这一点外，还有一个原因，便是与太后比起来，皇上的力量太弱了，不足以形成一个与太后相对峙的集团，尤其在长麟、汪鸣鸾、文廷式等人革职去京后，除开一个翁同龢外，几乎再难找几个大臣是一个心眼跟着皇上走的。这原因还是我刚才说的那些：朝廷大臣都是太后选拔的，皇上办事不力，甲午一仗的失败罪责虽然都算在翁同龢身上去了，但许多人心里都认为皇上是该负责任的。这些原因加起来，使得朝廷中文武大多认为皇上治国远不如太后。皇上哪能有个什么党呀派呀的，与太后分庭抗礼呢？”

鹿传霖这番话引起了张之洞的深思。照这样说来，即便维新变法得到皇上的支持，倘若太后不赞成的话，也是办不成的了。“滋轩兄，你说荣禄是反对变法的，且得到太后的支持，如此看来，太后是反对变法的了。有消息说皇上准备在全国行新政。这样大的事情，皇上若得不到太后的允准，应是不会单独做的。从这点看，太后又是支持皇上的了。这些事情，真叫人摸不清底细。你说呢？”

鹿传霖手握茶杯，凝神良久，缓缓地说：“真正如你所说的，这些事情是叫人摸不清底细。我在京师也听到皇上要重用康有为，在全国变法行新政的传言，又的确亲耳听到荣禄反对的话。照理说，这样大的事，皇上是会先禀报太后的。我想，事情有多种可能：也可能皇上已禀报过太后，也可能根本未禀告，也可能太后同意局部变一变，也可能太后现在同意变，今后遇到麻烦事又不同意变，也可能太后这次打定主意先在一旁看皇上的行事，若不行了，再出面干预。总之，情况很复杂。但不管如何，有一点我是看得清楚的。”

张之洞目光炯炯地望着姐夫，听这位极具做官才能的前川督谈他的官场见识。

“香涛，这话我只是对你说，这是我们郎舅之间的私房话，你听听就完了，也不要对别人说。我刚才说的荣禄的一句话很重要。他说康有为要变法是因为仇恨满洲人。这句话很能代表满洲官员的心态。变法若不伤及他们的利益则罢，若一旦伤及，他们就会在这一点上，消除他们内部的一切恩怨而联合起来，皇上的压力就大了。倘若到那时，他们推出太后来做首领，皇上便只有退让一路可走。但是，香涛，你是知道的，历朝历代，哪次变法又不伤及一些人的利益呢？咱们大清朝哪些人的利益大？还不是满洲人！今后一旦涉及这个分上，那便不是什么变不变法的事了，而是要不要祖宗江山的事了，保不定人头滚滚血流成河的事都有可能出现。”

张之洞听了这话，想起自己与康、梁等人的接触，浑身不舒服起来。“滋轩兄，你不久就要起复了。我请教你，面临这种局面，你将怎样办？”

鹿传霖摸摸圆滚滚的下巴，说：“我一向有个老成法，吃不准的事，稳着办。我起复后，多半还是到哪个省去做督抚。若皇上要行新政了，我当然只能奉命，因为是皇上的圣旨，我不能违抗；但我也不急着办，看看别人怎么做的再说。大局未定的时候，我也不说变法好，也不说变法不好，随大流，不做出头鸟，最保险。”

此即从孔夫子那个时候便有、一直绵延不绝的“乡愿”。张之洞过去一向厌恶，但又不得不承认，这的确是一个保乌纱帽的稳当办法。“你看看我这个湖广总督，面临这样的局面，要怎么办，学你的稳办法吗？”

“你大概不行吧！”

“为什么？”

鹿传霖放下茶杯似笑非笑地说：“普天下的人都说，湖广总督是个新派人物，办洋务局厂、引进西洋技艺、学洋人的劲头大得很。还有人说你张香涛与康有为、梁启超称兄道弟，甚至有人说康有为的靠山，在朝内是翁同龢，在朝外就是你张香涛。你看，你处在这样的位置上，如何还能稳得住！”

一丝恐惧感突然涌上张之洞的心头。他仿佛发现一向阳光普照的宽广仕途上突然罩上阴云黑雾，变得逼仄迷蒙了。素来好强的湖广总督不由得求助于姐夫来：“滋轩兄，看来一场大风大雨的到来是避免不了的事。你要帮我出出主意，让我平平安安地度过去才好。”

鹿传霖莞尔一笑：“香涛，实话告诉你吧，这就是我和你老姐姐这次专程来武昌的目的。我从京师回定兴后，对你老姐姐说，香涛眼下处在风口浪尖上，不知他自己意识到没有？你老姐姐说，你是他姐夫，又长他几岁，你不能袖手旁观呀，要去和他谈谈。我说，香涛为人固执，怕听不进别人的话。你老姐姐说，即便听不进，也得说。”

张之洞知道这是姐夫在敲自己，忙笑着说：“我虽然有点固执，但在你的面前没有固执过，你不要以此作为借口。”

“我若以此为借口，就不来武昌了。”鹿传霖也笑了起来。“我为此一直反反复复地在想，想来想去，只有一个办法，你必须得向太后、皇上表明一个态度。”

张之洞有点犯难：“这个态度怎么表？是赞成维新，还是反对维新？”

“要表一个这样的态度。”鹿传霖慢悠悠地说，“你既拥护新，又不反对旧；既愿大清强盛，又要守祖宗基业。一路上我琢磨此事可归纳为十六个字，叫做：启沃君心，恪守臣节，力行新政，不背旧章。”

“启沃君心，恪守臣节，力行新政，不背旧章”。张之洞在心里喃喃复述着姐夫的这十六字真诀。这篇文章怎么做呢？他苦苦地思索着。

六　集湖广幕府之才智，做维新护旧之文章

这一天在签押房，他刚放下手中的笔，又想起鹿传霖的那一番话来。这篇文章如何写呢？他捻着下巴上的灰白长须，凝神思考起来。正在这时，梁鼎芬走了进来。

“什么事呀！”

“香帅，”梁鼎芬走到张之洞的身边说，“这些天两湖书院的学生们，因湖南《湘报》上的一篇文章引发了大辩论。”

“是不是易鼐的那篇文章？”

“正是。平时向往新学的拍手叫好，崇尚旧学的则深恶痛绝，双方各执一端，争得面红耳赤，有的甚至课都没有心思上了。”

张之洞盯着梁鼎芬说：“你的看法呢？”

梁鼎芬略作思考后说：“易鼐的那些说法，我不能完全接受，但我说服不了那批新学迷。”

“什么不能完全接受。”张之洞站了起来，“应该是完全不能接受，我去和他们辩论。”

“太好了。”梁鼎芬来的目的，就是为了搬总督这个救兵的。“什么时候能去？”

“两湖书院非一般地方，我得要先准备下才行。第一得有的放矢，第二还得言之有据。节庵，学生们争辩的要点在哪几个方面，你给我说说。”

梁鼎芬想了想说：“依我看，学生们争执最烈的有这么几个主要问题：一是中学和西学哪个更重要，二是西学不要三纲五常，丢掉老祖宗传下来的根本，这在中国能行得通吗？三是大家都去学声光电化这些学问，今后科举如何考，考什么？光声光电化就能治国强兵吗？四是君权与民权。百姓应不应该有权，是君权大还是民权大。等等。当然，还有不少问题，这几个是主要的。”

“行，你回书院去吧，待我思考思考。”

梁鼎芬走后，张之洞重新拿起笔，批起公文来。

中午吃饭时，张之洞又想起了写文章的事。突然，一个灵感在脑子里闪动：何不将去书院讲学与写文章表明态度两件事当一件事来办？两件事有一个共同的主题，即面对当前的局势，我张某人该说些什么。给太后皇上看的文章不用奏折形式更好，它可以在报上公开发表，让天下人都知我张某人的态度，免得众口悠悠说三道四。这些报纸还可以通过别人之手转呈太后皇上，如此，太后皇上也看到了。它所起的作用远比上一道奏折大得多。

放下碗筷后，此事便这样决定了。随即通知衙门总巡捕，说下午要在书房里写一篇重要文章，除朝廷来圣旨外，任何人不接待，任何事不办。

兴许是常吃赵茂昌送的特制人参的缘故，张之洞虽然已六十有二岁了，外表看起来很苍老，精力却依旧旺盛过人，上个月环儿又为他生了一个儿子。老翁得子，不仅有添丁之乐，更有高寿之兆，张之洞因此更增自信之心。尤其是当一桩富有挑战性的事来临时，更能激发他年轻人似的兴致和热情。他放弃惯常的午休，离开餐桌后便赴西院书房。

他提起笔来，匆匆在纸上写了几行字：

> 今日之世变，岂特春秋所未有，亦秦汉以至元明所未有也。海内志士发愤扼腕，于是图救时者言新学，虑害道者守旧学，莫衷于一。旧者因噎而食废，新者歧多而羊亡。旧者不知通，新者不知本。不知通，则无应敌制变之术；不知本，则有菲薄名教之心。夫如是，则旧者愈病新，新者愈厌旧，交相为愈，而恢诡倾危乱名改作之流，遂杂出其说，以荡众心。学者摇摇，中无所主，邪说暴行，横流天下。敌既至无与战，敌未至无与安。吾恐中国之祸，不在四海之外而在九州之内矣！

一口气写下这段文字后，张之洞自己都有点惊讶：怎么会写得如此畅快通顺，而且一下笔便为新、旧两学定下了基调：新可救时，旧能守教，新之弊在不知本，旧之弊在不知通。同时也明确指出，在新学旧学的争辩中，邪说暴行便乘隙而入，这将是中国的祸乱之根。

再将这段话复读一遍后张之洞也释然了，这也并非是什么福至心灵的缘故，而是自己多年来的认识。尤其在看到《湘报》上易鼐的文章和岳麓书院的《辑录》后，时常思索的结果。其实，没有提笔写文章的时候，脑子里的思索如同乱麻似的，没有条理，也不得要领，用心来做文章，条理自然也就清晰，要领也便出来了。张之洞既感欣慰又觉惋惜。欣慰当年写作《輶轩语》《书目答问》时的能力还在，惋惜的是近二十年来杂事纷扰，案牍劳形，使得自己几乎没有一种安宁的心境来握管作文，不能为后人多留下一些诗文书册。唉，有文则无权，有权则无文，前人说"闭户著书真岁月"，又说"封侯拜相男儿事"，人生事业，究竟应以哪种为最佳？

这样一番感叹后，张之洞忽然想，我何不借此机会多写点，为自己再添一部类似《书目答问》一样的书岂不更好！想到这里，前词臣学政兴奋起来。他慢慢地边磨墨边思考，先来为这本书想个题目。新学旧学辩。这个题目一目了然，但论辩气息太重，不大合自己的身份。求通与守本。这个题目直逼要害，但限制思路，只能作一篇文章，不宜写一本书。

以总督身份去书院讲课，面对着的是儿孙辈的莘莘学子，宜以劝戒的方式为妥。张之洞想起了荀子的名言：学不可以已。是的，过去只有中学而无西学，只有旧学而无新学，尚且是学不可以已，现在面临更多更复杂的学问，更应该不可以已，好了，就用这句名言的出处《劝学篇》作为书名吧！

定下书名后，张之洞开始构思这部书的主要内容了。

他想着：这部书可分为两部分：一部分论旧学。旧学既为本，则从本字上做文章。什么是本呢？对修身而言，心为本；对处世而言，忠为本；对为学而言，经为本；对圣学而言，三纲为本。要把这些属于“本源”的东西论说清楚。一部分论新学。新学既为通，则应从“通”字上做文章。通者，变通也；变通的目的在于实用，新学的确是很具有实用价值的学问。若从全国范围来讲，新学远未普及，应用大力气去推广新学，比如设学堂、设翻译局、鼓励出国留学等，中国目前最需要的是修铁路开矿藏练军队，而这些方面自己都有亲身历练，是可以好好总结总结的。

到衙门下午散班关门的时候，张之洞脑中《劝学篇》的大纲便基本上有个框架了，必须趁热打铁，抓紧时间做好这件事。

“大根，我要写一篇大文章，想找一个清静的地方去住几天。你看去哪里为好？”吃完晚饭后，张之洞问大根。

大根说：“四叔打算住几天？”

“四五天吧！”

“四五天时间不长，不宜走得太远，只能在武汉三镇找。”

“就在武汉三镇吧，近一点，万一有个紧急事，可很快赶回衙门。”

大根摸着头顶想了半天说：“我看就到归元寺去吧！”

“不行，归元寺进香拜佛的人多，吵闹。”

大根大大咧咧说：“跟方丈说一声，这几天不让人来进香就行了。”

“那怎么行！”张之洞不悦地说，“进香拜佛是善男信女的心愿，也是归元寺的财源。因我住那里而折了世人的心愿，断了和尚的财源，那我不遭人唾骂？归元寺决不能去。”

“那就去晴川阁好了。”大根终于想起了一个好地方。“那里风景好，安静，游人又少，不会影响别人。”

“晴川阁倒是不错，明天一早你先去看看，跟管阁子的人说好，租一间干净的小房子，先租五天。这五天的茶饭也请他们做，走时照付。后天一早，我们就去。”

第二天，张之洞料理了一些必办的公事后，告诉总巡捕，要去晴川阁住几天，有要事可去那里找他。

翌日上午，张之洞仅带着大根一人，悄悄地来到晴川阁，住进一间打扫得干干净净的小房间。

自从那年宴请俄皇太子后，张之洞再也没来过此地了。

晴川阁果然不亏待文人学士。张之洞一坐下来，在江风涛声、山气鸟语的感染下，文思倏然间便如泉水般地涌冒出来，仿佛当年在翰林院做学士似的，有一种奔放欲出不可遏制的冲动。世受国恩、身为疆吏获得过皇家格外恩宠的张之洞，不论是出自内心的情感还是为了今后政治的需要，他都情不自已地要歌颂大清朝的德政，希望天下臣工百姓如葵花向阳般地仰望太后皇上，拥戴朝廷，巴望大清王朝能固若金汤，万古千秋传下去。作为一个生于世代书香家庭，从小浸泡于儒家典籍之中，做过多年学政，写过不少代圣人立言文章的士人，张之洞对周公之礼、孔孟之学发自内心的顶礼膜拜、五体投地。无论是表明自己的名教皈依，还是公开与康有为等人划清学术分野，以免珠目相混、鱼龙相杂，他都要借此机会向世人说个清楚。

于是，在江山如画的龟山禹功矶上，在安谧祥和的晴川阁净室里，张之洞日以继夜地挥笔疾书：

一曰保国家，一曰保圣教，一曰保华种，保种必须保教，保教必须保国。

今日时局，惟以激发忠爱、讲求富强、尊朝廷、卫社稷为第一义。

自汉唐以来，国家爱民之厚未有过于我圣清者也。

王化之要，百行之原，相传数千年更无异义，圣人所以为圣人，中国所以为中国，实在于此。故知君权之纲，则民权之说不可行也；知父子之纲，则父子同罪、免丧、废祀之说不可行也；知夫妇之纲，则男女平权之说不可行也。汉兴之初，曲学阿世，以冀立学，哀平之际，造谶益纬，以媚巨奸，于是非常可怪之论盖多，如文王受命，孔子称王之类。此非七十子之说，乃秦汉经生之说也，而说《公羊春秋》者为尤甚。

张之洞认为，这些都是属于务本的范围，而“本”之悟，全靠的中国学问的熏陶，西洋学问是不可能教授的，甚至有大相抵触之处。无论是两湖书院的学子，还是天底下求学求知的年轻人，都应该深知此本不可动摇，不可移易。

倘若丢掉了这个本，何以为中国之人？无论是朝廷内外的官吏，还是准备进入仕途的士人，都应该加深对“本”的认识，绝不能在西学东渐的时候，迷乱心性，失却方向，忘祖而背本。苟不若此，则中国将何以为中国？

他对自己的这些议论很满意，于是开始写西学部分。外放晋抚，尤其是擢升粤督以来，他也保境安民，也兴利除弊，这些其实与其他督抚都无异处。这些年来与众不同的，或许说他张之洞之所以成为天下瞩目的原因，就在于他重西学办洋务。可以说，他后半生的心血和事业就在于此。毫无疑问，张之洞对洋务、对西学是深有感情的，认定洋务和西学是致中国于自强的唯一法宝。中国只有坚持这个定见，才有可能跻身世界强国。他多么希望太后皇上也能有这个定见，坚定不移地在中国大办洋务，倡导西学。他多么希望十八省督抚和各级官员都能像他这样，在自己管辖的省府州内办洋务局厂，办新式学堂，同心合力地走在这条使国家早日富强的康庄大道上。可惜，许多人囿于陈见，没有这个认识；也有不少人认识到这点，但鉴于在中国办新事的千难万难，遂失去了实干的豪气。还有一些人，因为洋务和西学要影响到他们的既得利益，于是千方百计地干扰阻挡。这些都已是障碍和困难了，但更令人担忧的是，现在竟有一批人，在这个时候提出类似于易鼐那样骇人听闻的言论来，还有康有为、梁启超之辈，本是难得的新式人才，却偏要鼓吹公羊，倡论民权。他们难道真的不明白，这是在向六经挑战，与朝廷争权吗？好好的一个师夷之长技以制夷的局面，将有可能被这些邪说给毁了，自己有这个责任将中国办洋务行西学之举导向正确的途径。

滚滚东逝的长江水，习习暖人的杨柳风，伴随着张之洞为《劝学篇》续写了一系列篇章：

《益智》：夫政刑兵食，国势邦交，士之智也；种宜土化，农具粪料，农之智也；机器之用，物化之学，工之智也；访新地，创新货，察人情之好恶，较各国之息耗，商之智也；船械营垒，测绘工程，兵之智也。此教养自强之实政也，非所谓奇技淫巧也。

《游学》：出洋一年胜于读西书五年，此赵营平“百闻不如一见”之说也。入外国学堂一年胜于中国学堂三年，此孟子“置之庄岳”之说也。

《设学》：天下非广设学堂不可，京师省会为大学堂，道府为中学堂，州县为小学堂。学堂宜中西兼学，中学为体，西学为用。且宜政艺兼学。学校、地理、度支、赋税、武备、律例、劝工、通商，西政也。算、绘、矿、医、声、光、化、电，西艺也。大抵救时之计，谋国之方，政尤急于艺。

《广译》：译书之法有三：一，各省多设译书局；一，出使大臣访其国之要书而选择之；一，上海有力书贾、好事文人，广译西书出售，主人得其名，天下得其用。

第五天下午，《劝学篇》已写成二万多字的大文章了，虽尚有不少言未尽意者，但大体上已将自己心目中的中学西学先后次序本体通用的关系理了一个头绪。想说的话也大致说了，不能离开督署太久，许多公务还在等着办哩。张之洞吩咐大根去结账付钱，待衙门的马车到后即离开晴川阁。

一会儿，大根带着一个六十多岁的老头走了进来。那老头见了张之洞便拜，一边说：“小人不知您是总督大人，这些天来多有怠慢，请大人多多宽恕。”

张之洞说：“起来，不要磕头。”

待老头站起来后，又问：“你怎么知道我是总督？”

老头指着大根说：“刚才这位大哥来结账时说的。晴川阁真正有幸，让总督大人在这里一住就是五天，只怪我这个糟老头子老眼昏花，没有认出大人来，招待不好，多有得罪。”

张之洞笑问：“你在这里做些什么事？”

老头答：“看管晴川阁的房子，做些打扫、擦洗的事。”

“就你一个人？”

“加上老伴，两个人。”

“听你的口音，不大像此地人。你老家在哪儿？”

张之洞因文章写完了，心情较为宽松，遂跟他多聊了几句。

“小人是江西九江人。”

“怎么到汉阳来了？”

“小人三十年前教的一个学生，如今在汉阳县做训导。他怜小人年老无儿女，便介绍到晴川阁来，混口饭吃。”

“你这个学生倒还不错，如今出息了，还记得三十年前的先生。”张之洞习惯性地摸着胡须。“一个月有多少收入？”

老头伸出三个指头来：“三吊半。”

“三吊半的薪水，能过日子吗？”

“省吃俭用，勉强还可对付。只是不能有个三病两痛，生起病来，那就没钱请郎中了。”

张之洞看这老头是个本分的人，便说：“本督给你指个生财之道，你在晴川阁里卖点茶水瓜果如何？”

老头脸上有了一丝笑意说：“好是好，只是游客太少，卖不了几个钱。”

张之洞一时兴起，不觉抖出当年的名士气派来：“老人家，本督成全你，你去拿两张大纸和笔墨来，我为晴川阁写副对子，再要汉阳府派人将这对子刻在柱子上。这样一来，你的客人就多了，茶馆可以开起来了！”

老头子喜出望外，忙从自己住的房子里将笔墨纸砚搬了进来。

张之洞站在禹功矶上，眺望三楚大地这一派莽莽苍苍山河，看着身边这位年老无依靠的本分读书人，顿时生出一份镇守江夏的自豪感、为民父母的责任心来。一副楹联在笔底出现：

东去大江，那堪淘尽英雄，彩笔尚留鹦鹉赋；

西望夏口，此水永消争战，霸图休即犬豚儿。

老头捧过墨汁未干的对联，口里激动地说：“总督大人，您真是湖广百姓的活菩萨呀！”

张之洞为这句话高兴得哈哈大笑起来：出自于普通百姓之口的话，才是真正的民心呀！

第二天，他将已成初稿的《劝学篇》送给鹿传霖看。鹿传霖看后说：“写得不错，尤其是尊朝廷卫社稷和称颂大清深仁厚泽这几段写得最好，太后皇上都会爱听。这应是大家共同遵守的基点，无论中学西学，无论新政旧政，都要尊朝廷卫社稷，这话从你的口中说出来就作用更大。今后无论是新派掌权，还是旧派执政，你都万无一失。”

张之洞说：“这是我一贯的主张，我不想别人因我办洋务，就说我是崇洋媚外，想用外国的一切来替代中国。那其实也是做不到的。你看还有哪些不足或忽略的地方吗？”

“西学我不懂，旧学多少知道一点。谈旧学这一节，我提几点建议吧！”

张之洞笑道：“你是宿儒，你多多指正。”

“讲旧学，还是你在行。我只是点一点而已。”鹿传霖翻了翻手中的《劝学篇》初稿。“其实，你过去写的《𬨎轩语》和《书目答问》里都提到了。但你既然把旧学当根本之务提出来，不能不再扼要地为年轻学子们说几句入中国学问之门的途径，其要在两点，一曰循序，先经次史后子集，待中国学问初通之后，再择西学以补阙。”

“很好。”张之洞轻轻击掌。

“其次在守约。”鹿传霖侃侃而谈，“中国学问浩如烟海，若见一本读一本，这一辈子光读书还读不完，岂能做事？所以要守约，择其重要者而读。你的《书目答问》为学子开了二千多种书目，你可在此基础上，再从中遴选出五六十本至一百本最重要的书来。”

“这个主意好！”张之洞连连点头。

“以我的经验，十五岁之前，通《孝经》、‘四书’‘五经’及唐宋人之晓畅文字。十五岁时开始读经史诸子、舆地小学各门，美质者五年可通，中材者十年也可了。二十或二十五以后，可专力讲求时政，旁及西法，若有好古精研不骛功名、终身为专门之学者，那又自当别论了。”

“行，我再增加两个章节，就用你的题目：循序，守约。”

“还有一点，本不是学问内的事，但我想借你的大作来惊世警俗。我想你会与我持同样看法的。”

张之洞认真地问：“何事？”

“禁烟！”鹿传霖口气坚定地说，“此事，早在道光年间，林文忠公便大举禁绝过，十几年前你在山西又继续了林文忠公的事业，这些年来我在陕西、四川做督抚，依然要花大力气做这事。香涛，这鸦片不禁，中国将有亡国灭种之祸，什么中学西学，体用本通之类的话，一概都不用说了。在今日中国，此为国家第一号大事。”

够不够得上国家第一号大事，张之洞与鹿传霖尚有分歧，但禁烟确是国事中的大事之一桩。对于力禁鸦片的前晋抚来说，这个认识始终是明晰的。虽然不能属于学问之一门，但从国本的角度上也是可说的。

“好，接受你的建议，再添一节：去毒。”

鹿传霖满意地站起身来：“如此，你的《劝学篇》就完满了。”

送走鹿传霖后，张之洞想：古人说集思广益，此话不假，鹿传霖的这些建议就很有益处，不如再让几个人看看，提提意见，修改修改，就更臻完美了。他首先想起的便是引出这篇作品的梁鼎芬来。

梁鼎芬将大根送来的《劝学篇》仔仔细细地看了两三遍，又搜肠刮肚地思考大半天后来到总督衙门，当面向张之洞陈述了自己的看法。

“香帅的《劝学篇》一经刊印，必然警醒当世，嘉惠万代。两湖书院的学子如有幸最早聆听你的这些良言，福莫大焉！”

梁鼎芬一开口，便给张之洞的这篇长文予以高不可攀的总体评价。张之洞听了，却并没有多少喜形于色的表现。他知道梁鼎芬一向爱在他的面前说好听的话，通常他都是乐于听这种颂辞的，有时候也会觉得梁鼎芬有点言过其实，不过转念又想：自己办的事向来都是深思熟虑的，少有别人可指摘之处；再说，一个好汉还须三个帮，一面响锣也应有四处应，未必还要一些专跟你作对的人在身边？当然要听话的，要顺从的人才好。这样，他跟梁鼎芬不觉日趋亲密。梁鼎芬一年到头，在两湖书院的日子少，在总督衙门里的日子反而多些。武昌知府年近七十，致仕养老已迫在眉睫，梁鼎芬多次有意无意地流露出想接替这个位置的念头，张之洞也有意无意地表示可以考虑，惹得梁鼎芬跟总督屁股后面更紧了。

“你不要说空话，有什么根据？”

“当然有根据，香帅。”梁鼎芬满脸都是笑容。“晚生看这篇《劝学篇》首在持论平正，于中西之学新旧之政不持成见偏见，一秉大公，无论新派旧派都能接受。这是一个方面。最重要的还在于香帅将中学和西学最核心的作用以及它们之间的主次关系用八个字作了最为简要最为明了的概括，这就是您在《设学》一节中所说的‘中学为体，西学为用’。这八个字，真可谓金科玉律，金声玉振，治学之宝，治国之纲。这个首创之功将不可估量。”

张之洞笑道：“你看中了‘中学为体，西学为用’这八个字，这也算是你的眼力吧。不过，这八个字是别人提出的，我不能掠人之美。两年多前，我在江宁时，江苏一个候补道吴之榛跟我写了一封信，他准备在苏州创办一所中西合璧的学校，并提出‘中学为体，西学为用’的办学宗旨，我很欣赏这两句话，就套用过来了。”

梁鼎芬虽略有点失望，但他很会说话：“常言说人微言轻，一个候补道的这两句话能有什么影响，一经香帅提出，那就有天地之别了。太后皇上会知道，文武大臣会知道，各级官员和普天下的百姓都会知道，它就可以变为国策，化为全国上下的共同见识。这个功劳有多大！从今往后，大家都是从你的《劝学篇》里得知这两句话，首创之功非你莫属了。”

“哈哈……”

张之洞得意地大笑起来。

“你莫只说好听的，提点不足之处。”笑完后，张之洞认真地说。

“香帅文章天下第一。虑事之精密，也世间少有，这部《劝学篇》更是您的心血之作，本不容卑职置喙。但卑职想香帅这部书，必将成为大清的治国之纲，眼下国家所要办的新政大事，如铁路、矿冶、局厂、练兵等，香帅都亲手办理过，有许多局外人不能得到的体会和见解，若能把它写出来，对太后皇上来说是个很好的参考。”

张之洞说：“你这个建议好是好，只是六天没办事，案牍又堆积盈尺了，抽不出空来。”

梁鼎芬想了一下说：“有个办法，可叫徐建寅、念礽他们先起个草。他们是专家，熟悉，要他们先写个一两千字出来，由您来删改定稿。如此可为您节省一些精力。”

“好，接受你的建议，就请你代我去办这事。请徐建寅写矿学一节，梁敦彦写铁路一节，念礽写工商一节，练兵一节无人写，可惜仁梃不在了，由他来写是最合适的。”

提起仁梃，张之洞的胸口有点堵闷。儿媳已守寡近两年，不能让她做一辈子孀妇，今后宜寻一个合适的人嫁出去才是。这样方可对得起孝顺的媳妇和自己的老友桑治平。

“练兵一节可请张彪先拟个草稿。”

“张彪！他能写吗？”

当年大根的拜把兄弟张彪从山西投到广东，张之洞将他安置在督标营，后又随着来到武昌，先在亲兵营做个把总。多年来，也还知上进，积年迁升，现已做了亲兵营的都司，武功不错，只是从小失学，文墨不行。

“香帅不知道，这几年张彪自己漂笔，早已识字断文，偶尔写出封信函来，也还通顺。叫他将湖北练兵章法如实写出，我再替他润色，然后送给你，当个材料用也好嘛！”

“也好，他当了多年的亲兵营都司，洋枪洋炮使过，德国兵操也练过，让他先写个草稿，也是对他一个提高。你一并去告诉他。叫他们四个人三天之内每人给我交两千字。”

三天后，陈、徐、梁、张如期交来自己的文稿，张之洞一一审读增删，比起全由自己从无到有的构思草拟来，确实省了不少的心思。

正在阅读之际，辜鸿铭闯了进来。

“香帅，大家都为你的《劝学篇》作贡献，就连张彪都提起笔来。你就不叫我也写一写，你是嫌我中国学问没学通，还是嫌我没有专门知识？”

张之洞放下笔，望着辜鸿铭颇有点激动的面容，问：“我的《劝学篇》底稿，你也看到了？”

辜鸿铭不满地说：“阖署上下都在诵读，我能不看到吗？”

张之洞惊道：“怎么阖署上下都在诵读了，这还是草稿哩！”

“这样精彩的文字，怎会不传诵呢？徐建寅、梁敦彦很神气，说他们也写了一段，今后可以附骥尾而至千里。香帅，你太小看我了！”

张之洞心里很得意，脸上却冷冷的，说：“先不要说小看不小看的怪话。你给我的草稿提提意见，提得好，我自然也会让你附附骥尾。”

辜鸿铭说：“提就提吧。我看你的《劝学篇》分为两个部分，前部分谈的务本的事，有类似《庄子》的内篇，后部分说的是通用，类似于《庄子》的外篇。”

以《庄子》的内外篇来看待《劝学篇》的本、用两个部分，目光犀利，比方得也恰当，看来辜鸿铭的中国学问已到了不可小觑的地步。张之洞的双眼中开始流露出笑意。

“《庄子》内篇七章，出自庄子手笔，外篇和杂篇是庄子和其门人共同的著作。今日《劝学篇》的外篇除你本人外，已加入了徐、梁等人的文章，后世学者，也可将外篇视为香帅及其门人的合著。”

这一点，张之洞倒的确没想到，经辜鸿铭这一提醒，也确乎有几分像。张之洞的笑容从眼中流到了脸上。

“如果香帅同意的话，我可以关起门来，写个十天半个月，弄出七八篇来，为《劝学篇》补个杂篇如何？”

张之洞笑出声来，说：“汤生，你的想法倒是好，只是这《劝学篇》是决不能跟《庄子》相比拟的。且不说见解上的差别，光是文风，那一派汪洋恣肆、恢诡瑰丽，哪里是后世人可以学得到的！庄子是前无古人，后无来者，我可不敢方驾攀比。”

辜鸿铭说：“你不去比《庄子》三十三篇也可以，但我为你补个杂篇总是可以的吧！”

张之洞拿这个怪才也无法。他还真怕辜鸿铭去弄个杂篇出来，那才叫人哭笑不得，只好说：“你看还有哪些不足，把外篇再补充一下是可以的，杂篇就不必了。”

“我看至少有两个章节可以补上。”辜鸿铭激动地说，“一个是变法，一个是废科举。不过，这都不是我的主张，都是你自己多次与我们闲聊天时说过。你常说中国要自强，有两个拦路石不可不搬掉，一是不合时宜的律令法规，一是误人子弟的科举考试。为何这两个非常好的想法不在《劝学篇》里写出来呢？是因为怕被人误解，遭人反对吗？”

辜鸿铭两只灰蓝色的眼睛，犹如半夜时猫头鹰的双目一样，直勾勾地盯着张之洞，真把这位强悍的湖广总督盯得心里微微发起慌来。

辜鸿铭的这两句问话，一针见血击中要害。张之洞在写通用篇章的时候，确实想到过变法与废科举两件事，但最终还是没有写。现在有人在变法的名义下要否定祖宗传下来的家法，要设议院行民权，如果自己也大谈变法，很可能会授人以柄。至于科举考试，更是国内数十万读书人的进身之阶。废除科举，不等于撤了他们的登天梯？

“香帅，丈夫行事，当以大义为重。苟利国家，虽千百人反对，必趋之；苟害社稷，虽千百人拥护，必避之。弊法不去，科举不废，中国决无指望。香帅，这两章，就由我来替你起草吧，倘若遭人指责，我挺身而出承担。”

张之洞为辜鸿铭的这种气概所感动，但又为他的天真而好笑，既算作我张之洞的《劝学篇》外篇，出了事自然由我张某人承担，怎会轮到你的头上？他笑了笑说：“好吧，我嘉奖你的志气，这两个章节就交给你了。也限你三天时间，不要过多发议论，也不超过两千字。”

辜鸿铭欣喜万分：“谨受命。”

正要转身出门，张之洞又叫住了他：“你要注意，写变法一章时，要特别强调伦理、圣道、心术不可变，要变的只是法制、器械、工艺；废科举一章，要把朱子和欧阳修两位先贤关于更改科举的言论找出来作为附件，如此才更增加说服力。”

在张之洞和他的幕僚们共同参与下，一篇长达四万余字的大文章《劝学篇》，终于几经增删而成文了。张之洞将它寄给陈宝箴，要陈在长沙的《湘报》上连日刊登出来。陈宝箴正担心《湘报》遭王先谦、叶德辉等人的反对办不下去的时候，得到了这篇大文，好比即将干涸的小溪来了一股源源不断的山泉，立时又生机恢复。他指令《湘报》每天腾出第一版的重要位置来，刊登《劝学篇》。一连十天，《劝学篇》登载完毕。果然不出所料，此篇长文在海内引起巨大的反响，除极个别执拗偏激的人认为张之洞是在有意做和事佬外，绝大多数人都认为此文立论公允，态度平和，就连最担心招士人反感的废科举一节，也没有见人公开发表反驳的文章。五月初，张之洞收到已任江宁藩司的袁昶的来信。袁昶除和许多人一样地称赞该文外，还特别高瞻远瞩地指出：在今后很长一段的年月里，中国都会面临着西学与中学、西艺与中艺、西政与中政等一系列的冲突，这种冲突可概括为中西碰撞。老师所提出的“中体西用”的设想，不仅解决了中学西学之间关系如何处理的难题，而且为调和中西碰撞揭示了一条万世不易的经则，那就是中国本土所产生的经过千百代所验证的好的传统永远是体，外来的被彼国所证实有用的东西，永远只能是为我所用。其目标，则是卫我邦本，固我国体。又表示，要用自己的积蓄出版《劝学篇》，刷印三百部，上呈朝廷，并分赠各级官府和学堂，既报师恩又效力国家。

张之洞欣然同意，并寄出二千两银子，请袁昶代为张罗。

很快，三百部《劝学篇》便装订成册了。张之洞指示袁昶寄五十部到北京儿子张仁权处，再存五十部于袁处，以便分送两江同寅，然后再送二百部到武昌，由他本人亲自赠人。

仁权收到书后，与杨锐、杨深秀等人商量如何才能到达太后、皇上处。杨锐说：“黄绍箕在南书房当差，可请他带上两部，当面呈给皇上，并请皇上转呈一部给太后。”

黄绍箕是黄体芳的儿子。黄体芳当年与张之洞同列京师清流党，关系甚为亲密。黄绍箕在未进翰林院时，曾在张之洞幕府里做过事。通过这条路上达天听，自然是最好的。没有几天，《劝学篇》便到了光绪皇帝的手中。光绪爱不释手，一天便通读完毕，然后亲自拟了一道谕旨：

> 《劝学篇》内外各篇，朕详细披览，持论平正，于学术人心，大有裨益。着将所备副本四十部，由军机处颁发各省督抚学政各一部，俾得广为刊布，实力劝导，以重名教而杜危言。

就在光绪亲颁《劝学篇》后第四天，中国近代史上最为热闹壮烈的大剧，正式拉开它的帷幕。

第三章 / 血溅变法

一　六十九岁寿诞这天，《诏定国是》的起草者翁同龢被削去一切职务，驱逐出朝

光绪二十四年四月二十三日，根据御史杨深秀、侍读学士徐致靖的奏章，光绪召集全体军机大臣，下诏定国是，向全国官吏百姓宣布变法维新。

由翁同龢拟稿的这份诏书，是古往今来中国帝王文告中少见的开明之作。诏书以清晰明白的语言，表达光绪愿与天下臣民共图新政以挽时局的决心：

> 朕维国是不定，则号令不行，及其流弊，必致门户纷争，互相水火，徒蹈宋明积习，于时政毫无裨益。即以中国大经大法而论，五帝三王，不相沿袭，譬以冬裘夏葛，势不两存。因特明白

宣示，嗣后中外大小诸臣，自王公以及士庶，各宜努力向上，发愤为雄，以圣贤义理之学植其根本，又须博采西学之切于时务者实力讲求，以救空疏迂谬之弊。

这份诏书经在京提塘官的星夜加急传递及京报上的登载，很快便传遍全国，引起朝野巨大的震动。一向沉闷闭塞、安于现状的九州大地，突然间如同烧起一堆冲天大火，顿时噼噼啪啪、红红火火地闹腾起来。

诏书下达的第二天，徐致靖奏保康有为、张元济、黄遵宪、谭嗣同、梁启超五人。认为这五个人均为忠肝义胆、硕学远识，是维新救时之大才，宜破格委任，以辅佐皇上行新政而图自强。

光绪立即批准这道奏章，命康有为、张元济预备召见，黄遵宪、谭嗣同、梁启超火速进京，或交部引见，或由总理衙门察看具奏。

光绪将已批好的徐致靖奏章放在一旁，正要随侍小太监下发给军机处的时候，翁同龢进来了。

“皇上，刚才园子里来了人，太后请皇上明日上午去一趟园子，她有事要跟皇上说。”

听了这话，光绪不由自主地战栗了一下。光绪从小在慈禧威严的目光和呵斥声中长大，对慈禧已有了一种习惯性的畏惧和疏离。他之所以不喜欢皇后，并非因为皇后本人的不好，实在是由于对皇后姑母的反感而引起。每当夏秋两季，慈禧住颐和园时，光绪就仿佛有种摘掉枷锁似的自由感，办起事来格外有胆量，有信心。一到冬春两季，慈禧回到宫里，光绪就如同被一个浓重的阴影所罩住，整天怯怯的，办事说话都提不起神来。变法维新已酝酿好长时间了，为什么选择这时诏定国是，多半的原因，也是慈禧已离宫住园子的缘故。慈禧住园子时，光绪照例每月初一、十五两天进园请安。明天既非初一，也不是十五，为什么要我进园子？一种不祥之兆浮上心头，光绪脸上难得一见的兴奋之色立时散失，恢复了素日的憔悴苍白。

翁同龢将这一瞬间的变化看在眼里，怜恤之情油然而生，心里忍不住长长地叹了一口气，试着问："太后是不是冲着诏定国是这件事来的？"

"不会吧。"光绪终于回过神来。"十五日请安时，我已禀报过太后。太后说她不反对维新变法，只要能使国家富强，要我自己看着办。"

翁同龢进一步问："太后说这话时，神态如何？"

光绪想了想："跟往常请安时说话的神态差不多，没见她高兴，也没见她不高兴。讲了这两句话后，就说，没别的事吧，没别的事赶紧回宫去。今天谭鑫培进园子来唱《定军山》，得去准备准备。我说没别的事，就退出来了。"

翁同龢说："皇上放宽心好了，也可能是太后想见见皇上，随便聊聊，我陪皇上去。"

"翁师傅，明天是您的六十九岁寿辰，家人和亲友都要来为您祝寿，您就不要陪我了。"

翁同龢每年过生日这一天，光绪不仅记得，还会打发身边的太监去翁家代他祝寿，并送上一份礼物。国家正处新政的开端，皇上日理万机，昼夜不息，居然还记得他的生日，翁同龢心里滚过一阵热浪，语声哽咽地说："皇上万几之中尚记得老臣的贱辰，老臣感激莫名。老臣的贱辰可过可不过，陪皇上进园子觐见太后，却是万不可缺的。"

光绪说："也好，有翁师傅在身边，我心里就安定许多。我们今下午就动身，明天一早见过太后后就回城，不会误了晚上的寿筵！"

翁同龢激动地说："皇上太为老臣着想了，老臣心里真过意不去。"

黄昏时候，翁同龢一行陪同光绪来到颐和园，住进了仁寿殿。晚饭后散步时，翁同龢发现庆王奕劻、兵部尚书荣禄、军机大臣刚毅都在园子里住着，他觉得情况有点不大对头。晚上，仁寿殿的小太监告诉他，八十岁的大学士徐桐已在园子里住下四五天了。翁同龢听到这个消息后，更觉意外。四十年前，徐桐和他同为同治皇帝的师傅，此人迂执拘泥，与他性格上合不来。后来翁同龢出任光绪师傅，他没有出任，于是与翁嫌隙更深。两年前，他拜体仁阁大学士后，因年事太高，对朝廷上的事便一概不管了，平日里闭门著书。徐桐恪守理学和祖宗家法，仇视西学，反对任何形式的变革，与倭仁一道被朝臣称为前后两个有名的守旧大学士。

徐桐、奕劻、荣禄、刚毅，他们同时来到园子里，究竟要做什么？这个问题，在翁同龢的脑子里盘旋大半个夜晚，他已隐隐感受到一股厚重的力量在压着他，压着他和皇上正在做的事业。

第二天一清早，光绪书房太监王鉴斋，按常规带上一张五百两银票，来到乐寿堂向大总管李莲英献上，然后坐在小廊房里，静候李莲英的安排。

有资格见到太后的文武官员，都必须向太后身边的太监总管递上红包，按红包里的分量来安排召见的先后。慈禧还政住颐和园后，连皇上每次觐见也要递红包。这话听起来有点类似海外奇谈，却又是千真万确的事实。晚清朝廷的腐败到了这种程度，岂是维新变法便可以解决得了的？可惜，当年热衷于新政的光绪皇帝，并没有意识到这一点。

待慈禧吃了早饭，遛了半个小时的圈子后，光绪奉命进殿拜见。

“坐吧。”光绪行完跪拜常礼后，慈禧面无表情地指了指炕床的另一边。光绪挨着炕沿坐下，神情贯注地等待着皇额娘的慈谕。好长一会儿，不见慈禧开口，他偷眼望了望，只见六十四岁的皇额娘，正专心致志地自个儿欣赏她近日刚打好的两只三寸长的金护指，不过眼睛和脸上却并不见一丝欣喜之色。

“皇额娘叫儿子来，有何赐教？”光绪终于忍不住了。

“定国是的诏书是谁拟的？”慈禧的眼睛依旧没有离开金护指。

“是翁同龢。”光绪忐忑不安地回答。

“这样的大事，为何不事先跟我说说？”慈禧转过脸来拖长着声调，问话中分明有着很大的不满。

“十五日请安时，儿子已请示过皇额娘。皇额娘说过，让儿子自己做主。”光绪壮起胆子解释。

“这话我是说过。”慈禧慢慢地说，声调开始缓和些。“祖宗的江山我早已交给你了，又怎么会来事事管着你呢？为国家办好事，我自然支持。你是一国之主，当然由你做主。但诏告天下，明定国是，这是何等大事，你却不事先跟我打声招呼，你的眼中已没有我这个皇额娘了！”

光绪刚刚放松片刻的心绪又紧张起来，忙说：“皇额娘言重了。这事是儿子疏忽了，儿子向皇额娘请罪。”

慈禧脸上露出一丝霁色，说：“也不要请罪了。要维新，要变法，这一点我和你的想法是一样的，你没有做错。只不过这是件祖宗没有做过的大事，我们娘儿俩都得稳当点才好。你凡事多跟我商议商议，只有好处，没有坏处。”

光绪赶紧说：“皇额娘教训得是，除开初一、十五外，凡有大事，儿子都一定亲来颐和园禀请皇额娘。”

“好，这我就放心了。”慈禧端起炕儿上的温茶，抿了一口，说：“你昨儿个拟的徐致靖荐举人才的折子，就急了点。康有为那个人，许多人不大放心，都说不能重用。”

光绪暗暗吃了一惊：徐致靖的折子还没发下，太后怎么就知道了？折子尚未出宫时，只有军机处的大臣和章京才看得到，莫非是刚毅抢先禀告了太后？对于那些心中只有太后，而没有他的老大臣们，光绪又气又恼。他恨不得一夜之间全撤掉，换上一批年轻而原先职位低微的官员。

“禀告皇额娘，康有为这个人虽有许多欠缺之处，但对外面的情况熟悉，对新政新法很有研究。皇额娘教导过儿子，用人如用器，儿子用康有为只是用其器长而已。”

慈禧找不出别的理由来反驳光绪的话，停了一会儿说：“你用康有为、梁启超这些人，我也不阻挡你，只是有一点要注意，今后任命文武二品以上的大员，拟旨前要跟我说说。他们上任前，到园子来跟我见见面。这不是皇额娘在干预你，这是帮你慎选大臣，为的是祖宗的江山。你要明白这点。”

光绪明知这是太后在干预他的天子之权，但几十年来形成的恐惧心理，使他不能对她有任何的违抗，只能违心地说：“儿子知道，皇额娘一切都是为了儿子，为了祖宗江山。今后凡有二品以上的文武大员的任命，儿子都按皇额娘刚才说的办。”

慈禧又说：“荣禄这人，文宗爷当年就称赞他能干。十多年过去了，我看他不但能干而且忠实，是咱们满员中的佼佼者。他做过多年的西安将军，懂军务，我想叫他做直隶总督，领北洋大臣。京畿重地，是要一个能干而忠实的自家人才放得心。你看怎样？”

慈禧用的虽是商量的口气，但光绪知道，这就是她的决定，是绝不能反驳的。何况荣禄做直督兼北洋大臣，无论从资历、地位来说，也是合适的。光绪找不出反对的理由，遂说：“皇额娘看准的人自然没错，只是现任直督王文韶如何安排？”

慈禧说：“先调他进京来陛见，在贤良寺住着，再慢慢来安置，或军机，或六部都可以。”

光绪想：临时叫自己来园子，大概就是为着荣禄的直督事吧。翁师傅还得赶紧回城，家里还在等他这个寿星爷哩。

“皇额娘，这些天起居都还如常吗？”

“都还好，我是个无事一身轻的人。你如今在做着大事，比往日更忙，倒是要多多保重。”

“保重”这样的话，每次觐见时，慈禧都要说上一句，已成没有感情色彩的套话，不过今天，慈禧在“保重”前面又加了几句，使光绪觉得这两个字上多少带有了一点温情，便说：“儿子年轻，多点事不要紧，皇额娘春秋已高，更须珍摄。”

说完这句话，光绪起身："若皇额娘无别的吩咐，儿子这就告辞了。"

"慢点。"慈禧并没叫光绪再坐下，随手从炕几上抽出几份奏折，在光绪的眼前摇了两下。"这是徐桐、刚毅和安徽藩司于荫霖、御史文悌等人参劾翁同龢的折子。"

光绪吃了一惊，见慈禧并没有叫他看折子的意思，不敢主动从她手里去拿。慈禧将折子晃了两下后又搁到炕几上，继续说："他们参劾翁同龢近来办事多有悖谬，不能胜任枢机要职，宜回籍养老。我看他们说得有道理。"

见光绪呆呆地站立着，不言不语，慈禧轻轻地叹息一声，口气变得少有的温婉起来："翁同龢这人，我观察多年了，发现他近几年来有专权仗势、不安本分的迹象。就拿甲午年的事来说吧，咱们底子本薄，他不是不知道，却硬要与东洋人拼命，结果辛辛苦苦办了十多年的北洋水师全军覆没，到头来他把责任都推到李鸿章身上去了。李鸿章也可怜，只得背下这黑锅。谁该打多少板子，咱们娘儿俩心里要有数。去年胶州湾闹事，是你派他去跟德国人谈判的。他不好好谈，跟人家闹崩了。你四五次命他继续谈，他居然可以抗旨不去。这事儿，满朝文武都看不过意去。都说，咱们大清朝还没有与皇上硬顶的大臣哩！当年肃顺那样跋扈，在文宗爷面前还是服服帖帖的。翁同龢这样下去，不会比肃顺走得还远吗？"

慈禧一个劲地数落着翁同龢的不是，光绪手心里的汗水越来越多。他寻思着要为师傅辩护几句，却又在太后的气势下失去了勇气。光绪在心里痛恨自己的懦弱和无能。

"你六伯病危时特为跟我说过，翁同龢不可当重任，又郑重荐举荣禄。你六伯父当国三十多年，到底是老成谋国，阅人有识呀！"

原来那天伯父单独跟太后谈的就是这个事呀，光绪顿觉有一股泰山般的重力向他压来。伯父已死，他讲没讲过这话已无法对证，但太后要将翁师傅开缺回籍的决心，看来已是铁定而不可易移了。他鼓起极大的勇气，缓缓地说："翁师傅年岁大了，是有不尽人意之处，请太后看他在上书房多年的情分上，宽恕他一次。"

"唉！"慈禧叹口气后，以更为柔和的语调说："你从小软弱，比起你的哥哥来差远了，我担心的也是这点。翁同龢敢于抗旨，也就是看到了你的这个毛病。你还年轻，只知情分而不知利害，像翁同龢这样的人是不能留在身边的。你要忍痛把他去掉，额娘这是为你好！"

慈禧从炕几上又拿出一张折起的纸来说："这是我叫刚毅，以你名义拟的一道谕旨，你派人读给翁同龢听吧！"

说罢，递到光绪的手里。光绪将纸打开，赫然见上面写着：

协办大学士翁同龢近来办事多不允协，以致众论不服，屡经有人参奏，且每于召对时咨询事件任意可否，喜怒见形于辞色，渐露揽权狂悖情状，断难胜任枢机之任。本应察明究办，予以重惩，姑念其毓庆宫行走有年，不忍遽加严谴，翁同龢着即开缺回籍，以示保全。

光绪晕头晕脑地看完这道用他的口气写的谕旨，一股悲怆之情充塞他的胸臆。这完全不是自己的意思，却要用自己的名义来表述，而且还要当着翁师傅的面宣读。这种委屈连一个普通的血性男子都不能忍受，何况自己堂堂九五之尊，当今的万岁爷！一股浓重的羞辱感布满他的全身。就是从这一刻开始，年轻的光绪皇帝，下定死决心要用史无前例的手段和速度，加快进行维新变法，夺回被太后侵占的权力，给那些敢于和他作对的昏迈老朽们一点颜色看看；即便是最终办不成功，甚至是鱼死网破，也付之于天了！

回到仁寿殿，荣禄、刚毅早已在此等候见驾。光绪心绪悲愤，一百个不想见他们，但想起他们眼下正是太后的红人，又不敢得罪，只得宣他们进来。荣禄、刚毅并没有事情要禀报，只是应付式地问候圣安，片刻光景便出来了。这时翁同龢知皇上已回，便在偏房等候，见荣禄、刚毅从他身边走过时，连头都不点一下，一副趾高气扬的神态，心里又气恨又疑虑：难道朝中出了什么大事？

书房太监王鉴斋走过来说："皇上请翁相国进去说话。"

翁同龢三步并作两步走进正房，只见皇上面色苍白地呆坐在炕上，正望着头顶上的藻井出神。

"皇上，出了什么事？"翁同龢已预感到不祥，顾不得磕头行礼，便径直走到炕前。

"翁师傅，你自己看吧！"光绪将谕旨递了过来，翁同龢接着，迅疾扫一眼，便觉眼前一片黑暗，几乎要跌倒。他赶紧扶着炕沿，趁势跪了下去，将头紧贴在冰冷的青砖地面上。

仁寿殿里死一般的沉寂。

好长一会，翁同龢抬起头来，只见皇上正看着他，脸上挂着两串泪珠。翁同龢一阵辛酸，号啕大哭起来，一颗白头死劲地在青砖上磕着，发出令人心悸的"卜卜"响声，嘴里含含糊糊地絮叨着："老臣罪该万死，老臣有负皇上重望，老臣感激皇上不杀之恩，老臣遵旨，即刻离京回原籍。"

光绪心里难受极了，喑哑着嗓子说："翁师傅，您回城吧，家里还等着为您祝寿哩！"

翁同龢哭着说："老臣死有余辜，老臣不过生日了。老臣明天一早还要向皇上叩头谢恩哩！"

清制，大臣无论迁升还是革职，接旨后的第二天必须要向皇上叩头谢恩。皇上可召见可不召见，不召见时，则面对皇宫，三跪九拜，这叫做望阙谢恩。

经翁同龢提醒，光绪想起，今天自己也不能回城。若回城，明天师傅要走很远的路，从家里赶到宫门口，师傅这种时候受不了这个折腾。

"我今天不回城了，明天一早，您在东宫门边等我就是了。"

这天夜里，翁同龢在颐和园的一个小偏殿里，度过他一生最后一次也是最冷清最凄凉的一次住园。他整宿都没有合过眼。除开他身边的老仆外，园子里没有任何一个人前来看望他、关照他。从前那些太监们“翁相国”前“翁相国”后的甜蜜叫声，斩草除根似的一声也听不见了。人臣之极的翁同龢从荣耀的顶峰突然跌到深谷之中，他深深地感受到人间的势利和冷漠。

翁同龢对这个突如其来的打击很意外很痛苦很不能理解：昨天君臣之间亲近如骨肉，今天的这一纸贬书显然不是皇上的意思而是出自太后的谕旨，但太后为何要如此残酷无情呢？太后对翁氏家族，对我翁同龢本人的恩德不谓不重，翁氏家族及我本人对太后也不谓不忠，究竟是什么缘故呢？是因为早两天的诏定国是吗？是一时疏忽没有叫皇上去特为禀请吗？翁同龢心里有数，诏书的宗旨，太后其实是支持的，太后在多次与皇上的闲谈中表达过她不反对变动一些陈规旧习。正因为此，翁同龢才敢于促成皇上早行维新。贬书的笔迹他熟悉，是刚毅写的。刚毅的汉文不好，常写错念错字，翁同龢有几次在公众场合下奚落他。直到今天翁同龢才知道，书生意气已深深地害了自己：刚毅与他结怨甚深，起草谕旨时才使用这等苛严的词句。他又想起徐桐与荣禄同在园中。徐桐与自己有宿怨，荣禄有野心。细细推究起来，太后与自己也有私隙。修颐和园时，作为户部尚书，对于内务府报上来的银钱，因为熟知内情，他从来没有爽快批准过，总要经过好几个回合后才给三四成，或五六成，内务府甚为不满，多次在太后面前说他的坏话。现在，太后、徐桐、荣禄、刚毅等人出于各种公隙私怨而达成一致，要扳倒他这位恭王去世后的军机处实际领班，既冲他本人，也冲着正在兴起的维新热潮。

经过这样的仔细思考，下半夜后，翁同龢才开始慢慢平静下来。

凌晨时，天下起小雨来，翁同龢昏昏沉沉地起床盥洗，然后由仆人搀扶着，孤零零地来到东宫门。他明知皇上一时半刻还出不了园子，还是不听仆人的劝告，冒着细雨跪在门外等候。他知道，这一别，很有可能再也见不到皇上了。从光绪元年起直到今天，二十四年来，他与皇上朝夕相处，除离开北京的日子外，几乎无一天不见面。是他手把手地将皇上由什么都不懂的幼童，培养成执掌大清江山的天子。

皇上的每一个脚印，都是他看着走过；皇上的每一处长进，都凝聚着他的心血。从今往后，他就要带着巨大的耻辱南下常熟，与皇上天各一方。无论是个人的情感，还是共同的事业，翁同龢都感受到深巨的哀痛创伤。他生怕错过了这个唯一的再见机会，因此他要大清早地冒着雨在此等候。他不是借此表达自己的忠心，更不奢想以此来挽回慈禧的铁石心肠，而是纯粹出于一种对皇上的不舍之情。

直到辰正时分，光绪的车马队才出园子。皇帝昨夜也是一夜未睡得安稳，快到东宫门时，他就急切地四处张望。他终于看到了，东宫门左边楹柱边，一个满头白发、未戴帽子未着油衣的老头子，正低着头，跪在那里。风吹着细雨，飘飘洒洒地落在他的身上。虽然已是四月下旬，但清晨的风雨依然是凉的，一个望七老人怎么受得了？

听到马蹄车轮声，翁同龢抬起头来，两只昏花的老眼死死地盯着队伍中间那驾为安全起见有意围上青布的宽大轿车。

“皇上，皇上！”轿车离东宫门还有三四丈远时，翁同龢便嘶哑地喊起来。

光绪掀开轿帘，伸出半个头来，呆呆地望着师傅，胸口堵着厚厚的闷气，一句话也说不出来。

“皇上，皇上，老臣向皇上叩谢天恩！老臣就要离京回虞山老家。皇上，您要保重，您要保重呀！”

翁同龢一边喊，一边哭，一边磕头，悲怆的喊叫声弥漫着风雨中的东宫门。

车马队快速地穿过大门，就在轿车从脚边碾过的时候，翁同龢再次抬起头来睁大眼睛望了一眼。他清楚地看见了皇上，看见皇上清瘦的脸庞上挂着两串泪珠。翁同龢顿时晕了过去……

翁同龢回到家里的时候，家里依旧处在祝寿的喜庆气氛中。昨天下午，由侄子状元出身的内阁学士翁曾源出面，在家里办起了十桌寿筵，准备热热闹闹地为三叔暖寿。直到天黑的时候，仍没有见寿星爷回府。大家都知道寿星爷是随皇上去园子见太后，国事自然重于过生，遂都不在意。众人兴高采烈地频频举杯，祝贺寿翁福星高照，健康长寿。

客人们直到夜深才散去。第二天，翁氏家人及张謇等几个最贴心的门生旧属，仍在等候寿星爷的回来，准备当面向他拜寿祝贺。黄昏时，翁同龢一身疲倦、愁眉不展地进了大门，见四处红灯高挂，寿幛满目，他无限哀伤地摆了摆手，有气无力地对侄儿说："都撤了它吧，我要收拾行李，回常熟替你爷爷守墓去了。"

翁曾源和一旁的张謇大吃一惊，忙问何故。翁同龢一声不吭，低首走进卧房，衣服鞋袜都没脱，倒床便睡。

翁曾源问仆人这是怎么回事。

仆人哭丧着脸说："大人平白无故地便给革了！"

真正是晴天一声霹雳，偌大的一个相国府，立时处于一片惊恐与慌乱之中。翁曾源、张謇等人都涌进卧房，或问具体情形，或劝慰宽怀，翁同龢只是摇头叹气，并不多说话。

甲午年大魁天下的张謇，从老师的遭遇中看清了仕途黄粱梦的真相，更加坚定离开官场、走实业救国之路的志向。他安慰翁同龢："恩师，不要太悲伤。过些天，我也要离京回江苏。南通离常熟很近，我会常来看您的。我准备在南通办蚕桑养殖业和纱厂，待事情粗有头绪后，我就来接您去南通看看。"

翁同龢浮肿的脸上泛出一丝笑容来，正要说些什么，突然大门外传来一声高叫："王公公奉圣旨到！"

犹如满天阴霾里忽然绽开一线亮光，翁府上下顿时一喜。翁同龢在侄儿和门生的陪同下走到中堂，跪下接旨。

王鉴斋高声唱道："奉皇上圣谕，赏翁同龢寿礼：人参六两，红枣二斤，挂面四斤，葛帽一顶，纱围一袭。钦此！"

随侍一旁的两个小太监捧着寿礼来到翁同龢面前，翁曾源代三叔收下。人参通常不是寿礼，而是赐给荣归故里的高龄大员的礼物。

皇上送人参，显然表明在他的眼里，师傅不是革员，而是衣锦回乡的功臣。翁同龢感激皇上的情谊，望天叩首："臣翁同龢谢皇上天恩高厚，至死不忘皇上恩德！"

说完站起，请王鉴斋坐下喝茶。

王鉴斋小声说："皇上要奴才特为告诉相国，回籍后千万要放宽胸襟保重身体，皇上会时刻记住您的。"

如一股春风吹拂，像一道晨曦照射，翁同龢积压在胸中两天来的忧郁痛苦瞬时间化去了许多。他含着泪花，激动地对王鉴斋说："请公公务必禀奏皇上，切莫为老臣担心，皇上自己要注意珍摄龙体。请皇上不管遇到多大阻力，都要把变法维新的大业推行下去，只有行新政才能救大清，只有行新政才会有皇上的一切！"

皇上没有革翁同龢的职，皇上依然在为翁同龢祝寿，皇上在殷殷叮嘱回籍的翁同龢。当翁曾源和张謇把这一情况告诉京师官场的时候，那些素日与翁同龢友善且支持变法的官员们心里都清楚，是太后恼怒翁同龢。但太后高龄六十有四，皇上青春尚只二十八，皇上今后的日子还长着哩。一旦太后山陵崩，也就是翁同龢东山再起的时候。于是，数日后，前门车站出现一场京城罕见的送别罢黜大员回籍的场面。

以孙家鼐、王文韶为首的一批朝廷重臣，以盛昱、徐致靖为首的一批六部九卿科道官员和以张謇为代表的一批少年新进，还有国子监里一部分关心国是热心变革的士子，共五百来人聚集一起，与穿戴整齐心绪平和的翁同龢一一话别。

连李鸿章都打发他的儿子经方，持着他的亲笔函前来送行。张謇更是当众吟诵他专为送老师回籍而作的一首七律：

兰陵旧望汉廷尊，保傅艰危海内论。
潜绝孤怀成众谤，去将微罪报殊恩。
青山居士初裁服，白发中书未有园。

江南烟水好相见，七年前约故应温。

众人祝愿老相国一路平安，且宽心回家休息一段时期，过不了多久一定会重返都门。

翁同龢也抱着与众人一样的心思：迟早会回来的。他神态款款地与大家告别，虽略有伤感却是充满着希望地踏上了南归之路。他哪曾料到，百日后随着变法的失败，光绪的被囚，远在常熟的翁同龢也跟着罪加一等：交付地方官严加看管，不许随便走动。

从那以后，翁同龢便处于荆天棘地之中，再无出头之日。八年后，一代名臣含恨去世，长留人间的并不是他数十年的师德相业，而是弥留之际那首催人泪下的五言小诗：

六十年中事，凄凉到盖棺。
不将两行泪，轻向汝曹弹。

二　奉旨进京的张之洞突然半途折回

翁同龢革职一事，不仅没有阻住光绪的变法，反而大大刺伤了光绪的自尊，他带着亢奋甚至变态的情绪，以古往今来绝无仅有的决断和激烈，快速推行他的新政。光绪这样做，或许是想以霹雳手段来做救亡图强的大业，也或许是不顾一切孤注一掷来维护他那遭到挫伤的帝王尊严。

他手不停笔地批示一道又一道的变革奏章，以异乎寻常的严厉口气指责那些不理解不执行命令的高级官员。他号召天下臣民，人人都上书言变法事，这些书信可以直接向皇宫投递，各级官府不得阻挡。他指示设置一个个新的官署，撤销一批批无事可做的衙门。他决定立即废掉八股取士的老传统，而代之以策论拔才的新做法。他要求各级官员向朝廷举荐人才，以图取代他十分厌恶的老迈昏朽之辈，恨不得一个早上将那些尸位素餐者全行罢黜。

光绪一系列异于常规的举措，使青年后进欢欣鼓舞拍手称快，也令旧派人士王公大员瞠目结舌，不可理喻。

这时，经光绪御批，各省督抚将军都已得到一册《劝学篇》。武昌又火速再寄八十册到京师，由张仁权、杨深秀、杨锐代为分送各大老及六部九卿、翰詹国子监等处。很快，《劝学篇》便在京中及各省垣传播开来，无论新派旧派都与光绪有同感：持论公允，所议可行。

恭王去世，翁同龢革职回籍，礼王世铎向不管事，军机处缺少一个能定大计孚众望的大臣，因着《劝学篇》的影响，新旧两派都同时想到了张之洞，希望皇上能召张之洞进京，主持正在如火如荼进行的维新事业，将维新变法导入平顺稳健的道路。

此中又尤以在小站训练新建陆军的袁世凯最为积极。他不仅上奏章，而且在多种场合中宣称，中国的新政只有在张之洞这样富有经验、老成稳重的大臣执掌下，才有可能获得成功。放眼海内十八省，舍张之洞外，再无第二人合适。

在上下一片呼声中，光绪亲赴颐和园将内召张之洞的想法禀告太后，慈禧表示同意，于是一道“着张之洞即日进京陛见”的谕旨，便由北京递到了武昌督署。

张之洞捧着这道圣旨，想起不久前杨锐所说的“晋京大用”的话，心情大为激动起来。晋京做什么，谕旨并无说明，当此全国大力举办新政时期，从翁同龢革职军机处缺乏首领人物的形势来看，显然是内调军机处，翁同龢的协办大学士空缺，十之八九将补这个缺。也就是说，这次陛见将意味着进京拜相，而这个相将是有职有权的实相。

二十多年了，等待着的不正是这一天吗？张氏先祖世世代代所盼望于后人的最高境遇，不也就是这种荣耀吗？当年一句“湖广地窄不足以回旋”的奏语，被通国讥为狂言，那么，让他们看看即将到来的事实吧！我张某人将要把湖广一系列的维新事业推行到十八行省，到那时让你们方才知道做天下第一大文章的手笔，湖广不过是小试牛刀而已。游刃有余地整治九州四海，才是我的真正志向和本事！

张之洞带着辜鸿铭、大根及环儿等一干随行人员取道水路离开武昌，计划先坐从英国进口的维多利亚号货轮到上海，在上海转日本江户丸北上，在天津塘沽港登岸，然后坐刚建好不久的京津路火车进北京，这是一条最为便捷的路线。如一切顺利，不要二十天，便可陛见太后皇上。当年湖北考生进京应礼部试，至少一个半月，而且还要受尽舟车颠簸、风雨阻挡之苦。今昔对比，还不全是因为轮船、铁路所带来的好处吗？只要不是昧着良心睁眼说瞎话，这洋务给国家带来的变化，能否定得了吗？只可惜芦汉铁路尚未建好，这条铁路今后修好后，从武昌到京城，只需要四五天工夫。这在十年前，是连想都不敢想的事情呀！张之洞想，到京师后，要先把自己这次进京的经历和体验对所有的人说说，包括太后和皇上。就从此事说起，谈西学和洋务的好处，使大家都消除顾虑同心同德，和朝廷一道在全国加快推行新政，早日使中国富强起来。

张之洞晋京陛见的消息，通过京报很快传到各省。打听到他走水路后，长江中下游的官府都在掐着指头算日期：什么时候维多利亚号能从本地通过。官场习惯，凡官员路过一个地方，当地品级相当或较低的官衙必须设宴款待，一尽地主之谊，二借此联络声气以备日后之用。有朝中大员路过，那更是不敢稍有怠慢，进界迎，出境送，中途宴请陪伴，主人殷勤侍候，寸步不离，千方百计让客人满意舒坦。这种恭敬早已超过礼仪的规定，完全是出于功利上的目的。

大家都知道，张之洞此番进京，必定大用。沿途所经过的江西、安徽、江苏原本和他就有旧属之谊，这种时候，无亲无故，还要攀三分情谊，何况名正言顺地迎送老上司过境？正好趁此良机巴结讨好，为日后寻找朝中靠山预作铺垫。于是，九江、安庆、江宁三地省级酒宴备极隆重，自然不在话下，连沿途的府县也都空前的客气。他们都乘着当地最好的船，由知府或知县老爷带领着一批官员和乡绅贤达，早早地便在进入交界处江边等着，远远地看见维多利亚号驶来，便飞快地驾船到江中迎候，然后登上轮船，向未来的宰辅跪拜行礼，献上颂辞。

先前的张之洞一向轻车简从，随意通脱，不讲排场，不重虚文，这些年来他慢慢地变了。长时期的前呼后拥，位高权重，使他已习惯于别人为他准备的奢华排场。文治武功的成效，也使他本就自负的心更添一种睥睨天下、小视当今的外露情绪。他只守着为官不贪、为臣不叛的两道底线，至于其他，早已不在他的顾忌之中了。于是，他也便以即将登台的宰辅自居，人家献媚地叫他中堂，他也不加拒绝，各种逾格的接待礼数，他也安之若素地领受。到了上海，已上任半年的汉阳铁厂和芦汉铁路总公司督办盛宣怀，更是使出他过去接待李鸿章的全副仪仗来迎接这位眼下的顶头上司、未来的中枢重臣。

这天夜晚，张之洞从英国驻上海领事馆，回到盛宣怀为他准备的位于黄浦江的小洋楼。虽然已接连在这块十里洋场上应酬了三天，他却没有疲乏之感，坐在厚实的牛皮沙发上，喝着环儿端上来的龙井香茶，心绪依然在亢奋之中。这位英国领事与盛宣怀关系极为密切，得知张之洞途经上海后，便托盛宣怀竭力相邀，情绪甚好的湖广总督接受了邀请，第一次来到洋人的公使馆做客。公使馆里的五彩玻璃、猩红毛地毯、雪亮高大的莲花形吊顶灯、琥珀般的葡萄酒以及各种各样名目繁多的菜肴糕点，甚至连平日他不能接受的洋歌洋曲，此时，都令他舒心惬意。最使他心动不已的，是那几个袒胸露臂、肤白如雪，却又举止矜持高雅的公使馆官员眷属。张之洞实在敌不过她们的逼人美丽，顾不得总督的尊严，而常常目不转睛地看着她们，回来再看环儿，一向貌美的小妾，仿佛突然成了烧火丫头似的不中看。坐在沙发上的未来枢臣脑子里蓦地冒出一个念头来：要不要悄悄地跟盛宣怀商量下，请他不露风声地从英国买一名年轻貌美的女子来，再置一房洋妾？苟如此，则真的是人生一大乐事。正在意绪飘飘、神思渺渺的时候，大根走了进来，兴奋地说：“四叔，桑先生来看你了。”

张之洞还未回过神来时，只见桑治平从大根身后走出，双手一拱：“香涛兄，你好哇！”

“是你呀，仲子兄！”张之洞站起身来，快步走上前，一把抓住桑治平的两只手，喜形于色地说，“真没想到会在这里看到你！两年多不见了，你一切都还好吗？”

说话间，把老友从头到脚仔细地打量了一番。灯光下，分别两年的桑治平气色甚好，虽也是六十出头的人了，却身板硬挺，双目明亮，与在幕府时相比，仿佛更加精神清爽。

“快坐下，坐下，说说你这两年的情况，我的那位亲家母呢？也还好吧！”

张之洞拉着桑治平在另一张沙发上坐下，又吩咐大根：“快给桑先生泡杯好茶来！”

“想不到，不过一眨眼间，两年多就过去了！”桑治平喝了一口茶后说，“那年我和秋菱离开武昌后，有两个地方可去，一回我的故乡洛阳，一是去广东香山秋菱的二儿子家。后来我对秋菱说，既不回洛阳也不去香山，我带着你换个样子生活。”

“换个样子，怎么换法？”望着老友喜气洋洋的脸庞，张之洞好奇地插话。

“咱们来个三江四海天地行。”桑治平爽朗地笑了起来，那笑容灿烂光明，就像春花秋月似的令人赏心悦目，决没有官场衙门里那种故作之态，张之洞心里感叹不已：走入造化中的老朋友，看起来的确有一番脱胎换骨般的变化。

“你带着秋菱游历天下，重温三十年前的旧梦？”张之洞带着颇为羡慕的神态说。

“正是。”桑治平笑着说，“我对秋菱说，三十多年前，我虽有过五年游历天下的行动，那时一是为寻找你，二是为平生抱负的实现而体察民风。三十多年后，我与你携手同行，再来一次游山玩水，这也是人生一大乐事，不亚于重宴鹿鸣。秋菱说，三十多年前你是一个小青年，翻山越岭，不在话下，现在已过了花甲，还能跟当年相比吗？我也是个五十多岁的老太婆了，也没有这个力气陪你了。”

张之洞说：“秋菱说得对，豪兴虽不减，到底是上了年纪，哪能再做这种年轻人的事呀！”

桑治平说：“秋菱的看法既有道理又不完全对。我对她说，当年是为着目标，故有约束，而今是没有目标，自由自在。若说当年是壮游的话，这次便是漫游。仅这点，便大不相同。难处、险处、远处不去；雨时、风时、冷时不去，身体不适时、情绪不好时也不去。我们光选那些风光好的地方、有文物古迹的地方去走走逛逛，一觉劳累便立刻歇息，待感觉好时再走。随身带银票，走到哪吃到哪住到哪，岂不大好。秋菱同意了。”

“你们这才是真正的游览！”一向酷爱山水的张之洞感叹地说，“仲子兄，你所选择的乃是神仙生活！这两年游了哪些地方？”

“这两年间我们先在庐山住了半年，后又在徽州府九华山一带住了将近一年。这半年之间，便在金陵、苏州一带盘桓。”

张之洞欣然一笑：“怪不得我看你一派仙风道骨，却原来尽得造化之精灵。这匡庐、九华与江南乃上天赐给炎黄子孙的绝妙佳处，这两年间都给你们占有了。”

桑治平道：“这些地方诚然是好去处，你说得不错。但好山好水，不仅只在这里，是处处都在的。过去读苏东坡的‘山水本无主，得闲便是主’的话，体会不深。当年游历天下，是怀抱着大目标的，山水的精妙并未悟到。这次是完全彻底的无牵无挂、无功无利，方才深深体会到好山好水，原来都是为有闲人准备的。我们在游览途中，经常要路过无声无名的小地方。在万千人的眼中，它们无任何美可言，而在我们的眼里，却分明觉得它们也自有值得珍惜之处，有时还越看越好、越看越爱，居然会停下来在那里住上两三天。”

说罢，桑治平开心地大笑起来。

“我慢慢体会到，东坡所说的‘闲’字，不只是身闲，更重要的是心闲。世上身闲的人很多，心闲的人很少，即便是普通百姓，他们也有自己的小九九，整天算来算去，一颗心也很难有闲静的时候。”

张之洞静静地听着，说：“你说得很有道理，像我这样的人，一年到头尽管有做不完的事，但空闲一两天的情形，也是有的。只是心闲不下来，手里无事做的时候，心里也总在想些什么。人生最难得的，看来正是你所说的心闲。”

“我这两年最大的收益，便是这‘心闲’二字。”桑治平满腔真诚地说，“过去读陶渊明的饮酒诗，只觉得很恬适舒惬，但对诗中的‘山气日夕佳，飞鸟相与还，此中有真意，欲辨已忘言’四句总是似懂非懂，对‘真意’究竟是什么，也一直不能琢磨透。”

“现在琢磨透了吗？”

“现在也不能说就琢磨透了，只是说比过去理解深了一步。”略停片刻，桑治平说，“我以为，这个真意，就在‘还’字上。鸟儿本是生长在树林里的，为了觅取更多的食物，它们飞出林外，食物或许多觅了一些，但付出的代价更多。劳累奔波，一刻不能安宁，甚或误入罗网，误中箭矢，连命都丢了。太阳落山了，群鸟飞回山林。陶公见此情景，心中突然悟道：鸟在林中，不出外争食，乃是鸟与人类共相生存的最佳状态，也是宇宙间最为和谐的状态。一时迷误，傍晚知返，也不失为明智的选择。这还归山林，还归平和，或许是陶公心中的真意。”

张之洞默默地点着头，他心里非常赞赏这个体悟，认可好友的这种人生选择。但作为朝廷的封疆大吏，作为重任在肩的洋务力倡者，他不可能走桑治平的道路。相对沉默一会儿后，他转了话题。

“念礽她妈怎样？为何没有跟你一起来看我？”

“秋菱这两年是百病不生，身体越来越好了。她此刻正住在太湖边的一个小村庄里，我因为要赶在你离开上海前见你一面，故独自一人来了。”

张之洞说：“是的，说了半天的话，还没问你，你怎么知道我这个时候正在上海？”

桑治平说：“你如今是朝野关注的大人物，何况你这次是奉召进京，京报上都有刊载，许多人都知道。早在半个月前我就听说了，于是和秋菱赶到江宁城，在那里等了你五天，估计你会那个时候过江宁。后听说你还没下来，便和秋菱商量，干脆再返回苏州虎丘，直接到上海再见你。又托在江苏巡抚衙门里做事的朋友打听。那个朋友说，你此行走得慢，估计月底才会到上海。前两天，一个朋友邀我到太湖边去看新发现的奇石，在那里听说你已到了上海。就这样，今天中午赶到沪上。打听半天，才知道你住此地。幸好，终于见到了你。”

张之洞为老朋友的情义所感动，说：“你其实可以托在苏抚衙门里办事的朋友，带一封信给我，我会派人来接你的，也省得你这样操心费事。”

桑治平微微一笑说：“我是一个无官无职的布衣，不想沾官府的好处，苏州离上海不过一天的路程，我总会见得到你的。”

张之洞点点头说：“你离开了衙门，不想再与官场打交道，我可以理解。只是我明天一早就要离开上海，早两天见到你，我们可以多聊聊。关于这次晋京，我很想听听你的看法。”

桑治平说：“我这么急着要见你，除见见面外，最主要的便是想和你谈谈这次你的奉召晋京一事。”

说到晋京事，张之洞立即来了兴头：“还是太后皇上圣明，当此全国大行新政的开始，便罢黜了翁同龢。仲子兄，你可能没有见过这个人，不十分了解他。那人看起来像个谦和宽让的君子，其实内心忌刻偏执。那年我把这个看法与他的侄儿仲渊说过，仲渊说他的三叔正是这样一个人。翁同龢如何能担负起推行新政的重任，让他回籍养老正是优待他，腾出个位置也好让真正的柱石之臣为国效力。”

桑治平说：“这些日子，我在姑苏沪宁一带，听人们议论，都说你此次晋京是代翁同龢的。你知道这中间的内情吗？”

张之洞不加掩饰地说："在老朋友面前，我也就不说客套话了。早一向叔峤告诉我，皇上有大用的意思。此刻，新政甫行，中枢乏人，我也认为十之八九是要取代翁同龢的。"

"我也是这么看的，"桑治平微微颔首，"不过，香涛兄，我要问问你，你自己认为，你比翁同龢更合适吗？"

"我比他合适。"张之洞直截了当地说，"翁同龢一辈子做的是京师太平官，既未办过实事，又不懂下情。宰辅这个地位，是既要做过京内官，又要做过京外官，尤其是要做过督抚的人才合适。这点上，翁同龢不能和我比。这是其一。我办过十多年的洋务，论新政经验，李少荃都不如我，更何况未办一局一厂的翁同龢？这是其二。《劝学篇》风靡海内，人人诵读，这其实是一部自恭王、文祥、曾国藩等人开办洋务四十余年以来的总结。不说别的，光是'中学为体，西学为用'这八个字，便足以解决眼下和今后中西之间的冲撞，也是我执政后处理中外华夷纠葛的一条准则。天下争传《劝学篇》，便意味着天下认可我张某人的'中体西用'。除开前面两条不说，光这一条，翁同龢便要自动退位，普天之下的人也再不要和我来争这个新政首领的地位。仲子兄，不是我自夸，这是有目共睹的事实。"

"你的《劝学篇》，我在江宁时，袁昶代你送了我一部。不是我当面恭维你，这不仅是你的著述中最好的，即便环顾百年来的文坛，也无一部书可与它比肩。"

张之洞高兴地说："仲子兄，你是《劝学篇》的第一号知己。不瞒你说，从维新、洋务这个角度来说，岂但是百年，便是从古以来，也没有一部书可以与它比肩。"

桑治平浅浅笑道："正如你自己所说的，四万余字的《劝学篇》，最为精粹的就是'中学为体，西学为用'这八个字。我以为这八个字在今天这个时候，好比航行江河中的船尾之舵，奔走旷野上的车头之指南针，为朝野内外指明了一个方向；又好比木匠用的墨斗，泥瓦匠用的吊线，为自强大业定下一根准绳。"

张之洞拍手喜道：“你说得真是好极了。我要把你的这几句话记下来，这比谕旨的褒扬生动有趣得多，也更为深刻。”

桑治平继续说：“要说我们中国跟胡夷打交道，也是由来已久，并不始于今日，只是今日的洋人既来得遥远，又特别厉害而已。从唐代的胡人东来，到元代的鞑子南下，不管他们是如何的凶猛强悍不可一世，到后来都不得不归顺我中华圣学名教。这正好说明五千年的华夏文明的本体主干是不可动摇的，外来的胡夷只能为我所用，而且也要为我所用，如此才能更好地滋润、弥补我之不足，使华夏文明更臻完美。”

说到这里，桑治平压低声音：“国朝不也是如此吗？二百多年来，信的是我周公孔孟之学，读的是我经史子集等典籍，而这才是国家的灵魂本体，长辫子不过外形枝叶而已！你说是吗？”

说罢哈哈大笑。张之洞也点头不迭：“不错不错，正是你所说的。”

“‘中体西用’这个设想，经你的《劝学篇》一传播，很快便会家喻户晓，人人皆知，今后所起的作用不可限量。我敢说一句大话，几十年几百年后，人们或许不会记得《劝学篇》这部书，也或许不会记得你张香涛这个人，但‘中学为体，西学为用’这句话，以及这句话所提出的方向性的指示，则一定会记住的。到了中国强盛的那一天，应当用黄金铸造这八个大字，让它永远彪炳史册。”

黄金铸就。这话说得太好了，张之洞听了大为高兴起来，随后又诚恳地说：“仲子兄，你回来吧，两年多来，我一直没有这般快乐的谈话。进京后府里的事会更多，你回来帮帮我吧！”

桑治平说：“你的这番好意我领了，但我已是闲云野鹤，不想再受羁绊，况且这两年来我已渐悟人生真谛，对过去的追求有了一些新的看法。更重要的是，我这次急如星火地赶来见你，就是要当面对你说一句：请你立即中止晋京之旅，这次诏命不宜奉领。”

“这是何故？”张之洞大吃一惊，“你详细说说！”

“过去在京师，我没有机会见到翁同龢。这次他罢官回籍，我却有幸见了一面。”桑治平没有沿着刚才的话说下去，忽然间又换了一个话题。

“你在哪里见到他的？”

“在他的家乡常熟虞山。”

哦，是的，翁同龢是常熟人。张之洞恍然大悟，掐指算算，近期内也正好是他到家的时候。

“前几天，我在苏州城里，忽听得市井中都在说，翁相国后天就要到家了，我们看热闹去。我听了这话，心动了，苏州城到常熟不过七八十里地，何不也去看看，看看两世宰相、叔侄状元的翁府中这位承启人物！于是便跟着人群到了常熟。第二天下午虞山镇码头上人山人海，大家都在引领企盼。一会儿，一只大船划过来，从里面走出两个人来。人群中一片呼叫，都以为是翁同龢，谁知不是，原来是翁府的北京管家和常熟管家。两个管家对着众人抱拳打躬，说，列位父老乡亲们，翁相国说他是以待罪之身回籍的，列位这样聚集在一起接他，他担当不起，传出来，更不妥。请父老乡亲们千万体谅体谅，各自回家去，他日后再去看望大家。

“两个管家话虽说得诚恳，但大家都不走，一定要见见翁同龢。翁同龢坐在舱中，见大家不走，他也不出来。直到断黑时，众人见他还不出来，便三三两两地回家去了。到了夜深时分，见码头上没有几个人了，这时翁同龢才由几个仆人照顾，打着灯笼离船上了码头。我一直在码头上等着，终于见到了他。灯火之中，出现在眼前的竟是一个步履蹒跚、形容憔悴的白头翁。心想一个月前还是显赫尊贵的帝师宰辅，怎么一旦摘了乌纱帽便这样不中看。很是为他可怜！”

张之洞本对翁同龢芥蒂甚深，但听了桑治平的这番叙述后，不由得也在心里生出三分恻隐来。

“你在常熟听到些什么？”

“什么话都听到了。”桑治平喝了一口茶说，“有为翁同龢抱不平的，有指责皇上寡情绝义的，也有幸灾乐祸的，多数人的最后结论是，宦海难测，伴君如伴虎，要求得平安，还是做耕田网鱼的百姓为好。”

张之洞望着老友，无语地点点头。

“我在常熟住了几天，最大的收获是听到了翁同龢的京师管家一番闲谈。那是翁同龢回来的第三天午后，在虞山镇上的茶馆里，翁府管家被几位至亲好友围着，谈这次罢官事。我恰在那里喝茶，便留心听着。”

“究竟是什么缘故？”张之洞对此等事当然极有兴趣，他皱起眉头，全副心思听桑治平的转叙。

“翁府管家说，相国此番罢官，说穿了，是得罪了太后。太后不喜欢她实行了四十年的章法规矩有大的变动，从心理上说是讨厌新政的，而相国恰恰是鼓动皇上行新政的头号大臣。罢黜相国，既是表明太后维持旧秩序的态度，也是杀鸡给猴子看，警告皇上不要走得太远。”

张之洞心里陡然一沉：太后皇上不和的传说，看来是真的。这离京师数千里的虞山茶馆里的闲谈，很可能正是九重宫闱中的最真实的暴露。它的准确程度，不仅胜过邸抄京报，也要超过杨锐等人的隔墙猜测！

“也有人问翁府管家，翁相国还有起复的可能吗？”

桑治平这句话使张之洞不由得警觉起来，是呀，这一问问得好！

“翁府管家冷笑道，你们以为老爷子就真的从此做百姓，没有官复原职的一天了？实话告诉你们，多则三五年，少则一两年，老爷子就会衣锦返京的。你们想想，皇上四岁进宫后，便一直跟我们家的老爷子读书识字，二十四年来，没有一天离开过，这个情谊有多深！这次又不是皇上罢的官，是太后罢的。太后六十多岁了，她还会管几年的事？你们说是不是这个理？听的人都点头。有一句话说的人没说，听的人都心里明白，皇上还不到三十岁，太后六十多了，这日后的朝政究竟在谁的手里，岂不是明摆着的事！”

听到这里，张之洞一颗本来滚烫的心，突然变得冷起来。是的，再强悍的人能斗得过天吗？试看来日之域中，竟是谁家之天下！翁同龢的东山再起是可以看得见的事。张之洞的脑子似乎清醒了许多。

“翁管家的话，一直留在我的脑子里。过两天，便在京报上看到你晋京的上谕。明眼人都知道，你此次晋京，是去取代翁同龢的空缺的，而我却为你捏了一把汗。所以，我决定无论如何要在进京之前见你一面。”

张之洞问：“你要对我说些什么呢？”

桑治平说：“假若进京后，皇上要你代替翁同龢的位置，你是劝皇上缓行新政，还是辅佐皇上推行新政？”

张之洞立即答：“这不用说，我办了十多年的洋务，巴不得各省都和湖北一样，若一旦真取翁而代之，我当然会辅佐皇上推行新政。”

桑治平说：“倘若太后出面来干预此事，不同意皇上的做法，你是站在皇上一边，还是站在太后一边？”

张之洞很难回答这个问题。

稍停片刻，见张之洞未开口，桑治平笑着说：“我知道你的心思，太后对你恩德深重，你不能违抗太后；洋务是你的事业之所在，你不能违心反对自己。如此说来，你将处进退维谷的两难境地。”

张之洞专心听着，不做声。

“香涛兄，你再想想看，翁同龢刚罢官，你就进京取代，是不是给翁同龢本人及翁氏家族以怀疑，认为你是罢翁的幕后主使？翁氏三世为官门第显赫，门生故吏遍于天下，让他们有这种怀疑也不是好事。倘若如翁府管家所说的，一两年后翁同龢重返京师，彼此之间便不好共事。太后春秋已高，什么事都可发生，不可不预作防范。你说呢？”

桑治平的话不无道理，张之洞说：“照你的意思，这晋京诏命我不奉领了？”

“不是说不奉领，稍等一会，你不妨安居武昌，冷眼观看一阵北京的政局，待局势较为明朗后，再定进止为好。”

张之洞不假思考地说：“那怎么行，先不说别的，光我从武昌到上海，一路上沸沸扬扬，人人皆知我张之洞奉召进京。怎么到了上海后，又突然打道回府，不北上了呢？”

“今天还说进京，明天便改口说不去了，是有点挂碍，但与其今后变生不测，还不如现在挂碍点，于实质并无影响。何况，还可以找一个借口。”

“借口，有什么好的借口吗？”

“我已经为你想好了。”桑治平不慌不忙地说，“早几天沙市发生的教案，正是一个极好的借口。你可以上一道折子，说沙市教案情况严重，非得你回武昌去亲自处理不可，待教案完事后再进京。”

五天前在江宁时，张之洞就收到湖督衙门发到江督衙门的电报，报告沙市民教冲突，百姓放火烧了传教士的住房的事情。自允许洋人在中国传教以来，教案时有发生，两湖也有过多次教案。张之洞并不把沙市这场案子看得太重，他借江督刘坤一的发报机，向武昌发回了一封电报，指示驻沙市绿营会同荆州府县按主犯从严胁从从宽的原则妥善处理。电报发走后，他也就把这事搁置了。朝廷对教案一向是极为重视的，若以此为借口，暂不进京，是可以说得过去的。但教案过后如何办呢？倘若朝廷改变主意，召别人，那岂不失去了这个大好时机？封侯拜相，自古以来便是读书人所追求的最高境遇；统领天下洋务，这是十多年来自己的最大抱负。这一切，将很可能会因此次拒奉诏命而付之流水……

张之洞陷入了艰难的思索之中。他双眉紧锁地对桑治平说：“你今夜就住在这里吧，容我再好好地想一夜。”

这一夜，窗外黄浦江滔滔不绝的波涛声伴随着不眠的张之洞。他辗转榻上前思后想左瞻右顾：若奉诏进京，必定面临一个扑朔迷离、云遮雾障的前途，是吉是凶难以料定；若不奉诏，盼望一辈子的机遇就将转瞬即逝。六十二岁的老头子了，此生还能再获这样的谕旨吗?直到天快亮的时候，他才迷迷糊糊地睡去。日上三竿时，他醒了过来，问守在身边的环儿：“桑先生到哪里去了？”

环儿答：“桑先生一早便到江边散步去了，现在尚未回来。”

环儿服侍张之洞盥洗完毕，亲自端来早餐，并按在武昌督署的习惯，将一清早送来的沪版《字林汉报》放在餐桌上。

张之洞一边吃早点，一边浏览着报纸。他这几天在上海滩上的活动，《字林汉报》在头版上登了出来。在第五版右下角上，他又看到沙市民教冲突的报道。报上说沙市百姓焚烧洋宅十余间，法国驻汉领事扬言要派兵去沙市捉拿肇事人员。张之洞心里想，看来此事闹得越来越大了。翻到第六版，他突然被一则消息的标题所吸引：湖南官绅上书湘抚，请罢新政抨异说，驱逐梁启超等人出湘。张之洞吃了一惊，细看起来，报上说湘省新旧两派冲突剧烈，岳麓书院山长王先谦联合在湘著名官绅刘凤苞、叶德辉、黄自元等人向湖南巡抚陈宝箴上《湘绅公呈》，告梁启超、熊希龄、唐才常等人背叛君父，诬及经传，倡立异说，惑乱人心，乃士林之文妖，实权奸逆竖一类，心怀叵测，请立即驱逐出境，以平民愤。湖南学政徐仁铸试图调和，王先谦即以辞职相胁，身为其门生的徐仁铸只得亲赴书院赔礼道歉，再三慰挽，王先谦才收回辞呈。

这一则消息再次给张之洞以震动。徐仁铸一现任学政竟然敌不过湖南乡绅，可见守旧势力之强大。由湖南一省可推及到其他十七省，维新大业要在全国大行，将会有多么艰难！是的，前景未卜，以局外静观为宜。张之洞终于拿定了主意。这时恰好桑治平从江边回来。

张之洞招呼他过来一道吃早点看报纸，桑治平从口袋里掏出一张纸来说：“那一年春天在督署后花园赏花时，你即景吟了一首诗，我昨夜突然想起，把它写在纸上。你看看有没有记错的地方。”

张之洞拿过纸来，那上面写的是一首七绝：

老去忘情百不思，愁眉独对惜花时。

阑前火急张油幕，明日阴晴未可知。

“阑前火急张油幕，明日阴晴未可知”。张之洞心里喃喃念着。是的，阴晴未知之时，速张油幕预作防范是对的。想到这里，打道回府之心更坚定了。

“谢谢你还记得这首诗。没写错，字字都对。我已决定不奉旨，明日即转舵回鄂。”

第二天，张之洞和桑治平互道珍重后分手，维多利亚号掉转船头，溯流西上。

就在张之洞重返武昌静观世态的时候，京师维新事业已出现了极为微妙的迷乱局面。

三　老太婆提醒慈禧：是不能让皇帝再胡闹下去了

进入夏天以来，中国政坛与天地间的气候一样，其热度也在一天比一天地增高提升，而且远比气温的升高更使人感到炽热。它炙烤的不是人的身体，而是人的心灵。有两条主线在明显地贯穿着。

一是办事。这期间所办的大事有：饬盛宣怀克日兴工赶办芦汉铁路，开京师大学堂，废除科考中的五言八韵诗，改各省省会之大书院为高等学堂，府城之书院为中等学堂，州县之书院为小学堂，各类学校均兼学中西，开经济特科，废除朝考，取士以实学为主，不凭楷法，在京师设矿务、铁路、工商总局，裁詹事府、通政司、光禄寺、鸿胪寺、大理寺、太仆寺等衙门，撤湖北、广东、云南三省巡抚及东河总督。又各省同知、通判等中无地方之责者，亦均着裁汰。

二为用人。紧跟着康有为、黄遵宪、谭嗣同之后，梁启超也被赏六品卿衔，办理译书局事务。过几天，又放黄遵宪以三品京堂候补出使日本大臣。又召见杨锐、刘光第等人，奖其关心时政，勉其为新政效力。同时，王文韶奉调进京任户部尚书，入军机、总署，荣禄拜文渊阁大学士，授直隶总督兼北洋大臣。

这些人事任命都以光绪的名义颁发，但知晓内情的人则明白，荣禄、王文韶是太后的人，他们的新职实出于太后的安排，且至关重要。康、梁、谭、黄、杨、刘等人，才是皇上提拔的新进，这些人均年轻位卑，在朝中毫无根基，于大局似无甚影响。

荣、王是久负重任的老臣，虽居要职，亦不意外。康、梁、谭、杨虽骤进，但品衔低微。故这些人事的变动，并未引起人们太大的惊诧。

直到有一天，礼部六位堂官全部被撤和谭嗣同、杨锐、林旭、刘光第进入军机，这才引起朝廷内外的大震动。

事情是这样的。

礼部主事王照是个主张变革的激进者，对皇上诏定维新很是拥护，遵照皇上的谕旨，上书言事。他建议皇上学习俄皇彼得大帝出访外洋，以开阔眼界，增广见闻，第一次可去近邻东洋日本。王照请礼部尚书怀塔布、许宝骙代为呈递。但怀塔布、许宝骙认为王照的建议太骇人听闻，拒绝代递。王照大为不满，指责两尚书违背圣旨。但礼部四位满汉侍郎也都不愿为王照代劳，于是王照径直向内奏事处投递。光绪得知此事后，对礼部堂官公然无视他的圣旨勃然大怒。光绪从礼部所发生的事情看出问题的严重性。这种严重性不仅在礼部，在其他各部各衙门中也都同样存在着，即年迈位高的官员普遍对维新变法冷淡抵触。这些被康有为指为老朽的官员，既害怕变动将会对他们的既得利益构成威胁，又缺乏新知而不能够应付新的局面。“老朽”已成了维新道路上的大障碍。而这些“障碍”，又都丝毫不以为自己是障碍，反而以中流砥柱自居。他们要屹立在险滩急流之中，捍卫祖宗家法，维护千年传统。他们还结为同伙相互标榜，汇成一股强大的势力。今天在礼部出现抗旨，明天有可能在吏部出现违命。必须对礼部之事进行严处，才有可能挫一挫那些“老朽”的嚣张气焰，收取杀一儆百的效应。想到这里，光绪狠下心来，第一次威严而果断地行使他的皇帝之权：将礼部满汉两尚书四侍郎全部罢免，授裕禄及梁启超的妻兄李端棻等六人为新的礼部堂官。又赏王照三品顶戴，以示激励。

谕旨颁下，阖朝震惊。就在文武百官尚在议论纷纷的时候，另一道谕旨又令人目瞪口呆：赏杨锐、刘光第、林旭、谭嗣同四品卿衔，在军机章京上行走，参与新政事宜。

在光绪心里，这是他谋划已久的事了。俄国、日本变政经历的启示，康有为折子奏对时的多次提议，使得光绪很清楚地明白吐故纳新、以新代旧的重要性：要行新政，必用新人。

只是他对故旧一时下不了这个决心，同时，也要对新人予以考查。礼部事件促使他不再犹豫了，他终于作出诏定国是以来最招议论的两大决定。

礼部这些日子来，几乎是水沸汤滚，没有宁日。正蓝旗出身的怀塔布暴跳如雷，在公堂上大骂一通王照后将镶着玛瑙红顶戴的伞形帽往案桌上重重一扔，怒火冲天地离开了礼部衙门。七十多岁白须银发的许宝骙则不露声色，默默地带着两个仆人收拾了半天后，抱拳与各司郎中、员外郎一一告别。王照上前与他搭讪。他将袖子一甩，眼睛瞧都不瞧一下，弄得王照十分尴尬。

其他四位满汉侍郎或怒或怨，或激烈或平和，无不一肚子牢骚委屈。各司官员原本就是大部分站在堂官一边的，赞成王照的只是少数年轻不得志的低级官员，再加上几个因别的事情与堂官们有嫌隙的人。谕旨下达后，绝大多数都认为皇上对堂官们处置过苛，又嫉妒王照迁升的火速，于是礼部几乎所有的官员都同情起一夜之间丢了乌纱帽的尚、侍来，王照反倒成了形影相吊的孤立者了。新上任的裕禄、李端棻等人面对着这种情况，也不知如何办。他们一家一家地前去安抚那些革员们，除开一向心胸宽阔的曾广汉外，其他人都没给他们好脸色看。来到怀塔布家，只见大门紧闭，敲了半天的门后，怀塔布的儿子开了门，冷冰冰地只说了一句“家父外出”，也不叫他们进门。

裕禄、李端棻相互望了一眼，知道这是怀塔布拒绝见面的托辞，但他们又不便强行进去，只得告辞。

其实，怀塔布的儿子并没有说谎，他真的外出了。罢官后的第二天，怀塔布就坐上津通铁路火车，奔赴天津找他的亲戚荣禄去了。

怀塔布的福晋瓜尔佳氏是荣禄的远房姑妈，两家一向往来亲密。怀塔布去天津，一是想从荣禄那里摸一摸底，二是想请荣禄帮帮忙。两个人在书房里密谈大半夜后，荣禄给怀塔布出了个主意。

第二天，荣禄和怀塔布同车回到北京。抵京后怀塔布回家，荣禄径直赴颐和园谒见慈禧。

荣禄来到乐寿堂时，慈禧刚睡完午觉醒来，听说荣禄求见，便让李莲英出去亲自带他进殿。

"老佛爷这些天还好吗？"见到李莲英后，荣禄悄悄地问，顺手将一张五百两银票塞进李莲英的手里。

李莲英望着荣禄，满脸绽开了笑容。他不说"谢"字，为的是怕身旁的宫女太监听见，只用特别的笑容来作答。

李莲英的笑五花八门：真笑、假笑、冷笑、嘲笑等等。各类笑里又分等级。接这种门房银时，李莲英是真笑。因为这种银子既是合法收入，又来得容易，不要他付出什么。这真笑里分为三等：品衔高、银票大的，他报以满脸笑容，这是一等。品衔高、银票居中或品衔居中、银票大的，他报以点头之笑，是二等。银票在百两之下，他头不动只是浅浅一笑，这是三等。

荣禄近日红得发紫，炙手可热，送的银子又多，他给予列为一等的笑脸款待，然后，再悄悄向他透露太后这几天的心思。他知道，太后的心思，这是包括皇上在内的凡谒见者都想得到的绝密消息，但李莲英不轻易出售，哪怕是皇上，他也要权衡考虑，见机行事。

"老佛爷这两天不大舒服。"李莲英声音低低地回答，"一是肚子疼的老毛病又犯了，吃得很少。二是为着礼部的事，老佛爷生气皇上，说这大的事，都没有向她禀报。"

这两个不舒服的消息，对此刻的荣禄来说，都是听了舒服的好消息。说话间，来到东便殿帘子外，李莲英先进去片刻，接着便请荣禄进去。

因为是在颐和园，一切礼仪从简，又加之是最受宠爱的大臣，行完君臣相见的常礼后，荣禄便被赏坐，靠近慈禧叙话。

“袁世凯的兵练得怎么样了？”慈禧问话的声音明显地表示出中气不足，李莲英提供的绝密消息是准确的。

“回禀老佛爷，袁世凯的兵练得不错。”荣禄答，“他请了不少德国军官在做教头，德国陆军是世界上最强的军队。”

慈禧又问：“董福祥的甘军和聂士成的武卫军的行程如何？”

上个月，慈禧命令刚接任直隶总督、北洋大臣的荣禄速调甘肃提督董福祥和直隶提督聂士成的军队来京郊驻扎，并把九月份偕皇帝去天津阅兵的事告诉他，要他早作准备。

荣禄答：“聂士成的武卫军，昨日已抵达正定府，董福祥甘军前天到达山西大同府。奴才命令董、聂八月初务必赶到天津，届时奴才亲自监督训练，九月中旬与袁世凯的新建陆军一道接受老佛爷和皇上的检阅。”

“嗯！”慈禧点点头，没有再问下去。

这一问一答说的都是调兵的事，使一向祥和的乐寿堂东便殿充满干戈之气。此时片刻的寂静，又使得干戈气氛更凝重。不知怎么的，久为西安将军的荣禄都觉得有一丝不安，他需要缓和这种气氛，更需要达到他此次进园子的目的。

“老佛爷近来圣体安康否？奴才这次从天津赶来，特向老佛爷贡献一味治腹胀的良药。”

慈禧多年来患有消化不良的毛病，这是荣禄早已知道的。从李莲英口里得知慈禧近日又闹肚子疼时，他暗自庆幸遇上了好时机。

“你有什么好药，我这两日正不舒畅哩！”

慈禧说着，下意识地用手捂了一下腹部。

荣禄按昨天与怀塔布商议好的话说着："奴才内人这两三年来也常腹胀气滞，遍寻名医均不能根除。半年前，奴才的一个远房姑妈来到奴才家，见内人病又犯了，便赶紧叫人去她家取来药方，内人连服一个月，至今未再复发。奴才知老佛爷也有点这样的小毛病，便想到要把这个药方贡献给老佛爷。"

"难为了你的一片心意。"慈禧听了荣禄的这番话后不禁感叹起来，心里想，自己一手带大的皇帝和自己的亲侄女皇后，从来都没有想到的事，这个五大三粗的男子汉却惦记在心里，难得！她的语气立马变得温婉起来："是个什么样的药方，好找吗？"

荣禄笑道："说起来很简单，也不是什么稀罕物，只是制作上与人不同罢了。"

"你的姑妈家在哪里，姑爹是做什么的？"

慈禧显然对此很有兴趣。

"奴才的姑妈长住京师，姑爹便是礼部尚书怀塔布。"

"噢！"慈禧也笑了一笑。"原来你与怀塔布还是亲戚哩。"

"是的。"荣禄说，"怀塔布的福晋是奴才未出五服的族叔的亲妹子。"

慈禧叹了一口气说："皇帝早两天罢了怀塔布的礼部尚书，他心里一定委屈吧！"

荣禄说："据奴才所知，怀塔布等人并没有说委屈话，倒是旁人看不过去，有些替他们抱屈。"

礼部的事，在慈禧看来，纯是皇帝的胡闹。哪有一个主事的折子被阻就罢掉六个堂官的道理！这样大的事，事先既没有与她相商，事后的任命也没有向她禀报，慈禧对这个侄子兼外甥的儿皇帝又气又恨。同时，她又从这件事上看出，表面孱弱恭顺的皇帝，内心深处也还有很倔犟、很自尊的另一面。本想召他来园子训一训，但又担心母子关系将因此而弄僵。慈禧灵感一来，突然有了一个好主意。

"荣禄，你去一趟怀塔布家。后天是大公主的生日，你叫怀塔布的福晋到园子来参加大公主的寿庆，也顺便叫她带点治腹胀的药来，我和她聊聊。”

“奴才领旨！”

荣禄为计划的第一步成功而欢喜，忙告辞出园，将慈禧的这道口谕告诉怀塔布。

慈禧说的这位大公主，是一个史书上只留下几行文字，而实际上却对晚清政局有着微妙影响的女人。

她是恭王奕䜣的长女，咸丰四年出生于王府。同治元年八月，慈禧出于对恭王的感激，同时也为了填补自己膝下的空虚，将年仅八岁长得活泼可爱的她接进宫来，认作自己的干女儿，封她为荣寿固伦公主。因为她比咸丰的另一皇贵妃他他拉氏所生的荣安公主大一岁，宫中便叫她为大公主。

公主有和硕、固伦之分。妃子所生的女儿封和硕公主，皇后生的女儿封固伦公主。大公主得此殊荣，年仅八岁的她本人当时并未意识到什么，而他的父亲恭王却从中看到日后的功利价值。

恭王夫妇每个月可以进宫见一次女儿。见面之际，总是一再叮嘱女儿要好好听太后的话，讨太后的喜欢，视太后为生母。为了讨好慈禧，又决定将女儿的生日增加一个，即入宫那天定为她的第二个生日。这个用意是显而易见的：大公主进宫后获得了第二次生命，给她第二次生命的是太后，太后也是她的亲生母亲。

大公主天资聪颖，很会讨好慈禧。慈禧没有女儿，也从心里喜欢这个惹人爱怜的女孩。天长日久，真的如同亲生母女一般。到了十二岁，慈禧亲自为她指婚蒙古公爵景寿之子志端。第二年大公主出宫下嫁。结婚第五年，二十岁的都统夫婿便得病身亡，她立时成了寡妇。丈夫死后，无儿无女的大公主又回到慈禧的身旁。二人都是年轻丧夫，于是在母女之情上又增加了一份同病相怜之感。慈禧怜恤大公主的苦楚，尽管呵斥满宫，却从不责备她，大公主也由自身的痛苦而理解了慈禧的某些乖戾。

每日召见完毕回到后宫，慈禧常和她谈些国家大事，听听她的看法。至于后宫里的事及皇族子女的男婚女嫁，大公主的话对慈禧的影响更大。三十多年来，慈禧与恭王之间有过许多分歧、冲突与嫌隙，恭王几起几落，甚至赋闲十年之久，但最终还是薨于军机处领班大臣的高位，并得“忠”字之谥，这里面便有着大公主许许多多看不见摸不着却实实在在起作用的力量在内。

每年八月中旬的这个第二个生日，都是由慈禧替她操办，邀请皇家至亲至近的十来个女眷，唯一的男人只有光绪皇帝。

怀塔布家领了这道口谕后，阖府上下便忙开了，他们要准备的是两样大的东西：一是药，一是送给大公主的礼物。

这治腹胀的药，其实是怀塔布家的祖传医方，无论用料、配制都不麻烦。但为了表示它的名贵，怀塔布为他的福晋编造了一套说辞，又特为找了一个做工极为精细考究的锦盒盛着。至于礼物，着实让大家费了一番脑子：大公主还能缺什么，世上的珍稀，还有什么可让她眼亮的？最后还是福晋瓜尔佳氏自己拿了个主意。

这一天天尚未亮，瓜尔佳氏便在两个儿媳四个女仆的服侍下，坐着三匹大青骡子拉的轿车，出了京城。辰正三刻时分，来到颐和园东门。轿车和女仆都被拒在门外，两个儿媳妇特许陪同进园子，但只能在偏殿等候，不能进乐寿堂。

大公主的生日庆典正是在乐寿堂大殿里举行。

四十多岁的大公主因不曾生育，体形未变，再加之保养得法，看起来像三十许人。今日盛妆浓饰，容光焕发，更显得比平时端庄美丽。她坐在鎏金大靠背椅上，含笑接受各位后妃、命妇、格格对她的祝贺。

慈禧坐在另一侧的一张特制凤椅上。这张凤椅既大又高，比寻常的椅子要高出一尺多，是慈禧在乐寿堂里会见外官及举办庆典时的专用座席。第一个向大公主祝寿送礼的是皇后。她今天也穿着大红吉服。小那拉氏对大公主是既感激又带有几分怨情。感激的是当年大公主极力支持太后选她为后，让她如意坐上六宫之主的宝座，成为母仪天下的皇后，不仅自己荣华富贵，而且光宗耀祖，给本已显赫的承恩公府第锦上添花，令天下一切有女之父母羡慕无比！但是，皇帝不喜欢她，而且结缡十年了，依旧孑然一身。皇后为此深自悲哀，有时想，倘若不嫁进宫中，寻个平民百姓为夫，早已是儿女成行了！这一丝怨恨便冲着太后和大公主而来。当年她们二人任有一人持异议，便是另一番命运了，偏偏二人想法一致，逼得皇帝将那柄玉如意塞到她的手中！皇后心灵深处的怨恨，时时向太后和大公主发泄。每当这时，太后总是以长辈的身份予以教训，而大公主则和她一道叹息流泪，末了再劝她认命，故皇后对太后尊而对大公主亲。

她今天的寿礼是一对用以缀在鞋尖上的硕大东珠。这对东珠非常见之物，拿三五万两银子往王府井、大栅栏一带去买都不能随时买得到。大公主很高兴地收下，又亲自递给慈禧看。慈禧一向喜欢珠宝，伸出两只长长的手指来，夹起一颗朝着门外亮光处照照，内行地说：“不错，色泽淡黄，晶莹无瑕，是东珠中的珍品。这种珠子多产自咱们关外的松花江一带。”

“老祖宗精明！”见慈禧夸奖所送的珠子，皇后高兴地说，“这对珠子正是产在关外，是盛京将军文麒的福晋当年送给我母亲的。”

大公主忙说：“你拿送你母亲的珠子转送给我，我担当不起。”

“她家好珠子多着哩，有什么担当不起的。”慈禧笑着说，交回珠子后又问：“皇帝今儿个怎么没来？”

皇后上个月过生日，光绪也无任何表示。想起这事，皇后便很不舒服，她撇了撇嘴巴说：“人家现在可忙啦，哪有心思记得内眷的生日这些小事。”

“皇上惦记着哩！”谁的嗓音这样好听——风铃似的悦耳，众女眷看时，只见一个年轻俏丽的女子从人群中走出，她原来就是备受皇上宠爱的珍妃。珍妃来到大公主的面前，向她行了一个礼后说：“皇上今天要召见军机处，没有空来，他要我代他将这件礼物送给您！”

说罢，从怀里掏出一样东西递过去。大公主接过看时，是一块西洋造的怀表。

珍妃说："这是法国公使谒见皇上送的。是一块专为上流社会的女人所特制的女式怀表，比男式怀表小巧，却更精致。皇上说，他很喜欢这块表，故特为送给大公主。"

听这么说，大公主将这块表再细细地看了一遍。这块表就像一颗葡萄样大小，镶金嵌玉，的确华贵异常，就连那一串链条也缀满了闪闪发光的钻石，更衬托出身份的高贵。大公主欢喜无尽，忙说："谢谢皇上的赏赐。"

珍妃又从怀里取出一样东西，双手递给大公主："这是一瓶法国宫廷香水，也是那位法国公使送给皇上的。皇上转送给我，今儿个我献给大公主。"

"谢谢！"大公主接过香水，低头用鼻子凑过去闻闻，连声说："好香！好香！"抬起头来时，却突然看到皇后脸色煞白地呆望着自己，两只眼睛里分明滚动着就要下坠的泪水。笑意立时从大公主的脸上消失了。

皇上不来，代送礼品的不是她而是珍妃，这桩事本已使身为皇后的小那拉氏难堪了；而法国公使送给皇上的香水，皇上也没有转送给她而转送给珍妃，这更令她心中难过又嫉恨。珍妃和皇后的这些表情都让精明的慈禧看在眼里，内侄女被冷落令她恼火，珍妃的张狂又令她气愤，而这一切都是她那个既不会做丈夫又不会做皇帝的嗣子造成的！为大公主做生的喜悦被刚才的这一幕打掉了许多。为发泄心中的不满，也为安慰名存实亡的内侄女，慈禧冷冷地对大公主说："什么香水，给我看看！"

大公主忙将那瓶小小的造型别致的玛瑙壶香水送到慈禧的面前。慈禧拿起，左右看了看，又用鼻子嗅了嗅，说："这香味儿不正，它让人闻了容易走邪，我看你就不要收了。"

又远远地对着珍妃说："珍丫头，你就留着自己用吧。这样的东西，怎么好送给大公主！”

慈禧虽没把话挑明，但话中的意思，哪一位女眷听不出来！珍妃犹如遭当头一棒，满脸通红，泪水差点儿就要掉下来了。她强忍着眼泪，走到慈禧身边，接过香水，涩涩地说：“奴婢不会送礼，请老祖宗宽谅。”

慈禧狠狠地盯了她一眼，没有吱声。

众女眷都吓得不安起来，各自下意识地都将自己带来的礼品再瞧一瞧，心里忐忑着：不知这个礼品得当不得当？聪明的大公主将这一切都看在眼里，便高声说：“时间不早了，老祖宗想必也饿了，都请入席吃饭吧，饭后还要请各位听戏哩。送的礼品都请留个名儿放在这里，过后我细细地欣赏。”

大公主的这句话，无异于一道赦令，众女眷们都将礼物交给服侍在侧的宫女，然后陆陆续续地入席。

慈禧高声问：“怀塔布的福晋来了吗？”

瓜尔佳氏听了这话忙走上前来，恭恭敬敬地对着慈禧行了大礼，说：“奴婢叩见老佛爷，祝老佛爷万寿无疆！”

慈禧望着满头白发满体福态的瓜尔佳氏说：“你跟我到里面去坐坐，我那里也有好吃的东西。”

瓜尔佳氏喜不自禁地说：“奴婢谢老佛爷。”

见慈禧如此善待这个老太太，乖巧的大公主忙过来搀扶起瓜尔佳氏，满脸笑着说：“老祖宗房子里好吃的东西多着哩，不过，既是来吃我的生日酒，过会儿，我还得亲自端点酒菜送给老祖宗和您吃。”

瓜尔佳氏为大公主的举动和这番话所大为感动，忙说：“送老佛爷吃是应该的，若说送给我，那可真是折了我的寿！”

说着在几个宫女的陪同下，瓜尔佳氏跟着慈禧走进了她的内房。

在内房精致的小客厅内，瓜尔佳氏挨着慈禧坐下。宫女端上几碟小巧的糕点，但瓜尔佳氏不敢动。

慈禧先开了口：“听荣禄说，你有家传的治腹胀的药方，带来了吗？让我瞧瞧！”

瓜尔佳氏从随身带的小布包里掏出那个枣红蜀锦包裹着的黄杨木匣来，打开匣子，然后双手向慈禧呈递过去。

慈禧接过匣子，立刻有一股异香扑鼻而来，细看里面装的，却原来是一盒黄褐色的粉末。

“这是什么东西？”

“回禀老佛爷，这药方的主要用料是陈年老米。”瓜尔佳氏小心谨慎地回答，“当年我娘家祖父在湖南做衡永郴桂道时，祖母常患腹胀之病。后访得当地乡间一位老郎中，他送给我爷爷一包药粉，叮嘱每日中晚两餐饭后一汤匙，就水吞服，一连吃十天后，祖母的腹胀病就好了。祖父问郎中的药粉是什么东西做的，如何配制。老郎中说，若是旁人他是不肯说的，只因为是道台大人，才不能不说，但切望道台大人不要外传，不然的话，他的饭碗就给人砸了。”

慈禧笑道：“这个郎中好吝啬！”

瓜尔佳氏也笑着说：“是个吝啬的郎中！老郎中说，实不相瞒，这粉末其实就是陈年老米磨成的粉。”

慈禧又笑道：“哦，我当是什么稀罕的物品，却原来是陈年老米粉，这不太容易了吗？”

瓜尔佳氏说：“我的祖父也这么说，但那老郎中却一本正经地说，虽是陈年老米粉，但也不容易做成。这米要是湖南江永所产的香米，这江永香米只产在江永县的山溪村。一个村庄只有十多亩田，每亩田一年只打百十斤谷子，所以江永香米一年只有千把斤米的产量。这香米的特点一是香，二是最易化食。”

慈禧恍然大悟：“难怪这粉末香得特别，可见这天下好的东西原本就是少的。”

瓜尔佳氏忙说：“老佛爷圣明。物以稀为贵，若多就不奇了。老郎中还说，这做粉末的江永香米要十年以上的老米，越老越好。将米放泥锅上焙干，若泥锅用的宜兴紫砂泥，火用九嶷山的檀香木所燃烧出的火，那样焙干出来的米更好。焙干后再用碾子细细地磨，磨好后还要加一样东西，这东西却不好找。”

“什么东西？”瓜尔佳氏这句话吊起慈禧的好奇心。

“牛黄。”

“牛黄不就是牛身上的石头吗？这不难找。”

慈禧常吃中药，对药材很熟悉。

瓜尔佳氏说：“不是一般的牛黄。这种牛黄要在牛肚子里长了二十年以上，效果才好。牛的寿命只有十来年，十六七年的牛便好比人的百岁寿命，二十年的老牛是少之又少的稀有物。”

“噢！”慈禧算是完全明白了这药的金贵。

“在我祖父离开湖南时，老郎中送了他十斤老香米，两颗二十年牛黄。五十多年来，我娘家用这药粉治好七八个人的腹胀病。我出嫁前因患有此病，便从母亲那里讨了半个牛黄和二斤香米。每发病时，吃上十天半月就好，可以保五六年不发。老佛爷先试着吃点，若有用，我再送进宫来。”

腹胀病折磨慈禧多少年了，若这药方果真有效，岂不是太好了。慈禧高兴地说：“那我就收下了，我该怎么谢你呢？”

瓜尔佳氏忙说：“老佛爷说这话，奴婢可就担当不起了。几十年来孩他爹时常说，咱们满人世代住关外荒凉之地，是靠了太祖太宗把咱们带进关来，才有我满洲世代子弟的功名富贵，忠于朝廷，效忠老佛爷、皇上，是我们满人的本分。莫说这点药粉，就是我怀塔布家老少爷们的生命都贡献出来，也是应该的呀！”

说到这里，瓜尔佳氏语气哽咽，眼圈通红，那情景好像立时就要为太后赴汤蹈火似的。

慈禧很受感动，深深地叹息一声说：“还是咱们满人靠得住呀！怀塔布无缘无故被皇帝罢了官，你们还这样护卫朝廷，不是自家人能这样吗？”

“老佛爷呀，有您这句话，奴婢全家肝脑涂地都心甘情愿呀！”

瓜尔佳氏再也忍不住了，眼泪水刷刷地往下流，激动地说，“想当年，老佛爷随着文宗爷去木兰狩猎，孩子他祖父率领三千铁骑死守通州，硬是将英法洋鬼子堵在通州门外三天三夜，部属血流成河，死的人堆得山似的，孩子他祖父也因此断了一条胳膊，到底还是保卫了文宗爷和老佛爷免受洋人的惊骇！”

看似一时激情，其实是早已撰在腹中的这番话深深地打动了慈禧。咸丰十年，怀塔布的父亲瑞麟以护军统领身份率部在通州与洋人打仗的事，当时代替病中的咸丰皇帝批阅奏折的慈禧是十分清楚，也着实很感激的。瑞麟也正因为这个功劳，战争结束后便被擢升为户部尚书，很快又拜文渊阁大学士，这对日后怀塔布的仕途顺遂也起了非常重要的作用。

怀塔布知道慈禧是个恩怨分明的人。他有意让福晋在面见太后时，把握时机，重提父亲当年的这段护卫皇室的战功，调起慈禧的念旧之情，果然这一着很生效。

慈禧抽出一条雪白的手绢来，在眼角边轻轻地擦着，一边问：“怀塔布今年多大岁数了？”

瓜尔佳氏说：“不瞒老佛爷说，他今年已经六十八岁了。”

慈禧又问：“他是哪年开始当的差？”

“那还是在宣宗爷的手里了。”瓜尔佳氏摸了摸头说，“那是道光二十八年，他十八岁上，由荫生授的刑部主事。第一天当差出门时，孩他爷拍着他的肩膀说，你要记住，你是叶赫那拉氏的后代，好好当差，可不能给祖宗丢脸。”

“噢，怀塔布也是叶赫那拉氏！”慈禧惊喜道。

“是呀！”瓜尔佳氏忙答，“怀塔布说，若按辈分排起来，他要叫老佛爷为姑妈，但他从不跟旁人说起这事，也一再教诫儿孙，千万不能提起这段家谱，怕有攀附之嫌，也怕给老佛爷带来牵累！”

“怀塔布这话说得在理。”慈禧点点头。“祖先是祖先，子孙是子孙，子孙不能一世吃祖先的饭。他还在生皇帝的气吗？”

瓜尔佳氏忙说："老佛爷您这话可就折死怀塔布了。怀塔布哪敢生皇上的气呀！他为朝廷当了整整五十年的差，服侍过宣宗爷、文宗爷、穆宗爷和皇上，算是四朝老臣了。这一身翎顶蟒袍还不是皇家给的？皇上什么时候要收去，就收去，做臣子的哪能有半句怨言！怀塔布做了五十年的大清臣子，这点道理还是懂的。"

慈禧在心里叹了一口气，嘴上却没有吱声。

瓜尔佳氏看到慈禧脸上的表情，知道是到说关键话的时候了："怀塔布要我转告老佛爷。他说尽管皇上为阻止王照的折子撤了礼部六位堂官的职，但他还是要请皇上千万不能听王照的话。洋人不管他的机器造得再好，到底是不讲仁义道德的蛮夷之地，皇上万金之躯怎能入虎狼之穴！若万一有个闪失，如何对得起祖宗，对得起老佛爷！我们做臣子的不能不冒死劝阻。"

慈禧说："王照的话是胡说八道，皇帝怎么能到洋人的国家里去，也没见哪个洋人的国王到咱们大清国来嘛！"

"老佛爷真真是圣明，圣明！"瓜尔佳氏不由得从心底里佩服起太后的厉害来：一句话就严严实实地堵住了王照的口。可惜怀塔布、许宝骙这些国家大臣，须眉男子，就没有一个人说出这等义正辞严、令人不能辩驳的话来。看来，大清朝廷真的是离不开老佛爷，这个家还是要老佛爷来当！

"怀塔布要我禀告老佛爷，他说他快七十的人，官位丢掉不足惜，但有两句话，就是犯杀头之罪，他也要对老佛爷说。"

慈禧面容紧张地问："两句什么话？"

"一是皇上现在听信别人的话，用新人而排斥老人。老人都是文宗爷和老佛爷简拔的，对朝廷忠心耿耿，没有功劳有苦劳，而新人多是些热衷权位的小人，不可靠。请老佛爷对皇上说不能再这样下去。二是皇上现在用的是汉人，排斥的是满人。大清江山是我满洲的江山，祖宗入关之初便一再告诫咱们，汉人可用而不可信。请老佛爷明示皇上，祖宗之训不可忘。"

慈禧听到这里，心里猛地怔了一下：是的，这个提醒太重要了，无论是翁同龢、文廷式，也无论是康有为、梁启超，还有新进军机的四个章京，凡高喊维新变法的人，几乎全是汉人。康有为居然在他所办的报纸上直书孔子卒后多少年，这司马昭之心，岂不公之于世了！皇帝呀皇帝，你太不懂事了，太急功近利了，再这样胡闹下去，我不能不管了！

想到这里，慈禧对瓜尔佳氏说："你回去告诉怀塔布，他对朝廷的一片忠心我已知道了。我给你一个差事：你今后每隔十天到园子里来，跟我聊聊外间的事。"

瓜尔佳氏忙说："奴婢遵旨。"

她正要将她精心所备的另一件礼物：西藏活佛所赠红花草呈送大公主的时候，李莲英突然进来禀道："刚毅请求叩见老佛爷。"

慈禧慢悠悠地说："什么事呀！"

李莲英说："刚毅满脸忧愤，他说新来的军机章京不把他这个军机大臣放在眼里，他要请老佛爷评评理。"

慈禧吃了一惊，道："军机大臣被军机章京欺负了，有这个事吗？你叫他进来说说！"

瓜尔佳氏忙跪安。出殿时候，迎面看到一脸沮丧的刚毅。这位军机大臣昨天果真被谭嗣同、林旭等人重重地奚落了一番。

四　小军机谭嗣同无情奚落大军机刚毅

在我国历史上，军机处是清代独有的机构。它产生于雍正朝初期，全称为办理军机事务处，原因西北用兵而设，专为皇帝办理军事机密。以后大规模的用兵虽然结束，军机处却并未撤销，而成为一个常设机构，并因位高权重逐渐取代内阁。在清代的中晚期，内阁大学士成了名义上的宰相，真正的宰相乃是军机处领班大臣。军机处通常有大臣五至七八人不等，由大学士或各部院尚书、侍郎兼职，另有司员三十二人，分为四班，日夜当值。军机处司员亦由各部院司官兼任，是军机大臣的僚属，又叫军机章京。京师官场习惯上称军机大臣为大军机，军机章京为小军机。小军机虽无决策权，然参与机密、缮写上谕，且易见到皇上，位置十分重要。朝廷文武官员对他们均另眼相看，礼貌有加，倘若下到各省去，督抚两司也把他们当做大军机一样地供奉着。

杨锐、谭嗣同、刘光第、林旭四人的被授予军机章京，与罢黜礼部六位堂官一样地轰动朝野，因为他们四人都不属正常的迁升。杨锐、林旭皆内阁中书，刘光第刑部主事，都只是六品小官，骤然擢升四品卿衔而进军机，属异数。谭嗣同品衔虽是四品，但他是候补知府。全国候补知府少说也有上千，大部分终年难得一差，像谭嗣同这样从候补知府一步迈入军机处，简直有日出西边的味道，怎不令人惊异！

朝野内外，都知道这四位新章京是维新派，皇上破格提拔他们，是要借助他们来推行新政。他们眼下的地位固然重要，今后的前程则更不可限量。杨、谭、刘、林也深知皇上对他们的器重，决心使出全身气力来报答皇上的圣恩。谭嗣同更是慷慨激烈，多次与他的同志们说：历览古今，变法少有成功而多为失败，只要是为了国家百姓，纵然失败也是英雄。我已是再生之人，生命不足惜，变法倘若失败，流血杀头，我一个人去承担。其他三人十分钦佩谭嗣同这种杀身成仁的勇气，也一致表示既然维新便义无反顾，不成功则成仁，用以报答皇上的浩荡恩德。

四位小军机是如此满腔热血，但接纳他们的军机处却是冷冰冰的。

眼下的军机处大臣有世铎、荣禄、刚毅、廖恒寿、王文韶、裕禄等人。恭王任领班后，世铎就不管事，现在恭王已去世，他依旧不管事。荣禄重任在肩，很少去军机处。廖恒寿老病，王文韶除户部外，还兼着总署，事多，也很少去军机处。于是在军机处顶着办事的便只有刚毅、裕禄两人。裕禄是新进，通常被称作打帘子军机，不能跟刚毅相比。这样，军机处的掌门人便自然而然的是刚毅了。

刚毅能干又肯干，但刚愎自用，骄傲自大，作为一个满洲笔帖式出身的官吏，他的汉学根基薄弱，缺乏与其权位相匹配的文化素养。此人又有很重的种族偏见，满洲入关二百多年了，他依旧认为满汉之间有着不可调和的对立，甚至说出“满洲疲汉人肥”这样不合时宜的话来，自然引起许多汉员的反感，但他也因此而赢得了包括慈禧在内的满洲亲贵大员的信赖。

正因为此，刚毅从骨子里反对变法。他不愿因变法而改变现行的社会秩序，更不愿因变法而影响自己的地位和由此而带来的既得利益。他有慈禧和满洲大员的支持，并不把皇上看得怎么重，一切变法维新的事他不过应付着办办而已。对这次超擢四章京一事，他在心里也是持否定态度的。

所以，当章京领班富山带着杨锐等人第一次去军机处值庐见刚毅时，彼此间便都不愉快。

刚毅摆出一副十足的大人物模样来，腰板挺直地坐在大炕床上，两条腿分得很宽，右手捧了一把擦得锃亮的铜水烟壶，左手握一根细长的纸媒子，纸媒子的顶端冒着淡淡的轻烟。他吹燃了纸媒子，然后将燃烧的火对着水烟筒上装烟丝的铜管，嘴巴吸着另一根铜管。

呼咙咙地响过一阵后，他重重地吐出一口烟来。这时，才半眯着眼睛对着站在面前已好一阵子的四个章京说：“从左至右，报上姓名、籍贯、出身、官职。”

从杨锐开始，依次为谭、刘、林，四个章京遵命报着。这中间，富山点头哈腰地服侍刚毅：从刚毅手里拿过铜烟壶，倒掉烟灰，又装上新的烟丝，将纸媒子吹燃，然后再奉献给他。刚毅接过又咕噜噜地抽了一台。

这副情状，令四个新章京看着都不舒服，尤其是谭嗣同，更是窝着一肚皮火。他既厌恶富山阿谀巴结的丑态，也恼恨刚毅目中无人的倨傲。抚台公子谭嗣同熟悉官场，知道一边抽烟一边见客，是将客人当作仆役一类看待，乃极不礼貌的举动。他本是个心气高傲的人，一向瞧不起昏庸老迈的顽固派，见刚毅这副装腔拿大的模样，心里早已反感至极。

“这军机处章京可是个重要的位置，不但要勤快，还要学问好。我看你们四个人中只有刘光第一个进士，谭嗣同连个举人都没中，这个差，你们今后会当得不轻松，要多学着点。”待四个人都报完后，刚毅斜着眼从左至右扫射过一遍，以老前辈的姿态训道。

这是一句很伤人的话！杨锐始终对自己未中进士而遗憾，听了这话，心里不免有点气短。二十四岁的林旭，对刚毅这话十分不服气。他原本才学出众，今春因忙于闽学会的事而耽误了春闱，对这次罢第并不太在意，他相信自己有足够的实力在下科高中，本想顶一句，但想起初次见面不可太莽撞，便没有吱声。谭嗣同是个不以功名为意的人，他看重的是真才实学而不是考场上的高下。刚毅说这话时，他在心里嘀咕着：要说这话，也轮不上你呀。你一个笔帖式出身的人，什么功名都没有，也无资格讽刺别人呀！他很想揭揭这位协揆的老底，但也碍于初次见面，强忍了这口气。

刚毅一点也不看他们的脸色，继续说：“这几天，你们什么事都不要干，先见习见习，看别人怎么做的，好好学着。”

说完将铜烟壶向炕桌上一放，站起身来，拍了拍身上的烟灰，然后迈着方步走出值庐。

谭嗣同等四人走到隔壁军机章京办公的房间。当时章京满汉分开办公，一个班八人，满四人，汉四人。他们先走到汉案边。不料一个五十多岁的章京从眼镜片后翻起眼皮说：“我辈是办旧政的，诸位办新政，坐在这里恐不合适。”

四人一愣。谭嗣同瞪了这个老章京一眼，本想斥骂一句，想到刚来乍到就发脾气不太合适，便将到嘴边的骂声强咽了下去。杨锐、林旭等人走到对面的满案边。坐在满案处办公的一位年轻章京白了他们一眼，说：“我们用的是满文，你们到这里来掺和什么？”

谭嗣同再也忍不住了，怒道：“这里既然没有我们办公的案桌，我们干脆不办了，走吧！”

说罢拉着杨锐等人就要出去。

富山怕把事情弄大，于他不利，便赶紧拦住杨锐，说：“不要生气，我来给你们准备四张案桌。”

刘光第也觉得为这点事不办公也不合适，便劝谭嗣同说：“不要走了，干脆我们四个人在一起办公吧！”

一会儿，四个太监搬来了四张案桌，大家只得坐下来。富山对大家说：“就按刚大人说的办，你们先学着。军机章京的事主要有三桩：一是拟旨，二是誊抄，三是盖印密封。还有一点最为重要，叫做守口如瓶。这值庐里发生的事，出了值庐，对任何人都不可以说起，上自官长父母，下至妻妾儿女，都不能透风。谁要说出半个字来，牢房里的枷锁囚衣在侍候着哩！”

谭嗣同听了这话，心里又火了起来：守口如瓶，这谁不知道，还要你来讲！枷锁囚衣，这是什么话，难道我们是你的奴才！富山忙别的事去了，其他的章京也在各自忙碌，四个新人没有一点事干，都枯坐着。

坐了一会，杨锐、刘光第便主动走到其他章京背后，看他们在做些什么事。林旭年轻好动，干脆走出值庐，到别处溜达去了。谭嗣同托腮呆坐，心里想：我被皇上擢升为军机章京，到这里来办公，他们怎能这样对待我，是欺生，还是对维新有抵触？越想越不对劲，越想越生气。

正在这时，刚毅手里拿着一沓纸大步流星地走进值庐。

刚毅一进值庐，便高声叫道：“富山，有一道紧急上谕，你叫人誊抄下。”

富山从刚毅手里接过上谕，将当值的各位章京扫了一眼，见他们都在忙着，唯有谭嗣同呆呆地坐在那里，不知做什么事好，便走了过来："谭章京，你把这道上谕誊抄了吧！"

这原本是件不会引起任何不快的正常差事，但谭嗣同的反响却与众不同。第一次来军机处当值，刚毅的拿大和富山的献媚就令他心中大为不快，地方官场上那一套使人作呕的东西他看得多了，原以为军机处作为最高权力机构理应干净点，没想到也这般陈腐。他心里既感委屈又感痛苦，恨恨地想：这个腐烂的官场，看来真要从上到下连锅端掉才行。再说，谭嗣同是一个自视很高的人，对这种抄抄写写的小活计，一向不屑于为，第一次到军机处办事，就做这誊录的苦差，他心里也不乐意。两种情绪叠在一起，他就没有好气了。

谭嗣同以一种鄙夷的目光看了富山一眼，说："刚大人不是说了吗？我们新来的这几天什么事都不做，只是见习见习。你叫别人去誊吧，我还不懂规矩哩！"

富山这个人，别看他在刚毅面前卑躬屈膝的，在下属面前也是一个爱抖威风的角色，何况派章京的差乃是他领班的分内之事，他如何能容忍这种顶撞！遂马上脸色一变，喝道："这是命令，你得执行；不懂规矩，你得学着懂规矩！"

谭嗣同是个吃软不吃硬的人。他刷地站了起来，狠狠地瞪着富山怒道："我就是不抄，看你又怎么样！"

一句话顶得富山下不了台。满屋章京都停止手中的活，一齐看起热闹来。杨锐性格较温和，怕把事情弄僵，忙过来圆场：

"富领班，这个上谕由我来誊抄吧。谭章京从来没抄过上谕，不懂规矩也是实话。"

说着，便从富山手里拿过上谕草稿来。富山也从刚才这一幕中看出谭嗣同是个不好惹的人，再坚持要他抄，他决不会屈从，反而弄得自己下不了台，于是顺水推舟地说："好吧，就由杨章京你来抄吧，半个时辰后交给我！"

富山不敢再对着谭嗣同的目光看，侧着脸离开了。谭嗣同也不再做声，坐在一旁看杨锐誊抄。

上等白麻纸上，出现一行杨锐端秀的楷书：

有关新政谕旨，各省督抚应迅速照录，切实开导。代递各件，立即原封呈送。

谭嗣同看到这行字，心里立时沉重起来。显然，朝廷有关新政的谕旨，不少行省的督抚没有迅速照录，也没有切实开导，地方上有关新政的条陈，也显然许多没有原封呈送，在中途受阻或被删改。上令不能畅行，下情不能通达，这维新事业如何能推行，国家如何能早日出现生机？自己身为皇上特拔的军机处章京，尚且受到如此冷漠，地方上欲行新政的官吏士绅所遇到的阻力，更可想而知了！唉，为什么明明是害国害民的陈腐，却偏偏难于剜除？明明是富有希望的生机，却偏偏易遭压抑？这中间的原因在哪里？是个人利害驱使，还是惰性使然，抑或是大多数的人原本就是冥顽愚陋、目光短浅，而先知先觉注定要备受苦难、历经坎坷？

谭嗣同陷入了深深的苦恼之中。

“湖北这个道员刘鼐是个有定见的人，他不人云亦云，我欣赏他！”

就在谭嗣同独自思索的时候，刚毅迈着老爷步来到正在誊抄的杨锐的身边。他是要看看杨锐的字写得如何，看着看着，不觉脱口说出了这句话。谭嗣同一听，心里想，湖北有一个施宜荆道道员刘鼒，是个很顽固守旧的人物。他坚决不同意张之洞在学堂里兼设中学、西学的主张，反对“中学为体，西学为用”的说法。他所管辖的施南、宜昌两府及荆门州的所有学堂一律不开西学。他也因此闻名两湖。怎么又出来个道员刘鼐呢，莫不是杨锐抄错了？谭嗣同侧过脸去看杨锐誊抄的上谕，写得明明白白是“湖北施宜荆道道员刘鼒”，看来，抄的人没错，说的人错了。

谭嗣同想起刚毅说的四个人中只有一个进士的话来，这个忘了自己笔帖式出身而讥笑别人功名不够的满洲权贵，却原来是个念白字的先生。他心里好笑：你失礼在先，就别怪我刻薄了！

“刚大人，你不要把小锅子当成大锅子看了！”谭嗣同说了这句话后，先自哈哈笑起来。杨锐也现出会心的笑容。

刚毅不明白谭嗣同说的什么，依旧是一副高高在上的派头：“什么小锅子、大锅子，这是军机处值庐，不是你家里的厨房！”

谭嗣同明白了刚毅不仅认错了字，而且对“鼐”“鼒”两个字的意义也不懂。好吧，今天就让你来见识见识我这个举人都未中的新章京的学问。

“刚大人，上谕上的字你念错了。不是刘鼐而是刘鼒，鼐是大锅子，鼒是小锅子。”

刚毅脸上红一阵白一阵地。他知道是自己念错了，但又拉不下脸皮来承认错误，更恼火谭嗣同在众人面前这样奚落他。

“什么大锅子小锅子的，还不都是锅子吗？”

刚毅终于憋出这样一句自我解嘲的话后，立即走出值庐门槛，迫不及待地离开这个使他尴尬的氛围。

刚毅刚一出门，值庐里立即爆发出一阵哄堂大笑。原来，刚毅是个专门念白字的大学士。“皋陶”作为人名，“陶”应念“繇”音，但刚毅不知道，仍念的“陶”本字。有一次念上谕时，把“瘐死”念成“瘦死”，又有一次把“聊生”读成“耶生”。于是有好事者作一联以讥之：“一字谁能争瘦死，万民可惜不耶生。”刚毅霸道，自己念错了还不许别人纠正。翁同龢因为常给他纠错而得罪了他。翁同龢的被罢黜，他在中间起的坏作用不少。

值庐中的章京对刚毅敢怒不敢言，今日让谭嗣同这么一弄，他们也跟着出了一口气，都开心地大笑起来。

刚毅记下了这个仇，但因错在他，亦不便发作。到了第三天，因为一道条陈的事，他又和新章京们发生冲突了。

上条陈的人为湖南邵阳举人曾廉。曾廉说可以变法，但不能用小人变法，而康有为、梁启超乃舞文诬圣、聚众行邪、假权行教之徒，皇上当斩康有为、梁启超以塞邪恶之门。曾廉的这些话，语气虽强横，实际上并不可怕，可怕的是他摘录了梁启超在长沙时务学堂为学生札记所作的几条批语，再加上自己的案语，恭呈皇上御览。其中最为厉害的一条是梁启超的批语："屠城屠邑，皆后世民贼之所为，读《扬州十日记》，令人发指眦裂，故知此杀戮世界，非急以公法维之，人类或几乎息矣。"

曾廉对这段批语加上案语："本朝美举不可殚述，梁启超独抬出《扬州十日记》，无非极诋本朝，以惑人心。臣实不知梁启超是何居心也。"

刚毅主张将这道条陈奏报皇上，并提出军机处的看法，立即拘捕康有为、梁启超，交刑部审讯，以大逆之罪处以极刑。谭嗣同、刘光第坚决反对这样做。谭嗣同更对梁启超的批札一条条予以解释、开脱，并特为指出，扬州屠城并非太祖太宗的意思，而是多尔衮的擅自作为，指责此事不是诋毁国朝，而是清算多尔衮，不能以此罪梁启超。

刘光第主张此条陈不应上奏皇上，以免亵渎圣明。谭嗣同主张可以上奏，但要表明军机处的态度：当此诏定国是推行新政之时，曾廉的条陈实为干扰大局，混淆视听，居心大为不良，应将曾廉处以毁谤新政罪论斩，以安人心而定社稷。

刚毅和谭嗣同、刘光第辩论。谭、刘引来一大堆有关新政的谕旨为自己作论据。刚毅对这些谕旨平时全不放在心上，此时茫然无对。更加之谭嗣同词锋犀利，气势逼人，刚毅在他的面前简直无招架之力。两个年轻的小军机把一个资望甚高的大军机弄得狼狈不堪。回到家里，刚毅越想越气，一个通宵未眠，第二天一清早便直奔颐和园，找慈禧来评理。

慈禧耐心听完刚毅的冗长陈述后，心中已是满腔恼恨。她紧绷着面孔问刚毅："曾廉的条陈带来了吗？"

"带来了！"

"李莲英，你念给我听！"

李莲英从刚毅手里接过曾廉的条陈，戴上老花眼镜，尖声尖气地念着。

果然如此！一股怒气冲上慈禧的脑门，她狠狠地上下挫动着满口碎牙，终于从口里蹦出四个字来：“康梁该杀！”

刚毅一听大喜，忙说：“老佛爷圣明，奴才这就去传老佛爷的慈谕！”

“慢着。”慈禧的脸色顿时又和缓下来．“这话你不能传出去，后天皇帝到园子里来，我去跟他说。”

刚毅满心欢喜地走出颐和园，他心里对这场所谓的“新政”前途已是洞若观火了！

自从诏定国是到今天，短短的三个月内，光绪已是第十二次来颐和园请训了。比过去的一月两次超过一倍。自从罢黜翁同龢后，光绪对慈禧已产生了逆反心理，暗暗地滋生着一种不顾一切、雷厉风行、偏要这样干的情绪，但禀赋脆弱的他仍对慈禧有一股先天性的畏惧心，于是便借勤跑园子来博得慈禧的好感，换取对他所行新政的支持。

慈禧看穿了光绪玩的这套小儿把戏，前几次尚且虚与委蛇，后来干脆告诉他，不必来得这样多，只要不违祖制，我不干涉你，你自己看着办吧！光绪以为太后为他的孝心所感化，已改变态度了，遂有一次罢礼部六堂官和擢四章京之举。

这天，光绪又一次来到园子。他恭恭敬敬地向慈禧问候：“孩儿请皇额娘圣安！”

慈禧一脸冰霜：“这日子都过不下去了，还请什么安！”

光绪大吃一惊，立时便冒出一丝恐惧来，口里说出来的话便不太利索了：“皇额娘哪里不……不舒服了……”

听了这话，慈禧愈加生气，提高嗓门说：“这江山咱们不坐了，你让给汉人吧！”

光绪被这话吓坏了，浑身直打哆嗦：“皇额娘这话怎么说，孩儿不……不明白……”

“你看看这个就明白了！”

慈禧指了指炕桌上的曾廉上的条陈，厉声说道。

李莲英过来，将条陈递给光绪。光绪一边看一边手抖抖地。

“皇额娘，梁启超在胡说八道，孩儿不会听的。”

“你不会听？”慈禧冷笑道，“他的老师康有为，你现在倚为左右手。他的朋友黄遵宪、谭嗣同，你都在重用，他本人也被你调到北京。你要知道，梁启超的这些言论，都是出自他的老师康有为。康有为早几年就将咱们大清的纪年改为孔子卒后多少年了。他的奸贼之心，不是清清楚楚了吗？”

光绪一边听着慈禧的教训，心慢慢镇定下来。他为康有为辩道：“康有为用孔子卒后纪年，学的是洋人用耶稣诞生纪年的方法，并没有改大清正朔的意思……”

“你还为他辩护！”慈禧打断光绪的话，“我问你，你为何一次就罢黜礼部六堂官的职务！仅仅因为一个六品主事的一道折子被拦阻吗？那个主事要你放洋到外国去，他说的是人话吗？咱们大清国的皇帝为何要去洋人的国家，他洋人的国王为何不到咱们大清来？这样的折子，怀塔布、许宝骙拦阻不奏，拦得对！即使他们拦错了，能因这事革他们的职吗？还要连累四个侍郎也一道丢官！你看看咱们大清的典册，从关外到关内，从太祖太宗到文宗穆宗，有谁做过这样的事？你这样意气用事，不怕列祖列宗的责骂，不怕天下臣民的讪笑吗？”

这一番话，说得光绪哑口无言，方才稍稍镇定的心又慌乱起来。他想辩说，但口嗫嚅着，一时竟找不出一句恰当的话来。

慈禧连珠炮似的又说了下去：

“人家怀塔布快七十的人，从宣宗爷手里便在内廷当差，五十年间，辛辛苦苦，忠心耿耿，从侍卫做起，做到尚书，也不容易。你为一点芝麻大的事就将人家的官职一下子全革了，你叫他如何想得通，又如何有脸回家见子孙？怀塔布落得个这样的下场，别的老臣眼看着不寒心吗？你年轻，不知道过去的事。当年英国人和法国人打进北京来，是怀塔布的父亲瑞麟大学士率敢死队在通州顶着，三千人死了两千，他也丢了一条胳膊。没有瑞麟的血战，洋人会答应签字吗？会有日后的安宁吗？你就是看在他老子这番功劳上，也不能这样对待他呀！还有，你裁光禄寺等衙门，你想没有想过后果呀？”

光绪终于找到了一点说话的空当：“这些都是只拿薪俸不做事的空闲衙门。皇额娘不也说过，朝廷养了一大帮子废人吗？”

“我是说过这话。”慈禧的火气似乎缓解一些，说话的调门也没有刚才高，节奏也放慢了许多。“我知道朝廷养了一帮子废人，我也知道这些废人多在光禄、鸿胪这些寺里。可是你知道吗，这些废人都是些什么人？大部分都是咱们满洲的人，都是些要看顾的宝贝儿！”

慈禧指了指炕桌上的银碗。立时有一个宫女走上前，双手捧起那只银碗来，一直送到慈禧嘴边。慈禧浅浅地喝了一口。宫女将银碗放回炕桌，抽出别在衣襟缝里的雪白绢帕来，慈禧接过手帕印了印嘴唇，继续说：“有一些人，祖上是跟着世祖爷入的关，他自己又给朝廷当了一辈子的差，也谨慎勤勉，但才干差了些，到老了朝廷要酬劳他，升他个卿贰大员。让他到六部去，他没那个本事，让他到台谏去，他又干不了，只好让他们到光禄、鸿胪去，有个卿贰大臣的名分，又不担心他坏事。又比如，他是咱们满洲的大功臣，但他子侄辈本事不及他，差很多，老子功勋太大，朝廷若不荫及子侄则不足以酬劳，他若不看着儿辈做到卿贰大臣则不肯瞑目。你说说，这些做子侄的打发到哪里去，自然不能去部院，也只有让鸿胪、光禄来安置了。你想想，朝廷若没有这些衙门，又怎么来办这摊子事呢？祖宗当年设置这些衙门，都是用心良苦的。你一下子都裁去，打掉了咱们多少满洲大员的饭碗，他们能不生怨吗？皇帝呀——”

慈禧拖长着声调说出这三个字后，语气完全换成了一个心地良善性情温和的老太太的腔调：“你还年轻，不大懂事，额娘要对你说几句腹心话。咱们大清国是满洲人打的天下，也要靠满洲人出死力气来保。满洲人不过四百万，而汉人有四万万，咱们一个满洲人要顶一百个汉人，如果不给满洲人超过汉人一百倍的好处，他会出超过汉人一百倍的力吗？皇帝呀，你变法也好，维新也好，有一条你要记住，就是不能得罪了满洲人。得罪满洲人，也就得罪了祖宗，最终就会失去江山。汉人，归根到底是不可信赖的呀！你千万要记住，这是列祖列宗世代相传的家法。”

光绪木头似的呆立着，再也不知说什么为好了。

“皇帝，额娘今天还要跟你说句咱们娘儿俩的家常话。”对于光绪侍立在旁恭听而不回话的情景，慈禧已经习惯了，她并不需要他的回话，只需要他听进去。“家常话”，这几个字倒唤起光绪的格外注意。在光绪的记忆中，慈禧对他这个儿子是很少说家常话的。未亲政之前，见面时总是问他书读得怎么样，字写得如何，末了总要加上一句“多习满文”。亲政之后，见面时便是说的政事国事。至于他的身体怎样，吃得如何，睡得如何，心里的喜怒哀乐等等，她一概不问。一般百姓家所常要说到的三姑六舅表亲远戚的话，慈禧更是闭口不提。所有这些，与他一个月见一次面的亲生母亲比起来，完全是两回事。母亲只关心他的健康和心情，其他并不多问。所以从小到大，光绪与他这个名义上的“亲额娘”总是亲不起来。今天，她却要说起家常话来了，真真少有！

“我的娘家侄女你不喜欢，偏偏喜欢那个不安本分的珍丫头，这或许是前世的缘分不够，我也没有办法。”慈禧轻轻地叹了一口气。“但皇后是后宫之主，掌六院，管妃嫔，这是祖宗定下的制度。你不能剥夺她的权利，乱了这个规矩。”

光绪急道：“我没有剥夺过皇后的权利。”

“早几天大公主过生日，你国事忙不能来，可以体谅，但你送的礼物，理应由皇后而不应由珍妃转送。你这样做，不仅冷落了皇后，也看轻了大公主。你懂吗？”

光绪惘然望着慈禧，好半天才似答非答地说：“孩儿知道了。”

五　光绪帝两颁衣带诏，谭嗣同夜访法华寺

回宫中的路上，坐在豪华马拉轿车里的光绪的思绪一直没有停过，他回顾诏定国是三个月来自己的所作所为。要说失误，同时罢礼部六堂官一事或许可以说得上，太后说的“意气用事”不是没有道理的。但其他的事，包括议论最多的裁撤衙门的事，也并没有做错，只是徐致靖老先生所说的：快了一点。怎么能不快呢，光绪心里急呀，急大清国总不争气，处处不如洋人，事事受洋人掣肘欺负；急自己徒有空名而没有实权，急那些文武官员只知道享受朝廷给他们的权利和俸禄，却从不替朝廷分担忧愁。从上到下，数以万计的官员，几个有心肝血性？俟河之清，人生几何？光绪恨不得一个夜晚就把眼前这些不如意的事一扫而光。他时常因身边的大臣和各省督抚不能理解他的心而苦恼、而焦烦、而愤怒，但今天慈禧的一番斥责，却也使一直处在燃烧状态中的年轻皇帝冷静了许多。

这三个月来确实得罪了不少人，所得罪的人中又多为那些懒散平庸惯了的满人。他们表面不做声，心里不服气，说不定，他们都在暗中跑园子，向太后诉苦，求太后为他们做主。再说，梁启超也太过分了。扬州屠城，这是在揭老祖宗的丑事。向学生说这些，将会导致什么后果，这不明摆着授人以柄吗？另外，还有太后提到的康有为的孔子卒后纪年的事，这也是一件无任何实际意义，只能招致非议的标新立异之举。光绪突然想到，康有为、梁启超其实只是书生而已，他们并没有切实的仕宦经历。随着他又想起徐致靖、杨深秀，想起杨锐、谭嗣同、刘光第、林旭，这几个月来所提拔重用的竟然全是没有政务经验的书生。自从翁师傅回籍后，有关新政事，身旁就再也没有一个既有热情又有威望的大臣可以商量了，有一位众望所归的张之洞，本是替代翁师傅的最好人物，却又在晋京的半途之中折转回武昌。

猛然间，光绪有了一种孤立无援之感。这种感觉一旦涌出，生性脆弱的他便不由自主地慌乱起来。这时，慈禧的震怒和训斥，怀塔

布、许宝骙及光禄寺等衙门官员的怨恨，荣禄、刚毅、徐桐等人频繁地进出园子，以及最近董福祥甘军的进驻长辛店、聂士成武卫军的抵达天津，这一系列现象，便乱哄哄地交叠重复地出现在光绪的脑海中，一种莫名其妙的恐惧在心中产生。他似乎明白地看到：自己其实是手无寸权，这身九龙袍服不过是戏台上的行头而已。他又仿佛看到前面的道路越来越狭窄，越来越黑暗。他这几个月来的朝乾夕惕，好比是在掘深渊，挖鸿沟，过不了多久，自己就将会来到渊沟的边上，被人推下去跌得粉身碎骨……

直到在养心殿东暖阁里坐下许久，光绪的一颗心仍在怦怦乱跳，他还未从恐惧中走出来。

下午四点钟，是宫中的午饭时候，他特为召珍妃进宫来陪侍吃饭。珍妃的到来，使他的心定了许多。席上，他把慈禧的训斥一五一十地告诉珍妃，把大公主过生日那天因为送礼惹得皇后和太后不快的事，也对她说了。珍妃说：“当时我就看出来了，我没有理睬她们。”

隔一会儿，珍妃又说：“我看，老佛爷昨天斥骂你，与皇后从中使坏有关系。她一向把家事和国事搅在一起。”

“珍妃，”光绪目光乏神地望着眼前的爱妃，凄然地说：“朝廷里很多大臣都反对新政，我的努力恐怕会是白费了。”

“皇上，你不要太担心。新政使国家富强，全国百姓都是支持你的。你的努力决不会白费。”

这话让光绪的心稍稍舒坦了一点，但很快他的情绪又波动起来，沉重地说：“我现在才知道，太后其实是反对新政的。珍妃，我对你说实话，我一直很怕太后，我知道我斗不过她，如果她坚持反对，我就只有罢休了。”

珍妃虽只是一个二十三岁的少女，却生来胆大志豪有远见。她深爱着光绪，爱他的聪明好学，爱他近于天真的纯良，却又深为他的胆小脆弱而惋惜。

早在两年前，光绪便有意效法日本和西洋各国，振衰起疲，变法图强，但他顾虑多，疑心重，瞻前顾后，游移不定。珍妃一直在旁给他打气，壮他的胆。三个月前的光绪终于下定决心弃旧图新，与珍妃起的作用大有关系。

珍妃以怜恤的目光望着这个比她大五六岁的丈夫，看着他苍白瘦削的脸庞和矮小单薄的身材，猛然觉得他似乎还不是成熟的男子汉，而只是一个大孩子而已。她以母亲哄孩子的腔调说道："皇上，不要怕，有我在哩，有大清百姓在哩，你怕什么。大不了，咱们停一停，待老佛爷百年之后，咱们再干不迟！皇上，你做的事是对的，祖宗会保佑你的，上天会保佑你的，神明会保佑你的……"

珍妃絮絮叨叨地念着念着，果然，这一招很起作用，从园子里带来的慌乱感、恐惧感，慢慢地从这个欲办大事却又胆气薄弱的年轻人的心上离去了。

"咱们还是得想想办法。"情绪稳定后的光绪开始了正常的思维。"得把这个情况告诉我的臣民。"

珍妃问："皇上最想告诉哪些人？"

"康有为。"光绪说，"康有为说洋人支持大清新政，叫他去找英、法和日本的公使，若他们出面讲话，太后和那些反对新政的大臣就会有顾虑了。"

"这个主意好。"珍妃立刻附和。"但不能召康有为。康有为品级太低，召见他招人注意，马上就会传到园子里去。我看，不如召见新提拔的军机章京，这属于正常召见，不易引人注意。"

"行。"

"也不要四个人都召见，那样太招眼。"珍妃补充。

光绪说："就召见杨锐吧！这些日子，我细心观察了一下，杨锐在这几个新章京里最为稳重，性情也较平和，到底是张之洞的高足，今后可寄以重任。"

珍妃想了想说："为昭慎重，皇上还是写一道谕旨，召见时将这道谕旨交给他，让他带出宫交给康有为。康有为还可以将这道谕旨出示给公使们看。”

“就这样吧！”

宫里的光线已经暗淡了。珍妃亲自点上灯，又磨好墨，在一旁侍候，光绪略为定定神，提起笔来写着。

今年夏天京师格外热，紫禁城内因为没有树木，又比胡同里老百姓的四合院更显得酷热。正午时分，走过三大殿之间的金砖广场，砖上的热量可以透过两寸多厚的朝靴直向脚底扑来，让人有一种踏在热铁板上的感觉。直到黄昏，灼人的热气仍不少减。大殿堂大阁楼因为顶高砖厚，则比外面要清凉得多。

紫禁城唯有一处建筑物，在这大热的天气里不仅与外面一样燥热，而且还显得更郁闷，这就是位于隆宗门外的军机处值庐。

这一溜房子与周围雄壮的宫殿极不相称，又矮又小，瓦薄砖薄，加之办事的人多，拥挤在一起，更显得热气难耐。大军机或根本不来，或坐一坐便走，留下那些小军机叫苦不迭，一个劲地埋怨着：做军机处章京还不如做讨饭的叫花子！

掌灯的时候，当值的所有小军机，一个个如同从牢房里放出的囚犯似的，急急地往家里奔，空荡荡的值庐，只剩下两个人：杨锐和谭嗣同。他们以对新政的百倍热情，自愿呆在这热得如蒸笼的小值庐里加班加点。

“人都走光了，我们也不要这副君子相了，脱衣吧！”

谭嗣同边说边把长褂子脱了，还觉得热不可当，干脆把上衣也脱掉，只穿一条短裤衩，又抓起一把大蒲扇，死命地摇着：“痛快，痛快！”

见杨锐还是穿着后背都湿透了的长褂子，在全神贯注地读着一份来自他家乡四川的折子，谭嗣同笑道：“叔峤，脱了吧，别这样死要面子活受罪！”

杨锐迟疑一下，把大褂子脱下来。谭嗣同说：“只有我们两个人了，干脆把上衣都脱了，打赤膊！”

杨锐笑着说：“毕竟是宫中，打赤膊不雅观，万一有内监送个紧急文书来，看见了传出去也不太好。”

谭嗣同说：“已经是夜晚了，莫说是内监，就是宫女来了都不要紧。”

杨锐大笑：“若是宫女来了，就更不好了。”

二人正在嬉笑间，光绪的贴身太监王鉴斋急急走了进来：“皇上传旨召见杨章京。”

杨锐和谭嗣同都颇感意外：这么晚了，皇上还召见，难道出了什么大事？杨锐赶紧把刚脱下的大褂子重新穿好，又把罩在帽筒上的嵌有青金石四品顶子的红缨帽戴上，再对着镜子上下整理整理，然后跟着王鉴斋急急忙忙地跨出值庐，走向西长街。

谭嗣同一个人坐在灯下，再也无心治事了。一股不祥之感越来越浓重地涌上他的心头。在这班维新新贵中，谭嗣同算是一个很特别的人物。杨锐、刘光第等人活动的范围只在京师官场，康有为、梁启超的支持者多在士林，谭嗣同与他们不同，他是结交满天下，朋友遍四海，无论官场士林，还是市井街巷，不管江湖武侠，还是绿林会党，各行各业，各门各道里都有他谭公子的至交好友。当年京师镖局的第一保镖、北国有名的大刀王五便是他的生死之交。朋友多，消息也便多。湖南的朋友告诉他，长沙城里新旧斗争激烈，陈宝箴以巡抚之尊，徐仁铸凭学政之位，都敌不过以耆儒名流王先谦、叶德辉等人为首的反对派，湖南的新政不出长沙一城，且有越来越孤立之势。湖北的朋友告诉他，张之洞的洋务局厂、新式学堂尽管名声很大，但其实只是虚有其表，不能细究，而且张之洞的新政也只在局厂、学堂、铁路、练兵而已，对于开议院、行民政他是坚决反对的。他的《劝学篇》，说穿了是脚踏两只船。尤其令人担忧的是，张之洞对慈禧感恩甚深，一心一意向着慈禧，晋京途中半途折回，背景蹊跷，值得玩味。而以他父亲为首的湖北地方各级官员对新政普遍冷淡，各项有关新政的谕旨全都搁在箱子里，有的甚至连包封都没打开。江苏的朋友告诉他，翁同龢的革职回籍对江苏全省震动极大，江苏官场与翁氏一家三代关系甚深，翁的倒台，使他们胆战心惊，目前都忙于自保，无暇顾及新政。对新政的成功，他们普遍不抱希望。江湖的朋友则告诉他，眼下秩序动荡，民心浮动，绝大多数人对朝廷已经绝望，他们决不相信朝廷能行新政，而且满汉冲突又起高潮，老百姓的怨恨已转变为种族仇恨，认为是满人害了中国。更有异人在江湖上活动，联络会党，欲揭竿起义，重演洪杨旧事。江湖上，如今是旌旗晃动磨刀霍霍，与变法、学西方等时髦举措全不相干，他们走的是另一条路。

这一连串来自四面八方的消息，使得一向抑郁寡欢的谭嗣同更加忧心忡忡。虽然忧虑，但他并不失望，更不沮丧。他坚信唯有变革维新才能救亡图存，才能致中国于富强，这是不能有任何选择、任何犹豫、任何怀疑的唯一道路。早在十多年前，他便看出了这一点。只是，他深知自己是孤独的。后来他结识了康有为、梁启超等人，虽然增加了一些同志，但他仍感孤独。三个月前，皇上诏定国是实行新政，并特征他为四品衔军机章京。他欢欣若狂，认为可以一展平生鸿抱了。然而，来到军机处不久后，从朝廷，从军机处，从各地的奏报上书及四方友人的来信中，他发现，即便是皇帝本人亲自来倡导这件事，却依然是孤独无援。

他为此哀痛，为此悲愤。他想到中国的读书人，因数千年陈陈相袭的旧观念，使得背上的包袱太过沉重，中国的百姓，因世世代代的贫穷困苦，早已变得麻木不仁，必须要有先知先觉大智大勇者，以生命和鲜血来震惊来唤醒。这段时期来，他已做好了准备：倘若哪天中国需要此种人的话，他谭嗣同愿做第一个！

多少年来，除了这个伟大的事业能给他带来激情和欢乐外，人世间已没有多少东西让他眷恋，让他牵挂，让他割舍不断的了。

他最亲爱的母亲二十多年前就已经弃他而去。自那以后，家庭对他来说，就不再意味着亲切和温馨。他恨继母，恨小姨娘，对自己的亲生父亲，他也没有几分感情可言。父亲好色自私糊涂懦弱，虽居高位，实际上算不得一个大丈夫。他无子女：无膝下之欢，也无娇儿之怜。他和夫人之间，或许是前生缘分不够，也或许是后世性格不合，彼此相敬之礼胜过相爱之情。结缡十多年了，分居两地之日多，厮守一室之时少，绝不像寻常小夫妻那样如胶似漆形影不离。同胞兄弟三人，大哥二哥早已先归太虚，他本人也是从鬼门关口转回来的。复生，复生，死而复生，这已经是第二次生命了。

亲情既淡，生命已再，谭嗣同对人世无所恋，亦无所憾。他常想，倘若到了真要为自己所耗尽心血的事业而献身的那一天，他会坦然面对欣然就义的。他甚至希望有这么一天，他能以一己之生命与鲜血，唤起国人的醒悟，那将是非常值得的，也将是他告别人寰最理想最壮美的方式。

就在谭嗣同心猿意马惴惴不安地等待的时候，杨锐进来了。灯光下，谭嗣同看到的是一张忧愁的面孔。

“皇上跟你说了些什么？”谭嗣同走上前去，想帮杨锐脱外褂。杨锐的手摆了摆，两手相碰，谭嗣同感到他的手意外的冷。绝不是好事！谭嗣同似乎已觉察了事态的不妙。

杨锐默默在一条凳子上坐了下来，轻轻地说：“给我一杯凉茶！”

谭嗣同赶紧将自己喝了一半的茶端过来。杨锐接过，一口气喝了个精光。

“复生，这是皇上刚才颁给我的密诏，看了你就知道了！”

杨锐从内衣口袋里掏出一张折叠的纸来，谭嗣同忙接过展开，那纸已被汗水浸成半湿了。他小心翼翼地捧着，凑到灯下看了起来。

近来朕仰窥皇太后圣意，不愿将法尽变，并不欲将此辈荒谬昏庸之大臣罢黜，而用通达英勇之人，令其议政，以为恐失人心。虽经朕屡次降旨整饬，并且随时有几谏之事，但圣意坚定，终恐无济于事。朕亦岂不知中国积弱不振，至于阽危，皆因此辈所误，但必欲朕一旦痛切降旨，将旧法尽变，而尽黜此昏庸之人，则朕之权力实有未足。果使如此，则朕位且不能保，何况其他！今朕问汝：可有何良策，俾旧法可以全变，将老谬昏庸之大臣尽行罢黜，而登进通达英勇之人，令其议政，使中国转危为安，化弱为强，而又不致有拂圣意。尔其与林旭、刘光第、谭嗣同及诸同志妥速筹商，密缮封奏，由军机大臣代递，候朕熟思，厉行办理。朕实不胜十分焦急，翘盼之至。特谕！

独处值庐时种种不祥之兆的思考，果然从皇上处得到了验证，谭嗣同一时间悲愤莫名。

“叔峤，皇上还说了些什么？”

杨锐从谭嗣同的手里将密诏拿回，重新叠好，放进衣袋里，然后慢慢说：“皇上将昨日在园子里遭太后训斥的事略为说了些。还说，变法到了今天，已处于危急存亡之秋。我们要和康有为、梁启超一起商议，是否可请外国公使馆出面，发表支持文告，借外人之力来压太后。”

谭嗣同紧闭嘴唇思索着。他深陷的双目和清癯的面孔，因冷峻而变得森厉起来。他伸出手来，对杨锐说：“把密诏交给我，我现在就出宫！”

如同接受命令似的，杨锐的手不由自主地伸向衣袋。手指刚碰上那张纸，却又停住了。

“你这样急急忙忙地出宫，会引人怀疑的。很难说门禁中没有太后安置的密探。你难道忘了衣带诏故事吗？可惜我们无针线，不能缝之于衣带中，万一被人搜出怎么办？不如明早，我们从从容容出宫为好。”

汉末曹操专权，献帝以指血写密诏授国舅董承，命他定计除曹。皇后将此诏缝于赐给董承的衣带之中，而躲过曹操的严查。这便是历史上有名的衣带诏故事。

谭嗣同听杨锐这么一说，浑身打了下冷战，难道皇上已到汉献帝那样的可怜地步了吗？

“皇上漏夜相召，说明此事已经危急了，怎么能再等到明天呢？我必须立即出宫，找南海先生筹商良策，你给我吧！我会有办法不让门禁看出破绽的。”

杨锐将密诏从衣袋里拿出，但手依旧攥着，不愿交出来。

“你是怕被人搜出来吧！”谭嗣同在身上摸来摸去，突然有了主意。他把脚上穿的靴子脱下一只，从里面将底帮撕开两寸长的口子。“藏在这里，总可以吧！”

“好吧！”杨锐觉得将密诏藏在此处，也还妥当，便亲手将密诏小心翼翼地塞进谭嗣同的靴帮子里。谭嗣同重新穿好靴子，神色凄壮地向杨锐抱了抱拳：“我走了！”

杨锐心一紧，说：“你要多多注意，明天上午我来南海会馆找你。”

谭嗣同通过景运门时，四个门禁中有两个已坐靠楹柱边睡着了，另外两个正有一句没一句地说着闲话，见谭嗣同大步流星地朝门口走来，其中一个年岁稍长的开了腔：“谭大人，散差了？”

谭嗣同随口答道：“这天一丝风都没有，闷得难受。你们还得守在这里，怪辛苦的。”

另一个年纪稍轻的说：“没法子呀，吃这份粮，就得受这份罪。”

谭嗣同灵机一动，从衣袋里取出一个银元来：“这是块鹰洋，值七钱二银子，四位哥们拿去买几碗冰镇酸梅汤喝喝吧！”

那年轻的忙走过来，一手接住，连声说：“谭大人心眼好，怜恤咱哥们，过不了多久，皇上就会赏您个大军机！”

“好！托你的吉言！”

谭嗣同忙跨过景运门，穿过黑沉沉的宅墙，来到锡庆门。锡庆门只有两个小门禁把守，谭嗣同向他们点头笑了笑，其中有一个认得谭嗣同的，叫了声：“谭大人！”

谭嗣同又拿出一块鹰洋来，递了上去：“老哥，我有点急事出宫，请你开一道东墙小门让我出去吧！”

东西两围墙有几道小门，是专为进宫做粗事贱事的小民用的。正常情况下，进宫办事的官员都从东华门里进出，谭嗣同想尽快出宫，不愿多走路从东华门出，又怕东华门人多眼杂，无故添出什么麻烦来，于是用小惠来买通门禁。这小门禁是用过鹰洋的，见到这块青灰色的银洋，很是高兴，痛痛快快领着谭嗣同穿过锡庆门来到东墙，打开一道三尺余宽的小门。

走出禁城的谭嗣同，这时才长长地出了一口气：情形原来并不是想象中的可怕。莫非衣带诏故事，是文人的杜撰！谭嗣同顾不得多想，蹽起大步，直奔粉岭胡同南海会馆。

来到南海会馆时，已是三更天了。康有为和梁启超长谈到深夜，刚睡下不久，见谭嗣同夤夜来访，都大为吃惊。

“南海先生、任公，皇上漏夜召见杨锐，颁下密诏。”

谭嗣同一坐下，便把靴子脱下来，从靴帮子里抽出诏书来，双手递过。

康有为拉了拉梁启超的衣角，说：“我们跪下接旨。”

梁启超觉得实在没有这种必要，但又不好违抗老师，便只得跟着康有为跪了下来。

康有为恭恭敬敬地磕了三个响头，然后朗声念道：“臣工部主事康有为谨领圣旨！”

然后高高地举起两只手，从谭嗣同手里接过诏书，再站起，走到灯下细看。梁启超也在一旁看着。

康有为的双手慢慢颤抖起来，两眼也慢慢盈湿模糊。

“皇上呀，皇上！”终于，康有为放声痛哭，高声恸叫起来。

梁启超劝道：“先生，现在不是哭的时候，我们要为皇上分忧想办法！”

谭嗣同也说：“南海先生，皇上期待我们拿主意！”

梁启超打来一盆水，康有为洗了脸，三人重新坐好，开始筹议。

康有为说：“皇上主要是缺乏领兵的人，有几个领兵的人死心塌地跟着皇上，就不怕老太婆了。”

康有为很讨厌慈禧，从来不用太后、老佛爷这样的尊称来叫她，通常呼她为老太婆，有时气起来，还会骂她老妖婆、老恶婆。

梁启超说：“要说兵丁，六十六镇绿营可谓一群吃粮的蛀虫，只是吓唬老百姓，打起仗来一点用都没有，天下真正管用的军队只有四支：一支是张之洞在江南练的自强军，二是董福祥的甘军，三是聂士成的武卫前军，再加上袁世凯的新建陆军，我们只能从张、董、聂、袁四人考虑。”

谭嗣同说：“张之洞在江南练的自强军，现在由刘坤一在掌管。刘坤一也是个老迈昏庸的人，这支兵不要考虑。董福祥的甘军和聂士成的武卫前军，早已奉荣禄之命，分别从甘肃来到长辛店、从京郊来到天津，荣禄是太后的人，这两支兵力已在太后的掌握之中，不可能再听皇上的命令来对抗太后。现在唯一可考虑的便是袁世凯的新建陆军了。”

“袁世凯可用。”康有为立即接言，“乙未年我办强学会时，袁世凯刚从朝鲜回来便来找我入会，又捐五百两银子。这事卓如也知道。”

梁启超说：“袁世凯在国外十多年，与日本和西洋各国打交道多，眼界开阔，头脑清楚。我和他谈过一上午的话，他给我的印象很深，是个可资信任的领兵之人。”

谭嗣同说：“要想得到袁世凯的实心拥戴，必须请皇上给他越级提拔。他现在只是一个道员衔，我看可以由皇上赏他一个侍郎衔。他必然感恩戴德，在危急之中为皇上效命。”

梁启超说：“我以为，不如干脆劝皇上迁都上海，离开北京。老太婆舍不得颐和园，她不会跟着到上海去。摆脱老太婆，皇上就可以自主了。”

康有为说：“几年前，我就提出迁都一事，或迁上海，或迁广州都可以。沪穗风气开通，远比北京好。但这是以后的事，远水不能救近渴，眼下还是复生的主意好。事不宜迟，复生你赶紧回去，和叔峤商量，拟个折子，最好能面见皇上，当面说清。我和卓如过会就到日、俄等国公使馆去游说。”

谭嗣同刚出门，便遇到了急急赶来的杨锐。杨锐告诉谭嗣同，已将密诏事告诉了一早进去当差的林旭、刘光第。谭嗣同也把笼络袁世凯的主意告诉杨锐，杨锐同意。他知道袁世凯这几天正在京师，住在西郊法华寺。小站练兵处在法华寺长租一间僧房，作为联络及办事的处所。

谭嗣同说：“这真是天遂人愿，看来袁世凯是皇上的护法天神韦驮。”

杨锐说：“你回到浏阳会馆去准备折子，我回宫，在军机处值庐等候王鉴斋。跟他约好，正午十二时让他到值庐取折子。你在十二时之前把折子缮好带到值庐来。”

“行，就这样办。”

一切都按照他们的安排在顺利进行着。

十一时半，谭嗣同风急火燎地送来奏折。十二时，王鉴斋准时来值庐提取。半个小时后，杨锐、谭嗣同见王鉴斋急如星火般出宫。六时许，就见到袁世凯风尘仆仆地跨进景运门。

杨、谭、刘、林四位新章京在心里长长地舒了一口气。约一个小时后，又见袁世凯气宇轩昂地从遵义门里走了出来。借着薄暮的余光，他们看见这位新建陆军统领的脸上洋洋有喜色，便知道他一定是从道员升为侍郎了。众皆欣慰。

不料第二天傍晚，几乎在杨锐被紧急召见的同一个时刻，林旭也被皇上召见，同样奉了一道密诏出宫。

翌日上午，在康有为的主持下，梁启超、谭嗣同、杨锐、刘光第、林旭紧急聚会于南海会馆。首先由林旭宣读密诏：

朕今命汝督办官报，实有不得已之苦衷，非楮墨所能罄也。汝可迅速出外，不可迟延。汝一片忠爱热肠，朕所深悉，应爱惜身体，善自调摄，将来更效驱驰。朕有厚望焉。着康有为迅速前往上海，毋得迁延观望。特谕。

康有为听了这道谕旨，又大声痛哭了一场。众人或跟着流泪，或板脸握拳，尽在悲愤之中。

林旭首先说：“皇上想仿效西洋议会，开懋勤殿议新政，遭到荣禄、刚毅的反对，太后也加以斥责。皇上心里非常痛苦，深觉势单力薄，难以对付旧派，看来京师近期内会有不测之变发生。为了维新大业的前途，请南海先生遵旨先去上海避一避。至于我林旭，决不离开京师，我要在这里与那些老朽较量较量，大不了一死而已。”

康有为说：“暾谷不怕死，难道我就怕死吗？我也不去上海，留在京师辅佐皇上，与老妖婆斗到底！”

林旭激动地说：“我林旭死不足惜，南海先生乃维新变法的旗帜，只要南海先生不死，中国的维新大业就没有失败。”

梁启超说：“暾谷说得有道理，先生宜速离北京去上海。我们都留在这里，静观事态的变化。”

刘光第说：“皇上眼下心情焦急，谕旨所说的话难免有过头之处。依我看，目前并不是失败之时，我们不要太悲观。”

谭嗣同猛地一拍座椅扶手，厉声道：“我看，一不做二不休，干脆借九月天津阅兵之时，来个非常之举，将老太婆及荣禄、刚毅都抓起来，看谁还敢反对变法！”

这真是石破天惊，又好比山崩地裂，谭嗣同的这几句话把大家都给镇住了。一时间，南海会馆的气氛如雪飘冰封，酷暑之中，仿佛觉得冷风飕飕，寒意逼人。

兵变！抓慈禧太后！这些个维新派精英什么都敢想，什么都敢干，但除谭嗣同一人外，任谁都还没有想到这等事上来。

这个老太婆是什么人？二十多岁时她便敢于亲手发动政变，杀肃顺、载垣，废除顾命祖制，实行垂帘听政。占据半壁江山、立国十三四年的太平军就在她的手里鸡飞蛋打，只做了一场天国梦而已。跋扈嚣张、不可一世的湘军在她的手里被乖乖裁撤，化解于无形。上自居正位的慈安，下至处领班的恭王，都不是她的对手，至于朝廷的亲贵大臣，各省的督抚将军，所有须眉男子全都匍匐于她的石榴裙下。她甚至可以将太和殿丹墀上的龙凤来个上下颠倒，以表示她至高无上的地位和不可侵犯的权威。若说导大清于强大、致百姓于富裕，她一无所长一窍不通的话，使权术，弄政变，玩天下于股掌之中，行诈术于谈笑之间，则当今中国无一人可比得上。倘若不是计出万全，有百倍制胜的把握，这种念头岂可动得？只要有一丝半点风声泄露，弥天大祸便不旋踵而至！

太突兀，太离奇，太骇人听闻了！大家都不做声，心里头却如翻江倒海般的不得安宁，眼光不由得望着康有为——他们的精神领袖、龙头大哥。

康有为也是大感意外。他在心里掂量几下后，咬紧牙关说：“我看复生这个想法也并不是完全不可能的。自古以来，成非常之事者必有非常之举，这个老妖婆倒行逆施，已到天怨人怒的地步，祖宗神灵都会庇佑我们的成功。关键在于，这事由谁来做？”

谭嗣同接话：“当然是袁世凯。”

康有为说：“是的，此事非袁世凯莫属。只是袁世凯敢不敢做，我们不知道。一个侍郎的官衔，是不是已使他成为皇上的人，也还不清楚。当然，事成之后，可以让袁世凯做大清的兵马副元帅。但若此事不成的话，袁世凯也有灭门之祸，他不会不考虑的。”

梁启超说：“先生说得对，得摸清他的态度！”

“我去！”谭嗣同刷地站起，慷慨说道，“我谭复生这就去闯虎穴，今天夜里若没有回来，你们就当我已葬身虎口了！叔峤，暾谷，你们把皇上颁发的两份密诏借我用一用！”

众人都一齐站起来，一股悲壮之气充塞南海会馆。杨锐、林旭将密诏交给谭嗣同。康有为紧握谭嗣同的双手，沉重地说：“复生，维新大业能不能成功，大清能不能富强，皇上能不能制服老妖婆，就在此一举了。千万斤重担，全压在你一人身上。你不可太莽撞，要相机行事，说服袁世凯，我们都在这里等你胜利归来！”

谭嗣同坚定地说：“大家放心吧，我一定会把袁世凯说服的！”

法华寺建于元代，是北京外城的一个大佛寺。清初，刚进关的八旗军就驻扎在寺院周围，后来又做过正蓝旗的校场。

法华寺的僧人们颇懂世俗的经商之道，利用寺庙地处京城的好条件，着意装饰了十几间僧房用来出租。此招甚灵，来此租房的人络绎不绝。法华寺靠着这笔收入，把一个古旧佛寺侍弄得活络而充满生机。

新建陆军驻扎在天津东南七十里的小站，为便于办事，分别在天津城和北京城设有联络处，北京的联络处便在法华寺。五天前，为着与德国公使商谈一笔军火生意，统领袁世凯亲自来到北京，下榻在法华寺的联络处。

这几年，新建陆军在袁世凯的训练下，很快成为新式军队中最为突出的一支人马。袁世凯受到朝野内外的一致称赞，有识之士更把他称为一颗前途无量的政坛新星，而此时的袁世凯，尚不满四十岁。袁世凯在海外多年，对世界形势颇为了解，知道中国需要变革，故对维新活动予以关注和支持。因此，新派也对他抱有好感，徐致靖还专折保荐过他。尽管袁世凯知道自己口碑很好，迁升可待，但他决没有想到鸿运竟来得这样突然，这样快捷。转眼之间，便从正四品的道员擢为从二品的侍郎，连升三级，一下子便由一个地方中级官员变成一个朝廷大臣了！真正是祖宗保佑，福星高照。亢奋了两天后，袁世凯想起，应该给皇上上一道谢恩折。

星月照耀的法华寺，庄严而不神秘，静穆而不冷寂，灯火下，袁世凯独坐书桌前，握管构思。袁世凯不喜读书作文，功名仅只秀才而已，他是靠银子捐了监生身份，才得以获取文官的资格。平时在军营，有的是诗书满腹而功名不遂的文人替他捉刀，可今夜全靠自己搜肠索肚，他一时有点作难，刚写了一个题目，便觉得下文难以为继了。他离开座椅，背手在屋内踱起步来。

这时，门被轻轻推开，联络处的一个都司衔武官进来说："袁大人，有个人要见您。"

"这么晚了，是什么人？"袁世凯显然不乐意此时见客。

都司说："我已经替您挡了，他坚决要进来。"

袁世凯不大高兴地说："我现在正在办重要的事情，要见，明天再说！"

"袁大人，再紧要的事也紧不过我的事，你今夜非见我不可！"

从都司背后传来一句尖厉的声音，原来客人已经到屋里来了。

袁世凯见来人一身夜行服装束，腰间微微隆起。军戎出身的袁世凯一看便知道那里藏着凶器：或是匕首，或是西洋短火枪。刺客！他的脑中很快闪过这两个字。

与此同时，来人也在死死盯着袁世凯：不及中人的五短身材，一颗特别肥硕的脑袋，两只又圆又大的眼睛里精光闪亮，上嘴唇有一道浓密的一字须。

"你是谁？"袁世凯威严发问，"如何深夜来此见我？"

"哈哈哈！"来人尖声笑起来。"袁大人，你是贵人眼高，认不得我。"

虽是笑声，却分明透露出一种逼人的威慑之气。

袁世凯已感觉到此人的来头不小。他见多识广，是个极为敏捷乖觉的人，见此情景，立刻改变了态度："壮士莫怪，袁某一时想不起来，请问壮士尊姓大名！"

"我乃谭嗣同！"

啊，这就是海内闻名的谭公子，而今天下瞩目的新贵谭章京！

“哎呀呀！袁某有眼无珠，不知是谭老爷光临，方才多有得罪，该死该死，还望谭老爷大肚海量，请坐请坐。”袁世凯的态度来了个彻底大改变，满脸笑容可掬，一副谦卑神态，又对站立一旁的都司斥道，“你还不赶快向谭老爷请罪，快去端一碗好香茶来，求得谭老爷宽恕！”

都司连连打躬作揖，又赶紧双手捧了一碗香茶敬上。谭嗣同微笑着坐了下来。

袁世凯以很恳挚的态度说道：“谭老爷名播宇内，声闻南北，袁某景仰之至，总是无缘相见。此次超擢军机章京，足见皇上对谭老爷的器重。袁某多次想登门拜谒，只是顾虑到谭老爷新政事忙，无暇接见，遂不得不打消这个念头。想不到今夜谭老爷光临法华寺，真是天赐良缘，使袁某一偿多年宿愿，确实是三生之幸。圣人云不知者不怪，方才的莽撞之处，千万请谭老爷莫往心里记。请喝茶，喝茶。”

谭嗣同与这位新近崛起的军事统领还是第一次见面，这之前脑子里装着的是有关此人的各种议论评说。对于一个素昧平生的不速之客的冷漠与拒绝，并非多大过错，而一旦得知后立即殷勤接待，足见他的诚恳。袁世凯的这番表现消除了谭嗣同的疑虑，他喝了一口茶说：“袁大人才干超群，识见卓越，我心仪已久。”

袁世凯忙说：“谭老爷言重了，谭老爷才真的是海内人望。”

“造次闯进法华寺求见，本不应当，然事情紧急，不得已如此，还请袁大人见谅。”

袁世凯的心不由得紧缩一下。谭嗣同眼下是皇上的近幸宠臣，说是有紧急事，莫非是受皇上之托而来？遂敛容说：“有什么事情，请谭老爷明示。”

谭嗣同庄容正色地说：“袁大人，皇上自四月下旬行新政以来，颁发新政谕旨上百道，但于官员升黜，除礼部一事特殊外，几乎未有动静，至于军营中，更无一人得到提拔，而在上千个带兵统领中唯一越三级而擢升您。您说说，皇上对您如何？”

袁世凯激动地说：“皇上对袁某的恩德，天高地厚，袁某粉身碎骨无以报答。”

谭嗣同又说：“袁大人，您看皇上属于怎样的君主？”

袁世凯立即答：“皇上乃旷代圣主，实圣祖、高宗爷一脉相传的有为君王。”

“好！”谭嗣同说，“袁大人既感皇上大恩，又知皇上为圣主，若皇上遇到急难之事，您如何办？”

袁世凯不假思索朗声答道：“皇上若有急难之事，袁某将亲率新建陆军，为皇上解危靖难，虽赴汤蹈火，在所不辞。”

“皇上现在就遇到了急难。这是皇上近日颁发给杨锐和林旭的两道密诏。袁大人，您先看看。”

谭嗣同从内衣袋里取出两道密诏来，袁世凯忙跪下，双手过头捧接。随即站起，走到灯下细看。

袁世凯边看边想，越想越觉得形势紧如绷弦且危如水火。

袁世凯是个精明透顶的政坛射雕手。他虽居小站，却对京城中的朝局了如指掌。他深知变革对中国的重要性，也深知变革会遭到既得利益者的反对，因而充满着危机和风险。他也知道主张变革的皇上并未握实权，而不希望变动的太后才是大清的实际主宰者。他为自己定下的方略是：安处小站练好新军，静观大局，不卷入漩涡。皇上超擢他为侍郎，他知道皇上想依靠他。当然，他更需要依靠皇上，他决不会拒绝而是心存感激。他感激皇上的圣眷，会为皇上办事，但若是牵涉到新旧两派的争斗，他会谨慎。现在，皇上将不仅让他卷入争斗，而且是卷入与太后的争斗，袁世凯感到百般为难，万般恐惧。看完两道密诏，他的后背已让冷汗湿透了。

“谭老爷，皇上现在处境到底如何？”

谭嗣同脸色阴沉地说：“皇上被太后及一群老朽所包围，不能自行其志，处于危难之境，袁大人是救皇上唯一有力之人。若袁大人助皇上，皇上可击败太后及老朽；若袁大人助太后，则皇上将有可能被废。”

袁世凯被谭嗣同这几句话震惊了。在此之前，他还没有意识到自己今天已在朝廷最高权力的争斗中，处于这样至为重要的地位，也决没有想到自己要在帝、后两圣中择一而从。也就是说，一股意外的力量已把自己推向风口浪尖，这一瞬间的选择将决定一生的命运：或富贵极顶，或杀头灭门！

见袁世凯没有接话，谭嗣同望着他的两只眼睛，冷冷地说：“袁大人不愿助皇上，我也不为难你。你可以立即去颐和园告发我，说我谭嗣同劝你助皇上而背太后。我甘愿就戮，当然，您可以立马得富贵。”

袁世凯凛然回答：“谭老爷，您把袁某看成什么人了！我袁家世受国恩，深明大义，皇上不仅是您的皇上，也是我的皇上。我得皇上非常之恩，自应非常报之。皇上有难，救护之责，岂仅您一人，也有袁某我的一份责任。您有什么良策可以置皇上于平安，请说吧！”

得到袁世凯的明确表示后，谭嗣同这才严肃地说：“要救皇上出危险，必须制服太后及那批反对变法的老朽，欲达此目的，不行非常之变不可。九月间天津阅兵之事，很可能是太后与荣禄的一个密谋，到时利用董、聂二军之力废皇上而他立。所以，我们要先下手为强。董、聂二军决不可与您的新建陆军相比，您先将荣禄抓起来再软禁太后，则董、聂不敢反对您。”

荣禄是袁世凯的顶头上司。自荣禄任直隶总督兼北洋大臣以来，袁世凯对他毕恭毕敬，奉若神明。至于太后，更是四十年来大清臣民心中至高无上的圣君明主。在与谭嗣同见面之前，抓荣禄、囚太后，这不仅是他袁世凯不敢做的事，而且是连想也不敢想的事。再说，皇上本就是太后立的，既然权在太后手里，她要废皇上不是一句话吗，又何必利用天津阅兵？这个念头在袁世凯的脑中很快闪过，正想就此和谭嗣同探讨下，却突然再次瞥见谭嗣同腰间微微隆起的衣襟，立即明白这不是探讨的时候。此时此刻，是干也得干，不干也得干！他只得说："若皇上阅兵时疾驰入我的军营，在我的军营里传令铲除奸贼，则我定是会奉圣旨，尽全力抓荣禄而保皇上。"

谭嗣同盯着袁世凯看了好一会，猛然说："荣禄是您的顶头上司，一直待您甚厚，您到时能下得手吗？"

袁世凯未料到谭嗣同会有这一招，脑门顶上沁出一排冷汗来。开弓已无回头箭，话已说到这个分上是再也没有犹豫迟疑的地步了，即便刚才的一切都是做戏，也得把这出戏演完，而且要演得逼真精彩。袁世凯定了定神，慨然回答："若皇上在袁某的军营，则诛荣禄如杀一条狗耳！"

谭嗣同听到这里，才长长地舒了一口气，说："如此，护圣主、清君侧、肃宫廷、振兴大清之功，袁大人您当居首位。"

袁世凯忙说："不敢，袁某不过奉圣旨行事而已。"

谭嗣同起身道："袁大人，今夜我们就谈到这里，具体事宜，我们到时再详议。有什么事，可派心腹之人到浏阳会馆来找我，也可到南海会馆找康有为先生。就此告辞了。"

送走谭嗣同后，袁世凯躺在法华寺的僧床上，辗转反侧，一夜未眠。第二天，他上午拜会礼亲王世铎，下午拜会协办大学士军机大臣刚毅。第三天上午拜会户部尚书、军机大臣王文韶。这几个人，既是国之大老，又是太后的宠臣，袁世凯试图从他们处探听点内幕消息，也想借此来平衡一下前夜的倾斜。

第三天下午，袁世凯乘火车离开北京回天津小站。

就在这个时候，有一个人坐在由天津开往北京的火车上，与他相对而行。此人从北洋大臣衙门里走出，即将进入紫禁城。

中国近代史上最惨烈的悲剧，便在这京津道上的往返车厢中策划着。

六　百日维新全军覆没后，张之洞忧惧难安

这个急急忙忙由天津回北京的人便是李鸿章的儿女亲家、广西道监察御史杨崇伊。杨崇伊不仅反对维新变法，尤其讨厌康有为。康有为篡改孔子歪曲儒学的行为，使得杨崇伊很愤慨，他认定康有为是孔子的叛逆、国家的奸佞，便专与康有为作对。乙未年，康有为在北京办强学会。他上折斥强学会煽惑人心，图谋不轨，结果强学会被查封。

康有为在上海办强学分会，《强学报》上用孔子卒后纪年等事，也遭到杨崇伊的严辞弹劾。光绪诏定国是，实行新政，杨崇伊认为这是皇上受了康有为的蛊惑，对这几个月来所颁发的所有新政谕旨，他几乎一概予以反感。他对礼部六堂官被罢黜事很气愤，这使得他很自然地与怀塔布、许宝骙等人结成了联盟。怀塔布十分看重这个仇视新政痛恨康有为的御史，甘言赞扬，重金收买，杨崇伊遂热心地为守旧派卖力。他时常出入刚毅、怀塔布等人的府宅，密谋对付皇上和新政的策略。就在光绪颁发给杨锐第一道密诏的时候，杨崇伊便在怀塔布的家里拟就了一道密折。第二天，怀塔布的福晋瓜尔佳氏再次进了颐和园。两个老太婆闲话家常，谈着谈着，瓜尔佳氏突然煞有介事地对慈禧说："老佛爷，近来京师很不安静。我们胡同口上就有两家人被抢劫了，有一家婆媳两个被杀。我们家最近几夜都睡不好觉，提防着哩。老佛爷住园子里，太使我们放心不下了。眼看天气也一天比一天凉了，还是早点回宫中去住为好。"

这几句近乎聊天式的话，却对慈禧很有震动：今年夏天是个多事之秋。皇帝行新政，闹得举国不宁，给铤而走险的歹徒造成了机会。过几天就是中秋了，今年中秋干脆回宫里去过好了。

正在思忖着，李莲英送来了奏折。瓜尔佳氏见太后有公事要办，便知趣地告辞。原来这奏折正是御史杨崇伊上的。杨崇伊的折子上说：近闻康有为的江湖死党有包围颐和园挟持太后的非常之变，请太

后速回宫训政。

这原是怀塔布与杨崇伊策划的一个嫁祸于康有为的阴谋，分两个侧面同时进行。

果然，有瓜尔佳氏那一番话在前，慈禧对杨崇伊这道折子十分重视，而且越想越有可能，越想越害怕。当天下午慈禧就决定离开颐和园回宫，弄得光绪和宫中大小太监、宫女们措手不及。

怀塔布见这种恐吓对老太婆极有作用，便和杨崇伊谋划下一步。怀塔布说皇上突然间越三级超擢袁世凯，此举值得大为注意，杨崇伊对这一提醒很重视。怀塔布请他去一趟天津，和荣禄谈一谈。杨崇伊在天津北洋衙门里和荣禄商讨了一个晚上。荣禄也感到皇上此举非同一般。北洋三支新式军队，最强的是袁部，这样看来，九月间的天津阅兵可能有戏看。荣禄的话给了杨崇伊一个启发，这不又是一个很能打中老太婆的恐吓？

一下火车，他便草拟了又一道请太后紧急训政的奏折，急忙送进宫中。

就这样，第二天北京城风云突变，形势急转。复出训政的慈禧太后在短短的三四天内下达了一连串杀气腾腾的慈谕：康有为结党营私，莠言乱政，革职。其弟康广仁着步军统领衙门拿交刑部，按律治罪。逮捕山西监察道御史杨深秀。将谭嗣同、杨锐、林旭、刘光第、张荫桓、徐致靖先行革职交步军统领衙门拿解刑部审讯。全部恢复已裁撤的鸿胪寺、光禄寺等衙门。鉴于康有为、梁启超已逃逸出国，会商英国、日本公使协助缉拿。同时又以皇上名义布告天下，因病重不能听政，恳请皇太后再度训政。

雷厉风行、轰轰烈烈、令举世瞩目的维新变法，从光绪诏定国是那一天起到他囚于瀛台之日止，前后只经历一百零三天，便以新派的全军覆没和旧派的全盘复辟而告终。消息传出，世界各国为之诧异，中国的官场士林为之震惊，身处武昌的张之洞更是各种滋味尽涌心头。

他的第一感觉和所有人一样：震惊。一场本属于建制、法规、律令方面的正常变动，却引发为你死我活势不两立的权力争斗，而且如此之快便见分晓：败者败得一塌糊涂，胜者胜得威风凛凛。即便深知朝廷内幕、关注时局变化的湖广总督都大感意外，这宦海翻覆之间，真是神鬼难测！

接下来，他便暗自庆幸，走对了两步重要的棋。一是四月间匆忙撰写了《劝学篇》，表明了自己在新旧中西之间不偏不倚、平和公允的态度。更重要的是，五月初的晋京之行中止于半途。

张之洞心想，倘若不是桑治平出面来劝阻，到了北京之后，势必取代翁同龢的位置，也势必会成为皇上新政的谋划者、支持者和执行者。那么到了今天，也绝对会落得个失败者的下场。为此，他深深感谢姐夫，更感激目光远大的挚友。

张之洞知道自己十多年来一直在办着与“维新”密不可分的事业，说过许多与“变法”非常接近的言论，在世人的眼光中，他成了新派人物。同时，他与眼下朝廷最为嫉恨的康有为、梁启超都曾有过交往。事实上，他对康、梁都很欣赏，尤其对梁更为偏爱。这些细节，若落在旧派人物的手中，必会成为攻讦的口实。一阵焦灼之后，张之洞开始细心地加以回顾清理。

办洋务局厂、新式军队、新式学堂这些事情，虽是这百日内的新政项目，但实际上在此之前，也就是说在皇上亲政之前，太后听政时期，便已有朝廷明令办理。显然，这些都是太后允准的事，自然不会遭到再度听政的太后的否定。在变法这件事上，他一直小心谨慎地守住纲常名教和祖宗根本这两条底线。关于这个态度，他在《劝学篇》中写得非常明白：“夫不可变者，伦纪也，非法制也；圣道也，非器械也；心术也，非工艺也。”张之洞想，若有人在变法上为难他的话，这几句话便足以为之辩护开脱。

这时，梁鼎芬走了进来，悄悄地附着张之洞的耳朵说：“香帅，焦山定慧寺飞江亭楹联，您还记得吗？”

梁鼎芬的这句突如其来的问话，将张之洞从沉思中唤回，他想了下说："记得，这会子你怎么会想起那副楹联来？"

梁鼎芬压低着声音说："自京师出大事以来，我一直在为香帅回忆着看有没有给人落下什么借口的，刚才我突然想起那年在焦山的楹联，好像有点不妥。"

张之洞的心下意识地紧缩一下："有哪点不妥？"

"我记得，下联的末句是'与时维新是正途'。太后现在最恨的是维新，倘若有人据此告密，说香帅您是维新派，那就麻烦了。"

张之洞的心突突地急跳起来："那怎么办？这楹联已在飞江亭上两三年了，要收也收不回了。"

"把它刮掉！"梁鼎芬早已有了主意。"趁着现在还没有人想起这件事时，赶紧刮掉，重新上漆。到时即便有小人生事，没有了证据，他也硬不起来。"

"行，就这么办！"张之洞立即作决定，"节庵，就麻烦你到焦山去办这件事。你立刻坐小火轮去，明天夜晚把它办好。"

"好，我这就去！"

梁鼎芬说着，正要转身出门，又被张之洞叫住了："你带一百两银票去，送给定慧寺的僧众们。"

这一百银票显然是为了堵定慧寺和尚的口，梁鼎芬佩服张之洞想得周到，答应一声，赶紧出了门。

张之洞很感激梁鼎芬的这份心意。很快，他又不安起来：楹联可以刮掉，但别的东西刮不掉呀！眼下太后最恨的是康有为，上谕写得很清楚：康"纠约乱党图谋围颐和园劫持"，又说康"只保中国，不保大清"。这样看来，康有为乃叛逆，怪不得太后痛恨他。张之洞很悔恨不该在江宁接待康有为，更不应该资助他银两，让他在上海办《强学报》。还有，前年对梁启超的接待，也是太出格了。这些事尽人皆知，决不像焦山上的楹联那样，可以一刮了之的。正好辜鸿铭进来，他把这件事说了出来。

“香帅，你早已与康梁划清界限了。”辜鸿铭一本正经地说，“一部《劝学篇》，乃绝康、梁而谢天下，天下人岂能不知？”

《劝学篇》是预为防患而作，但也没有哪句说到“绝康、梁”呀，张之洞一时摸不清这个怪才肚里的小九九：“汤生，你说明白点。”

“香帅，你不记得了？《劝学篇》开篇就说‘邪说暴行，横流天下’，若有人说你是康、梁的后台，你可以明白地表示，你早就把康、梁的那一套称为‘邪说’了。你禁止康有为在《强学报》上以‘孔子卒后’纪年，又斥责《湘报》上的不轨文章，这就是你反邪说的行动。又有言论，又有行动，陈宝箴、徐仁铸他们能跟你比吗？所以我劝香帅你放一百个心，尽管世间风急雨骤，你却处磐石之上，风雨不动安如山。”

辜鸿铭的确给了张之洞一颗定心丸。但这颗定心丸仍不能让他完全安定下来，他想起梁启超在湖南曾办过南学会。是的，可以通过取缔它来以此表明自己坚决拥护太后，坚决反对康、梁的态度。

张之洞立即传令，命电报房火速致电陈宝箴：立即取缔反动团体南学会，禁止一切集会结社，以安定人心而维护社会秩序。

尽管下达了这个命令，张之洞的心还是忐忑不安。还有一桩事与他同样关系密切，那就是这些天被捕的人中，至少有三个人与他关系不一般。

第一个是谭嗣同。他的父亲身为湖北巡抚，与张之洞共事多年，尽管于洋务两人意见多有不合，但私交尚可。若要追究起来，谭继洵自然责无旁贷，他这个湖广总督也负有管教失严的过失。而眼下，谭继洵不知处于何种境况之中。张之洞唤来女婿念礽，让他代表自己去巡抚衙门探视谭抚台。

晚上，念礽回来告诉岳父，谭抚台虽为儿子逮捕入狱而难受，但不担心受牵连。原来出事后浏阳会馆就拍来紧急电报，告知谭嗣同怕老父受牵连，在步军衙门来查抄之前，便模仿父亲的笔迹写了一封断绝父子关系的信，这封信可以保护老父。事实上，这两天湖北抚衙也一片安静，未见有事牵涉到谭抚台的身上。张之洞听了这话后，大为宽慰，心里对谭嗣同充满爱怜。好个深明事理的孝顺儿子，在这种危急关头，还能静下心来想出如此好法保全父亲。这等气壮如牛、心细如发、又忠又孝的人，真堪称天地间的奇伟大丈夫。可惜时运不济，遭此困厄，但愿能平安渡过难关，日后作为当不可限量。身为父亲的谭继洵都没有受到牵连，那他这个同寅自然更可以不负责任了。

第二个是杨深秀。早在山西时，杨深秀便因献鱼鳞册而受到张之洞的赏识，后聘请他出任晋阳书院的教习。他进京做官后，仍与张之洞保持良好的关系，并自称是张的学生。张之洞有不少信件在杨深秀手里。实行新政以来，杨深秀很活跃，张之洞对他的活动大多表示支持。张之洞担心，倘若万一查抄杨深秀的家，查出自己写给杨的信件后，岂不成了麻烦事！张之洞向已任刑部官员的儿子仁权发出急电，要儿子打听杨深秀的事，特别关注是否抄了杨家。第二天儿子回电：杨深秀虽入刑部大狱，但家却没抄。张之洞放心了。

最令张之洞忧愁的是杨锐。作为得意门生和受器重的幕僚，从太原到广州，从广州到武昌，杨锐一路跟着他，从未分离过。那年，又是他推荐杨锐进京任内阁中书，实际上是湖广衙门在京城的耳目。这些年来，要说张之洞对待杨锐，在信任和依靠上甚至超过了自己的儿子。感情上他不愿意看到杨锐被捕坐牢，理智上更觉得杨锐不应该遭此劫难。张之洞深知杨锐和康有为不是一类人。杨锐被皇上超擢，按谕旨办事，何罪之有！即便皇上做的事大违太后之意，责任也在皇上身上，而不应当由一个军机章京来承担。杨锐冤枉！

杨锐在好几封信里，都说起过他与康有为、谭嗣同等人的分歧，他是不赞成诸如民权、议院这些过激主张的。现在，却因康有为的事而被捕入狱。一个正在成熟的国家栋梁转眼间成了囚犯，这不太冤枉了吗？要为杨锐诉这个冤！

张之洞刚一冒出这个想法，心里又不免有几分畏难。眼前的变局是太后一手在操纵的，新旧之争演变为权力之争；从朝廷公布的官方文书上，权力之争又被说成是镇压奸佞集团的正义行为。杨锐已和康梁同被列入奸佞一类，为杨锐诉冤，岂不是为奸佞诉冤？身为国家大臣，此举岂不有和朝廷作对的嫌迹？诉不诉，如何诉？时局危急，又容不得太多的思考。张之洞为此而心如火焚。他多想找一个人来商议商议，然桑治平已不在身旁，谁可与之谈此等腹心话？

下午，念礽过来禀报汉阳铁厂的事，说起铁厂的总办郑观应在幕友房里与众人聊天时，对谭嗣同、杨锐四章京被捕一事深为遗憾。又说督署幕友们也对杨锐遭此不测之祸叹息不已。念礽的这几句话给张之洞以启示：为避嫌疑，自己不能出面，找一个局外人来关说，既可达到诉冤目的，又可以免遭风险。现在有一个最好的人选摆在面前，那就是汉阳铁厂督办兼铁路公司总办的盛宣怀。

此人绝对是新政的拥护者，是杨锐等人的同情者，他门路极广，且以局外人的身份出面更为妥当，但不知道此刻他愿不愿意出面？

念礽说："郑观应的话说得激昂，估计盛宣怀也是这个态度。再说，他现在跟我们关系密切，也不好意思拒绝。"

张之洞说："这不是一般的事，不能勉强人家。你不妨先去郑观应那里跟他说明，让他先用电报与盛宣怀联系。若他愿意，我再直接拍个电报。不过，所有这些都得对外严格保密。"

一个多小时后，陈念礽回来说："一切都办好了，您就拟电报吧！"

张之洞沉吟一会，对念礽说："你记吧。"

陈念礽从衣袋里掏出一支美国带回的钢笔，将张之洞口授的话一字字地记了下来：

盛京堂：杨叔峤端正谨饬，素恶康学，确非康党。平日论议，痛诋康谬者不一而足，弟所深知，阁下所深知，海内端人名士亦无不深知。此次召见蒙恩，系由陈右铭中丞保，与康无涉。

且入值仅十余日，要事概未与闻。此次被逮，实无辜受罪，务祈迅赐切恳夔帅、寿帅设法解救，以别良莠，天下普类同感两帅盛德。叩祷。

王文韶字夔石，故称夔帅。军机大臣裕禄字寿山，故称寿帅。

电报亥时发出，第二天未时盛宣怀回了一电：

张制台：真电所言杨叔峤事，已转电仁和，力恳保全，圣躬未愈，有旨征医。宋伯鲁革职，余无所闻。

仁和即夔帅王文韶，他是浙江杭州人，杭州古称仁和，以仁和代王文韶，乃是对王的尊敬。宋伯鲁乃一名很活跃的新派御史，革职自是难免。张之洞看到这份电报，心情安定下来了。

王文韶与裕禄两人中，盛宣怀没有找裕禄而找王文韶，看来盛与王交情更深。王文韶眼下是太后的大红人，身兼总署和军机两大任，他答应保全，大概杨锐的处罚不会太重。有旨征医，莫非皇上真的病了，多半是因新政失败被囚而忧郁成病？

北京几乎所有的衙门都卷入了新旧之争，朝政眼下不知乱到何种地步！张之洞电告儿子：遇有大事，随时报告。

不料第二天深夜，仁权从京城发来电报：今日午后，康广仁、谭嗣同、杨锐、杨深秀、刘光第、林旭被斩于菜市口，监斩人刚毅，京师百姓观看者数以万计。未等电报读完，张之洞已软瘫在藤躺椅上。

这是怎么回事呢？这样重大的案件，当事人又是朝廷的重要官员，为什么不按正常的程序由刑部审讯，由大理寺定罪，就这样匆匆忙忙，甚至可以说是急不可待地把人杀了？

二百多年来的大清历史上，似乎还没有过这样的先例。

就在接读电报的前一分钟还存在的企盼彻底破灭了，杨锐而今已是身首相分，倒在菜市口的血泊之中。可怜的叔峤呀，你真是冤枉死了！整整的一个晚上，杨锐的音容笑貌一直在张之洞的眼前晃动：一会儿是尊经书院憨态可掬的年轻学子，一会儿是太原城秉烛夜书的勤勉幕僚，一会儿是奔走国是的热肠京官。今年才刚进的四十岁，一个大有作为的干才能员，一个忧国忧民的正直书生，怎么能以这样的形式结束短短的人生，离别他眷恋不已的国家、朝廷、老父妻儿、师友同寅？

张之洞知道，像这样的朝廷钦犯，在菜市口砍头，是有意暴尸示众、三日之内不能让人收敛的。还差两天便是中秋节了，张之洞抬头仰望夜空中那一轮即将圆满的月亮，心里无限的悲凉。今夜，菜市口是一副多么恐怖的场景；今夜，京城杨宅又是如何地哀伤、悲痛！叔峤七十岁的老父、十岁的幼儿、已成未亡人的妻子，既头顶罪犯眷属的恶名，又要承受失去亲人的痛苦，未来的日子，将怎么过呀！

张之洞要念礽速电仁权，派仆人带一张千两银票悄悄地去杨宅探视，并转达他的问候。

接下来，是一连串的相关消息：翰林院学士徐致靖永远监禁，其子湖南学政徐仁铸革职永不叙用，积极行新政的户部侍郎张荫桓革职，充军新疆，将康有为离间帝后图谋不轨的罪行宣示天下。又命广东地方官府抄查康梁原籍财产，逮捕已出逃的礼部主事王照的一兄一弟，保荐康有为的礼部尚书李端棻革职，充军新疆，交地方官严加管束，湖南巡抚陈宝箴及其子翰林陈三立，以及前湖南学政江标、翰林熊希龄均革职永不叙用，交地方官严加管束。在惩办新派的同时，以怀塔布、许宝骙等为代表的一批老派人物，或加官晋级，或官复原职。

一百零三天的维新变法仿佛一场春梦似的，一觉醒来，大清帝国没有丝毫变化，依旧是原来的旧模样。

疾风骤雨般的疯狂报复过去后，张之洞最为担心的是两件事：一是有人会借他曾与强学会和康梁有过联系，以及他与杨锐的师生关系而攻击他。这都是确确实实的历史，他无法抹去，也无法改变，倘若遇到仇家要周纳深文无限加码的话，他张之洞也可以被视为维新变法的积极拥护者，甚至是康梁的后台而遭到严惩。事实上，有人已经在这样做了。

十六七年前因贪污被参劾的前山西布政使，十二三年前借徐致祥弹劾张之洞不成、赋闲家居一百天如今又官复原职的太常寺正卿葆庚，便找到了眼下言官中的大红人杨崇伊，以用一万贪污银子买来的宋徽宗的一幅花鸟真迹为诱饵，怂恿杨崇伊上了一道对张之洞的参折，但慈禧将这份参折留中未发下。一来张之洞是她一手提拔的而今享有盛誉的三朝老臣，二来一部《劝学篇》也使得慈禧深信张之洞决不是康梁一类的人。辜鸿铭的那句“绝康梁以谢天下”的玩笑之语，终于得到了证实。这桩事，两年后张之洞从姐夫鹿传霖那里得知，使他对慈禧更添一份感激之情。

张之洞的另一个担心，便是他耗费多年心血经办的洋务局厂，会因这场变故而受池鱼之殃。这个担心在几个月后也慢慢消除了。铁厂和铁路都和先前一样在正常的生产和施工中，盛宣怀及其得力助手们依旧在兴趣浓厚地经营着，并对前景十分看好。其他如汉阳枪炮厂、汉阳火药厂、纺纱局、织布局、制麻局、缫丝局也事事照旧。

张之洞的仕途没遇到障碍，他所致力的洋务事业也没多大的影响。湖广总督衙门的运转一切如常，然而中国的政坛却因这次变故而大伤元气，中国社会的进展也因此而中止甚或倒退。西方各国曾因新政而对中国燃起的一点希望之火也遭浇灭，灰蓝色的眼睛里充满着对这个古老之国的政治不可理解的迷惘神色。中国的亿万百姓，也从此失去了以和平方式获得富强的机会，被迫走上血与火的痛苦之路，神州大地，再度陷于压抑、沉闷、暗淡的时空大隧道中。

终于，这种畸形的陈旧统治术导致了一场更为混乱更为可怕的大动荡，大清帝国因此蒙受从未有过的奇耻大辱，摇摇欲坠的爱新觉罗王朝几近覆没！

第四章 / 互保东南

一　面对废立大事，三个总督三种态度

慈禧再度训政的第二天，光绪便从养心殿搬出，住进紫禁城西边南海中一个名曰瀛台的孤岛上，对外称之为养病，其实已被软禁，身边只有几个太监和宫女服侍。他的正妻那拉氏皇后原本就和他不投缘，现在则干脆投入她的姑妈怀抱，与丈夫断绝了联系。与皇后同日册封的瑾妃平素嫉妒妹妹珍妃的独宠，此时更有幸灾乐祸的快感。她明白表示站在皇后一边。至于珍妃，本就招慈禧的嫌恶，正好以干预朝政的罪名将她打入冷宫。其他几个地位低的妃子更是不敢上瀛台。于是，光绪身边便没有一个妃嫔了。

他一天到晚孤孑一身，形影相吊，连个说话的人都没有。可怜的皇帝，心绪痛苦到了极点。先前只相信康有为所说的“若不变法，求为长安一布衣亦不能”，却没有想到，变法后的遭遇，也同样是“求

为长安一布衣而不能”。光绪的性格本脆弱，体质又单薄，遭此打击后，果然大病了一场。从此他便木木讷讷的，形迹近于呆滞。每月朔望之日，他照例被太监引导，乘坐一叶小舟渡过水面，进宫向太后请安，背诵两句固定的台词后便不再开口，一旁垂手侍立。慈禧也觉得难堪，便吩咐跪安，让太监重新将他带回瀛台。有时慈禧会见重要的外国客人，为避免洋人猜疑，也把光绪带在身边。光绪同样如一尊木偶似的，不说话，甚至笑都不笑一下。

于是，有机会见到皇上的大臣们都私下议论起来：皇上莫非真的神志上出了毛病，否则怎么这样目光呆痴，面无表情，精神萎靡，言辞木讷？皇上毕竟是皇上，太后毕竟年事已高，反省之后的皇上仍得要回宫处理军国大事，大清国今后还得由皇上来掌管。皇上病得这样，如何能担当起君王的重任呢？在皇族里，则有人在偷偷议论着更大的事情：皇上这个样子，得赶紧另打主意。前代可援引的旧例不外乎两种：一是废，一是让。无论是废是让，都得有个取代者。谁做这个取代者合适呢？有几个王府在遍视近支黄带子之后，对这个天大的好处有可能降落在自已府内抱着希望，于是便对大位怀着觊觎之心，跃跃欲试地在各权贵府第中穿来走去，打听联络，寻求机会，以求一逞。这其中有一家自认为可能性最大，遂最踊跃，最热衷，这一家便是位于西城平安里的端郡王府。府主名载漪。

说起载漪的身世来，可非比一般。他是道光帝的第五子惇王奕誴的次子，奕誴是咸丰帝的弟弟，恭王、醇王的哥哥，当今皇上的亲伯父。载漪则是皇上的嫡堂兄弟。载漪的长兄载濂在父亲去世后承袭王位。按祖制，载漪不可能再封王。载漪的封王是因为过继给瑞王府的原因。

嘉庆帝的第四子绵忻封瑞亲王，绵忻去世后其子奕志承袭王爵，奕志无子，为使国不除，咸丰帝让侄儿载漪出为奕志的嗣子，承袭王爵。内阁述旨时，因笔误将瑞写成端，圣旨不可改，遂将错就错，瑞王便变成了端王，载漪就这样成了端郡王。载漪的长子溥儁年方十六岁。从血统来说，若为光绪嗣子，他不如出身醇王府的光绪诸侄，若为同治嗣子，那他就是最为亲近的侄辈了。这是从父辈一脉来看，若从母系一脉看，溥儁则有着别人不能攀比的优势，这是因为他的母亲乃慈禧的内侄女。

慈禧的弟弟桂祥有三个女儿，长女乃光绪之后，次女即溥儁之母，三女则为辅国公载泽的福晋。当年光绪即位，除开为咸丰的亲侄外，更仗着母亲是慈禧的亲妹的缘故。满朝文武都知道老佛爷的私心，若要立嗣，最佳人选必为溥儁。因为醇王府现今的溥字辈，并非老佛爷之妹的血脉，乃是老醇王的侧福晋刘佳氏的后代。

载漪自然深知端王府目前所处的形势，故对慈禧百般逢迎，务必要讨得这位大清神器授予者的欢心。

对于四岁进宫的光绪，慈禧经历了一个从期望到失望的过程。当她得知光绪竟然听从康有为的奸谋，居然有围攻颐和园的想法时，这个一生强悍，只能制人不能制于人的女人终于狂怒了，失望升格为仇恨。她决定要将亲手立的皇帝，再亲手废掉。心存这个念头后，她遍视近支各王府，目光最后也停留在溥儁的身上。她叫载漪把溥儁带进宫来瞧瞧，又特为邀请蒙古老状元、同治皇后的父亲、她的亲家翁崇绮一旁观察。

经过三天的强化训练，溥儁在父亲的带领下，走进养心殿东暖阁。慈禧见他健康清秀，跪拜如仪，应答也还流畅得体，心中颇为满意，随口问道："平时在家除读圣贤书外，还做些什么？"

溥儁答："奴才除读书外，还喜弓马骑射。"

这话让慈禧中意，说："骑射乃咱们满人的本色，万不可丢掉。"

又问："喜欢读什么书？"

溥儁答："史书及祖宗典册。"

慈禧点点头："也做诗吗？"

溥儁答："间或也做些诗。"

慈禧问："近日做了什么诗，念一首给我听听。"

溥儁答："奴才昨日作了一首《秋雁》，请老佛爷赐教。"

停了一下，溥儁念道："西风乍起时，群雁飞江南。聊将天作纸，挥洒二三行。"

慈禧笑着说："诗做得不错，赏你一套文宗爷用过的笔墨，下去吧！"

载漪带着儿子，高高兴兴地出了养心殿。

载漪父子刚出宫，崇绮便对慈禧说："老佛爷，恭喜恭喜，端王府有这样聪明的小主子，老佛爷您有这样颖秀的内侄孙，这真是大清之福。溥儁知书达理，尤其诗做得好。'聊将天作纸，挥洒二三行。'这诗真有王者气概。老佛爷，您若将溥儁赐给老朽做门生，老朽这一世就算没白活了。"

慈禧听了这话，很欢喜，说："好哇，就叫溥儁拜你为师吧！"

崇绮乐得白胡子翘了起来："老朽谢老佛爷了。"

见过溥儁这一面后，慈禧已在心里定下了这桩大事。

溥儁进宫面试并得到老佛爷的赞许之事，很快便传遍朝廷上下，端王府立即车水马龙，热闹如市。在许多人的心里，端王府就要成潜邸了，其中荣禄、刚毅、启秀、裕禄、徐桐等人更为积极。

荣禄、刚毅在这次变局中，坚定地站在太后一边反对皇上，启秀、裕禄是新政期间进的军机，他们本是皇上提拔的，却反了水投靠太后。他们都害怕一旦山陵崩皇上重新掌权后会报复，遂一致主张废除皇上，另立新主。徐桐一向反对西学，他不满光绪，主要在信仰上而不是利害关系上。荣、刚、启、裕执掌军机大权，是眼下大清国的实力派人物。徐桐身为大学士，又曾做过同治帝师，年高德劭，在朝廷中有极高的声望。他们与慈禧结成联盟，废光绪立溥儁，看来已是势在必行的事了。但这时却有两位王爷主张持稳重的态度，一是军机处领班礼王世铎，另一个是总署大臣庆王奕劻。

世铎做了十四年名不副实的军机处大臣，奕劻则是近几年来走红的王室重要人物。

世铎和奕劻与光绪无怨隙，他们站在较为超脱的立场上，认为废除皇上一事太重大，且光绪因行新政而废，亦颇冤枉。二人意见一致，遂共同奏请慈禧，但他们不便直说，而是采取迂回的方式。

世铎奏："近日王公中密传，谓皇上病重，不能理政，老佛爷有另立之意。奴才和庆王以为此事可否听取京外督抚意见，请老佛爷圣裁。"

慈禧看了看奕劻："你也是这个看法？"

奕劻叩头说："奴才的看法与礼王爷一样。"

慈禧沉默不语，过了一会儿，问世铎："依你看，此事如何与地方督抚商议？"

世铎说："此事太重大，又属绝等机密，不可扩散，只宜与极少数人商议。奴才与庆王私下认为，当今天下只有三个总督可议此事。一为大学士、前直督李鸿章，二为两江总督刘坤一。二人为湘淮两军硕果仅存者，且久为总督，老成稳重，此二人非得事先征询不可。第三位便是湖广总督张之洞。此人非湘非淮、非台非阁而受天下督抚推重，眼界开阔，谋国忠贞。此人亦宜与之商议。三人之外的督抚，似不宜让他们知道。"

慈禧又沉默多时后才说："好吧，就按你们说的，军机处办个绝密信函，分寄李、刘、张三人，叫他们直抒己见，尽快答复。"

第二天，三封绝密信函由军机处发出。一封直送贤良寺李鸿章寓所，另两封以四百里加急分发江宁和武昌。

李鸿章从欧美五国回来后，满以为可再获重用，却不料依旧只是一个文华殿大学士。自雍正建军机处后，内阁的权力便大为降低，到咸同之后，内阁大学士完全成了一个虚衔：位虽高，秩虽隆，而实权几乎一无所有。"大学士"往往成为对立有大功之人的荣誉褒奖。李鸿章很少去内阁办事，当然也无事可办。他一直住贤良寺，读书散步，门前冷冷清清。他是一个十分看重权势和事功的人，处于这种境遇，自然心境抑郁。对于前一段的新政，李鸿章的态度比较复杂。

应该说，李鸿章是最早认识中国已落后世界很远，必须向别人学习的先知先觉者之一。他的这个认识是在战争中得来的，是在与洋人打交道的过程中感受到的。正因为此，早在同治初年，他便办起了金陵制造局、江南制造局等一批洋务军工厂，是曾国藩“徐图自强”国策的重要制订人和继承者。早在同治九年，在处理天津教案中，他便和曾国藩会衔上书，提出派幼童出国留学的建议。后来在长达二十多年的直督兼北洋大臣的岁月中，他更是倾尽全力办北洋水师，办军火工业。光绪的百日维新变法，不过是以朝廷的名义将他三十年来所做的事业推行于全国罢了。作为第一代的试办新政者，李鸿章怎能不拥护不支持?

但是，对刚刚夭折的新政的实际谋划人康有为及其一班子人员，李鸿章却与他们有着很大的隔阂；造成隔阂的原因，不在学理上和策略上，而在感情上。

甲午海战失败，李鸿章被康有为及康的同志们骂为汉奸、卖国贼，已够伤他的心了。后来强学会成立，他打发家人持两千两银子要求入会，而遭到严拒。这对他来说，更是脸面扫尽。于是李鸿章不再与康党发生任何联系。对康党这次的惨败，李鸿章多多少少有点幸灾乐祸。不过，作为一个淮军统帅出身的国家重臣，他的胸怀尚不至于褊狭到不能容骂他的人。在心灵深处，他还是欣赏康有为、梁启超的。百日新政期间，李鸿章一直安居在贤良寺里，静观时局变化，可与否，他都不置一言。

这天，他接到由军机处送来的火漆密封的信函，心里想：两三年了，还没有收到一封如此函件，老夫早已是一个闲云野鹤了，还有什么重大的国事要问我？待到拆开看时，李鸿章怔了半晌。废立皇上，这是何等重大的事！做过多年翰林的李鸿章熟稔史册，知道历史上凡有废立的时候，均是局势动乱的时候，废也好，立也好，往往都没有达到期望的目标，反而加重动荡。典型的例子如东汉末期，废立之事经常发生，导致的结果是权臣执政，朝廷威望下降，政局进一步恶化。大清立国二百多年来，除康熙朝外，从未有过废立之事。当初康熙爷对于太子的废立慎而又慎，即便太子作恶多端也还是想方设法尽量不废。最后，实在到了不可救药的程度，才下狠心废黜，从而实行传之后世的藏名于金匣的建储制。然而，就是这样的慎重，也引发了诸子争位、骨肉相斗的朝局。历史的经验值得借鉴，废立之事，不是万不得已，决不可轻率行之。

李鸿章对历史感叹一番后，又回到眼前来。他并不认为光绪是一个非废不可的昏暴之君，即使如密函所说的“身患重病”，也不能成为理由。皇上今年才三十八岁，正当英年，病得再重也是可以治愈的，不必因此而废黜。再说，皇上并无儿子，若是废了，又由谁来继位，岂不又要引起一场近支王府之间的争斗？但李鸿章知道太后很恨皇上，以他如今伴食之身来规谏此事，力量不够，而真正有力量的，是太后所惧怕的洋人；如果洋人反对，那太后就不敢了。但自己如今的地位也不宜到各国公使馆去探听此事呀！

苦苦思索良久后，富有权谋的李鸿章突然有了极好的主意！

李鸿章悄悄来到定阜大街庆王府。老于世故的奕劻在王府客厅契兰斋，热情地接待了这位已无往日威风的落魄大学士。

坐定，寒暄之后，李鸿章说：“废立大事，老朽不敢与闻，承蒙王爷和军机处看得起，告知这等机密大事。老朽认为，处眼下局势，这等大事，一是太后圣心裁夺，二是要探一探各国的态度。”

奕劻是一个极为看重洋人的王爷，忙点头说：“中堂说的是。西洋各列强都与我们大清建有外交往来，他们自然会很重视这件事，探听一下他们的态度很重要。中堂与外人打了几十年的交道，又刚从欧美回来不久，与各国公使馆交往颇深，可否就请中堂到公使馆去探听探听？”

“唉！”李鸿章长叹一声后说，“洋人都是势利的人，我如今无权无势，不过一闲人而已，怎么能去公使馆探听这等重大的事？即便去，他们也不会对我讲真话。”

奕劻说：“中堂说的也有道理，还有什么别的办法可以探知公使馆的态度吗？”

李鸿章想了想说：“办法也不是没有，老朽有一个主意，也不知可行不可行？”

奕劻忙说：“中堂有什么好主意，尽管说。”

李鸿章说：“我离开直督已经有三年了，各国公使都以为我现在是一个拿薪俸养老的人，不过问朝政，他们自然也就不会和我谈朝政。如果太后能让我暂时到哪个省代理一下总督的话，各国公使知道朝廷又要用我了，必定会来祝贺，那时我就会顺便跟他们谈起这件事，探一探他们的口气。”

奕劻是个精于权术的老政客，李鸿章这番话背后的真正目的，他一听就明白了：无非是不安于赋闲，欲借此机会向朝廷要个总督的实职。他在心里冷笑了一声后，转个念头又想：李鸿章的这个主意也是可行的，若不找个由头，又如何能与公使馆接触？太后对两广总督谭钟麟不太满意，不如建议他去广州取代谭钟麟，两广洋务多，李比谭更合适。

想到这里，奕劻笑道：“中堂这个主意很好，我明天和礼王爷商议后，就奏请太后。”

世铎也认为此法可行，一同面见慈禧，请放李鸿章两广总督，替代不善于与洋人打交道的谭钟麟。慈禧答应了。

果然，各国公使馆听说李鸿章外放两广总督，纷纷前来祝贺。英国公使心直口快，不等李鸿章转弯抹角探听，先自问了起来：“听说贵国要废掉大皇帝，有这事吗？”

李鸿章就势说：“废立的事，我没有听说过。不过，即便真有这事，也是中国的内政，贵国是不能干预的。”

英国公使气傲地说：“这当然是贵国的内政，我们大英帝国是不会干涉的。只是，我们只认得‘光绪’二字，若是换别的人做大皇帝，我们承认不承认，还得请示敝国政府。”

显然，英国公使不赞成废除光绪。其他一些主要国家的公使除俄国外，李鸿章通过旁敲侧击，也探出了他们的心思：反对废除光绪。李鸿章把他的探听告诉奕劻，奕劻又禀报给慈禧。慈禧得知后，心里甚为不高兴：这些洋鬼子真是可恼，中国换皇帝与你们何干！

这时，江宁发给军机处的密电也到了慈禧的手中。七十二岁的前湘军首领两江总督刘坤一，是个不拘细末却大事明白的人，他不认为光绪行新政有什么错，不能因此而遭废黜。想到自己年过古稀，近年来又疾病缠身，有生之年也不多了，在这桩大事上，不妨说句真话，大不了开缺我的江督。我已做了三十多年的督抚，也做烦了，开缺后正好回籍养病，安度天年。刘坤一这样想过后，给军机处发了一封密电，电文简洁，关键话只有两句：君臣之分已定，中外之口宜防。慈禧看到这两句话后，心里不悦，难道已定的就不能变动了？君在我的手里，我立谁，谁就是君。新立的君与臣之间，不也是君臣之名分吗？心里虽这样想，但到底外国公使和两个元戎重臣都明确表示不同意废立，慈禧不能不慎重对待。她现在期待着来自武昌的回复。

武昌的湖督衙门里，张之洞接到军机处的密函后，已经反反复复地思考三四天了。摆在他面前的真是个大难题。张之洞的内心里毫无疑问是支持新政、拥护光绪的，是不主张废除这个“身患重病”的年轻皇帝的。皇上有不足之处。在张之洞看来，这不足之处主要在两个方面：一是太过于相信和依靠康有为，二是太急于求成。康有为学理怪诞，使人不能对他完全放心，且地位卑微，又不足以服众，用他作新政的主要赞襄者，是皇上的一大失误。旧法实行二百多年了，有的则从前明继承，为时更久，怎么可能在短期内便全部除旧布新？百日维新期间大大小小的变革达三百余项，有时一天之内下达十余个变法谕旨，使人目不暇接，叫各省各府县如何办理？纸上的东西不落到实处，是一点用处都没有的。皇上太轻率，太躁进，太缺乏实际办事能力了，有的甚至近于儿戏。“欲速则不达”这条古训，百日维新的失败给了它又一个最好的证明。但即便这样，他也不同意废除皇上。因为皇上所要办的这件大事，归根结底是为了强国富民，是符合世界潮流的，与张之洞本人的心是相通的。然而，张之洞又不便明确表示这个态度。他有两个大的顾虑：一是在百日维新中，他本人尽管没有应诏入京襄助，但他的学生杨锐，他的山西时期的幕友杨深秀都卷入得很深，此外，康有为、梁启超、谭嗣同都和他有说不清的牵连，在知晓内情的人看来，湖广总督实际上已卷入了这场变局。鉴于此，张之洞想尽可能地把自己与百日维新划得清楚些，隔得开些。此时，若再站在皇上一边上，他怕别人指责他为康党，为维新派第二。张之洞知道太后很想废掉皇上，若明确表态不同意废的话，无异于直接反对太后。张之洞怕得罪这位厉害的老佛爷。

他将此事与梁鼎芬、徐建寅、辜鸿铭、陈念礽等人商议。梁鼎芬主张跟随重新训政的太后，辜鸿铭主张支持失败的皇上，徐建寅、陈念礽则依违两可，张之洞仍拿不定主意，这时，大根进来对他说："四叔，吴郎中远游归来，想看看您，您有空吗？"

自从那年送武当山焦桐到武昌以后，吴秋衣与张之洞便没再见面。眼下遇到这等大事，张之洞本没有心思与一个江湖朋友闲聊天，但转念一想，江湖人乃权利场的旁观者，俗话说旁观者清，何况他多年来漫游四海，见多识广，更可以清醒地看待这样的政坛大事。只是这事决不能传扬出去，否则，总督向游方郎中咨询朝廷废立，将会被世人当成笑料看待。

"吴郎中现在哪里？"

"他已在督署门房外。"

"你问过他吗，他住在哪里，是不是还在归元寺挂单？"

"是的，他说他还是借住在归元寺。"

张之洞想了想说："你去告诉他，说我这时正有急件要办，请他晚上再来，我有重要事和他商议。"

晚上，吴秋衣如约来到督署，张之洞高兴地在小书房里接待这位不一般的郎中。吴秋衣将他上下打量了一番后，感叹地说："香涛老弟，你这些年老多了。案牍劳形，此话不假！"

张之洞看老友虽黧黑瘦削，却神完气足，也感慨地说："你跟上次见面时差不了多少。风雨滋露松柏人，此话也不假！"

说罢，二人都快乐地笑起来。

张之洞问："秋衣兄，这些年你都去过哪些地方？"

吴秋衣爽朗地答道："这些年主要在北方停留。在泰山附近滞留了两三年，后又去了嵩山、华山和五台山，不知不觉间，人世就过了十年光阴。这次再返归元寺，原住持虚舟法师居然圆寂三四年了，现在的住持，当年不过一斋头而已。岁月过得真快！"

"是呀，是呀！"张之洞连连点头，"岁月过得真快，就连当年接待你的门房都变老头子了。"

"香涛老弟，那年从武当山带来的桐木料你做了几张琴？"

张之洞答："九截桐木料，我已做了五张琴，还留下四截，预备着给将来的儿媳和出嫁的女儿做。"

吴秋衣问："做出的五张琴，音色还中听？"

"好，每一张都好。"张之洞说，"尤其以那截最长的格外好，我将它做了一张大琴，取名天下和平，留在府里，佩玉常常弹弹，那音色真有绕梁三日不绝的妙处。"

吴秋衣的脸上露出了欣慰的喜色。

"秋衣，我之所以约你今晚来此，是有一件重要的事情要听听你的意见。"张之洞面色凝重地将谈话转到主题上。

吴秋衣颇觉意外地问："你的重要事情都是国事，而我是一个不问国事的人，我能给你提供有价值的意见吗？"

"不错，是国事。而且我也知道你不问国事，我要的正是不问国事人的意见。"

吴秋衣敛容说："那你就说吧，我尽我的所知所识回答你。"

张之洞神色肃穆地说："这是一件绝密的国家大事。你必须答应我，只在这里说，出了书房外，不向任何人提起。”

“什么国家大事，这样绝密？”吴秋衣下意识地整了整头上的布帽子说，“我答应你，守口如瓶，绝不向任何人说起。”

“你先看看这个。”

张之洞将军机处的密函，递给了吴秋衣。吴秋衣接过一看，心里大吃一惊，但脸上却不露声色，平静地说：“我知道了，你是决定不下，想要听听我这个不仅是局外人，而且是江湖人的看法，替你做个参考。”

张之洞点了点头。

吴秋衣说：“如此大事，你能拿出来和我商议，足见你对我的相信，今晚我们在这里所谈的一切，我自然不会泄露半点出去。江湖人无求无忮，对这等事，或许比你们局中人还要清醒些。不过，我倒要问你一句话，你也要以实相告。”

张之洞坦然说：“有什么你就问吧，对你，我没有不说实话的理由。”

吴秋衣盯着张之洞的眼睛问：“对当今的皇上，你认为是废好，还是不废好？”

张之洞说：“皇上虽有许多缺陷，但他愿行新政，有励精图治的抱负，这就是好皇帝。若有圣祖爷、高宗爷那样的明君英主，也不是不能废除皇上而改立贤者，但遍视当今，有资格继承大统的人，却没有一个像样的。故我的态度很明确，还是不废皇上的好。”

吴秋衣说：“我明白了，这就是你的难处：太后要废，你不同意废，既不想得罪太后，又不愿意违背自心，两难！”

张之洞说：“正是这样。你有什么良法可以帮我摆脱这个两难？”

吴秋衣思考良久，说：“香涛兄，你说说，自古以来，立君立主，是家事还是国事？”

张之洞想了一下说：“按理说，立君立主是国事，但它从来又是当作家事对待的。”

吴秋衣说：“是这么回事。杨修被杀，是因为他插手曹家的立嗣事，曹操恨他。刘琦兄弟相争，请求诸葛亮救他。诸葛亮说，立谁为荆州之主，这是你的家事，外人不得多嘴。依我看，帝王家从来只把立嗣当作家事，当作国事来看的，极少极少。即便有说是国事的，也多半另有目的，是说给别人听的。”

张之洞用心听这位老江湖的分析。

“我想再问问你，太后是个怎样的女人？”

张之洞略为思忖后说：“太后刚强明断，看重权力，与一般女人大不相同。”

吴秋衣说：“依我看太后好比汉之吕后，唐之武则天，是一个喜欢自己揽权弄权的人。她口口声声将自己比之为开国之初的孝庄皇后，其实完全不是。孝庄若像她这样，大清哪会有圣祖爷出现？”

张之洞在心里想，郎中的话虽然尖刻了一点，却是实话。据说百日新政期间，皇上十二次赴颐和园禀报，二品以上的文武大员还得由太后亲自决定，离京前还得去园子里向她叩头谢恩。这哪里是还政颐养，分明仍在控制着朝廷！再有魄力的皇帝，在这样的控扼之下，也难有所作为。

吴秋衣继续说：“你想想，这样的太后，她能把一个外臣的话当一回事吗？无非是利用利用而已。你的话投合她的心思，她就把你的话拿出来作挡箭牌；你的话不合她的心思，她或置之不理，或从此以后整个儿不喜欢你这个人。”

张之洞似乎被这几句话开了点窍，心里一时明亮了许多。

“所以，依我这个不懂权术的郎中看来，你不妨这样回复军机处：废立乃天子家事，当由太后圣心明断，外臣不宜亦不应置喙。”

张之洞望着吴秋衣，默念着他说的这三句话。

吴秋衣说：“你可能以为这几句话好像与没说无多大区别，其实大不相同。第一，你严守君臣之分，不插手太后的家事；第二，你同意太后自己作出的决定，今后是废还是不废，你都是赞同的。”

张之洞突然完全明白了如此回复的妙处，满脸笑容地说：“你这几句话真是太好了，帮了我的大忙。”

吴秋衣说：“这种回复，你其实也想得到，用不着我来说，我只是解去了你心中的疙瘩。你原先或许以为这样做是耍滑头，其实这才是最恰当的处理方式。本来，既是天子家事，外人便不宜说长道短。你说当今的太后是一个听不进别人意见的人，你又何必去多嘴？”

张之洞起身说：“你这话说得好极了。我就用你的话作为复电。我这几日事多，今夜就说到这里，过些日子，我再到归元寺看你，听你谈谈云游北部河山的心得。”

这天半夜，湖广总督的密电，从武昌传到了北京。

三个总督的答复，两个反对一个不表态。不表态就是不同意，慈禧心里当然明白。这时又有驻外使臣向她报告，英、法等国的报纸上刊登了关于中国欲废除皇帝的报道。正如吴秋衣所说的，慈禧其实并不大看重她手下总督的意见，她最为关注的是洋人的动态，于是她终于打消了废除光绪的想法。但慈禧的改变，使得载漪及荣禄、刚毅、启秀、徐桐等攀龙附凤之辈着急了。他们分头向慈禧奏请换一个法子，即预立大阿哥，为避免醇王府的不满，申明此大阿哥是继承穆宗皇帝的。穆宗做了十三年的天子，无后而终，现在又过去了二十四年，皇上并未诞育皇子，穆宗之庙长期无人祭祀，这事无法向祖宗交代，醇王府不应反对，也无理由反对。

大清祖制，自雍正朝起就不再立太子即大阿哥，现在破了祖制预立储君，多少有点掣碍，但可以“皇帝病重，事出无奈”作搪词，过两年待大阿哥成年后，便可叫他代行皇帝事。如此，名未废而实已废，外人既无借口干涉，文武百官也不会因废立大事来多口舌。慈禧觉得这个办法好，采纳了。

于是，以光绪的名义诏立溥儁为大阿哥，开弘德殿教读，以徐桐、崇绮为师傅，又命端郡王载漪为总理各国事务衙门大臣，兼管虎神营。载漪掌管外交和军队，权势在当年的摄政王大臣奕䜣之上，隐然可与入关之初的皇叔多尔衮相比了。

慈禧自以为她玩的这个花招很高明，其实她的真实用心，全国臣民都很清楚，就连外国人也蒙骗不了。光绪二十六年元旦，为溥儁正式行礼的大喜日子，文武百官都遵旨朝贺，但各国公使馆尽管早早接到了邀请书，却一个公使都没到场。公使馆的冷落大大激怒了慈禧，也让未来的太上皇载漪深感尴尬。联系到外国人引渡康梁出逃的前科，慈禧、载漪对洋人的仇恨，已到怒不可遏的分上了。倘若说由鸦片、教案、租借口岸等事而招致的国辱尚可忍受的话，那么这种因个人尊严和地位所结下的私怨，则是决不可宽恕的。大清王朝的最高权力执掌者，对洋人已忍无可忍，他们在竭力寻找一个机会报仇雪恨，发泄心中的这口恶气。

机会终于被他们找到了。

二　蝮蛇螫手，壮士断腕

早在嘉庆末叶，直隶、山东、河南等省接承白莲教之后，又有八卦教在百姓中活跃。八卦教以习拳术为主，兼画符治病。他们以组团结伙来互相帮衬，许多穷困愚昧又不甘于受苦受难的乡民则踊跃参加。人们称这种团伙叫义和拳，入伙者为拳民。光绪年间，山东受德国传教士及教民的欺侮颇深，于是乡民在义和拳的组织下，与传教士和教民对抗。历任山东巡抚李秉衡、张汝梅、毓贤，也对传教士及教民的行为不满，袒护拳民，于是义和拳在山东会众日多，影响日大。毓贤更将义和拳更名为义和团，把它当作维持乡间秩序的团练对待，义和团因而取得了合法的地位。义和团声称，习他们的拳术可以神灵附体，刀枪不入。拳民所崇拜的神灵，或来自民间的传说如八仙等，或来自戏台，如齐天大圣、梨山老母等，或为历史上的名人，如关羽等。毓贤对此笃信不疑。但他的继任袁世凯却不信这一套，视之为邪教，大加镇压。义和团在山东安不下身，便大规模地流向直隶。那时直隶正遇灾荒，大批灾民加入义和团，义和团的声势更加旺烈。为了得到朝廷的支持，他们打出“扶清灭洋”的旗帜，在天津、河南、冀州、涿州等地设坛练拳，其中以乾字团、坎字团最为著名。乾团又称黄团，所有人员皆黄巾、黄带、黄抹胸、黄布缠足。坎团又称红团，所有人员一律着红色。他们公然编列队伍，制造兵器，以军法相部勒。

直隶总督裕禄对义和团礼遇有加，以黄轿鼓吹恭迎其大师兄张德成、曹福田至总督衙门，直隶官员们屏息侍立两旁。义和团因此声势更壮了。他们拆电线、毁铁路，扬言要与洋人干到底。

载漪看中了这批人。他要利用他们来对付洋人，代他复仇，并借以巩固大阿哥的地位，早日实现他太上皇的理想。他向慈禧奏报了这一情况，称义和团为义民，可用他们卫朝廷、抗洋人。慈禧很盼望有一支人马来为她出气，但又怕他们是乱民，便打发刚毅、赵舒翘两位军机大臣前往涿州亲自查看。

刚毅深知载漪的用心，一心附和。赵舒翘则是刚毅提携进的军机，明知义和团走的是邪路，也昧着良心和刚毅说一样的话。慈禧相信了拳民的神力，遂召义和团进京。徐桐等人亲出京门迎接。载漪更在王府里设一大坛，亲自拜祭。其他王公世爵，也争相延请大师兄住其府第。至于内宫太监则更迷信，几乎全部入团。一时间，京师成了拳民的天下。

五月十五日，日本书记生杉山彬被拳民杀害。此事在各公使馆里引起震动，纷纷向总署提出诘难，总署则含糊其辞不加追究。接下来几天，拳民在北京城里烧教堂，杀教民，京师陷入恐怖之中。这时一个名叫罗嘉杰的江苏道员正在北京，他向朝廷投了一封密信，说各国正集结军队进攻京师灭亡朝廷。慈禧看到这封密信又惊又怒，接连三天召见大学士六部九卿公议，御前会议上明显地出现两种对立的主张。以载漪、刚毅等人为首主张先下手为强，借这个机会攻打使馆，杀尽洋人，永远断绝与洋人的外交往来。慈禧赞赏这种主张。以兵部尚书徐用仪、户部尚书立山、吏部侍郎许景澄以及不久前由苏藩迁太常寺卿的袁昶等为代表的一些人坚决反对攻使馆杀使臣，挑起中外战争的做法，主张用和谈的方式解决目前的纠纷。光绪的态度与主和派相同。

主和派人少势单，又似乎理屈气弱，在主战派激昂的言辞和凌厉的攻势下，毫无招架的力量。终于，慈禧率文武百官誓师太庙，下诏宣战："与其苟且图存贻羞万古，孰若大张挞伐一决雌雄。"并褒义和团为义民，拨内帑十万以奖励，召董福祥率甘军攻打东交民巷的各国使馆。各国政府闻讯，急调人马，组成一支一万八千人的八国联军，从天津向北京进发。

中国近代史上最为荒唐、中华民族在外人面前蒙受最大耻辱的庚子之役就这样爆发了。

朝廷将对各国宣战的诏令用电文通告各省督抚，要他们理解和支持朝廷的这个决定：各怀忠义之心，共泄神人之愤。

由于直隶全省的电线均被义和团剪断拆除，京师电报局及天津电报总局都无法发报，最近的一处便是济南电报局了。山东巡抚袁世凯用强硬手段将义和团驱逐出境，确保境内的安定。当时的报纸将直隶和山东作了对比，说幽燕云扰，齐鲁风澄，谁是昏官，谁是能吏，乱局到来的时候，世人便一目了然了。而袁世凯也正是借此小试牛刀，为他日后耀人眼目的政客生涯奠定了厚实的基础。

当下，袁世凯接到从京师用四百里加快递来的诏书后，心里大大地吃了一惊：太后怎么会做出这等糊涂的决定！他不敢怠慢，马上吩咐将此宣战诏书发往上海电报分局，再由上海转发各省督抚。此时坐镇上海电报分局的正是天津电报总局的督办盛宣怀。盛宣怀看到这份电文，跌足长叹：中国将从此面临亡国之祸！这样的诏书发往各省必然引起天下恐慌，接下来的很有可能便是天下大乱。他将诏书压下来，只先向两地发出：一是广州，发往他的老主子两广总督李鸿章；

一是武昌，发往他目前正在经营的中国铁路总公司和汉阳铁厂的创办人，他的半个主子张之洞。在盛宣怀的心目中，眼下中国最有见识、最有威望的大臣便是这两位总督了。

李鸿章收到这份电报，心情沉重忧郁。朝廷掌权的王公大臣昏聩鄙陋，既不识世界潮流，亦不知强弱对比，狂妄而愚昧，欲废皇上而立大阿哥本是错误之举，现在又利用邪教乱民来与各国为敌，更是错上加错，而太后居然就相信他们，把他们的无知蠢想变为国策。太后呀太后，您怎么会糊涂至此！是什么东西使得您鬼迷心窍，丧失了正常的思考？您当年平发捻、办洋务的英明智慧到哪里去了？这样的诏书我们能奉行吗？能在广州打领事馆、毁教堂洋行，用以响应朝廷的决策，支持朝廷的行动吗？办了半辈子外交，深知中国军事力量薄弱的前北洋大臣，此刻心里明晰得如同一面铜镜似的：中国连一个小日本都打不赢，还能跟美国、英国、德国、法国、俄国这些联合起来的西洋强国交手吗？战争的结局只能是一种后果：中国大败惨败，很有可能被列国瓜分，甚至立刻亡国。

想到这里，七十七岁的李鸿章一阵晕眩，倒在松软的沙发躺椅上，昏昏沉沉中，他仍在思考着这件大事，面前摆着三种选择：一是奉命，二是置之不理，三是明确表示不执行，并告诉其他督抚也不要执行。

奉命是忠于朝廷，但明摆着的是祸乱国家。在官场混了五十多年、历经道咸同光四朝的这位老政客，也知道给国家带来祸乱的人，到头来终究也会给自己及家人带来大祸，无论是为国着想，还是为家着想，都不能奉这个命。置之不理，固然不失为一种良法，但敢于任事、热衷出头的性格及二十多年的疆臣领袖的地位，使得李鸿章不选择这个做法。他想回电盛宣怀，叫盛宣怀把电文压一压，观一观中外形势再说。但是，这是诏书，盛宣怀哪敢扣压不发呢？得有一个说法。李鸿章思索良久，终于从稗官野史中得到灵感：不承认这是两宫发出的诏书，而是别有用心的人盗用两宫的名义制造的乱命。每当时局混乱之时，常有乱命趁机而出，辨别真伪，区别对待，是危乱之际为臣子的本分。何以辨别呢？这只能从朝廷一贯的宗旨与此次诏书的内容相对比来区分。朝廷一贯与各国友善，而诏书与这一宗旨完全背道而驰，一纸诏书与无数道上谕相较，只能怀疑这一次！

当然，李鸿章知道，从变法以来直到各国拒绝出席大阿哥的加封典礼，太后对洋人的恼怒有增无减，诏书恰是这种仇恨心理的总爆发，自然不会是乱命，但现在只能将它以乱命视之，方可免去日后违旨的究诘。李鸿章将这个想法通过电报发给盛宣怀，老练的大官商盛宣怀对此心领神会。

武昌电报分局总办赵茂昌接到这份特急电报后，星夜赶到督署，亲自交给张之洞。其实，张之洞昨天便已经知道了京师所发生的重大变故，他的消息来源于英国驻汉口的领事馆。

昨天上午，英国驻汉口领事馆代理总领事法磊斯，在江汉关税务司英国人何文德的陪同下，紧急拜会张之洞。张之洞在督署接待他们，辜鸿铭在一旁充当翻译。

身材修长、仪表整洁、极具英国绅士派头的法磊斯坐定后，开门见山地说道："总督先生，我告诉您一个不幸的消息：贵国政府已向西方各国宣战，由甘肃提督董福祥率领的军队和乱民正在向东交民巷各国使馆开火，这是一起极其严重的事件，不知总督先生知不知道？"

通过辜鸿铭的翻译后，张之洞对英国总领事的这番话惊讶不已。他第一个感觉是：政府向各国宣战，这样的事是绝对不可能发生的。这段时期拳民涌入京师，局势动荡，很有可能是那些拳民在围攻各国使馆，他们也有可能打着朝廷的旗号在胡作非为。

"总领事先生，您所说的这件事我不知道。我国政府一向与各国友好，不会向各国宣战的，这或许是乱民的破坏，与政府无关。请问总领事先生，您的这个消息从哪儿得来的？"

法磊斯冷笑了一声说："总督先生，北京附近的电线均已被拆毁，您的信息不灵是可以理解的。我的消息来源于鄙国政府外交部，鄙国政府外交部的消息则是直接来源于驻北京的公使馆。这是千真万确的，您不要有任何怀疑。”

张之洞从法磊斯的神态中已感觉到事态的严重性。这样大的事情，英国领事馆没有必要造谣，何况由总领事亲自过江来通知，按照洋人的规矩，这是代表他的国家的行为，看来真有其事了。但作为湖广总督，张之洞只能以朝廷的谕旨为准，是不可能也不应该以外国人的话为根据的。

他也报之以微微一笑，说：“即便京师附近的电线被毁，也有别的办法传递消息，我将等待着朝廷的谕旨。”

法磊斯平静地说：“过不了两天，您一定会得到准确消息的。我今天过江来拜会您，是想跟您商量一件事。”

张之洞缓慢地抚摸着胸前的花白长须，口气和缓地说：“有什么事情，请说吧！”

“我奉敝国政府外交部的命令，特为告诉您，如果长江流域发生类似北京的事情，总督先生有无力量可以制服动乱，保证地方安静，从而使敝国在长江流域的利益不受损害。”

张之洞立刻回答：“我可以负责任地告诉总领事先生，万一在湖北境内出现动荡，我有足够的力量可以保境安民，总领事先生不必担心。”

法磊斯的脸上露出满意的神态，说：“我很高兴地听到总督先生这句话，但还想告诉总督先生，贵国的乱民一旦肇事，局面就很严重，您的军队不一定够用。为了贵国的百姓，也为了敝国在长江流域的商务，到时我们愿意出动包括军舰在内的军事援助。”

借用洋人的军事力量来平息中国的内乱，这是当年曾国藩、胡林翼等人所不愿为的事，作为一个富有阅历的统兵大员，张之洞深知曾、胡等人的用心良苦：因为它不但将要受到“汉奸”之讥，而且对于获胜之后的外国军队的无穷诛索，也将会穷于应付而烦恼不已。

张之洞委婉而坚决地拒绝："贵国的好意，鄙人深表感谢。保境安民，是鄙人的第一职守，湖广的军事力量足以应付境内的一切乱子，不管遇到什么情况，绝对不会需要贵国的军事援助。请总领事先生明确告诉贵国政府，军事援助一事，不要再提起。"

张之洞的这种强硬态度，颇出法磊斯的意外。法磊斯来中国已五六年了，与不少中国高级官员打过交道，没有哪个官员在他的面前不是逢迎献媚、卑躬屈膝的，对于他的主动提出的援助，这样明确予以拒绝的还是第一次遇到。法磊斯在一阵失望之后，禁不住从心里冒出几分敬意来。"总督先生，我知道湖北的军饷已欠三个月了，如果军舰这样明显的军械援助，会引起贵国民众误会的话，我可以改变方式：借款给你们发饷。我手中现有一笔七万五千英镑的现金，可以拿出来，先借给你们发军饷。我们没有别的目的，只是希望湖北军心能够安定，到时能全副心思平乱保境。"

张之洞借过不少洋款，有的利息还很高，但那是为了办洋务。眼下这笔相当于五十万两银子的英镑，对于稳定军心很有作用，因为确乎如法磊斯所说的，湖北绿营的军队有三四个月没有发饷了。兵士得不到饷，就容易滋事，也不愿听调动，一旦有事，就不能得心应手。这五十万银子的确很重要，就算借洋款发饷，也不是不可以的，不过目前的情况非比一般，暂不松口为好。

"总领事先生，贵国政府的诚意，我很高兴地领受。我们的军饷虽有欠缺，但军心还不至于涣散，鄙人作为制军，尚可调遣。以鄙人看来，目前的迹象还看不出有很严重的事态出现。假若发生了意外的事，而我们又需要贵国政府的帮助的话，我们会求援的。比如说银钱，到时我们也可能向贵国政府借。当然，我们会遵照平时借款的旧例，照章付息。"

法磊斯说："总督先生的态度，我本人能给予充分的体谅。英国在贵国长江流域的商务活动已有三四十年的历史，这些商务活动，不但替敝国的商人谋取了利益，也同时为贵国带来福祉。正常的商务活动是互利的。我国政府切盼，长江流域的商务活动不因北方的混乱而受影响，更不希望南方发生北方一样的混乱，造成贵我双方的不利。”

张之洞说：“我很赞赏总领事先生刚才说的这句话，正常的商务活动是买卖双方互利的。我本人多年来一直主张与世界各国进行正常的、平等的、互利的商业往来。贵国在长江流域的正常商务活动，鄙人将与两江总督刘坤一制台一道维护。请总领事先生放心，湖广不会发生大规模骚乱。北方的骚乱是因为疏于控扼的缘故。倘若有一两个得力的大臣，在几个月前，拳民刚刚蠢动时就加以镇压，乱子就闹不起来了。”

法磊斯满意地告辞而去。

不料，今天就收到由盛宣怀发来的宣战诏书！张之洞气得将电文狠狠地一甩：“荣禄、刚毅误国！今日世界，能有一个中国向西方七八个大国同时宣战而取胜的道理吗？他们连这点都不懂，真昏聩糊涂到了极点。怂恿两宫犯此大错，罪该万死不赦。”

转脸对赵茂昌说：“你赶快回电报局，有什么情况立即向我禀报。”

又对一旁侍候的巡捕说：“你去通知幕友房，下午在鹤舞轩聚会。有重要事情相商。”

吃过中饭后，督署东花园的前后几个门都被卫兵把守着，不准任何闲杂人员进来。盛夏的武昌城已是暑气弥漫，但鹤舞轩四周树木繁茂，并不太热。梁鼎芬、辜鸿铭、徐建寅、陈念礽、梁敦彦、陈衍等人面色凝重地聆听张之洞在宣读电文后的讲话：“朝廷向各国宣战，鄙人以为是一个错误的决定，但遵旨奉命，又是鄙人的本职，鄙人正面对着进退皆难的境地。各位先生有何良策，可以援我出困境？”

众皆面面相觑，脑子里则都在紧张地思索着良策。这良策也真不容易出来。

一向口无遮拦的辜鸿铭首先开了腔：“洋人不是好东西，打着做生意和传教的名义到我们中国来欺蒙拐骗，还要用暴力强迫官吏和老百姓听他的。依我看，皇太后泣血太庙，慷慨誓师，与其苟且图存贻羞万古，孰若大张挞伐一决雌雄，是对的。我辜某人赞成。”

总督明白表示不赞成，这位辜汤生偏要唱反调，他意欲何为？众幕友都瞪大眼睛，惊诧地看着他。张之洞的眼神也甚是疑惑。

“义和团也不是东西。我听一个在直隶做官的朋友告诉我，说义和团的人装神弄鬼，弄来的神仙全是戏台上的人物，什么刀枪不入，全是骗人的鬼话。还有什么大师兄、二师兄，全是绿林中的土匪头。最可笑的，还弄来一批女人，叫什么红灯罩、青灯罩，据说都是从窑子里拉出来的婊子。”

这句话引来一片嬉笑声，辜鸿铭很得意。他平日说话，有一半的目的是想唤取听者的惊叹诧异；如果听者没有什么特别的反应，他就会感到失望，觉得很没趣。故而他说话时常走极端，爱夸张，标新立异，与众不同，又很会使用一些极有趣味的比喻和逗人的笑料。这一切手段，无非都是引起听者的格外注意，就像茶馆里说书人似的。然而听者在去掉这些色彩和包装后再去细嚼他的话，也并不是全无道理的，故大家喜欢听他讲话。张之洞尤其喜欢听他讲话，除开这种吊人胃口的艺术外，更重要的是他敢讲真话，这在众幕友中更是少有。

“所以，就我看来，洋人该打，但不能由义和团去打。义和团肯定打不过洋人，结果还是我们中国吃亏。但北京已打起来了，我们没办法劝止，我们守住湖广两省，就算尽职了。对于这个诏书，可以学宫中的办法：淹了。”

将上谕比之于奏折，将督署比之于朝廷，这是何等的荒唐狂谬不伦不类！此话倘若出自别人的口中，必定会大遭斥责，但出自辜鸿铭的口中，仿佛很自然似的。众人又一阵嬉笑，明白了他的意思：我们办我们的事，不去理会这道诏书，也不给朝廷以可或否的回复。

梁鼎芬说：“我完全拥护香帅的话，向各国宣战绝对是一个错误的决定。香帅不能回电表示执行，而是应该致电军机处，请朝廷尽早停止攻打各国使馆的军事活动。但这个电文不能由香帅具衔，而是由我们署名。”

梁敦彦说：“节庵这个主意好，我愿意列名。我们这些人，数节庵官位最高，就请节庵领衔吧！”

梁鼎芬忙说：“领衔不敢，领衔不敢，我忝列其末吧！”

张之洞笑了笑说：“由湖北督署幕府发出的电文，能避得开我张之洞吗？与其躲在幕后，不如站在台前，还可落得个好汉做事好汉当的美名。这个电文我看不必发。”

二梁见张之洞不同意，遂不再坚持。

陈念礽摸着下巴想了半天后说：“这是很重大的事情，我想湖广不必急于表态，眼下要做的事是加强与京师的联系，多多了解这两天来交战的情况。据我所知，各国在中国可使用的军事人员近三万人，但分散各地，一时不便于集中，估计要半个月二十天的时间才能聚齐。倘若这三万人聚在一起开往北京，即便是三十万义和团也不是敌手。但使馆区的军事人员不多，也可能在三五天、七八天内就会把使馆全部毁尽。如果这种局面出现，那中国就与西方列强结下了血海深仇。这场战争如何结局，真令人难以想象，说不定我们在湖北办的一切洋务，我们徐图自强的所有努力，都将付之东流。”

张之洞说：“念礽说得太悲观了。不过真要那样，中国的确是损失太大，仗既然已开，劝止也大概劝不了，现在只是想办法尽量减少损失，就是上策。”

陈衍一直没有开腔，张之洞望着他说：“石遗先生，说说你的看法。”

陈衍摸了摸下巴上的几根稀疏的胡须，慢慢悠悠地说着福建腔的官话：“古人云，将在外，君命有所不受。又说，乱命不可从。这两句话都说，有时来自朝廷的命令，可以不必服从。一是不合时势的君命不服从，一是危乱之际，有挟持君王而下的命令或违背君王一贯意旨的命令，不服从。眼下京师局势危急，义和团控制朝廷，难保这种对洋人宣战的诏书不是他们伪造的乱命。”

“乱命”，陈衍的这两个字引起了在座所有幕友的高度注意，他们都在心里说：为什么没有想到这一点呢？

张之洞也被陈衍提醒：太后、皇上一贯主张与洋人友好，怎么突然会宣起战来呢？

义和团挟持朝廷，以朝廷名义来干他们想做的事，这不是不可能的呀！他带着鼓励的口气说：“石遗先生，你说下去！”

“我们可以不执行这道未经核实的诏书，我们还是按过去朝廷一贯的宗旨去办，即在湖广地区维持与洋人的友善关系。昨天英国驻汉口总领事亲自过江来拜会张大人，表明英国政府急于保证他们在湖北的利益。英国是这样，美国、德国、法国也一定是这样；而我们也需要湖北地方的安宁，不愿看到湖北尤其是武汉三镇出现类似直隶和京师的混乱。所以，在这一点上我们是和各国利益一致的。我建议，由张大人向各国明确表示，湖北只有会匪，无义民，本总督负有保障湖广安宁的职责，倘若有人效法义和团的行动，在湖广一带闹乱子的话，本总督将严惩不贷。如此，既安洋人之心，又安百姓之心。至于这个宣战诏书，要严密封锁，不能向下面泄露半点，以免给湖广一带的会党流氓、江湖浪民、市井无赖以骚乱的借口。”

“湖北只有会匪无义民”，这句话说得好极了，它斩钉截铁般断绝湖北一切乱民与北京拳民的联系。凡闹乱子的都是会匪，就将按惩办会匪之例严惩不贷；至于将朝廷诏书严加封锁以免被人利用，则更是当务之急。

张之洞想：看来这陈衍不只诗做得好，还真有能吏之才。他望着这位瘦瘦精精的矮个子福建人，露出了满意的微笑，说：“石遗先生的这几句话说到了点子上。湖广应有湖广的做法，不能盲从……”

“大人，上海电报局又来了紧急电报。”

张之洞正说着，赵茂昌急急忙忙地闯了进来，递上一封刚收到的特急电报。张之洞忙拆开看，鹤舞轩里的所有幕友也都紧张地望着总督那张瘦削而严峻的长马脸。

“盛宣怀来电说，他建议东南诸省与当地洋人各自订立互相保护的条约，即中国境内的安宁，中国自保，洋人在当地的一切设施，洋人自保，双方各不干涉，也不允许其他人侵犯。盛京堂说，此建议已得到两广李少荃、两江刘岘庄、上海道余联沅的同意，问湖广同不同意。若同意，则派人赴上海与各国驻沪领事馆会商。”

张之洞的话刚说完，梁敦彦就说：“我看盛宣怀这个电文的意思与刚才石遗先生说的主旨很接近，即不接受宣战诏书，各省自行自己的一套，只是讲得更明白了些，华洋双方各管各的。”

梁鼎芬说：“这个主意好是好，就是让人听起来像是各省与朝廷分开，有点闹独立的味道，怕授人以把柄。”

陈念礽说：“这事若在美国，完全不算一回事。美国本就是联邦制，各州有自己的独立性，但在我们中国，的确有点犯忌。”

辜鸿铭说：“朝廷把事情办砸了，不能保护地方，各省自保有什么不对？”

陈衍说：“盛宣怀的建议与我的想法很接近，但东南各省互保，也确有独立之嫌。我想，为避此嫌，必须在互保时得先声明，我们是忠于朝廷，是完全拥戴太后、皇上的，这是危急时候不得已的做法。”

张之洞握着长须，仔细地听着各位幕友的发言。蓦地，他甩开长须，铁青着脸说：“蝮蛇螫手，壮士断腕，断腕是为了保护整个躯体。眼下直隶已乱，京师开仗，后果已不堪预料，倘若保得东南数省的安宁，直隶和京师即便陷入洋人之手，中国仍还有希望；若是东南跟着北方一齐乱，一齐陷于洋人之手，那中国就将再无光复之日。我身为国家大臣，自应为整个国家着想，是非曲直，自有公论，一时的指责，也顾它不得了。李少荃、刘岘庄都同意，我张某人的见识难道还不如他们！我现在即委派辜汤生、陈石遗两位代表我前去上海，与盛宣怀、余联沅一起去和洋人商谈，共同订下互保条约。”

陈衍很不喜欢辜鸿铭的性格，怕他坏事，希望张之洞行前管束一下，便说：“香帅信任我，我自然会竭尽全力，不辱使命。汤生去当然必要，他懂洋话，可做翻译。但汤生嘴无遮拦，又爱骂人，洋人也好，中国人也好，逮住谁骂谁，我有点担心。”

大家都笑了起来。辜鸿铭生怕张之洞听了陈衍的话，不派他去，让他失去一个大出风头的绝好机会，便说：“我这次去上海注意一下，不骂人好了。”

“不，”张之洞正色道，“你此番去上海，该骂的，还是照骂不误，尤其对洋人不要讲客气，就像你刚才那样，先骂洋人不是东西，再骂义和团不是东西。我看就这样骂，最好。”

众皆愕然，辜鸿铭也觉得有点意外。

张之洞继续说：“骂洋人，是叫他们不要翘尾巴，他们所作所为是有许多该骂的地方，骂骂有什么不对？你就放肆骂，见英国人用英语骂，见法国人用法语骂，骂他们一个狗血淋头，表示我们一不怕他，二不依附他，骂完后再和和气气地与他们签条约。义和团更要骂。他们是邪教，是乱民，给国家和百姓带来灾难。骂他们，表明我们和朝廷那些昏聩大员不是一流人，我们有自己的头脑。陈石遗，你放心好啦，辜汤生和你一起去，只有好处，没有坏处。”

这一番话，说得大家都笑了起来，辜鸿铭更是喜得搔首弄姿，得意洋洋。

第二天，辜鸿铭、陈衍奉命坐小火轮离开武昌去上海。到了上海后，他们和刘坤一的幕友及上海道道员余联沅等，在盛宣怀的周旋下，和英国、美国、法国、德国等西方主要大国驻沪领事一道签署了中国近代史上有名的东南互保条约。后来，李鸿章、袁世凯及闽浙总督许宝骙也在这个条约上签了字。东南互保从两江、湖广扩大到两广、山东、浙江、福建，联成一个广阔的区域。东南互保条约，保障了东南半壁河山在北方骚乱时的安堵，却也给晚清政局的分裂埋下了一根伏线。十一年后辛亥革命爆发，各省纷纷宣布独立，便是步它的后尘，终于导致大清帝国转眼间即土崩瓦解。

就在东南互保条约签订的日子里，一个重大的武装暴动计划也正在长江流域一带酝酿着，湖广总督面临着一场空前未有的生死较量。

三　两湖书院毕业的自立军首领唐才常劝张之洞宣布湖广独立

戊戌年春天，在湖南长沙大办时务学堂的，除谭嗣同、梁启超、熊希龄等人外，还有一个重要人物，他的名字叫唐才常。唐才常比谭嗣同小两岁，不但是同乡，更是志趣、性格相投的刎颈之交。唐才常出身书香门第，本人亦是秀才。光绪二十年至二十二年，他在张之洞创办的两湖书院读书两年，是书院有名的高材生。他同时又兼习武术，并与长江流域的会党广有交往，和谭嗣同一样是一个文武双全的热血青年。

说起长江流域的会党，要追溯到四十余年前的老湘军头上。当年老湘军的霆字营统领为鲍超，鲍超是四川奉节人，他的霆字营中有许多四川人。四川有个影响很大的会党名叫哥老会，四川籍的湘军把哥老会带进霆字营。入哥老会的人互相之间特别亲密，平时有福共享，打仗时有难共当，最受丘八所喜欢。很快，哥老会便发展到湘军各营各哨。江宁打下后，湘军十成裁了九成，这些被裁撤的湘军一部分回到老家，也有一部分不愿回家，流落在沿长江两岸的江苏、安徽、江西、湖北等省内，他们靠着哥老会的组织形式存活下来，并不断发展会众，最多时曾达十多万人。因为哥老会势力强大，地方官绅无不畏惧退让三分，因而使得其他会党，如三合会、天地会、大刀会、红教会、白莲教及拜上帝会余党也跟着在长江流域活动起来，加上这些人在内，光绪年间长江两岸共有二十余万会党在山林江湖中活跃，成为当时中国黑社会势力最强大的一个区域。湖南的平江、浏阳、醴陵一带自古尚武之风盛行，谭家是浏阳显宦，唐家则是浏阳名儒，各种势力都愿意与他们接近，谭、唐二位本是倜傥不羁的脱俗之才，便凭借这些关系与湖南乃至长江中下游诸省的会党建立了密切的联系。

谭嗣同在法华寺会见袁世凯的第二天，鉴于时局的危急和对袁世凯的不太放心，便向居住长沙的唐才常发出一封密电，叫他迅速与两湖会党取得联系，并立即北上赶到京师，共襄大业。唐才常接到电报后，火速与湖南的几位会党首领取得了联系，又星夜赶赴汉口，欲与湖北首领商议。就在这时，噩耗传来，谭嗣同等六君子为中国的维新变法英勇献身。同时，他在狱中的题壁诗也传了出来：

望门投止思张俭，忍死须臾待杜根。
我自横刀向天笑，去留肝胆两昆仑。

世人纷纷猜测，“两昆仑”指的是谁？只有唐才常心里清楚，这肝胆相照的两昆仑正是谭嗣同和他两人。眼下好友去了，自己留存，留存者只有秉承遗志，继续奋斗，才能不负去者的最高托付和期待。唐才常含着巨大的悲愤，为好友写下了一副传诵极广的挽联：

与我公别几时许，忽警电飞来，忍不携二十年刎颈交同赴泉台，漫嬴将去楚孤臣，箫声呜咽；

近至尊刚十余日，被群阴构死，甘永抛四百兆为奴种长埋地狱，只留得扶桑三杰，剑气摩空。

他本欲赴京为谭嗣同收尸，后听得浏阳会馆的长班刘凤池已负主人遗骸，正在南归途中，便回家稍作料理后急赴上海，筹商新的行动。

唐才常在上海停留几天后，辗转香港、新加坡、日本等地，联络海内志士，共同匡救时局。在日本期间，他拜会了亡命此地的康有为、梁启超，又结识了主张以革命手段推翻清朝建立共和的兴中会领袖孙中山。两派都主张武装起事，康有为的目的是勤王，推翻慈禧复辟光绪，孙中山的目的是革命，驱逐鞑虏，恢复中华。

去年十一月，唐才常带着康有为所筹集的三万银元及与保皇、革命两派都关系甚深的热血志士傅慈祥、林奎、沈荩、毕永年、秦力山等先后回国。不久，慈禧立溥儁为大阿哥，上海电报分局总办经元善联络一千二百多人联名上书，反对废立，要求光绪帝力疾临御，勿存退位之思，唐才常、沈荩等人都列名其中。唐才常从这一行动中看出了光绪在全国的声望，“勤王”的决心更加坚定。他在上海发起成立正气会，用以联络同志，共图大举。为更好地联系江湖会党，两个月后，唐才常又在上海成立自立会。

自立会的形式与哥老会、天地会等差不多。开山堂，发票布，山名富有山，票号富有票，上设正副龙头，下有内外八堂，拜香堂、喝鸡血酒。康有为、唐才常列名副龙头大爷，梁启超、林奎、毕永年、秦力山列名总堂大爷。就这样，他们将长江流域一带的二十余万会党团结在自己的周围。自立会既受康、梁领道，又遥戴孙中山。

北京义和团攻打使馆的事件出现，全国人心浮动，唐才常和在海外的康、梁、孙都认为是个可以利用的大好时机。唐才常遂以挽救时局、保种保国为辞，在上海张园召开国会，选容闳为会长，严复为副会长，又设总部于上海，分部于汉口。

与此同时，林奎、傅慈祥在汉口筹建起义的军队。将军队定名为自立军，集兵二万，分七军四十营，另以会党十万作为后备和应援力量。这七军即中、前、后、左、右、新军、先锋营各军。中军的主力为湖北新军驻汉标营的士兵及中下级军官。前军设在安徽大通，后军设在安徽安庆，左军设在湖南常德，右军设在湖北新堤，新军及先锋营设在武汉。中军统领为林奎、傅慈祥，新军及先锋营的统领为唐才常。自立军定于光绪二十六年七月十五日中元节起事。

这时，李鸿章、刘坤一、张之洞与西洋各国及日本签订《中外互保条约》的消息传了出来，海外的康、梁、孙与国内的唐才常等人都于此看出了一个微妙的动向：李、刘、张三督与朝廷的态度有所不同，倘若能说动他们独立于朝廷的话，则既可以免去兵戈之灾，又可利用他们的威望影响全国，无论是对眼下的勤王，还是对今后的变专制为共和都大有好处。这些熟谙日本历史的志士，都知道当年明治天皇就是靠着强有力的萨摩藩镇和长州藩镇的策划，才实现王政复古和倒幕维新的。光绪就好比明治，李、刘、张就好比萨摩和长州。由李、刘、张来策划实施，一切就会顺利得多。年轻的救国志士们都认为此种设想值得一试。

恰好此时李鸿章在香港，孙中山请英国驻香港总督卜力代为进行。卜力通过翻译和李鸿章谈了一个上午的话，李听的多，说的少，对于“两广独立”这个重大的问题，他不表态。直到会谈结束，卜力也没弄清楚这个资格最老名望最高的总督，对此究竟是同意还是不同意。卜力耸了耸肩膀，对与中国大员的谈话之艰难深感无奈。卜力做过多年的香港总督，时常与中国官员打交道。这种交道给他的愉快感极少。他似乎看到在他与中国官员之间隔着一道看不见摸不着、但又分明存在着的厚墙深沟，彼此之间很难沟通。后来他才悟到，这是两种文化的差异，他本人无法越过。他将与李鸿章的会晤告诉孙中山。孙中山高兴地说：“晤谈是成功的，请你过几天再去见见他。”

谁知两天后李鸿章便接到恢复直隶总督兼北洋大臣的任命，当卜力再次与他会面旧事重提时，李一口拒绝了。“两广独立”的努力算是白费了。

游说两江总督刘坤一的，是后来做了新军第六镇统制的年轻留日士官生吴禄贞。吴禄贞通过一个在自强军中做中级军官的朋友引导，在总督衙门里拜会了刘坤一。

吴禄贞是个直炮筒，不喜欢转弯抹角，话没说几句就提到了“两江独立”的话来。刘坤一听到这话，脸色陡然一变：“你是想走当年王闿运劝曾国藩的路吗？这条路在我刘某人这里一样的走不通！”

在湘军战功鼎盛的时候，年轻的书生王闿运曾劝曾国藩蓄势自立，遭到曾国藩的拒绝。作为一个性情刚烈的军人，吴禄贞受不了刘坤一的这种奚落，一气之下二话没说，就走出总督衙门，心里狠狠骂道：“真是个老废物，还摆谱哩，等我们起义成功后，你向我投诚，我都不收留！”

自立军的分部设在汉口，张之洞自然是自立军首领密切关注的重要人物。中军统领林奎采取江湖通常手段，选派四名武功高强的侠客在湖广总督衙门旁边游弋，试图寻找一个机会下手，劫持张之洞。因为北方局势紧张，武昌各衙门已接到不少湖北地方乱民蠢蠢欲动的报讯，督署及省垣三大宪等衙门都大大加强了戒备，亲兵营为督署增加两个哨的兵力，日夜值班，不敢有丝毫懈怠。四名侠客在衙门四周游弋半个月，有几次甚至登上张之洞居住的后院上房屋顶，但始终没有找到一个可以下手的机会。康有为得知这一情况后来电制止。这时唐才常也从上海赶到汉口，在紧靠英租界的宝顺里住下。宝顺里的房主李宝田在英国人办的宝顺洋行当买办，以他的名义在宝顺里购的六栋房屋，其实是宝顺洋行的产业，受英国租界的保护。中国官府未经英国领事馆同意，不能进入宝顺里。因为有这层保护，唐才常住在这里，并将自立军总部机关也设于此。

否定劫持方案后，唐才常和傅慈祥决定光明正大地进督署游说张之洞。这是因为唐才常和傅慈祥都有一个很好利用的身份——两湖书院的肄业学生，而张之洞则是以总督、创办者的身份一直兼任两湖书院的名誉山长的。

正是武汉三镇又成火炉的日子里，午后，唐才常和傅慈祥两人各穿一件薄竹布长衫，来到位于汉阳门码头附近的湖广总督大门口，对门房说：“我们两个是两湖书院的肄业学生，得官费派往日本留学，现学成回来，特为拜谒恩师张大人，请代为通报。”

张之洞对两湖书院的学生寄予厚望，凡有两湖书院的学子造访，均拨冗接待，何况他们又是官费资助的东洋留学生，想来张大人一定更为乐意接见。门房想到这里，笑着对唐、傅说：“二位稍等一下，我去禀报大人。”

一会儿工夫，门房出来，果然客气地说："二位先生随我来，张大人在客厅里接待你们。"

在会客厅刚坐稳一会，张之洞便来了。令两位过去的学生所惊讶的，还不是四五年不见的两湖书院名誉山长的衰老，而是他的散漫随意，不修边幅。在两湖书院就读期间，他们曾多次见过张之洞。那时的张之洞虽其貌不扬，却官仪十足。正二品的翎顶蟒袍、三寸高的白底乌筒靴，在前呼后拥的随从衬托下，总督大人显得威风凛凛，令那些年轻的学子两眼不敢正视，心里则羡慕得要死。而如今的这个老头子，上穿一件灰白色的宽袖对襟夏布衣，下套一条半长阔腿玄色旧绸裤，不穿长衫已使人惊奇了，脚下还趿着一双麻与布混合织就的拖鞋，手上拎着一把有了裂缝的大蒲扇。若不是在督署客厅里相遇，若不是先前认识，唐才常、傅慈祥怎么也不会相信他就是威名赫赫的湖广总督，分明就是一个老态龙钟、毫无地位的普通市井老者，顶多只是三家村的一个穷老教书匠而已！早就听说张之洞通脱简易，看来传说自有它的依据！

唐、傅见张之洞迈过了门槛，立刻刷地起身，弯腰向他深鞠一躬，然后自报身份：两湖书院第三期学子湖南浏阳唐才常，两湖书院第五期学子湖北潜江傅慈祥。

"坐，坐下。"张之洞上下扑了两下蒲扇，和气地对着两个后生子说，自己也边说边坐下。"你们两个都是两湖书院的，我看着你们有点面熟，但若在路上相见，认不出来。"

这是实话。张之洞一年到书院不过两三次，唐、傅两人在书院读书时也没有格外突出的表现，当然不可能在他的心目中留下很深的印象。

唐才常说："我们两个从两湖书院毕业已有几年了，今天特来看望恩师。"

那时的官场士林时兴认师拜师。亲自教过的学生，哪怕只三个月半年，终生认其为老师，这是天经地义的。书院的山长，视书院的所有士子为生，反之，所有士子也认他为终身老师，这也是理所当然的。府试、乡试、会试的各位座师、房师，被中式的秀才、举人、进士视为老师，这也是顺理成章的。各省学政、各府教谕，被该省的士子视之为老师，也在情理之中。所有这些，都有师与生的痕迹可循。还有一种普遍的拜师习俗，那就是下级官员执着门生帖子恭恭敬敬地拜上级官员为师，上司如果受了，今后就按师生形式频繁走动。这种做法实在没有一点师生之迹可循，只是将赤裸裸的功利目的掩藏在深情脉脉的师生之谊中罢了。一旦到了原来的学生大为发迹，做的官和自己相当或甚至超过自己的时候，做师的便要将帖子奉还，表示自己现在已当不起你的老师了。据说刚毅与翁同龢的关系恶化便起于这件小事上。刚毅原来只是刑部的一个主事，因办事能干，翁同龢器重他，将他提拔为郎中。刚毅见翁同龢这条路子可走，便递上门生帖子，翁收下了。从那以后，刚以翁的门生自居，执礼甚恭。以后外放地方官，每次进京，都要殷勤看望恩师。后来，翁将他再调进京来，做了礼部侍郎。那时翁是尚书，官位还在刚之上，刚仍对翁以师相待。不久，刚入军机，升工部尚书，又调兵部尚书，又拜协办大学士，和翁完全平起平坐了。翁却没有想到这时应该将刚的门生帖子还给刚，引起刚的极大不满。最后，在慈禧面前多次告翁的恶状，翁终于被开缺回籍，丢失了富贵仕途。

刚毅这种反目为仇的小人做法虽是少数，却很典型地说明了晚清官场中所谓师生关系的实质，说起来真是令人可笑可叹！

主考、学政出身的张之洞，出任地方督抚之后，一向热衷于办学校作育人才，他自然乐于得过他一日之教的人终生称他为师。对于那些为了干求而递门生帖子的下属，只要他看得起的，他也乐于接收其为门生，乐呵呵地听人家叫他老师。见这两个离开两湖书院好几年的年轻人来看他，还称他为恩师，张之洞显然高兴。他笑着对唐才常说："你从两湖书院肄业后的情况我略知一点。你是回到湖南去了，为地方做事，时务学堂你参与了，《湘学报》上常看到你的文章。办新政是好的，但不要太激烈了。圣人说过犹不及，你也过了点。当然，比起谭嗣同来，你又算稳当的了。”

唐才常注意听着，在目前这个时候，提起谭嗣同，不骂他为奸佞，只是说他激烈、过头了。身为朝廷大员，这种态度，已足够友好的了。唐才常觉得欣慰。

只见张之洞又转向傅慈祥，问：“你从两湖书院肄业后做了些什么事？”

傅慈祥答：“我在两湖书院读了两年后又转到湖北武备学堂，读了一年后，由官费派往日本留学，先入日本的成城学校，后入士官学校。”

张之洞听到这，眼睛一亮，说：“你这条路选得好，湖北最缺军事教官。你这次回来是休假，还是毕业了？”

傅慈祥犹豫了一下说：“我是回来休假的。”

张之洞问：“什么时候毕业？”

傅慈祥随口答：“明年夏天。”

张之洞用蒲扇指着傅慈祥说：“我和你约定，明年夏天你一回国就来找我，我派你去训练新军。只要你好好干，待遇和提拔我都会从优。”

傅慈祥笑了笑说：“谢谢恩师。”

张之洞摇了摇扇，说：“大热天的，你们来督署看我，还有什么别的事吧。既然是两湖书院的学生，那我们师生之间没有客气可讲，有什么事就直说吧！”

唐才常和傅慈祥互相看了一眼。唐才常挺了挺身板，操着浏阳音极重的官话，声音洪亮地说：“我们二人来督署，一来是好几年没见恩师了，心里系念，特来看望；二来，我们也确有一桩大事要向恩师禀报，求得恩师的支持。”

张之洞停止摇蒲扇，眼睛再次为之一亮。从这两次的亮眼中，唐才常和傅慈祥都看出，张之洞外形虽老了，但内神并没有老，依旧和前几年一样的充足健旺。

“恩师，学生就以实相告吧！”唐才常面色凝重地望着张之洞，显然压低了声音，浏阳官话变得浑厚低沉起来。“眼下北方拳民猖獗，京师更处在拳民的控制之下，载漪、荣禄、刚毅等人欺蒙皇上，挟乱民自重，竟然冒天下之大不韪，围攻各国驻京师公使馆。据最新消息，各国已调动近两万军队，组成联军，现正集结天津，不日将向京师开拔。拳民所谓刀枪不入纯属鬼话，在两万西洋联军面前，他们只有死路一条。京师危急，皇上危急，天下所有良心未泯的中国人皆忧心如焚，我辈亦如此，日夜筹思良策，试图救皇上于兵火之中，挽神州于陆沉之际。”

张之洞绷着脸盯着唐才常，一边听着他如流水般滔滔不绝地讲话，一边想：此人浓眉大眼，脸如国字，膀阔腰圆，肤色黧黑，十足的一个带兵勇将的材料，可惜他一直办报摇笔杆，不去学军事。相反，那个读了三个中外军事学校的傅慈祥，却眉清目秀，一副书生模样。人真的不可以貌而定。唐才常说的这个情况，张之洞已从盛宣怀的电报中获得。不过，他同时还知道聂士成、李秉衡的部队正在开往天津的途中。聂军完全是西洋装备的新式军队，又是主军，面对着身为客军的联军有许多优势，应当可以抵挡得住的。张之洞并没有把局势看得如唐才常所说的那样严重。

“学生有幸看到，当此北国危亡中原板荡之时，独恩师与两广的李中堂、两江的刘岘帅，头脑清醒、目光犀利，不奉伪诏，不从乱命，不畏无识之流的诘难，毅然与西洋各国签订中外互保章程，为皇上保东南半壁河山之安宁，为华夏免数省百姓之流离，这种置一己声名于不顾，以社稷苍生为重的风尚，学生敬仰至极，感佩无已！”

尽管唐才常、傅慈祥在张之洞的眼中并没有什么分量，但他还是很看重唐才常对他参与中外互保行为的看法。因为这毕竟是背着朝廷与洋人签的条约，若要深文周纳的话，扣上“卖国”“汉奸”的罪名，也不是无凭无据的。唐才常这番话代表着一部分读书人的看法，应是值得重视的。

“你们能这样体谅老夫就好。”张之洞说着，手中的大蒲扇又轻轻地摇动起来。

“不过，学生们斗胆请问下恩师，假若京师出现了一种新的局面，恩师将作何种态度？”

唐才常目光炯炯地望着张之洞，张之洞分明感觉到一种无形的威胁。他为避开这种凌厉的挑衅，放下扇子，端起茶杯来喝了半口。心里虽然有所意识，口里却不由自主地问：“京师会有什么局面出现？”

唐才常单刀直入：“西洋联军打进北京，皇上被囚，朝廷变成外国人联合组成的政府。若是京师出现了这种局面，恩师，你的态度如何？”

张之洞拿杯子的手不自觉地抖了一下，茶水从杯口溅了出来，他赶忙将杯子放回几桌上。就在这个过程中，他的心绪很快恢复了平静。

“在老夫看来，这样的事是不会出现的。四十年前，英法联军也曾打入过京师，文宗爷在避暑山庄安然无恙。洋人嗜利，给他重利，他便与你和谈，他没有必要囚禁皇上。再说，京师里有步军统领衙门，还有神机营、健锐营，新近又成立了虎神营，洋人要囚禁皇上也不容易。”

“这次和上次不同，”一直未开口的傅慈祥忍不住插嘴了，“上次是因续约不成，仇恨尚不大。这次是围攻公使馆。公使馆就是国家的代表，打公使馆就是打他的国家，这是对他的最大侮辱。何况，日本公使馆死了书记官，德国公使干脆给拳民杀了，这仇恨就大了。一旦打进京师，洋人囚禁皇上的可能性是大的。至于京城内外的军队，说句不客气的话，他们根本就不能打仗，绝不可能成为洋人的对手。”

傅慈祥的话也并非全无道理。你可以打人家的公使馆，杀公使，人家为什么就不可以囚禁你的皇上？若是真的重演“靖康耻”的话，该怎么办？拥立泥马渡江的“康王”，那谁又是今日的赵构呢？张之洞真不好回答这个问题了。他反问两个学生：

“倘若真有那种大不幸的事情出来，你们看怎么办呢？”

唐才常抓住这个难得的好机会，坚定地说：“恩师，那时请您出面宣布湖广独立。”

“独立”！这个在十一年后的武昌起义时期，各省纷纷采取的行动，此刻在湖广总督的脑子里完全是不能想象的大逆不道。张之洞睁大眼睛，板起面孔：“湖广是朝廷的湖广，怎么能独立？”

傅慈祥立即说：“皇上被囚，朝廷已不复存在，湖广宣布独立不再是对朝廷而言，而是对洋人而言，这不是背叛朝廷而是表示更忠于朝廷。”

对于一个在儒家学说熏陶下成长的读书人，对于一个世代深受国恩本人又身居要职的朝廷命官，张之洞对这个奇怪的建议深感突兀，即便真的出现“徽钦被虏”的事，他也没有想到过“独立”二字。张之洞严肃地说：“此事太重大，不宜多谈，何况今日谈此事，也为时过早。”

康才常说：“恩师的这种态度我们可以理解，不过到那时，学生就要先采取行动了。”

“采取行动”？张之洞惊疑起来。他的两只虽有点昏花却依然锐利的目光重新将这两个昔日的学子打量起来：唐才常和梁启超、谭嗣同一起办过时务学堂，他莫非是康梁一党？傅慈祥这些年在日本留学，据说在日本留学的中国学生流品复杂，不少人同情康、梁，有的甚至还同情那个以造反暴动为业的江洋大盗孙文。傅慈祥是康党，还是孙党？

来者不善！张之洞的脑子里突然间浮出这四个字，他的声音立刻威厉起来：“你们要采取什么行动？”

“勤王！”对于谈话气氛的变化，唐才常并不感到意外，他从容答道。

张之洞问："你们凭什么勤王？"

傅慈祥颇为自得地答："我们有十万兄弟聚齐在长江两岸，只待登高一呼，便会赢粮影从，直捣黄龙府！"

张之洞从这句话中嗅出一股异味来：这聚集长江两岸的十万兄弟，岂不就是那些啸聚江湖的会匪党众吗？

见张之洞没有出声，唐才常再挑明："到时候，我们想借汉阳枪炮厂的枪炮子弹用一用。恩师造枪炮原是为了保卫皇上保卫社稷，到了皇上被洋人所囚，社稷被洋人所占的时候，我们借用枪炮来勤王卫国，想必恩师不会不同意的。"

这是什么话！这岂不在明白告诉我，他们将会打劫枪炮厂，在武昌起事吗？勤王，勤王，他们打起勤王的旗号，不知将要做出什么事来；退一万步说，即便勤王，也只能由我湖广总督出面，你们凭什么做这等事！

张之洞完全明白了，对面坐着的再也不是当年单纯文弱的两湖书生了，他们很可能是会党之头，绿林之首。与他们之间，再也不是师与生，而是官与匪的关系了。本应立即将他们拿下，但想想又觉不妥，这无疑将会把刚才这一番话公开出来，对自己不利，不如暂时不露声色。他起身说："老夫尚有许多公务要办，你们回去吧！"

不等唐、傅说话，便对着外面高喊一声："送客！"

回到签押房，张之洞独自一人将会客厅的这一场会见从头到尾，细细地回忆着，越想越不对头，越想越可怕。他把大根叫来，低声说："给你一个紧急差事。你去张彪那里挑选二百名精壮兵士，分成两个营，日夜巡逻，加强戒备，特别注意要道关口码头和汉口各租界入口处的动态。这两个营交给你统领，三天内组建好。"

大根一听，全身血便立刻沸腾起来，颇带几分兴奋地问："四叔，发生什么事了？"

张之洞严峻地说："有消息说：长江流域一带的会匪正在蠢蠢欲

动，近期内有可能在武汉三镇闹事，说不定会暴动。”

大根觉察到事态的严重，将缠在身上的精钢腰带勒了勒，说：“四叔放心，我会把这事办好的。他们敢有点风吹草动，我会立即向您禀报。我这就去汉阳张彪那里。”

“慢点，你稍等下，我要给张彪发个手谕。”

张彪三年前已离开亲兵营，当上了湖北新组建的新式军队的统制。这个新军完全仿照江宁自强军的形式，分八个标，二十四个营，共七千余人。

张之洞给张彪写了封短信，告诉他局势严重，要严加戒备，尤其是武昌城里各衙门、枪炮厂、火药厂要添派重兵看守，不能有丝毫懈怠，遇有情况，随时报告。

张之洞将这封鸡毛信用火漆封好，命大根立即赶去汉阳新军统制衙门。

就在张之洞对武汉三镇加紧戒备的时候，北方的局势越来越坏，一道道令人恐悸哀痛的电文，通过上海电报分局源源不断地发向全国各省督抚衙门：

洋兵攻陷天津，大清武卫军统帅聂士成在八里台战场英勇牺牲。

董福祥军围攻使馆月余不下，荣禄调国初攻北京时留下的红衣大将军火炮，但未中使馆却使民居大受其害。

主和派徐用仪、立山、联元、许景澄、袁昶相继被杀。

直隶总督裕禄战败自杀。

浙江提督、武卫左军统帅马玉昆大败，退至武清河。

巡阅长江水师大臣李秉衡，在武清河被洋兵大败，退兵至通州张家湾自杀殉国。

北京城被洋兵攻破，董福祥败走彰义门，纵兵大掠逃逸西去。太后召见大学士六部九卿，竟无一人到场。京师城内拳民全数逃散。

太后携皇上、大阿哥、载漪、奕劻、刚毅、赵舒翘未明离宫，出西直门，向怀来方向逃去。洋兵占领北京城。

京师陷落，帝后出逃，对于战事来说，这是何等惨败！对于国家来说，这是何等耻辱！然而这样的事情，竟然发生在有着五千年文化传承和四万万民众的中华民族的国土上，发生在立国二百多年的大清帝国光绪二十六年七月二十一日。按照西历计算，这正是十九、二十两个世纪之交。中国和中国人民就是这样以受人欺侮任人宰割、丧师失地、首都沦陷的奇耻大辱告别旧世纪，进入新世纪！

张之洞和所有良心未泯的中国官绅士民一样，面对着这一道道无情的电文，陷于巨大的悲愤之中。得知袁昶被杀的那一天，张之洞罢去了晚餐，彻夜未眠。不到两年的时间里，自己一生寄望最大品学最优前景最为看好的两个学生：杨锐、袁昶都在英年被杀害。杀害他们的又不是仇家怨敌，而是他们所共同尊崇的皇太后。这是怎么一回事呀！这世道究竟发生了什么变化！他深知杨锐稳重厚道，决不会是康、梁、谭那一类激进亢奋的人，皇太后居然不加区分，不加审判，就将他和谭嗣同一道给杀了，真是冤枉。但此冤犹有可说：因为杨锐毕竟时运不好，和谭嗣同等人同时被授章京之职，很容易被误认为康党。但袁昶之死，却无任何道理可说。难道在六部九卿的会议上，一个太常寺卿不可以发表不同的意见？朝廷主战，难道主和的人就都得杀头吗？自古道言者无罪，现在是不但有罪，而且罪至于死！这是什么王法，这难道是清明之治吗？更何况，袁昶的话完全是对的，是金玉良言，是耿耿忠心。皇太后呀皇太后，您精明一世，为何这两年间糊涂至极？

这一夜，慈禧端佑康颐昭豫皇太后那拉氏英明圣哲的崇高形象，在张之洞的心目中降落了许多！

但是，在听到太后携皇上已安然无恙地逃出京师正行走在西去的驿道上，强占北京的洋兵也并没有派兵去追赶捕捉的时候，张之洞还是由衷地感到欣慰：太后和皇上没有受辱，这是祖宗的庇佑；洋兵并不越城追捕，这表明西洋各国并不想灭亡中国。太后、皇上还在，朝廷就还在；朝廷还在，大清的各级文武也就还在。

张之洞想起十多天前唐才常、傅慈祥的游说，心里默默地舒了一口气：幸而脚跟站得稳，没有听信他们的胡说。“湖广独立”，这是多么荒谬绝伦的设想。大清二百年深仁厚泽，国基笃实，是不会灭亡的。想在老夫面前玩花招，你们这些毛头小子，还嫩了点！

四　为对付湖北巡抚，湖广总督半夜审讯唐才常

这时，早已离开湖北现为安徽巡抚的王之春，给张之洞发来密电。电文说，中元节位于长江边安徽桐城县内的大通镇发生会匪暴动事件，经过七天七夜的捕杀，现已平息。这次暴动的大头目秦力山、吴禄贞系逃亡日本的康梁、孙文死党。据搜获的伪文书上说，大通暴动实整个长江流域暴动的一部分，暴动总部设在汉口，总头目为唐才常，请武昌密切注意动向。

这份电报证实了张之洞的判断。他立即命令湖北新军统制张彪进一步加强对武汉三镇的戒严，又给大根布置一系列紧急应对措施。

不错，大通镇的暴动正是自立军大暴动的一个环节。自立军大暴动原本就定在中元节，七军一齐起义，但起义所急需的军饷却一直未到。唐才常从日本回国时，康有为答应给他起义经费三十万银元，先领三万，余下的二十七万在起义前再陆续汇来。离中元节只有几天了，军饷却依然不见踪影，打电报催，回电说正在筹集中。除开极少数有追求有抱负的志士仁人外，自立军中绝大多数会党头目，其实是冲着钱财地位而来的：起义前的三十万银元，起义成功后的高官重权。

有好些头目坐在汉口等银子，等不到银子，他们的兴头便减少了许多。这时，又有一个消息传来，说海外华侨早就捐足了银元，被康有为等人在日本挥霍了。众头目听后很生气，骂康有为不是君子，骂唐才常欺骗他们，有的干脆脱离自立军，重操他们打家劫舍的旧业。唐才常、傅慈祥、林奎等人很着急，决定将起义日期延迟。

但大通附近的自立军不知道这个决定，依旧按原计划来到大通镇集结。大规模的外乡人突然汇集大通，这事引起当地官府的注意。在大通盐局的密报下，安徽官军逮捕了哥老会首领郭志太、陈得沅，起义计划遂暴露了。秦力山、吴禄贞当机立断，立即起义，张贴布告，攻打盐局，一举占领大通镇。接下来便是与安徽官军激战，最终全军失败，所幸秦、吴两位统领没有被抓住。

这天傍晚，大根急急忙忙来到督署，对张之洞说：“四叔，这两天，各个码头和通往城内的路口都发现许多神色异样的汉子，估计他们是来武汉三镇集结的会匪党徒。”

张之洞说：“我刚才收到英租界送来的密报，宝顺里住着几个可疑的人，你说的情况和英租界的密报正好吻合。现在要紧的是把宝顺里的情况弄清楚。”

大根说：“我有办法。”

他附着张之洞的耳边说了几句。张之洞连连点头说：“就按你这个想法去办。”

第二天下午，一个四十多岁的剃头匠挑了一担剃头担子来到汉口宝顺里。这汉子在巷子口四处望了望，然后敲起手上的小铁片，一边喊着：“剃头，剃头哟——”慢悠悠地向巷子里走去。

宝顺里的巷子并不长，西头连英租界，东头为闹市区，因为地势好，一条小小的巷子却很有气派。麻石铺就的路常年洗刷得干干净净，两旁的宅第多半豪华高大，从高墙铁门后面时常会冒出几分洋味来：洋歌曲声、洋香水气，外加几只油光水滑的洋狗。这里的确住了不少洋人，他们多是英国人，也有法国人、美国人。

从三号到八号一连六栋房子，就是用李宝田名义购买的宝顺洋行的产业。这六栋房子有两栋已经住上了洋人，有四栋还空着。唐才常用高价租了两栋，因为一来靠近租界保险，二来房屋高大阔气，能住几十个人又不至于引人怀疑。

这时唐才常和林奎正好饭后聊天，林奎听到墙外的剃头声，对唐才常说："佛尘兄，你的头发怕有两三个月没剃了吧，趁着这两天有点空剃一剃，起义后那就忙了，没有工夫了。"

唐才常摸了摸头顶，又摸了摸下巴，笑了笑说："上次的头还是在开国会之前剃的。头发都有寸多长了，是该剃了。把剃头匠叫进来吧，你也剃剃，楼上还有几个兄弟也都来剃个头。"

林奎走出大门，对着街那边喊道："剃头的，到这里来！"

"来啰！"

剃头匠高兴地挑着担子过了街，随着林奎走进了宝顺里七号。进了大门后，他又四处张望了一下。这座房子有楼地二层，楼上有四个窗户，估计有四间房，围着楼房的四周种着花草树木，还有铺着鹅卵石的弯曲小路，是一座很典型的洋楼。剃头匠边走边跟着林奎进了房。这是一个很大的厅堂，左边、后边也有房子，估计是厨房餐厅等。

厅堂里的靠背椅上坐着一个壮硕的三十多岁的汉子，见剃头匠来了，便招招手，说："给我剃。"

剃头匠见那汉子，心中一喜：正是他！原来，这剃头匠就是大根装扮的。那天唐才常、傅慈祥进督署时，他远远地见过。见眼前坐的正是唐才常，心里想：原来这个两湖书院的士子竟是会党的大头目，读书人正路不走走邪路，真可惜。大根小时跟着父亲跑江湖，三十六行，他懂一半，于是自告奋勇装了一个剃头匠来踏水路，果然一脚便踏进了贼窝。

大根走到唐才常的面前，给他系上围布，又拿出毛巾来将他的头发打湿，从布袋里取出一把明晃晃的剃头刀来，挂出尺把长的磨刀布，刀在上面来回地刮了几下，一副架势十足的老剃头匠的模样。

"师傅哪地方人？"唐才常和大根聊起天来。

大根答："小地方，直隶盐山小羊庄的。"

大根本是南皮人，怕引起怀疑，临时换了南皮的邻县。"刷，刷"，大根开始在唐才常的头上动起刀来。

“家里的日子还过得下去吗？”唐才常又随口问着。

“不瞒老爷说，家里的日子苦，不得已才挑了这担挑子，从直隶来到湖北，混口饭吃。”

唐才常闭着眼睛，让大根一刀刀地剃着。他是个耐不了寂寞的人，没多一会儿又问：“你也念过书识过字吗？”

大根说：“老爷，俺命苦，三岁死了爹，五岁娘改嫁，讨饭长大的，哪有机会读书识字。俺是一天学堂门没进，自家的名字还认不得哩！”

唐才常心里想：是个不识字的人就好，不然还得提防着他。

头剃好了，大根又给唐才常修脸。唐才常忍不住又开口闲聊：“听到你们老家闹义和团的事吗？”

“听过，听过。”大根操着道地的直隶西部一带的土音说，“听说俺们老家就有好多个义和团哩，他们后来还到京城打洋人去啦。听说洋兵把京城占了，太后、皇上逃跑了。老爷，这大清的文武百官和军队都是太后、皇上开的饷，眼下，他们有难了，怎么就没有人去救他们呢，您说这是个什么理！”

唐才常心想：这个剃头匠都晓得要救太后、皇上，比那些当官的、吃粮的良心要好得多。

正打算多说几句，突然，傅慈祥风风火火地走了进来，手里提着一个布兜。他来到唐才常面前，兴奋地说：“都刻好了，全在这里。”

唐才常也露出高兴的神色说：“师傅停一下。”

大根停了手中的剃头刀。

“字刻得怎么样，有印样吗？给我看看。”唐才常朝着傅慈祥伸出手来。傅慈祥望了望大根，犹豫着。

唐才常明白傅慈祥的意思，心里想剃头匠不识字，不必防他，便说：“不碍事，你拿出来给我看看。”

傅慈祥从布兜里掏出一张纸来，揉平了，递给唐才常。大根两只眼睛也赶紧瞟过去，这一瞟把他给吓住了。原来那张纸上盖的是四个鲜红印信。一个三寸长宽的方印上面刻的是：中国国会分会驻汉之印。三个两寸宽五寸长的条印分别刻的是：中国国会督办南部各省总会关防，中国国会督办南部各路军务关防，统带中国国会自立军中军各营关防。

唐才常笑着说："这廖麻子的字刻得还蛮像个样子，今后还叫他多刻几个。"

大根问："老爷，脸还刮吗？"

唐才常摸了摸脸颊，说："不刮了，不刮了，我要办事了。"

说着从口袋里摸出十文钱来问："够吗？"

"够了，够了。"

大根收下钱，挑起担子，慢慢地走出大门，一离开宝顺里巷口，便飞起脚步向江边走去。

这天半夜，江汉道稽查长徐升带着五十多个兵丁奉湖广总督之命，并带着英国驻汉口总领事法磊斯亲笔签署的搜查证，突然包围了宝顺里七号楼。唐才常、林奎、傅慈祥等人正在睡梦中，在一片凶狠的呵斥中被如狼似虎的兵丁捆绑起来，同楼的十余个自立军小头目除一人逃跑外全部被捕。

徐升领着人将楼上楼下六七间房子仔细搜查，在这里起获了大批非法物品，包括数千张未发出去的富有票，六十余支后膛长枪，七箱子弹，一大卷安民告示，以及大大小小的自立军旗帜、花名册和下午刚刻好的四颗印信，还有十多封康有为、孙中山写给唐才常、傅慈祥等人的信件。第二天，又根据线索，在英租界李慎德堂逮捕了十多个自立军骨干。

江汉道稽查长徐升初审后，呈文报告张之洞。张之洞面对着这道呈文，整整思考了半天。不是不好定罪，罪证是明明白白的：凭富有票，可定会匪罪；凭枪支弹药和安民告示，可定谋反罪；凭康有为、孙文的信件，可定康党孙党头领罪。无论哪一项，都是死罪，杀无赦，这是毫无疑义的。张之洞的顾虑有两个：一是唐才常、傅慈祥这两个总头目，就在半个月前还以学生的身份在督署和他聊了一个下午的话，而且说的又是独立勤王等等。倘若他们在审讯时，对这事大加渲染，那将十分麻烦。第二，按照惯例，这种谋逆大案，必须是总督和该省巡抚同堂共审。湖北省的巡抚谭继洵受儿子的牵连，前年便革职回浏阳老家去了，接任的是于荫霖。

于荫霖是张之洞十分器重的人。早在光绪七年，张之洞初任山西巡抚时，向朝廷胪举贤才的名单中，便有时在詹事府任职的于荫霖，称赞于，“学术纯正，直谅笃实，正色立朝，可断大事。”身为著名清流的张之洞的这个胪举，对于荫霖的仕途十分有利。十几年间，他从道员到臬台到藩台，官运很顺。谭继洵革职后，张之洞向朝廷荐举了时任安徽藩司的他。张之洞原以为于荫霖会很合作地与他在武昌共事。不料，于荫霖深受传统理学禁锢，对外国人和洋务存着很深的偏见。他不认为洋务是导中国于富强的道路，因此对张之洞在湖北所从事的洋务活动极为反感，甚至说引进洋务是以夷变夏，这使得张之洞大为失望。于荫霖又秉性耿直，将公与私划分得一清二楚：他感激张之洞对他的荐举，却并不因此而放弃自己的理念附和曾有恩于他的人。张之洞对荐举于荫霖来湖北很是后悔。但于荫霖清正廉洁，勤于政务，张之洞一时也找不出理由来赶走他，只得隐忍着与他共事。

与这样一位人物来共审此次大案，一向我行我素的湖广总督心里不免有几分担忧。因为从初审的结果来看，一共捕捉的二十八名犯人中，两湖书院的学生除唐、傅两人外，还有三人，另有四人为湖北武备学堂的，有二人为湖北自强学堂的，两湖、武备、自强都是张之洞所创办的以西学为主的新式学堂，老百姓称之为洋学堂。另外还有九名时务学堂的学生。当年陈宝箴在长沙创办时务学堂，张之洞也是极力支持的。加上这九人，二十八名犯人中从洋学堂里走出来的竟占了二十名。而这九名时务学堂的人又都是唐才常的学生。唐才常又是张之洞的学生，如此说来，这二十人都是张之洞的弟子及再传弟子。

倘若于荫霖出于厌恶洋务西学的角度，如此这般地将他与这批犯人联系起来，并进一步全盘否定湖北的洋务事业，那就惨了。如果再遇到怨敌，又将于荫霖的告发接过去，把这事与杨锐、袁昶一线串连下来，在太后面前告他一状，他张之洞能担当得起吗？想到这里，张之洞不觉有点发怵。

他把他视为智多星的梁鼎芬召来，与他商议。梁鼎芬想了想说："香帅，这桩事你就交给我吧，由我来处理。"

梁鼎芬充当两湖书院山长多年。他不是一个纯粹的文人，渴望掌实权，做方面大员。张之洞知道他的心思，早已许下了他的武昌道的职位，但他至今尚未掌上武昌道的印。他希望借此机会再立一个大功，以便早日做个真正的道台大人。他身为两湖书院的山长，自然也不希望书院里出康党和孙党，他的第一个想法是劝唐才常、傅慈祥二人放弃两湖书院的学籍。

梁鼎芬青衣小帽来到武昌县监狱，不惜降尊纡贵，在充满霉味的破烂单身牢房里，接见手脚都锁了沉重铁链的唐才常。

"还认识我吗？"梁鼎芬面色温和地问。

自谭嗣同就义后，唐才常早已置生死于度外，虽蹲在牢房里却心如常态，照吃照睡，并不焦急，所以看起来，除开衣服撕裂了，发辫零乱些外，神色依然和平时一个样。他看了看坐在对面的梁鼎芬，说："我怎么不认识，你是节庵山长嘛！"

梁鼎芬皮笑肉不笑地说："离开两湖书院好几年了，你还认得我，我这个山长也没有白做。不过，我倒希望你，不认识我为好。"

唐才常哈哈大笑："你是怕我唐某人坏你大山长的名声是吧！"

说完这句话，他收起笑容，辞色峻厉地说："可惜我大业未成。若勤王成功，只怕你到处宣扬还来不及哩！人世势利，此又是一明证！"

梁鼎芬被唐才常这一番抢白弄得很尴尬，略为定定神后，说："此刻，你我师生之间，坐在牢房说话，完全可以抛弃往日书院里的那一套伪装。我身为两湖山长，比你痴长近十岁，书籍和世事都比你多接触一些。我实话对你说，平时书院里所讲的那些圣人说教，乃是为人的极端境地。这个极端境地，莫说我们这些凡夫俗子做不到，圣人自己也未必就做得到。孔老夫子见到国君就大谈仁政，见到小吏则掉头不顾，这说明他也势利。至于朱老夫子，还有人说他与儿媳有染，在品行上那就更糟了。你说得对，人世间本就是势利的。你要干大事，先要做好成者王侯败者贼的准备。好比说，你此番勤王成功了，你就会拜将封侯，史册上你就是大英雄，不仅我梁某会四处宣扬你是两湖书院出身的人，连张香帅也会以你为荣。如今你失败了，官书文册上自然会写你为奸贼。我们这些吃官家饭的，自然要想方设法与你划清界线，越远越好，不仅我梁某人，张香帅也是如此。跟你说句实话吧，我今日来会你，就是秉的张香帅的钧命。”

唐才常冷笑道：“罢，罢，你对包括我在内的成百上千两湖学子说了多少套话假话，今天总算说了几句真话。你就实话实说吧，你今天来见我，到底为了什么？”

梁鼎芬抹了抹额上的虚汗，说：“事到如今，我也不打弯子了，我跟你说实话吧。不是为我，是为张香帅。湖北抚台于大人跟张香帅有点不对，为防他加害张香帅，在督抚公审的时候，请你帮张香帅一把。”

“哼！”唐才常说，“我一个阶下囚，能帮他制台大人什么忙？”

“能帮，能帮。”梁鼎芬连连说，“你只要在公审时承认你不是两湖书院的唐才常就是了。”

唐才常气得大声道：“我不是唐才常，那我是谁？”

“你说你是自立会的首领，冒了唐才常的名。”

唐才常笑道：“我既是自立会的首领，又是唐才常，我什么人的名也没冒。”

梁鼎芬急道：“只要你在出审时这样说说就行了，也不是真要你脱离你的唐氏宗族。”

唐才常见梁鼎芬这个模样好笑，便逗他：“我若这样说了，会给我什么好处？”

梁鼎芬喜道：“你若这样说了，张香帅就不杀你了。”

唐才常又是一阵大笑：“梁山长，你这是在哄三岁小孩。我既然承认是自立会首领，就已经把头送到砍刀之下，还有什么不杀头的？告诉你，我唐某人可比得上古之豪杰，乃今之英雄，行不改名，坐不改姓，随你刀劈火烧，我到哪里都是唐才常，决不会承认是冒名顶替的人。”

梁鼎芬眼睛盯着唐才常，一时说不出话来。

“佩服，佩服！”过了好久，梁鼎芬才言不由衷地说道。

唐才常掉过头去，不再理会他。

梁鼎芬又想出一个主意来：“你不愿委屈自己，我也不勉强，如果你能在审讯时说上一两句两湖书院曾对你教育甚多，是你自己背弃了师长之教这样的话，也就是帮了张香帅的忙。”

“不行。”唐才常断然拒绝，“我勤王有什么错？难道说两湖书院教育我不忠于皇上，我忠于皇上是背弃了师长之教？”

“当然不能这样说，不能这样说。”梁鼎芬急忙打断唐才常的话。

“那我说什么？”唐才常反问。

两湖书院山长语塞了。他知道，唐才常已是铁了心，要学他的朋友谭嗣同，甘愿将这颗头颅抛掉。对于一个不畏死的人来说，还有什么可以打动他的心呢？猛然间，梁鼎芬有了主意。

“佛尘先生，你的公子多大了？”

“今年九岁。”唐才常似乎意识到了什么，忙说，“我一人犯法一人当，要杀要剐由你们的便。你们不要连累我的儿子，也不要连累我的父母妻室。”

梁鼎芬听了这话，心里得意了：“佛尘先生，你犯的是谋逆造反大罪。按国初的律令，是要满门抄斩的。太后宽仁，即便不杀你的儿子，也要叫地方官严加管束。你的儿子能留下一条命为人做奴，便是最大的福气了，要想今后有所出息，那是绝对不能指望的。”

唐才常心里冒出一丝悲凉来。他自己是早已不顾恤这条命了，但贻祸儿子，他却深为沉痛。他也曾作过两手准备，拟交一笔银子给弟弟，万一事不成，则托弟弟带全家老小逃到香港或澳门去，但银子一直等不来，这件事也便没办。唐才常是条硬汉子，尽管心里很痛苦，但他不想求梁鼎芬。他知道梁鼎芬将会借此为要挟，自己若答应将会于大义有亏。

梁鼎芬早已从唐才常的眼神中看出了他的心思，心里有了把握：“我知道你既不愿害了儿子，又不愿得罪你的党众，我为你想了一个两全之策。公审时，既不要你说是冒名顶替，也不要你说两湖书院的好话，只要你什么话都不说，任于抚台如何问你逼你，你都不开口。你做到了这点，张香帅就保证此案不牵连你的父母妻儿，你的九岁儿子可以由你的兄弟带出国门，张香帅可以保证他的安全。”

这个条件，唐才常可以接受。

“梁山长，你说的话算数吧！”

“一定算数！”

“好，我同意。”唐才常双目如炬地望着梁鼎芬，“假若你们说话不算数，我的父母妻儿有什么好歹，我的魂灵决不会饶过你们。我唐才常生为人杰，死为厉鬼，你们是对付不了的。”

梁鼎芬感觉到了森森冷气：“你放心，你放心，我们说话是算数的。”

停了一会，唐才常说：“我没有什么东西送给我的儿子，今当永别，我作两首诗，你帮我记下来交给他，就当我送他的礼物。”

“行，行，我会照办的。”

梁鼎芬边说，边吩咐牢卒拿纸笔。

“你念吧！”

唐才常将这两天在牢房里想好的两首七绝一字一句地念着，梁鼎芬边听边记：

新亭鬼哭月昏黄，我欲高歌学楚狂。
莫谓秋风太肃杀，风吹枷锁满城香。

徒劳口舌难为我，剩好头颅付与谁？
慷慨临刑虽快事，英雄结束总为斯。

当梁鼎芬把与唐才常的谈话原原本本地告诉张之洞时，张之洞的心里涌出一股又恨又敬、又气又怜的复杂情感来。

人们都说湘人倔犟，从唐才常的身上，张之洞算是领教了。按湘人的性格，如此倔犟汉子能作这种交换已是不错了。他不说任何话，自然也就不会说起进督署游说的事。如此，麻烦就可以少去许多。

无论是从牵涉到自身这一层来考虑，还是从牵涉到牢房外面数万名会众来考虑，唐才常、傅慈祥等二十多名囚犯都不能羁押过久，处理得越快越好。这样想过之后，他突然冒出一个对付于荫霖的好法子来。

张之洞拿出一张纸，给于荫霖写了一封短函，告诉他近日破获的自立军案是一桩特大谋逆案件，与海外的康党孙党、省内外的哥老会大刀会联系密切，案情极为复杂，现正在抓紧时间清理头绪，定于五日后即八月初一日与贵抚台在督署会同审讯。张之洞将这封短函封好后交何巡捕赶紧送去。

于荫霖看到张之洞的信后，决定这两天把手头的事先行了结，从二十八日开始，用三天时间查阅此次案件卷宗，以便心中有数，会审时能有的放矢。

不料，第二天半夜，于荫霖被督署来人从睡梦中叫醒。来人气喘吁吁地告诉他，一个小时前，有一队人马打劫牢房，要营救被抓的自立会大小头目，已被抚标官兵们击退。张制台深感事态严重，不能再拖了，请于抚台连夜过去公审，立即处决，以绝后患。于荫霖被弄得昏昏沉沉的，但事关劫狱大案，他不能拒绝张之洞的相邀。带着瞌睡虫，坐着大轿，一路上迷迷糊糊地来到总督衙门口时，只见灯火明亮，刀枪林立，一副如临大敌的戒严状态。来到大堂时，更是气氛恐怖，刀斧手两旁侍立，杀威棒黑白分明，张之洞全身穿戴，正绷紧长脸，瞪着大眼，凶神恶煞般地坐在大堂正前方左边的虎皮太师椅上，右边椅子也铺了一张特大的虎皮，虎头上瞪着两只吃人的眼睛，散发出令人毛骨悚然的狰狞之气。这虎皮椅刺目地空着，显然是为于荫霖留下的。

“于中丞，坐吧！”张之洞指了指右边的空椅，依旧是黑着面孔，一点笑容都没有。

巡抚与总督，官衔上虽差了一级，但并不是上下属，彼此相见，得以平级之礼相待。倘若在平日，张之洞这样做，于礼仪上不合，但今日这种场合，却没有什么不合的痕迹，反倒与周围的气氛相一致。于荫霖面对着这一切，心中突然有一种底气不足之感，好像是张之洞在为国宣劳，而自己却在一旁悠闲似的，未会审，气势上已先矮了一截。他匆匆拱了拱手，赔着笑脸：“兄弟来迟了，来迟了！”看了看椅子上躺着的真虎皮，书生出身的于巡抚情不自禁地生出一丝恐怖感来。

张之洞却无笑脸相迎，也不同他商议，立刻拿起惊堂木来猛地一拍：“将犯人带上来！”

在满堂吆喝声中，唐才常、傅慈祥、林奎等一长串人鱼贯而出。灯火闪烁中，除唐才常神色如常外，其他人多少都有些沮丧颓废之色，有的两腿发软，要靠狱卒扶持着才能迈开步，有一个后生子居然在大堂上放声痛哭起来。

“不要哭，大丈夫死则死矣，不可示人以弱！”唐才常压低着声音，威严地对着哭者说。

后生子赶紧闭了嘴，却还在不停地抽泣着。

张之洞满脸凶恶地扫视众犯人一眼，提高嗓门喝道："你们这些无父无君、无法无天的匪徒们听着，你们不好好交代罪行，竟敢勾结牢外会匪强盗，打劫牢房，这是罪上加罪，死有余辜！老实告诉你们，本督军队天下无敌，你们那些乌合之众，岂能成事？只能适得其反，加速你们的灭亡。你们已死到临头了，还有什么话说？"

二十多个自立军大小头目一齐望着唐才常，唐才常平静地冷笑着，不作声。什么勾结牢外会匪，什么打劫牢房，他一点都不知道，无从辨别是真是假，他能说什么！

见堂下一片死寂，张之洞转脸对于荫霖说："于中丞，你有什么话要问他们，请说吧！"

这于荫霖半夜三更被弄到总督衙门来，脑子里本就晕晕乎乎的，不太清醒，面对着这个剑拔弩张的场面，先又输了一筹，再说原本明天才看卷宗的，眼下被急忙叫来，对案件的来龙去脉一点都不知晓，叫他如何审讯？于荫霖只听说这桩案子的总头目叫唐才常，是从日本回国的洋学生，便硬着头皮叫了一声："谁是唐才常？"

"我就是！"唐才常不慌不忙地应了一声。

"什么地方人，今年多大年岁了？"

"湖南浏阳人，今年三十三岁。"

"你为什么要聚众造反，你和康有为、孙文是什么关系，从实招来！"

唐才常觉得问这些话真是可笑，不值得回答，况且他与梁鼎芬有约在先，遂闭口不作声。

于荫霖气道："你为什么不回答本部院的问话？"

唐才常用蔑视的眼光看了一眼于荫霖，仍旧不开口。

"唐才常，你在哪里读过书，是怎么去的日本？"

一旁站着的梁鼎芬心里紧张了：不知这小子说话算不算数，如果他把一切都和盘托出，那就糟了。这样想过后便赶紧思考对策。

张之洞也有几分担心，见几秒钟过后唐才常仍不开口，便转过脸问于荫霖：“这班人是死心塌地要与朝廷对抗到底的逆贼，劫牢的匪众扬言下次还要再来，本部堂以为宜早处置为好，免生意外。于中丞，你看呢？”

唐才常一问三不答，已令于荫霖恼火了，何况他对案情本就一概不知，再审下去也无词了，只得说：“就按香帅的意见办吧！”

张之洞站起来，对着两旁的刀斧手喝道：“把他们押出去！”

“慢点。”唐才常突然开口了，令张之洞和梁鼎芬一惊。

于荫霖忙挥手制止刀斧手：“他有话说，让他说吧！”

梁鼎芬瞪着眼望着唐才常，心里骂道：这小子说话不算数，我要让你死得不痛快！

只见唐才常缓缓说道：“拿一支笔和一张纸给我！”

于荫霖对着一旁的衙役说：“拿纸笔来！”

张之洞心里虽有点急，但他不能阻止于荫霖，只得暗自叫苦。

纸笔拿来了。唐才常接过笔，叫衙役把纸在地上铺平。唐才常望了一眼两位主审官后，挥笔在纸上写道：

> 湖南丁酉拔贡唐才常，为救皇上复仇，事机不密，请死。

张之洞看了这行字后，心里大舒了一口气，对唐才常说：“好，本部堂成全你！”

然后再次命令刀斧手：“都给我押下去！”

七月二十八日凌晨，唐才常、傅慈祥等二十八人，在武昌小朝街旁的紫阳湖畔被杀。

过几天，于荫霖得知这二十八名死犯中有二十名系洋学堂毕业，而且唐才常、傅慈祥二人还以学生身份游说张之洞时，心里十分恼恨张之洞那夜突然袭击似的会审，使得他没有充足的时间做准备，白白失掉一个当着张之洞的面批判洋务西学的好机会。

但他还是补上一个折子，借自立会案件提醒朝廷，洋学堂有培养叛逆的可能，必须多加提防，严格控制，只是因为没有拿到活口，不能坐实游说总督一节。于荫霖与张之洞之间的矛盾越结越深，终于在第二年被张之洞借故请出了湖北。

唐才常式的在野勤王活动被残酷地镇压了。与此同时，一场由各省地方官发起的官方勤王戏却在热火朝天地上演着。

五　请密奏太后，废掉大阿哥

七月二十一日，天色未明时，当得知洋兵已攻破广渠门，城内已无任何守兵时，慈禧着青衣布履，装扮成一个民间普通老太婆，带着身穿布袍仿佛坊间店铺小伙计似的光绪皇帝，匆匆忙忙地逃出紫禁城。慈禧在一片慌乱之中，什么都顾不上了，却没有忘记对她的眼中钉、她侄女的情敌、皇帝的宠妃珍妃以惩处。她命令宫中二总管崔玉贵将披头散发的珍妃活生生地推进颐和轩后的一口水井中。这口日后以珍妃命名的枯井，成了中国封建时代众多帝妃爱情悲剧的最后一个实证。它以无比的凄艳，引发多情凭吊者和文人墨客的不尽咏叹。

随着慈禧和光绪逃出的还有皇后、大阿哥及载漪、善耆、奕劻、载勋、载润等王公和刚毅、赵舒翘、英年等大臣。他们一行出居庸关，至怀来县，然后向西逃命。这一群往日养尊处优、锦衣玉食的帝后王公大臣们，在逃命的途中提心吊胆、饥寒交迫，若用旧时说书人常说的“惶惶如丧家之犬，急急如漏网之鱼”来形容他们，一点也不过分。直到他们逃到山西境内，才略为安定下来。

这时，由盛宣怀居中串联，李鸿章、刘坤一、张之洞、袁世凯等督抚连名上折，请严惩纵容拳民闯下滔天大祸的肇事魁首载漪、载澜、载勋、刚毅、英年、赵舒翘等人。慈禧见此奏折，颇为不悦，为应付悠悠众口，只对他们予以口头斥责，即便这种处罚，也将大阿哥的父亲端王载漪排除在外。至于各省的勤王举动，慈禧则欢喜无已。

最先向慈禧表忠心的是甘肃藩司岑春煊。这位前云贵总督苗人岑毓英的大公子，早年是有名的京城恶少，以性格暴烈、胆大妄为、挥金如土、宾客如云为人所乐道。后来收敛恶习，走入仕途，居然官运亨通，三十多岁便做了方伯大员。岑春煊看出落难的慈禧、光绪奇货可居，便向陕甘总督陶模请求亲自带兵前去保驾护卫。当时慈禧一行正在直隶，要护驾也自以调直隶的兵为近，用不着甘肃的兵马去越俎代庖，岑春煊此举无非是想哗众取宠。但他旗号打得堂皇正大，陶模不得不准，便拨给他兵马二千，饷银五万。岑春煊携银带兵，日夜急驰，在直隶宣化县境内迎上了慈禧的车驾。

慈禧再要强，也是个女人，何况又是一个望七之年的老女人，当此窘迫危难之际，忽见一支人马前来保护她，怎能不感动，不感谢？当岑春煊跪在她面前，大声叫“臣甘肃布政使岑春煊从兰州带兵前来保护皇太后、皇上，谁敢动太后、皇上一根毫毛，臣与他血战到底”的时候，慈禧禁不住放声大哭，以至于走到岑春煊的身边，摸着他的头说：“想不到我们母子遇此大难，差一点就见不到你了。大清朝文武官员成千上万，唯独你有这颗忠心，千里迢迢赶来护驾，我们母子不会忘记你的。”

慈禧这一哭，将那些跟随她一起逃难的王公大臣们也引得痛哭起来。岑春煊没料到一向威严不可侵犯的太后如此失态，也没料到一向威风凛凛的王公大臣们如此脆弱，心里对自己的这个决定十分得意。他也一边大哭，一边说着诸如赴汤蹈火、粉身碎骨也要保护好圣驾的话。慈禧当即任命他为督办粮台大臣，负责警卫料理整个逃难人马的安全及生活等一切事项。转眼之间，一个小小的布政使便成为大清帝国流亡政府的实际控制人了。

岑春煊的这一创举点拨了各省的督抚将军们，他们猛然间仿佛都醒悟过来了：常言说饥者易为食，寒者易为衣，如今则是落难者易为功呀！这个“冷灶好烧”的极浅道理怎么都忘记了，却让那个广西苗子昔日恶少占了头功！

于是，不仅较近的山西、陕西、甘肃等省，就连较远的河南、青海、四川也都纷纷勤王或送各种吃穿日用物品。自从进了山西之后，因为各省勤王人马物品源源不断地到来，流亡途中的太后、皇上也逐渐恢复元气，小朝廷也日益像个样子了。慈禧令奕劻、李鸿章等人进京与洋兵谈判，自己带着日趋庞大的队伍继续西行，在老太婆的心理上，是离北京越远越安全。

远在苏州城里的苏抚鹿传霖，也悟到“勤王”是一条日后升官捷径，不顾六十五岁的高龄，亲自带着一千五百名士兵及三吴珍稀特产，日夜兼程北上，终于在秦晋交界之处追上了浩浩荡荡西幸的车驾。鹿传霖临出发前，给妻弟一封信，希望张之洞也能于勤王有所表示。

这天，张之洞看了信后，顺手递给坐在一旁的辜鸿铭。

“香帅，这可是个好机会，你也可学鹿中丞的样，自带一支人马北上护驾。这个功劳，太后、皇上日后会记一辈子的。”

辜鸿铭看完信后，笑着对张之洞说。

张之洞知道辜鸿铭是在调侃，在他心里，对鹿传霖亲身勤王也不大以为然，但嘴巴上免不了对姐夫作一番辩白：“你不知道，我这个姐夫虽是个文官，弓马功夫却是自小就练就的，好得很哩。他二十岁那年，随父住在贵州都匀府，当地苗民作乱，围攻府城，他父母被苗民戕害。他一个人杀出重围，飞马百里外搬来救兵，到底把苗乱镇压下去了。他有这等武功，自然可带兵勤王。我这个制台，虽是统率水陆几万军队，其实手无缚鸡之力，不能跟他比。”

辜鸿铭收起笑容：“你就是有鹿中丞那样的武功底子，我想你也不会亲自带兵去勤王的。”

“何以见得？”张之洞在公务空暇中是很乐意与这位混血幕僚聊天的，跟他闲聊轻松坦率，用不着半点防备和伪装。

“因为太后身边有一大批混蛋在包围着，你去了会觉得憋气，不舒服。你在这里做武昌王做久了，怎么习惯得了在那群既令人瞧不起但又不得不对他们客气的窝囊废中过日子！”

“还是你辜汤生知我！”张之洞笑了一下后又严肃地说：“勤王与惩办肇事者，这两桩事还得分开，假若太后皇上有旨让我带兵去卫驾，我张某人还是会去的。只是眼下湖广还离不开我，自立会余党，哥老会的匪徒们还在伺机复仇。”

“香帅，我有一个两全其美的好主意。”辜鸿铭突然兴奋地提高了嗓门。

张之洞兴趣盎然地笑望着这位怪才，不知从他的口里又要蹦出什么惊人之语来。

“你上个折子给太后、皇上，请他们干脆到武昌来住，立武昌为陪都。强龙压不过地头蛇。到那个时候，端王也好，庄王、肃王也好，统统都得服从你这个武昌王。”

“哈哈哈！”张之洞被辜鸿铭这极富创意的设想，弄得快乐地大笑起来。他连连拍着辜鸿铭的肩膀说：“汤生，你这个主意好得很，那咱们就拟稿吗？”

辜鸿铭也快活得像个孩子似的：“我先拟个英文稿，再请念礽把他翻成中文。”

“你这真正是脱掉裤子放屁！”

听了总督这句粗鄙的话，辜鸿铭笑得眼泪水都流出来了：“香帅，这句话英文里也有类似的表达，它是这样念的。”接着一阵咕噜咕噜的洋话，从辜鸿铭的口里放水似的汩汩流出，张之洞自然是什么也听不懂。

正在笑得舒畅的时候，梁鼎芬拿着一封信进来，对张之洞说：“香帅，有一位特别人物，过几天要到武昌来拜会您。”

张之洞说：“什么人，让你这样神神兮兮的？”

梁鼎芬说：“此人虽只是一个知县，眼下却是太后最为亲近和相信的人。他在太后的眼中，任哪一位王公宗室都不能相比。香帅，这里有一封信，你请看吧！”

梁鼎芬从信函里抽出一大沓纸来，正要递过去，张之洞说：“这么长的信，我不看了，你说说吧！”

辜鸿铭说：“我可以坐在这里旁听吗？”

梁鼎芬笑着说：“还正要你辜汤生坐在这里，我才会说得起劲哩！”

辜鸿铭喜道：“节庵在卖关子，这里面一定有好故事听。”

梁鼎芬坐下来慢慢说：“这个人名叫吴永，字渔川。他是浙江人，却生在四川，长大后又客居湖南长沙，因此而有机会从郭嵩焘侍郎游，又由此而到了曾纪泽侍郎的门下，并且得到小曾侯的赏识，做了他的乘龙快婿。”

辜鸿铭瞪大了眼睛插话：“这样说来，他是曾文正公的孙女婿了。”

“正是。”梁鼎芬点头。

“那我要见见他。”辜鸿铭十分认真地说。

张之洞笑道：“辜汤生近世什么人都不敬仰，唯独敬仰曾文正公，可惜没有机会见到他本人，又没机会见到他的儿子。这次又可惜，来的不是孙子，而是孙女婿。孙女婿的身上是找不到曾文正公的痕迹来的。”

“这大概就是爱屋及乌吧！”辜鸿铭自我解嘲，“他是曾文正公孙女的丈夫，多少总通了点曾家的气吧！”

大家听了这话，都笑了起来。

梁鼎芬继续说：“前几年他被朝廷授为怀来县知县。太后、皇上这次离开京城，第一站便是怀来。老天爷成就了他，让他成了第一个接驾的朝廷命官。吴永能干，在极端困难的处境中尽力而为。太后很满意，就叫他跟随身旁，一路西行，封了他个前路粮台会办。一路上，吴永成了太后得力的左右手，极受太后的宠信。这次他是以太后身边人的身份来湖广办粮饷的。”

辜鸿铭说：“刚才我还和香帅在说勤王的事哩，看来不必派人去了，接待好吴永就行了。”

张之洞说：“你怎么知道得这样多，这信是谁写来的？”

梁鼎芬扬了扬手中的信说：“这信是湖南俞抚台的公子俞启元写给我的，我曾教过俞启元的古文。俞启元现在和吴永一道会办粮台，二人同时被太后派出办粮饷。一个去江南，一个来湖广。俞启元怕大家不了解吴永而怠慢了他，故给我写了这封信，先通报一下。”

张之洞问：“吴永什么时候到武昌？”

“初七八就会到了。”

张之洞说：“节庵，俞启元既然写了这封信给你，就麻烦你去接待他。对于这种人，自然不能怠慢，可安排他住在胡文忠公祠，并派两个人在他身边听他使唤，待住下一两天后我在督署衙门设便宴招待他。”

吴永说到就到了。梁鼎芬以接待钦差大臣的礼数接待他，将他安置在武昌城里最好最安全的驿馆——胡文忠公祠，又从两湖书院抽调两名略知文墨的仆人来专门服侍他。梁鼎芬郑重告诉吴永：“明天晚上，张制台在督署为您接风。”吴永表示感谢。傍晚，临离开胡文忠公祠时，梁鼎芬又悄悄对吴永说：“楚女又泼辣又风骚，要不要叫一两个来陪陪？”

吴永微笑着摇了摇手。

第二天，湖广总督中庭左侧的宴客厅灯火通明，各种水陆佳肴摆满整整一桌子，张之洞在这里宴请来自太原行宫的要客吴永，陪席的有梁鼎芬、辜鸿铭、徐建寅、陈念礽、陈衍等人。三十六岁的曾门女婿不善饮酒，不到一个小时，饭就吃完了。张之洞把客人带进小客厅，特为泡好上等龙井款待这位祖籍浙江的不平凡客人。

张之洞笑着说：“渔川，包括梁节庵在内的我的这批幕友，都是没有见过太后和皇上的人。你在太后皇上身边一个多月，而且又是在这种非常的日子，也可算是太后皇上的患难之交了。你跟各位随便聊聊行在的情况吧！”

吴永说："张大人言重了，我吴永什么人，怎么敢说是太后皇上的患难之交。这也是国家不幸，吴永万幸，能有机会侍候太后皇上。也不知吴家哪辈子积下的阴德，让我这个不肖子孙给遇上了。"

辜鸿铭早已急不可耐，抢先第一个说话："我曾有机会见过英国女王维多利亚，尽管她那时已近六十却依然美丽过人、雍容华贵，她的气质和风度是普通人所绝没有的。渔川先生，我想象中的皇太后应该也和维多利亚女王一样，但我没见过，不知是不是一样，你说给我们听听。"

在座的除张之洞外，谁都没有亲眼见过皇太后，即便是张之洞，也不可能看清那个召见他时高高在上威仪赫赫的太后，他和众幕僚一样希望多了解这位大清国的第一人。他笑着对吴永说："我这里最是随便，不受礼制和规矩的限制，这些人也都是些本分人，不会背后使绊子。你尽管放心大胆地说，不要有顾虑。"

吴永说："有张大人这番话作挡箭牌，我就随便和各位聊聊。但有一点，只在这里说，出门以后我就不认账了，不要说这话是听吴某人讲的，到时我会赖账的，各位就不要怪我不是君子了。"

众皆笑起来。

吴永说："怀来县城离京城不过百把里路，京城内外都闹义和团，怀来自然不可免，也被闹得乌烟瘴气。我知道洋兵正在打京城，整日里惶惶不安。七月二十三日傍晚，正要吃饭的时候，突然有一人闯进县衙门，说是有紧急公文，递上来时，乃是一团粗纸，无封无面，像一团破絮似的。我将纸团展开抹平，一看，吓了一跳。原来上面写着，皇太后、皇上，满汉全席一桌，庆王、礼王、端王、澜公爷、伦贝子、军机刚中堂、赵大人等各一品锅。另随驾官兵，不知多少，应多备食物粮草，上面盖着延庆州州印。我忙问来人，这是怎么一回事。那人说，两宫圣驾已在离怀来县城五十里的岔道口上过夜，明天就到此地。我心里想，现在一切都乱了，哪里去预备满汉全席、一品锅，得连夜布置。天明即回城赶赴岔道口。巳正时，在途中遇到了两宫圣驾车骑。待我见到太后时，哪里敢认，那简直就是一个逃荒的老太婆：头发蓬乱，面色蜡黄，衣衫褴褛，原来太后已是一天一夜没吃过东西了。”

满厅一片欷歔声。

梁鼎芬问：“见到皇上了吗？皇上如何？”

“皇上也一个样。”吴永说，“我见到皇上时，他正站在太后的身旁，身穿一件半旧玄色细行湖绉棉袍，宽襟大袖，上身无外褂，腰上无束带，头发有一寸多长，蓬头垢面，憔悴已极。”

辜鸿铭惊问：“七月下旬的天气，皇上怎么就穿棉袍了，我们现在还未穿棉袍哩！”

吴永说：“皇上身子骨极弱。以后的日子里，在太后吃好睡好后，我才发觉，太后其实是一个很好的老太太，既端庄秀美，又开朗健谈。倒是皇上，一直是面色苍白，一副病恹恹的样子。”

陈念礽和辜鸿铭一样也是好奇心极重的人，问：“渔川先生，你和太后、皇上朝夕在一起相处这么久，你觉得他们跟我们普通人有什么不同吗？”

“我没看出他们与普通人有多大的不同。”吴永说，“比如太后吧，她伤心的时候也会放声哭，高兴时也会絮絮叨叨地讲个不停，与普通老太婆一个样。刚见到她那一天，她说她想吃鸡蛋，我好不容易给她弄了五枚鸡蛋。她一连吃了三枚，给皇上留了两枚，连说鸡蛋味道好，说好久没吃过这么好的东西了。这与饿极了的人吃个包谷也觉得好是一样的。至于皇上，更是无任何威仪可言。无事时，他甚至会和太监一道坐在地上玩泥蛋，又喜欢在纸上画各种大头长身的鬼形，再扯碎扔掉。有时在纸上画一只乌龟，乌龟背上写着他所恨的人，然后贴在墙上，用竹签做小弓箭去射，再从墙上扯下，撕碎，让它随风飘去。”

说到这里，吴永猛然记起曾经亲眼见皇上在乌龟背上写了一个人的名字，那是当今一位十分重要的人物。当然，这个名字是绝对不能说出的，今后若有可能，也仅仅只能对张之洞一个人讲。

众幕友见大清国的九五至尊居然是这样一个孩童般的人，都不可思议。有的人觉得有趣，有的人觉得滑稽，张之洞的心里却忧心忡忡：从百日维新的急躁和而今的病态来看，从醇邸中走出来的这个皇上，很可能是个心智不健全的人。一旦老佛爷山陵崩，大清国将走向何处？

“渔川，我问你，皇太后一向精细明慎，这次为何会上义和团的当？神灵附体、刀枪不入这等鬼话，太后当时是真的相信吗？”

吴永说：“张大人你说得好，神灵附体，刀枪不入，这完全是鬼话，不是我自夸，怀来县那些拳民也在我面前这样装神弄鬼的，我一概不信。太后当时怎么会糊涂至此，我也纳闷。我当然不敢问她老人家，我是后来慢慢从她周围的人聊天说闲话中得知一二的。主要是两拨人蒙骗了她。”

这可不是常人能晓得的宫闱秘密，大家都聚精会神地聆听，尤其是辜鸿铭，瞪大那双蓝幽幽的眼睛盯着，让吴永看了有点儿害怕。

“一拨人是刚毅刚中堂和赵舒翘赵大人。太后本是派他们两人去涿州查看义和团实情的。端王是一心要用义和团，刚中堂迎合端王说拳民可用。赵大人是饱学之士，一见就知道拳民成不了事，但他是刚中堂引进军机处的，不能抵触刚中堂，回京禀报时含含糊糊，也没说可用，也没说不可用。太后听了刚中堂的一面之词，以为拳民真的有神术。另一拨是宫中的太监们。不知什么缘故，这些太监都没有头脑，都相信义和团那一套鬼把戏，许多太监都入了团，在园子里设坛祭神灵。他们天天在太后面前说拳民们如何如何了不得，都说是自己亲眼见的。你们想，三人都可以说成虎，几十上百个太监都那么说，太后怎么会不相信？就拿火烧正阳门那件事说吧！义和团放火烧大栅栏一带的教民住宅，火烧大了，一直烧到正阳门去了，这不闯了大祸吗？拳民们也着急了。来了一个大师兄说，不碍事，我们请东海龙王来保护正阳门。于是所有拳民都席地而坐，跟着大师兄念念有词，谁知不但东海龙王未请来，火反而越烧越旺，把正阳门烧成一座焦楼。拳民们吓得全部逃走了。这本来是一个戳穿义和团花招的极好例子。不料，由太监口里告诉太后的却变了样。他们说本来海龙王要来的，因为皇上不听太后的话，要重用康党，就不来了。火烧正阳门，是对皇上不孝的惩罚。太后听了这话，不但不加怀疑，反而说神灵有眼，拳民可嘉。这两拨人就这样坑害了太后。”

客厅里一片嗟叹。

张之洞想，谈论太后皇上太多了也不大好，而且他还要与吴永单独密谈在心里琢磨了好久的一桩大事，于是起身说：“天很晚了，吴渔川还有许多事要办，今夜就谈到这里吧。”

见总督发了话，众幕僚们只得脚跟脚退出客厅。

原来，吴永来武昌，是要向湖广代流亡朝廷讨五十万两银子和十万斤粮谷、五万匹棉布绸缎。这事属巡抚所管，吴永在湖北境内盘桓了半个月，多次拜会湖北的巡抚、布政使、粮道、江汉关道等要员，然后又南下洞庭，找湖南的地方衙门去了。

有一天，梁鼎芬悄悄对张之洞说：“香帅，您不知道吧，吴永现在与曾家已断了关系。”

张之洞颇为吃惊：“这话怎么说？”

“他的夫人早几年前就过世了。”

“夫人过世了，还有儿女呀，儿女跟外婆家的血脉是割不断的。”

“可惜的是没有儿女。”

一刻短暂的沉默。

张之洞说：“你去长沙住几天，一则陪陪他，二则遇到方便时问问他想不想续弦。”

梁鼎芬说：“续弦是肯定想的，他还只有三十六岁，且无子女，哪有不续弦的理。只怕是曾经沧海难为水，难有一个令他中意的人。”

张之洞说："我叫你去长沙，也包含着这层意思，看他想要个什么样的人。"

梁鼎芬领了张之洞这道钧命，在长沙整整陪了吴永半个月。两人谈古论今，诗词唱和，居然成了很好的朋友。吴永将续弦一事委托给了他。

回到武昌后，梁鼎芬开始为这事筹划起来。他思忖着：吴永是太后的亲信，又有曾家的背景，今后前途无量，自己若能与他将关系结牢的话，日后也算是朝廷有人了。这股肥水决不能流到外人田里去，我梁鼎芬要和他攀下这门亲。梁鼎芬把自家亲戚中的女人们都列出来，挑尽了三姑六婆后，倒真给他看中了一个人：他广东老家远房八姑今年二十二岁，因高不成低不就，早过了出阁年纪仍待字闺中，成了个老姑娘。梁鼎芬忙修书一封通过官驿寄回广东番禺，不久后收到了回信。八姑家对这门亲事满意极了，若男方无意见，可即刻护送新娘子前来武昌完婚。趁着吴永尚在湖南的空当，梁鼎芬又去信老家，要他们去广州城里拍几张照片寄来，把事情办得尽量妥当些。二十多天后，照片寄来了，吴永也从湖南返回武昌。吴永看了照片，模样端正，又是一个从没嫁过人的黄花闺女，且是梁鼎芬的亲戚，很满意。这时已到初冬季节了，张之洞于是邀请吴永干脆在武昌度岁，年前完婚，过完年后再回到太后身边去。吴永一口答应。

慈禧、光绪一行早已在九月初到了陕西西安府，便将西安当作行都，行使起朝廷的职能来。庆王奕劻和直督李鸿章奉命与八国联军总司令瓦德西为首的洋人谈判。洋人不但要赔四亿多两白银，而且开出一长串名单来，指控这些人均为肇事祸首，不杀不足以平各国之愤，奕劻、李鸿章看那名单，赫然列为第一名的便是圣母皇太后她老人家，不禁惊得目瞪口呆，半晌合不得嘴。接下来便是端王载漪，庄王载勋，国公载澜，军机大臣刚毅、英年、赵舒翘，礼部尚书启秀，刑部侍郎徐承煜，前山东巡抚毓贤，甘肃提督董福祥。

奕劻对瓦德西等人说："祸首列太后之名万万不可，这于中国国情相悖太大，不但我们不能答应，即便皇上也不能答应。太后死，皇上存，皇上将有不孝大罪，势必不能独活于世。”

瓦德西说：“要说名副其实的祸首，还只有你们这位皇太后够资格，其他人都是听她的，只能说是从犯。不杀她，怎么说得过去？你们这个皇太后，我看还不如赛二爷，她的见识比皇太后的见识高得多。她请我不要杀老百姓，说老百姓无罪，罪在拳匪。这话有道理。”

赛二爷是谁？奕劻没听说过。他讨好地说：“赛二爷是哪家的公子，我要奖赏他！”

瓦德西哈哈大笑：“赛二爷不是哪家的公子，她是八大胡同的妓女，一个会说德国话的可爱的女人，据说是你们以前驻德公使的夫人。”

将一个妓女拿来跟皇太后相比，不仅使奕劻，也使李鸿章气愤不已。这简直岂有此理，欺人太甚！奕劻、李鸿章恨不得将眼前这个可恶的红毛蓝眼魔鬼杀掉。但眼下他手里有着一万八千名手持洋枪洋炮威力无比的军队，杀人的刀把子不是在自家而是握在别人的手中。太后千叮万嘱和谈只准成，不准败。没法子，只得强咽下这个羞辱。奕劻赔着笑脸说：“无论皇太后有什么差错，都不能让她承担，只要放她一马，什么话都好说。我们大清国有的是全世界都见不到的宝贝，您和各国将军们要什么，我们给什么。”

李鸿章听了这话不是味道。国家的宝贝怎么能随便送人，这些人都是贪得无厌的恶狼，他们的欲壑你能填得满吗？但奕劻是首席和谈大臣，又是亲王，何况这是救太后的事，李鸿章也只得忍了。瓦德西狞笑道：“好哇，早就知道你们的宝贝多得很，拿宝贝来换皇太后的头颅，也是可以的，但以下的那些人，是再也不能讨价还价了。”

最后，双方达成如下协议：中国赔银四亿五千万两，分三十九年还清，年息四厘，以关税和盐税作抵押；划东交民巷为使馆区，中国人不准居住；拆毁大沽至北京城防炮台，外国军队驻扎北京和从北京到山海关沿线十二个重要地区；永远禁止中国人成立任何反对外国的组织，违者处死，若再发生此类事件，当地官员立行撤职，永不叙用；严惩载漪等十余名祸首。

奕劻、李鸿章代表朝廷签下这个中国有史以来最大的不平等条约。

作为会办和谈大臣，张之洞除严惩祸首这点外，对条约中的其他几条都很不满意，尤其对赔款和驻军两条，更为不满。赔款如此之多，几乎要把中国的元气耗尽，“徐图自强”目标的实现不知又要向后挪动多少年。在中国的土地上允许外人驻扎军队，这有丧失领土主权之嫌。张之洞致书奕劻、李鸿章，明确表示不能完全赞同的态度。

李鸿章想起二十多年来，张之洞一贯与自己唱反调，心中甚是不快。外国政坛上有鹰派、鸽派之说，李鸿章觉得自己是中国的鸽派之首，而张之洞处处跟自己为难，是不是想当鹰派的头领？他气得对奕劻说：“这个张香涛，还是当年那一副书生做派，做了十七八年的督抚，应该有些历练了，还是这样喜欢放言高论，正是曾文正公当年所说的那句老话：看人挑担不费力。”

奕劻说：“他是个喜欢出风头的人，不去管他！”

后来，李鸿章在别处也多次说过这样的话，终于传到了张之洞的耳朵里。他气愤地说：“李少荃倚老卖老，不把国家当回事。他说我书生意气，我没有骂他老奸巨猾就算客气了，他哪有资格说我？”

李张之间本来就很深的裂缝，变得更深了。

年关临近，武汉三镇飞起漫天白雪，梁鼎芬的八姑姑带着庞大的护送嫁妆的队伍来到武昌。梁鼎芬忙着为他们布置新房。过小年这天，婚礼隆重举行，大媒便是候补道两湖书院山长、总督衙门总文案梁鼎芬。张之洞为他们做了证婚人，又破例从他珍藏多年的古董中选了两件战国青铜器：一面凤舞九天图纹铜镜，一把八寸长的玉柄双刃铜短剑，作为礼物送给吴永。

又娶了美娇娘，又获得张之洞的格外青睐，吴永这趟湖广之差简直是美不胜收。蜜月过后，吴永接到行宫来的电文，催他急返西安交差。

临行时，他来到总督衙门表示他的由衷谢意，张之洞也要拜托他多多致意太后、皇上，二人说得融洽而深入。

为了答谢张之洞的厚爱，也为了在今后的仕途上增加一个强有力的靠山，吴永向张之洞透露了一个绝密消息。

“香帅，您知道皇上最恨的人是谁吗？”

“不知道。”张之洞的心里无端冒出一丝恐惧感。

“袁世凯。”吴永压低了声音。

“为什么？”

其实，张之洞先前也听到过一些风声。戊戌年事变后不久，从湖北巡抚衙门里传出消息，说谭嗣同曾去找过袁世凯，请袁救援皇上，袁表面答应，第二天回到天津就将这事告诉了荣禄。荣禄急告太后。于是便有太后训政、六君子被杀、皇上囚禁瀛台的结局出现。袁世凯是个口是心非的小人，可耻的告密者！

对袁世凯的这个评价，成了所有传说这个故事的人的最后结论。张之洞对此将信将疑。

“康有为和军机四章京都极力推荐袁世凯，皇上相信了，将他从天津叫到北京，超擢他做侍郎，并召见他，以重任相托。袁在皇上面前慷慨激昂，忠心耿耿。不料他一回天津，就对荣禄说，皇上发动康党围颐和园，要挟持太后。引起太后大怒，并痛斥皇上不孝不仁，皇上矢口否认。太后说这是袁世凯说的，并有荣禄作证。皇上还是不承认有围园劫后的计划。因为此，皇上恨死了袁世凯，巴不得将他碎尸万段。”

“哦，是这样的。”张之洞深深地倒吸了一口气：两年多的一段传闻终于得到证实。

“香帅，”吴永的语气很诚恳，“袁世凯这个人我没有见过，不知其为人到底如何，说他能干的人很多。他这两年也很能任事，东南互保的事，严惩祸首的事，他都与您一起参与了。他是有心要攀附您这棵大树。我今夜把这事告诉您，想提请您注意这个人。他今后前途到底如何，还很难说，也可能飞黄腾达，也可能粉身碎骨。您对他，还是多留点神为好。”

这可真是个重要的提醒！对于袁世凯，张之洞原本并无甚好印象，只认他是个不读书凭军功发迹的暴发户。去年以来他对袁的印象大有改观。原因是袁任山东巡抚时全力镇压义和团，有先见之明，又积极参与中外互保合约，有胆魄。袁世凯很明显地在与他套近乎，若没有吴永的这个提醒，真有可能被袁世凯给套住了。

张之洞说：“渔川，谢谢你这个提醒，我今后会注意的。”

隔一会，他又说：“我想问你一件事，你不要对别人说。”

吴永肃然：“什么事？凡我所知的，我都可以对您说。”

张之洞的脸向吴永凑了过来：“你看大阿哥这个人怎么样？”

吴永略作一番思索后说：“大阿哥今年十七岁，人长得比皇上要精神些，也还灵泛，诗作得不错。”

“大阿哥会作诗？”张之洞显然对此很感兴趣，“你能记得几句吗？”

“前几日我收到西安行宫中一位朋友的来信，信中极赞大阿哥的诗才，说大阿哥近日有一首《终南山》，确实做得好。诗是这样写的：入夜宫中烛乍传，檐端山色转苍然。今宵月露添幽冷，欲访楠台第五仙。”

“这诗是做得不错。”张之洞微微点头。“大阿哥的书读得怎样？”

“大阿哥的最大不足之处就是不爱读书，好玩耍，心不能静。还有一点，性情轻佻，喜怒无常。”

张之洞说：“就常人而言，大阿哥可算是一个聪明颖秀的少年，若有严父严师管教，日后或许也能做点事。但对大阿哥这个身份来说，他的长处恰恰是短处，而他的短处则不仅于自身不利，更将于国家不利。”

吴永仔细聆听着这位社稷之臣的谠言庄论。

“吟诗作赋，是普通人怡情悦性的好方式，但一国之君不能沉湎于此。治国平天下，靠的是圣贤之教，史册之鉴。十六七岁，正是发愤苦读经史的大好时光，大阿哥的功夫不下在此处，却用在诗词上，是舍本逐末。隋炀帝、陈后主、李后主、宋徽宗都是诗词歌赋中的高手，却成了亡国之君。耽于诗词，又加上轻佻，喜怒无常，这样的储君，真不是国家之福。”

吴永插不上话，说是也不宜，说不是也不宜，只好缄口听着。

“渔川，有一桩事，我在心里想了好久，要向太后禀报。但至今未禀报，一是拿不定主意，二是不知通过什么途径传到太后那里。你这一来，即使我拿定了主意，又找到一条便捷通道，你一定要把这桩事当面禀报太后。”

吴永说：“我一定照大人的吩咐去办。”

张之洞敛容正色对吴永说：“你回去后，找一个方便的机会，单独对太后说：张之洞请太后废掉大阿哥！”

吴永心里大吃一惊，傻望着张之洞。

张之洞严肃地说：“去年夏天所发生的这场灾难，是由立大阿哥而引起的，端王要借拳匪来打击洋人，为自己出气，才竭力怂恿太后围攻使馆。要说祸根，就在这里。这已是官场士林中公开的秘密了。大阿哥年纪小，又没管过事，他当然不会成为洋人所索求的祸首。现在祸首中的人虽然载勋、毓贤、刚毅、赵舒翘、英年、启秀、徐承煜都已死了，但载漪、载澜兄弟还健在。假若哪一天，大阿哥真正登极做了皇帝，载漪便是太上皇，载澜便是皇叔，他们一定会唆使皇帝翻案，对指责他们的人报复。对洋人，只会更加仇视。无论对国外还是对国内，这都是极不利的。我早就想过，不废大阿哥，不将他迁出宫，去年的事就不能算彻底清算。但我拿不定主意，这原因是我不知道大阿哥其人。若他真是明君之材，或不必担忧，但听你刚才所说的，我可以断定此人必定成不了明君。”

吴永颇为紧张，想不到自己刚才的那几句话居然对大阿哥的命运起了作用。一个小小的知县，一介草莽出身的平常人，竟然会对当今帝王的废立起作用，这真是不可想象的事，而此事竟然就发生了。想到这里，吴永又不禁自豪起来。

“如此看来，我想，为了太后，为了祖宗的江山，也为了大阿哥自己，还是废了为好，而且必须立即搬出宫，永远断绝他的念头。这桩事不能写奏折，只能面禀。我又不能到西安去，真是天赐良机，让你到武昌来了。渔川，你千万不要前怕狼后怕虎的瞻前顾后，一定要以国家大义为重，将我的这个想法面禀太后。万一有什么事出来，我张某人会向太后上书，说清事情的原委，洗去你的责任。你不要有顾虑。你曾经做过曾家的女婿，要像你的丈人和太丈人一样，在紧急关头，抛开一己得失，为国家挺身而出。”

这两句话激励了吴永，他站起身来坚定地说：“香帅放心，我一定会把你的这个建白如实禀报太后。香帅身处如此高的地位，尚且不顾自身利害，我吴永一个七品芝麻官，算得了什么！若能协助香帅为国家办成这桩大事，也不枉曾家赏识我一场了。”

第五章 / 爆炸惨案

一　八闽名士向张之洞献融资奇策

吴永离开武昌两个月后，一道关于废除大阿哥的上谕颁发下来。张之洞心里欣慰：太后尽管糊涂迷误过一段时期，但毕竟还是醒悟过来了。

是的，这次亲身遭逢的巨变，的确给一向自以为了不起的慈禧以深重的创伤和刻骨的刺激，严酷的现实迫使她不得不自我反省，也迫使她不能不承认自己的失误。为了挽回丧失殆尽的人心，维护自己摇摇欲坠的至尊形象，在西逃的路上，她便指示跟从的军机大臣草拟以皇上名义下达的“罪己诏”。又在批准和约的上谕里再次表示“自责不暇，何忍责人”的沉痛心情。在所有痛定思痛的奏章中，慈禧最看重的是朝廷奉为客卿的英国人赫德所上的条陈。这位担任中国海关总税务司近四十年的洋人，以极为诚恳的语言劝告太后，西方各国决不是要中国的国土和人民，只是希望中国改弦易辙，实行新政，奉行和他们一样的国策。赫德请太后早日回銮，今后只要认真实行改革，中国是可以富强的；中国富强了，与世界各国也就相安无事了。

慈禧完全接受这位洋朋友的建议，一面筹备回銮北京的准备，一面筹谋实行新政，并明诏国民："世有万古不易之常经，无一成不变之治法，穷变通久，见于大《易》，损益可知，著于《论语》。盖不易者三纲五常，昭然为日星之照世，而可变在令甲令乙，不妨如琴瑟之改弦。伊古以来，代有兴革，大抵法积则弊，法弊则更，要归于强国利民而已。"又要求各军机大臣、六部九卿、各省督抚及出使各国大臣，取外国之长，补中国之短，参酌中西政要，对有关朝章国故、吏治民生、学校科举、军政财政等方面，向朝廷提出有关变法改革除旧布新的建议。一时间，仿佛戊戌年的"百日维新"之剧又重新上演，只是戏中的主角由皇帝变成太后而已！

庚子年的这场惨变，任何一个稍有爱国之心的中国人都会痛心疾首，任何一个稍有头脑的中国人都知道，要想不亡国灭种，只有变法一条路。相对于两年多以前的那个夏天来说，这次的变法，在表面上已经是没有反对派，大家咸与维新了。在新一轮的变法高潮中，最为积极也最为朝野看重的封疆大吏，当首推既有新政实质、又有"中体西用"理论主张的湖广总督张之洞，次则为对办局厂办新军有兴趣的硕果仅存的湘军元戎两江总督刘坤一，另一个则是办新军大有成绩，又在镇压拳民中崭露头角的山东巡抚袁世凯，他们都在组织一批智囊文胆，切磋研讨关于变革方略的文稿。

袁世凯多次向张之洞写信，以晚辈自居，请他牵头，选择几个有影响的督抚会衔上奏，共同提出关于新政全局的建议来。因为有吴永的那番话，张之洞不理睬袁世凯的示好，而主动与刘坤一联合，希望以他们两人会衔的形式，提出改革方略。戎马一生一向以战功自炫的刘坤一，晚年亲眼目睹湘淮军在洋兵面前屡战屡败的现状，真是痛心不已。洋兵打进京师，帝、后弃逃，在刘坤一看来，这无异于亡国，是军人的奇耻大辱。他欣然赞同张之洞的建议，愿意为中国的复兴，与张之洞一起担当这个重任。

经过两三个月的起草修改审订的过程，关于新政的三个奏折产生了。第一个折子名曰《变通政治人才为先遵旨筹议折》。此折提出变法图强，以人才为先的主张，指出中国不贫于财，而贫于人才；不弱于兵，而弱于志气。并提出育才兴学四条办法：设文武学堂，酌改文科举，停置武科举，奖励游学。第二个折子名曰《遵旨筹议变法谨拟整顿中法十二条折》。此折从十二个方面提出对中国旧的法规法则加以改革，即提倡节俭，打破资格限制，停止捐纳，考核官员并增加俸禄，改进官员诠选，取消书吏和差役，改善刑狱，筹八旗生计，裁撤屯卫、绿营等等。第三折名曰《遵旨筹议变法谨采用西法十一条折》，提出应当采纳的切实有用的西法有：广派官员出国考察，编练新军，改良农业，提倡工艺制造，制订有关矿业铁路商业交涉等法律，货币改用银元，征收印花税，推行邮政，多译各国书籍等等。

第二折的除旧和第三折的布新，都审慎地遵循张之洞的中体西用的理论：关于本体的方面，即中国的纲常名教、伦理道德，仍得坚持，不能改变；西法西艺，均作为功用而被引进，以促使本体的健壮强大。

这就是中国近代史上著名的“江楚会奏三折”。它以形式上的温和中庸，内容上的切实可行，时间上的恰到好处，上奏者的地位资望，获得了以慈禧为首的朝廷执政者的一致认可，成为事实上的新一轮新政的实施大纲。这些变法设想，通过以后的一连串上谕，向全国各地陆续颁发推行。

张之洞趁着这个大好时机，加速发展湖北的洋务事业，在两湖各府县广设各式新学堂，大量派遣官费生赴日本留学。他又在湖北扩大新军。湖北新军按全国统一军制，将军队编为一镇一混成协，即第八镇、第二十一混成协，共有官兵一万五千余人，全部用新式枪炮及西洋器械装备，聘请德、日教官充当军队教习。配合新军建设，又在武昌办起将弁学堂、武备普通中学和陆军小学堂。这三所军校担负起培养新军各级武官的责任。与此同时，张之洞又拟在武昌创办火柴厂、水泥厂等工厂。

办学堂，办新军，办工厂，凡有兴作，第一步便是筹措资金。到处需要钱，到处都向总督衙门伸手要银子。“银钱”两字，令他焦急，令他忧虑。再一次“银钱短缺”的重荷，压得他透不过气来。他多么盼望能有点铁成金之术：顷刻之间，他的面前便可出现金山银山。他甚至幻想过，能在哪一处施工现场，突然发现前人埋在地下的金窖银库。当然，这都是不可能的事。怀着满腔洋务宏图的湖广总督，从哪里去获得眼下所急需的大批资金呢？

这一天，陈衍来到签押房。他对面有愁容的总督说：“卑职知香帅为资金一事苦恼，愿向大人献一奇策，可立解燃眉之急。”

张之洞颇为疑惑地望着这位瘦小的八闽名士，见他一脸正经，不像说笑话的样子，弄不清他葫芦里卖的什么药。张之洞似笑非笑地说：“你有办法可立刻筹集一批大的银钱？”

陈衍点头：“是的，不出两个月，您可得二十万两银子，半年光景，您可得七十万两银子。”

张之洞问：“你是去借钱？”

陈衍摇摇头：“不是借。现在借钱利息都很高，何况也借不到这么多。”

张之洞盯着陈衍的眼睛：“你想去学梁山泊的草寇，打劫生辰纲？”

陈衍哈哈笑起来：“香帅真会取笑。太平世界，朗朗天日，我一个弱书生怎敢打劫别人的金银！”

张之洞也笑了，说：“那你的奇策是什么？”

陈衍收起笑容，正经八百地说：“我的奇策，既不靠借，更不靠抢，它靠的是真实的学问。这门学问，洋人称之为货币金融学，我已经研究这门学问多年了。”

张之洞惊道："看不出，石遗，我原来以为你只钻研诗话学，想不到你对西学也有研究。"

陈衍说："我的家乡福建侯官，虽不如广州、香港等地，却也因地处沿海而得风气之先。自林文忠公以来，侯官研究西学已蔚然成风。我曾偶尔得到几本西洋人所著的货币和金融方面的书籍，便被这门学问所迷住，多年探索，颇有心得。"

张之洞听陈衍这一解释，知他不是走的野狐禅一类的歪门邪道，遂认起真来："你说说，你有什么好办法，若真的行之有效，你可为湖北的洋务立下一大功。"

陈衍说："这个办法其实也简单。湖北现有两台您从广州带来的铸银元机，就用这两台机器，铸造一种新的货币即铜元，每个铜元合铜二钱七分，由总督衙门规定，一个铜元值十文制钱。如此，湖北银钱短缺之围可立解。"

张之洞一边摸着胡须，一边将陈衍这番话在脑子里思考着："我弄不明白，你这是玩的什么把戏，为何将制钱换成铜元，就能立即生财？"

"香帅，容卑职慢慢解释。"陈衍知张之洞虽热心推行新学，其实是连新学的门槛都没进的人，于是耐心地剖析，"香帅，您是知道的，一两银子可兑换一千文制钱，一千文制钱重八斤，也就是说一千文制钱是用八斤纯铜所铸成。八斤即一千二百八十钱，也就是说，一文制钱含铜一钱二分八，将近二个制钱便可铸一个铜元，这个铜元当十个制钱用，剩下的近八个制钱便是总督衙门所赚的了。十文赚八文，一两银子可赚八百文，百万两银子可赚八万万文制钱，将这八万万制钱再换成银子便可得八十万两银子。我估计湖北一省半年市场银子流通量大约有百万两，当然这种计算是个概数，其实要两个多制钱才能铸一个铜元，再打个八五折，恰好近七十万两。一年下来，可得银子一百三四十万两。香帅，拿这笔银子，你办什么洋务不成？"

听陈衍这么一说，果然这一百三四十万两银子的得来并不难。铸银机器确实是现成的，早在光绪十五年张之洞通过郑观应从香港购买了两台。广东省是大清国第一个铸造银元的地方，张之洞也便成了有史以来中国第一个铸造银元的官员，如果能在湖北最先铸造铜元，那不又成了中国第一个铸造铜元的人？一向敢为天下先的湖广总督被这个念头所激动，大为兴奋起来。但是，张之洞毕竟对货币金融学没有研究，这是桩关系千家万户生计的大事，不能草率，他想多方听听意见。于是，拍了拍陈衍的肩膀说："石遗，你这个想法很好，明天一早我在议事厅召开会议。你今夜好好准备下，明天当着众人的面详细说说，让大家一道来参谋参谋。"

第二天上午，督署衙门中西两文案房的一批有头脸的幕僚集会于议事厅，听陈衍讲他的"以一当十"的融资奇策。陈衍以诗人的气质，带着浓烈的情感色彩，眉飞色舞地将他的奇思妙想当着众人的面演说了一番。他滔滔不绝地讲了一个多钟头，满心期待幕友们对他的鼓掌赞扬。不料他的话音刚落，辜鸿铭便用手指着他的鼻尖，脸朝着张之洞说："香帅，陈石遗乃大奸大恶。我想请你先取下他的头来，再容我批判他这个恶毒的奇策。"

陈衍顿时吓得面如土色，众幕僚也被辜鸿铭的这一手所镇住。

张之洞板起面孔说："汤生，你这讲的什么胡话！幕僚议事，谁都有发表自己意见的权利，我如何敢要他的头？石遗的想法恶毒在哪里，你说给我听听嘛！"

辜鸿铭指鼻尖的手放了下来，两只灰蓝眼睛狠狠地盯了陈衍一眼说："香帅既不肯取你的头，就暂且让它留在你的脖子上吧！"

众幕僚被辜鸿铭的表演弄得笑了起来。

辜鸿铭却没有笑，他尖起喉嗓，大声说："陈石遗此计，乃真正的残害民生的坏主意、恶念头。他也不想想，老百姓没有了制钱，有几多不方便，都用当十的铜元，难道到酱园里去买块酱萝卜，到针线铺去买根针，也要用一个铜元吗？久而久之，一个铜元便变成一文制钱用了，物价不就涨了十倍吗？到时候，香帅不取陈石遗的头，老百姓会剥陈石遗的皮的！”

看着陈石遗在辜鸿铭的斥骂下，那副灰头灰脑的模样，众人又免不了笑起来。

刚入幕不久的郑孝胥说：“制钱并没有收尽，还可以用嘛！大钱小钱一道用，买酱萝卜、针线就用小钱嘛！”

郑孝胥与陈衍同为福州人，又是诗友，曾在日本领事馆里做过事，精通日文。年初由陈衍介绍进了幕府，张之洞对他也很器重。

辜鸿铭说：“苏戡，你不知香帅的脾气。有这么好的生意，香帅岂会不大做特做。要不了三年，湖北市面上就看不到制钱了，哪里还有什么大钱小钱一道用！”

在督署里，唯一敢当面批评张之洞的，便只有这个混血儿，其他人都没有这个胆量。大家偷眼看了看张之洞，见他脸上并没有生气的神态，知道总督的心思或许已被辜鸿铭所说中。

张之洞朝大家扫了一眼说：“诸位都说说，陈石遗的这个办法可行不可行。”又对着梁敦彦说：“崧生，你在美国多年，于美国的货币金融应有所了解，谈谈你的看法。”

梁敦彦思忖片刻说：“石遗的这个主意，本质上属于通货膨胀。”

“什么是通货膨胀？”张之洞打断梁敦彦的话。

“西洋各国已普遍实行纸币，纸币的印刷权利掌握在政府的手里。货币的发行量与实际需要量平衡，市场则稳定，若发行量超过了实际需要量，则造成货币贬值，物价上涨。这种现象，金融学称之为通货膨胀。”

张之洞点点头说：“如此说来，通货膨胀不是个好东西了。”

“对老百姓来说，显然不是好事，但对政府来说，则有它有利的一面。”梁敦彦继续说，“政府财政有了亏欠，或是政府准备办一件大事需要一大笔款子，用这种办法可以弥补亏欠，或筹措资金。”

陈念礽接着梁敦彦的话头说："说穿了，就是政府通过这个办法从老百姓手里聚集一批钱来。说得好听点，就是政府身上的担子，让全体老百姓来分担。"

张之洞听到这话高兴了："我们现在也正是这样。总督衙门的担子，要湖广两省的老百姓一道来分担。看来陈石遗的主意可行。"

梁敦彦皱了下眉头说："政府做这种通货膨胀的事，得有两个条件：一是政府所办的事，必须是为了全体百姓的利益；二是老百姓都能体谅政府，支持政府，愿意与政府来共挑担子。"

梁鼎芬一直没吱声，他是在揣摸张之洞的心思，现在他已经完全明白了，于是开口："我看崧生说的这两个条件我们都具备：香帅办洋务，完完全全是为了我们大清国，为了湖广的富强，是为老百姓谋利益的大好事，湖广百姓也是完完全全体谅支持香帅的。香帅你就定下吧，按石遗的主意办。"

张之洞望着梁鼎芬点了点头。梁鼎芬见香帅赞许他的话，心里很得意。

辜鸿铭讨厌梁鼎芬这种当面谄媚的作风，说："香帅，恕我说句直话，你办洋务的确是为了国家富强。国家富强了，老百姓的日子就好过，归根结底，办洋务是为了老百姓。但是，要说老百姓眼下都体谅支持你，这种说法我不敢苟同。老百姓都是只顾眼前利益，看不到长远利益，在没有得到实利之前，要说都支持，怕不可能。"

得到张之洞首肯的梁鼎芬决心要讨好到底："照辜汤生的说法，香帅办的洋务现在还没有让老百姓得到实利，故而老百姓不体谅，不支持？"

梁鼎芬这种露骨的献媚，令梁敦彦、陈念礽等人也看不过去，但他们也不敢太拂张之洞的心意，都闭口不做声。辜鸿铭气得咬着牙齿说："梁节庵，你这是为虎作伥，助纣为虐。"

梁鼎芬也反唇相讥："辜汤生，你是反对洋务，坑害忠良！"

见议事会变成了攻击会，张之洞大不耐烦起来，他拍了拍太师椅上的扶手，高声道：“都不要吵了。这桩事老夫已弄清了，即便湖广百姓一时不体谅，心有怨言，就让他们说去，到时他们自然会明白老夫的一番苦心的。陈石遗，铸铜元这个差事就交给你了。”

“卑职遵命。”陈衍满心欢喜。“铸铜元是桩大事，卑职想这得成立一个机构，卑职也得有一个名分才行。”

“陈石遗在向老夫要权！”张之洞笑了笑说，“名不正则言不顺，他的想法也是对的。就把过去广州那个现成名字改一个字移过来，就叫铸铜元局吧。老夫任命陈衍为铸铜元局总办。”

这真是一个肥得流油的美差，梁鼎芬、郑孝胥带头为陈衍的好运鼓起掌来。

在陈衍的指挥下，铸铜元局很快开办起来，大张旗鼓地化制钱铸铜元，又以总督衙门的名义颁发通行“以一当十”的铜元流通命令。实行不久，老百姓便深感不便，怨声载道。但库房的银钱却与日俱增，一个月下来，便赚了近十万银子。张之洞心里高兴。半年下来，库房又增加六七十万银子。张之洞拿出二千两银子来奖励陈衍，称赞他的奇策果然立竿见影。

有了银子，什么事都好办了，湖北的洋务局厂在张之洞的大力经营下，又出现了一派红红火火的场面。不料，正当湖广新政蓬勃兴起的时候，一场意料不到的惨案发生了。这便是中国洋务史上有名的汉阳火药厂爆炸案，一位才干杰出的科技专家因而殉职。此事给张之洞的洋务事业抹上了浓重的阴影。

二　徐建寅罹难，暴露出火药厂种种弊端

这年二月十二日上午，张之洞在签押房做他每天的常课：正式办公前阅读中外报刊。这些报刊包括北京的邸报、上海的《字林汉报》以及来自日本的由梁启超主办的《清议报》等等。《清议报》是朝廷明令禁止入境的报纸，但它每期还是有一两百份从各种渠道流进国

内。湖广衙门里的《清议报》，则是张之洞通过他在日本的亲信，专为购买并夹在别的邮件中寄来的。

张之洞喜欢读《清议报》。《清议报》指责国内的时弊，提出变政的建议，如果撇开它责骂皇太后那些内容不说，则是一份很有内容很有见地的好报纸。至于梁启超那如同烈焰般的熊熊激情，和既流畅明快、又起伏跌宕的语言表述能力，更是海内外难有第二人可比。张之洞不仅自己看，还时常推荐给幕僚们看。在湖广总督衙门里，《清议报》属于非禁品。

这时，张之洞正在阅读半个月前出的第七十二期《清议报》。何巡捕进来禀报："香帅，出大事了！"

"什么事？"张之洞放下手中的报纸。

"火药厂爆炸了，徐会办等人遇难！"

"徐会办遇难！"张之洞的脑子里嗡的一声巨响，呆坐片刻后，沉重地说："我们过江去看看。"

陈念礽、陈衍等人闻讯后也赶了过来。他们急忙走到江边，然后登上总督的专用小火轮，横过长江，来到位于江汉交汇口的龟山下。湖北火药厂是两年前才办的一座新厂，因为它是为着枪炮厂造火药，故就近建在枪炮厂旁边。当张之洞一行赶到出事地点时，火药厂总办伍桐山正在指挥工人搬移碎铁烂石，从里面将那些受伤的人抢救出来，一见到张之洞便哭丧着脸说："香帅，真没想到出这样大的事故，徐会办他死得很惨！"

张之洞铁青着脸："徐会办的遗体在哪里？"

伍桐山指着对面一间小厂房说："暂时停放在那里。"

张之洞低沉地说："带我去看看。"

伍桐山带着张之洞、陈念礽、陈衍等人走进了对面的小厂房。这里一字形摆放着十多具罹难者的尸体，伍桐山指着打头的一具说："这就是徐会办！"

张之洞走了过去。天哪，这就是两天前还和自己谈笑风生的那个徐建寅吗？只见他头上血迹斑斑，半张脸被炸得已不成样子，右手右腿不知去向，就像半个血人似的躺在冰冷的洋灰地面上。再看看其他的炸死者，也大半血肉模糊，四肢不全。

张之洞紧绷着脸，一声不吭，两只手反扣在背后，在徐建寅的遗体边站立好长一会儿后，才迈开沉重的双腿，走出小厂房。

“爹呀，你在哪里？”刚出厂房门，一声凄厉的喊叫迎面扑来。

原来是徐建寅的长子徐家保闻讯赶了来，跟在他后面的是徐建寅的女婿赵颂南。见到张之洞，徐家保顾不得礼节，嘶哑着声音大喊道：“香帅，我爹给炸死了，您得为我们做主呀！”

看着徐家保哀痛欲绝的神态，张之洞再也忍不住了，两行泪水从眼眶里刷刷落下，抱着徐家保的双肩，哽咽着说：“家保，你要节哀，我会查清这件事的！”

徐家保郎舅直奔小厂房，瞬息间里面传出撕心裂肺的喊叫声。张之洞抹去脸上的老泪，混乱了半天的心绪逐渐安定下来。一定要彻底查清这场惨案！他在心里下了决心。

他再次来到事故发生地，四处审视了一番，然后命令身旁的伍桐山说：“赶紧抢救受伤的人，安顿好死难者的家属，尽可能地保存现场，晚上到督署来向我禀报事故的前前后后。”

回督署的路上，徐建寅和那一排罹难者的惨相始终晃动在张之洞的眼帘前。

十一年前，出于对徐氏家族及徐建寅本人技艺的尊重，张之洞礼聘徐建寅来湖北会办铁政局。这些年来，除开朝廷差使到天津、上海、福建等地短暂处理一些洋务难题外，徐建寅一直在湖北。他带领铁政局一班人查勘长江两岸煤矿的分布情形，并亲自主持马鞍山煤矿的开采及枪炮厂的生产规划。徐建寅对西学洋务的精通与淡泊敬业的人品，给张之洞以极好的印象，认定他是个很优秀的洋务人才。

前年，张之洞创办省城保安火药厂，徐建寅又出任该厂会办兼总技师。火药厂生产黄色普通火药。半年前，徐建寅带领长子家保、女婿赵颂南一道研制最先进的黑色火药。只经过三四个月，便研制成功，其品质与英、德等国的黑色火药不相上下。谁知大规模生产才一个多月便遭此横祸。徐建寅才只五十七岁，身体健康，精力充沛，正是为中国洋务事业大展才干的时候，多么可惜！张之洞不仅为国家失去良才而伤心，也为徐建寅本人身怀绝学却未竟大功而惋惜。

晚上，火药厂总办伍桐山来到督署向张之洞禀报。因为自己不懂火药制造的技术，他特命女婿陈念礽随侍旁听。伍桐山叙述了事故发生的前前后后。

昨天下午，临收工的时候，火药厂的主机即目前辗制黑色火药的机器突然卡壳，不能转动了。工头晋老大吩咐工匠们散工，明早请徐会办来处理。今天一早，晋老大来到离火药厂三四里远的徐建寅的临时住所里。这时徐建寅正和女婿赵颂南在餐桌边吃早饭，听到晋老大的报告后，放下未吃完的半碗热稀饭，匆匆跟着晋老大来到厂里。晋老大陪着徐建寅在机器面前四处检查了一番，然后命令开机。开机后只有一两分钟，机器便爆炸了。

出事前的情形似乎非常简单。张之洞紧锁双眉问：“就你看来，爆炸是什么原因引起的？”

伍桐山答：“详情还在调查中。初步分析，可能是昨夜积压在机器中的火药粉，发热后引起的爆炸。”

张之洞又问：“像这样积压一夜，第二天再开机的情况，以前也有过吗？”

“没有。”伍桐山答，“过去艾耐克总是一再招呼，下班前要把机器里的火药粉清扫干净，上班时也要仔细检查一下，要在完全没有积压的火药粉后再开机。”

艾耐克是火药厂请的德国技师，上个月回国休假去了。

张之洞问：“照这样说，是因为徐会办疏忽了才造成这个事故的？”

伍桐山沉吟片刻后说：“徐会办当时心情焦急，一时忘记清扫积压的火药粉，是可以理解的。”

张之洞盯着火药厂的总办，厉声重复一遍：“照你这样说，这个事故是徐会办因自身的疏忽而造成的了？”

伍桐山低着头，没有吱声，半晌才说：“工头有责任，应当提醒。卑职也有责任。”

“你有什么责任？”

“卑职是火药厂的总办，火药厂出的一切事都与卑职有关，所以卑职有责任。”

张之洞问：“事故发生时，你在哪里？”

伍桐山不好意思地说：“昨夜睡得晚，事故发生时，卑职尚在床上睡觉。”

张之洞心里不悦，又问：“死了多少人，伤了多少人？”

伍桐山答：“除开徐会办外，还死了十五个人，其中五个工匠，十个工人，重伤二十多人，轻伤五十多人。”

陈念礽插了一句：“工头晋老大炸死了吗？”

“他倒是没死。”

张之洞觉得奇怪：“他就在徐会办身边，为什么没死？”

伍桐山答：“机器开启前一会儿，他就离开了厂房。”

念礽望了一眼岳父，张之洞会意，对伍桐山说：“你叫晋老大明天到我这里来一趟。”

第二天，一个四十多岁的干瘦男子来到总督衙门，一见到张之洞和一旁的陈念礽便跪下，磕头如捣蒜，口里不断地说着：“大人，我有罪，我没有想到徐会办会死的！我有罪，十六条冤魂都会找我算账。我没有想到他们会死的！”

陪同前来的伍桐山说：“香帅，他就是晋老大。事故发生后，他就疯了。一天到晚就这几句话，大家都说，他是给吓疯的。”

张之洞注目晋老大：一脸黑气，两眼呆滞，浑身哆哆嗦嗦的，确有几分疯傻之状。

“是你领着徐会办去的，为何又离开了他？”

听了张之洞的审问，晋老大抖得更厉害了。

“小人到厂房外撒尿去了。小人尿泡不好，经常要撒尿。”晋老大说完这两句话后又喃喃念道，“我有罪，我有罪！”

“是谁要你去叫徐会办的？”陈念礽问了一句。

“我自己去叫的。”晋老大跪在地上，呆呆的两眼望了望陈念礽，又望了望张之洞。隔了一会，又不停地磕头，口里一个劲地叫道：“我有罪，我有罪，我要死了！”

张之洞见审不出个所以然来，便对伍桐山说：“你带着他回去，好好看着他，别让他出意外，过几天我还会再问他的。”

不料，第二天上午，伍桐山便慌慌张张地前来报告：晋老大死了，淹死在厂房边的池塘里。张之洞打发陈念礽去实地看看。

下午，念礽回来，向岳父禀报：“晋老大确实死了，是淹死的，看不出有勒索捆绑的痕迹。厂内外传说纷纷。有说是他疯了，自己走到塘里去淹死的，也有人说是炸死者的灵魂将他拖到池塘里去的。”

张之洞问：“晋老大这人平时口碑如何？”

念礽道：“厂里人都说他是个小人，巴结上司，克扣工人。不过，他平时对徐会办倒是很恭敬的。”

“他有妻室儿女吗？”

“他的家在黄陂，乡下曾经有个婆娘。后来进厂当了工头，就不要乡下那个婆娘了，喜欢嫖赌，没有儿女。”

张之洞两手来回地捋着胡须，不再说话了。

“岳翁，”陈念礽望着张之洞，慢慢地说，“我这两天来在想，这桩事故有几点可疑之处。”

张之洞边捋须边说：“你有什么看法，只管说出来。”

陈念礽托着腮帮子说：“昨天晚上伍桐山讲，是积压的火药粉受热后引发的爆炸。这个说法难以成立。火药粉受热后只会引起大火，很难引起这种机器炸裂、厂房尽毁的严重后果。”

张之洞停止捋须："如此严重后果，会在什么情况下出现？"

陈念礽说："只会出现在有意爆炸机器的情况下。"

"有意爆炸？"张之洞的手从长须上滑落下来。"难道说有人存心使坏？"

陈念礽说："这只是分析，不能作肯定。火药只有挤压成一团，再引火爆炸，才能形成杀伤力；分散的火药粉，没有这大的威力。最能解释的假设是这样的：有人事先将一包威力很大的炸药塞在机器转轴里，然后在机器开动时，点燃火线。如此，机器才会炸得四分五裂，酿成厂毁人亡的惨重后果。"

张之洞问："你怀疑是晋老大放的炸药？"

"晋老大的可疑点最大。"陈念礽说，"是他去叫的徐会办，爆炸前他又赶紧离开了现场，事故发生后他神态失常，现在他又淹死了。这几点联系一起来看，可以有八九成的把握断定炸药是他放的。"

张之洞的手又不自觉地捋起胡须来："你这个分析有道理，但他为什么要害死徐建寅和这么多的工匠呢？他和他们有什么冤仇？"

陈念礽说："这是一个接下来需要解开的疑团。我想晋老大很有可能是受人指派的，也就是说，另一个人与徐会办有仇，他收买了晋老大，让他干了这桩伤天害理的事，事后又将他灭了口。"

"你是说晋老大是被人推下池塘淹死的？"

陈念礽点点头："这种可能性很大。"

"念礽，"张之洞轻轻地说，"你这些思考很有道理。这些话，你不要再对别人讲了。你到火药厂去住几天，名义上是协助伍桐山处理善后事宜，实际上你去多看多听，以便多获得线索。我们要把这桩案子弄个水落石出，否则对不起徐建寅的在天之灵。"

陈念礽第二天就搬到附近的兵工厂住下来，白天在火药厂和总办一道处理因灾难带来的许多棘手问题。

半个月后，武昌城里的徐公馆为徐建寅举行了隆重的祭奠仪式。

徐建寅的嫡妻及其弟——颇负盛名的洋务专家徐华封也分别从无锡老家和上海格致书院赶来了。

武昌城各大衙门的官员，各洋务局厂的总办、会办，还有火药厂大部分工匠工人都络绎不绝地前来徐公馆吊唁，表达他们对徐建寅的痛惜和哀思。

张之洞带着督署内的官吏和幕僚亲自前来祭奠，并告诉徐氏家人，他将要为徐先生上一道请恤折，请朝廷褒扬他的业绩，封荫他的子孙。徐氏家人对总督的厚谊深表感谢。

徐家保和赵颂南请张之洞到小客厅叙话，他们要向张之洞禀报一桩重要的事情。

一起来到小客厅后，徐家保将门窗关好，然后和姐夫并排坐在张之洞的对面。徐家保今年二十七岁，幼承家学，十多年来随同父亲南来北往，见多识广，洋务造诣日渐提高，也算得上当今中国的第一流洋务人才了。

赵颂南也是一个精通洋文洋技的专家，因为此而被徐建寅看中，多年来一直是徐建寅的得力助手。出事那天清早，翁婿二人都在吃饭，徐建寅是放下饭碗就走，赵颂南则是把饭吃完后再去的，走到半路就听到爆炸声。虽然自己的一条命侥幸存活下来，但他却为当时没有拉住岳丈吃完饭再去而痛悔不已。

“香帅，有件事，我和姐夫商量过，认为应当告诉您。”徐家保先开了口。

张之洞以平时极为罕见的慈蔼口气说：“什么事，你们只管说。”

徐家保说：“来到火药厂不久，有一次父亲对我和姐夫说，厂里从德国进口的主机是二手货，别人用过很多年了。我说，您怎么知道。父亲说，光绪五年，他由驻德公使李凤苞奏调为驻德使馆二等参赞。有一天参观柏林罗物机器厂，看到一部大型辗制火药的机器正好组装成功，他去祝贺。现场指挥的工程师很高兴，将他的姓‘徐’字用德文字母刻在机器中的齿轮上，以示纪念。来到火药厂，他看到这部机器上的厂标：柏林罗物机器厂一行德文字，想起二十一年前参观该厂，心里很兴奋，遂对这部机器有了亲切感。他将机器上上下下里里外外仔细地审看抚摸，发现它已被使用多年，后来又碰巧在齿轮上发现了德文拼音‘徐’，父亲更有如逢故友似的高兴，于是他确认这部大前年由德国进口的机器是二手货。”

张之洞气愤起来。他记得清清楚楚，这部机器是由伍桐山请他任驻美公使的堂叔伍廷芳向德国联系购买的。伍桐山向张之洞禀报，这部机器是德国的最新产品，出价三十二万银元。因为看在他堂叔的面子上优惠了五万元，只要二十七万，而且派人来中国免费安装，加上运费六万银元，购买这部机器共花费三十三万银元。张之洞从来没有想过这竟然是二手货。如此说来，他受了欺骗。究竟是伍桐山欺骗了他呢？还是德国欺骗了伍廷芳叔侄？

“父亲从侧面打听到这部机器花了三十多万银元后，对我们说，这种用了十多年的二手货在德国只值三成价，用不了十万银元，运费也顶多在三万左右。德国人严谨，讲信誉，不会欺骗客户，问题出在中国人身上。父亲说，这些年经手洋务的人，贪污中饱、得回扣的多得很。当年驻德国公使李凤苞就是一个代表。他就是因为不与李凤苞同流合污而提前回国的。”

张之洞知道李凤苞在为北洋购买铁甲舰艇时贪污巨款，最后遭人告发，被抄家革职了。当年驻德使馆中的不少人都牵涉进去了，唯独身为二等参赞的徐建寅清清白白。

赵颂南说：“岳丈还对我说过，火药厂的经费开支很混乱。从国外购办的东西，包括原料和配件，都比通常情况要贵。就是从国内买的东西，包括建厂房的砖瓦材料开销都很大。而这两年来生产的黄火药数量很少，在国外这样的厂子早就倒闭了，火药厂是因为皇粮多才维持下来。这里的问题，要么办厂的人是大少爷，崽用爷钱，不心疼。要么就是蛀虫，把皇粮吞进自己的肚子里去了。”

张之洞听了这几句话后，心里很不是味道。火药厂是他一手筹办的，但建设的过程和建成后的生产尤其是财务上的管理，他基本上没有过问。

他相信徐建寅的所见不错，如此说来，自己至少是渎职了。

见总督一直沉默着没有开口，两郎舅以为是这些话让他不高兴了，于是不说话了。

“说下去呀，徐先生这些见地非常好，可惜，他生前没有告诉我。”

徐家保望了一眼赵颂南，得到姐夫鼓励的眼神，他继续说下去：“父亲不让我们对别人说这些，但他自己早几天却在酒席桌上忍不住对伍总办等人说，买这部机器的钱花得太多了，这里面保不准有名堂；又说厂里浪费太大，会办不下去的。当时，我就坐在一旁，听了也没在意。现在出了这场大惨案，我和姐夫都觉得有点不对劲，事情蹊跷。昨天跟叔叔说起这事。叔叔说，你们要跟张大人禀报，这对查清这桩事故有帮助。所以我们俩趁着今天香帅亲来吊唁的机会，把这些事情都说出来了。”

赵颂南说：“说句实话，我们都怀疑这个事故是人为的，但没有确凿的根据，只是怀疑而已。”

张之洞说：“你们提供的这些情况都非常重要，我会认真对待的。这些话再不要对任何人说起。”

说罢，起身告辞。

这些日子里，张之洞心绪非常不好。火药厂的爆炸事件，很快在武汉三镇传播开来，各种各样的说法都有。正道的、小道的、眼见的、耳闻的、想象的、猜测的、渲染的，把个事故说得五花八门，千奇百怪，甚至夸张到整个工厂夷为平地，百多号员工无一幸存的地步。中外各种报刊也相继报道，白纸黑字里说的也多半不是事实。张之洞每看到这种文字，又气愤又苦恼。

善后的事务是麻烦而头痛的。抚恤的银子发了一批又一批，家属仍不满意，天天都有去厂里吵闹的人。现场的清理也很费事。二十多天过去了，事故发生地仍是乱糟糟的一摊破烂。工是自然上不成了，不少人已自动离开工厂，怕再出事故，更多的人则在等待今后的安排。火药厂已陷于瘫痪。更严重的是这桩事故，给湖北洋务带来极其严重的影响。这个影响主要来自两方面：一是以湖北巡抚于荫霖为首的一批本就对洋务持反对或冷淡态度的各级衙门的官吏，如今借这个事故大做文章，大泼冷水，巴不得将湖北的这十多年洋务成绩一笔抹掉。二是对湖北省内近十万名在洋务局厂做事的技师和工人心理上的挫伤。炼铁炼钢，挖矿采煤，制造弹药，调试枪炮，无一不与“危险”二字挂上号；且工作场地简陋，设备不全，规章制度混乱，伤残死亡的抚恤条例阙如。不少洋匠说，西方的条件比你们好过百倍，还常出工伤事故，你们这里的管理一塌糊涂，隐患到处存在，出事故是正常的，不出事故才奇怪。洋匠们这一煽动，工人的心更浮动了。陈念礽告诉岳丈，兵工厂和铁厂有人在私下串联，工人们准备联合起来向厂方和总督衙门要求改善工作环境、抚恤条例，不能把工人不当人看待。这些事弄得张之洞心情更为烦躁。

关于火药厂里的事，陈念礽还告诉岳丈，通过十多天与厂里上上下下的接触，的确深感厂子的问题很多，尤其是总办伍桐山，许多人对他看不惯。他在广东原籍有家有室，来到汉阳不久便娶了一房姨太太，又在汉口和武昌两城各有一房外室。他的钱是从哪里来的？另外，这两年伍桐山还从广东弄来一批他的朋友，包揽着厂子各重要部门，工人都说湖北的工厂让广东班给把持了。

陈念礽怀疑晋老大是作案人，而他背后的指使人便是伍桐山。因为徐建寅发现了购买机器上的舞弊情事，而舞弊者就是伍桐山，所以伍桐山要连人和机器一道炸毁，以便毁据灭口。陈念礽主张把伍桐山抓起来，严加审讯，事故的真相便可弄得个水落石出。

受张之洞委托，过问这个事故的陈衍不同意陈念礽的主张，他有他的理由。火药厂的事故固然疑点很多，人为的可能性很大，但要查出个水落石出，却很困难。一则最主要的两个人：晋老大和徐建寅都不在了，得不到最重要的第一手材料。二则徐家保赵颂南的话是在徐建寅死后才说的，既无对证，便难保其中所说的都是真的。通常情况下，家属都有一种心态：即亲人的死非自己的原因，而是出于谋害。不能排除徐家人也有这种心态。三则伍桐山的种种挥霍奢靡，其银子的来源虽甚堪怀疑，但仅凭这一点还不能把他抓起来审讯。假若抓错了，事情如何收场？不如把事故定在“意外”这个范围内来办理，厚恤徐建寅和其他罹难者，尽可能把事故的影响减少为好。至于伍桐山，则不能再用，可以“管理不善”的过失来处罚他，让他离开火药厂，另委能干者来办，或者干脆就任命徐家保或赵颂南来接替总办一职，也是可以考虑的。

张之洞觉得女婿的主张和陈衍的分析都有道理。作为朝廷的封疆大吏，作为湖北洋务事业的创始人，在处置这桩事故时他还不能不考虑到两个方面：一是人事，二是影响。

火药厂的事，认认真真地追查起来，最后的目标无疑是伍桐山。伍桐山这个人，张之洞过去对他并不了解，完全是看在伍廷芳的面子上才委派为火药厂的总办的。伍廷芳籍隶广东却生在新加坡，从小学习英文，后又在英国留学多年，以后在香港做律师做法官，再后来又入李鸿章幕襄办洋务。在张之洞的眼中，伍廷芳是一个很好的洋务人才。四年前，朝廷委派伍廷芳出任驻美公使，路过武昌时，张之洞亲自宴请他。席上，张之洞谈起办火药厂的设想，伍廷芳完全赞成，并答应在国外尽力帮忙。又提议让他的堂侄伍桐山来武昌协助办厂。伍廷芳介绍了堂侄的经历。原来伍桐山在香港英国人开办的火药厂里做过八年的事，这两年在新会自己办了一个小厂，也有二三十个工人。既是伍廷芳的侄儿，又有这样的经历，张之洞一口答应了。过两年，办厂的经费筹集差不多的时候，便将伍桐山聘来武昌，委派他办火药厂。伍桐山的精明能干很快赢得张之洞的信任，三个月后就任命他为总办，将整个火药厂交给了他，张之洞从此再没有过问了。现在如果抓起伍桐山，审查他的舞弊行为，则直接牵涉到伍廷芳。这几年伍廷芳作为驻美公使，给湖北的洋务事业帮助很大，一旦与伍廷芳交恶，对事业不利。

湖北所办的洋务局厂耗银太多，收效不明显，为此张之洞已遭到来自各方面的攻讦。有人送他一个绰号叫做“张屠财”，意即专门以钱财为屠宰对象，讽刺他滥用钱财。如果按念礽所说的作为一桩因贪污而致杀人灭口的刑事案来处理，则更为攻讦者提供了一个实实在在的口实，对今后湖北乃至全国的洋务大局将会带来极为不利的影响，当然，也包括他这位洋务制台在内。十几年辛辛苦苦树立起的“名督能臣”的形象，将因此而被抹上一块大黑污！

张之洞思来想去，还是觉得陈衍的处置更为妥当些。但他心里总有一股怒气郁积着：他恨自己错用了伍桐山这个奸佞小人，给他造成这么大的坏影响。火药厂经营不善，伍桐山大肆挥霍，这是铁的事实。至于徐家保说的二手货的事，张之洞也相信多半是真的。也就是说，伍桐山在他的眼皮底下公开耍手段、玩花招，从中贪污一二十万巨款。以张之洞的性格，他如何能容下这种败类，他如何能咽下这口恶气！一想到这里，他又觉得不应该如此便宜了这个小子，还是从严究查的好。

这天夜里，伍桐山突然来到总督衙门，请求见一见张之洞。张之洞很不客气地命令他进来。伍桐山一进门，便跪倒在张之洞的面前，边哭边说：“香帅，火药厂爆炸，卑职有失职守，罪责重大，谨奉堂叔之命，愿以十万两银子赎罪。请香帅看在堂叔薄面上，不追查卑职的刑事责任，让卑职回新会去侍奉老母，教读稚子。这是堂叔给您的信。”

说罢，双手递上一张纸。

这是伍廷芳从美国寄给伍桐山信中的一页。信上说，在美国得知湖北火药厂爆炸，徐建寅先生等多人遇难，不胜惊讶。伍桐山是他的堂侄，又是他推荐的，他负有不可推卸的责任，已责令赔偿银子十万两，以此赎罪。请香帅念他亲老子幼，并非有意，网开一面，法外施恩。又说已与德国罗物机器厂联系，该厂愿以半价再卖一部同样的机器，以利火药厂早日恢复生产。

这最后一句话使张之洞猛然省悟过来：尽快恢复火药厂的正常生产，才是对各方诘难的最好回答。既以十万银子赎罪，又以半价机器来补偿，就给伍廷芳一个面子：网开一面，法外施恩吧！

张之洞恶狠狠地盯着伍桐山，直把他看得浑身筛糠似的战抖，口里不停地说："香帅开恩，香帅开恩，十万银子，卑职将在半个月内凑集。机器的事，堂叔说话是算数的。"

"哼！你这个不成器的王八蛋，辜负了我的一片苦心！"

"卑职对不起香帅，卑职有罪！"伍桐山又一个劲地磕起头来！

"你给我滚吧！"

张之洞飞起一脚，把伍桐山踢翻在地，自己气得早已胸闷头痛，半晕了过去。

十多天后，伍桐山如期赔偿十万银子，然后悄没声息地离开武昌南下了。同时，一纸厚恤徐建寅的奏章也从湖广总督衙门辕门外放炮拜发。在奏章上，张之洞向朝廷报告火药厂会办徐建寅因机器炸裂而亡故，并满怀感情地赞扬徐建寅为研制黑色火药所作出的卓越贡献，尤其称颂他为国效劳、廉洁自律的可贵人格，建议朝廷为他建专祠，并宣付国史馆立传，并援军功例，赠徐建寅子孙云骑尉世职，世袭罔替，以彰其功。

同时，张之洞又任命徐家保为火药厂总办，继承父亲的遗志。火药厂在徐家保的率领下很快复工了。

这桩事故和由此引发出的舞弊情事，给张之洞敲了一重棒。他决心从严管理湖北各级洋务局厂，特别是在财务开支和安全保障方面更要抓紧抓牢。

这年十一月，两宫结束长达一年多的流亡岁月，回到北京，慈禧感念跟随她度过这段苦难日子的文武官员，遂大加赏赐。吴永放广东雷琼道，岑春煊擢升陕西巡抚，鹿传霖升任礼部尚书，授军机大臣。

吴永的外放，虽让张之洞有点失望，姐夫的进军机，则让他很是兴奋，这对自己今后的事业和仕途无疑是一个吉兆。

接下来又奖赏保守东南疆土免遭动乱的三位首功大臣：刘坤一赏加太子太保衔，张之洞、袁世凯赏加太子少保衔。这期间，李鸿章以七十八岁高龄去世，袁世凯以四十二岁的壮年擢升直隶总督兼北洋大臣。中国政局的这一重要异动，为十年后的大变故埋下了祸根。

正当张之洞全力整顿湖北洋务局厂的时候，突然间各大衙门在悄悄地传递一个天大的奇闻：皇上微服私访，已来到武昌城！

三　连皇帝都敢假冒，这世界利令智昏到了何等地步

这天，接替于荫霖的新任鄂抚端方急急忙忙地打轿总督衙门，见到张之洞后，把他拉到一旁，悄悄地说："香帅，皇上到了武昌城，你知道吗？"

端方字午桥，是满洲正白旗人。此人聪明，诗文也不错，有满洲才子之称，是中国近代史上一个著名的人物。可惜，他的著名，不是因为他的官做得大，更不是他的文才好，而是八九年后，被哗变的士兵所杀，成为辛亥革命中的一个重要事件。此时年方四十出头的端方风度翩翩，才情出众，甚为张之洞所喜欢。正是因为这点，张之洞才在竭力挤掉不合作的于荫霖后，将他所喜欢的端方从署理陕抚的位置上要来湖北。

"皇上到了武昌城？"张之洞睁大了眼睛。"这事我怎么会不知道，还要由你来告诉我？"

端方比张之洞年轻二十多岁。虽是巡抚，张之洞平时对他，不像对待谭继洵、于荫霖那样的注重礼仪，端方也像晚辈对长辈一样地对张之洞恭敬礼让。如此，督抚之间的关系反倒和谐起来。

"是呀，这事我也纳闷。照理说，皇上到咱们湖北来，朝廷第一

个要告诉的是您香帅，同时，也应知会湖北巡抚衙门。我事先并不知道，是衙门里一个文案告诉我的。我刚听也不相信，那文案说皇上是微服私访。我想，这或许也可以说得过去。”

张之洞知道，大清朝的皇帝微服私访，那是康熙爷、乾隆爷那几朝的故事。从嘉庆爷开始，这一百年来，就再也没有听说过微服私访的事了，除到承德去避暑外，连公开到外地巡视也见不到了。难道说，咱们现在的这位爷，效法起老祖宗的榜样来，要以一介草民的身份来体察人情世俗？

“你说详细点，是个什么情况？”

端方说：“昨天，抚署里的王文案告诉我，前几天武昌金水闸客栈来了三个人，一主两仆。主人二十几岁，容貌清秀，举止文雅，穿着打扮都是一副官家子弟的派头。一仆三十岁左右，剽悍强健，类似保镖。另一仆四十多岁，说话尖声尖气，像女人腔，又没胡须，是个太监。店小二见这三个人与众不同，花费奢豪，远过常客。最奇怪的是，早早晚晚进食进茶，仆人必跪下请主人，又对主人称圣上，自称奴才。又见主人吃饭的碗是一只玉碗，上面镂刻着两条镀金的龙，龙为五爪。店小二见此情景，大为吃惊，便去告诉店主。店主将保镖召去盘问。保镖说，实不相瞒，主人乃当今皇上光绪爷，另一位乃沈公公。皇上四岁进宫后，便是沈公公服侍的，一天也没离开过，故皇上将他带来湖北。又说他自己姓蔡，乃九门提督下的参将，武功为京城第一，故皇上叫他来保驾。蔡参将于是带店主进房间，打开随身带来的包袱，里面都是绣着五爪金龙的衣袍和被面，还有一颗一寸见方的玉印，上面刻着‘御用之宝’四个字。店主一看，知道真的是皇上驾到了，便跪下叩头。又收拾好自己的一个宅院，让他们三人住进去，每天好酒好饭地招待他们。”

张之洞觉得这事真是稀奇得很，问：“他们到武昌来做什么？”

端方说：“蔡参将说，皇上从直隶到河南，从河南到湖北，是为了查看民风，体恤民情。”

张之洞说："好，这事我知道了，你去吧。巡抚衙门若打算做什么事，先知会我一下。"

"那是自然的。"端方打着千说，"这件事卑职不敢擅自做主，会随时来请示大人的。"

端方刚走，新军统制张彪又来了。张彪对张之洞说："听说皇上到了武昌城。皇上的安全是第一等重要的事，要抽调多少兵丁进城保卫，请大人指示。"

张之洞心想：张彪就把这事当真了！挥挥手说："先不要调兵，什么时候调，调多少兵，到时我会通知你的。"

打发走张彪后，张之洞坐在签押房里一直在想着这件事。有可能吗？为什么没有从接到朝廷发下来的文书中看出一星半点影子？倘若真的是皇上，决不能怠慢；倘若不是的，又该如何处置？

第二天，湖北按察使李岷琛、武昌知府范尚德又相继来到总督衙门，都说起这事，想从张之洞这儿打听些消息。当张之洞告诉他们未获朝廷通报时，臬台和知府也都不知该怎么办。张之洞对他们说，你们一律不要采取什么行动，一切听总督衙门的安排。

晚上吃饭时，张之洞特意来到幕友房，和众幕友们一道吃饭，席上他把这个新闻告诉他们。幕友们听后，既惊讶又兴奋。他们都是没有见过皇上的人，对皇上的一些模糊印象，还是庚子年秋天，从吴永嘴里听来的。现在皇上驾临武昌城，真是千载难逢的好机会，谁不想亲眼见见这个真龙天子？

张之洞笑着问大家："你们说这会是真的吗？"

"我看多半是真的。"辜鸿铭立刻接言。

张之洞问："你有什么根据，断定它多半是真的呢？"

辜鸿铭放下碗筷，一本正经地说："皇上微服私访，历朝历代都有，国朝的康熙爷、雍正爷、乾隆爷，都是最爱私访的，民间流传的故事多得很。据说还播了许多龙种在民间，朝廷也不好承认，那些龙子龙孙只好委屈做虾子龟孙了。"

大家都笑出声来。在幕友房中，调侃几句太后皇上，骂几句王公大臣是常事，大家都不在意。因为辜鸿铭的话说得刻薄风趣，听后特别开心，有年纪大点的连嘴里的饭都喷出来了。

“还有哩！”见大家都笑，辜鸿铭很得意。他天生喜欢这样惹人注目，大家越注意他，他就越有劲。“皇上自戊戌年以后，形同虚设，有他没他，都没关系。他成天没有事做，不如到外面走走，散散心。前一年的流落岁月，使他多少看了一点江湖，知道江湖上比他的紫禁城要好玩得多，所以他忍不住又出来了。珍妃死了，他身边没有一个知心女人，保不定这次瞒着太后出宫的目的，是要寻几个民间美女。”

梁敦彦在一旁打趣：“汤生，你有没有未出嫁的妹子或什么姑呀姨呀的，挑一个好的给皇上，你就是国戚了。”

大家又都笑起来。只有梁鼎芬脸上尴尴尬尬的，他觉得梁敦彦是在指桑骂槐，揭他巴结吴永的老底。

陈念礽说：“我看八成是个冒牌货。你们想想看，皇上被太后当囚徒一样地管束着，他能逃得出宫吗？听说他身子骨很弱，能走几千里路，到我们武昌来吗？”

张之洞在心里点点头：念礽这几句话还真是说到点子上了。

陈衍说：“这也难说。他到底是皇上，真要出宫，别人也是不敢拦他的，说不定还是太后有意放他出来历练历练哩。历练成了，今后还继续让他做皇上。万一在外面有个三长两短，她也不伤心，正好借此再立一个满意的……”

“石遗这话最有见地！”梁鼎芬忍不住打断陈衍的话。“我看说不定是真的。”

张之洞在心里想着：陈衍的话也并不是没有道理。

梁敦彦说：“真假在这里说都没有用，最好是要当面验证下。听说两宫回銮时有照片登在上海的《字林汉报》上，你们谁见过这张报纸？”

大家都摇头。

“我倒是见过。”陈念礽说，“不过这都一年多了，谁还能找得出这张报纸来呢？”

“我有办法！”辜鸿铭兴奋地拍着桌面，桌上的碗筷被他拍得叮当响。“不是说他手上有玉碗吗，我们借它出来，让香帅鉴定鉴定。香帅是古董家，又熟悉宫中用品。若碗是真的，那人也就是真的了！”

梁鼎芬说：“汤生说的也是个主意，只是他们又怎么肯让你借出来呢？”

辜鸿铭想了一下，对张之洞说：“香帅，烦你出个公函盖上湖广总督关防，让我带上这个公函去见见他。他见是总督衙门的人，自然会借的。”

张之洞想：不管是真是假，总得要有人去见见面才是。便说：“这也可以，你就带上个公函去拜见拜见吧！”

辜鸿铭高兴起来，忙说：“见皇上是要行三跪九拜大礼的，我可不知道这中间的环节。香帅，你过会儿教我演习演习。”

陈念礽笑道：“还没弄清是真是假先就演习起大礼来了，万一拜了个假皇上怎么办？”

大家又都笑起来。

梁鼎芬想：这可是个千载难遇的好机会！若是真的，这就是一个攀龙附凤的绝好时机；即便是个假的，见见也无妨。便说：“香帅，让我也去一个吧，仔细替您辨辨。”

“行。”张之洞说，“不过，你们两个都先自有个真皇帝的主见了，还得去一个相反看法的，方收兼听之效。念礽抱怀疑态度，让他也去一个吧！再说他见过报上的照片，多少有些印象。你们三个人一同去，都替我仔细看仔细听，所谓听其言观其行，看谁是火眼金睛！”

第二天上午，辜鸿铭、梁鼎芬、陈念礽三人来到城西头金水闸客栈，向客栈的店小二打听。店小二神气地说：“你们是拜见皇上吗？你看那边就知道了。”

顺着店小二的手势望去，只见百把丈远的一个小巷子里，早早地排成一条人的长龙。店小二说：“那都是想见皇上的人，你们在后面排队吧！”

三人来到小巷子边，见排队的人足足有三四百之多。一个个都兴奋无比，一边慢慢地移动脚步，一边热烈地讨论着。陈念礽说：“这要排到什么时候，只怕天黑了还见不着。”

梁鼎芬对辜鸿铭说：“你不是揣着公函吗？我们到前面去，我们是办公事，叫他们让一让。”

“说得有理！”

辜鸿铭大步向前面走去。来到宅院门口，只见店主和蔡参将一边门柱坐一个，口里不停地说：“一人一个银元，不要和皇上说话，看一眼就走，后面的人多着哩！”

辜鸿铭出外一向不喜欢带银钱，再加上先没料到，身上一个子儿都没有，回过头来问念礽：“你带了银元吗？”

陈念礽心想：这是怎么回事，见皇上还要交一个银元，这不是把皇上当猴儿耍了吗？心里先就有了几分反感：“我们不交这钱，你把公函拿出来，给他们看看！”

辜鸿铭走到院子门口，对店主说：“我们是湖广总督衙门的，让我们先进去吧！”

店主一见紫色条形湖广总督关防，立刻换上了满脸笑容，忙起身打躬说：“既是制台衙门里的老爷，请进吧！”

那边的蔡参将说：“先进去可以，每人得交一块银元。”

“什么话？”陈念礽怒道，“办公事还得交银子吗？”

蔡参将还要坚持，店主忙说：“你们进去吧，银元归我出。”

说罢，弯腰打躬，请他们三人进去。穿过一个不大的庭院，便来到正房。沈公公站在正房门边，见有人来，扯起男不男女不女的嗓声道：“跪下，一叩首！”

幸鸿铭、梁鼎芬听到叫声，便身不由己地跪了下来。陈念礽不愿跪，仍站着。沈公公瞪了他一眼：“见了皇上为啥不跪？跪下，一叩首！”

陈念礽很厌恶这种不男不女的腔调，身上仿佛起了鸡皮疙瘩似的不舒服。梁鼎芬拉了拉他的衣角，陈念礽仍不跪。见这个年轻人实在不跪，沈公公也不再坚持，自顾自地继续喊下去：“二叩首！三叩首！”

趁着这个机会，陈念礽把坐在正对面只有两三步远的“皇上”仔细地看了几眼。

这是个二十多岁的年轻人，面皮白净，五官清秀，带有几分女人味。头上戴一顶古铜色小便帽，帽檐正中处嵌一颗大红枣状宝石，身穿一件暗红四开衩长袍，外罩一件石青常服褂，脖子上没有朝珠，脚登一双三寸厚的白底乌缎靴。与他从《字林汉报》上看到的光绪照确有几分像，心里想：莫非是真皇上？

幸鸿铭、梁鼎芬叩了三个头后，沈公公说：“跪安吧！”

见他们还原地不动，又说：“你们可以走了。”

幸鸿铭从口袋里扬出公函：“我们是湖广总督衙门的，想和皇上说几句话。”

沈公公接过公函，递给年轻人。年轻人看了看公函，脸色微微一怔，但很快就恢复了正常，不待幸鸿铭开口，先笑着问：“你是洋人还是中国人？”

这位生在异域长在海外的混血儿，自从接触中华典籍后，便在心灵深处滋生了一股很重的帝王情结。他依稀记得过去也在报刊上看过光绪的照片，的确也就是这个样子，在他的想象中光绪皇帝也应该就是这个模样。不知不觉间，他便认定这少年就是皇上了。

将近四十岁了，还从来没有面对着皇上说过话哩，今日真是三生有幸，得遇真龙，机会难得，切莫错过；即使他不是皇上，过过瘾也好。想到这里，辜鸿铭朗声答道：“启禀万岁爷，臣辜鸿铭是中国人，祖籍福建同安。”

那少年又向跪在一旁的梁鼎芬问：“你是什么人？”

梁鼎芬趁着闲在一旁的时候，也在仔细地审视着眼前的一切。他没有见过皇帝，但他见过太监。就他的观察，这个沈公公是个真正的太监。无论是从说话上，从无胡须上，还是从他的举止动作上来看，的确是个真正的而且是训练有素的太监。太监是真的，皇帝的真实性便随之增加。但梁鼎芬比辜鸿铭老练点，他还不能完全认准，他要借取别物来证实下。成天在皇帝身边的王公大臣，他认识得极有限，一时也想不出个合适的人来。猛然间，福至心灵，他想起已做了自己八姑丈的吴永来。逃难过程中，吴永与太后皇上朝夕相处几个月，若真的是皇上，他不可能不认得吴永。于是答道：“我是湖广总督衙门总文案兼两湖书院山长，吴永是我姑丈。”

少年问：“吴永是谁？”

梁鼎芬猛一惊，他不认得吴永，莫非是假的！这时辜鸿铭、陈念礽也都浮起与梁鼎芬同一个想法。梁鼎芬说：“吴永原是怀来知县，后护驾西行，现蒙恩放了广东雷琼道。”

“哟，你原来说的是怀来吴知县。”沈公公在一旁代为回答，“他是太后的人，皇上没有跟他打过交道，皇上自然不认识他。”

这话说得对，吴永本是太后的人，皇上不认识他也可理解，辜、梁释怀了，陈念礽却仍有点疑惑。

“你们要说什么，快说吧！”沈公公显然不愿意和他们多说话，再次下逐客令。

辜鸿铭说：“回禀万岁爷，张制台本想来朝拜万岁爷的，但他没有接到廷寄，不敢造次。”

那少年笑道：“张之洞是个老滑头，他怀疑朕是假的，故不来见。你可以告诉他，朕并不想见他，至于朕是真是假，朕不多说。朕这里有一只玉碗，你可拿去给他看。他在京中做过翰林，应见过宫中物品，是真是假他看看就知道了。不过，明天你们一定要还给朕。”

沈公公忙说：“这玉碗不能随便拿去，你们带有什么值钱的东西吗？存下做抵押，明天一手交碗一手还给你们。”

陈念礽说：“我们将公函放在你这儿做抵押还不行吗？”

沈公公说：“公函又不值钱，它怎么能作抵押！”

陈念礽心里气愤，但也不好与他们争吵。

辜鸿铭在身上摸来摸去，突然说：“我这有块英国带回的金壳怀表，上面有英女王的像，留下它作抵押吧！”

说罢将怀表取下递过去。沈公公接过看了看，又递给那少年。少年接过怀表，翻来覆去地看了看，满脸笑容说：“这个怀表值钱，行，留下做抵押吧。”

陈念礽心里想：这人好像从来没有见过洋人造的怀表样，凭这点看来也不大像。

辜鸿铭接过用黄缎布包好的玉碗，和梁鼎芬、陈念礽一道离开宅院，赶紧奔总督衙门。

张之洞正在翻阅着临时叫大根从武汉三镇买来的各种小报。这些小报上全都刊载了皇上来到武昌的新闻，有一份小报还将唐朝的事拿来类比，说太后是武则天，皇上是李旦，皇上到武昌，是来找张之洞保驾的。张之洞看后，真是又好气又好笑。

张之洞捧着辜鸿铭带来的玉碗，上上下下细细观赏着：这是一只羊脂玉雕的小碗，比通常的饭碗略小一点，上面镂刻着两条腾云驾雾张牙舞爪的彩色飞龙。仔细看这两条龙，又似乎跟通常所见到的帝王用品上的龙略有不同：它的线条丰富，色彩饱满，富有立体感，给人一种活生生的仿佛就要离碗飞去的感觉。张之洞在心里暗暗叫好，如同平日鉴赏古董一样，他拿起碗对着窗外照看，为的是借用强烈的阳光来透视。这时，他看清了碗的一角有一块小指头大的裂痕。“这玉碗修补过。”他一边想，一边将玉碗轻轻地在手中摩挲着，有似曾相识之感。猛然间，他想起来了，这不就是那年潘祖荫请大家看的那只御碗吗?

那是二十多年前的事了。张之洞刚刚从四川学政任上回到北京，立即成为以李鸿藻、潘祖荫为首领的清流党中的重要成员。那时潘祖荫身为刑部尚书，以精于鉴赏古董闻名于京师官场。他也兼上书房师傅，教读只有七八岁的光绪皇帝。有一天他去上书房较早，光绪正在早膳，因为粥有点烫嘴，发气将碗一甩，掉在青砖地上。一旁服侍的太监吓慌了，忙把碗拾起来，发现碗口断裂了一小块。主管太监将这个太监狠狠责打了四十大板。不是主管太监太凶恶，而是这只御碗委实不寻常。它是当年康熙亲手赏赐给乾隆的礼物。

康熙晚年，宫中来了一名洋画匠，名叫郎世宁。他是意大利的传教士，又是一位造诣很高的画家，康熙喜欢他的画。召他入值内廷如意馆，赏给他三品顶戴，并让他为自己画像。晚年的康熙极疼爱他的第四子雍亲王的儿子弘历。弘历十岁生日前，恰好盛京将军向康熙呈献一块百年难遇的纯净无瑕的羊脂玉，康熙命工匠雕成一只小饭碗，又叫郎世宁用油彩在碗上画了两条飞龙，然后再叫工匠依照郎世宁的画镂金镶彩，成功了一件绝世佳品。在弘历十岁生日那天，康熙亲手赏给他的这个小爱孙。

因为此，弘历跟郎世宁结下了友谊。到了他登基做乾隆皇帝后，郎世宁受到他的格外宠爱。郎世宁也感知遇之恩，尽心尽力为乾隆服务，不但为乾隆画了《乾隆皇帝大阅园》这样的传世名画，还成为圆明园工程的主要设计者。

乾隆很看重爷爷所赏的这只玉碗，将它珍藏着，以后一直无人动用。同治帝登基时还只有六岁，慈禧疼爱儿子，希望儿子效法祖宗，便叫内务府找出这只碗来给儿子吃饭用。到了光绪登基时，因为也是小孩子，于是沿同治旧例，也用这只碗吃饭。不料今日给摔破了，这主管太监能不又恼怒又恐惧吗？好在掉下来的那块小片还完整未碎，主管太监拟请人修补，但他不熟悉这种事，便请教已亲眼看到这一幕的师傅潘祖荫。潘祖荫一口答应，并乐意亲自来办理这事。主管太监求潘师傅把活尽量做好，做到让人一眼看不出，如此才好遮人耳目。

潘祖荫带着这只碗出宫，找了一个他平日所结交的修补古董的一等高手。经过此人的高超手艺，果然乍看起来，就像没有破损的一样。潘祖荫心里高兴，他知道他的好友张之洞、陈宝琛、张佩纶、宝廷等人都是爱好鉴赏的人，平日没有机会见到这等国宝，应该让他们看看，开开眼界。于是，将他们四人请到他的家里，五个人爱不释手地把玩一整天。半年后宫中传出消息：这只经过修补的玉碗失窃了，任怎么追查，都没有查出个下落来。一件国宝，就这样给丢失了。想不到，今日却不用吹灰之力，便摆到了自己的眼前！张之洞心里兴奋莫名。

"香帅，这碗是真的宫中之物吗？"辜鸿铭见张之洞品得出神，禁不住问。

"真的。"张之洞眼睛仍没有离开这只玉碗。"它是皇上小时候吃饭的碗。"

"那好啦！"辜鸿铭高兴得鼓起掌来。"我的头没有白叩，的确是真皇上来了！"

"皇上是假的！"张之洞眼睛离开了碗，神色严肃地对辜鸿铭说。

"真碗怎么反而换出个假皇上来？"辜鸿铭不理解，灰蓝色眼珠子左右不停地移动。

"正因为是真碗，才是假皇上。"

张之洞把二十多年前的那桩掌故大致说了说。

陈念礽说："我一直觉得奇怪。既是皇上见百姓，为何要收银元？拿碗给我们，还要以怀表作抵押。小里小气的，就像跑码头的卖艺人一样。说起吴永来，又懵然不知，就算是太后的人，他也不会从没听说过。"

梁鼎芬说："说不定那只碗后来又找到了呢？"

辜鸿铭说："节庵问得有道理。失而复得的事是常有的。古人一颗珠子掉到河里，二十几年后还能从河蚌壳里又得到哩！说真碗就是假皇上，有点武断。”

陈念礽说：“我有个主意，不妨拍个电报到京里去问鹿大人，他是军机大臣，必然知道皇上的情况。”

梁鼎芬说：“念礽的这个主意可行，去问问鹿大人。”

张之洞说：“是可以拍个电报去问问鹿大人，但现在来不及了。他跟你们说好是明天要把玉碗还给他，假若他明天得了玉碗就离开武昌怎么办？我现在有八成把握断定这一伙人是假的，但没有十足的把握，又不好现在就抓他们。”

这时，大根在一旁插话：“我有个主意。”

大家都转眼看着他。

“我想，做假的都在人前做，人后露出的一定是真相。今天夜晚，我伏在他们的屋顶上，掀开几片瓦，看看他们做些什么，说些什么，就真相大白了。”

众人都鼓掌叫好。

张之洞也笑着说：“我们这么多饱学之士，当不得一个不读书的人。我看大根这个主意最好，就请你今夜做个梁上君子。”

晚上，大根穿上夜行服，趁着弥天夜色，不露一点声响地跃上了金水闸店主的宅院屋顶。掀开几片瓦，屋子里的一切便都暴露在他的眼前。

一盏小油灯摆在八仙桌的当中，桌上堆满了银元，三个人分占着三方，六只眼睛都死死地盯着那一堆闪着灰白光芒的银元。

沈公公说：“张之洞派人来拿碗，就是怀疑咱们。咱们明天拿到碗就走。”

白脸少年说：“我看也是早走为好，张之洞那人不好对付。”

“怕什么，你们都是胆小鬼。”蔡参将一边收银元一边说，“既然你们说是真的御用物，就不应该怕张之洞怀疑。生意才刚刚做起来，今天就比昨天多收了一百多块，明天、后天还会更多，过两天再走不迟。”

沈公公打了个哈欠，对白脸少年说：“小三子，听我的，明天拿到碗无论如何要走。他实在不走，我们俩走！”

用不着再听下去了，这哪是什么皇上，分明一伙骗钱的流氓！大根蹑手蹑脚地离开屋顶，一溜烟跑了。

“事不宜迟，现在就去抓！”张之洞听完大根的禀报后，立即作出决定。“夜里抓更好，免得惊动附近百姓，你带两个人去，抓来后先关起，我明天再请湖北三宪过来一道审。”

第二天下午，张之洞将湖北巡抚端方、湖北布政使瞿廷韶、湖北按察使李岷琛请到督署，并学西方国家的样，邀请武汉三镇报馆派人参加旁听。三个被押上公堂的案犯，见此情景，早已吓得全身发抖，不用多问就全盘招供。

原来，沈公公真的是一个在宫中呆了三十年的太监。他的师傅当年偷了那只玉碗，原想偷运出去卖掉，后来风声紧，他不敢冒险，就在宫里挖了一个洞将它藏起来。这一藏便藏了二十多年。临死时，把这事告诉他唯一的徒弟沈公公，叫沈公公挖出这只碗后离开皇宫，一辈子可以过自在的好日子。沈公公拿了这只碗后逃出京城，在一个客栈里遇到了小三子。小三子是一个戏子，在京城王府里演过戏，对贵族旗人有些了解。小三子提出扮演皇上骗人的主意，皇帝的衣服就是他演戏的行头。后来又找了一个刻字匠刻玉玺，于是这个刻字匠也入了伙，做了蔡参将。武昌是他们的第一站，几天来已骗了近三千银元。

审讯完毕后，张之洞将这三个骗子判了个杀头示众。第二天正午在汉阳门码头公开行刑，观者达数万人之多。张之洞又将此事写成一个奏折禀告朝廷，并说明失落二十多年的康熙朝玉碗已起获，将派专人护送至宫中珍藏。

一件轰动武汉三镇的真假皇上案就这样给破了。办完这件案子后，张之洞心里很长时间不能平静：连皇上都敢假冒，这世界利令智昏到了何等地步！几个骗子自称是皇上，就有这么多人相信，连省垣官府也将信将疑。这说明如今官场的章法多么混乱，如今的百姓多么愚昧。这样的国家能自立自强吗?

这天午后，梁鼎芬笑笑地走进签押房，对正在办公事的张之洞说：“香帅，按照您的指令，两湖书院已选出三十二名品学兼优的学生，作为官费留日生。明天下午书院开欢送会，后天一早他们就要乘船离开武昌了。”

“哦。”张之洞放下手中的笔，转过脸来。这些年来，张之洞十分注重派遣学生出国留学，除开各种实业学堂大批选派外，湖北的两湖书院、经心书院，湖南的岳麓书院、城南书院等以传统中学为主兼习西学的官办书院，也都选拔过一些优秀学子放洋深造。在张之洞看来，学实业的宜去英德美法那些国家，而学军事、法政、师范等科目的则去日本更好。日本与中国同文同种，日本的经验最值得借鉴，且相距近，费用少，中国的银元也可在日本直接通用，彼此之间都省去了许多麻烦，故而张之洞大力提倡去东洋留学。因陈衍的铜元局为湖广衙门增加了财力，这次拟在湖广两省派遣两百名官费留学生，其中留日的有一百四十名，分配给十余所书院，两湖书院是人数最多的一所。

“两湖的学生后天就走了，其他书院的呢？”

梁鼎芬说：“两湖的先去上海打前站，约好所有留日生，月底在上海大东旅馆聚合，再坐同一艘船去日本。”

“行，这很好。”

张之洞顺手端起桌上一只粗大的白瓷杯子。这杯子里装的不是茶，而是参汤。多年来，赵茂昌每月给督署送来十支特制人参。每天上下午喝下一杯这样的参汤，已成了张之洞的习惯。

“明天书院的全体师生都要参加欢送会，场面盛大隆重。卑职想请香帅百忙之中，抽空去书院讲几句话，接见这三十二名学生，一来给卑职和两湖书院增光，二来也为这批留学生壮壮行色。”

先前两湖书院也送过几批留学生，说是要去看看他们，总因忙也没去成。这次人多，且今后要把此事蔚为风气，借这个机会鼓吹鼓吹也好。张之洞点了点头，说：“好哇！明天下午我去说几句。”

梁鼎芬很高兴：“那晚饭就赏脸在两湖吃吧！”

“饭不吃。”张之洞立刻拒绝。停一会，又问：“这批学生中有特别出色的人才吗？”

“个个都优秀，出色的也有好几个。”梁鼎芬想了一下说，“其中有一个特别卓异之才，我看他今后有可能成大器。”

“噢，你说说看。”学政出身的张之洞对人才有一种出于本能的浓烈兴趣。

“这个学生名叫黄兴，湖南善化人，秀才出身兼习武术，二十四年进的两湖。此生品学兼优，文武兼资，文似东坡，书工北魏，诗尤其豪气磅礴。卑职掌两湖十余年，像黄兴这种出类拔萃的人尚不多见。”

听了这番话后，张之洞越发来了兴趣：“你说他的诗气势壮，念一首给我听听。”

“黄兴有一首咏鹰的五律，我很喜欢，背给香帅听听。”

梁鼎芬略为思忖后背道：

独立雄无敌，长空万里风。
可怜此豪杰，岂肯困樊笼。
一去渡沧海，高扬摩碧穹。
秋深霜气肃，木落万山空。

“好！”张之洞高兴地站了起来。“就为了见见这个黄兴，我明天也要去一趟两湖书院。”

次日下午，一向平静的两湖书院变得热闹起来，书院最大的会讲场所——传道堂里布置一新，讲台上方拉了一条二丈多长的大红布，上面剪贴着八个大字：负笈东瀛，为国求学。大字下面还贴着一行较小的字：欢送官费留日学生大会。书院六十余名各科教习，四百余名学生早早地来到这里，绝大部分学生都对坐在第一排的三十二名留日生投去羡慕的眼光。

山长梁鼎芬主持这次盛大的欢送会，因为有张之洞的讲话这场重头戏，故梁鼎芬简单地说了几句开场白后就高声地宣布："现在我们恭请制台大人张香帅训话。"

张之洞虽然仍挂名书院的名誉山长，但自从出了唐才常的事后，就再也没有来过两湖书院了，这两年进书院的学生才第一次见到他。原来是这样一个又矮又丑的衰老头子！许多学生望着走上讲台未着官服的湖广总督，心里这样嘀咕着。

"诸位师生，两湖书院此次又有三十二名学生去日本留学，是一件大好事，鄙人很乐意参加欢送会，并说几句话。"张之洞干咳了一声，操着带有明显南方口音的官话说着，"去年两宫回銮之际，鄙人同两江刘岘帅，连上了三道条陈，其中有一条重要的建议，便是广开游学，得到了太后、皇上的旨准。两湖用官费派遣留学生，本在各省之先，今后更要扩大名额，年年资遣。这次两湖共有二百名去西洋东洋，光我们两湖书院便有三十二名。明年，鄙人拟派二百五十名，两湖书院可派五十名，只要品学兼优者，都有出洋的机会。"

学生中间已开始有小声议论了。有的说，别看这老头子模样不中看，说话的中气倒蛮足的。有盼望出国的学生，更喜形于色，禁不住悄悄地互相鼓励。

"鄙人之所以动用大笔经费派遣留学生，当然首在为国家为两湖培养人才。两宫旨准了鄙人与刘岘帅的条陈，这表示两宫将要在全国大办洋务，大办新政。国家和两湖急需大批洋务人才，所以要派优秀学生出国学制造，学冶炼，学测量，学军事，学法律，学师范，学成回来报效国家，报效两湖。诸位留学的银子，虽说是湖广总督衙门拿的，其实都是湖广老百姓的血汗钱。所以鄙人希望你们不要糟蹋了这笔钱，要好好读书，多听多观察，真正地把洋人的本领变为自己的本领。若有到了东洋后，不把心思花在求学上而是去吃喝玩乐、下赌场窑子的话，鄙人知道后固然要重罚，只是，那些人首先要遭神明的诅咒。拍拍胸膛自问，这样做对得起湖广的父老乡亲吗？对得起鄙人吗？对得起自己的良心吗？”

前排就座的三十二个即将赴日本的学生，人人脸上表情肃穆，心里想：张制台并没有打官腔，说的是实实在在的话。每年官府给每人四五百银元的留学费，这笔钱可供七八户六口之家生活一年了。留日生中大部分家境都不宽裕，想到这点，他们对即将开始的新生活更觉珍惜。

“当然离乡背井，去国留学，也是很艰苦的。首先是要学别人的语言文字，此外还得要习惯人家的饮食习俗，更不要说和洋人打交道的麻烦了。你们现在恐怕是高兴多于担心，鄙人倒是要劝你们，多做点吃苦的准备。不过，古人早就说过，不吃苦中苦，难为人上人。你们一旦学成回国，那就不得了啦！要银子有银子。鄙人的洋务幕友，薪俸每月六十元，要比中文幕友多二十元。至于铁路局、枪炮厂的督办、高级匠师们更高，有一百到一百五十块银元的。你们想想，这银元比别人多了几多倍！想做官也容易。鄙人幕府中有个梁敦彦，从美国回来的，我已保荐他做江汉关道了，下个月就走马上任。堂堂道台，正四品，再过几年，他就可升臬台藩台，做得好，也可以做抚台制台，前途大得很。诸位不要担心留学的没有功名做不了官，只要有真才实学，今后一样地戴大伞帽，亮红顶子！”

张之洞这番大实话，引起满堂师生大笑，大家情不自禁地鼓起掌来。这掌声把张之洞的情绪大大调动起来，他说得更起劲了：“有人说，万一回来没事做怎么办，诸位也不要有这个担心。你们是湖广派出去的，今后都统统回湖广来，鄙人有的是洋务局厂可以安置。鄙人向你们担保，一回来就给你们三十块银元的月俸。”

两湖书院的教习不超过二十块银元，在东洋读了几年书，一回来就是三十块，真是优待。

“也有的心里在想，你张制台六十多岁了，说不定哪天就死了，说话算不了数。诸位，你们放一千个心，鄙人会为湖广立个章程，今后不管谁来做湖广总督都得执行。再说，鄙人死了，两湖洋务局厂是不会死的，有洋务局厂在，就有你们大展抱负的天地。好好的学本事吧，你们个个都会升官发财，飞黄腾达的！”

湖广总督这番赤裸裸的演讲，赢得了两湖书院那些将要出国或盼望出国的学生雷鸣般的掌声和欢呼！

在这片高涨的激情中，三十二名留日学生鱼贯走上讲台，接受总督的接见。他们来到张之洞的面前时，并足鞠一躬，张之洞再微笑着注目看一眼，算是答礼，站在一旁的梁鼎芬则将该生的姓名、籍贯、年龄向总督报告一遍。一个学生便接见完毕，第二个再上来。大约接见了十多个学生后，只见一个学生与他的同伴一样来到张之洞的面前，并足鞠躬，张之洞报以微笑，梁鼎芬在一旁高声介绍：“黄兴，湖南善化人，二十八岁。”

噢，这就是黄兴！张之洞的双眼顿时亮起来，重新将面前的学生仔细看了一眼：中等身材，大头宽肩厚背，两目炯炯有神，浑身上下充满着刚强和力量，站在那里纹丝不动，如同一根柱石、一座石雕。张之洞心中暗暗叫好。他特为站起来，走近黄兴一步，和气地说：“我听梁山长念过你的诗，诗写得很有气势。”

黄兴并不因总督给予他的特殊待遇而激动。他平静地说：“谢谢大人，我的诗写得并不太好。”

张之洞饶有兴趣地问：“你自认为可以做得最好的是什么？”

黄兴不假思索地回答：“指挥千军万马，战必胜攻必克！”

张之洞吃了一惊：此人心雄万夫，看来深受湘军的影响。

“有志气！”张之洞脱口而出说了这句话后，心中无端涌出一丝不安来。“到日本后，准备学什么？”

“准备进弘文书院学师范。”

“这很好，很好！”

张之洞有种宽慰的感觉。他自己也觉得奇怪，见到黄兴的第一眼时，他就想到此人是将材，应劝他进日本陆军大学学军事，但不知为什么，当听到黄兴说出“千军万马”的话时，立时又感到不安。现在，听说黄兴要去学师范，他反而放心了。

三十二名两湖学生接见完后，梁鼎芬对张之洞说：“有两个武备学堂的学生，前几年也是由官费派往日本的留学生，这次回国休假，明天也和两湖学生一道去上海。今天也参加了这个欢送会，他们想与香帅见见面，您看……”

“叫他们上来吧！”张之洞爽快地答应了。

梁鼎芬向台下招了一下手，立时有两个年轻的学生走上来。两人并排来到张之洞的面前，并足鞠躬，然后自报家门：“湖北武备学堂学生吴禄贞，湖北云梦人，现年二十二岁。”“湖北武备学堂学生蓝天蔚，湖北黄陂人，现年二十四岁。”

张之洞见二人笔挺地站在他面前，颇有点军人的英武之气，问道：“你们是哪年去的日本，在日本学的什么？”

吴禄贞指着蓝天蔚说：“他是大前年去的，我是前年去的，都在日本士官学校学军事。”

“不错。”张之洞点点头，又问：“日本话都会说了吗？生活上还习惯吗？”

蓝天蔚答：“日本话好学，有半年工夫就学会了。日本的生活与我们差不了太多，住两年也就习惯了。”

“什么时候毕业？”

吴禄贞答：“他明年毕业，我要晚一年，毕业后想再进陆军大学读习两年。”

“学成后有什么打算？”

蓝天蔚说：“我们早就商量好了，回国后为湖北新军服务。”

这个回答令张之洞十分满意。他走过去，拍着蓝天蔚的肩膀说：

“好，本大帅等着你们回来。只要成绩好，报到那天，本大帅便委任你做标统！”

“是！”蓝天蔚、吴禄贞双脚跟一靠，向两湖新军的统帅行了一个漂亮的军礼。

一旁的梁鼎芬见两个武备生抢了两湖学生的风头，心里有点不是味道。突然间，他有了一个主意，对张之洞说：“明天的轮船十点起锚，九时准，我带他们来督署向香帅辞行。”

“好吧，我等着他们。”

欢送会结束后，梁鼎芬招呼三十二名留学生：“刚才武备学堂的两个学生说的话，你们听到了吗？回国后为湖北新军效力，张香帅立马便委任他们做标统。你们明天向张香帅辞行，也要表示回国后为两湖效力，让他把好缺留给你们。”

学生们大都表示愿意。

第二天上午九时，梁鼎芬带着三十二名学生来到总督衙门辕门口，正要进门，两个挎刀的卫兵将众人拦住。一人说：“制台大人一早传下话，此处乃衙门，不是书院，进谒者须衣冠整肃，磕头拜见。”

梁鼎芬对众学生说：“昨天是在两湖书院，大家可依书院的规矩，向张香帅行鞠躬礼。今天要依衙门规矩，向张香帅行磕头礼。”

不料，学生们却议论起来。原来，随着西学科目在两湖书院的设置，西方文明也传进了两湖书院。在湖北士人中，两湖书院可谓受西风影响最深的地方。学生们知道，在欧美各国，早就废除了跪拜磕头等礼节，他们大多对中国仍普遍实行这种有损尊严的礼仪心存反感。何况，他们并不是张之洞的僚属下级，凭什么要向他跪下磕头？于是大家都呆着不动。黄兴说：“我们干脆不辞行了，直接去汉阳门码头上船吧！”

众学生都赞成。梁鼎芬急了，忙拦住大家说：“我去和香帅说说，看能不能免去磕头这一项。”

梁鼎芬急忙走进衙门，来到签押房说："香帅，学生们不习惯磕头，是不是请香帅免了？"

张之洞满脸不悦："这是衙门的规矩，怎么能免？"

梁鼎芬说："他们说，如果硬要磕头，他们干脆不辞行。"

"放肆！还没出国就这样无法无天了！"张之洞气道，"这话是谁说的？"

"黄兴。"

"哼！"张之洞大为恼火。"看来此生不是个安分守己的人！"

梁鼎芬心里也焦急起来，后悔昨天不该多出"辞行"一节，招来了今天的麻烦。他弯下腰，低声下气地说："香帅，这都怪卑职平日管教不严，使得这些学生无尊无卑，不懂规矩。但确实西洋各国现在都不行磕头礼，他们才敢这样放肆。眼看他们就要出国了，今后都会是国家的栋梁，香帅也犯不了为这点小事与他们闹僵，倒是在他们临行前再教诫教诫几句最重要。卑职想，就让他们依原来书院的规矩，向香帅行鞠躬礼，借他们的口传扬香帅大度宽容、礼贤下士的美德，也是一件好事。"

张之洞猛然想起唐才常的事来。是的，有几句最要紧的话昨天在书院忘记讲了，今天必须补上。磕头或是鞠躬是次要的，这几句话倒非讲不可。

他板起面孔对梁鼎芬说："就按你说的，让他们进来吧！"

一会儿，梁山长带着三十二名学生来到接客厅。待学生们在接客厅站好后，张之洞穿着全身官服，有意踱着方步款款走出。

"向制台大人鞠躬！"梁鼎芬扯着喉咙叫道。

众学生都向张之洞鞠了躬，抬起头看时，但见张之洞拉长着脸，两眼冷冰冰的。

"昨天在书院，有几句话鄙人忘记对各位说了。各位所去的东洋，西学西政固然先进，但也是一个藏污纳垢的国家。为害中国的罪魁祸首，康有为、梁启超、孙文等人都麇集在那里。他们不仅结会办报，而且私购军火，与国内会党强盗联通一气，图谋暴乱，推翻朝廷。他们是一批十恶不赦的坏人。在你们即将起锚的时候，鄙人郑重地对你们说一句：在东洋只能读书走正道，切不可误入康、梁、孙文的贼船。鄙人昨天说了，学了真本事回来，保证你们升官发财，飞黄腾达。若鬼迷心窍，与康、梁、孙文搅到一起，与朝廷作对，鄙人也决不会因你们是湖广派出而法外施恩，到时别怪鄙人不仁不义了。各位快去码头上船吧，愿一帆风顺，好自为之。”

走出衙门的三十二名官费留学生，在昨日与今日的对比中，似乎发现了两个截然不同的湖广总督。

不久，国家又出了一桩大事，湘军最后一位元老，做了三十多年督抚的两江总督刘坤一病逝江宁，朝廷令张之洞兼署江督。张之洞本不想接受这道任命，因为他不愿离开正在整顿与发展中的湖北洋务事业。但他想起此次去江宁，可以为自己了却几段情事，遂答应暂时署理三个月，请朝廷在这期间物色一个合适的两江总督。

四　为着一个婢女，盛宣怀丢掉轮电二局

再次署理两江总督的张之洞，时常有一种淡淡的伤痛感。船过采石矶时，他想起六年前与时任皖南道的袁昶的欢快聚会。袁昶一向被他视为门生中最有识见的干才，且仕途顺遂，实可指望日后成为国家的梁柱。谁知恰恰是他的过人识见，招致杀身之祸。现在虽然已给他昭雪，并予以“文贞”的美谥，但到底是人去楼空，一切都晚了。从他个人来说，是冤里冤枉地丢掉了一条命；对于朝廷来说，五大臣之死，随同当年那场荒唐透顶的闹剧一道，留给史册和后人的，将是永远的耻笑和指摘。一股浓烈的悼念之情，聚集在他的胸臆间，不得不发而为诗，借以宣泄：

七国联兵径叩关，知君却敌补青天。

千秋人痛晁家令，能为君王策万全。

民言吴守治无双，士道文翁教此邦。
白叟青衿各私祭，年年万泪咽中江。

凫雁江湖老不材，百年世事不胜哀。
采石矶上青青树，曾见传杯射覆来。

江宁城内的鸡鸣山，是一处风光秀丽且承载着厚重历史积淀的名山。那一年，杨锐匆匆游了一趟鸡鸣山后感叹：倘若在此山上建一座楼房，供游览者饮茶小憩，远眺山景，是一桩功德之事。张之洞记住了这句话。这次一到江宁，便拨款给鸡鸣寺，委托寺僧承办，限定在三个月内建好。寺僧为讨总督欢心，不到两个月，一座二层楼的屋宇便在山顶建立。落成之日，请总督题匾额。

张之洞一生题联题匾已不计其数，而对着鸡鸣山上的这座楼，他手中的笔久久不能提起。若说袁昶的被杀，让张之洞愤慨忧虑的话；杨锐的被杀，则令他伤痛哀绝！

对于杨锐，张之洞有着远非一般门生可比的师生情谊。将近三十年了，由学生而幕友而常驻京师的代办，这种非同寻常的关系，在张之洞的周围再也找不出第二人。

杨锐得张之洞的器重，除开他的学问人品外，最主要的是在中国维新改革这件大事上，他和老师持完全相同的态度。

他主张变革，主张学习西方，主张引进西学西艺直至西政，是一位站在时代潮流前端的激情洋溢的维新志士。

但他的维新主张是稳健的，他希望中国的改革是渐进的，是次第推行的，不赞同康有为、谭嗣同等人试图一夜之间改变中国面貌的激进行为。他也希望中国的改革是温和的，是在不过多伤害既得利益者的前提下达到国富民强的愿望。他更服膺张之洞的“中体西用”的说法，认为这才是导中国于正途的唯一准则。他最大的愿望是中国每个督抚都能像张之洞这样脚踏实地地在本省举办新政，发展洋务实业，若中国每个省都像湖北省一样，办工厂，开矿山，建学堂，练新军，有个十年二十年，还怕中国不富强吗？

他的这些想法和张之洞非常吻合。可惜，他被当作“康党”杀了头，真是冤枉透顶。真正的康党至今逍遥海外，被冤枉的康党却已屈死多年，人世间是多么的不公！令张之洞心中更为痛苦的是，杨锐的千古奇冤，他却不能为之申诉，更不能为之公开辩白！明明含着一肚子苦水，却不能把这苦水吐出！袁昶虽也是冤死，却很快得到昭雪，亲朋好友可以名正言顺地祭奠他，他的子孙不会因此而受牵连。可怜忠心为国的杨叔峤，至今仍身负恶名。朝廷没有为他平反，人们便不敢公开悼念他，他的妻儿便不能抬起头来堂堂正正地做人。作为一个国家大臣，张之洞只能把对杨锐的这份情谊深埋在心底。得知杨锐的妻儿已安全回到四川绵竹老家后，张之洞曾打发大根悄悄地到绵竹，代他去看望，再送二千两银子，叮嘱他们切不可自暴自弃，天道神明，总是会保佑忠良的。

尽管如此，这几年来，他每当想起往事，杨锐那张憨厚的娃娃脸便会浮现在他的眼前，令他有如利箭穿心般的痛苦，也为自己身居总督高位却不能援救一门生而难受。现在，他突然有了个想法：这个楼房本就是因杨锐的建议而修筑，何不就用此楼而纪念他呢？借题匾额来表达这种心愿吧！但这种表达又不能让人看出来，诸如什么“杨锐楼”“叔峤楼”之类的名字都不能用。煞费苦心地想了很久，张之洞终于想起杨锐背诵杜甫的八哀诗来。八哀诗并非杜甫诗中最好的作品，且篇幅很长，但杨锐却喜欢诵读，且能一字不漏地全部背出。张之洞知道，这是杨锐在借古人之酒浇自己胸中的块垒，老杜伤的是开元、天宝，杨锐伤的是当今。

“君臣尚论兵，将帅接燕蓟。朗咏六公篇，忧来豁蒙蔽”，杨锐那略带川音的抑扬顿挫之声又响在耳畔。“豁蒙”吧，皇上受康梁之蒙，太后受宵小之蒙，才会酿成戊戌年那场本可避免的悲剧，导致杨锐的含冤受害。也是因太后受载漪、刚毅及义和拳之蒙，才有庚子年那场本不应发生的惨祸，使得袁昶无缘无故地丢了头颅。其实，又何只太后、皇上要豁蒙，中国数万万百姓更需要豁蒙。几个头领登坛一吆喝，便有数十万人响应影从，相信神灵附体、刀枪不入，这还不蒙昧吗？有多少人终生不识一字，非但不懂西学洋务，连孔孟先圣的教导也不与闻，既不知富民强国，也不知修身养性，从生下到死去，浑浑噩噩、糊糊涂涂地过了一辈子。这些碌碌生灵，难道不更需要豁蒙吗？这“豁蒙”二字，既寄托了对杨锐的哀思，又表明了自己的期盼，真是太好不过了。

张之洞想到这里，挥笔写下了“豁蒙楼”三个遒劲的苏体。

鸡鸣寺为豁蒙楼举行了隆重的落成庆典。在一片鼓乐欢呼声中，人们发现，张之洞赫然站在楼上，神情分外激动。堂堂总督大人对这座并不高轩的豁蒙楼如此重视，让许多人纳闷不解。

下午，张之洞回到督署，刚刚坐定，巡捕便来报告：直隶总督袁世凯舟过江宁，希望会见香帅，现在下关客栈等候钧命。

官场惯例：官员过境，同品级的当地官员要尽地主之谊，有客气的则更是既迎又送，宴请之外再加馈赠。通常的督抚路过江宁，两江总督都会奉行这些礼节，何况直隶总督光临？直督乃天下疆吏之首，连总署对直督，也以平级相待，不用上下之间的称呼，以表示对第一疆吏的尊重。若是别的直督路过江宁，遇上的又是另外的一个江督，那必定是一派热闹非凡的官场迎送场面。但眼下是袁世凯过的张之洞的地盘，彼此之间的关系很是微妙。

在张之洞的眼里，四十岁刚出头的袁世凯，不过一后生小子罢了。在以鲁抚身份驱逐义和拳出山东之前，袁世凯从没引起过张之洞的重视。尽管那以前的袁世凯，在朝鲜武功卓著，回国后在小站练新建陆军广受称赞，乃至于破格简授侍郎衔。所有这些，在张之洞看来，都算不了什么。平定朝鲜内乱，能与打败法国人的谅山大捷相比吗？至于新建陆军并没有经过战场上的考验，不能因为它操练时的步伐整齐、甲胄鲜明，就断定它是一支强大的军队。衡量一支军队强大与否，只能是战场上的胜与败。部署过越南战争，创办过自强军和新军的制台张之洞，并不因为别人的表扬而特别看重小站那支新建陆军。何况出身名门的袁世凯居然连个举人也未考中，足见是个不走正路的纨绔子弟，充其量不过是个“不学有术”者而已。

真正使得张之洞对袁世凯刮目相看，是庚子年事变前，袁世凯对拳民本性的深刻洞察和所采取的强硬镇压措施，以及事变后参与东南互保的积极态度。这两桩事使得张之洞对袁世凯的认识有了很大的改变：这小子至少在“有术”二字上还可以加上两个字——有识。

然而，这种好感不久便被吴永的一番密谈给冲淡了。尽管张之洞绝不赞成谭嗣同等人围园挟后的荒唐做法，但对袁世凯的告密离间更为厌恶。他认为袁世凯此举是地地道道的小人行径。这是关系到一个大臣的人品操守的大事，史册上的奸佞，不就是指的这等人吗？

出于对袁世凯品性的反感，张之洞不愿意与他往来，但袁如今是直隶总督，路过江宁请求见面，又怎么能不见他呢？再说，袁虽是顺道拜访，其实是有目的的。袁的目的，张之洞早已知道。

原来，一个多月前，盛宣怀的父亲盛康以八十四岁高龄病逝于老家武进县。讣闻传来，张之洞派女婿陈念礽代表他前去吊唁。盛宣怀告诉念礽，朝廷拟由直隶接管轮船招商局和电报局，但两局商股董事们不同意，请香帅在这个关键时刻帮他的忙。念礽问他怎么个帮法。盛宣怀说，袁夺轮电两局，是因为这两局获利甚丰，但他同时还兼汉阳铁厂督办，而铁厂亏空甚大。请香帅告诉袁世凯，他是将轮电的赢利来补铁厂的亏空，若北洋要轮电，则干脆连铁厂一道要去，否则的话，铁厂无法办下去。如此，袁有可能放弃夺轮电的想法。

陈念礽回江宁后，将盛宣怀这番话如实禀告岳父。张之洞知道，盛宣怀所谓的商股董事们不愿意，实际上就是他不愿意，因为他是商股中控股人。对于盛宣怀，张之洞的看法是复杂的。

他本能地不喜欢这个人，这是因为，第一盛宣怀是个以追逐利益为人生目标的商人，深受儒学熏陶的张之洞对“唯利是图”有很深的成见。第二盛宣怀是李鸿章的人，是靠李鸿章而发迹的。当年的清流骨干一向对“浊流”李鸿章存很大的反感，即便他后来做了督抚，经办与李鸿章相同的事业，也不改对李鸿章个人的初衷。因为厌恶李鸿章，于是也便不喜欢李鸿章看中的人。

但是，张之洞又不能不佩服盛宣怀的洋务才能，尤其是铁厂，让盛做督办的这几年间，铁厂的经营有了很大的变化。首先，铁厂生产出来的钢铁质量大为提高。其次，在江西萍乡找到了很好的煤矿。萍乡煤矿，品质既优，蕴藏量又大，可以满足铁厂的需要。萍乡煤的发掘，使得成本大为降低，钢铁的价格也就降下来了。质量提高，价格下降，遂使得销路迅速扩大，尤其是芦汉铁路的开工，全国钢铁的需求量很大，有时甚至供不应求。就这样，汉阳铁厂近两年来红红火火，往日的亏空正在弥补中，盛宣怀的大赢利就在眉睫了。

这事，让张之洞对盛宣怀不得不佩服！

盛宣怀是既不肯把轮船局和电报局交出来，也不愿意把铁厂交出来的。他是借铁厂恐吓不懂内情的袁世凯，希望懂内情的张之洞不要说出铁厂的真相。这一点，张之洞看得很清楚。

张之洞自然不愿意轮电两局落在北洋衙门的手里。因为这几年盛宣怀的确从轮电两局中腾出大量资金投入铁厂，如果落入北洋的手，则断了这道活水。袁世凯年轻而雄心勃勃，一旦让他得到了轮电两局，更是如虎添翼，眼里不会再有别人的位置。让一个不通文墨的暴发户平白捡下这大的便宜，张之洞实在不情愿。经过这样一番利益权衡后，张之洞决定帮盛宣怀一把。

前些天，他收到盛宣怀的信，说袁世凯借给母亲营墓的机会请假南下河南项城，绕道长江回天津。其目的：一是实地看看湖北的洋务，二是在江宁见张之洞，三是在上海见盛宣怀。

见不见袁世凯，张之洞这两天在心里犹豫着：不见他，让这位新贵碰个软钉子，杀杀他的骄盛之气，这可为日后与他谈正事增加几分威慑力；见见他，看看他到底是个什么人，与他当面谈盛宣怀所托办的事，遏制一下他的张狂之心？

袁世凯并没有像别的督抚一样，沿途下滚单，明示地方官接待他，而是悄悄地来到江宁。这倒令张之洞生出几分好感来，也促使他立时打定了主意。他吩咐何巡捕持他的名刺，带二十名衙役、五十名兵丁，抬一顶绿呢空轿，前去下关客栈接袁制台。

袁世凯这次下江南，其实是他庞大计划中的一部分。

袁世凯二十五岁随同吴长庆出兵朝鲜，只用了短短十六年工夫，便从一个流落江湖的落魄汉爬上疆吏之首的高位。异乎寻常的顺遂和成功，给了袁世凯巨大的自信力，也刺激了他更大的野心。他决心在直隶轰轰烈烈气势磅礴地大办新政——开厂矿，练新军，办学堂，以出色的政绩为今后攀登更高的地位、攫取更大的权力奠下基础。他要更积极更主动地笼络朝中权贵，依靠他们的力量，为更辉煌的仕途扫除障碍铺平道路。所有这一切的成功，最重要的保证是银子。李鸿章利用截旷、扣建结余下来的八百万两军饷，帮了袁世凯的大忙，但要实现宏伟的规划，这笔银子仍是不够的。如何广辟财路，成了袁世凯治直的第一件大事。他的心腹藩司杨士骧自然也在为此而思虑。这一天，杨士骧兴冲冲地对袁世凯说：“慰帅，有一个人愿意送财神菩萨来，您接不接？”

“财神菩萨来，怎么不接？”袁世凯拍着杨士骧的肩膀说，“莲府，坐下来慢慢细说。”

“我的二弟士琦一向三教九流的朋友很多。昨天他对我说，他有一个朋友，原是盛宣怀的红人，近来两人闹翻了。”

“盛宣怀的红人？此人叫什么名字？”袁世凯禁不住插话。

“此人名叫朱宝奎。他是盛的同乡江苏常州人。从美国留学回国后，便被盛所网罗。朱宝奎西学好，又极精明会办事，大得盛的信任。先在轮船局做事，后又在电报局做事，从中获得暴利。朱又花钱捐了一个候补道，盛于是委派他为上海电报局总办。盛做了铁路公司督办大臣后，又委任朱为材料处长。十多年来，朱宝奎不仅积下巨资，且对盛宣怀办洋务敛财的内幕非常清楚。这次的闹翻，缘于一个女人。”

女人？平生最好女色已拥有一妻七妾的袁世凯，听了这两个字立时精神倍增。

“是的，一个婢女。”说这种艳事，杨士骧也是兴趣极浓的。“盛宣怀身边有一个很标致的婢女，朱宝奎看中了。他请盛宣怀将这个婢女送给他做小妾，他愿出十万银元为这个婢女赎身。朱宝奎满以为自己为盛宣怀出了很多力，又愿出这等高价，盛一定会同意。不料，盛听后怒火中烧，大骂道：朱宝奎，你这个狗日的，贪得无厌，居然打起我的主意来了，莫说十万，就是百万我也不会让出。朱宝奎恼羞成怒，决计离开盛另觅出路。”

袁世凯说：“盛宣怀是个明白人，他怎么会为一个丫鬟而得罪这等重要的伙伴呢？”

“我也这么想过。据士琦猜测，这个婢女可能早已是盛宣怀的人了。盛宣怀是个老色鬼，身边有个这样的美人，他会放过吗？”

“对对，很可能是个通房大丫鬟。”袁世凯连连点头，“朱宝奎被美色冲昏了头，没有想到这一点，活该挨骂！”

杨士骧说：“士琦对我说，若慰帅趁此机会将朱宝奎挖过来，可以为直隶带来一笔大财富。”

“这话怎讲？”

“盛宣怀经营的轮、电二局本是北洋的产业。这些年轮、电二局赚了数千万两银子，由于李中堂放手不管，这些银子全都进了盛的腰包。假若把轮、电二局收回北洋，那北洋一年岂不多几百万银子的收益？”

袁世凯说：“据说轮、电二局是官督商办，现在是商人集股在经营，直隶要完全收回来，在道理上有障碍，盛宣怀会死死地抓住不放。”

“所以朱宝奎这一来，便是天助慰帅。”杨士骧说，“轮、电二局里面一定黑幕不少，别人不清楚，就说不到点子上。朱宝奎知内情，到时他可以揭发盛宣怀在这中间玩的手脚，直隶便可借此接过来官办，谅他盛宣怀到时不敢跟慰帅硬挺下去。”

“好主意！”袁世凯拍了拍茶几。“你告诉你二弟，就说直隶欢迎朱宝奎来，问他要什么价？”

杨士骧说：“慰帅可以给他一个什么价码？”

袁世凯想了一下说：“先让他做直隶洋务局总办。若忠心替我办事的话，三五年之间，我保荐他做个侍郎。他现在哪？”

“听说住在京师。”

“你叫令弟去说吧！”

朱宝奎接受了袁世凯的价码，并将他所知道的轮、电二局的内幕都告诉了袁世凯。

正在这时，盛宣怀的父亲去世。朱宝奎抓住这个机会，向袁世凯建议，赶紧上一道折子，说盛丁忧，轮、电二局无人管理，宜由直隶收回，请朝廷允准。这是个好主意，袁因此而不得罪盛，朱也免去卖主的讥责。

不出所料，盛宣怀果然以轮、电二局系商股集资为由拒绝交出。

无奈之际，袁世凯只得拿出第二套方案，即以为去年去世的母亲修墓作借口，亲自去上海面见盛宣怀。至于他的底牌，便是朱宝奎的揭发材料。

离开保定前几天，袁世凯给盛宣怀拍去了一个电报。第二天便收到回电：直隶若硬要收回轮、电二局，请连汉阳铁厂一并收去，因为无轮、电二局赢利为补贴，汉阳铁厂则无法办下去。

因为这个缘故，袁世凯决定顺路察看设在武昌的洋务局厂，路过江宁时拜访张之洞，当然也有另外一个目的：联络联络当今这位天下真正的第一总督。

袁世凯不愧为一代枭雄。他除雄心勃勃、精力过人外，且洞悉人情世故，精于官场上的做工。他深知张之洞今日所处位置的重要程度，决定不惜以门生和晚辈的身份去巴结依附。他在武昌停留三天，由署理湖督端方陪同，细细地参观了铁厂、枪炮厂和布、麻、纱、丝四局。他本是一个极爱铺张排场的人，却有意减杀仪仗，降低规格，轻车简从不露声色地来到江宁城。张之洞派出这样一支庞大的队伍来接他，他心里甚是高兴。

轿队离两江总督衙门外的木栅辕门还有百把丈远的时候，袁世凯便吩咐停轿。他走出轿门，步行通过辕门，然后在大门口肃立，请何巡捕将他的名刺呈送给张之洞。袁世凯此举，用的是晚辈见长辈、门生拜老师的礼节，全不像是直督与江督之间的平等会见。

一会儿，何巡捕恭请袁世凯进去。袁世凯带着一名贴身侍卫，跟在何巡捕的身后，穿过逶逶迤迤的回廊小径，来到西花园旁边的花厅。张之洞穿着一身松软的丝棉长袍，坐在一把粗大的旧藤椅上看报，见袁世凯快要走近了，站起身来，满脸堆笑地打着招呼："慰帅，你来了！"

袁世凯走到张之洞面前，毕恭毕敬地鞠了一躬："给香帅请安！"稍停片刻，又补充一句："世凯是晚辈，请香帅千万不要以慰帅相称，叫一声慰庭，我已受宠了。"

张之洞哈哈一笑说："好，难得你这般谦抑，我就叫你慰庭吧！"

说着，伸出一只手，指了指对面一把高背靠椅："坐吧，今天阳光格外好，我请你到西花园会面，顺便让你瞧瞧洪天王的石舫与李文忠的九曲桥。"

洪秀全建天王府时，特为在西花园的湖中雕刻一座大型的石舫。后来李鸿章署两江总督，修复被火焚烧的天王府，又在湖中架起一座弯弯曲曲的石桥。于是，石舫和石桥便成了江督衙门里的景点。但称洪秀全为洪天王，又将他与李鸿章的谥号并列称呼，袁世凯觉得有点怪怪的。心想：人言此老与众不同，果然有点标新立异的味道。遂笑道："久闻江督衙门里西花园的大名，果然景致好。"

张之洞见袁世凯穿的衣服不多，便问："江宁地面冬天冷，你穿的衣服够吗？"

袁世凯说："晚生在朝鲜十年，那里冬天滴水成冰，已习惯寒冷了。江宁虽冷，比起汉城来要暖和得多。这些衣服足够对付。"

张之洞望着眼前这位个头虽矮却壮实英挺的直隶总督，不觉叹道："到底是年轻，老夫怕冷，若是阴雨天，都不敢出门。"

说话间，衙役早已端上香茶果点。

袁世凯笑着对张之洞说："光绪三年，先伯父病逝，朝廷饰终甚隆。御赐祭文和御制碑文均出自香帅手笔。二十多年来，我袁家一直拿这两篇文章作为范文命子弟诵读，不惟铭记皇恩，也让子弟从小就知道什么是好文章。晚生也从中得益甚多。如'风凄大树，留江淮草木之威名；月照丰碑，还河岳英灵之间气'这样的句子，真是字字珠玑，句句警策。"

袁世凯虽是在恭维张之洞，但说的是事实。光绪三年，刑部左侍郎袁保恒在陈州放粮时染时疫而殁。张之洞那时正在翰林院做编修，奉旨为袁保恒草拟御赐祭文和碑文。文章是做得不错，他自己也引为得意。袁世凯提起这段往事作为初次见面的开场白，应该是极为聪明的一着。但张之洞有意不买账，淡淡一笑，说："那是老夫的奉命之作，不必太看重。"

袁世凯心里一冷，但立刻便又恢复笑容，说："在香帅您是小事一桩，在袁府可是特大之事。因为此，晚生从小便崇仰香帅。这次有幸能在江宁城拜见，实慰平生素志。晚生特备一份薄礼，敬献香帅，以表心意，还望香帅笑纳。"

袁世凯侧过脸去，对站立在一旁的侍卫说："把献给香帅的礼物拿出来。"

侍卫答应了一声，从随身带的长布袋中取出一个长约两尺的木匣，双手捧着。

袁世凯亲自打开木匣。张之洞看时，原来木匣里平放着一把手剑，剑鞘上镶满一排光亮耀眼的各色珠宝。

袁世凯说："这是一把德国打造的元帅剑。香帅身兼两湖两江制军，手创自强军和新军两支军队，这把元帅剑佩戴在香帅身上，最是适宜。"

袁世凯是一个请客送礼、拉帮结派的高手，最善于送礼，也舍得在这件事上花力气花钱财。为给张之洞送礼，他和他的幕僚们反反复复地商议了好久。他们知道，张之洞是个不受苞苴的清廉人，送银票送珠宝，他定然不会接受。张之洞平生雅爱古董。有些幕僚建议，送他一个商周鼎爵或是汉唐陶雕。但也有人说，张之洞是这方面的专家，而我们又缺乏此中学问，万一送了个假古董，遭他取笑，反而不好。最后还是袁世凯自己作了决定，将他那把在德国打造的元帅剑送去。因为一则此物贵重，张身为制军，礼物和身份相吻合。二则张是文人，缺的是武威。常言说，缺什么盼什么，张以文人典兵盼的正是肃杀之气，这把元帅剑能让他满足这种企盼。众幕僚都佩服袁世凯的过人之见。

袁世凯亲手捧上木匣，对张之洞说："请香帅笑纳，给晚生一点面子。"

张之洞眯起老花眼，仔细地盯看这把光彩四射的宝剑。这把剑的确引发了他的兴趣。尽管张之洞不收受礼物，但一年到头，总有不少人为了自己的目的，挖空心思地向他敬呈各种礼物。不过，从没有谁送他兵器一类的礼物，大家都当他是一个文人，没有人懂得他借武补文的心理需求，袁世凯是唯一懂得这种心态的人。

如果没有对袁世凯的成见，如果没有"给点颜色看看"的准备在先，张之洞很可能会欣然接受的，但现在他要拒绝。

"慰庭，你这是什么意思？"张之洞拉下他的长脸。"老夫虽是制军，却是一介儒士，并不会使枪弄剑。倘若有人要谋杀老夫，老夫即使握着你这把剑，也保护不了自己。若是要靠佩着这把剑来增加统帅的威严，那羽扇纶巾的诸葛亮，布袍葛帽的王阳明，从不执刀佩剑，他们号令三军的威严，又从何而来？你不要再提‘笑纳’‘面子’一类的话，快把它收起来吧！”

毫无商量余地的拒绝，满脸秋霜似的冷淡，换在任何一个督抚的身上，一时都难以摆脱尴尬的困境，然而袁世凯只在一瞬间的难堪之后，立时心绪坦然，依然脸挂微笑。

他轻轻地把木匣盖上，再递给侍卫收起，然后重新坐好，从容说道：“香帅这番话给晚生很大的启示，晚生读书少也不求甚解，只知刀枪剑戟可增将帅的威严。今日听香帅这番话，方知古人说的不怒自威、不武自强的道理。看来，古之诸葛亮、王阳明，今之香帅才是真正领兵的大帅，像晚生这样只看重刀枪武功的，已落入第二流了。”

这几句话，说得张之洞心里十分受用，他捋起长须笑道：“你这话算是悟道之言，看来你是一个有天分的人。老子说大方无隅，大象无形，《易·系辞》说形而上者谓之道，形而下者谓之器。大者上者，总是无形的，无形的方为道；小者下者，有形可求，却只是器而已！慰庭呀，你平日做事多，读书少，不懂学问的精奥。不过你还年轻，今后做事之余，还要多读点书才是。”

袁世凯一副诚恳的模样：“香帅指教的极是。晚生少年不好读书，只乐于骑马射箭，以为读书无用，打天下靠的是武力，治天下靠的是峻法。后来做了巡抚，方知治天下乃是绝大的学问，才觉得肚子里的书读少了。我是真心实意想拜香帅为师，今后能得到您的多方指教。”

张之洞心想：都说袁世凯不通文墨，只知诈术，看来并非如此。他也知道学问的重要，知道自己读书少，这就是聪明了。常言说知耻近乎勇。孺子可教！张之洞心中对袁世凯的反感顿时减了几分。

“你要拜老夫为师，这心意当然好，但大可不必。”张之洞缓缓地说，“你现在身居天下第一督抚的位置，可以广延天下第一流英才，只要你不拘一格揽人才，自然良师佳友滚滚而来，强过拜老夫一人为师多多唉！”说罢捋须哈哈大笑。

张之洞公然以师自居的态度，若摆在别的督抚面前，也会令人难以接受，但袁世凯听了心里却很高兴，又感觉到张之洞这一“哈哈大笑”把彼此间的气氛弄得活络了，于是也笑了起来说：“若真有天下第一流英才愿来直隶衙门，我会学筑黄金台拜郭隗的燕昭王，推心置腹，以师相待。”

“好。”张之洞脱口而出。“有你袁慰庭这个气度，自然会有今日郭隗去投靠的。”

袁世凯觉得因送剑而引起的不谐气氛已消除得差不多，是转入正题的时候了。

“香帅，这次我在武昌和汉阳看了您所创办的好几处洋务局厂，一个个规模阔大，气象宏伟。您为了大清的富民强国，十多年来踏踏实实地做大事，辛辛苦苦地办新政，如今是业绩彪炳、硕果累累，不仅为湖北造福祉，也开天下之风气。晚生在武汉三日，受益之多，终身难忘。原先只是耳闻，这次是目睹。对香帅，晚生实在五体投地了！”

说袁世凯对张之洞办新政佩服，也不全是虚假的。戊戌年，建议调张之洞入京主持新政大计，态度最积极的便是袁世凯。这些年湖北的洋务局厂已成了张之洞生命中的重要组成部分，他已和它们血肉相连、息息相关。他本是个性情中人，情绪化很浓烈，谁要是在他面前敢于诋毁他办的这些洋务局厂，他很有可能立刻将他视为敌人，反之，本来心有嫌恶，却可以瞬间化为朋友。

“慰庭，不是老夫自夸，办洋务，老夫虽不是首创之人，却是一个有大格局、远眼光的人。你看汉阳铁厂，是全亚洲最大的钢铁厂，这话不是老夫说的，这话是洋人说的。布、纱、麻、丝四局，直接为民造福。过去曾左沈等人办洋务，眼睛都盯在军事上。军事当然重要，但老百姓的日常生活更为重要，洋务局厂要办到让老百姓都感到得利获益，这洋务才算真正办成功了。”

这话说得好。袁世凯点了点头，但他此刻不是来领教办洋务局厂的，他是冲着盛宣怀手中的轮、电二局来的。盛宣怀提出要收轮、电二局就非得把铁厂同收不可的条件。他看铁厂，拜会张之洞，就是来摸这个底的。

“汉阳铁厂，真个是气概非凡。晚生在那里足足看了一天。见那里钢花飞溅，产品山积，通往长江码头的路上，搬运钢材者车水马龙。在直隶时听人说，汉阳铁厂是名声在外，其实生产萧条，亏空严重，实地一看，才知道那是造谣……”

“说这话，不止是造谣，简直是造孽！”张之洞迫不及待地打断袁世凯的话。“正在兴建中的芦汉铁路上铺的钢轨，全是用的汉阳铁厂的产品，仅这一项，每年便为国家节省数百万两银子。现在，汉阳铁厂的钢材已远销南洋，甚至进入了欧洲市场，前景好得很。骂铁厂的人，不仅有眼无珠，而且无心肝！”

儒雅的江督这两句骂人的话，虽然粗陋，但他急切展示自己业绩的表白中，却透露了一个重要的消息，那就是汉阳铁厂不是鸡肋，而是肥肉。

“香帅，不怕您恼火，有人说，汉阳铁厂是靠盛杏荪的轮、电两局护持的，没有轮、电两局，铁厂早垮了。”袁世凯又适时抛出一颗探深浅的石子。

“胡说八道！”张之洞的火气一下子就被撩起来了，他突然怀疑这话很可能是盛宣怀说的，是盛宣怀在打击他而抬高自己！“没有盛杏荪的轮、电二局，老夫就不能办好铁厂了？岂有此理！慰庭，我跟你说句实话，铁厂如今是比以前兴旺了，兴旺的原因不是盛杏荪从轮、电二局拿出了二百万两银子，而是因为芦汉铁路的动工。老夫已做好准备向香港银行借二百万洋款，有了这笔洋款，铁厂一样地可达到今日的兴旺。盛杏荪找了老夫，自愿拿出二百万两银子，与老夫合作办铁厂。盛杏荪是捡了大便宜。芦汉铁路建好后，还要建粤汉铁路，粤汉铁路建好后，老夫早就想到的川汉铁路也可动工了。汉阳铁厂，光生产国内的铁轨，就至少可以高枕无忧二十年……”

张之洞被一股好胜之心所激动，滔滔不绝地说了一大篇。说到这里，他突然意识到，自己方才的话已出了轨。一则明明是盛宣怀为自己解了难，反而说成是自己帮了盛宣怀。二是明明答应盛宣怀要在铁厂一事上帮他说话，现在反而将铁厂的前途虚夸得这样美好，更吊起袁世凯的胃口，给盛宣怀帮了倒忙。张之洞为自己的失言而不安，现在唯一的补救是不再讲话了。他闭起两眼，斜靠在藤椅上，一会儿工夫，便轻轻地打起鼾来。袁世凯见此情景颇为奇怪，刚才还神采飞扬，怎么转眼间便老颓如此？

侍立一旁的何巡捕也从未见过这种现象。他急中生智，对袁世凯说：“香帅近来身体一向不太好，昨夜为修改一份折子，又忙到三更天，想必是累了。卑职陪袁大人在西花园里走一走，过会儿他醒来后再接着谈。”

袁世凯会见张之洞的目的已经达到了，又亲眼见到这位外间传闻得不可一世的张香帅，其实已经是一个衰朽老翁，不可能成为自己前进路上的障碍、竞技场上的对手。袁世凯已没有必要再跟他谈什么了，便站起来，轻轻地对何巡捕说：“香帅困了，不要惊动他，让他好好睡一觉。我明天还要赶到上海，就先告辞了。”

说罢，蹑手蹑脚地走出西花厅。

张之洞干脆装到底，也并不叫住他。晚上，何巡捕持了一封张之洞道歉的亲笔函前来看望袁世凯。袁世凯看后淡淡一笑，置之一旁。

第二天，袁世凯来到上海，满脸哀戚地在盛康的遗像前三鞠躬后，便胸有成竹地和盛宣怀谈起轮、电二局的管理来。

袁世凯做出极大的诚意和真心关怀的姿态对盛宣怀说，许多人都在打轮、电二局的主意，若让他们得手，今后便难收回。若让北洋衙门来管理，一则此二局既为北洋所发端，现交北洋管，名正言顺，二则你为北洋旧人，眼下只是因守制暂不过问而已，三年后复出仍可继续督办北洋的洋务局厂。盛宣怀对此早有预料，便大谈轮、电二局每年需要拨巨款维持汉阳铁厂的经营，若北洋收回轮、电二局，则请连汉阳铁厂一道拿去。不料袁世凯已知底细，未作丝毫犹豫便一口答应。这下反而弄得盛宣怀非常被动。

盛宣怀本是个机智过人的人，稍稍一愣便有了主意。他说，不管轮、电二局也好，汉阳铁厂也好，实行的都是董事会制，这样重大的事情，必须召开董事会，由董事会作决定。盛宣怀推出董事会来，一为拖延，二来借此作转圜。

袁世凯在心里冷笑一声，嘴里淡淡地说了一句：朱宝奎现正在直隶做洋务局总办，要不要他回来和你商谈董事会的开会日期。盛宣怀听了这句话全身都凉了。他知道袁世凯已掌握了他的内幕，再不交出，结局会更惨，遂咬紧牙关，忍痛将轮、电二局暂时让给直隶，今后再寻机报仇。

盛宣怀写信给张之洞，请张之洞务必为他保住铁厂。张之洞当然不愿意袁世凯染指他的地盘，便函告袁世凯，铁厂是湖广的洋务，与北洋无关。袁世凯本不要铁厂，回函说铁厂只能由香帅经营，北洋无权也无能管理。盛宣怀终于保住了这块肥肉。

袁世凯与盛宣怀的交手，以袁的全胜而告终。但这只是第一个回合。到了六年后袁世凯罢官回籍，盛宣怀借机卷土重来，将轮、电二局夺了回去，他又胜利了。这些当然都是后话。

五　秦淮河畔，两江总督与卖菜翁畅谈六朝烟水气

转眼三个月期限已到，并未见有回湖督本任的谕旨下达。眼见从武昌带来的银钱所剩无几，在江宁主管家政的环儿心里着急。朝廷给官员的薪俸极低，一个一品大员的年薪也不够一百八十两，靠正薪是根本不能过日子的，真正度日的银子是养廉费。一品官员的年养廉费为一万两。有了这笔钱，日常的开销足可以打发，但也不能过得奢

华。其实，几乎所有的大小官员都用度奢华，他们的银子从哪里来？显然不是靠朝廷所发的正常薪俸，而是另有渠道。除贪污受贿外，其渠道主要来自各种可由地方自行控制的收费，如火耗、折色等，各级官府从这里抽出一部分来分肥。管军队的衙门则可以从军饷中打主意，如截旷、扣建等。官场都这样，便见怪不怪，只要不贪污受贿，就是清官了。

湖广总督的经费也有这条来路，但张之洞用这笔钱来广招幕僚。湖督衙门的幕僚最盛时曾高达八十余人，供应这个庞大的幕府需要一笔很大的经费，张之洞有时不得不从自己的养廉费中支出。除此之外，他还要常年接济两个哥哥留下的遗孤。因此，张府的银钱一向并不宽裕。养廉费通常都要到次年的正月才发放，年关一天天的近了，无论江宁寓所还是武昌家中都存银不多。这天夜里，环儿对丈夫说：“还有十几天就要过年了，银钱不够怎么办？”

张之洞问：“还有多少银子？”

环儿答：“所有散碎加在一起，还不到一百两。”

张之洞紧锁着两道眉毛，想了很久，想不出一个办法来。

环儿冷笑道：“你为办洋务，可以设法筹集几百万两银子，为家里筹集几百两银子，你都想不出个办法来。你这个一家之主怎么当的！”

与佩玉不同，环儿仗着年轻漂亮，时常在张之洞面前说点不客气的话，张之洞喜欢这个小妾，也并不生气。

“你有什么好办法吗？”

“这还不简单。”环儿不屑地说，“你是堂堂的江督，不问江宁衙门要钱，已经是很清廉了，难道不可以向江宁藩司借点钱？”

“向江宁藩司借钱？”张之洞睁大了眼睛，“这个口怎么开？”

“借钱怎么不好开口，有借有还嘛，过年后开了养廉费再还给他们不就行了？”环儿说话一向伶牙俐齿。“你做总督的不好开口，我叫大根去借好了。”

“不能这样！”张之洞断然否定这个办法。“你不知道，两江有多少人想打我张某人的主意，只是找不到借口罢了。你若向江宁藩司借钱，他们立马就会知道张某人缺钱用，主动送钱上门的人就会踏破门槛，到那时你怎么办？传出去也不好听。”

环儿反问：“那你说怎么办呢？年总得过呀！”

张之洞说：“你别着急，让我来想办法。”

张之洞躺在床上想了很久，终于有了一个主意。

第二天清早，他问环儿：“你说说，过个年需要多少银子？”

环儿想了想，说：“紧打紧算，至少要八百两。”

张之洞说：“到典当铺去当八百两如何？”

环儿笑道：“我们到江宁来是做客，本来就没带多少东西。你看看，家里摆的用的就这些，能当得八百两银子吗？”

张之洞说：“这你不管，你给我找出四只空木箱来。”

从武昌带来的木箱子有六口，现在大部分都是空的。环儿稍作调整后，便腾出了四口空空的大木箱来。她望着丈夫道：“你拿这四口空箱子去当？”

张之洞说：“你把大根叫来。”

大根很快进来了。

张之洞对大根说：“你到外面去捡些碎砖断石来，每个箱子里放半箱的砖石。”

大根大惑不解：“四叔，您这是做什么？”

张之洞附着大根的耳朵，轻轻地说了一番，大根笑得咧开了嘴。

“你可不能对任何人说起哟！”张之洞叮咛着。

大根笑着点头：“您放心，我不会说的！”

这天放晚，大根亲自赶了一头大骡车，车上放的正是这四口装了砖石的木箱子，只是每个箱子上多了一道盖有两江总督衙门关防紫花大印的封条，来到白下街一家名叫兴发的当铺前。账房先生忙迎上来。

大根一副神气十足的派头，从车上跳下，对账房说：“你是老板吗？”

“鄙人是账房。要当东西，找我就行了，不需要找老板。”

大根白了一眼账房，大大咧咧地说：“你知道大爷我是谁吗？我是两江总督衙门上房管家，总督夫人急着要点银子用，一时手头短缺，拿出四口箱子来抵押，向你们典当点。你们老板不亲自接待行吗？”

账房听说是两江总督衙门来的，早就神情紧张，起身忙说：“大爷稍等，我马上去叫老板。”

一会儿，一个肥肥胖胖的中年人急忙走出来，对着大根点头哈腰，满脸堆笑：“小人是兴发铺的老板，怠慢了，怠慢了，请大爷进屋喝茶抽烟。”

大根挺起胸膛命令道：“叫两个人来，将这几口箱子抬进屋，要仔细点，碰坏了，你们赔不起的！”

“是，是！”

老板陪着大根进了屋，立时便有人上茶敬烟壶。

大根跷起二郎腿，将烟壶搁在茶几上，先喝起茶来。

兴发典当铺开了二十来年，还从来没有正经官员在这里当过东西，现在居然招来了个两江总督，这个主顾可了不得！今后什么时候说起来，都是兴发铺的光荣。把这个事儿传扬传扬，铺里的生意岂不大大地兴旺发达？

老板想到这里，心里十分高兴，客气地说：“请问大爷，这箱子里装的是什么？”

大根瞪了一眼：“夫人装的，我怎么敢问！咱们家老爷素爱古董，八成可能是前人的宝贝儿。”

许多做大官的都有好古董的脾气，瞧这箱子重的，不是青铜，便是细瓷。但老板生性精细，怕上当，又试探着说：“大爷，凡来铺子里当的，我们都得看看，也好估个价呀！”

大根没好气地说："要你们估什么价，这些东西又不卖，只是做个抵押而已。你看看这封条，总督关防严严实实地盖着，你能启封吗？"

老板细细地看了看封条，果然清清晰晰地盖着三寸多长一寸多宽的紫花大印，老板见过盖着这种印信的文告，相信了。

"那么，请问大爷，这四口箱子要当多少银子？"

"不多，八百两就够了。"

老板心里大大地松了一口气：原以为四口装着古董的大木箱，要当几千上万两银子，不料只这么一点。老板高声对账房说："取八百两纹银来给这位大爷。"

账房捧了银子过来，大根接过。账房弯着腰说："大爷既是总督衙门的，想必有进出的腰牌，请给小人看看，以便登记造册。"

"你是不相信你大爷，好吧，你拿去看看吧！"

大根从腰带上取下一块小铜片来，账房双手接过，翻来覆去地看了看后，又双手奉还，连连说："这是小铺的规矩，请大爷包涵包涵。"

大根也不去管他，提起银包上了车。

正要吆喝骡子时，他记起了张之洞的叮嘱，忙把老板叫过来，板起脸说："这事你不要对任何人说起，要不了十天半个月，我会将本息一起还给你的。"

"是，是！"

老板忙不迭地答应。

有了这八百两银子，环儿不再为在江宁过年发愁了。

这天午休时，梁鼎芬到西花园散步，看见张之洞在石舫甲板上晒太阳，便走了过来，说："香帅，我昨天去了趟钟山书院，蒯光典告诉我，张幼樵已在上月底过世了，灵柩也在前几天运往他的老家丰润去了。据说身后萧条，除几箱文稿外，别无长物，李家也没有人来。"

“幼樵过世了？”张之洞大为吃惊。“他比我小十一岁，今年才不过五十六岁，怎么就会过世了？”

“听蒯光典讲，这几年幼樵心情抑郁，一天到晚以酒浇愁。前年李少荃过世后，他更觉起复无望，从那以后愈加消沉厌世。忧愁是伤人的祖师，他哪里经得起这多年的折磨。唉，可惜呀，一代才子便这样无声无息地了结了。”

张之洞的心里也不好受，沉默片刻后说：“幼樵病重时，张家也不给我一个信，让我最后见他一面，说几句话也好呀！”

梁鼎芬说：“我也这样对蒯光典说起过。蒯光典讲，上个月中，他和钟山书院几个教习去看他，问他要不要香帅来见见面。幼樵说，他是个大红大紫、飞黄腾达的人，我是待罪之身，不要牵连他。”

张之洞听了这话，心口陡然堵塞似的闷得难受，长长地叹了一口气说：“幼樵到死都在记恨我！”

是的，也不能怪张佩纶记恨。上次，张之洞在江宁城做了近两年的署理江督，对住在同一城的张佩纶不闻不问，只在离开江宁前函邀他与陈宝琛一道游焦山。难怪张、陈均不接受这个邀请，也难怪张佩纶至死不愿与张之洞见面。从张佩纶那边来看，张之洞的确是一个只顾仕途而薄于友情的俗吏。然而，从张之洞这边来看，他也有瞧不起张佩纶的充足理由：纸上谈兵时慷慨激昂头头是道，一到战场便手足失措，贪生怕死；当年骂李鸿章时，何等理直气壮、正义凛然，谁知转眼之间，又做了李府的入赘女婿，这与卖身投靠有什么区别！

就这样，二十年前，辉耀京师台谏的清流双子星座，到了晚年，一人地位显赫，一人声名狼藉，而在感情上，却彼此都嫌隙甚深，虽近在咫尺，却老死不相往来。中国是一个讲究朋友交谊的国度，五千年的中国史册上，记载了数不清的朋友之间形形色色的故事。晚清二张，可谓朋友掌故中的又一趣谈。

然而，今天，在听到张佩纶英年去世身后落寞的时候，一股浓重的伤感与怀念相交织，立时将十年来的疏离给弥缝了。他对梁鼎芬说："明天一早，你陪着我再带上汤生，我们三个人去看看幼樵在江宁的寓所。在生时我没有去看幼樵，他心里恨我；死后，我去凭吊凭吊他的旧居，希望他的在天之灵能稍得慰藉。"

第二天一早，张之洞乘了一顶普通小轿，梁鼎芬、辜鸿铭随轿步行，三人离开总督衙门，向城南方向走去。张佩纶卜居江宁城的寓所原先在紫金山脚下，后又迁到武定门外，离督署有十多里路。一个多小时后，他们来到夫子庙旁的秦淮河畔。今天是个冬日的好天气，阳光温暖，惠风和畅，坐在小轿里的张之洞看着帘外一派生机勃勃的景象，早已耐不住了。他拍了拍轿杠，吩咐停轿，走出轿门后，对轿夫说："你们先走，在武定门洞里等我，我和节庵、汤生慢慢走，随后就来。"

辜鸿铭高兴地说："隔着轿帘说话费劲，我巴不得香帅早点下轿了。"

张之洞四面看了看，对梁、辜说："我们顺着秦淮河往南走吧！"

张之洞一身布帽棉袍，走在闹市中，犹如老塾师，好比邻家翁，没有丝毫特别处，自然也不会引起周围的格外注意。明媚宜人的冬阳，熙熙攘攘的人流，带给署理江督一份好心情。

他指着身边小河，对辜鸿铭说："这就是胭脂花粉秦淮河了。前人说江南佳丽地，这里便是佳丽集中之处。你闻到花粉香气了吗？"

辜鸿铭从书本中得到的秦淮河印象，是两岸秦楼楚馆酒帘高挑，河中流着花瓣残酒，浮着画舫笙歌，但此刻走在秦淮河畔，满目尽是破楼旧屋，河边触目所见的皆是流黑汗的船夫、洗衣服的老妈子，不觉胃口大跌。他颇为失望地说："哪里有花粉香，我倒是闻到汗臭了。"

梁鼎芬笑道："汤生，你有没有看过说部《薛丁山征西》？"

"没看过。"辜鸿铭摇摇头。

张之洞也不明白，说得好好的秦淮河，怎么又扯到薛丁山身上去了？

“野史上的薛丁山是西凉国王薛平贵的儿子。他的太太，白天是丑妇，夜晚是美女。这秦淮河就好比薛丁山的太太，胭脂花粉香是要夜晚才闻得到的。”

这个新奇的比喻引得大家一阵好笑。

见总督高兴，梁鼎芬兴致更高。他大声说：“江宁乃六朝古都，龙盘虎踞之地，历来骚人墨客吟咏甚多，光这条秦淮河就不知写进了多少诗词歌赋中。我建议，我们每人背诵一首前人写江宁的诗，因为太多了，得有限制：一为唐人七绝，二诗中要有秦淮河。”

“好哇！”张之洞欣然赞同。

“我先背！”辜鸿铭脑子里立即浮出一首极有名的诗来，他生怕别人抢先背了。“杜牧诗曰：烟笼寒水月笼沙，夜泊秦淮近酒家。商女不知亡国恨，隔江犹唱后庭花！怎么样，既是唐人的七绝，又有秦淮河。”

张之洞笑道：“让汤生拣了个便宜去了。”

梁鼎芬说：“听我的。刘禹锡诗曰：山围故国周遭在，潮打空城寂寞回。淮水东边旧时月，夜深还过女墙来。”

“没有秦淮河！”梁鼎芬刚一背完，辜鸿铭便叫了起来。

“怎么没有？”梁鼎芬急道，“淮水就是秦淮河。”

“是这样吗？”辜鸿铭问张之洞。

张之洞说：“节庵说的不错。这条河原本叫淮水，秦始皇东巡会稽，路过江宁，命人凿山砌石，引淮水北流。新凿的这条河渠称之为秦淮河。久而久之，整个淮水都被叫做秦淮河了。”

梁鼎芬说：“汤生，你得感谢我，由这首诗让你又增加一段学问。”

辜鸿铭说：“香帅你也背一首。”

“这容易。”张之洞随口背道：“也是刘禹锡的诗：朱雀桥边野草花，乌衣巷口夕阳斜。旧时王谢堂前燕，飞入寻常百姓家。”

辜鸿铭笑道："香帅，不怕你见怪，你背的这首诗再怎么解释也找不出个秦淮河来！"

梁鼎芬说："汤生，你真正的孤陋寡闻。香帅背的这首刘禹锡的诗，句句关切秦淮河。朱雀桥，乃古时秦淮河上最热闹的一座桥，乌衣巷乃东晋时秦淮河边第一富豪之处。后面说的也是秦淮河，你想想，那些燕子认惯了乌衣巷，一时找不到王谢两家，也只在附近人家筑巢安居，还是在秦淮河边嘛！"

辜鸿铭瞪眼看着梁鼎芬，又服气又不服气，但也找不出反驳的话来。张之洞见他这副神态，禁不住哈哈大笑起来，拍着辜鸿铭的肩膀说："汤生，你知不知道，我们三个人刚才的言谈，不知不觉地走进了一种气氛中。古人对这种气氛有个很富有诗意的说法，叫做六朝烟水气。"

"六朝烟水气？"辜鸿铭瞪圆两只灰蓝色大眼睛，两只肩膀朝上耸了耸。"这五个字美极了。可惜，我不明白！"

"节庵，你给他解释解释。"

这种学问本是两湖书院山长的看家本领，遂侃侃而谈："江宁乃吴、东晋、宋、齐、梁、陈六个朝代的都城，当然，明代朱元璋父子祖孙也在此地做过几十年的皇帝，但那是以后的事，唐宋时的文人通常都把江宁称为六朝古都。江宁富庶繁华，文风兴盛，诗酒歌舞，香艳风流。此外，江宁城得江山之形胜，雄伟壮阔，以一城而纳江河湖泊山峦田舍，海内罕有其匹。历代名胜古迹甚多，可谓每处山水每座楼台，都有一段引人入胜的故事。更因六朝从首到尾不过二百多年，这二百多年之间更替六个朝代，数十位帝王。这种变化不定的政局，最易引起文人墨客的世事沧桑、吊古伤时之感。韦庄的一首《台城》最是道尽了此种消息。依我看，这香艳、幽思、伤怀等种种情调，如烟如云如雾如水般地笼罩在江宁城，这种气氛便是六朝烟水气。"

辜鸿铭听得心旌摇动，如醉如痴，喜道："节庵，要说你的中国学问，许多人都称赞，但我一向不大佩服。今天，你说的这段六朝烟水气，我倒真是服了。”

梁鼎芬笑道：“你这个狂妄的辜汤生，我梁某人的学问，你佩服不佩服，我也不在乎。你不要以为今天服了我的这番话，我就脸上有光了！”

辜鸿铭也并不以梁鼎芬的讥讽而在意，倒是真为自己今天增加了学问而高兴。

张之洞说：“汤生，江宁的这种六朝烟水气在文人身上随处可见。自然不在话下，就连挑水卖菜这些做粗事的愚民身上都有着。”

“挑水卖菜的人身上都有六朝烟水气，我不相信。”辜鸿铭满脸疑惑地望着张之洞，又望了望梁鼎芬，见他们都哈哈地笑着，便说，“你们在逗我！”

童心未泯的混血儿的天真，激发了张之洞的情趣。他说：“不信？我们试试看！”

辜鸿铭忙说：“我去问。”

他四处张望着，恰好见一个人挑了一担水，从码头边走过来，忙急步走过去，将那人上上下下仔细打量一番。但见那人衣衫破烂，满面菜色，大冷的天气，打着一双赤脚，两只脚冻得红红的。辜鸿铭心想：“此人这副模样，与香艳、幽思、伤怀的六朝烟水气相差岂止十万八千里！”

辜鸿铭正盯得出神时，挑水汉破口骂道：“你这个遭瘟疫的，拦着我的路。你找死呀！”

辜鸿铭不知该用什么话来回答。只见那汉子抬起头来看了他一眼，先是愣了一下，接着又没好气地说：“原来是个洋鬼子，触楣头了。”

那汉子不再叫辜鸿铭让路，挑了满满一担水快步从他身边走过。

辜鸿铭老大不快，冲着赶来的梁鼎芬说：“这哪里是六朝烟水气，这简直是凶神恶煞气！”

梁鼎芬快乐地笑道：“谁叫你长这副模样，他把你当洋人看了，让我去试一试。”

梁鼎芬发现前面有一个卖水果的小伙子正在吆喝着，兜售着他摊子上的橘、柚和江宁特产——青皮红心水萝卜。梁鼎芬走过去，小伙子忙笑脸迎道：“老爷，买橘子柚子吧！”

梁鼎芬说：“橘子等下买，我先问问你，你家住在秦淮河边吗？”

小伙子答：“是的，我今年十八岁了，从生下来起，一天也没离开过秦淮河。”

梁鼎芬满意地点点头：“那你该知道，秦淮河有个桃叶渡了。”

“知道，知道。离我家只有二三里地，那块比这块还热闹。”

“你知道桃叶渡的来历吗？”

“不知道。”小伙子一脸茫然。

“王令风流旧有声，千年古渡袭佳名。这诗你听说过吗？”

“没有听过。”小伙子摇了摇头。

梁鼎芬不灰心，又问：“秦淮河口有个名叫白鹭洲的地方，你知道吗？”

“知道。”小伙子欢快地说，“我还到洲上拾过鸟蛋哩。”

“唐代大诗人李白有首诗写的就是这个白鹭洲：三山半落青天外，二水中分白鹭洲。你知道吗？”

“李白是哪个？”

李白都不知道，两湖书院山长甚是气沮。他不想再问下去了，正要走时，不料小伙子却主动说起诗来：“老爷，我没有发过蒙，不懂诗，不过我昨天倒是听人说过两句诗来。”

小伙子也说诗了！梁鼎芬立刻高兴起来，拍着身旁辜鸿铭的背说：“怎么样，没有发过蒙的卖果子小贩都可以说诗，这还不是六朝烟水气吗？”

辜鸿铭也来了神，兴奋地说：“且听他说的什么诗？”

小伙子说：“昨天两个相公来我这块买橘子。一个说，宁饮建业水，不食武昌鱼。另一个说，对呀，咱们江宁的水比武昌的鱼都好，怪不得张制台赖在我们江宁不回武昌。”

辜鸿铭望了望张之洞，不觉笑了起来。

张之洞拉了拉梁鼎芬的衣角：“走，我才不想赖在他们江宁哩，我天天都想回武昌去。”

三人走了十多步远，还听见小伙子在高声喊：“你还没买我的橘子哩！”

正走着，迎面一个六十来岁的老头子挑了一担白菜、胡萝卜，慢悠悠地向他们走来。

张之洞指着这人对辜鸿铭说：“别地方的卖菜翁挑担子都是急急忙忙的，你看他悠悠闲闲，踱着方步。这人身上必可寻到六朝烟水气，让我来跟他聊一聊。”

“老人家，你这菜好鲜嫩呀！”张之洞笑着与卖菜翁打着招呼。

卖东西的人，你说他东西好，就好比在女人面前恭维她长得漂亮似的，立时可博得她的好感。果然，老头子放下担子，高兴地说：“你这人好眼力，我这菜都是今早上才出菜园子的，白菜碧青，胡萝卜生脆。我这菜挑到集上，不到半个时辰就会被人抢光。”

是个好说大话的爽快人！张之洞心想，又说：“老人家，你住的这秦淮河可真是好地方呵！”

“可不是吗！”卖菜翁心情甚好。“这是块真正的风水宝地，要不，前代那些人怎会拼死拼活地来争斗。我们江宁城，可是出了好多个天子的地面呀！”

张之洞得意地望了望辜鸿铭，眼神里似乎在说，你看，一开口便是六朝风味了！

又转过脸来望着卖菜翁：“听说，秦淮河边有座媚香楼，前明留下来的大院落，怎么找不到了呢？”

这一下，卖菜翁的兴头更大了。他索性放下担子，从肩上取下长长的扁担，将它竖立在脚边，一手扶着，犹如武士仗着长矛似的。

“客官，看来你也是个寻艳买欢的人。实不相瞒，老汉我年轻时最爱的就是这档子事。”

辜鸿铭笑着望了望张之洞，心里说，好个张香帅，你这下成了卖菜翁眼中的嫖客了。

张之洞心中虽不快，却也不好坏了这老头子的兴头，只得不做声，继续听他说。

“要说那媚香楼，可真正是个好去处，那里美女成群，香气扑鼻，日日笙歌，夜夜灯火。老汉我年轻时家里有钱，不爱读书，就爱这脂粉女人。读了十年的‘四书’‘五经’，连个秀才也没考上，却把家里的银子都送给那些婊子了。直到咸丰二年，媚香楼前还是车水马龙的。第二年闹长毛，先是一把火把媚香楼烧了，接着便是十多年的禁止妓院青楼，江宁的温柔乡元气大伤。这不，长毛平定三十多年了，元气还未恢复过来，媚香楼喊了二十多年，也还没恢复。唉，老汉真为时下这些有钱的哥儿们叫屈呀。客官你看，他们腰里缠着的银子，想找个好花销的地方都没有呀！”

看来，这个卖菜翁要没完没了地说下去了，张之洞哪有心思听他对昔日寻花问柳岁月的追怀，忙抱个拳，拉着梁、辜告辞了。

走了几步，张之洞笑着对辜鸿铭说：“怎么样，节庵说的香艳、幽思、伤怀，一样不少，十足的六朝烟水气。前人说的不假吧？”

辜鸿铭说：“六朝烟水气不假，可卖菜翁是个假的。”

梁鼎芬说：“明明挑的一担子菜，怎么是个假的？”

辜鸿铭说：“你没听他说读了十年的书吗！他是个落魄的读书人，中年以后才做灌园叟，还不假吗？”

张之洞笑着说：“不要争了，管他是假是真，你若不在江宁城，到任何一个地方都不会遇到如此卖菜人的。咱们不能多停留了，轿夫怕是在武定门洞等急了。”

到了武定门，坐上轿，出城门两三里，便看到张佩纶生前最后住过的几间房屋了。这是一个极普通的民居：一圈稀疏竹篱里围着四五间大小青瓦屋，前院有几畦菜土，后院有几个小鸡舍。房子都锁着，还没有搬进新的主人。张之洞等人透过窗户，可以看到里面还摆着一些陈旧的家具和厨房里的闲锅冷灶。这里没有一丝人气，也不见一只鸡鸭，菜土上残留的几株剩葱断韭也已枯黄憔悴，一切都是人去楼空、生机消失的冷寂荒芜之态，刚才在秦淮河畔访谈六朝烟水气的心绪已荡然无存。想起张佩纶少年得志时的倜傥潇洒，想起他那些刚劲尖利掷地作金石声的奏章，想起二十多年前京师清流聚会的热闹场合，想起自己和张佩纶当年意气相投的忘年之交，张之洞心中百感交集，一股强烈的怜悯之心占据整个胸腔，他对自己两度署理江督而未访故人深感愧疚：即便张佩纶有千差万错，毕竟当年曾是挚友呀，可以责他骂他，但不可不见他；弢庵的指责或许是对的，心灵深处还是怕他牵累了自己呀！

他叫轿夫在附近买来几沓纸钱，一束线香，就在前院焚纸燃香，望空作揖，算是为故友送行。

坐在回衙门的轿子里，张之洞为此行吟了两首七绝：

北望乡关海气昏，大招何日入修门。
殡宫春尽棠梨谢，华屋山丘总泪痕。

廿年奇气伏菰芦，虎豹当关气势粗。
知有卫公精爽在，可能示梦儆令狐。

过两天，一道谕旨下到江宁：调云贵总督魏光焘任两江总督，着张之洞进京陛见，主持己卯经济特科。

张之洞对大根说："我们还是回武昌过年吧，今夜你去把那几口箱子赎回来。"

夜里，大根带上赎金，依旧神气十足地从兴发典当铺里取回箱子。来到一个偏僻之处拆开封条，将那些断砖碎石全部倒掉，然后把四口空木箱还给环儿。

过了元宵节后，张之洞急匆匆地踏着冰雪启程北上。离开京师整整二十一年了，他是多么渴望再见一见太后，会一会老友，重温昔日那种纵论时局、激浊扬清的清流岁月啊！可惜，时过境迁，一切都变了！

第六章 / 后院起火

一 一心要破译蝌蚪文的张之洞，给京师学界留下一个千年笑柄

张之洞进京后，住在靠近儿子家旁边的宝庆胡同。第三天，太后便安排召见。养心殿东暖阁，分别二十一年后君臣再次见面，张之洞见太后虽着力打扮，却依然掩盖不了脸上的皱纹、头上的白发。慈禧眼中的张之洞则更是瘦削矮小，须发尽白，俨然一个衰翁。彼此都有沧桑之感。当张之洞一声“太后受苦了”的话刚说出口，慈禧便忍不住失声哭起来。

庚子年的动乱，似乎使一生刚强的慈禧变得脆弱多了。回銮一年多来，每当一人独处，她就会无端想起仓皇出逃宫门时的惊恐，想起西行途中的颠沛流离，想起洋人欺负百姓指责时的耻辱。噩梦似的流亡日子，虽已过去多时，但余悸至今尚在心头存留，挥之不去，闲时

又来。

她变得胆小了，害怕孤独，害怕黑夜，甚至害怕爆竹声。她的心肠比先前也要软多了。她不但给袁昶、许景澄等人恢复了名誉，也对皇帝和气得多了。她甚至命令崔玉贵将珍妃的尸体从井里打捞出来，予以隆重安葬，追封她为皇贵妃；还让身边的小太监半夜代她给珍妃的亡灵烧纸钱，求冤死的珍妃宽谅她。

外省督抚来京陛见，只要说起庚子逃难，她就忍不住要流泪。对于那些圣眷较浓的大臣，她甚至会失态大哭，絮絮叨叨地对他们说个不休。

太后变了，变得愈来愈像个普通的民间老奶奶，与过去那个冷酷、威严、无任何忌惮的老佛爷相比，有了很大的不同。这个不同，不但她身边的太监、宫女感觉明显，那些时常与她接触的王公大臣也看出来了。当慈禧不厌其烦地与张之洞谈光绪七年前的琐事，而对洋务新政所说并不多的时候，张之洞也在心里发出一声轻微的感叹：太后老了！

见过太后的第二天，便有好事人作了一首诗来记叙他们的这次见面。诗曰：

京阙重逢圣恩稠，少年探花已白头。
说到仓皇辞庙日，君臣掩面泪长流。

张之洞听说后，胸中泛出一股淡淡的哀伤来。他的这种哀伤，在以后的日子里越来越浓。他去看望姐姐和姐夫，鹿传霖夫妇也老了。他去看望二十余年前的清流朋友们，他们大多官运蹇滞、境况窘迫。在吊唁王夫人的哥哥王懿荣时，心情更是苍凉。庚子年洋兵打进北京时，国子监祭酒王懿荣率领一班热血学生执刀守卫城门。城破后，王懿荣悬梁自尽。前一年，王懿荣刚以发现刻于龙骨上的商代甲骨文而轰动学术界。如今，慷慨报国、杀身成仁的王懿荣的道德学问赢得官场士林的高度赞许。国子监特在监内的韩文公祠里，为王懿荣挂了一幅遗像，希望他千秋万代享受监生们供献给他的血食。张之洞在国子监里读到王懿荣的临难绝笔，参拜他的风骨凛凛的遗像，敬仰与悲叹交织，挥笔为国子监师生留下一首悼诗：

戟门阶下绿苔生，凤翥鸾翔老眼明。
人纪未沦文未丧，岿然石鼓两司成。

他又到磨儿胡同看望潘祖荫旧宅，到西山凭吊宝廷的墓。当年京师清流的诗酒文会，臧否朝政，是何等意气风发，如今，人既早已凋零殆尽，旧事也鲜有人再提起，仿佛灰飞烟灭、风流云散似的。面对着潘祖荫屋檐间的青苔、宝廷墓上的宿草，前詹事府洗马神色黯淡，恍然有隔世之感，一首凄婉七绝从心底里流淌出来：

翰苑曾记清谏风，至尊能纳相能容。
枫林留得愁吟在，乐长疏星独听钟。

接下来的经济特科更让它的主考大人心伤气沮。

有清一代人才选拔的途径都是科举考试，即通过从府试到乡试到会试到殿试的层层考试，每三年录取百余名进士，分发朝廷各部门及各州县。除开这种考试外，还有一种由朝廷直接主持的考试，名为制科。制科也是一种历代相传的选拔人才的方式。

清代的制科有康熙十八年、乾隆元年举行的以诗文为主的博学鸿词科，另有间或举行的以孝行为主的孝廉方正科，以经学为主的经学科。鉴于时局阽危急需实学人才，朝廷接受贵州学政严修的建议，举行以经济为主的经济特科，命各部院堂官各省督抚推荐，各部省共荐举三百七十余人，定于光绪二十九年闰五月举行，委派张之洞为主考，另委裕德、戴鸿慈等人为阅卷大臣。张之洞极为看重这次选拔真才实学的制科考试，严格督促所有阅卷官员，尽心尽力为国抡才。第一场考试后放榜，录取一等四十八名，二等七十九名。不料张榜后没有几天就有人举告，说一等第一名梁士诒，是梁启超的兄弟，其姓名的第三字“诒”与康有为的表字祖诒同字，经济特科第一名取梁士诒系别有用心。梁士诒是广东三水人，梁启超是广东新会人，连同族都不是，更不是兄弟。至于说“诒”字相同，便有联系，尤为荒唐不经。这本是一个一文不值的举报，却让对康梁又恨又怕的慈禧见了恼怒不已，即行否决这一榜，命令再次考试重新录取。张之洞捧着这道慈谕，真是哭笑不得。他不明白，太后怎么会懵懂胆怯到这等地步？他没有别的法子，只得遵命再考再录，但“为国抡才”的初衷经此折腾，已消失殆尽了。

因为有这场无端风波夹杂其间，使得这次经济特科完全流于形式，再次考试录取的八十多名人才，十之八九没有安置，依旧回到原地做原事，极少数得到安置的也没有受到重视。一场准备了五六年、为天下士人所瞩目的制科，便这样儿戏般地散场了。人才没有得到，得到的是一片耻笑声。一生以主考学政甄拔人才为荣的张之洞，首次主持全国大考，便落得这个结果：身负谤名，替人受过。张之洞的心情郁闷极了。他巴不得早点离开京师，回到洋务事业正在如火如荼开展的武汉三镇去。谁知一道上谕颁布，命他继续留下，和管理学务大臣张百熙一道拟订京师大学堂的办学章程。

张之洞只得硬着头皮领旨。

这是一件软差事，时间可长可短，事情可多可少，标准可高可低。这位湘人张百熙是个病号，又因戊戌年间荐举康有为而受过革职处分，年纪虽不大，却早已滋生迟暮之气。他视这个差事为闲职，并不当一回事。急性子张之洞找过他几次，他都以拖拉延宕来对付，弄得张之洞毫无办法，只得强压住性子在京师闲住下来。

天气不好心绪不佳的时候，他便在宝庆胡同寓所读书，温习过去的诗文。天气好心绪佳的时候，他带着大根，雇一辆骡车，一一寻访先前常去的地方，比如达智桥内的松筠庵，宣武门外的法源寺，城南的龙树寺、崇效寺、江亭，西山的碧云寺等等。这些地方，曾是京师清流喜爱的聚会游览之所。二十多年后的再度寻访，给张之洞的印象都不是当年那种令人喜悦的气氛。房屋老旧，庭院破缺，花木残损，尤其是那些遭到洋兵破坏的地方，则更是墙颓壁污，至今仍未恢复元气。这些先前的名胜，“前度刘郎今又来”的时候，大半都是乘兴出门扫兴归家。这时，恰好有一个旧时友人正在北京候职。此人也是没有事做的空闲之身，于是便常来宝庆胡同与张之洞谈诗说文，共消寂寞。他便是近代诗坛名流樊增祥，其父便是那位曾遭湖南师爷左宗棠侮辱的总兵樊燮。

樊燮被参削职回籍后恨死了左宗棠，立志要让两个儿子读书求功名，在科举上压倒举人出身的左师爷。为此，他专门筑一室，让两个儿子在里面读书，儿子均着女装。又不惜花重金聘名师教授，对老师更是优礼有加。樊燮对二子说：“考中秀才，除女外衣；考中举人，则功名与左宗棠相等，则去女内衣；考中进士，则超过了左宗棠，方为祖宗孝子。”又书左宗棠当年骂他的“王八蛋”三字，放在祖宗牌位下，以示激励。后来其长子中举人，次子中进士。中进士后回家那一天，次子在父亲坟头上放鞭炮，烧“王八蛋”三字，祭告乃父：儿子已在功名上超过左宗棠，为祖宗出了气。这个次子，便是樊增祥，字樊山，人称樊山先生。

樊燮父子卧薪尝胆般地报左宗棠之仇，在湖北广为流传。张之洞来到武昌做湖督时，樊增祥已放陕西宜川县令，恰逢母亲去世，便回籍守制。张之洞招他来武昌会面。相见之后，张之洞发现这个身材瘦小脸面扁平的丑县令不仅学问好，且诗也做得极为出色。樊樊山既佩服张之洞的学问，更希望依附张之洞的高位，便向张之洞递了一个门生帖子。张之洞很高兴地收下了。守制期间照例不能做官，也便没有了薪水，对于家境不够宽裕的人来说，生计则受影响。樊樊山家银钱也不宽裕，于是张之洞介绍他主讲潜江书院。樊樊山感激制台的照顾。服阕后，樊重新回到陕西做官。后来鹿传霖做陕抚，因为有与张之洞的关系，与鹿也相处得好，又通过鹿巴结上西安将军荣禄。樊樊山办事精明，又仗着鹿、荣的关系，不久便升道员。公事之余，他把全副精力用于诗词中。庚子变故后，他根据赛金花与瓦德西之间的关系，写了两篇长长的古风。赛金花本名傅彩云，于是这两篇古风遂命名前后《彩云曲》，其中比如“姑苏男子多美人，姑苏女子尽琼英。水上桃花如性格，湖中秋藕比聪明”，“身是轻云再出山，琼枝又落平安里。绮罗丛里脱青衣，翡翠巢边梦朱邸”，又如“朝云暮雨秋变春，坐见珠槃和议成。一闻红海班师诏，可有青楼惜别情”，绮事艳词，传诵大江南北，世人比之为吴梅村的《圆圆曲》，更有人视同白香山的《长恨歌》。一时间，樊樊山诗名大炽，寝寝然直逼诗坛盟主之位。

这时，他正在京师办一桩公务，恰逢陕西按察使出缺。他眼睛瞄准这个位置，有意借此机会活动活动。便以公务短时难以办好为辞，在京师住下来。一面往来荣禄、鹿传霖之间，一面又时常到宝庆胡同来，一则尽门生之情，一则也想借这位太后跟前的红人之口为他说说话。

闲居无事的张之洞有这样一个风雅门生陪伴，无聊的岁月里增添了一些乐趣。樊樊山陪张之洞去得较多的地方是厂甸。厂甸在宣武门外，从元代起，这里便是烧琉璃瓦的厂窑，故又称琉璃厂。乾隆年间开四库馆，全国书籍、四方文人聚会京师，琉璃厂一带书肆繁荣，又由书肆带动了古玩业的兴盛。到了咸丰年间，此地已是一个十分热闹的场所了。

琉璃厂以经营书籍、字画、文房四宝、珍宝古董、陈年旧货为主，吸引四面八方的文人学士、附庸风雅之徒。外地进京赶考的士子、办事的官员，有事没事都喜欢到琉璃厂走走逛逛，在这里感受一下都门文化的气息。

樊樊山陪着张之洞游琉璃厂。两人原本都其貌不扬，一人尖嘴猴腮，一人面如削瓜，这下脱去官服朝靴，换上布衣葛巾，就更不起眼了：年长的如同书院的穷教习，年轻一点的好比文庙中的香火工。这种时候，他们无官宦之气焰，有书生之好奇心，又加之久别京师，书肆老板没有一个认得他们，更显得优哉游哉，逍遥轻松。

这一天，他们来到琉璃厂东街海王邨。海王邨的店铺多摆的是古董古玩，老板也大多为古物鉴赏家。他们低价从各处收购古物，再高价卖出。老板的鉴别力愈高，获利则愈丰。常常也有些落魄王孙、遭难官员、不务正业的公子，为纾一时之急，将家中祖传的珍宝典当，也有江洋大盗、梁上君子打劫偷摸富贵人家的财产，或不识深浅，或急于脱手，也拿到此处来找店主兜售。遇到这种情况，往往是获暴利的绝好机会。

张之洞、樊樊山慢慢地闲逛着。这海王邨果真气度不凡！

但见家家店铺摆满各式各样的古旧之物。有先秦的青铜鼎爵簋匜，黄褐色的锈斑布在青绿的器皿上，透露出远古贵族聚会时凝重肃穆的气象。有春秋战国时的剑戟弩矛，黑黝黝的残缺不全，留下那个无义战时代残酷杀戮的痕迹，可以想象到古战场上的你死我活、白骨累累。大大小小五颜六色的唐三彩，或是高大骆驼上骑着凹目浓须的胡商，或是扬蹄欲奔的铁马上一边悬挂着皮囊剑鞘，一边横躺着琵琶羌笛，尽情展示大唐盛世时汉胡一家四境安夷的强大国力。或是琳琅满目的宋明瓷器，要么古拙天成，要么鬼斧神工，有的彩釉鲜亮，有的青花素朴，有的白净如玉，有的胎薄如纸，从中可以看到举世无双的窑瓷品已遍及寻常百姓家。

那上面的标价，有的高达数千上万两，也有的低到几文十几文。当然，所有的物品都可以讨价还价，正所谓漫天要价，就地还钱，当面敲定，出门不认。出价和成交之间的差额有数倍数十倍之别，令人难以置信。这讨价还价中便有极大的学问。除开商业学问外，更重要的是考古鉴赏方面的高下。那些具备识真辨假，有着火眼金睛般本事的客人，也能在一大堆赝品中将真正的古董认出来，然后跟那半桶水的老板打马虎眼，用买赝品的价把真品买下来，回去后博得行家的称赞、同好的羡慕，心里美滋滋、乐融融的，很长一段时间里都会有一种好心情。这便是玩厂甸逛海王邨的乐趣。

张之洞、樊樊山也便抱着这种心态一路欣赏着、搜寻着，来到一家名曰厚古阁的古物店面前。张之洞立即被这家店铺收购的古玩种类多、品级高而吸引。正在跷起二郎腿捧着一把铜水烟壶吸烟的老板，见有客人来，忙起身打招呼，又吩咐店小二泡茶，端凳子。老板陪着张之洞、樊樊山看了前店的货物后，又将他们从侧门带进里面的后院。这后院同样摆满了货物。张之洞看着看着，突然，摆在廊柱边的一口大陶缸引得他眼睛猛地一亮。只见这只陶缸约有三尺高，呈方形，周边也有三尺来宽，颜色深黑褐色，模样古朴浑拙。尤其令张之洞大感兴趣的，是那陶缸四壁上若隐若现、似字非字的图纹。

张之洞弯下腰来，细细地观看赏玩，又用手轻轻地在缸壁上摩挲着。骤然间，他心里一亮：这上面的图纹不就是古书上说的蝌蚪文吗？

心里有了这个想法，再凑近看时，似乎觉得缸壁上那一个个图纹都化成了一只只蝌蚪：头大尾小，摇摇摆摆，正在眼前浮动着嬉戏着。蝌蚪文究竟有还是没有，两千多年来学者们争论不休，莫衷一是。之所以如此，就是因为没有找到一个确凿的证据来，想不到今天居然无意之间被自己发现了！张之洞心中的快乐非同小可。他将欢喜压在心里，小声地对同样也在认真观看的樊樊山说：“你看图纹像什么，像不像蝌蚪文？”

樊樊山也是只知道有这种古文字，却从来没见过，经张之洞这一提醒，果然觉得这些图纹也真的和蝌蚪差不多：“哎呀，这怕真的就是失传了的蝌蚪文！”

张之洞听樊樊山这么说，信心又坚定了几分，笑着问：“你也是这么看的？”

樊樊山诗词写得好，对古董却没有研究，若不是张之洞的提醒，他是不会将这些图纹往蝌蚪身上去想的。他一则知道张之洞素来耽古好旧，对文物有研究，二来也要讨好这位权势显赫的老师，于是点头答："您的眼力是很好的，我看八成是蝌蚪文。"

厚古阁老板将这一切都看在眼里，听在耳中，这时插话了："二位老爷真正目光超人，庄王府算是遇到知音了！"

樊樊山听了这话惊道："你这话从何说起，莫非这口缸是庄王府里的东西？"

老板说："你这位老爷说的正是。这陶缸正是庄王府之物。半个月前，王府长史带人将这口缸抬到小人这里，说是王府急用一批银子，万不得已将祖上的传家宝拿来出卖。两位老爷知道，自从庚子年庄王爷坏事后，庄王府就败落下来了，这两年常听说王府在厂甸典当什物的。说起来也让人寒心，当年煊赫一时的庄王府，如今却要靠卖家当过日子。子孙不贤，只好吃老祖宗了。"

老板说得动起真感情来，眼圈都红了。他擦了擦眼睛，继续说："我瞧着这口陶缸，不像是近时的物品，便问王府长史，您说这口缸是府里的传家宝，它宝在哪里。长史说，这是当年庄慎亲王在西北打仗的时候，当地一位回回首领敬献给他的。这位回回首领家里保存这口缸已有三百多年的历史，老辈一代代传下来，说是大禹治水时留下的水缸，上面的图纹是祈求上天平洪赐福的祷文，但没有人认识。回回首领对庄慎亲王说，中原多博学之人，带到京师去或许会遇到能识祷文的奇人。庄慎亲王带回京师王府，这一传又是一百多年了，一直没有遇到能辨识的人。王府缺银子用，只得把它拿出来变卖。小人问王府长史，要卖多少银子。他说五千，低于此数不卖。小人说，我这海王邨常有奇才异学的人，倘若有能识这祷文的，是否可以降价卖给他。王府长史说，若果真有这种人，庄王府愿半价出售。"

樊樊山说："那就是二千五百两银子了？"

老板点头说："正是。"

樊樊山望着张之洞笑了笑，张之洞仍在专注于四壁上的蝌蚪文，似乎想立时破译几个字出来。听了老板的话，抬起头来说："这口缸的确是个远古之物，只是二千五百两银子，却难以筹措。"

听这口气，张之洞是想买下来了。樊樊山便对老板说："我这老师，一生以舌耕为业，对古物钻研甚深。他想把这口缸买回家，细细揣摩，把这篇祷文给认出来。你降点价如何？"

老板看了看樊樊山，又看了看张之洞，说："小人一家三代经营古董业，小人自己也做了二十多年古董买卖，多少懂得点，有点见识。看得出，两位老爷是博学多识的君子。说句实话，庄王府的这口陶缸，在这里摆了半个月，识它是个远古之物的人倒有几个，但能判定图纹是蝌蚪文的还只有两位老爷。若两位老爷买回去，将这蝌蚪文辨识出来，也是一大功德。小人一家吃了三代古董饭，也乐意为此效点微力。既然两位老爷愿意买，小人愿代出五百两，这口缸就两千两卖给二位了。"

张之洞心里暗暗想着：二千两银子买一口禹王爷时代的陶缸，这事做得。何况这上面的蝌蚪文，多看几眼后，仿佛面熟多了，若带回去，朝夕观看，日夜揣摩，说不定真可以把它破译出来哩。四五年前，王懿荣发现甲骨文的事，在士林中引起轰动，对张之洞而言，更是一种震撼。

翰林出身的前清流柱石，骨子里仍把学问上的事看得最为神圣崇高。他从心灵深处佩服内兄这个了不起的发现。想想看，殷商时代刻在龟板牛骨头上的文字居然给发现出来了，这可以从中挖掘多少宝贵的秘密，以此纠正史书上多少错误，中国的文字史因此而提前多少年？这种贡献，简直可以和发现孔宅墙壁中的古文《尚书》相比美，其功劳决不是开疆拓土、平叛止乱所可比拟，更远远地高过那些经师的著述、文人的诗词。就是自己这十多年来所引以自傲的谅山大捷、洋务局厂，在内兄的这个发现面前，也显得黯淡无光。要说伟大，这才是伟大；要说名垂千古，这才是名垂千古！多么幸运的王懿荣，老天爷将这个旷世奇功慷慨地赠予了他！

张之洞想，如果这陶缸上的图纹真的就是蝌蚪文，如果自己真的将它辨识了出来，那岂不也和王懿荣发现甲骨文一样的伟大，一样的名垂千古吗？是不是老天爷也要让我张某人变成建旷世奇功的幸运人！

张之洞越想越激动，越想越兴奋，真恨不得立刻就将这口陶缸移到宝庆胡同。但是，二千两银子，从哪里去凑齐？将寓所里所有银钱拿出来，还凑不出一千两，即便到姐夫儿子处去借，也不能开口太大，顶多再凑五百两。张之洞在犹豫着。一只手在缸壁上摸来摸去，那模样，像是在抚摩即将远去再也不能见面的小儿女的脸蛋似的，恋恋难舍，依依情深。

张之洞对陶缸的宝爱，毫无掩饰地写在他的脸上和手上。这情景被厚古阁的老板看在眼里，喜在心头。他指着樊樊山说："听您这位老爷的口音像是南方人，不知二位是在京师做官的，还是来京师办事的？"

张之洞说："我们是来京师办事的，带的银子不多。这口陶缸虽然好，却买不起。"

老板说："请问老爷您能拿得出多少银子？"

张之洞思忖一会儿说："大概能凑千把两吧！"

老板爽快地说："看得出两位老爷都是上了年纪的实诚君子，又是真正的识货人。给二位老爷说句掏心窝的话吧，我们开古董店的，也是商家之列。不是小人夸口，我辈虽不能称为儒商，却也不是奸商，我们做的是风雅生意。"

张之洞、樊樊山都笑了起来。樊樊山问："何谓风雅生意？"

老板笑了笑说："世间商人都以赢利为目的，所以奸巧乖滑，常常会弄些坑蒙拐骗的手腕。但我辈做古董生意的不这样。我们一来是为了糊口，因此也要赚钱，但一半是好古。看到好的古物便想收购，生怕它沦落消亡，化为泥土。若是眼看着一件有价值的古物被毁了，心里有罪过之感。所以常常不惜用高价将它买来。买的时候，也不知今后它能不能卖得出去，赚不赚得到钱。一句话，那个时候，做主的不是赚钱的心思，而是厚古惜古的念头，这就是小店以‘厚古’二字作为店名的原因。”

老板说着，将下巴上疏疏朗朗的胡须摸了一下，摆出一点儒雅的气度来。

“这是一面。另一面，若是有真识货的买主来，看着他对所爱之物情深意厚，但又囊中羞涩，拿不出多少钱来的时候，我辈又往往忍痛降价，半卖半送。虽在钱上亏了些，但看到物归其主，心里也就很快乐。故而我辈做的是风雅生意！”

张之洞说：“风雅生意，这四个字好。不止是你们古董业，其实整个厂甸，包括做字画生意、做文房四宝生意，都应做风雅生意！不要以牟利赚钱为唯一的追求！”

“说得好！”老板做出一副豪爽的北方汉子气派来说，“这位老爷，您真是我辈的知音。看在您的这份情义上，只要您再拿出二百两，一千二百两，小人就把这口禹王爷传下来的陶缸交给您了。这就是小人方才说的半卖半送。希望借两位老爷的口传出去，使大家都知道，我厚古阁做生意半卖半送，不是一句空话。”

樊樊山心里想：从五千两降到二千五百两，再降到二千两，现在又一千二百两都愿意出手，俗话说便宜无好货，莫非这中间有诈？他死劲地将眼前的陶缸再盯着看：造型古朴浑拙，从陶色看，也像是年代久远，尤其是那上面的蝌蚪字，是越看越像大大小小的蛙崽子。再看看张之洞那种喜爱不已的神态，到嘴边的话又咽了回去。

张之洞终于拿定主意了：“老板，你把这口缸用棉纸好好包扎起来，今天傍晚送到宝庆胡同。你在胡同口就能看到一棵大枣树，那就是我的寓所，我给你一千二百两银子。”

“好呐！”厚古阁老板高兴至极。“傍晚时分，我一定亲自送来，您在家候着就是了。”

自从有了这口陶缸后，张之洞闲居的日子顿时充实起来。他一天到晚围着这口陶缸转，壁上的蝌蚪文也不知看过多少遍了。经樊樊山的宣传，京师官场士林中有不少人都知道张之洞得了一件无价珍宝，纷纷前来观看，一个个看后都称赞不已。张之洞心里非常得意。

樊樊山对张之洞说："香帅，许多来看的人都想得到一份蝌蚪文的拓片。门生想，不如干脆叫一个技艺高超的拓工来，拓它个数十上百份，分送给那些对文字有研究的朋友。然后我们定一个日子，请这些人到宝庆胡同，香帅您来主持这个会议，让各位发表高见。门生以为，这一则是一桩学林佳话，二则香帅您可以集众人之长，对彻底破译壁上文字会有帮助。"

张之洞说："你这点子很好，这事就交给你去办吧！"

樊樊山领下这个差事，几天工夫就拓下了一百份蝌蚪文拓片。他把这些拓片装裱得精美可观，作为他的礼物分送给京师那些附庸风雅的大老，以及翰林院、詹事府中好古信古的闲翰林冷洗马，又送一些给他的那一批诗坛朋友。靠着这份特殊的礼物，很短的时间里，樊樊山结识了京师一大群风雅高致的文人朋友。这一天，按照张之洞的安排，二十多个对古器物、古文字有兴致有研究的官员文人们，兴高采烈地在宝庆胡同的大枣树宅院欢聚一堂，高谈阔论。看着这一场景，张之洞心里喜悦极了。这喜悦不仅仅因为这口陶缸，以及缸壁上的蝌蚪文吸引了京师众多饱学之士，引发他们的思古之幽情，更因为眼前的这一切，使他想起了二十多年前的常课：松筠庵的集议，龙树寺的聚会，东兴楼的欢宴，陶然亭的清谈。而这些，恰恰是最能鼓荡他满腔青春似的热血，唤起他飘逝已久的书生激情。来京师一年了，无论到哪里，无论见何人，似乎总没有寻觅到当初的影子，找不到昔日的情怀。这时，他才突然醒悟到，原来是没有寻觅到先前的那种氛围——讨论时政、切磋学问、意气相投、好恶与共的氛围。这氛围，如同诗之气韵、人之精神，失去了它，松筠庵也好，龙树寺也好，在张之洞的眼中，都不是先前那一回事了。而今天的气氛，则庶几近之。

突然，屋外电闪雷鸣，紧接着大雨哗啦啦地下起来。没有多久工夫，天井里便积下好几寸深的雨水。这时，樊樊山突然想起摆在天井中的那口陶缸来。

陶缸平时摆在书房，今天一早，特为搬到天井里，因为天井开阔又光线充足，便于众人观赏，后来大家都坐进客厅里兴致勃勃地谈论起来，陶缸则依旧放在天井里。

"香帅，陶缸还在天井里，得叫人把它抬进屋里来吧！"

张之洞透过窗口，看到那口陶缸虽经大雨冲击，却依旧岿然不动，笑着对樊樊山说："这是陶缸，又不是字画，传到现在，也不知经历了多少风吹雨打，还在乎这一次吗？干脆不动它，待雨停后再抬进书房不迟。"

这话在理，樊樊山也不再去管它了。客厅里的考古学术讨论，照旧热气腾腾地进行着。

中午时分，会议散了，大家走出客厅，不约而同地注目那口又经历了一次风雨洗礼的陶缸：它静静地稳稳地立在天井中部那光洁的青砖地上，有一种傲然屹立于世间的史翁气派。一位酷爱它的年轻翰林走了过去，他要再一次好好欣赏欣赏这个华夏民族先祖留下的杰作。

猛然间，他有了一个奇怪的发现。他不敢相信自己的眼睛，揉了揉，再仔细看，终于忍不住喊了起来："缸壁上的蝌蚪文不见了！"

这怎么可能！张之洞、樊樊山和所有与会者都围了过来。果然，陶缸四壁上的那些蝌蚪文几乎全没有了，剩下的十几只小蝌蚪，或有头无尾，或有尾无头。张之洞和众人都被这意外的一幕给惊呆了。《神异记》中有一个故事，说唐代大画家张僧繇在墙壁上画了一条龙，恰逢雷电大雨，壁上的龙便乘此飞上天去。难道这些蝌蚪也赶着这场大雨离开缸壁游向了池塘？这显然不可能。那么，它们又都到哪里去了呢？那个年轻的翰林将壁上残留的几个蝌蚪文用手指掐了掐，发现它们是松软的。他小心地将它们取下来，放在手心里慢慢抹平。这时，大家都看出来了，这些蝌蚪文根本就不是和陶缸一道烧制的，它们分明是粘在上面的粉糊一类的东西，故而被刚才这场大雨给冲刷了！一个结论几乎同时在每个人的脑海里浮出：这口缸是假古董，所谓的蝌蚪文是骗人的游戏，一切都是一场骗局。

大家碍于主人的面子，都不敢点破，只是用眼睛斜斜地瞟着这位刚才还神采飞扬、侃侃而谈的风雅总督。只见张之洞脸色早已铁青，本来窄长的脸显得更加难看。他突然拾起地上一块松动的青砖，朝着陶缸砸去。哐啷一声，陶缸破了一个大窟窿。樊樊山拾起一块陶片，明亮的正午阳光下，众人都清清楚楚地看到，陶片的破碎处闪着冷冷幽幽的青光，稍有点陶瓷常识的人都知道：这是一口新近烧制的陶缸，问世顶多五六年光景。去陶瓦市场买的话，不会超过五十文！

真相大白，白白地丢了一千二百两银子不说，还在京师落下一个不识真假、遭人愚弄、将胡乱涂抹的图案认作蝌蚪文的笑柄。这对于一个研究古物数十年，一向以鉴赏家、收藏家自负的张之洞来说，是何等大的羞耻！张之洞狂怒起来，吼道："大根，你带几个人到海王邨去，把那个混蛋捆绑起来！"

下午，大根回来禀报，厚古阁的招牌在卖出陶缸的第二天便已摘下，老板已不知去向。现在店名已变为与厚古阁毫不相干的迷古斋了！

张之洞这一气非同小可，第二天便病倒在床上！

二　端梁联手欲借织布局的贪污案将张之洞轰下台

张之洞在病床上躺了几天，不看书，不走动，心思倒彻底安静下来了。一旦澄虑，一个疑问便不期而然地浮出水面：朝廷为何要将我留在京师这么久呢？要说办事，特科放榜后的这半年里，几乎没做什么事，京师大学堂章程的拟定有张百熙一人足够了，即便要二人合力，又何必要我这个现任湖广总督呢？朝廷上下能拟议学堂章程的大臣多得很嘛！倘若要将我从湖广调进朝廷，也得给我个职位呀，不说拜个协揆，至少也应该是个尚书或都御史，不能老是以湖督的实缺挂个议学大臣的空名呀！国朝两百年，旧掌故里很难找出个这样的先例来。那么只有一种可能，有意将我从武昌调出来，放在京师晾着。朝廷会这样做吗？二十余年来一直自认为是国之干臣疆吏楷模的湖广总督，尽管想到这一层，自己却并不大相信。

这怎么可能呢？这些年来一直对太后忠心耿耿，要说她有不满之处，只有戊戌年对康梁、对新政的态度和庚子年的东南互保。但戊戌年的事已过去五年了，这五年里并未见太后有一句指责的话。至于东南互保，太后一再表示同意，回銮后还特地予以封赏。若说是记这两个前嫌的话，似乎又不大可能。那这是为何呢？难道还有什么别的缘故，自己却始终蒙在鼓里不知呢？

想到这里，张之洞有点惶恐起来。他决定打听一下。向谁打听呢，当然是姐夫鹿传霖最好。

鹿传霖的运气真好，自从亲自带兵到西安去勤王这一步棋走对后，便步步得法，节节顺利，不久进了军机，现在又做了协办大学士，成了一个红得发紫的新贵。张之洞在为姐夫庆幸的同时，也多少存着几分嫉妒。论才干，论成就，论功绩，自己都要远在姐夫之上，但就是缺少这个福分。官场荣枯，人生泰否，真个是说不清道不明！

鹿传霖是个谨言慎行的人，虽与张之洞是郎舅至亲，但二人之间的交往基本上是公私分明的。那年张之洞希望儿子出洋一段时期，以广见闻，正好江苏名额有多，便去信给姐夫，要他报上仁权的名字，同时清楚地表明，只借江苏一个名额，一切费用全部自理。鹿传霖也并没有以江苏巡抚的特权替自己的外甥谋取一份公费生的优待。现在要从这位按章办事的军机大臣的口中打探点秘闻，会有收获吗？思考良久，他想出了一个法子。

张之洞把樊樊山叫来，将自己的想法对这位门生详细地叙述一番，然后要他按自己所说的去见一次鹿传霖。

樊樊山正好因蝌蚪文一事弄得很没面子，有个把月没去鹿府了，便欣然领命前去。

“鹿中堂，香帅病了，病得不轻！”

樊樊山一见到鹿传霖，便焦急地说道。

“上个月他还在我家里吃了一餐饭，好好的，怎么就病得不轻了？”

鹿传霖虽比张之洞大一岁，但保养得好，看起来倒像比内弟年轻得多。

樊樊山按张之洞的意思，将如何受骗如何在众人面前丢脸的事大肆渲染了一番。

“鹿中堂，香帅这次上的当可不小。您看看，他一辈子好古董，谁不知道他是个鉴赏大家。到了晚年，却以制台之尊栽在一个海王邨的小商贩手里，又是当着那么多名流的面，公然让他下不了台，多丢他的脸，伤他的心！我看他已病得只剩下一口气了，他是想临终前见见老姐夫姐姐一面。”

这几句话，说得鹿传霖的眼圈都红了，忙进后院告诉夫人。鹿夫人一听，眼泪刷刷流下，两老夫妇当晚便赶到宝庆胡同。

“四弟，上个月还好好的，怎么会病成这个样子！”

环儿陪着鹿传霖夫妇来到张之洞卧房，见到本来就瘦削的弟弟，如今更加黑瘦地躺在床上，额头上围了一块玄色手帕，两只手冷冰冰的，鹿夫人伤心起来。

“三姐，我怕是活不久了。”张之洞两眼无神地看着这位同父异母的姐姐，气息微弱地说。

“说什么话！”鹿夫人难过地说，“你一向身体都健健朗朗的，千万别胡思乱想。明天，你姐夫跟内务府说一下，请大内的太医给你瞧瞧！”

鹿传霖忙说：“我明天正要见太后，就请太后派个御医来。”

张之洞说：“不要惊动太后，也不要御医。我这病我自己知道，是心里郁积而成的，药物治不了。”

鹿传霖笑道："你是在为陶缸的事气恼吧！京师爱好古董的官员们，有几人没上过古董骗子的当？你不要往心上去！"

鹿夫人说："从今往后，再不要去理那些坛坛罐罐的东西了。你姐夫这点好，他一生不沾边。"

鹿传霖说："我哪能跟四弟比！我迂实缺乏才情，四弟雅好金石书画，才是真正的翰林本色。"

这几句话，说得鹿夫人和环儿都笑了起来。

张之洞对环儿说："你陪着三姐到外面屋子里去聊聊家常，我要和姐夫说点事情。"

环儿和鹿夫人走出卧房后，张之洞握着鹿传霖的手说："三姐夫，我这病，上古董贩子的当只是个引发，根本原因还是这半年多来心里的烦闷。"

鹿传霖说："你烦闷啥呀？"

张之洞叹口气说："三姐夫，你就不要明知故问了。换上你，当年一个在任上一天到晚有做不完事情的江苏巡抚，突然弄到北京来挂个议学大臣的空名住在胡同里，一年到头什么事也没有，不死不活的，你会怎么想？"

鹿传霖说："你就宽心在北京再住一住，朝廷总会有个明确安排的。"

"我就是宽不下心。"张之洞的手松了，似乎的确是气力不支。"我在武昌的事，别的都不说，光就那些洋务局厂，就让我牵肠挂肚，放心不下。端方他能管得了吗？再说，局厂那些总办会办们也不会听他的。姐夫，你在军机处，一定知道内情，你给我透点风气，朝廷到底是怎么处理我张某人的。如果还这样不死不活地让我住在京师，我宁愿拿根绳子上吊算了！"

鹿传霖笑道："你这是怎么啦，一下子变得器量窄小了？"

张之洞说："不是器量变窄小了，我心里很烦躁，如果这个结不打开，这病也好不了，真怕活不久了。三姐夫，我知道你是个实诚君子，一辈子没求过你，为的是不愿给你惹麻烦。但我这次非得求你给我透点声息，你若不答应我，我真的好不了。”

鹿传霖主动握起内弟的手来，这手果然是枯皮包着瘦骨，且没有多大热气。他心里不免涌出几分哀怜来：“香涛，你要我给你说点什么？”

“是不是经济特科没有办好，太后对我不满意了？”

鹿传霖说：“没有听说过。倒是有次听荣中堂讲，太后说过，原来梁士诒不是梁启超的兄弟，其实特科第一场考试不废也可，难为了张之洞。”

这话很让张之洞欣慰了一下。他又问：“太后是不是认为我已经老迈衰朽了，不能再为朝廷出力，有意先冷一冷后再开缺回籍？”

鹿传霖笑道：“你还不到七十，子青老哥八十多岁还做白发宰相呢！”

张之万八十四岁寿辰那天，由恭王出面为他祝寿。酒席上，他再三恳求致仕，恭王再三慰留。但没过几天，一切职务都下了。其实，恭王一上台，就想请张之万下台，为了顾全张的面子，二人商量好一道在酒席上那样表演。这官场上的操作，与戏台上的做戏，真的没有几多区别。光绪二十四年，这位老来红的状元宰相终于以八十八岁高龄辞世。

听到张之洞要自己透点声息的话，鹿传霖心里便一直在矛盾着。作为正受太后宠信的军机大臣，鹿传霖早在十天前就知道朝廷留张之洞在京的真正原因了。

原来，这事的起因正出在张之洞为之付出十四年心血的湖北省垣。

以湖北巡抚身份署理湖广总督的端方，不是一个厚道人。署理湖督没多久，他便已经知道被张之洞经营十多年的湖督衙门，所拥有的强大实力和在中国举足轻重的地位，倘若这一切属于自己掌管的话，“端方”这两个字便非比一般了。四十多岁的年轻人热血，撩得端方对此有强烈的觊觎之心。在一次和梁鼎芬的交谈中，他发现这个备受张之洞器重的候补道两湖书院山长，是一个对自己有用的人。遂拍着梁鼎芬的肩膀说："节庵呀，都说张香帅很器重你，我看他只是用你而不重你。凭你的才干，早就该荐举你做臬司、藩司了。你却至今还是一个候补道，可惜！"

不料，端方的这几句空头话，正打在梁鼎芬的心坎上。这些年来，梁鼎芬最为伤心失意之处正是在这里。他追随张之洞十多年了，并不甘心一辈子只做过山长或师爷长。他素来自视甚高，很想早日开府建衙，自掌权柄，渴望通过张之洞这位有力者的提携来实现自己的宿愿。他也曾向张之洞间接地谈过。张之洞也答应过，只待武昌道出缺，便让他补。但这一个愿口头上许了多年，就是不见兑现，至今仍是张之洞身边一个没有实职实权的师爷头。

梁鼎芬心中有不满，但又不便强求，端方的这几句话正点中他的隐痛，便一面自嘲一面试探性地问："这也不能怪张香帅。我大概是命里注定只有文名而无官运，即便是你端中丞真除湖广总督，我恐怕也只能是个幕僚头而已。"

梁鼎芬的话中之话，端方一听便明白了，忙说："节庵，你放心，若哪一天我真除湖广总督，我一定很快提拔你做一个湖北按察使。"

"你说话算数？"

"当然算数。"

就这么几句赤裸裸的交谈，两颗热衷之心贴在一起了。从此，梁鼎芬便全心全意为这位新主子办事效力，并积极地为端方由署理到真除而出谋划策，奔走经营。

要真除湖广总督，第一步得先让现任的湖督开缺，把位子腾出来才行。开缺张之洞可不是一桩容易的事情。端方和梁鼎芬筹谋良久，并没有找到确凿而足够的弹劾证据。终于，功夫不负有心人，就在特科考试即将结束时，织布局突然出了事。有人告发织布局的材料处主办李满库贪污巨款，局里账目混乱，亏空严重，而李满库正是张之洞如夫人李佩玉的堂弟。端方和梁鼎芬得知此事后大为高兴，视为天赐良机。

梁鼎芬为端方谋划：先将张之洞留在京师不回武昌，以便彻底清查织布局的贪污案，竭力找出张之洞与此案的牵连，然后将它作为一发重型炮弹，把他从湖督位子上轰下去。

但如何达到将张之洞滞留京师的目的呢？梁鼎芬又向端方出谋：可以走庆王奕劻的路子。奕劻贪财好货，且与张之洞关系不深，一向对张之洞有几分不满，这个口子最易打开。又自告奋勇愿去办好这桩事。

端方当即许愿，若办成此事，算是立了大功，保证半年之内酬谢梁鼎芬一个湖北臬司。

梁鼎芬带着端方给他的一张十万银票和一包珍稀宝物，在两个戈什哈的陪同下，火速赶至京城。

梁鼎芬生怕在京城里碰上与张之洞相关的人，遂十分小心谨慎。通过端方正白旗内的老关系，梁鼎芬在一个月黑风高的夜晚悄悄进了庆王府，拜会奕劻。

见了银票和珍宝，奕劻早已笑眯了眼。他本就反感张之洞从不巴结他，现在有人带重礼上门来替他出气，何乐而不为？奕劻收下这份礼物，小眼珠子转了转，有了主意。他叫梁鼎芬立刻回武昌等着看邸报。梁鼎芬回到武昌没几天，果然见到载于其上的任命张之洞为议学大臣暂不回武昌的谕旨。端方、梁鼎芬见第一步已经成功，遂紧锣密鼓地开始了第二步行动。

他们的计划周到而万无一失：先把李满库调到纺纱局，由处主办升为局协办。李满库自然不会怀疑，高高兴兴走马上任。继而把织布局的总办马汉成派往英国，让他到全世界纺织业最发达的老牌强国去学习人家的技术，时间半年，给他发足银两，又特配一个英文翻译。

马汉成一辈子没有出过洋，听别人说起西洋如何如何，他只是羡慕得眼珠发红，口角流涎。他不敢奢望去看西洋，因为他一不懂洋文，二付不起这笔庞大的费用。他做梦都没有想到，天大的好事突然间从天而降。将近天命之年，居然可以放洋出国，而且有人替自己做翻译，又不要从自己腰包掏出一文钱。他心里暗暗地盘算着：今生今世，这样的美差既是空前，大概也是绝后了，一定要好好利用，看够吃足自然是不在话下，还要玩好；听说洋婆子个个风骚无比，务必要玩几个才不虚此行，也不枉过此生了。

还是端方好。马汉成不止一次地在心里对署理制台感恩戴德。替张之洞效力七八年了，他何曾想到要这样奖励自己？

过几天，马汉成准备就绪，喜滋滋地带着翻译离开武昌，取道上海扬帆远航了。

将马汉成和李满库调离织布局，剩下的事就好办了：第一着封账，第二着审理，第三着外查，第四着核定。一切过程都在暗地里悄悄进行着，织布局的生产仍一如既往，并未中断。

这一过细查核，不但查出了主办李满库贪污银子达十六万之多，而且牵连到总办马汉成也有一万多两受贿银。更为严重的是，织布局只在前三年略有赢利，这三年多来连年亏损，合计亏空达二十万之多。但令端方遗憾的是，查了将近五个月，却没有查出张之洞本人在银钱上与织布局的牵牵绊绊，也就是说，张之洞并未从织布局中贪污。张之洞所要承担的责任，是用人不当，而这人又不是别人，乃是他的小舅子，咎责难逃。端方并不死心，一面将现有的情况汇总起来，派梁鼎芬再次赴京，向奕劻禀报，一面命令细查深挖，寻根究底，务必要找出张之洞从织布局中贪污受贿的罪证来。

十天前，军机大臣王文韶请奕劻到自家喝酒，酒酣耳热之时，奕劻情不自禁地说了句：“张香涛在京师优哉闲哉，他不知道他的后院已火烧上房了！”王文韶一惊，忙问为何。奕劻一时兴起，把事情说了个大概。王文韶与鹿传霖过从较密，知鹿、张之间的关系，便将奕劻的话告诉了鹿传霖。鹿传霖听后也大为惊讶。但他是一个谨慎的人，并没有急着把这事告诉内弟。

眼下，看着张之洞病得如此严重，他再也不忍心隐瞒了。

“四弟，武昌织布局出了事，朝廷有意留你在京师，暂时回避回避！”

“什么！”张之洞霍然一惊，掀起被角，猛地坐了起来。“织布局出了什么事？”

说话的同时，张之洞的脑子里立时想起了织布局的李满库。事情一定出在他的身上，不然不会叫我回避！

鹿传霖将从王文韶那里听到的话经过浓缩后简单说了几句。

“用不着回避，让我来处理这件事更好。”说话间，张之洞已下了床，慌得鹿传霖赶紧上前扶着他，二人都坐了下来。

“三姐夫，既然是湖北的洋务局厂出了事，我就更不能滞留京师了，何况织布局的材料处李满库是佩玉的堂弟，这事便直接牵涉到我的身上，我更不能置身事外。我比端方更熟悉，办起来会更顺手。我张之洞经手湖北洋务局厂的银子高达七八百万两，遭到许多人的指责，有人甚至骂我是‘屠财’。但是，三姐夫，我跟你说句掏心的话。你四弟办局厂靡费钱财之事或许有，但贪污中饱事决没有。在这件事上，我可以上对朝廷祖宗、下对百姓子孙说一句毫不为过的话，张之洞对公款一清如洗一尘不染。但我也可以对三姐夫说句腹心话，我不能眼睁睁地看着别人耍花招做手脚，有意对我栽赃诬陷。我即刻便向太后上折子，若信得过我张之洞，便让我回武昌去亲自处理织布局的事；若信不过我张之洞，便干脆开缺我的湖督之职，不要让我这样不死不活地困在京师吃白食！”

张之洞越说越激动，嘴里大口大口地出气。面对着内弟的这种急躁和冲动，鹿传霖心里后悔不迭：实在是不该告诉他。或许过一两个月，武昌那边的事便会水落石出，他自然会清清白白地回去。不料他年近七十依然像年轻时一样的不能容物，万一他回到武昌后与端方闹翻了怎么办？

“四弟，我看你不必这样急，就让端方他们去办好了。朝廷让你回避，原也是一片护卫之意，既已住了将近一年，再多住一两个月也无妨。还是保重身体要紧。”

张之洞冷笑一声说：“三姐夫，你不知道，端方那小子是个聪明过头的人，八成是他使的坏。我不回去，这心如何安得下？”

鹿传霖知道张之洞的倔脾气，到了这个时候是绝对扭不回头了，只得跌足叹息而已。

第二天，张之洞便向慈禧太后递了折子。折子上讲，听人说武昌织布局爆出贪污案件，请求太后让他回湖北去亲自处理这事。

慈禧并不知幕后的情况，既然湖北洋务局厂出了事，身为湖广制台的张之洞自应早日回鄂处理，便即刻批准他开缺议学大臣之职回湖广本任。

三　处理织布局的贪污案，是个棘手的难题

得知张之洞即日将回武昌本任的消息，端方和梁鼎芬大出意外，两个人在端方家的书房里心情焦灼地商量对策。

端方心里庆幸，好在尚未将织布局的事定案，不如和盘托出交给张之洞。至于定罪处罚，则由他本人去办，以表示自己并不夹杂倾轧的私念，纯是一片为国办事的公心。

梁鼎芬深知张之洞的性格。他没有多加思索，便决定出卖端方以求自保。

两人密谈半天，达成一个共识：端方派梁鼎芬走庆王府的门子，此事只字不能提。这不仅是为了顾全庆王的面子，更是为了掩盖他们两个的真实意图。不提这一层，调查织布局贪污案，就是办一桩普通的案子，而不是别有用心的举措。

火车抵达汉口站时，端方带着湖北省一批文武大员亲往迎接。

张之洞走下火车，一眼看见满脸堆笑的端方站在欢迎队伍的前

头，心里顿生厌怒。

“香帅辛苦了！”端方走上前去问候。

“哼！”张之洞黑着脸，对着端方一甩手。“辛苦什么，一天到晚除了吃饭睡觉，屁事都没有！”

端方讨了老大一个没趣，尴尬片刻后，又笑着脸凑了过去：“香帅这段日子身体还好吗？”

“好什么？”张之洞大踏步向前走，看也不看端方。“有人在我的后院烧火，我还好得起来吗？”

端方完全明白了，张之洞是冲着织布局的事回来的，而且心里充满了对他的恨意。他心虚起来，耷拉着脑袋，不敢再开口。

湖北省的藩司、臬司等人忙着向张之洞拱手道乏，张之洞也跟他们拱手答话，脸色和悦。

这一切，心怀鬼胎的梁鼎芬都看在眼里。他要试一试张之洞对他的态度，从中可以探知张之洞抓没抓到他的把柄。

“香帅！”梁鼎芬分开众人走上前去，笑容灿烂地说，“听说您这几个月在京师做了许多好诗，能不能赏给我看看？”

“好哇！”张之洞笑着说，“你梁节庵是诗坛高手，我还正要请你帮忙润润色哩！”

脸色神态、说话的口气跟往日一个样，梁鼎芬胸口上压的那块巨石落了下来：他不知道我梁某人做的事，这就好办了！

借“帮忙润色”这句话，梁鼎芬第二天傍晚便来到督府后院。他要抢在端方之前，先来报告织布局的事。

“香帅，织布局里银钱对不上数的事，想必您已经知道了。有人上书给端中丞。端中丞问卑职这事怎么办。卑职说，织布局的事香帅最清楚，此事应当等香帅回来后再由他来查办为好。但没有几天，端中丞就安排人去调查这件事，卑职想拦阻也来不及了。”

梁鼎芬一脸诚恳地说着，似乎为自己没能拦阻端方而怀着沉重的歉疚。

张之洞不以为然地说：“端方是鄂抚兼署理湖督，他要办什么事，你怎么可以拦阻得了？织布局的事与你无关。”

梁鼎芬彻底明白张之洞不知道他在办理此案中所扮演的角色，如释重负：“香帅海量，但卑职身为督署总文案，总是有责任的。”

张之洞平和地说：“端方要查织布局的事，作为署理总督，他有这个权力。织布局出了事，也是应当去审查，这也没有做错。我不满他的是，他应该把这事告诉我，不应把我蒙在鼓里。我想我这几个月闲在京师，也一定是他的鬼主意，他想借此堵住我回湖北的路！”

梁鼎芬听了这话，吓得背上沁出一丝冷汗。他不由自主地望了一眼比一年前显得更衰老的张之洞，只见那两只凹下去的眼睛正在盯着自己，仿佛对织布局的事早已洞若观火。

“香帅，您真英明。这几个月来，卑职已有所察觉，端中丞是想挤走您而真除湖广总督。”

“哼！谁走谁留，等着瞧吧！”

次日，在冷冰冰的气氛里，端方将湖广总督关防璧还给张之洞。又硬着头皮，在张之洞峻厉可怖的眼神下，将织布局贪污案的调查情况作了尽可能短的禀报，留下有关此案的一大堆簿册文书后，急急忙忙地离开签押房。

走出总督衙门的大门，端方回望一眼这座自己住了将近一年的最高衙门。这衙门仿佛一个虎口似的，正在向他张牙伸舌。他清醒地意识到，不仅这座衙门从此不再属于他了，就连不远处的湖北巡抚衙门，也很可能呆不久了。

花费整整两天的时间，张之洞将织布局的这一大堆档案认真地看了一遍，心绪沉重复杂，五味杂陈。他既痛恨李满库滥用职权，贪污中饱，坑害了织布局，又惭愧自己这几年来居然对织布局的严重亏空懵然不知，还时常四处吹嘘创办纱、布、丝、麻四局的功绩。他对端方的恨意，随着一页页档案的翻过，已在一分一分地减弱。

张之洞把织布局和李满库的事告诉了佩玉，又叫大根到纺纱局去把李满库叫来。

李佩玉直到这时才知她的兄弟是个贪污犯，心里极为难受。

自从环儿过门以后，佩玉便明显地看出，张之洞对她冷落得多了。环儿年轻漂亮、能歌善舞。她超人的琴艺也不再受到张之洞的特别赏识，环儿的歌舞填满了张之洞少有的闲暇时日。佩玉在心里深深地叹息着。她知道自己出身贫寒，且非明媒正娶的夫人，无非比环儿先过门几年而已，并无压倒环儿的地位。来到张家不久，她才明白，张之洞不立她为续弦夫人的真正原因是她的出身低微。他的前三任夫人，均是出身官宦家庭的大家闺秀。而她，一个三家村塾师的女儿，一个丧夫夭子的寡妇，怎么可能与她们相比！男人爱少艾，自古皆然，何况张之洞身为制台，位高权重，是男人中的英雄，妙龄美女也是爱他的，自己能有什么话好说！度过几个月的郁闷忧愁后，佩玉还是想开了。

好在张之洞对她虽有些冷落，却依然以礼相待，家政仍主要归她管，环儿插手之处不多。何况她生了两个儿子，在张府里的地位自然也不是环儿所能撼动的。她要处置后院众多的庶务，还要照顾未成年的子女，一天到晚，也够忙碌了。在外人的眼里，她依旧是内宅的当家人，并没有被冷落的痕迹。她连琴也没有多少时间可弹了，只在准儿有时过来看父亲和她的时候，师徒二人才忙中偷闲，调弦挥指弹两曲，自个儿乐一乐。

将堂弟安置在织布局，让父母晚年有个嗣子在身边尽孝，这是佩玉由衷感激丈夫的一件事。刚来几年，李满库还常来督署走动走动。这四五年里，因为二老相继过世，李满库来看姐姐的机会越来越少了。佩玉只知道堂弟如今发达了，升了官买了大宅，前几年还置了一房妾。都说在洋务局厂做事的人大有洋财可发，何况堂弟又在织布局做材料处主办，自然发的洋财比别人多。堂弟现在冬裘夏绸，妻妾穿金戴银，也是分内的事，佩玉不在意，也不过问。今日才知道堂弟原来不安本分，贪污公款，佩玉深以此为羞惭。堂弟这样不争气，辜负了丈夫的一番心意。佩玉觉得很对不起丈夫。

其实，刚从山西老家来到武昌的李满库，还是一个老实巴交的三晋汉子。他对张之洞感恩戴德，对佩玉及其父母也很好。一年后又把老婆接到武昌城，让佩玉的父母跟他夫妇俩一起住。他自己在织布局里做事也踏实。这一切，都是一个实实在在过日子的厚道人的表现。张之洞对此颇为满意放心，也便不大过问他的情况。

李满库人聪明，也识得些字，又跑过码头做过生意，两年后便得到提拔，做了一个小工头。再过两年，马汉成来到织布局做总办。马汉成走的是捐班一路。先是花钱捐了个候补知县，分发湖北。干了几年，他看官场出息不大，而洋务局厂倒是油水不少，便又走武昌知府的路子，多方辗转，终于坐上了织布局的第一把交椅。马汉成是从官场中走出来的人，来到织布局不久，便发现李满库奇货可居，立即把他提拔到材料处，先让他做个副职，查看查看。李满库见马总办将他安排在人人垂涎的肥缺上，心里感激莫名，遂对马汉成百般恭顺，鞍前马后拼死效力。

马汉成凡与各级衙门各方商人洽谈重要生意时，总是将李满库带在身边，特意向客人郑重介绍这是张制台的小舅子，张制台如何如何喜欢他、器重他等等。这种时候，织布局的生意便往往谈得融洽顺利：衙门会行方便，商人会让折扣。生意谈好后，他们还会得到额外的好处。至于平日，李满库的家里常常会有陌生人来拜访，大包小包进门，点头哈腰出去。这些人绝大多数是来求李老爷买他们的材料，也有的是来求他在张制台面前说几句话，再凭这几句话去达到他们各自的目的。这时的李满库终于看清了自己的价值，他要充分地利用这种价值来为自己谋取实实在在的利益。在织布局混上六七年，年届而立的李满库已经完全成熟了。

他一面自觉地张扬自我，一面更紧跟马汉成，很快便被提升为材料处的主办，执掌支配整个织布局各种生产材料的大权。

他自己从局里提拔几个贴心兄弟进材料处，又从晋北老家调来两个远房亲戚，安置在身边。织布局的材料处，成了李满库一手控制的独立王国。掌了大权的李主办钱财滚滚而来。先是买豪宅，接下来买小妾，后又瞒着妻妾置外室寻花问柳，完全过的是花天酒地、纸醉金迷的生活，不仅与过去的山西农夫的景况判若霄壤，就是比起他的湖北洋务创始人的姐夫来，也不知要潇洒舒服多少倍！

马汉成不但重用李满库，以便利用张之洞这块金字招牌为自己服务，同时又巴结荆州将军寿贵，希图依靠这个正白旗的满洲大员来打通各方关节。寿贵有个堂侄名叫寿安。寿安读书不成，习武不就，却看中洋务局厂。寿贵通过马汉成将他安排进了织布局。没有多久，寿安便做了售销处的主办。织布局有一进一出两个肥缺，进的是材料处，出的便是售销处。生产出来的布匹都要由售销处卖出去，其中的油水比起材料处来还要大。这寿安原本就是一个纨绔子弟，自己腰包里有了大钱，便更是不安本分了。

李满库与寿安多年来相安无事，半年前却为汉口惜花院里的一个妓女闹翻了脸。惜花院里有一个名叫杏花的妓女，人长得漂亮又伶俐，一出道便受到嫖客们的格外喜爱。李满库和寿安也同时喜爱上了杏花。因为争风吃醋，两人开始闹起矛盾来。后来，为防止李满库染指，寿安将杏花包月。在他包的这个月里，别的客人杏花都不能接待，李满库也自然不能再进杏花的房，心里又恨又痒。一月满后，李满库遂以高于寿安一倍的价，与惜花院的鸨母谈妥，将杏花包年。也就是说，一年内杏花再也不能接待包括寿安在内的其他客人。这下惹恼了荆州将军的侄公子。他本早已得知李满库的一些贪污影子，遂公报私仇，趁着张之洞不在武昌的时候向署督端方告了一状，恰好为急于寻找缺口的端方所利用，遂全力以赴地查起这个案子来。

李满库在张之洞的面前痛哭流涕地交代了这一切后，跪在地上说：“请求大人千万放我过这一关，我今后一定洗心革面改邪归正。我其实没有贪污十多万两银子，这是端方一伙有意陷害。我老实向大人坦白，我是贪污了织布局里的银子，但决不会超过三万，我愿意全部赔清。我的银子都是别人自愿送给我的，不是我有心贪污得的。寿安只会比我贪污得更多，端方不查他，这说明端方打我不是目的，他打击的是您！”

张之洞气呼呼地踢了他一脚，骂道：“你这个不成器的混账东西，我恨不得一刀杀了你！你滚吧，我不想见到你了。”

一连几天，为李满库说情的人络绎不绝地来到张之洞的面前：先是佩玉恳求网开一面，继而大根也劝四叔不要大动干戈，最后连环儿也吹起枕头风来，说家丑不可外扬，保护满库过关，其实也是保全张府的体面。到了第三天，梁鼎芬悄悄地来见，转告端方的话：现已得知满库是受寿安的诬陷，好在织布局的案子并未结案，也没有上奏朝廷，一切都可以从头来，不如大事化小，小事化了，方方面面都好过得去；至于上次所交的那包档案，一把火烧掉算了，就当没有这回事一样。梁鼎芬特别强调，这是他找端方推心置腹商谈了很久后，端方才接受的方案。这既为李满库好，也为织布局好，更是为香帅和整个湖北的洋务事业好。

端方、梁鼎芬的这个新方案让张之洞动了心。这是官场上惯常用的弥缝补漏手法：官官相护，互为遮掩，今日为别人保了脸面，来日也替自己预留一条后路。数千年来中国官场纲纪的紊乱败坏，其源半出于此。

当年的清流中坚悟到了这一层，立刻断然否决这个方案。他心里恨恨地想：假若自己不回武昌，端方的这个方案便绝对不会出来。为什么查了近半年的案子，都不晓得是寿安的诬陷，这短短的几天，便一下子查明了真相，岂非咄咄怪事？这中间的用心岂不昭然若揭！前几天刚刚萌发的对端方的体谅之情，被这个方案扫荡得差不多了。

如此看来，应当把织布局的这个贪污案公事公办，全权委托给武昌知府衙门，公开审理，秉公办事。马汉成贪污了多少银子，李满库、寿安等人贪污了多少银子，全部公开，然后再根据大清律来处置，或赔款，或坐班房，或流放充军，全都交给湖北各衙门去办，再上报朝廷，自己一点都不插手，彻底回避。然则，这样做又是不是最为妥当的呢？张之洞一时拿不定主意，叫陈衍过来商量。

陈衍将尖下巴上的几根疏稀短须摸了好半天工夫，才缓缓地说出自己的看法："以卑职之见，弥缝过巧，易授人以柄，何况此事虽未奏报太后皇上，但已传到京师上层，庆王和鹿中堂等人都已知道，一旦得知织布局什么事都没有，难免心中作疑，腹里有香帅护短之讥，卑职以为不妥。"

张之洞点点头："你的看法与我相吻合。"

得到鼓励后，陈衍的兴致更高了："以卑职之见，回避更不妥，倘若将此事全权委托给武昌知府办理，结案后向社会全盘公开，如此办，卑职看来，有三不当。"

"有哪三不当，你详细说说。"

张之洞对这位入幕甚晚的诗人兼理财家一向刮目相看，很重视他的意见。

"武昌程知府，并不是一个精明的人，人品官品也不足称道。他或是被表象所迷惑，不能究根寻底，弄清案子原委；或是接受别人的贿赂而有意将水蹚浑。这两者都有可能最终辜负香帅的期望。这是一不当。"

张之洞注意听着，不置可否。

"卑职听说织布局这些年问题严重。从总办马汉成到各处各科主办，几乎无人不贪，且经营不善，亏空很大。织布局的问题，若彻底追查从严细究，这个洋务局厂就会从基脚到顶端，轰然一声全部垮掉。这是二不当。"

张之洞神色严峻起来，瘦长的马脸拉得更长了。他显然不想听这些话，但陈衍不顾他的反应，按自己的思路继续说下去："织布局一个厂垮掉还是小事，可怕的是它会对整个湖北的洋务事业带来很坏的影响。上自朝廷，下至府县，旁及各省，这些年来对湖北的洋务事业虽赞扬甚多，但攻讦也不少。据卑职所知，攻讦之处多在靡费银钱、亏空过大、经营不善、用人不当等方面。织布局的问题就恰好出在这几个方面。如果我们将织布局的事彻底查清，再向全社会公开，恰好给他们提供了一个铁证如山的例子。他们将会用这个例子大做文章，肆无忌惮地攻击湖北洋务事业，攻击香帅。到那时，织布局就是一个缺口，最后的结果只能使湖北的整个洋务全盘垮掉，香帅十四五年的满腔心血化为乌有。”

张之洞的脸色越来越黑了，犹如大雨将至时的满天乌云。他恨不得拂袖而起，或者大声斥退这个不知高低的狂妄幕僚。但他究竟还是将愤恨压了下去，硬着头皮听完这番令人难以接受的福建官话：“香帅，卑职方才所说的决不是劝香帅做文过饰非、护短遮丑的俗吏，而是切切实实为了湖北为了中国的洋务事业着想。洋务在中国是一项新的事业，大家都生疏，做起来必然会有许多不尽如人意之处；而洋务又是一定要做的，中国若不引进洋务，便决没有强大的可能。因为此，香帅这十多年来所做的事，便应当受到社会的称赞，同时也应当受到社会的保护。有人不顾国家大局，只图发泄个人私愤，攻其一点，不及其余，恨不得借一个差错来否定全盘。对于这种人，我们不能让他遂其心愿。从保护中国刚开始的洋务大局出发，我向您提出一个方案。”

陈衍的这番话，使张之洞大有拨启茅塞之感。从他心里来说，也是不想把织布局的事弄得太大，这于自己的体面总是不光彩的，但弥缝遮掩又一向为其所耻，怎么办呢？如何来寻找一个支撑点，在这个支撑点上将心理和现实两方面都摆平呢？好了，现在陈衍为他寻到了这个支撑点。

张之洞的脸上开始有了光亮：“石遗，你把你的方案说出来！”

“我的方案说起来其实很简单，折中于弥缝与回避之间。不弥缝，由湖广总督衙门出面，成立一个审查团，对织布局的所有问题，尤其是总办和处科主管人员的操守，以及织布局建立十年来的收支两大方面进行审查。不回避，审查的结果不向社会公开，由香帅一人最后定夺，立足在保护，但对恶劣者要严加处置。无论如何织布局要存在，无论如何要造成这样一个结论：织布局创建十年来，功大过小，利多弊少！”

“好，就这样办！”张之洞站起来，拍着陈衍的肩膀说：“石遗，你是湖广衙门的一名能幕。”

又花了整整三个月的时间，张之洞亲自指挥的审查团终于将织布局的事定了案：马汉成、寿安、李满库等人都分别犯有程度不等的贪污情事，除全部赔款弥补亏空外，马汉成开缺永不叙用，寿安除名，李满库遣回山西原籍。织布局创建十年来，生产布匹售销全国十八省，并远销南洋，赢利三万五千四百两银子，成就巨大，由湖广总督衙门重新委派总办及材料、售销主办，继续经营，以期年年进步。

这个定案以张之洞的名义正式上奏太后、皇上。

端方担心张之洞回鄂后会全面为织布局翻案，然后再寻他个差池，将他撵出湖北，甚或参掉他的巡抚之职。现在见张之洞如此办理，既顾及了他的面子，也保全了织布局，而且也并没有袒护家人，屈服权贵，禁不住由衷钦佩这位老官僚的老练圆融。但毕竟跟张之洞背地里干了一场，端方总有几分心虚，便竭力通过庆王的门子以求离开武昌。恰好不久朝廷重拾新政时期牙慧，撤销与总督同城的广东、湖北、云南等省的巡抚，趁此机会，端方请求调出湖北。朝廷遂将他改调苏州，署理江苏巡抚。张之洞从此集湖广总督与湖北巡抚于一身，掌军事与民事于一手，权力更大了。

梁鼎芬依傍端方的想法是彻底破灭了，他比往日更加殷勤更加屈己地侍候着张之洞。织布局的案子使得张之洞对武昌各级衙门很是反感，他一兼上鄂抚后便参掉武昌道和贵的职务，将这个肥缺送给了梁鼎芬。端方没有给他兑现的好处，倒让张之洞给真正兑现了。梁鼎芬又羞又愧，此后更死心塌地跟着张之洞干。过了两年，张之洞又擢升他为湖北按察使，终于让他实现了做一省大员的梦想。梁鼎芬终生将为端方谋湖督走门子一事讳莫如深，直到张、端都死去后，自己也到垂暮之年时，才向好友透露一星半点。这自然都是后话了。

兼任湖北民政最高长官的湖广总督，在广阔的荆楚大地做起事来更加无遮无碍得心应手，过去尚有些许疏隔的湖北两司及道府州县，从此尽皆在他的直接管辖之下，再不敢有丝毫的违抗和不恭了。张之洞充分利用这份难得的大权，扩大洋务局面，加快芦汉铁路的施工速度，大规模地兴办各种新式学堂，尤其注重创办各级师范学堂，以求早日培养大批教师推广新式教育。又拿出巨额公款来派遣出国留学生，其中尤以赴东洋日本的为多。湖北派遣的公费留日生最多时，曾占全国各省在日学生总数的三分之一。张之洞在自撰的《学堂歌》里曾这样得意地说："湖北省，二百堂，武汉学生三千强。湖北省，采众长，四百余人东西洋。"在陈念礽、辜鸿铭的开导下，张之洞还有意仿照西方城市的格局来重塑武汉三镇的面貌。他在汉口修建了被后人称为"张公堤"的后湖长堤，又在三镇市区修筑了十余条颇为规范的近代马路，大大地改观了古城市容。

他又建起湖北电话公司，在汉口、武昌设立分局，装有磁石式电话机三十部，开启中国地方市内电话的先河。又加速完成沪汉、京汉、粤汉、川汉、湘汉五条电报干线的建设，使武汉三镇很快成为全国电报网络的中心。于是各大商号云集武汉，他们将分号设于上海、广州等地，负责进出口业务，自己坐镇武汉的总号，只需通过电讯来指挥各地分号即可。

张之洞又在武汉最先建起水电公司，通过水厂流出自来水，通过火力来发电。

工厂、马路、电讯、水电，一座粗具现代化格局的新城市，在张之洞治鄂的后期，终于崛起在古老的神州大地，为日后中南地区的经济发展奠定厚实的基础。

就在张之洞忘记老之将至而全力经营湖广新事业的时候，扼控全国命运，也同样扼控他本人命运的朝廷枢垣，又泛起了微妙的涟漪。

作为政治平衡杆上的一枚重要砝码，张之洞在毫无心理准备的时候突然被内召京师，授予大学士、军机大臣的崇职，步入晚年岁月中的最后一段时期。他迎来荣耀的顶峰，同时也走到事业的末路。

第七章 / 翊赞中枢

一　袁世凯用三牛车龟板甲骨，换来了张之洞的以礼相待

张之洞大办荆楚洋务实业，有一个人在华北平原上同样勤奋苦干。他也办洋务，但他的洋务事业明显地倾斜在军事上。他的北洋军聘请的多是洋教官，配备的是最新的洋枪洋炮，且人数达六镇之多。他不仅会办军事，更擅长政治，察言观色，结党拉派，纵横捭阖，长袖善舞，在几个大的关口上，因为看准了，把握住了，从而扶摇直上，风云际会，成为当今天下万方注目的人物。此人是谁，他便是直隶总督兼北洋大臣袁世凯。

袁世凯在从朝鲜回国后的短短数年间的迅速崛起，让朝野上下明显看到一颗政治新星正在冉冉升起，他或许很快便会辉光明耀、照射四野。不少人发出“国朝得人”的感叹，但也有人在不断地向枢垣

提出警告：此人很有可能是一个王莽、董卓式的人物，切不可掉以轻心。

他们的顾虑并非空穴来风。

袁世凯办北洋军，是以一个久历行伍熟谙军旅者的身份在办，到时他可以亲自指挥这支军队上阵打仗，与张之洞等书生制台大不相同。换句话说，张之洞等人办的新军，是朝廷的军队，袁世凯的北洋军，将有可能变成他的私家军队。

袁世凯太会交往了。他的关系网不仅结到朝廷的王公大臣，也触及到西洋各国的政要。不少外国使馆的公使在不同的场合公开表示过，袁世凯才是中国真正的人才，袁世凯代表着中国的希望。一个握有军权的中国高级官员，受到西洋各国的如此称赞，这不是朝廷之福。

袁世凯还只有四十多岁，精力充沛，思路活跃。他从没有认真攻读过“四书”“五经”，也不太看重圣贤教导、纲常伦理。血气方刚则易起异念，不受圣教则缺乏约束。纵观上下古今，惹是生非，胡作非为，甚至搅得天下不宁者多半是这种人。更令人不放心的是，此人不讲操守，品行无端。朝野不少人说，戊戌年他先是答应了谭嗣同在天津阅兵时发动兵变，拥戴皇帝，囚禁太后，但一到天津就立即向荣禄告密，变祸首为功臣，用谭嗣同等人的血染红自己的顶子。这完全是奸人贼子的行为，而他居然做起来娴熟老到，左右逢源。当年他可以出卖皇上，日后也可以出卖朝廷。这种人都不防范，还要防范什么人？

这股风先是在王公府第中暗暗地吹拂着，后来吹进了紫禁城，最后终于传到慈禧的耳中。慈禧开始警觉了。大清当国者，历朝历代都谨遵祖训：不让汉人握兵权。只是到了咸丰年间，太平军太强大，八旗绿营太无能，为了保祖宗江山，才让曾国藩、左宗棠等汉人组建湘勇。

这是万般无奈之事，即便如此，也是防范再三，严加控制。一旦江宁打下，便即刻迫使湘勇裁军，且十裁其九，用高官厚爵、良田美宅买去他们手中的利刃、身上的铁甲。所有这一切，都是因为祖训煌煌不绝于耳：非我族类，其心必异，军权不可落入汉人之手！

而这一政治杰作的创造者，正是慈禧本人。对于防范袁世凯的话，她如何会掉以轻心！七十三岁的老太太再次运用她的政治智慧，将袁世凯调进京师，任命他为由总署改名而来的外务部尚书兼军机大臣。这是古今权术中用得最多的一个：明升暗降，体面地解除危险人物手中的实权。为了不让袁世凯有所借口，同时调张之洞进京，一样地进军机处。

保定城里的袁世凯对朝廷的用心洞若观火，却发作不得。他领下圣旨，有意磨蹭，为的是在保定城里与过路进京的张之洞见面，以便通过再一次的隆重接待而以输诚意。

无论是从私心的钦佩角度，还是从今后的利益相关，袁世凯都希望能像与朝中的庆王那样，与张之洞建立非同寻常的情谊。

七十一岁的张之洞虽舍不得离开经营了将近二十年的湖广，却也对自己晚年能得到大学士、军机大臣的待遇而满意。人生追求的最高境地是什么，作为儒家弟子来说，还不就是入阁拜相吗？能做一代辅佐圣君成就大业的贤相，斯世足矣，夫复何求！身为军机大臣的大学士，有职有权，且可以天天面见太后、皇上。倘若能凭借这一切，推动全国的洋务事业，使十八行省都能像湖北一样学堂林立、工厂接踵、铺上铁轨、架设电线、水电连通、马路交叉，再加上用洋枪洋炮武装起来的劲旅，古老的神州不就迈进了时代的前列，贫弱的中国不就成了富强之邦吗？一花独放不是春，百花齐放春满园。武汉三镇、湖北全省即便好，也只是一城一省，只有全国都好了，才是整个中国的兴旺。调入京师，身居相位，才有可能实现这个愿望。古稀之年的张之洞，怀着这样一种美好的憧憬，留下湖北铁政局督办陈念礽等人在武昌继续原来的洋务实业，带着家眷和梁敦彦、辜鸿铭、陈衍等人告别鄂湘两省的官场士林、局厂商界，踌躇满志地登车北上。时序正是光绪三十三年仲秋。

两年前，芦汉铁路已全线通车。张之洞坐在豪华舒适的卧车厢，看着窗外的村庄田畴和那条年久失修，逶迤北上的千年驿道，想起过去进京时千里跋涉鞍马劳顿，如今睡卧之间便穿山越岭，一日千里，心里感慨万千。这条铁路正是自己在光绪十五年间亲手勾画出来的。历经几起几落的曲折，十多年间在历任直督的配合下，终于铺设成功，正在每日每夜造福于国家百姓。可以想象得到，在今后的岁月里，它将与南边正在规划中的粤汉铁路连成一气，对中国的自强伟业起着难以估量的作用。尤其令张之洞欣慰的是，芦汉铁路全线运行仅一年便将全部投资收回。铁的事实证明，自行筹款或向外国借款修筑铁路，是一件一本万利的大好事。芦汉铁路的成功，将会促使整个中国铁路事业的发展。

在一阵震天鸣叫声中，火车缓缓启动，张之洞伫立窗前，深情地望着倾注自己下半生全部心血的武汉三镇，心情颇为激动。

这座已具现代城市雏形的华中重镇，眼下的器局不仅远过京津，超迈穗港，就连有十里洋场之称的大上海，也未必比它强过多少，至于它的灵魂——以铁厂、枪炮厂和布、麻、纱、丝四局为代表的洋务局厂，则更是京津穗港所望尘莫及的。武汉三镇，今天是海内徐图自强的典范，明日就是富强中国的缩影。历史无疑会记住湖北洋务为中国强盛所作出的贡献，历史也决不会忘记我张某人的开创之功。

正在这时，他看到龟山脚下高大的烟囱正冒出一股浓重的黑烟，这景象给他以巨大的喜悦。他遥指窗外，孩子似的嚷道：“你们看，铁厂冒烟了！”

梁敦彦、辜鸿铭、陈衍等人都围了过来，顺着他的手臂眺望着，果然见汉阳铁厂的黑烟在越冒越浓。

陈衍有意恭维道：“香帅，您办的这些局厂可谓天下独有，海内无双！汉阳枪炮厂要超过德国的克虏伯厂。”

这显然是不合事实的出格颂扬，熟悉欧美现代大工业的梁敦彦，对陈衍这种文人习气极不满意，但见张之洞正在兴头上，也不便泼冷水，只是淡淡地笑着，不吱声。

梁敦彦刚卸下江汉关道，经张之洞的推荐，就任新成立的外务部司官。

“可惜，只有模样，没有精神。”不谙世故的辜鸿铭却不顾忌，他心里想什么嘴里便说什么。

辜鸿铭好与人抬杠。他的这种性格，张之洞和陈衍都清楚，所以也不生气。

张之洞笑道：“汤生，你说话可要负责任，凭什么我办的洋务局厂只有模样，没有精神？”

辜鸿铭也笑嘻嘻地说：“武汉的局厂我都去看过，欧美的局厂我看得更多，两相比较，我有这个感觉：武汉的局厂与欧美的局厂模样儿相似，但品性却相距很大。”

陈衍忙说：“模样相似是个基础，至于品性，可以慢慢培植，过些年后也就会差不多的。”

“你说得不对。”辜鸿铭较起真来，“模样相似是没有用的，关键在品性。湖北局厂，照现在这个路子走下去，是培植不了好品性的。”

张之洞开始有点不高兴了。他问辜鸿铭：“你听到什么啦？”

“我正要跟您说哩，香帅。”辜鸿铭一脸正经地说，“武昌闾巷里，流传这样两句俚句，说是官劣而为商，商劣而为官。前者的代表是一大群进入局厂的候补道，后者的龙头老大，便是铁厂的督办盛宣怀，经商发横财，现在做了朝廷中的一品尚书了！”

话是不错，但在如此好气氛下说这等败兴的话，这个辜汤生真是太不懂事了。梁敦彦见张之洞的脸色越绷越紧，心里暗暗想着：必须把话题转开。看着车窗外出现一大片沼泽地带，他赶紧对张之洞说：“香帅，这怕是古书上所说的云梦泽了。”

张之洞望了望窗外，说：“是的。楚襄王游云梦，游的正是这一片地方。”

陈衍的更大兴趣也是在这谈古论文上，于是忙插话：“这云梦泽因为楚襄王的游历而幻怪离奇，一直成为历代骚人墨客笔下的神秘之所。到了南宋时，有一个游方道士路过云梦，指着云梦之北说，三百年后此地将出天子，不想这话给他说对了。”

这话撩起了辜鸿铭的极大兴趣，禁不住问道：“天子是谁？”

张之洞斥道：“桑先生教了你一年的二十四史，你不好好读书，这下子对不上号了吧！”

梁敦彦说：“我听人说前明嘉靖皇帝以旁支从安陆进的京师，这天子是不是指的他？”

陈衍道：“正是。从此，云梦在幻怪的色彩上又加了一道尊贵的光环。”

张之洞似有所思地说：“可见这荆襄三楚是一块宝地，老夫的十九年心血不会白费。”

“那是自然的。”陈衍忙附和。

梁敦彦成功地将话题扭转过来了。大家谈历史说掌故，一路谈笑风生地穿过鸡公山，奔驰在豫中大地上。

次日午后来到了彰德府。

张之洞饶有兴趣地问辜鸿铭：“汤生，我考考你，你知道彰德府城外有个著名的遗址叫什么吗？”

辜鸿铭这些年来发愤苦读中国典籍，凭借他过人的记忆力和悟性，他比幕府中许多宿儒更通中国学问。只是他一直无机会作万里行的壮游，对中国的舆地所知甚少。他一向坦诚，知之为知之，不知为不知，遂笑了笑说：“我从未到过彰德府，真不知道这里有个什么著名遗址。”

张之洞捋须笑道：“我说汤生呀，你自夸对‘四书’‘五经’倒背如流，一到真要管用时，就露出先天不足的缺陷了。”

辜鸿铭望了望一边微笑不语的陈衍：“石遗兄，这地方难道与

‘四书’‘五经’有关？你告诉我吧！”

陈衍说：“听香帅给你上课吧！”

张之洞说：“《盘庚》三篇，开篇第一句是什么？”

“盘庚迁于殷。”不待张之洞说完，辜鸿铭便答道。

“对了。”张之洞指了指窗外。“这里便是殷。”

“哎呀！”辜鸿铭惊叫起来，头伸出窗外。“这里就是三千年前的殷都了！”

陈衍笑道：“可惜现在一片颓废，只能叫殷墟了。”

张之洞望着辜鸿铭说：“彰德府城外有个叫小屯村的地方，就是当年殷都的所在地。光绪二十五年，当地老百姓从古墓废丘里发掘不少兽骨，因为骨头大，大家都叫它龙骨。都说龙骨可以入药，治多年的风湿，于是北京同仁堂药铺就到这里来收购。我的内兄王懿荣那时正做国子监祭酒，他自己本是一个高明的医生，知道陈年兽骨的这种药用功效，听说同仁堂里有从河南收购来的龙骨，便买了一些。他是一个有心人，在龙骨上发现了不少像文字一样的东西。经过细细考证，认定这就是殷商时期记述卜筮的文字。就这样，王懿荣无意之间发现了这个埋在地底下三四千年的绝大秘密。”

辜鸿铭伸出大拇指来赞道：“王懿荣真了不起！真伟大！”

“可惜，他在庚子年为国捐躯了，龙骨上的文字没有继续研究下去。”张之洞叹口气说，“若让我自己选择的话，我宁愿不进京做大学士军机大臣，倒是愿意住在这里，大量搜集出土龙骨，把这个研究做下去。”

陈衍说：“这的确是件比做军机更有意义的好事。”

辜鸿铭认真地说：“香帅若呆在这里做龙骨文字研究，我愿伴着您，给您当助手。”

张之洞哈哈笑道：“可惜，我是身不由己，想留在彰德府也是不可能的呀！”

正说着，汽笛长鸣一声，火车在月台边停了下来。侍役们忙着下车打水取食物。这时一位身穿二品补服的中年官员，在几个随从的陪侍下，走上车来。

那官员不须打听，径直走到张之洞的身边，对正在看报的张之洞弯下腰说："香帅，您还认得下官吗？"

张之洞摘下老花眼镜，将来人认真地看了看说："你不是杨莲府吗？怎么到这里来了？"

"香帅好记性，下官正是杨士骧。"杨士骧谦卑地笑着说，"下官奉慰帅之命，特为到彰德府来恭迎您，下官在此地已等候三天了。"

"坐吧，坐吧！"张之洞伸出手来指了指对面的沙发。"慰庭这人礼数太多了，打发你到彰德府来接我，耽误你这多天，实在没有这个必要。不过，彰德府住几天也不会白住，你去小屯村看过殷墟了吗？"

"去过，去过！"杨士骧在沙发上坐了下来，乐呵呵地说，"我这次在小屯村买了三牛车龙骨，借这列火车运到保定城，公余要好好揣摩揣摩，兴许能认出几十个古字来。"

"太好了，太好了。"张之洞笑道，"到时你可以先给我看看，莫急着公布于世，免遭方家讥笑。"

"香帅愿意替我审核，那真是求之不得的事了。我随身带了几块龟壳板，有几个字，我自认猜得了七八分。请香帅看看，点拨点拨下官。"

"在哪里，快拿给我看看！"张之洞一副急迫的神态，仿佛一个贪玩的儿童，焦急地向大人索取一件新奇的玩具。

杨士骧从随从手里接过一个布包。打开布包，露出十来块沾着泥土的黑褐色龟板。张之洞急忙重新戴上老花眼镜，取过一块细细地审视着。辜鸿铭、陈衍等人也一人拿起一块，十分好奇地观看。奔驰北上的火车厢，顿时成了一个考古研究所。

看着张之洞的专注神色，杨士骧为自己精心准备的这一招而庆幸。

杨士骧是直隶布政使。四年前，张之洞进京路过保定时，袁世凯在总督衙门设盛宴招待张之洞。张之洞坐在主宾席上，左边坐着袁世凯，右边坐着杨士骧。二人殷殷勤勤地款待着这位贵客。可张之洞并不十分知趣。他基本上不搭理左边的主人，却对右边的主陪很热情。原因是杨士骧乃翰林出身，一肚子掌故学问，又极善言谈，与张之洞很对路。他们一起谈翰苑轶闻，谈前朝旧典，高谈阔论，津津有味，完全不顾及满座嘉宾贵客。别人倒不觉得怎样，袁世凯心里则很不是味道。他是酒席的主人，张之洞不对他热乎，已使他感到不快，更当着他的面大谈科场翰苑，明显是欺负他非两榜出身，腹中无筒。袁世凯被冷冷地晾在一旁，脸上虽挂着笑容，心里却嫉恨不已。

到了散席的时候，张之洞还送给袁世凯这样一句话："袁慰庭，想不到你一旦做了总督，身边便会有杨莲府这样的人。"

这句话的言外之意是，你袁世凯本是一个粗人，只是因为你做了总督，身边才会有才子学人跟着；假若你没有这么高的官位，这些人才不会看得起你呢！袁世凯被这句话噎得半死。

张之洞走后，袁世凯气得对杨士骧说："张香帅这样看得起你，你干脆跟他好啦！"

杨士骧是个圆滑得可以随意滚动的人。他知道袁世凯心里不平，忙赔着笑脸说："张香帅一副倚老卖老的架势，他即便要我去，我也不愿伺候这种人。他在慰帅您的面前大谈文事，其实恰暴露出他不懂军武的弱点。他是个乖巧的人，只有谈文事方可保全自己的脸面，若在您的面前一谈带兵打仗的人，便立即露了馅。我知道他的底细，只是不说破罢了。"

杨士骧这番话说得袁世凯转怒为喜，想一想张之洞已到了衰暮之年，实在没有必要跟他计较，于是很快便释怀了。这次袁世凯决定再来一次笼络张之洞，打算派一个人远到他的家乡河南彰德府去迎接，以出格的礼节来表示自己这一番仰慕之心。他立刻就想到了能与张之洞谈得来的杨士骧。杨士骧想，从彰德府到保定城，要坐将近一天的火车，再谈得来，也不可能谈一天的话。要怎么样来讨得老头子的欢心，让陪伴的这一天过得欢快而充实呢？他想来想去，想到了殷墟里出土的龙骨。在彰德府上车，从龙骨谈起，岂不会引发这位雅好古董的老名士的极大兴趣吗？

这一招果然灵。张之洞、辜鸿铭、陈衍和杨士骧四个人，面对着这十几块龟板，围绕着甲骨文这一新兴的学科，有着无穷无尽的话题。不知不觉间，列车已进入保定车站。保定城已是万家灯火的初夜时分。车刚一停稳，月台上便响起一片西洋军乐声。一行穿着簇新北洋军礼服的吹鼓手们，或握铜号，或背铜鼓，在一个手执银杆人的指挥下，整齐而嘹亮地吹奏一首满车人都听不懂的乐曲。

杨士骧起身对张之洞说："请香帅下车，在保定城住一夜，袁慰帅已在督府衙门摆下接风酒恭候。"

张之洞说："我看就不要下车了，这么多人去吵烦袁慰庭，也过意不去。你就下车去复命吧，代我们谢谢他。"

杨士骧急道："慰帅派下官去彰德府迎接，就为了请您在保定城住一夜。请香帅看在这番诚意上，赏脸下车吧！"

陈衍也觉得袁世凯用心太厚了，若不下车，也说不过去，便对张之洞说："袁慰帅是真心诚意请香帅下车，香帅给他这个面子吧！"

张之洞笑了笑说："袁慰庭这人，说好，好在这里；说不好，也不好在这里。一个官员，太注重迎来送往，太待人热情周到，就会分散心思，影响办实事。"

杨士骧忙说："袁慰帅因对您格外仰慕，才如此出格逾礼。对于别人，他并不都是这样的。"

这句话说得极得体，既袒护了袁世凯，也抬高了张之洞。

"好吧！"张之洞起身说，"也不要让袁慰庭太扫兴了。汤生，石遗，你们陪我到袁慰庭那里走一趟。崧生不舒服，你就和其他人留在车上不动，明天一早我回来就开车。"

众人簇拥着张之洞走下车厢。脚刚一落到月台上，便有一个穿着耀眼军服的青年军官跑上前来，向张之洞行了一个举手礼，声音洪亮地说："北洋第一镇第一协第一标标统马如龙奉袁大帅将令，在此恭迎张大帅，请张大帅一行上轿。"

张之洞检阅过江苏的自强军、湖北的新军，对这一套并不陌生，只是心里想，我又不是来检阅北洋军队的，何必如此！袁世凯这人太多事了。

他对着军乐队挥了挥手，便向着前边走去。就在这时，军号吹响，鼓乐齐鸣，月台上再次热闹起来。

张之洞上了绿呢大轿，在星月灯火中穿街走巷。突然眼前一片明亮，扶着轿杠陪同前进的一位小吏隔着轿帘说："张大帅，总督衙门到了。"

张之洞挑起轿门帘，看到高大木牌坊后面黑压压的一大片人，两旁高高地悬起四根灯链，在夜色中显得璀璨壮观。

绿呢大轿在木牌坊面前停稳，扶杠小吏将轿帘掀起，张之洞刚一迈出轿门，便听见旁边响起洪亮的豫东口音："张香帅，一路辛苦了，晚生袁世凯恭候香帅光临保定！"

原来，迎在轿旁的正是袁世凯，紧跟他身后的是直隶臬司、粮道、兵备道、保定知府以及北洋六镇的高级武官们。灯光下，但见粗矮壮硕的袁世凯一身官服，面带微笑，神采奕奕。身后的文武个个精神抖擞，虽已是八九点钟的夜晚，却不见丝毫疲惫倦怠之色；尤其那些武官，佩刀仗剑，笔立挺拔，英武之气毕露无遗。张之洞在心里叹息一声："老夫不如此人！中国的希望或许在他的身上。"

张之洞一改前两次的倨傲不恭之态，笑容满面对袁世凯说："慰庭，你太多礼了！"

袁世凯再次打千："香帅能赏脸下车，不仅是晚生的荣幸，也是保定全城的荣幸，若是白天，晚生会动员保定全城百姓来夹道欢迎。"

张之洞大笑：“若如此，乃老夫之罪过！”

说罢，拉起袁世凯的手，二人一道迈步向大门走去。

稍事休息，袁世凯便请张之洞入席。张之洞说：“老夫已在车上吃过东西，不必再吃晚饭了。”

袁世凯说：“为请香帅，晚饭已推迟了三个小时，想必同寅们肚子皆饿了，请香帅莫再推辞。”

张之洞惊道：“何须如此！大家为老夫饿肚子，老夫怎能心安？”

在袁世凯的陪同下，张之洞一行来到直隶总督衙门花厅。这里早已灯火通明，热气蒸腾，十多席八仙桌上罗列着山珍海味、美酒佳肴，香气弥漫着整个花厅，飘散到直隶总督衙门前后院的各个角落。

坐定后，由袁世凯带头，接下来直隶司道、保定知府、北洋六镇依次向张之洞敬酒，一个个拣最好听的话恭维着颂扬着，直视张之洞为当今的张陈房杜，一顶顶高帽子戴得老头子头晕晕的，心甜甜的。他怕自己酒后失态，每次敬酒都略微舔舔而已。袁世凯、杨士骧依旧分坐两旁，不断地夹送着各种珍馐美馔，张之洞也只是拣点清淡的尝尝而已。

为了弥补上次的过失，张之洞这次尽量多和袁世凯说话，不再有意和杨士骧说那些陈芝麻烂谷子的事了。

“慰庭，你什么时候进京？”

“不瞒香帅，晚生已经向太后、皇上递了折子，请求让晚生依旧在直隶不动。”袁世凯放下筷子，挺起腰板，神态严肃地回答。

“你不愿意进京？”

“也不是不愿意。晚生自觉才能有限，不是做外务进军机的料子，还是在直隶做总督顺手些。”

“慰庭呀，老夫劝你一句。”张之洞又下意识地捋起须，摆出惯常的架子来。“你还不到五十，前程远大。外官你已做了二十多年，历练也已够了，应该到京师里去做做朝官。再说，朝廷对你依畀甚大，外务、军机都是极重要的职位，决不在直督之下。中枢号令天下，做好了，对国家的贡献，要远胜一省督抚。”

对中外局势已看透的袁世凯心里冷笑着：这老头子是真不懂时局，还是假作正经？这个时候，还谈什么“中枢号令天下”！朝廷连派五大臣出国考察宪政的钱都拿不出，要各省分摊，它早已是一个空架子了，还有什么号令天下的资格？眼下的朝廷与各省的形势，跟晚周相差无几。朝中的军机宰相哪能与一个强省的督抚相比！老头子莫非让虚名给冲昏了头？

袁世凯想到这里，决定试探一下：“香帅，你历仕两朝，德高望重，从武昌调到京师，自是人心所望，朝野所归。做了大学士、军机大臣后，当然是以中枢号令天下，为国家所做的贡献要远过湖广两省。晚生不能跟您相比，且做事顾大不及小，难免遭人讥评。晚生进京，只怕反不如在直隶。”

张之洞说：“你平时做事，一向敢于负责，也颇自信，为何一旦叫你进枢垣，反而畏葸不前了？太后年高，皇上多病，国家又值多事之秋，正是我辈为君分忧、为国操劳之际。想你袁家，自端敏公起到令尊，都是救时的忠臣。你应当以先人为榜样，国事为重，自家为轻。好在你我同在军机，有事还可以一起商量嘛！”

国事为重，自家为轻。这样的语言，袁世凯只是童稚时代，从塾师的口中听到过，这几十年的军戎官衙之中，他再也没有听人说过这种话，自己心里也从不存这种念头。想不到这个白发消瘦的古稀老头，却吐出这等久违的古训来！一股怜悯之情油然而生：张香帅呀张香帅，今日四海之中还有几个像您这样想，大清朝廷包括老佛爷在内，有几个像您具这般心思？如此礼崩乐坏、人心鼎沸之际，您怎么还信奉这过时发霉的名教？

不过，袁世凯倒也从这两句话中看出张之洞的为人来。儒家信徒多迂腐，然则也多厚实。张之洞如此笃信儒学，他也一定是个既迂又实的人。与这种人打交道，不必担心他会两面三刀、倾轧陷害。今后到了军机处，还得多靠他为自己挡点风雨才是。

袁世凯诚恳地说：“香帅的教诲，使晚生大开茅塞。袁家三代深受国恩，晚生自当尽忠国事，不以个人为怀。若太后不准奏，晚生也不再坚持了。早日进京办事，朝朝夕夕可得香帅指教，请香帅到时切莫以晚生愚钝而嫌弃。”

张之洞笑道：“你都愚钝，那天下无聪明人了。”

另一桌上，直督幕府总文案杨士琦等人陪着辜鸿铭、陈衍，也是觥筹交错，谈兴甚浓。杨士琦对他的主子袁世凯很是崇拜。言谈之中对袁的本事之大发迹之快钦佩不已，说起袁的一妻八妾之艳福及其后院之宏阔豪华来，更是垂涎不已。辜鸿铭瞧不起杨士琦这副巴儿狗的神态，更对袁世凯的聚敛贪婪甚为厌恶，趁着酒兴，他笑着对杨士琦等人说：“我给你们说点洋人的事吧！”

直督幕僚们都知道这个混血儿的不凡经历，于是纷纷举杯叫好。其中一个年轻人更是嬉皮笑脸地说：“辜先生，你逛过洋窑子吗？洋嫖客和咱们中国嫖客有不同吗？”

辜鸿铭听了这话，又好气又好笑：“洋女人我倒是有几个相好的，洋窑子可没去逛过。但我知道洋嫖客和中国嫖客是有不同的地方。”

“有哪些不同？”五六双眼睛饿狼似的瞪向辜鸿铭。

“洋嫖客嫖娼为己，中国嫖客嫖娼为人。”

辜鸿铭的这两句话把满座给弄糊涂了。这些饱读“四书”“五经”的幕僚都知道孔子有句名言，道是“古之学者为己，今之学者为人”，却对辜氏的这两句嫖经颇为费解。这是什么意思？难道中国嫖客嫖娼是给别人看的？

那个年轻人央求道：“辜先生，请你解释下。”

辜鸿铭原本不过借用《论语》两句话来标新立异、耸人听闻罢了，其实并没有什么深意在里面。年轻人这一问，他一时倒给噎住了。好在他脑子灵活，立即便有了答案：“你们不知道，外国人富裕，温饱不愁，做娼妓的只是变个法子来寻乐趣而已，故嫖客也不需花费太大，彼此都是为了自己。中国女人做娼妓，多为生活所迫，卖身是为了钱，恨不得一夜掏尽嫖客的半年薪俸，所以中国的嫖客为的是养活娼妓。这不是为人吗？”

年轻人感叹起来：“看起来下辈子一定要做个洋人才是，连当嫖客都当得潇洒。”

众人都笑起来。

杨士琦说：“还是听辜先生说洋人的事吧！”

“有一天，一个来华的英国绅士对我说，你在英国多年，知道英国人有贵种贱种之分吗？我只知道印度人有这种区分，在英国时倒没有听说过。我如实以告。那个绅士说是有分别的，只是你不知道罢了。我问他如何区别。他说，看他们到中国后的表现便知道了。凡英国人在中国住了许多年，体形不变的则是贵种。若到了中国没有多久，便迅速发胖，大腹便便的则是贱种。我问这话从何说起。那绅士说，在中国，各种食品，都比英国便宜，凡贱种都喜欢贪小便宜，于是大吃大喝，很快就赘肉累累了。”

一个幕僚禁不住插话：“辜先生，用这种办法真的可以分出贱种贵种来吗？”

“我后来有意观察，证明这个绅士所说不诬。”辜鸿铭满脸正色地说，“其实，用这个办法也可以区分出中国官场的贵贱来。凡做官的，取钱取物都远比老百姓容易。贵种则不以这种容易而多取，谨守本分，饮食起居与常人无异。贱种却不然，他们利用手中的权势，大量攫取民脂民膏，肥私利己，大起洋楼，广置良田，小老婆讨了一个又一个……”

“哈哈哈！”刚说到这里，听者都知道辜鸿铭的醉翁之意了，不约而同地哄堂大笑起来，弄得杨士琦脸上尴尴尬尬的，很不自在。

陈衍知道辜鸿铭的老毛病又犯了。他生怕弄得主人不快，忙圆场，端起酒杯对杨士琦说：“我们这个辜汤生，是逢佳朋美酒则话多，今天各位既是博雅君子，燕地之酒又醇厚甘美，他说起话来便口无遮拦了。来来，我和汤生借花献佛，敬杨总文案和各位一杯！”

于是大家都举起酒杯，十分豪气地互碰了一下，均一饮而尽。

在主客皆欢之中，直督衙门的奢豪夜宴终于结束了。

袁世凯对张之洞说：“今夜请香帅委屈在幽燕客栈歇息。明天上午，晚生再恭送您上车。”

张之洞说：“吵烦太多，明天你不要送了。”

杨士骧说：“慰帅想尽尽地主之谊，香帅您就不要推辞了。”

袁世凯说：“晚生知香帅一向不受别人馈赠，故也不敢备什么礼相送。只是有一样东西，晚生和莲府商议着要相送，想必香帅不会推辞。”

张之洞望着杨士骧说：“什么东西？”

杨士骧笑着说：“就是从彰德府带来的那些个宝贝。”

张之洞还没有回过神来，袁世凯说：“莲府对晚生说，香帅昨天在车上，对殷墟龙骨有极大的兴趣，好些个文字已被香帅破译了。晚生说，既然香帅是考订龙骨的专家，不如把你带来的那三牛车龙骨都送给香帅，供香帅公余赏玩研究。莲府说，就不知香帅肯不肯赏脸收下。”

“老夫收下，收下。”张之洞从来没有这样爽快地接受别人的赠与。“老夫把它们都带到京城里去，如果能看出点什么名堂来的话，说不定今后还要麻烦彰德府替我多收集点送来。”

杨士骧高兴地说：“这个容易，我立即打发几个人去彰德住上半年，好好地再收集几牛车龙骨来，运到京城里去！”

张之洞笑道：“莫着急，待老夫先好好看完这三牛车再说。”

望着张之洞等人的绿呢大轿消失在夜色中，杨士骧对袁世凯说：“看来老头子这回让您给笼络上了。”

袁世凯道：“这还得谢谢你的那些烂牛骨破龟板！”

杨士骧说：“拿什么谢我？”

袁世凯反问："你要什么？"

"直隶总督！"

"行。"袁世凯立即答应。"不过有一个小条件，你每年至少得给我五十万两银子，我好应付京城里那班饿鬼。"

杨士骧点点头："这好说。"

朝廷的要职，国库里的银子，就像做小买卖似的，如此三言两语就给敲定了。

二　力禁鸦片的张之洞没想到十多年来居然自己天天在吃鸦片

抵达京师，安顿好的第二天，张之洞便进宫递牌子，请求召见。第三天上午，慈禧召见张之洞于养心殿东暖阁。中秋节临近了，太后赏张之洞节礼：福、寿字各一帧，各色月饼两大盒，金银馃子各五十个，西湖藕粉四斤，广西沙田柚二十个。当内务府将这些御赏抬到先哲寺张寓时，大家都欢忭喜悦，但真正的被赏者却高兴不起来。

原来，太后只和他谈了不到半个钟点的话，全没有四年前见面的那种君臣相对而泣的亲热感。最令他意外的是，太后叫他依旧管理学部事宜，继续四年前的未了之事。至于张之洞最关心的立宪大事，太后只字未提。张之洞走出养心殿后心里纳闷着：将我张某人从武昌调来，难道就是学部的事无人管吗？以体仁阁大学士军机大臣来做学部大员，这办学堂的事情，难道在太后的眼中竟有如此高的地位吗？

令张之洞忧忡的还有两宫的健康状况。七十三岁的太后尽管浓妆艳抹，仍不能遮掉她颜面上的苍老。太后斜靠在龙椅上，声音轻微而干涩，全然没有了过去的甜美柔润，令人听了很不舒服。

显然，半个钟点的谈话，对她已是一个很大的负担了。看来召见时间的短促，很可能不是对自己的冷漠，而是体力不支。想到这点后，张之洞的心情十分沉重。他对太后一生充满着感恩戴德之心，尽管有庚子年的重大失误，但太后在他的心中依然是值得尊敬的。现在，这位执掌大清江山近五十年之久的皇太后，真正到了油尽灯干的时候，他怎能不忧虑！倘若皇上是个圣明之主，太后即便撒手而去，国家也可在平静中度过那段悲痛的时候，但偏偏是皇上既不圣明，又沉疴在身！

召见时，皇上并未在座。张之洞在请皇上圣安的时候，慈禧只冷冷地答了一句："皇帝在瀛台养病，已有半年多不见臣工了。"母子之间的深重隔阂已让张之洞心惊，而外间关于皇上病势沉重的传闻，也在这句没有任何感情在内的话中得到证实。

太后衰老，皇上病重，大清朝的又一次重大变故迫在眉睫，此时的大学士军机大臣，将要面临着怎样的艰难乃至危险！

正在沉思时，只见大根进来禀报："鹿中堂来访！"

自从前年夫人去世，大病一场后，鹿传霖是明显地衰老了。他浑身虚胖，四肢乏力，在自家后院散散步都感到疲倦，入秋以来，因为气候干爽适中，才略觉好受一些。

郎舅同拜大学士共处军机，这是少有的殊荣，鹿传霖自应来看望看望，同时也要和内弟好好聊一聊。

张之洞也巴不得早日和姐夫见一见面。听说姐夫主动来访，忙亲自出大门迎接。

聊过一番家事后，两个军机大臣都更有兴趣谈军国大事。鹿传霖向内弟介绍了军机处的近况。军机处现有五人：庆王奕劻，文华殿大学士、礼部尚书世续，他本人再加上新进的张之洞和袁世凯。揣摸太后的意思，醇王载沣也即将进军机处。

"载沣进军机处？"张之洞摸着枯白而稀疏的长须，边思忖边说，"是不是醇王府又会出一代天子？"

皇上虽只有三十八岁，但这一两年病情很重，知内情的人都晓得皇上的病好不起来，龙驭上宾只是早晚的事了。皇上没有儿子，天命将归于何人，这是京师高级官员们最为关注的大事。如果看准了，早下工夫，将是一本万利的绝大生意。一年前，奕劻的儿子载振曾被人看好。论血脉，载振是远了点，但奕劻现在是太后之下、万人之上的实权在握者，太后对他圣眷最隆，而且载振聪明伶俐，模样周正，甚得太后的欢心，年纪轻轻就做了新成立的农工商部尚书，显然是在着意培植他。但不久，杨翠喜一案被披露，载振的皇储一说也便随之而破了。原来，朝廷准备新设黑龙江、吉林、辽宁三省，派徐世昌与载振去东北实地考查。袁世凯的小站亲信候补道段芝贵，在老主子的支持下想谋取黑龙江巡抚一职，趁着徐世昌、载振过天津的时候，用一万二千两银子买下津门名伶杨翠喜，送给好色的公子哥儿载振。果然，这一美人计十分管用。段芝贵很快被任命为黑龙江巡抚。此事被御史告发，虽后来经奕劻、袁世凯周旋，没酿成大祸，但到底引起慈禧的反感，载振被迫辞去尚书一职，段芝贵的黑龙江巡抚也泡汤了。载振做不成皇储了，皇储又可能是谁呢？大家将各王府排来排去，一时都难以拿准。

鹿传霖点点头说："你的猜想有道理，我和世续也是这样认为的，很可能由载沣来继承他二哥的位置。"

张之洞说："我看载沣的可能性不大。皇上刚继位的时候，太后就许下承祧穆宗的诺言，若载沣继位，太后还能看到她亲生儿子的承祧人吗？我想，这天命多半要落在载沣儿子的头上。"

这话提醒了鹿传霖。他拍了一下脑门，脸上欣欣然地说："还是你看得透彻。载沣的儿子溥仪两岁多了，载沣虽是老醇王的侧福晋刘佳氏所生，但他的福晋瓜尔佳氏则是太后指定的。瓜尔佳氏是荣禄的女儿，荣禄很受太后的器重。那年病逝时，太后不仅亲去吊唁，还动了真情，哭了。"

张之洞说："你这一说，事情就越发明朗了。今后我们对这位小醇王，就更不能等闲视之。你与他打过交道吗？"

"见过几次面。"

“人怎么样？”

鹿传霖说：“长得还算清秀，对老臣们也还有礼貌。只是器宇不宏阔，见识平庸，顶多只能算个中下之材。”

“唉！”张之洞叹了一口气。“多年前，有一位朝廷大员就对我说过，遍视近支王府，找不出一个像样的人物来。王室乏人，此乃国家之大不幸。”

鹿传霖说：“还有一件事，我也很忧郁。太后这几个月时常闹病，七十好几的人了，时常闹病，可不是好征兆。万一她走在皇上前头，这事岂不更麻烦了！”

“是呀！”张之洞轻轻地附和着。心里想：万一这种事情出现了，谁来应付这个乱局呢？做湖广总督时可以不想这种事，可如今身为大学士、军机大臣，到时是想推都推不掉的呀！国家大事，千头万绪，这立储立君，可是头等大事呀。未雨绸缪，作为相国，第一要绸缪这桩事才对！

“香涛，你知道，袁慰庭为何被调进京城吗？”鹿传霖换了一个话题。

在张之洞看来，袁世凯调进京，应看做是太后对他的重用。尽管总督与尚书品衔相当，但外务部的前身是总理各国事务衙门，主持者从早期的奕䜣、文祥，到近期的李鸿章、奕劻，其地位都远在一般总督之上。袁从直督到外务部尚书，地位应是上升的，何况又兼军机大臣，不应该是某些人所说的明升暗降。张之洞说了这番看法，但鹿传霖摇了摇头。

“这是满洲亲贵在打击他。香涛，你或许不知道，眼下京师一个新的朋党正在形成，这就是满洲亲贵党，它的盟主是肃王善耆，骨干有良弼、载洵、载涛、铁良等人。”

十多年前陪俄皇太子访问武昌的善耆，过去因受慈禧的压抑，一直不问政事。他的最大爱好是唱皮黄，常召伶人来王府演戏取乐，他自己有时也粉墨登场。近两年善耆受西风影响，也爱议论立宪改制等国事，很想通过变革来改变自己无实权的冷王爷身份。载洵、载涛是载沣的同母弟，因过继的原因都早早地封了贝勒。这两个贝勒虽年轻无本事，却有很强的权力欲望。铁良、良弼都出身于贵族，从日本士官学校留学回国，铁良已掌新成立的陆军部，良弼是铁良的助手。善耆既是王爷，又年长，便自然成了这个新党的头领。

“革命党头目孙文等人在日本组建同盟会，提出驱逐鞑虏的口号，将满汉之间的嫌隙重新挑起。善耆这一班满洲亲贵们血气特盛，想要来个针锋相对，全部排斥汉人。香涛，你还不知道，近来京师满汉对立到了何种地步，有的衙门，甚至满汉之间互不交言。”

张之洞一惊：“满汉不交言，公事如何办？”

“如何办，只有拖下不办呗！”鹿传霖无可奈何地摇摇头。“铁良虽然掌了陆军部，袁世凯训练的北洋六镇也有四镇划归了陆军部管，但北洋军队是袁世凯训练出来的，部属们都听袁世凯的话，不买铁良的账。铁良等人于是将袁世凯视为大清朝最大的隐患，要彻底削掉他的实权，故而将他从保定调到京师。”

“噢——”张之洞长长地叹了一口气。他似乎已看到前面道路上的亮光在一点一点黯淡下去。

后来，张之洞不断地从儿子仁权以及其他旧友那里听到类似的话，大家为张之洞勾画了这样一个时局。

一是朝廷对改制一事举棋不定。各省都有立宪的呼声，海外更有立志推翻朝廷的革命党。于是有一些大员认为，与其被革命掉，不如立宪，尚可依旧维持皇室至高无上的地位。以载泽为首的五大臣考察东西方各国宪政回国后，也倡导立宪变制。载泽是慈禧的侄婿，他的话慈禧还能听得进去。慈禧知民心在立宪，但她本人又不能接受这个新事物，遂来个预备立宪，待九年后再行宪政。她的内心深处的想法是，九年后她已死了，到那时你们爱怎样就怎样吧。慈禧的真意明眼人一看就清楚，于是大家都敷衍着，预备立宪就变成了假立宪、不立宪。社会上反对之声很强烈，朝廷处在众矢之的的位置，日子很不好过。

二是满汉对立严重。一批满洲少壮派力主排斥汉族大员，将国家大权全夺过来，掌握在自己手里。朝廷各部各衙门的汉员人心惶惶，无意做事。

三是去年的官制改革，将过去的旧秩序打乱了。由于内外形势不安宁，新的秩序建不起来，官场基本上处于瘫痪状态。

四是太后高龄多病，皇上朝不保夕，大清的家今后还不知谁来当，大家都在观望之中。公事得过且过，做一天和尚撞一天钟，甚至只做和尚不撞钟。朝廷上下，虽官员林立，实际上是一盘散沙，稍有个风吹草动，便有可能顷刻崩塌！

唉，张之洞可真没想到，京师的状况竟是这样的糟糕。面对着如此局面，能做什么呢？你说要各省都像湖北一样办洋务吗？你一个人的话，督抚不会听，你先得说服军机处。军机处的领班是庆王，庆王的心思在个人聚敛，国家是否强盛，他并不放在心上。他能支持你吗？即将进来的醇王当然也是领班，他的心思自然放在醇王府里出第二代天子的事情上。他能有这份闲心来管各省的洋务吗？即便军机处同意，还得奏请太后、皇上，眼下的太后、皇上自身处在病痛之中，他们哪里会去管国家的事？张之洞终于明白了，这大学士军机大臣原来并不是做惯了督抚的人所能做的差事。想想自己，从光绪七年外放山西巡抚以来，独当一面，独自主政，已经二十六七年了，特别是谅山大捷以后的二十三四年里，主持两广，经营湖广，真个是台上一呼阶下百诺，想说什么说什么，想干什么干什么，无人阻挡无须禀报。人们将督抚比之为一方诸侯，真是再恰当不过了。怪不得，功高盖世的曾国藩一直安于两江总督的位置，怪不得英雄一生的左宗棠只做了三个月的军机大臣便急着离京去做闽浙总督，原来他们都是大明白人啊！张之洞想到此，禁不住心中悲凉起来。北上前的满腔怀抱消解了多半。他甚至有点后悔，不该在这种时候贸然进京。

辜鸿铭不知张之洞的心事，欢快地闯了进来，喊了一声：“老相国。”

自从抵京的那天起，大家便一律改口，不再叫香帅，而叫老相国。不是总督，自然不能称帅，大学士就是宰相，这称呼的改变是恰当的。前几天张之洞听了很觉舒服，今天听辜鸿铭这么一叫，他倒觉得身上陡然加了一道无形的压力。

“老相国，听说太后赏了您紫禁城骑马的特殊待遇。您今后入宫，是不是骑着马去？”

面对着这个没有机心的混血儿的天真提问，张之洞不觉笑了起来：“紫禁城骑马，就是骑着马进紫禁城吗？”

辜鸿铭被张之洞这一反问，倒弄得糊涂起来。他摸了摸光秃秃的前脑门，用至今仍不标准的中国话问：“这我就奇怪了，明明说是赏紫禁城骑马，为什么又不是骑马进紫禁城呢？”

张之洞说：“赏紫禁城骑马，就是赏一个这东西。”

说罢，顺手将茶几上的一样东西递过来，辜鸿铭忙接过。原来这是一根尺把长拇指粗的小木柱，木柱的一端拴着一根两尺余长的紫色丝绦。辜鸿铭端详许久，问：“这是什么？”

“这是一根马鞭。”张之洞淡淡地回答，“马鞭就意味着骑马。太后赏你这根马鞭，就等同在紫禁城骑马，并不是要你真的骑马进宫。”

辜鸿铭睁大着一对灰蓝眼睛，说：“即便是马鞭，这也不是呀！这种马鞭作得什么用，只配在舞台上做马鞭的道具。”

张之洞说：“说得好，它只是道具。汤生，你知道吗？人生就是一台戏，身边所有的摆设，即便是名利，也不过道具而已。”

辜鸿铭的灰蓝眼睛睁得更大了。他跟随张之洞二十多年了，从来只见他汲汲乎事功，何曾有过半句“人生如戏”的悟道话！难道说进入枢垣位极人臣，反而还颓丧了吗？

学部也真是没有什么可管理的。京师大学堂的章程早已定好，剩下的事只是学堂本身的按章办事罢了。辜鸿铭提出向西洋学习，在首都建一个国家图书馆。张之洞很赞同这个建议，遂专门上了一道折子，请建京师图书馆，虽得到允准，但经费没有着落，京师图书馆也便只是一纸空文。

不久，广东和四川又重提粤汉铁路和川汉铁路的旧事，闲不住的张之洞又自请充任督办这两条铁路的大臣，但也只是挂名而已。因为种种缘故，铁路修建的进展十分缓慢。

张之洞在京师，虽然位居大学士军机大臣，却仿佛有闲人之感，国家的重大决策以及各省督抚将军的人事任免，似乎都只是在庆王、醇王和世续这几个满洲王公大臣之间暗中进行似的，他和鹿传霖、袁世凯等人都若隐若现地被排除在这个圈子之外。张之洞所做的事，多为祭祀、典礼、陪同接见外国公使之类可有可无的应酬。想起十八九年间武昌王的风光，他心里既空虚又郁闷。

这一天上午，他独自坐在家里，漫无目的地翻看近日印发的各类报章。大根进来禀报："有一位官员打发仆人送来一封信函，仆人说他家老爷是四叔您的故人，希望来拜访您。"说着将信函递过去。

张之洞心想：是哪位故人？当年的清流朋友，还是从两广两湖调进京师的过去僚属？边想边将信拆开，一张印制精美的大红名刺从信封里掉了下来。他拿起一看，上面写着：满洲正白旗呼拉尔贝子嫡长孙，前太常寺卿，蒙恩加三级致仕，颐年堂主葆庚字啸亭。

张之洞心里骂道：原来是葆庚，他有什么资格称我的故人？信封里还有一张纸，张之洞将它抽出来，只有短短的几行字："太原别后至今，二十五六年了。岁月匆匆，你我都垂垂老矣，想必阅历会给你带来真学问。闻已拜相进京，能否于万几中抽半日之暇，以叙旧情？"

一股极大的不悦冲上脑门，他将葆庚的名刺和信扔在一旁，躺在椅背上呼呼出气。

大根瞟了一眼名刺后问道："原来是先前的山西藩司葆庚，他不恨死了您吗？为何还要来见您？"

是的，他为何要见我？张之洞默默地思索着：若说我现在是大学士军机大臣，他想巴结的话，名刺上明明写着“致仕”二字，既已不做官，就没有巴结的必要。若说叙旧情，山西的旧情只能使他痛苦，没有哪个人愿意自揭伤疤，何况当着刺伤他的人的面？

那么只有一点，葆庚是想在我的面前炫耀他这些年的高官厚禄，炫耀他的蒙恩加三级致仕。而且还要翻案：他当时没有错。“真学问”三个字，不是分明指责我当时只凭书生意气而缺乏真学问吗？

好个贪官污吏葆庚！他既敢这样肆无忌惮地在我面前耀武扬威，把他叫来，好好地训斥一顿。张之洞正要大根把这话告诉送信的人，转念一想，又觉得太没意思：是谁使得他失之东隅，收之桑榆？是谁使得他敢于否定自己的罪行，秋后算账？还不是朝廷吗？还不是有一批居高位掌重权的人和他站在一边吗？张之洞又想起刚到武昌不久，便收到曾国荃寄来的由王定安写的《湘军记》。在序言里，曾国荃竟然无视事实，颠倒黑白，称王定安为异才，只因命运不好而仕途不顺。当时他真想和这个横蛮不讲理的曾老九打一番官司，只是那时正在筹建铁厂，忙得不可开交，实在分不出这份心来才作罢。许多正派清廉的人受压遭屈，痛苦一生，却有更多像葆庚、王定安这样的宵小之徒，偏偏左右逢源，快乐享受一辈子，说不定还要在史册上留下一个美名。这天道人世，难道真的原本就不公不平吗？

张之洞很有些心灰起来，吩咐大根：“你告诉送信的人，我近来身体不适，见面一事，以后再说吧！”

大根心里有气说：“四叔，让他来，您教训他一顿，杀一杀这个老东西的威风！”

张之洞叹了一口气，苦笑道：“我平生有三不争：一不与俗人争利，二不与文士争名，三不与无谓争闲气。我犯不着与葆庚这种无谓人争闲气，弄得自己不舒服。”

就在张之洞进京后事事不顺，心情抑郁时，武昌城又给他传来一件极不幸的消息：佩玉永远离开了他和孩子们，撒手走了。

得到噩耗后，张之洞老泪纵横，一连几天都沉浸在悲哀之中。

自从光绪十年佩玉过门来，陪伴他至今已是二十三年了。二十三年间，佩玉为他生下两个儿子，为他操持家政，勤勤恳恳任劳任怨，奉献了一个女人的全部生命。离开武昌时，佩玉虽已病重，但还只有五十一二岁，张之洞没有想到她会先他而去，只是嘱咐她好好养病，病好后再进京。仁侃虽已跟着他北上，拟于明年与王懿荣的侄女完婚，但还有仁实在家陪着。另外，念礽准儿夫妇都近在咫尺，随时可以照应。张之洞对佩玉留在武昌是放得心的。原指望她明年春暖时来京师，参加儿子的婚礼，不料竟然看不到儿子大喜这一天了！

张之洞悲痛的心情中更多的是愧疚。在准儿未嫁、环儿未过门的那八九年的日子里，张之洞尽管忙碌，很少有缱绻缠绵、两情相依的时候，但心里还是有佩玉的。有时，他也会叫佩玉给他弹上一曲，在她优美的琴声中感受到家庭的温馨和佩玉对他的情爱。有时，他也会和佩玉兴致浓郁地谈些家常琐事，回忆太原、广州时的往事。在絮絮叨叨的对话中，感受到夫妻真情的可贵和世俗生活的乐趣。后来，环儿过了门，大大地分去了他对佩玉的爱恋。再后来，他一天天的衰老，又加之洋务局厂的诸多不顺，佩玉虽仍给他操持家政，但他的心中却对她渐渐地淡薄了，有时甚至不会感觉到她的存在。

张之洞知道，最后使佩玉生下大病并一病不起的则是因为织布局事件。

由李满库而引带出的织布局事件，给张之洞很大的打击。事情后来的处理虽说还算满意，但张之洞却一直将织布局事件视为他洋务事业的一大污点。他恨李满库不争气，给他丢脸，这种恼怒也自然迁到佩玉的头上。佩玉为此忍气吞声。她没有在丈夫面前为弟弟辩护过半句，背地里常常以泪洗面。就这样，她终于落下病根。

张之洞也知道佩玉是无辜的。自己心绪平和的时候也会去劝慰她，但越这样，佩玉越会深感愧疚，终于由自怨自艾而自害自戕！

张之洞猛然想到，像佩玉这样善良而懦弱的才女，其实是不应该嫁到官家，尤其不应该嫁一个像他这样以功名事业为生命的大官丈夫的。倘若佩玉嫁一个与她志趣相投的男人，夫唱妇随，琴瑟和谐，或许没有地位，也或许一辈子清贫，但夫妻之间以沫相濡，互为依伴，内心是充实的、甜美的，不会再有别的女人进门来分出丈夫的爱，也不会因为拥有权势而导致意外的不幸。

娶佩玉的时候，张之洞对将给佩玉带来幸福是充满着绝对信心的。回头来看，二十多年间，佩玉跟着他，却并没有得到多少幸福。

回想过去做闲官的时候，他与石夫人、王夫人之间也曾有过很恩爱的夫妻情意，做督抚以后，一年到头，有操不尽的心、做不完的事，家庭情趣的确少了很多。难道说，权与情就一定互不相容吗？难道说，追求功名事业就必须要牺牲爱情和亲情吗？

张之洞真想回武昌去，亲自祭奠一下佩玉，在佩玉的灵前诉说这些年的苦衷。但是，他一个堂堂相国，一个军机大臣，能为妾姨的死而离京离职吗？这当然是不可能的。他叫仁侃立即赶到武昌去，主持母亲的丧事。又特为让仁侃转告准儿，要准儿在佩玉的灵前代他奏一曲《幽涧泉》，算是他为佩玉送行。然后再把当年吴秋衣赠的桐木所制的那把“山水清音”琴焚烧在她的坟头，让她带着这把琴上路，也表示他会永远记住他们这段以琴相会的情缘！

因为佩玉的突然去世，张之洞更加衰老，豪气和雄心似乎正在一天天离他而去，他心中常有风烛残年之感。这使他恐怖，也令他无奈。

赵茂昌送的人参半个月前就用完了。这半月里他每天喝的从京师同仁堂买的人参，但效果相差甚远，他愈来愈神志分散、精力不支了。环儿说：“赵老爷请人制的人参效果好，不如叫他来京师一趟，将技艺传给大根，今后由大根照着制。”

张之洞想想也是，便发了一个电报到武昌电报局。做了十多年武昌电报局督办，前些年又身兼湖北轮船公司督办的赵茂昌，而今已是腰缠万贯、富甲荆楚的实业家了。他接电报后乘火车来到北京。

张之洞说："你在武昌，今后人参寄到我这里不方便。你将你的制作方法告诉大根，让他如法炮制，彼此都好些。"

赵茂昌迟疑片刻后说："这事还是由我来做吧！我每个月寄一包给您，就不需要再买同仁堂的人参了。"

张之洞说："那太费事了，你就传给大根嘛，也让他多一门手艺。"

赵茂昌心里仍在犹豫。

见他一直不答应，张之洞心里烦了："你是不是有什么绝技不愿传出来，别人不传，难道大根都不传吗？"

见张之洞不悦，赵茂昌忙说："没有绝技，也不是不愿传给大根。"

张之洞绷紧脸问："那为什么不按我的话办呢？"

赵茂昌已无路可走了，只得说实话："方法很简单，只是您听了会不高兴，这人参是从鸦片水里泡出来的。"

"什么？"张之洞大吃一惊。"这么说来，我张某人等于吃了十多年的鸦片烟。你这个混账东西！"

张之洞觉得有一种蒙受大骗的耻辱感。他怒不可遏，抬起脚来，朝着赵茂昌的身上踢去。他早已虚弱不堪，这一脚并没有踢痛赵茂昌，倒让他自己跌倒在地！

众人忙把他扶起。赵茂昌也走过来搀扶，张之洞怒气未消："你滚吧，我不想再见到你了。"

独自坐在椅子上，张之洞心里痛苦极了。他想起做山西巡抚时，雷厉风行挖罂粟苗禁鸦片烟的往事，想不到一个疾鸦片如仇、与鸦片势不两立的人，竟然每日与鸦片相伴十多年，而居然一点不知！

"赵茂昌真是个小人！"张之洞恨恨地骂道。

"我看也未必。"环儿在一旁说，"赵老爷也是为了你好。这十多年来，你吃了他制的人参，精力充沛，公事办得好，六十四岁又生了个满崽。你应当感激他才是，怎么反而骂他是小人呢？"

环儿这几句话，句句说到点子上去了。尤其是六十四岁得子这件事，像是突然将他敲醒了。是呀，自己体魄并不十分健壮且公务繁忙，这份难得的福气，不是靠的鸦片水泡出的人参，又靠什么呢？想到这里，张之洞对赵茂昌的怨恼减去八成。

“他应该告诉我才是。”

环儿说：“他知道你恨死了鸦片，告诉你，你还会吃吗？其实照我说呀，鸦片也不是那种坏透顶的东西，那么多人喜欢它，总有一点道理。乡下人说清水里养不了鱼，世上的事也不必太清清爽爽，睁只眼闭只眼，彼此都过得去就行了。”

张之洞睁大眼睛看着环儿，仿佛觉得她这番极简单的话里有着很多可咀嚼的内涵，初听不大对味，细想又不乏道理。他猛然想起葆庚信上的“真学问”三字。“真学问”是不是环儿说的这番话呢？

“你说说，我是吃下去，还是不吃？”

环儿“扑哧”一声笑了起来：“这还要问，当然继续吃下去。我还向你建个议，应该在京中为赵老爷谋个差事。这样，他今后为你制药也方便。”

张之洞没有做声，心里已经认可了。

过两天，他委派赵茂昌为粤汉川汉铁路办事处帮办。这个天下第一美差对赵茂昌来说，真是喜从天降。十多年不露声色的献媚功夫，终于获得了巨大的成功。

吃了赵茂昌亲手炮制的鸦片人参后，张之洞的精神很快有起色。就在这个时候，他时时担心的变故终于在悄没声息中突然发生了！

三　瀛台涵元殿，袁世凯在光绪遗体旁痛哭流涕

光绪三十四年十一月二十日，刚过寅初，张之洞就起床盥洗了，确切地说，他昨夜一夜未眠。正是仲冬季节，京师早已天寒地冻，这些日子更兼阴云密布，窗外是一片沉入深渊似的黑暗，既没有半颗星

光，也不见一盏灯火。屋内尽管烛光明亮，炭火熊熊，身着狐袍貂帽的张之洞仍有一种寒气逼人的感觉。这不仅仅是气候的冷，更是因为他心中的神魂不宁。就在两个多时辰之前，他经历了一生中最为惊悸的时刻。

昨夜，自鸣钟刚敲过九下，按照素日的习惯，他在环儿的服侍下，脱衣摘帽正要上床歇息。突然，大门外响起了一阵敲门声。这声音急切而慌乱，在冷清寂静的冬夜，显得格外的刺耳和恐怖。

张府上下的心都揪了起来，不知出了什么事。大根打开门后才知道，宫里打发两个太监来，请张大人立即进宫，老佛爷夤夜召见。

慈禧最善保养，绝少夜晚办事。这种破例的冬日深夜召见，一定有大事。联想到两宫重病的背景，一个可怕的念头涌上心头：莫不是有非常之变？怀着惊疑不定之心，穿过后宫肃杀空旷的长街，张之洞来到灯光摇曳、寂静无声的养心殿东暖阁，和醇王载沣、世续一道跪见慈禧。老太太愁容满面，声气微弱，一副病入膏肓的模样。在令人阴冷窒息的气氛里，慈禧宣布了一个惊人的消息：皇帝快不行了。

张之洞听到这句话时，脑中“嗡”地响了一下，手脚立时便觉绵软无力。耳畔又响起慈禧细弱的声音：“我本想让载沣来接替，但皇帝登基之日，我便已明告祖宗天下，以皇帝之子兼祧穆宗。不想皇帝无子，万般无奈，只得委屈载沣了，让他的儿子溥仪来接替吧，日后溥仪不但要祧穆宗还要祧皇帝。你们看如何？”

这最后一句话纯是套话，老佛爷钦定的如此大事，谁还能不同意？张之洞只在脑子闪过一句“不料竟被猜中”后，便忙跟着载沣、世续一边磕头一边说：“老佛爷圣明。”

歇了一会子，慈禧又有气无力地说：“溥仪只有三岁，不能理事，国事还得由载沣来处置。我想应该给他一个名称，你们看，定个什么名称为好？”

三十四年前光绪继位时，慈禧未必想到要给老醇王奕譞一个特别的名称。而今的这个想法，显然源于自己已无力秉国了。这个一世好强的女人，不得不在上天的面前低下头来！

东暖阁又陷入可怕的寂静。

载沣自然不便说话。世续本是个不学无术的人，他靠的家世和钻营才有今天的地位，若要问他个典章制度等学问方面的事，即便在平时，他都支支吾吾地说不明白，何况此时此刻，面对着如此重大的事！他的序列在张之洞之上，理应他先开口。他急了好一阵子，还是想不出，便求救似的望着张之洞说："张中堂，你是饱学之士，你看用个什么名称为好？"

张之洞已在心里琢磨好了，便不再推让："启奏老佛爷，醇王所处的位置，前明有监国之称，国朝有摄政王之例在先，两者都可。宜用何者，请老佛爷圣心裁定。"

慈禧说："两个称号都好，我看就并用吧。张之洞，你拟旨吧！"

喘息一会，慈禧叙旨："以皇帝的名义颁发上谕：一、醇亲王载沣之子溥仪着即刻抱进宫中教养。二、醇亲王载沣加授监国摄政王。"

张之洞拟好旨后，便离开养心殿。回到家时，已是子夜了。他在床上躺了个把时辰，根本无法入睡。自鸣钟"咔嚓咔嚓"的响动声，更给冬夜增添几分冷寂。他终于忍受不了这种难耐的沉闷，吩咐点灯烧火，他要起床梳洗，静坐待旦。

凌晨的空气冷冽而清新。张之洞手捧着一杯热参汤慢慢喝着，心绪渐渐安宁下来后，昨夜的一个大疑虑又从脑海里浮了出来：太后召见时只有三位，军机处现有六位大臣。奕劻先一天去东陵为太后查勘万年吉地去了，鹿传霖这些日子生病，这两位不在可以理解。但还有袁世凯呀，为什么召见时没有他呢？想起鹿传霖所说的满洲亲贵少壮派嫉恨袁的话，张之洞心里一亮：难道说，袁将要被赶出军机处？以袁的处境，一旦出军机，他的仕途也就走到头了。想到这一点，张之洞不免对袁世凯生出一丝惋惜之情来。他甚至想到，若遇上一个机会的话，应当在太后面前为袁世凯说上两句：用人如用器。袁虽有许多不足之处，但他毕竟是今日朝廷内外少有的能做事的人。

因为年高德劭，张之洞享受平时可以不上朝的优待，昨夜太劳累了，他今天不打算上朝，但他还是穿戴得整整齐齐。他知道今天不定哪个时候，就会有人来报告出自宫中的那个特号消息。

但是，直到天黑，仍没有任何消息传来。张之洞提心吊胆的一天，在京师官场文恬武嬉的平静中度过。第二天傍晚，张府正在开夜饭的时候，从宫中出来的两盏白灯笼终于带来了确凿的消息：皇上已于酉初三刻崩于瀛台涵元殿。

张之洞赶忙放下碗筷，乘轿急奔宫中。来到景运门时，恰好遇上鹿传霖，两人下轿，结伴进宫。原以为此时宫中必定是一片哭泣，一片忙乱，谁知完全不是这样。宫里安安静静的，如同什么事也没有发生过一样，与往日不同的，仅只是军机处的低矮屋檐下挂起两只白纸糊的灯笼而已。张之洞和鹿传霖见此情景，心里颇为过意不去。走进军机处，醇王、庆王、世续早已到了，正在聚首研讨什么，见张、鹿二人进来，三个满洲权贵只是淡淡地打了一声招呼。

张之洞问身边的一个章京：“大行皇帝现在哪里？”

章京答：“仍在涵元殿，未移灵。”

张之洞悄悄对鹿传霖说：“我们去看看吧！”

鹿传霖点点头。

张之洞问载沣：“王爷，你们去看过大行皇帝吗？”

载沣面无表情地说：“还没有哩，大家正为新皇帝继位的事在忙着。你们二位也来一起商讨吧！”

张之洞说：“我们先去看看大行皇帝吧！”

载沣犹豫了一下，说：“也好，快去快回，好多事情等着你们来办。”

临时叫来两名太监导引，在一名军机章京的陪同下，张之洞、鹿传霖摸黑向南海子方向走去。

涵元殿是瀛台上的一座主要建筑。瀛台则是南海的一个半岛，它的东面、西面、南面三个方向都临水，只是北面与地面相连。明代起帝后们就常到瀛台来游玩，借以观赏民间的田园风光。清代，宫廷在此大兴土木，把它当作海上的仙山来经营。修楼筑亭，移花植木，让人站在这里便有来到传说中的海上三山——蓬莱、方丈、瀛洲的幻化感觉。瀛台上除涵元殿外还有香扆殿、补桐书屋等主要建筑，清代的历朝帝妃常在此地游幸避暑，康熙、乾隆等帝还在此理朝听政。自乾隆起，各朝皇帝都常在补桐书屋读书。瀛台，的确是一个美丽幽静的好地方。但是，自从戊戌年秋天，光绪被慈禧安排在此养病读书之后，这里就成了一所皇宫中的高级囚牢，皇上成了这座囚牢的犯人。

与外界相连的涵元门被慈禧派的兵丁把守，除开几个太监宫女可以出入外，外官一律不能进来。光绪本人非得到慈禧的同意，也不能外出。皇后和瑾妃一个月也难得来一两次。可怜一个泱泱大国的皇帝，就这样孤单、冷清、忧郁、苦闷地在这里度过生命中的最后十年。

张之洞、鹿传霖踏上瀛台时，迎面感受到的是来自南海子水面上的飕飕冷风，两个衰翁不由得打起寒战来。半岛上的楼台亭阁全都笼罩在夜色之中，花草早已凋零，古木愈显苍老，四处不见一个人走动。被人们视为仙境的瀛台，今夜，如同它的主人一样，已经死去了！

光绪的遗体安置在涵元殿的正殿，围绕着他的四周点起十余支素色蜡烛，两个平日服侍他的小太监见张、鹿走来，便跪下叩头。张之洞走到光绪身边，只见他身上盖了一件暗色的布衾，面孔灰白瘦削，两眼紧闭，两眉紧蹙。一看这副模样，就知道他是带着极大的痛苦离开人世的。想起大行皇帝懦弱悲惨的一生，张之洞、鹿传霖禁不住老泪纵横。他们跪在光绪的灵床边，恭恭敬敬地磕了三个头，向大行皇帝作最后的诀别。

站起来的时候，张之洞发现，自他们进来直到现在，整个涵元殿仅仅只有这两个跪在一旁的小太监，既不见别的宫女太监，也没有一个料理后事的内务府官吏。尤其令他们难受的是，皇后、瑾妃以及他的亲弟载洵、载涛等人竟然没有一人在身旁。这是怎样的一代天子，他拥有三十四年的年号，却没有留下一点骨肉，死后连一个亲人也不来守灵，名为皇帝，其实连一介草民都不如。

苦命的皇上啊，你真不该投胎帝王家！

张之洞正在心灵深处为光绪叹息的时候，突然，一声悲号传了进来："皇上，臣看您来了！"

随着哭声，一个人跌跌撞撞地奔进来，朝着光绪的遗体趴下，大声喊道："皇上，您不应该走呀！您不能丢下大清国，丢下您的臣民不管呀！"

一边喊，一边使劲地在地砖上磕着头。

张之洞和鹿传霖走过去，一边一个扶着那人的肩头，说："慰庭，起来吧，军机处那边还有许多事等着要办哩！"

在光绪遗体旁痛哭流涕的正是袁世凯。都说当年就是袁世凯出卖了皇上，都说袁世凯巴不得皇上早死，都说袁世凯要拥戴庆王的儿子载振为帝，但是今夜，他为何要独自一人来到无人凭吊的灵堂，向皇上作如此这般的诀别？

这一个绝大的疑问，谜一般地留在两位老臣的脑子里，只是谁都没有发问。

第二天，三岁小皇帝溥仪诏告天下：继承皇位，国事由监国摄政王载沣代为处置，改明年为宣统元年，尊慈禧为太皇太后。

然而这位太皇太后拥有崇高徽号尚不到半天，便在当日未时崩于她的寝宫仪鸾殿。

两宫一前一后接踵而去，时间相距不到一个对时，这不仅为有清一代所没有，就在整个中国帝制时期里也无先例。

如果说，光绪的死去无声无息，就像后宫里走了一个老太妃似的，那么慈禧的突然晏驾，便真如天塌地裂、山崩海啸，整个紫禁城立刻变成一个大灵堂，京师所有公务一律停办。朝廷内的争权夺利，官场中的勾心斗角，一时间也好像都已止息，上自王爷贝勒，下至胥吏走卒，全部投入到浩繁的两宫丧事中去了。

直到半个月后，小皇帝坐在父亲的怀里，举办完中国历史上最后一次登极大典，一切才逐渐恢复正常。新皇帝刚登基，便下达一道封赏军机处四个大臣的诏书：世续、张之洞、鹿传霖、袁世凯一律赏加太子太保衔，袁世凯赏紫禁城骑马。

当袁世凯接过那根玩具似的紫色马鞭时，二十天来沉重的心绪骤然轻松了：看来那夜太后召见军机大臣时，只是因为她病情严重心思恍惚而一时忘记了我？

袁世凯高兴过早了。正是那个直到临死时依然头脑精明的老太太，在大行之前特别关照载沣要防备袁世凯。也正是在国丧期间，一批满洲少壮亲贵在日夜商议，如何对付袁世凯。他们公开劝说监国摄政王载沣杀掉袁世凯，为满洲剪除心腹大患。毫无当国经验的二十五岁载沣在犹豫着：杀袁世凯，可以真正地收回北洋六镇的兵权，长保皇室的安全，然则袁乃大臣，杀他师出何名？在朝野内外的影响又会怎样？

就在这时，一封署名御史王景纯的参劾袁世凯的折子，由内奏事处呈递到载沣的手里。王景纯的参折指控袁世凯在山东巡抚和直隶总督任上目无朝廷、擅用职权、靡费钱财、挪用公款、结党营私、勾结洋人的种种不法情事，以及投机钻营、首鼠两端、媚上欺下、阳奉阴违等恶劣的品性，请监国摄政王杀袁世凯以彰正义，以谢天下。

王景纯的参折为载沣提供了一个可资利用的工具，他命令京报全文刊登出来，先造造舆论，再听听各方反应。参折见报后，立即在京师及全国的官场士林中引起巨大反响，袁世凯本人看到这份参折后更是惊恐不已。

他是一个极为老练的政客。从保定调到京师，未被慈禧托孤，御史参劾，这三件事加在一起，无疑构成了黑云压城的险恶局势。他不能坐以待毙，他要死里求生。

袁世凯的心腹参谋、助手兼私人代表，是他的三十三岁嫡长子袁克定。他的最可靠的朋友是患难之交、现任东三省总督的徐世昌。恰好这时徐世昌由东北回到北京参加吊丧活动。于是，在北洋公所袁府里，袁氏父子和徐世昌日夜商讨对策。

最后，他们商定动用文武两支力量，来向载沣施加压力。武的方面，由袁克定去找段祺瑞。段祺瑞是袁世凯在小站练兵时所提拔的统制。段感激袁的知遇之恩，铁心投在袁的门下。光绪三十二年官制改革时，袁建议设置练兵处，负责领导全国的新军训练。袁作为会办大臣握有练兵处实权，练兵处的各级头目均为他的心腹将领。段祺瑞被任命为军令司正使，地位十分重要。在袁世凯的着意栽培下，段祺瑞成为北洋新军中仅次于袁的第二号人物。袁克定塞了一百五十万两银票给段祺瑞，要他联络北洋新军的弟兄们帮袁家渡过这一难关。段祺瑞爽快地答应了。

文的方面则由徐世昌去游说张之洞，然后请张之洞出面说服载沣。恰好这时，载沣七弟载涛筹建御林军，六弟载洵与妻兄长麟为争夺海军大臣一职而闹得不可开交。这是满洲少壮派急于掌握朝廷各要害部门的信号，引起朝中文武尤其是稍具正直心的汉大员们普遍不满。抓住这个机会，徐世昌走进了张府。

王景纯的折子，张之洞自然也看到了。一个刚加封为太子太保的外务部尚书军机大臣，一个曾做过多年直督、训练过六镇北洋的练兵处会办大臣，御史王景纯敢于这样无情地揭露和斥骂，张之洞当然知道，这决不是王景纯的大胆和无私，而是他有强大的靠山。这靠山显然是鹿传霖一年前就说过的满洲少壮亲贵派。过去太后尚在，载沣未当国，他们尚不敢太放肆，如今他们是毫无顾忌了。袁世凯固然有不少可指责之处，但现在他们这样做，却是醉翁之意不在酒，或者说是杀鸡给猴子看，借袁来向包括鹿传霖和他本人在内的汉元老大臣开刀。当年大清开国的时候，顺治爷、康熙爷为融合满汉花费几十年心血，才有后来的五族携手共创大业的局面出现，以至于洪杨造反，公开打起恢复汉人江山的旗号都不能起作用。现在孙文等人在海外鼓吹驱逐鞑虏，恢复中华，这是洪杨故技重演。载沣等人不承袭先朝笼络汉人的国策，反而针锋相对来个驱逐汉人，汉人是满人的多少倍？汉人蕴藏的力量有多大？他们怎么不想一想，掂一掂。唉，这些爱新觉罗的子孙们，怎么如此不贤不肖，如此懵懂愚昧？

正当张之洞为载沣掌国的第一个举措便失当而惋惜的时候，徐世昌衔命来访。在仁权及近日任职学部的辜鸿铭、陈衍的陪同下，张之洞接待了这位有过十五年黑翰林经历、最近这几年却平步青云的徐世昌。

徐世昌长得丰神伟仪，又善于说话，是一个受张之洞喜欢的客人。他将他所知道的满洲少壮亲贵们幕前幕后的情况，诸如载沣将出任陆海军大元帅，其两弟分任御林军统领和海军大臣，善耆等人再次提出撤销军机处，铁良、良弼要将包括湖北新军在内的全国新军重新改编及扩大陆军部军权等等，一一向张之洞娓娓道来。为了刺激张之洞，徐世昌又杜撰一则传闻：汉阳枪炮厂近日已引起高层的关注，铁良等人提出此厂不宜再由湖督掌管，应归陆军部控制。

徐世昌说了一两个小时的话，却只字不提王景纯的折子。张之洞知道徐世昌与袁世凯的关系，他当然也知道徐世昌登门造访的目的，见徐不提参折的事，他也不提。张之洞只是静静地听着，自己说得不多。连汉阳枪炮厂也不放过！徐世昌的这则杜撰果然引发了张之洞心中极大的不满，他已经意识到时局的严重性。这一群不谙世事却又有着极强权力欲望的少壮派，不是将已处风雨飘摇中的大清国引向避风港，而是将它拖到风口浪尖上。不仅仅是为了袁世凯，也不仅仅是为了自己，更主要的是为了国家，为了社稷，为了曾经给张家世代尤其给了他本人大恩大德的朝廷，他要尽一个老相国的责任，保护袁世凯，刹住这股邪风！

当徐世昌告辞的时候，张之洞说：“托你转告给袁慰庭一句话，宜处处留心，不可大意。老夫该做的事，老夫会竭力去做。”

张之洞的这句话令徐世昌极为满意。他急奔北洋公所，将此话告诉了老友。

探得了张之洞的态度后，袁世凯开始实施第二步计划：请奕劻出面说动载沣咨询张之洞。

在袁世凯数十万两银票的引诱下，奕劻多年来已和袁世凯结成了联盟。他不愿意袁世凯垮台，他甚至也不愿意张之洞、鹿传霖等人退出枢垣。因为他知道，他虽然是满洲亲王，但在载沣兄弟眼中，他是属于“老朽”者之列，也是少壮派们要排斥的对象，何况他一向名声不佳。过去全仗着老佛爷这座靠山才未倒下，现在靠山没有了，少壮派随便找一个岔子就可以把他驱逐出去。出于自身利益的考虑，他此时是很愿意与袁、张、鹿等人抱成一团的。他乐意接受袁府之托，亲去醇王府，谦容卑辞地拜访他的侄儿载沣，希望载沣在处理袁世凯这件事上听听张之洞的意见。

载沣公开王景纯的奏折，原本就是为了听听各方反响。张之洞作为受托孤之命的唯一汉大臣，德高望重的元老，他的意见自然更应重视。载沣放下监国之尊，亲自来看望张之洞。

张之洞与载沣共事将近一年，深知载沣与他的父亲醇贤亲王、二哥光绪一个样，平庸而懦弱，决不是一个能挽狂澜于既倒的强者、一个能导国家于治平的明王，但命运和时势既然把他推到了这样的位置，张之洞不得不在他的身上寄予重望。

老相国拖着衰弱的身体，以报答国恩的忠诚，与年轻的监国恳谈了半天。他告诉载沣，不能据御史的一纸参折来定大臣的罪，折子上所讲的那些事，都要通过查核落实才行。他向载沣指出，眼下正是历史上常有的“主少国疑”的局面，这种政局需要当国者小心谨慎，多用笼络，少用杀戮。何况海外的革命党虎视眈眈，千万不要给他们以可乘之机，安定、平稳才是上上之选。

又说袁世凯曾经是六镇北洋新军的统帅，与北洋中上级军官关系不浅，倘若因处置袁世凯而引起北洋军的骚动，将对大局极为不利。说到这里的时候，张之洞想起徐世昌所说的关于汉阳枪炮厂的事，遂特别严肃地对载沣说：“这二十年来，奉朝廷之命，为了徐图自强大业，不少督抚在地方上办起了洋务局厂。这些洋务局厂多半属于军事上的，个别几个省还训练了新军，当然，地方上的局厂军队，都是大清国的财产，但毕竟大部分是该省自筹的。请摄政王继承太后和大行皇帝的遗志，对这些忠贞为国的督抚予以尊重，对他们的局厂军队要予以爱护，不要动不动就收归朝廷，更不要随便指摘他们动机不纯。督抚安定，天下才会安定。各省眼下都在关注着朝廷，关注着摄政王您，您的一举一动都系着天下安危。”

为着让年轻的监国增加治国阅历，张之洞还给他说了咸丰帝慎办左案的掌故。

当年樊燮状告左宗棠的折子到了咸丰帝手里。咸丰帝看了十分惊骇，提起笔来，在官文奏折上批了四个字：就地正法。写完后，他想想有点不妥：左宗棠虽是个幕僚，却才干超众，不能听信一面之词，错杀人才。于是再次提起笔来，写道：饬湖南巡抚查核，若果有其事，将左就地正法。

到了夜晚临就寝时，咸丰帝又想起了这事：左既是巡抚的幕僚，让巡抚来查核，必不能服樊燮之心，应由朝廷出面来查为好。于是重新拟一道旨，着都察院速派一名正派御史前往湖南调查此事。第二天一早醒来，咸丰帝想起正在带兵打仗的曾国藩、胡林翼等人都是湖南人，必定对湖南情况熟悉，听听他们的意见很有必要。上朝后命内阁拟旨分寄曾、胡，征求他们对左案的处理意见。正因为咸丰帝再而三、三而四地慎之又慎，才保住了左宗棠的性命，也为大清国保住了一根柱石。

载沣说：“老相国说的这桩旧事对我很有启发，对袁世凯的事，我会慎重办理的。另外还有一件大事，我想听听您的意见。”

“何事？”张之洞将身子向着载沣倾斜过去。

“明年，我想给皇帝启蒙，您看师傅选哪几个人合适？”

张之洞说：“这的确是件大事，容老臣来慢慢寻找。”

刚说到这里，他想起一个人来。此人便是当年京师有名的“四谏”之一、甲申年因为与曾国荃不和而回籍，至今家居二十多年的陈宝琛。

那年陈宝琛从福建到江宁看望张佩纶，居然不进总督衙门，显然是对张之洞冷淡友谊的不满。为了弥补过失，也为了能在晚年与老友有个见面谈话的机会，调陈宝琛来京做小皇上的师傅是一个最好的办法了，寂寞二十多年的老清流也可在晚年风光风光。

“王爷，有一个人，当年老佛爷称赞他品行端方，学问醇厚，我看此人可先调来上书房。过些日子，我再荐举几个。”

“您说的这人是谁？”

“陈宝琛。”

陈宝琛离开官场时，载沣才刚出生，自然对这位当年名谏不太清楚。张之洞将陈宝琛的情况简略地说了一下。

“好吧，就让他进宫吧！”载沣做出一副贤王姿态，“将他委屈了二十多年，这是朝廷的疏忽。”

弢庵就要衣锦回京了！这是所谓“翊赞中枢”以来最令张之洞欣慰的一件事。

四　陈衍献计：用海军大臣作钓饵，诱出“保袁”的枕头风

送走载沣后，陈衍、辜鸿铭、仁权都围着张之洞，听他说谈话的情况。

仁权说：“依我看，父亲的话，醇王不一定都听到心里去了。毕竟他的那些急于掌权的兄弟，对他的影响更大。”

辜鸿铭说："我的直觉，袁世凯这个人是个大伪君子、大奸臣，实在该杀，不值得惋惜。"

张之洞说："这不是袁世凯个人的事，这一股邪风，我身为相国，不能坐视不理。"

陈衍坐在一旁不开口，张之洞问他："石遗，依你看，袁世凯的八字怎么样？"

陈衍说："我看他很险。大公子的话很有道理，在老相国与洵贝勒、涛贝勒之间，摄政王很有可能倒向自家兄弟那一边。"

张之洞生气地说："摄政王若这样做，朝政便不可收拾了，我不如回南皮养老去！"

陈衍说："我倒有个主意，但手段并不是很光明正大的，所以我要先问问相国，袁世凯是不是一定要救，若可救可不救，我也就不说了。"

辜鸿铭天生沉不住气，急道："陈石遗，你有什么好主意就明说，还要问相国什么。相国当然是愿救袁世凯，不然也不会和摄政王磨半天嘴皮子了。"

张之洞也笑道："石遗大概用的是阴谋诡计，不然何须吞吞吐吐的。你说吧，再怎么不光明，在这里说也不要紧。"

陈衍说："大公子的话给我以启发。摄政王怕他的两个弟弟，若两个弟弟不知天高地厚，坚持要杀袁世凯的话，摄政王便有可能顾不得老相国了。但我也听说，摄政王惧内，他的福晋是个有名的河东吼。倘若他的福晋也说出老相国这番话来，他就很有可能听进去了。我是怕老相国听了生气，才不敢说。无奈大清国只有这样一个不中用的摄政王，我才出此下策。"

张之洞笑道："这也不是什么太不光明磊落的主意。女人爱吹枕头风，男人易听枕边话，自古皆然。"

仁权说："既如此，陈先生你就说下去。这条计策的关键，是要摄政王的福晋愿意那样说。"

“是的。大公子说得对，这事的关键在如何使福晋愿意替袁世凯说话。我的思考线索是这样的。”陈衍摸着下巴上的短须，不紧不慢地说，“摄政王的福晋瓜尔佳氏是荣禄的女儿，瓜尔佳氏有很强的干政欲望，也想学老佛爷样当大清的家，对娘家势力很重视。她的哥哥长麟想当海军大臣，洵贝勒也想当，二人之间发生了冲突。瓜尔佳氏站在娘家一边。这是大家都知道的事。现在让人去见长麟，说大家都支持他做海军大臣，条件是不杀袁世凯。让长麟去跟瓜尔佳氏说，再由瓜尔佳氏为着哥哥的海军大臣，在载沣面前说好话。如此，事情就成了。”

辜鸿铭说：“你这里又有一个难题，谁去见长麟呢？据说此人极不好打交道。他做了个水师翼长，架子就大得不得了，现在又升为国舅，更不可一世了。”

陈衍笑着说：“当然不是一般的人可以去见他，这个人我也想好了，他就是鹿中堂！”

“鹿中堂！”辜鸿铭、仁权差不多同时一惊。

“为什么鹿中堂最合适，你们听我说。”陈衍慢悠悠地说，“当年，鹿中堂做陕西巡抚的时候，荣禄正做西安将军，一文一武，两人是同住一城的最高官员。两家相处得很好，时常走动。那时瓜尔佳氏还在娘家做女儿，长麟、长麓兄弟也还住在家里，遵父命常去鹿府，向鹿中堂请教诗文。长麟对鹿中堂甚是敬重。假若鹿中堂肯出面到长麟家里去一次，并答应他愿与老相国一道保举他做海军大臣，长麟一定会跟瓜尔佳氏去说的。何况，作为荣禄的长子，他一向与袁世凯也多有联系。一箭双雕，他会乐意的。”

辜鸿铭说：“长麟也不是海军大臣的人选，中国真正够资格做海军大臣的，只有我们福建人萨镇冰。”

陈衍点点头说：“萨镇冰当然是很好的海军大臣，但他没有后台，不敢争这个位置。长麟长期供职水师，又在英国海军大学留过学，与载洵比起来，他就合适多了。所以，鹿中堂和老相国支持他出任，也不能算无知人之明。”

仁权说：“我姑爹体气衰弱，他愿意去低他一辈的长麟家吗？”

“这倒也是。”陈衍搔了搔头。“鹿中堂又不是为自己办事，要他拖着这身病体去长麟家，是有点说不过去。”

张之洞一直没做声，这时插了一句：“石遗，你不可以调换一下，让长麟去看鹿中堂吗？”

“哎，这是好办法！”陈衍拿手指头点击太阳穴。“不过，叫长麟去鹿府也不是一件容易事。”

“拿海军大臣做钓饵！”辜鸿铭爽快地说。

“也还得去个人联络才是。”陈衍若有所思地说。

“仁权，你去一趟长麟家吧！”张之洞望了望儿子。

“我？”张仁权望着父亲，为难地说，“我与长麟联系很少，贸然去访，有点突兀吧！”

张之洞想了想说：“我给你一个借口。严复有个折子，提出每年派十名左右优秀子弟去英国格林威治海军大学读书，请朝廷批准。你说奉我的命问他这个曾留学英国的前水师翼长，一个人在英国读海军每年得花多少银子。谈话之间，把话题引到正题上来。待得长麟愿去鹿府后，你再去姑爹家，就说我请他一起帮帮袁世凯。”

仁权说：“这可是个难题，不知道做得好不？”

张之洞说：“这也是个历练。你若做不好，干脆这个刑部郎中也不要做了，跟我一道回南皮去算了。”

大家都笑起来，陈衍打气道：“大公子，你不要为难，一定做得好的。到时候，长麟和袁世凯都感谢你，你就等着升官吧！”

张仁权今年四十八岁，在父亲外放督抚的二十七八年里，他一直在北京住着。三十三岁那年他中的进士，分发刑部，三十六岁那年，鹿传霖做江苏巡抚，他借江苏省籍的一个名额，自费留学日本一年，学习日本的律法，这一年对他的长进起了很大作用。回国后不久即被擢升为员外部，过两年又升郎中。仁权为人实在勤勉，今天的刑部中级官员这个地位，是他以年资和政绩换来的，父亲的高位对他所起的作用并不大。

仁权是个本分人，张之洞关于京师的联络，并不主要依靠这个儿子。戊戌年之前他主要依靠杨锐，戊戌年之后，则主要依靠湖广会馆。

湖广会馆在骡马市大街东口南侧，是京师众多会馆中最有名气的一个，不仅建筑规模宏大，而且有一个可容纳千人的剧场和一口著名的子午井。据说这口井的水在子、午两个时辰是甜的，其他时辰则与一般井水无异。因为此，湖广会馆不仅成为两湖旅京人士的驻会之地，也是京师人爱去的热闹场所。张之洞在此设立一个两湖驻京办事处，办理他所交办的各项事务。

与袁世凯对儿子的期待不同，张之洞不希望儿子卷入是非之中。他对儿子本分为人、守职做官的处世态度颇为满意。他从不安排儿子为他办事，这次算是第一遭。

张仁权也知道这事的重要性，他要竭尽全力来办好。

与多年前颇为出名的户部侍郎长麟同名的荣禄长子，住在父亲留下的旧宅中。荣府坐落在交道口菊儿胡同，占地很大，整个一条菊儿胡同，荣府占了一半。读过《红楼梦》的人，都将它视为该书中的荣国府。

荣府分为三部分：西边为洋楼房，中间为花园，东边为住宅。住宅分为五进院落，除长麟外，他的老母亲和弟弟长麓也住在这里。自从溥仪登基后，此处成为真正的国务府。一天到晚，车水马龙，达官贵人络绎不绝，西边四座西式洋楼便成了荣府接待各方来客的场所。长麟为人高傲，好摆架子，等闲客人都打发弟弟长麓或管家去接见。仁权官位虽不高，但他是张之洞的大公子，长麟自然不好怠慢，便亲去接待。

在一个充满着英伦三岛风味的客厅里，身着西式便服的前格林威治海军大学留学生，与现任刑部郎中对坐在大牛皮沙发上，他的面前摆着一杯黑褐色浓咖啡，客人的面前放一碗清绿的龙井茶。

寒暄之后，张仁权说：“学部翻译馆总纂严复通过学部大臣张百熙上了一道折子，请朝廷每年派遣十名优秀子弟到英国格林威治海军大学学习，每批读书五年毕业，连续派十年，共培养一百多名中国海军高级人才。他造了一个计划，每年五万两银子，十年共五十万两银子。家父赞赏这个计划，但对所需经费事宜，心中无数。鹿中堂说国舅爷曾留学格林威治海军大学，情况清楚，于是家父打发我来请教国舅爷。”

长麟想了想说：“严复这个建议是好的。朝廷筹议海军部，议来议去，最大的困难，还不是银钱缺乏，而是人才缺乏。先前沈葆桢在福建办马尾水师学堂，李鸿章在天津办北洋水师学堂，每年都从毕业生中选拔优秀者，送到英国去留学，严复、萨镇冰等人都是这样去的英国。甲午年北洋水师全军覆没，不久海军衙门也撤了，水师毕业生去国外留学一事也便随之停止。现在筹办海军部，老的一批死的死、改行的改行，新的没跟上，竟到了青黄不接的地步，人才极缺。严复看到这一点，这是他的目光过人之处。”

仁权插话：“严复这些年来翻译《天演论》等洋人著作，又在报纸上发表不少议论时政的文章，成为留英生中最有名气的人了。”

长麟淡淡笑道：“我刚才说有人改行，严复就是其中一个。他在办北洋水师学堂时没有大名气，翻译写文章倒让他出了大名。当年培养他的中国教习和洋人老师大概都没想到。不过，话说回来，真正筹办海军部，严复并不是好的官员人选，他没有水师的实际经历。”

听得出来，长麟并不太赏识严复，话外之音，是突出自己在水师里做过管带、翼长的实际经历。仁权是冲着长麟来的，严复不过是一块引玉之砖罢了，于是忙附和：“严复名气虽大，但毕竟做的只是书生事业，要办海军部，还得要既有海军学历，又有统带水师资历的人才行。”

这话说到长麟的心坎上了。他笑着说：“张郎中不愧相国大公子，见事就比别人明白些。”

“哪里，哪里！”见谈话融洽，张仁权高兴。

“还是说正题吧！”长麟喝了一口咖啡，接着说，“当年曾国藩第一次提出派遣幼童出国留学，给朝廷造了一个计划，每年派三十人，学习十五年左右，一共派四批，首尾近二十年，共一百二十人，造的开支是每年六万两银子，共一百二十万两。若按人头算下去，一个幼童一年在西洋的费用大约二千两，这是四十年前的物价。幼童读书的费用与成人又不同，还有，学的专业也不同，学海军的费用就比学机械的要高得多。我是光绪十八年去的英国，在格林威治海军大学读了六年，共用三万五千两银子，每年花费近六千两。当然，我的开销是大了点。”

张仁权在日本做过一年多留学生，深知留学生之间的差别。有自费的清寒家庭出身的，除省吃俭用外，还得帮人做事赚取学费。有公费的达官贵人家子弟，住别墅，雇仆人，还要包女人，逛窑子。这两者的开销何异霄壤！

“手脚小一点，有四千两也足够了。”长麟继续说，“现在又过去十多年了，英国物价涨得快。严复给每人造五千两一年的计划，虽略显宽裕，但不离谱。”

张仁权说：“国舅爷这一细说，经费事宜就很清楚了。另外，一年派十人，人数上是不是合适，家父也让我请教国舅爷。”

长麟笑着说：“若从海军的发展来说，一年十个人当然远不够。依我看，每年至少派三十至四十人，每只军舰三副以上的军官都要有留洋的学历才行。我想严复只提十人，不是他不懂中国海军，而是他怕口张大了，朝廷不批。另外，现在的海军部也没建立，今后还不知如何来筹建海军。他也怕花费许多钱，培养的人回国以后没事做。严复是个精细人，这些他都会料到的。”

“国舅爷见事、知人这两方面，都有远过常人之明呀！眼下朝廷中的大员，像您这样的人才，百里也挑不出一个。”张仁权不失时机将话题引到他的轨道上来。“怪不得鹿中堂力主国舅爷您出任海军大臣哩！”

最近一个月来，“海军大臣”已成了长麟的一个心结。早在留学英国的时候，作为满洲亲贵子弟，长麟就萌生了日后要主宰大清国海军大权的雄心，随着父亲的地位日趋显赫，长麟在水师中的官位也逐渐递升，其掌海军大权之心也日渐膨胀。但天不遂人愿，甲午一战，北洋水师全军覆没，海军从天之骄子一夜之间跌到耻辱的深渊，海军衙门悄然摘牌，关门大吉。接着李鸿章去世，中国热心办海军事业的最大人物走了，中国海军的复兴失去了最后一个指望。

再过两年荣禄去世，长麟本人的靠山也没有了，他的主宰海军的雄心彻底破灭，遂把日子打发在声色犬马之中。正所谓天无绝人之路，妹子突然做了醇王妃，荣府又开始有了亮色。妹子真争气，一年后给醇王府添了个长公子，也就是说，没有儿子的皇上有了血缘最亲的侄子。按照常理，这个侄子十之八九会是日后皇位的继承人。

荣府上下想到这一点，一个个莫不心跳血涌：天命所归，莫非荣府就是下一代皇帝的外家？眼看方家园的显赫和威仪，哪一家皇亲国戚不垂涎三尺！荣府若能盼到那一天，昔日的辉煌不但可以恢复，还有可能超过。果然，溥仪如愿登基，荣府的姑娘成了皇上的生母，菊儿胡同成了今日的方家园。荣府上下，人人脸上顿添十分光彩。筹办海军部，出任海军大臣都是时候了，环顾宇内，海军大臣舍我其谁？长麟抱着十足的把握跟妹子提起这事，要妹子去跟载沣说。长麟的妹子瓜尔佳氏是个强悍的满洲女性，丈夫的家一向由她当着。现在丈夫监国了，她理所当然地认为国也得由她来监。慈禧是她的榜样，娘家的势力是她的后盾，一定要让两个哥哥掌握着要害部门，长麟提出做海军大臣正与她的心思相合。不料，载沣的六弟载洵也盯上了这个肥缺，已正式提出这个要求了，瓜尔佳氏大为恼火。论学历论资历，小叔子哪一点能与哥哥相比？瓜尔佳氏跟丈夫吵了起来。一边是亲弟，有老母作后台；一边是内兄，有福晋作后台。论血缘，载洵亲，论条件，长麟强，海军大臣到底给谁呢？懦弱的载沣失去了主意。他只得暂时搁下来，两边都不得罪，但也弄得两边都磨刀霍霍地，要一争高下。

张仁权的这句话猛地使长麟心扉一亮：若鹿传霖出面说话，再加上军机处几位大臣都附和，如此，筹码不就要加重了许多？

“鹿中堂最近身体如何？”

“他就是身体不好，说了两次要来看看国舅爷，向您道喜，都因为行动不便来不成。”

“我去看看他。”

第二天，长麟带着两株峨眉灵芝，去鹿府看望他二十年前的老师。

已得知内情的鹿传霖，十分喜悦地在客厅接待这位身份贵重的世兄。

“得知老中堂身体不适，特来看望看望。”长麟双手将灵芝递过去说，“那年先父病重时，四川总督命人特为在峨眉山采集了两株百年灵芝，待送到京师时，先父已不能开口，故留了下来。都说峨眉灵芝在益气养神上有特殊功效，老中堂不妨试一试。”

荣禄去世前红极一时，权倾朝野，哪个官员不巴结他？这四川总督送的百年灵芝自然是真货，不是一般人能得到的东西。鹿传霖体气衰弱，急需这种大补之药，他高兴地收下，笑着说：“你如今是国舅爷了，送这贵重的礼品，叫我老头子如何承受得起。”

长麟谦恭地说：“做了国舅爷也是您的学生，尊师重道可不能忘呀！”

“言重了，言重了！”鹿传霖不耐久坐，他也不多说闲话，直冲着主题来，“海军部筹建一事进展如何，摄政王的主意打定了吗？”

“还没有哩！”长麟做出一副并不热心的姿态来。“洵贝勒对这事盯得紧，他是皇叔，海军在他的手里，摄政王或许更放心些。”

“不能这样说。”鹿传霖以国之重臣的口气说，“要说放心，你是国舅，一样的放心。只是依老臣愚见，古人的内举不避亲，外举不避仇，是有个基础的。这基础便是贤能二字，或贤或能方可不避亲仇。你和洵贝勒，贤字先不去讲，若论能字，我可以当着洵贝勒的面讲，他不如你远了。”

长麟略带酸意地说：“但人家有老娘作后台，咱哪比得上！”

鹿传霖说：“军机处几位大臣可作国舅爷你的后台。”

原来鹿传霖不仅自己出面，还准备联络军机处一道来为自己讲话，若军机处全班人马出来保荐，其分量显然要超过载沣老娘的面子。长麟感激地说：“老中堂能说动其他几位军机大臣一起保荐，这份情义，学生当终生铭记。”

鹿传霖说：“我和令尊是多年的好友，不必言谢。只是有一个人，他虽是令尊的下属，却也和令尊深相契合，最先说过海军大臣你最合适这话的就是他，可惜他现在处境困难。”

长麟明白过来：“您莫不是说的袁慰庭？”

“是的，正是他。”鹿传霖说，“袁世凯这人的确有很多缺陷，但他有许多大臣所没有的长处。他勇于任事，善于用人。现在有人企图置他于死地，其实是别有所图的。他多次说过，应当恢复海军衙门，出掌海军的最佳人选就是国舅爷你，其次为萨镇冰。我和张中堂都赞成他这个说法，他因此也便得罪了一些人。现在他处境不好，我和张中堂都在力谋保他，但力量有限。国舅爷是最有条件保他的人。倘若让他渡过这一关，他定然知恩图报。我们三人再加上世中堂，四人联名保举你，那海军大臣就非国舅爷你莫属了。”

长麟问：“我如何保他？”

鹿传霖笑着说：“你去跟皇上的额娘说说，由她出面跟摄政王说，皇上新登基便杀大臣，于国不利，且要防备北洋新军的不满。”

长麟点点头，他终于明白了这中间的关系：袁世凯被人弹劾，汉军机大臣鹿、张有兔死狐悲之感，要借他这个国舅爷的关系，通过他的妹子去吹枕头风保袁，其实最终目的是保自己。但他们开出了一个交换价码：海军大臣。这正是自己眼下所汲汲以求的。长麟寻思着：自己要想得到海军大臣，只有求得军机处的支持才有可能去跟载洵争，舍此再无更好的办法。想到这里，长麟道："我去试试看！"

见鹿传霖精神不好，长麟也不多说闲话，起身告辞。

当天下午，长麟就到了醇王府。见到妹子后，把事情的原委详细地说了一遍。瓜尔佳氏愿意在关键的时候，助娘家哥哥一把。晚上，便劝说丈夫不要杀袁世凯。载沣暗思：福晋的话怎么与张之洞说的如出一辙？他在心中已接受了这个劝谏。过两天，北洋六镇的统制们相继致电军机处，一致表示：若听信御史之言杀袁世凯，北洋官兵一旦哗变，他们将不能弹压，故请先革了他们的职后再杀袁宫保。

载沣接到这样的电报，又恨又怕，心里狠狠地骂道：袁世凯拿朝廷的银子练他自家的军队，反过来又拿这支军队威胁朝廷，世上还有比这更可恶的事吗？心中虽恨，但到底不敢激起兵变，思考再三，最后以"足疾"为由，将袁世凯削职为民。袁世凯留下的军机大臣之缺，由满洲大学士那桐补上。

谕旨颁发的那一天，张之洞突然间脑子开了窍：为何来京师后表面上入阁拜相，风光无限，其实无事可干，形同虚设，原来，朝廷压根儿就并不是要他宰辅天下，调燮阴阳，不过是借他制造一个假象而已：满洲少壮派要除掉袁世凯，将袁从直隶调进京，为怕袁和北洋军系生疑心，便把他也从武昌调进京师，同入军机。去掉袁，不补汉人而补满人，明白无误地表示朝廷排斥汉人的心态。看来，自己和鹿传霖被驱逐出军机处的日子已为期不远了。张之洞想到这里，心绪更为悲凉起来。

袁世凯以保全首领为万幸，接旨之后，立即出京回河南，在彰德府的洹上村隐居下来。他心里藏下对张之洞、鹿传霖救命之恩的谢忱，思量着若有机会东山再起，一定要重重报偿。但是，当两年后时局陡变，袁世凯真的复出、一手握大清命脉的时候，张之洞、鹿传霖已是墓有宿草了。

张之洞的一病不起，几乎发生在袁世凯匆匆离京的同时。病因起于一封信函。

五　桑治平道出四十八年前的秘密

这封信函其实乃一份请愿书，是由湖广会馆呈递上来的。开头第一句话说：为陈衍残害鄂民事告太子太保大学士、军机大臣张书。

张之洞刚看了这一句，便大为吃惊：陈衍乃一身无寸权、手无寸铁的文士幕僚，何得残害鄂民！他怀着莫名的惊奇读下去。

原来下面的文字乃状告陈衍，在光绪二十八年湖北设立铜元局时，提出当十当二十铜钱的馊主意，为湖广总督衙门聚敛银元一千四百万两，而这些钱财被靡费在铁厂和枪炮厂等洋务局厂上，洋务无尺寸效益，湖北百姓却为此付出了惨重代价。从那以后，湖北物价年年上涨，至今百姓生计必需品已上涨十倍之多。陈衍以鄂民之血汗换取某大员的个人虚名，实乃奸佞小人，祸鄂灾星。请张之洞杀陈衍，悬陈衍之头于黄鹤楼上，以谢二千万鄂民，以平荆楚大地之公愤。下面是密密麻麻的几十个签名，打头的一个，签的是“蕲水汤化龙”。

张之洞耐着性子看完后，勃然大怒。他没有想到汤化龙这个年轻后生，居然会带头上一份这样的请愿书。五年前，汤化龙中进士不做官而自愿去日本学法政，这件事得到张之洞的赞许。他在督署接见汤化龙，以后在多次集会场合鼓励湖北年轻人向汤化龙学习，像汤化龙那样志存高远，中西会通。想不到这小子狂妄自大，以怨报德，竟做出这种事来。这哪里是在骂陈衍！不错，当十、当二十的建议是陈衍提出的，但付之于实行还得湖广总督的同意才行，责任当然只能由总督来承担。照汤化龙之流看来，设铜元局是残害鄂民，那残害鄂民的罪魁祸首不是陈衍，而是我张之洞。说什么悬陈衍之头以谢鄂民，不如直截了当地讲，悬张之洞之头以谢鄂民！

想起自己在湖广任上十九年，为湖北的洋务事业惨淡经营，呕心沥血，为支付洋务的庞大开支不得不设立铜元局，所获之利自己分文未取，全部用之于国计民生。不料，到头来不仅不被理解，反被控之为祸国之灾、残民之贼，要说冤屈，天底下还有这样大的冤屈吗？

一口痰冲到喉咙，气接不上来，张之洞猛地晕倒下去。

家人慌忙把他扶到床上，仁权看到飘在地上的请愿书，明白了父亲陡然起病的原因。

晚上，陈衍、辜鸿铭等人也都闻讯赶到张府。随后赶到张府的，还有一位人物，他就是新任外务部尚书的梁敦彦。梁敦彦这些年来可谓吉星高照，飞黄腾达。

前年，梁敦彦随张之洞进京入外务部。袁世凯赏识他，将他安置在外务部做郎中。梁的一口流利英语，很快在外务部派上大用场，三个月后便升为右丞。接受八年美国教育的梁敦彦，敬业务实，在那些只会做官场功夫的庸俗官吏中显得格外出类拔萃，一年后便升为侍郎。待到袁世凯削职回籍，梁便取代袁做了尚书。梁敦彦对张之洞有很深的知遇之感，常来张府看望老上司。

看了请愿书后，陈衍心绪沉重，他对卧在病榻上的张之洞说：“老相国不必为此而忧郁，此事我是始作俑者。湖北士绅既然要我的头，我就回武昌去，让他们把我的头取下吧！”

张之洞的嘴角边流露出一丝凄笑：“陈衍二字是张之洞的代号，你这还看不出！”

辜鸿铭说：“老相国，我们回武昌去吧，您可以把汤化龙叫来当面辩一辩。京师这地方我已不想住了，除开拉嫖客的妓女和钻门子的政客，再没有几个干正事的人。”

辜鸿铭这几句话，弄得大家想笑又笑不出声来。

梁敦彦对国内外政治局势较为清楚，他比别人看得透一点：“据说湖北马上要成立咨议局，汤化龙新从日本回国，已被看好为咨议局局长。他这样做，一是迎合百姓对物价的不满，为自己赢得体恤民情的好名声，以便顺利当选；二是现在各省士绅都主张立宪，对朝廷迟迟不行立宪不满，因此他们对朝廷一切都否定，借此煽动人心，讨好百姓，以拥护他们上台。湖北士绅要否定朝廷，就得要否定老相国在湖北所办的一切。依我看，陈石遗固然是一个代号，铜元局一事也很可能是一个开端，今后还要拿铁厂、枪炮厂、火药局、织布局等一个个地开刀。”

张之洞声息微弱地插话：“崧生说的有道理。戏台只有一个，他们要上台，你就得下台。有错是错，没有错也是错。湖北的戏，可能还正在敲开场锣哩！”

说罢，闭住双眼，一脸的枯槁阴黑。

“戏台”，辜鸿铭心里一惊，联想到上次说的道具，看来入京后的老相国与两广两湖时的香帅，的确是大不相同了。

张仁权看到父亲这副模样，心里涌出一丝恐惧来。他强打精神安慰：“爹，现在各省都有一批这样的立宪党人在活跃着。他们看似跟革命党不同，其实也是与朝廷离心离德的。湖北的立宪党否定您在湖北的洋务业绩，完全出自于他们的私心。是非自有定论，公道自在人心，汤化龙这几个人就能代表二千万鄂民吗？爹，您犯不着与他们计较。”

儿子的话也很有道理。张之洞的心安定了片刻，他睁开眼睛来对儿子说：“我多年来不知市面上的物价，为一方总督而不知百姓日常生活，不管怎样，这是失职。你写封信给念礽，叫他细细调查一下，这些年来物价的情况，尤其是米、盐、油、菜、肉这些东西的价格。”

“好，我这就写。”仁权答道。

张之洞似乎已意识到自己病情的严重，停了一会，他又吩咐：“桑先生与我分别已经十多年了，戊戌年匆匆一见，距今又整整十一年了。我时常想起他，有许多话要跟他说。你要念礽想办法尽早与他的母亲联络上，请桑先生夫妇到京师来住一住，再不来，今生今世怕不能见面了。”

“爹，别胡思乱想了，您的病很快就会好起来的。好好保养身体，老朋友见面时，才有精力说话哩！”

仁权虽如此劝慰着，但心里对老父此番的病况着实担忧。他在信中叫弟妹们随时准备进京，并设法通知桑先生，无论如何要尽快来京与父亲见面。

陈念礽接到内兄的信后，带着铁政局的两个工役，实地在武汉三镇做了三天的调查。这一查，令一向对中国洋务抱着乐观态度的陈念礽大吃一惊，不仅证实了请愿书上所说的物价涨十倍，而且几乎所有被调查的人都不承认武汉的洋务局厂给他们的生活带来实惠，枪炮、钢铁，他们固然不需要，铁路、水电的好处，他们因为无钱，一点都不能享受。即便像布匹这种与他们密切相关的日用品，他们也很少购买。因为生产成本高，售价并不比洋货便宜，老百姓要么买洋布，要么买来自乡村的更便宜的家织布。

陈念礽面对着这些调查上来的实情，不知如何禀告岳父。说实话，怕他生气，病情加重；说假话，虚夸政绩，又对不住良知。

他把这些情况如实写在信里，告诉他的继父桑治平。

这些年来，桑治平和秋菱一直住在香山县城。选择此地度晚年，最主要的原因是因为秋菱的次子耀韩一家在这里。再则，这里一年四季天气和暖，青草长绿，鲜花长开，令桑治平欢喜不已。

他朝朝暮暮与南海为伴。滔滔海浪，洗刷他心中的尘垢；无限海域，拓宽他的视野胸襟。旭日东升、星月摇晃的壮阔海景，更鼓荡起他胸臆间消失已久的艺术情愫，他重新拿起了画笔。在最能感受宇宙浩瀚的大海边，他的智慧和灵气得到升华，一幅幅涌动生命精神的画从手中诞生，他和秋菱也从这些画中重获青春。真正是“丹青不知老将至，富贵于我如浮云”。

年过古稀的桑治平常常会回忆往事，会回过头看一看过去的足迹。但此时他的心绪，跟眼前阳光照抚下的南海一样，平静而空阔。

当年是那么的霹雳惊爆、动人心魄，而今都似乎已被岁月长河洗涤得淡泊平和，被无限时空消解于悄无声息之中。他有时会从心里发出讪笑：当年给肃顺做谋士，弄得偷鸡不着蚀把米，害得自己从此改名换姓；倘若肃顺成功了，又怎么样呢？也不过是肃顺或是皇上手里的一个工具而已。后来，给张之洞做幕僚，奔忙了十多年，说到头，还是为他人作嫁衣裳。进一步说，不给张之洞做幕僚，自己做一方督抚呢？湖北洋务的困境和革命党欲推翻朝廷的现实，让桑治平的头脑日渐清醒过来，即便做一方督抚也将会一事无成！在与秋菱相处、与画笔为伴的日子里，桑治平终于领悟到，只有爱情和艺术才是真正属于自己的永恒！功名也罢，地位也罢，其实都是以出售自身为代价。它只是一种交换，犹如农夫以谷换布、商人以货易银一样。

淡漠了功名和地位，并不意味着淡漠情感和友谊。在过去的生命历程中，那些以情谊留在桑治平脑中的人，在天风海雨冲刷下，尘埃去掉后他们的形象反而更加清晰了。排在第一的自然就是张之洞。那年身肩晋抚之命的张之洞驱车古北口，礼聘他出山。古北口月夜，两人约法三章的情景依然历历在目。这份别于世俗的道义相交，令他永生不能忘怀。

他也很想见见张之洞，向他谈谈别后十余年间他的这些新的人生体会。现在张之洞已奉召进京，他定居在香山城，一南一北，相隔四五千里之遥，要见一面也真难啊！

这一天，他接到了念礽从武昌发来的急信，方知张之洞已病得不轻，渴望在有生之年再见见面。桑治平意识到，这很可能就是最后一次相聚了，再远再难也得去。秋菱自从离开京师，便再也没有回去过。四十多年了，大内都换了三四位皇上。京师是啥样子了，秋菱多想旧地重游啊！老夫妻决定携手北上。好在海路早已开通，两人身体都还硬朗，一路坐船去京师不成问题。于是，他们从香山坐船到香港，再从香港换上英国的海轮沿海岸北上，直抵天津，再由天津转火车。沿途花去了整整一个月的时间，待到一脚踏上前门月台时，京师早已是和风拂面的初夏了。

经过治疗调理后，张之洞的病情有所好转，已经销假理事了。这次见到分别十余年的老朋友，他更是心情兴奋，病又好了几分。陈衍见到桑治平后更是倍加欢喜，只是谈起铸钱而招致湖北物价猛涨时，颇为内疚。桑治平安慰道：“物价上涨，这是社会发展的必然趋势。据香山一带的老华侨说，西洋各国物价上涨是普遍规律，故西洋人不存钱，有一个花一个。再说，这当十当二十的铸钱法，湖北不做，别的省也会做的。”

陈衍苦笑道：“若不行当十当二十的办法，湖北的物价或许不会涨得这样快。不是跟着相国到了北京，我这颗头怕早已被鄂民割下了。”

桑治平哈哈笑道：“你的头不还是好好地安在自己的脖子上吗？大风吹倒梧桐树，自有旁人说短长，要说就让他们说去吧！”

梁敦彦感激桑治平当年的伯乐之恩，在乾隆爷赐名的都一处设宴，为桑治平夫妇接风，陈衍、辜鸿铭等人作陪。辜鸿铭现在已做了京师大学堂的教授了，他依旧和过去一样，随意谈笑，不拘小节。他的中西会通的学问和嬉笑怒骂的性格，在京师大学堂里很受欢迎。

桑治平和秋菱特意去条儿胡同寻找当年的肃相府。肃相府会败落，这是他们早已想到的事，但没有亲身来到条儿胡同之前，他们绝没有想到会败落到如此地步。

眼前已没有当年肃相府一丝一毫的痕迹，问了几个二三十岁的年轻人，都摇头不知道肃顺是什么人，也不知道肃相府在何处。好容易碰到一个六十多岁的老头子，才知道这段往事。那年抄肃相府的时候，他就住在胡同口上。老头子说，抄了家后，肃相府贴满了封条，封条上盖的都是步军衙门的长印。以后每隔几个月，便启封几间屋。到两三年后，全部封条都启了。这里住进了二十几户平民百姓。几十年下来，这些住户糊口尚且不易，哪有闲钱修缮房屋？老头子带他们走到胡同中部，指了指对面说：“这一大片当年都是肃相的旧宅。”

桑治平、秋菱望时，眼前的房屋尽皆灰暗破败，墙污门朽，瓦缝间、墙头上到处是杂草枯茎，烟囱倾斜，杂物乱堆，进进出出的几个人，也都蓬头垢面衣衫褴褛，若不是破烂堆里那几棵高大的槐树被秋菱认出，他们简直不敢相信老头子所指的这片地方，就是当年朱柱碧瓦、雕梁画栋的肃相府！几只燕子在一旁人家的屋檐下呢喃叫着，正应了“旧时王谢堂前燕，飞入寻常百姓家”这两句古诗。历史又一次惊人相似地重演。

想起这当年与桑治平定情的堂堂相府，一夜之间便遭灭顶之灾，不到五十年便败落至此，秋菱也禁不住悲从中来，泪水簌簌而下。

肃相府今昔之比，更使桑治平加深了对人生的领悟。他想，是到把埋在心里近五十年的这个大秘密告诉张之洞的时候了，再不说，今生今世就没有机会了。

翌日晚餐后，张之洞笑着对桑治平说：“仲子兄，我过去写的诗，你读过不少。你读过我填的词没有？”

桑治平想了想说：“好像没见过。”

“你是没见过。”张之洞点点头说，“我年轻时也常填词，进翰苑后，不再填了。前年火车过河南安阳，想起不远处就是当年魏武帝初封魏公时定都的邺城，发起少年狂来，填了一阕《摸鱼儿》，你有兴趣到书房去看看吗？”

桑治平兴奋地说：“那太好了，我要好好欣赏欣赏。”

二人一起来到书房，仆人掌灯上茶，坐定后，张之洞从抽屉里拿出一张条幅来。桑治平接过一看，果然上面写着《摸鱼儿·邺城怀古》。他轻轻诵道：

控中原北方门户，袁曹旧日疆土。死胡敢啮生天子，衮衮都如呓语。谁足数，强道是慕容、拓跋如龙虎。战争辛苦，让倥偬追欢，无愁高纬消受闲歌舞。荒台下，立马苍茫吊古，一条漳水如故。银枪铁错销沉尽，春草连天风雨。堪激楚，可恨是英雄不共山川住。霸才无主，剩定韵才人，赋诗公子，想象留题处。

“怎么样，还过得去吧？”桑治平刚一读完，张之洞便急着问，那情形就如同一位刚学填词的新手等待词坛名家的评判。

“岂止过得去，好得很！”桑治平赞道，“一口气从曹操到慕容氏、拓跋氏，再到高氏王朝，都数落了一遍。一条漳水如故。为这些邺城的匆匆过客作了总结。”

“仲子兄，你是真懂词。”张之洞抚须笑道，“你还看出点别的名堂吗？”

“有名堂！”桑治平点了点手中的条幅，“这一句‘春草连天风雨’，是偷的温庭筠的‘邺城风雨连天草’。偷得好，一点作案的痕迹都没留下。”

“自古文人皆是贼，没有不偷别人的。”张之洞哈哈大笑起来。他觉得似乎已有好多年没这样痛快地笑过了。

“‘可恨是英雄不共山川住’。这一句恐怕是这阕《摸鱼儿》的词眼了，我没说错吧！”

“没说错。”张之洞收起了笑容。“大江东去，浪淘尽，千古风流人物。苏东坡这一叹，将世上一切英雄都叹得心灰意冷了。仲子兄，不瞒你说，这两年我心里就常有这种叹恨，魏武、拓跋焘是何等的英雄盖世，都不能共山川而住，何况我张某人！唉，仲子兄，你来了，我才跟你说说；你不在，能与我说这种话的人都没有呀！”

桑治平已从这番话里感觉到张之洞的心绪，虽然没有深入交谈，他已看到彼此之间的相通之处。

“香涛兄，你猜我昨天到哪里去了？我和秋菱去条儿胡同找肃顺旧宅去了。”

“你们去怀古了？”张之洞的眼神里充满着惊奇。“京城里可供怀古的地方多得很，为何要去凭吊肃顺？”

“我们不是去怀古，我们是怀旧。旧地重游，追寻那一段我们共同的刻骨铭心的岁月。”

看着张之洞的眼神由惊奇到疑惑，桑治平揭开了这个凝重的谜底：“香涛兄，你决然没有想到，四十八年前，我曾经是肃府里的西席，秋菱她是肃府的丫鬟。”

“你这话是怎么说的？”张之洞张开两只大眼睛，多年来缺少神采的眼眸里射出一丝惊异的光芒。他伸出干枯的手指来掐了掐：“四十八年前是辛酉年，也就是文宗爷升天的那一年，你那时正在肃府？”

“是的。”桑治平平静地说，“我那时不仅正在肃府，我还随着肃顺去了热河。肃顺等八人受顾命之后最早发出的几道折子，都是我拟的稿。”

张之洞盯着桑治平，仿佛望着一个陌生人似的，仔细地从上到下看了一遍。肃顺为他的几个公子请过不少先生，在肃府做过西席不算奇怪，张之洞的好友王闿运就任过此职。肃顺出事后，王闿运还特为到京师去看望肃顺的两个儿子，送了一千两银子给这两个昔日的学生。但随同去热河并在顾命大臣与两宫争斗的时期，为肃顺拟稿，这种西席就非比一般。浮过张之洞脑子里的第一个想法是，倘若当年肃顺一派胜了的话，眼前的这个布衣老友就不知又是一种什么样的处境了。

“这么多年了，从未听你吐过半个字。”张之洞的心中异常感慨。“那么，子青老哥知道吗？你对他说起过吗？”

“没有。”桑治平淡然一笑。“如果他知道，他一定会告诉你的。”

“那你为何不告诉我呢？”张之洞有点气沮地说，“你是不相信我吗？”

“没有告诉你，是因为我一直在想，应当选一个什么时候告诉你才最好。”桑治平的脸上现出一缕苦笑。“若不相信你，我现在也可以不告诉你。”

张之洞点了点头："那你就对我说说当时的情况吧。你是怎样离开肃顺的，你和秋菱是在肃府相爱的，还是后来到香山去见到她时才动的心？一晃近五十年，已成历史了，连太后都作了古，不须忌讳什么了，都说给我听听吧。我想，这一定是极好听的故事。"

张之洞的语气中似乎带有点央求似的，仿佛一个小孩子正在恳请长辈给他道往事，说掌故。

"好，这正是我这次北上的一个最重要的内容。我们慢慢地说吧，今天说不完，明天再接着说，只要你想听，我什么都可以说。"

"你说吧！"张之洞将书桌上的一沓纸推向一旁，两只手搁在桌面上。他觉得这样舒服些。"自从上次得病以后，我对我眼前的事反而无多大兴趣了，我的兴趣更在对往事的回忆咀嚼上。你说吧，关于你所经历的那些事，你的生活体验，我什么都喜欢听。"

于是，桑治平对老朋友慢慢地说起来。在挚友面前追忆往事，这其实也是他自己所乐意做的事。像小溪淌水似的，桑治平平和宁静地聊起他如何走出洛阳前往京师应试，落第后又如何经王闿运推荐进肃府做西席，在肃府时如何与秋菱两心相印。他绘声绘色地描叙四十八年前那场决定大清命运的宫廷政变，讲肃顺等八大臣失败后的心绪，讲肃府被抄，讲自己的壮游天下，讲在虎丘卖画结识张之万，最后定居古北口，而眼睛却一直盯着长安天街。

就这样，桑治平和张之洞接连谈了三个晚上，掌灯说起，夜深而罢。桑治平传奇般的经历，给张之洞的心灵以深深的撞击。他一向认为自己是天下最优秀的人才，一生所得尽皆自己奋斗而来。现在面对着这位老朋友，他开始对此不那么自信了。要说资质秉赋、目光见识、办事能力等等，自己并不比桑治平强多少，若说坚定执着、笃于情义，则远不如他，至于他的绘画才华，则更是望尘莫及。看来解元探花、督抚宰辅的锦绣历程，大概多半是来于运气。他的脑子里突然冒出曾国藩的一段名言来："不信书，信运气，公之言，传万世。"看来，这位老于世故者的这十二字箴言，倒真是阅历之得，悟道之语！

“仲子兄，你那年为何要坚决地离开我，除开仁梃遇难这件事外，还有别的原因吗？”

桑治平说：“仁梃的遇难，将我的设想打破，同时也使我突然悟到生命的短暂和脆弱。事业并非自己能全盘把握，而个人的生活却完全可以自己做主。秋菱对我的爱使我感激，我对她的情也是我一生的真心，而对着这么短暂而脆弱的人生，我为什么还要把全副心思都放在自己不能完全把握的事业上，而让真爱实情在怨阙中白白流失？所以，我毅然决然地学习陶朱公，要不顾一切，携我所挚爱之手，泛舟五湖，归隐海隅。”

张之洞被这番话所深深打动。他好像看出了他们之间的最大差别，就是在做事做人这一档子上。他这七十年来的人生经历，尤其是给他带来辉煌的这三十年，似乎用“做事”二字便可全盘包括。至于做人这方面，尤其是夫妻之爱、家庭之情、手足之谊、朋友之义等等，很少去想过，也很少去体验其间真味。

几十年来，仿佛做了事业的奴隶，而遗忘了人生的真趣。这难道就是辉煌的成功的人生吗？

张之洞被自己的疑问所问倒。他有点后悔起来：这一问怎么问得如此之迟！

“仲子兄，咱们在一起合作了十多年，也办了许多实事。你认为这些事，能对国家和老百姓有多大的实效吗？”

汤化龙等人对湖北铸造铜元的指责这件事，给张之洞的心灵造成很大的阴影。他从来都认为自己办的全是有利国计民生的实事，是国家和百姓的功臣。铸铜元造成物价上涨十倍的事实，使他开始反省起来，他对自己的所作所为也不敢那样自信了。

“你这些年来办事不易！”桑治平没有直接回答他的所问，把话题错开去。

“你这话是真的知心之言。”张之洞感叹道，“病榻上，我曾经把外放晋抚以来这三十年间所作所为，作了细细的回顾，发现除开在太原期间还略有点闲暇外，在广州，在武昌这二十多年里竟无一刻安宁，不只是忙，更是累，形累尚次之，心累更令人痛苦，几乎有每日都在荆天棘地间行走似的感觉。”

“是啊！”桑治平浅浅一笑。“我是陪着你在荆棘中走了十四五年。”

“你走后的这十多年更不好过。”

“我知道，念礽常有信来。”桑治平同情地望着老友。“叔峤遭难，袁昶被害，对你的心创伤很大。铁厂的被迫转给盛宣怀，织布局的贪污案，外加端方等人的不友好，对你都有很深的刺激。外人看你轰轰烈烈办大事，我知你其实是孤独的。你的许多良苦用心不为人所理解。你耗尽心血在拼搏，你做的许多事，都是别人不能做不想做，或者说不敢做的事。”

这几句话说得张之洞身上的血热了起来。多少年来，他从来没有听到如此贴心知己的话。他很想将双手伸过去，紧紧地抱住这位布衣挚友，但他已没有这个气力了。

“仲子兄，我为自己这二三十年做了这样一个总结：大抵所做之事，皆非朝廷意中欲办之事；所用之钱，皆非本省固有之钱；所用之人，皆非心悦诚服之人。”

“是的，因为你所做的事，皆非中国传统治国术中所规范的，你开创的是一片新天地。经营这片新天地，你既缺钱，又缺人。”

“但是费力不讨好，有很多人在骂我。”张之洞的神情又显得沮丧起来。

“你说的也不错，是有不少人指责你。”

“他们指责我些什么呢？是不是也像户部那样，说我张某人专门靡费朝廷银钱？”

“当然有很多人说你靡费了银钱，但这还不是主要的。许多人批评的是你办的这些洋务没有收到实效。铁厂出来的钢铁没有用来造高楼大厦，纱布麻丝四局没有使湖北的布匹便宜，水电火车老百姓享受不起，至于枪炮厂造出来的枪炮虽多，洋人还是照旧打进北京，帝后还得离京出逃，并没有看到汉阳造的枪炮发挥作用。严复前不久在天津的报纸上发表文章，说你的‘中学为体，西学为用’不通。他说体与用不能分开，比如说有牛之体乃有负重之用，有马之体乃有致远之用，未听说以牛为体，以马为用的。”

“中体西用”虽不是张之洞的发明，却是通过他的《劝学篇》而传遍四海，又在他的洋务局厂中得到实践，是张之洞晚年视为一生对国家的最大贡献。现在居然遭到严复如此的挖苦嘲弄，是可忍孰不可忍！若是在前些时候，张之洞必定会拍案而起，勃然大怒。然而现在，他依旧颓坐在松软的藤椅上，衰病让他失去发怒所需要的体力，湖北洋务见效甚微，也让他失去了发怒所需要的底气！

“香涛兄，我说的这些让你生气了吧？”看着老友面无表情，如一段朽木似的呆痴之态，桑治平为刚才这番直言后悔起来。

“没什么！”张之洞打起精神说，“我倒是想见见这位严复，听听他的意见，中国今后到底该如何办。是全盘接受西学，完全不要自己的中学呢？还是依旧全用自己的中学，一概不用西学。我这脑子是老朽不中用了，除中体西用外，我想不出更好的办法！”

“如果我们换一个角度来看，就不必把严复的指责看得太重。”桑治平实在不愿意太刺伤了这位努力做事的实干家。

“我想听听你的下文。”

“严复是从逻辑学的角度看‘中体西用’，才有体用不能分开的观念。其实，任何一种事物都可以从多种角度去看。换个角度，所见便不同。古人所谓移步换形，说的就是这种现象。你是官员，办的是众人之事。治众人之事也是一种学问。西方称之谓政治学。”

“政治学？”张之洞对这三个字很陌生。

“政治学这个名称，我们的典籍上不曾有过。但政治二字，古人还是用过的。《说苑》上就有‘政治内定，则举兵而伐卫’的话，意为国事政务的治理。只是这两个字，后来却不常用了。”

“我与刘岘帅会衔的第一折便用了‘政治’二字。”张之洞想了一下说，“折名叫做《变通政治人才为先遵旨筹议折》。”

“对对，正是这两个字。”桑治平连连点头，继续说，“若从政治学来看，你的‘中体西用’便是一个极高明的谋略。我知道你这句话的‘眼’在西学上，目的是要推行西学。你明白，这种推行要变成众人的行为，才有实际效果。若是都反对，推行云云，便只会是空想。中学在中国盛行两千多年，根深蒂固，深入人心。若一旦全抛，或者把它贬低，反对西学的人不要说了，即便赞同西学者，在心理上也难以接受。现在，你说中学是本源，是主体，西学不过为我所用罢了，反对西学者不好说什么，赞同西学者也可以容纳。眼下中国的当务之急，不是先在逻辑上去辩个一清二楚，而是要赶快把西学引进来，先做起来再说。对于这样一桩从未实行过的新鲜大事，尽量减少反对，减少阻力，争取最大多数的理解支持，才是最重要的。你是政治家，图的是国强民富。严复是逻辑家，图的是学理缜密。角度不同，所见则不同。说句实在话，我更倾向你的实用，并不太欣赏严复的推理。所以，戊戌年我便说过，‘中学为体，西学为用’这八个字，后世当用黄金铸造。其道理就在于此。”

“高山流水识知音。仲子兄，你才是‘中体西用’的真正知音！”说了半天话，张之洞的眼光中这时才见一点神采。

“严复虽诘难你，但没有恶意。批评你的人中还有另外一类，他们心怀叵测。”

张之洞被桑治平这句话吊起了胃口。

“这类人的目的，是在推翻朝廷。他们怕的是那些忠心耿耿为国家为朝廷的官员，甚至恨那些清正廉洁实心实意为百姓办事的官员，因为大清这样的官员多，大清的江山就牢固，他们要想推翻就困难。他们巴不得大清的官员个个糊涂混账，人人贪污中饱。如此，推翻朝廷就容易多了。要说他们心中全无是非，也不对，待到他们上台后，他们同样要褒善贬恶激浊扬清，只是现在不择手段罢了！”

张之洞长长地叹了一口气，说：“我张某人，现在不幸成了他们的绊脚石，他们自然要扫掉我。想想也可理解，只是他们不要歪曲我，诬陷我就行了。”

“千秋功罪，自有后人评说。”桑治平勉强安慰道，“办洋务，这件事总是做得对的。风气一开，不怕没有后继人，眼下虽收效不大，今后总可见实效的。洋务可强泰西，就一定可强中国。这点信心你应该坚持。”

老友的话给张之洞以鼓励，抑郁的心情开朗了许多。

“这看来是个绝大的题目，我们再慢慢聊吧！仲子兄，我近日有个想法，想编一部诗集，将旧日好友如今已殁世者的诗作汇集刊刻，借以寄托思念，并让他们的诗作能借此保留传世。名字就叫怀旧集。”

“这是好事，入选哪些人？”

“我想了几个，你再帮我补充。”张之洞掰着指头数着，“徐建寅、蔡锡勇、宝廷、张佩纶、袁昶、杨锐。”

“杨锐”，桑治平听到这里，心头猛地跳了一下，一张总是带着笑意的娃娃脸又浮上脑海。一个多么优秀的青年才俊，一心一意为国家的强盛，竟然无端做了菜市口的无头鬼。桑治平由此看出老友心灵深处的情感。或许，这部怀旧集纯是为了怀杨锐而编，只是为了不至于太显眼，才把徐、蔡、宝、张等人也拉进来。

桑治平说：“我在京师也没多少事做，徐建寅、蔡锡勇、杨锐，也都是我的朋友，这部怀旧集就交给我来编吧，就算我们一道来怀念旧日的朋友。”

“好。”张之洞脸上现出难得的一丝笑容。“我们所能做的，也仅此而已！”

六　他说，他一生的心血都白费了

这以后的一段时间里，张之洞基本上不再过问军机处的事，每天大部分时间和桑治平聊聊天，审核他所选编的怀旧集。病虽未好，但大致稳定下来，只是精力愈来愈不支了。他常常整夜整夜睡不着。睡不着的时候，往事便会自然而然袭上心头，挥之不去，欲罢不能。桑治平的一番恳谈强烈地震动了他。他有时会觉得委屈，有时又觉得有道理，有时对自己的一生感到满意，有时又认为自己毫不足道。

这天午后，宫中来人传达载沣的口谕：明天在军机处商讨给事中高润生弹劾津浦铁路总办李德顺贪污事，相国熟悉铁路事宜，若身体可支，请进宫一议。

次日上午，张之洞按时进宫来到军机处值庐。那桐已先入值等候。一会儿，载沣也来了，一副匆匆忙忙的神态，刚坐定，跟张之洞略为寒暄两句，便将高润生的弹章递给他，请他看后再给那桐看。

高润生的弹章说，天津道兼津浦铁路总办李德顺，在与英德银团签订的九百八十万英镑贷款协定中，损伤了国家和直隶江苏两省绅民的利益。通常向外国银行贷款年息为五厘，李德顺签订的年息为五厘五，仅此一项便每年应多付英德银团四万九千英镑。另外，协定中注明以九折付款，其中九十八万英镑实际上并没有借出，但还款时又按九百八十万计算。直苏两省士绅对此事反响极大，认为李德顺若没有接受英德银团的好处，决不会如此公然出卖国家利益，李德顺贪污是绝对无疑的。津浦铁路督办大臣吕海寰纵容李德顺，应为同案犯，请朝廷撤掉李德顺、吕海寰职务，以平直苏两省民愤。

张之洞将弹章看完递给了那桐。

载沣说："老相国亲手办过芦汉铁路和粤汉铁路，对与外国银行签约事宜熟悉。依您看，高润生的弹劾有没有道理？"

张之洞说："光绪二十六年，经朝廷同意，委托驻美国公使伍廷芳出面，与美国合兴公司签订了一个借款条约，规定年息五厘，以九折付款。后经有识之士指出，这中间大有弊端，结果废除了。以五厘付息，都被认为高了，那么五厘五显然不合理，九折付款也极无道理。高润生的弹劾是对的。李德顺、吕海寰必定与英德银团勾结，从中贪污了巨款。依老臣之见，宜先革掉李、吕二人之职，查实后予以定罪。”

载沣说：“老相国所说极有道理。我问了一些人，都与老相国所见相同，李、吕二人即行革职。只是津浦铁路动工在即，督办、总办大臣不可缺位，老相国看何人可补此缺？”

张之洞说：“容老臣回去后仔细想想，过两天再禀报摄政王。”

载沣说：“洵贝勒提出一个人，说他曾经办过芦汉铁路，可让他来补津浦铁路督办大臣的缺。这个人便是荣府上的二爷长麓。老相国，你看如何？”

长麓这个人，张之洞当然知道。在王文韶任直督期间，他做过一段时期的芦汉铁路北段的总办。他与长麟虽是亲兄弟，却远没有兄长的出息。他不但根本不懂铁路，且又懒又贪，舆情很不好，王文韶碍着荣禄的面子一直保护着。后来一桩贪污大案牵涉到他的头上，实在保不住了，才被开缺回家吃闲饭。这样一个名声很不好的纨绔子弟，载洵为何要荐举他，载沣又为何要用他呢？张之洞想起早几天，鹿传霖说的一桩事来。鹿传霖说，海军大臣的缺，载沣一直还定不下来。长麟虽然增加了鹿、张的支持，但洵贝勒硬是不放手。醇王府的老福晋刘佳氏是个顽悍的妇人，她威胁载沣，若不让老六做海军大臣，她就死在他的面前。刘佳氏是载沣的生母，她这一威胁，载沣就怕了。最近，他们兄弟谋求另一个解决的办法，即除陆、海两部外，其他部任长麟挑一个，然后再补长麓一个肥缺，据说瓜尔佳氏和荣府都勉强同意了。原来，这个肥缺就是津浦铁路督办大臣！

都说太后死后，满洲亲贵揽权野心急速膨胀，看来事实的确如此。亲贵掌权不是说全不对，但也要能拿得下，比如长麟长海军，还可说得过去，但让长麓出任津浦督办大臣，无论如何是不行的。权力交易不能这样进行！

“王爷，长麓当年办芦汉铁路时名声很不好，舆情不洽。”

载沣脸色暗了下来：“那是过去的事，改了就好。”

“王爷，贪敛钱财，这是本性，改也难。”张之洞急了。“津浦铁路除借洋款外，直苏两省士绅都集了股份，长麓有贪名，他们会不放心的。王爷，长麓去津浦不妥。”

载沣的脸色由暗到黑：“朝廷任命的官员，不放心也得放心。”

张之洞对载沣如此态度极为不悦，冷冷地回了一句：“若如此，会招致绅民激变！”

“激变！”载沣刷地站了起来。“他们敢？朝廷有兵哩！”

说罢，拂袖走出值庐。

朝廷有兵，这是什么意思？绅民拒绝接受一个贪官，难道也要派兵去镇压他们？堂堂一个监国，怎么昏蛮至此！

张之洞望着载沣匆匆外出的脚步，跌足叹道：“不意闻亡国之音！”

一句话刚说出口，一股浓血在胸腔里奔涌躁动着，直冲破喉咙喷出嘴外，眼前一片昏黑，张之洞蓦地倒在值庐里，什么都不知道了。

“老相国！”那桐被眼前这一幕吓住了，声音凄惨地喊道。

刚出门外的载沣听到声音不对，忙扭过头来，见状后也大惊。军机处的章京们都围了过来，将张之洞抬上炕床。载沣吩咐那桐：“你在这里守着老相国，打发一个人去叫太医院的大夫，待老相国苏醒后即送回家。我还有要紧事急着办，这里就交给你了。”

在太医院大夫的抢救下，半个时辰后，张之洞醒了过来。待送到家时，天已快黑了。

桑治平见状，忙叫仁权拍电报到武昌，叫仁侃夫妇、准儿夫妇及仁实赶快来京。

陈宝琛、梁敦彦、辜鸿铭、陈衍等人得知张之洞咯血军机处的消息后，也相继来到张府。在御医的精心调理下，三四天后，张之洞的病情已略有好转。

中秋节那天，为让父亲高兴，张仁权将在京的所有父亲的朋友都请到家来，大家赏月饮茶，有说有笑。张之洞也在天井里坐了一会，与客人们一起欣赏夜空中的那一轮明月。

张之洞对众人说："我此刻最思念着一位朋友，很想见见他，但不知他眼下在何处。你们谁猜得出，他是谁吗？"

大家都猜不出此刻最让张之洞思念的这个人是谁。只有桑治平心中有数："是不是吴秋衣？"

"正是。"张之洞欣慰地说，"还是仲子知我心。秋衣飘荡一生，也洒脱一生，他可以想怎么活法就怎么活法，比起我来，要强过百倍！"

桑治平说："让我们一起将苏东坡的两句词送给他吧！"

仿佛心有灵犀，两人不约而同地念道："但愿人长久，千里共婵娟。"

众人都说："还是东坡居士说得好，今夜有多少人都是明月共赏而人不能见面，只有互致祝福了。"

人们都为张之洞渡过了这一难关而高兴，不料数日后他的病情陡转，终于不可挽回。

宣统元年八月二十一日上午，张之洞忽觉精神很好，他叫大根拿几张报纸给他看看。大根找出几张送了过来，张之洞戴上老花眼镜慢慢翻阅。突然，一则消息引起了他的注意。消息说，汉冶萍公司召开第一次股东大会，并组成理事会，董事会共推盛宣怀为总理。又说，汉冶萍公司自光绪三十三年冬天新建一号、二号平炉开炉以来，生产蒸蒸日上。所炼钢铁品质纯净，含磷量只有百分之零点一二。每日出钢六千吨，产品远销日本、美国。国内各铁路公司纷纷向该公司订购钢轨，该公司目前已集商股一千万元。张之洞正为汉冶萍公司的兴旺发达而欢喜的时候，不料文章变了调。接下来说，汉冶萍之所以有今天，全是因为盛宣怀经营有方。盛宣怀以能去磷的马丁平炉替代不能去磷的贝塞麦转炉，提高钢的质量，又以萍乡煤取代开平煤，降低成本。除开这两项众所周知的重大措施外，更为关键的是原经办人死抓官办不放手，将汉阳铁厂、大冶铁矿办成了衙门，违背办洋务的根本原则，致使内部混乱，腐败成风，全赖盛宣怀将西方企业管理方法引进公司，以商代官，才使铁厂、铁矿起死回生，从而创造出今天举世瞩目的成就。

张之洞看到这里，心里虚恐起来。文章虽没点他的名字，但明眼人都知道，批评的正是他张之洞。是他张之洞不懂科学，武断专横，拒绝化验铁矿石，致使炼铁炉和矿石不能配套，造成钢铁质量差。也是他张之洞眼里只有官府而没有商人，拿官场的一套来办洋务局厂。

张之洞不得不承认文章写得有道理，也不得不承认盛宣怀比他有本事。但作为汉阳铁厂、大冶铁矿的创办人，张之洞有一种极大的委屈感。这种委屈感令他痛苦，也使他心灰。

张之洞擦了擦昏花的双眼，定定神后又不自觉地翻开了报纸。突然间，他惊呆了。原来他的眼前赫然现出这样的题目：海外革命党要给张之洞颁发大勋章。他急切地看着正文：

> 近日，同盟会在东京集会，该会协理黄兴在会上笑道：他要给他的老师前两湖书院名誉山长湖督张之洞，铸造一枚百吨黄金的大勋章，以奖励其为革命所作出的重大贡献：第一，张用官费资送三千名湖广留日生，此中半数成为革命党骨干；第二，张建造的汉阳枪炮厂为革命党准备充足的武器，革命党将接过他的汉阳造驱逐鞑虏，恢复中华。

张之洞看到这里，两眼顿时一黑，哇地又吐出一口血来。张府上下一片慌乱，大夫握着他的手，半天找不到脉息，遂悄悄地将大公子拉到一旁说：“老相国怕是不行了，快去请摄政王来一下。”

掌灯时分，载沣终于来了。张府内外已是一片肃静，悲痛沉重地压在每个人的心头。大家无声地给摄政王让路。

载沣一脸戚然，来到张之洞的病榻前，坐下，望着面如死灰、双目无神的大学士，轻轻地说："老相国公忠体国有名望，好好保养。"

张之洞声气微弱地说："公忠体国四字，老臣不敢当，廉政无私，则勉强可说得过去。"

"廉政无私"，老头子是不是在讥责我用长麓是徇私呢？载沣想到这里，一时语塞，不知道再要说些什么了。本来今天夜里，因新任津浦铁路督办大臣长麓已与英德银团签好了贷款条约，英德银团在六国饭店举办一场隆重的酒会。载沣要去参加这个酒会，本不想来张府，只是听仁权说，老人家很可能过不了今夜，才勉强来了。他心里急着去六国饭店，便说："英国和德国银团在今夜有一个会议，关系到千万英镑的贷款大事，我必须参加。老相国好好保重，改日我再来看你。"

张之洞虽感到命如游丝，但头脑还是清醒的。在得病之后，他就想到自己今日位极人臣，担负着燮理阴阳辅佐君王的重任，大限将至之时，应当仿效古人的榜样为君王举荐传人，以便薪尽而火传。这是所有贤明的宰相为君王所做的最后贡献，也是他张之洞为报答皇恩的最后一着。为此，他想了几个人，在他死后可以让排首位者补他的遗缺。此时，他多么希望载沣能像当年的汉惠帝，而他则是萧何。

可是，这个摄政王居然把一千万英镑看得比他还重，居然没有向他询问这等国家大事。张之洞彻底失望了，他微微地闭上眼睛，不再理睬载沣。

载沣悄悄地退了出来，出门上轿走了。一直呆在门边的宣统帝师陈宝琛急忙进来问："监国说了些什么？"

张之洞张开眼睛，看着当年的清流挚友，而今的三岁皇帝之师，万千话语涌上心头，却不知从何说起。他也无力说什么了，只是长长地叹了一口气："国运尽矣。"

说罢，又闭上了眼睛。

深夜，张之洞再次从昏迷中醒过来，四周望了一遍。仁权知道父亲将要留下遗言了，带着众弟妹子侄走上前来，弯腰聆听。只见张之洞一字一顿地轻轻说道："人总有一死，你们无须悲痛。我生平学术治术，所行者，不过十之四五，所幸心术则大中至正。为官四十多年，勤奋做事，不谋私利。到死，房不增一间，地不加一亩，可以无愧祖宗。望你们勿负国恩，勿坠家风，必明君子小人之辨，勿争财产，勿入下流……"

见父亲意似未尽，但却没有再说下去了，仁权含着眼泪说："父亲放心，儿孙们将谨记您的教诲！"

守候在四周的亲人友朋都以为张之洞已过去了，不料，过一会，他的嘴唇又动了起来："仲子兄……"

"桑先生，家父请您过去！"仁权对站在张家子孙后面的桑治平说。

桑治平走了过来，握起老友的手说："香涛兄，我来了。"

张之洞看着桑治平，眼中似有无限的眷恋和遗憾，好久，才嗫嚅着，但已发不清声音了。桑治平将耳朵贴近他的嘴唇，努力地听着。待张之洞的嘴唇闭住，仁权问："桑先生，家父说了些什么？"

桑治平心绪沉重。他抬起头来，猛然发现在张之洞卧榻边的墙上，高高地悬挂着《古北口长城图》。

这幅由桑治平精心构思绘制的名画，自从光绪七年走出古北口后，一直随着张之洞从太原到广州，从广州到武昌，想不到，它今天居然又挂进了北京的相府。二十八年来，它历经时光消磨、岁月侵蚀，却依旧完好无损，色彩如新。画面上的长城还是那样蜿蜒苍挺，城楼还是那样高耸雄奇。然而，它的主人却已经走到了生命的尽头。更为可叹的是，当年对着古北口立下宏誓的疆吏初膺者，为着自己的人生目标，在努力奋斗二十八个春秋后，却是如此心灰意冷。桑治平实在不想把他所听到的张之洞留给人世的最后一句话说出来，经不住仁权的再次询问，只得低沉地开了口：“他说，他一生的心血都白费了。”

大家的心头全都像压上一块厚重的石板，一时间无法分辨：这究竟是一位事功热衷者失望后的激愤之辞呢，还是一位睿智老人对乱世人生的冷峻思索？

一九九六年十二月六日—二〇〇〇年七月二日

初稿于长沙静远楼

二〇〇一年二月四日

定稿于台北天人合一庐